新潮文庫

仮装集団

山崎豊子著

新潮社版

2288

仮装集団

一章

舞台の上では、オペラ『蝶々夫人《ちようちよう》』の第二幕が始まっていた。丘の向うに港が見え、春の陽《ひ》ざしが降りそそぐ座敷で、ピンカートンの帰国を待ち望む蝶々夫人が『或《あ》る晴れた日に』を美しいソプラノで舞台一杯に唄《うた》い上げている。

歌舞伎《かぶき》風の華《はな》やかな舞台を背景に、振袖《ふりそで》を胸もとに組み合わせ、遠く異国へ去って帰って来ぬピンカートンを、花が咲き、駒鳥《こまどり》が巣をつくる頃にはきっと帰って来ると信じている蝶々夫人の哀切な唄声が、舞台の明り障子を震わせるように響いている。原三枝子の演じる蝶々夫人は、オペラに歌舞伎の演出を持ち込んだ新しい試みの中で、見事に唄い、演技している。舞台を見詰める聴衆の間にも、新しい試みのオペラを観《み》る昂奮《こうふん》がたちのぼり、勤労者音楽同盟主催のオペラ『蝶々夫人』は成功をおさめつつあった。

舞台裏にいる関西オペラの劇団員はもちろん、勤労者音楽同盟の関係者たちも、その成功に昂奮し、酔うような熱気がたちのぼっていたが、このオペラの企画者である流郷《りゆうごう》正之《まさゆき》は、舞台の袖に黒い影のように突っ起《た》ち、酔いのない醒《さ》めた表情を、観客席へ向けていた。

流郷正之の胸に、七年前、始めて勤労者音楽同盟が発足した当時のことが思い出された。

僅《わず》か四百人程の会員が集まり、音楽教室やレコード・コンサートを開き、その翌年の暮、会員が六百人になった時、始めて勤労者音楽同盟の第一回例会を開いたのだった。それは今日のように豪華な会場ではなく、終戦後六年経《た》ってもまだ荒れ果てたままのがらんとした大阪市立公会堂に、僅か六百人の聴衆が集まり、しんしんと冷えわたる会場で、黙々とベートーヴェンのピアノ・ソナタを聴《き》き、演奏が終ると、堰《せき》を切るような激しい拍手が響いた。凍《こご》えるような指先で弾《ひ》き終った演奏者がピアノの前から起ち上がって一礼すると、聴衆も席から起ち上がって再び激しい拍手を送り、ステージと聴衆の間に、眼に見えない一本の太いベルトが強く張り渡されたのだった。

それから六年、流郷たちが組織している勤労者音楽同盟は、良い音楽を安く聴く勤労者のための音楽鑑賞団体として、会員増加の一途を辿《たど》り、何時《いつ》の間にか三万人の会員を擁《よう》する団体になったのだった。僅か六年間に、五十倍の会員にまで膨れ上がったのは、戦後の経済困窮の中で、一般の音楽会へ行く余裕などなく、音楽に飢えていた勤労者に、月額五十円の会費でクラシックの優《すぐ》れた音楽を聴かせたことと、各職場の労働組合文化部が、その宣伝、企画、切符販売などを積極的に受け持ち、聴衆組織の拡大に協力したためであった。職場単位の各サークルから集まった会費で、二流、三流の会場を借り、演奏者にも、勤労者のためにという名目のもとに、無理な演奏料で出演を依頼していたその頃のことを考えると、勤労者音楽同盟が、収容人員二千人の大阪の中心地にあるS会館のホールを借り切り、豪華なオペラの例会を行なうなど、信じられないほどの発展であった。しかも、これまではピアノ、ヴァイオリン、独唱、管弦楽など、ほぼきまった例会を続けて来、今度、始めて流郷の企画で、大がかりなオペラを催すことになったのだった。それだけに、流郷にとっては、舞台の出来よりも、観客席の反応の方が、重要事であった。

流郷は、舞台の袖から上半身を傾けるようにして、さらに観客席に瞳《ひとみ》を凝らした。十八、九歳から二十七、八歳ぐらいまでの電鉄、鉄鋼、造船、電力などの現場勤労者をはじめ、官公庁、銀行などの事務系統の男女の勤労者が、勤務を終えたままの服装で坐《すわ》り、その八割までが、始めてなまのオペラを聴く聴衆で、固唾《かたず》を呑《の》むように舞台を観、歌手の歌に聴き入っている。

視線を舞台に移すと、舞台は二幕の二場になり、港に軍艦が入ったと聞き、座敷に美しい花を散り敷き、盛装して一晩中、ピンカートンの訪れを待った蝶々夫人が、シャープレス領事と女中のスズキからピンカートンの裏切りを報《しら》され、激しい驚愕《きょうがく》と悲しみの中で、死を覚悟した別れの歌を消え入るように細い澄み通った声で唄っている。切々とした哀《かな》しい調べが舞台を震わせ、子供を膝《ひざ》の上に抱き上げた蝶々夫人は、子供の手にアメリカの国旗を持たせ、白い眼隠しをし、自らは短刀を取って自害の心を決め、次第に破局へ進んで行く。

悲壮な音楽が響き渡り、蝶々夫人の死を告げると、ピンカートンが駈《か》けつけ、蝶々夫人の屍《むくろ》に跪《ひざまず》き、慟哭《どうこく》するうちに静かに幕が下りた。

割れるような拍手が鳴り、カーテン・コールが求められた。幕がするすると上がり、蝶々夫人の原三枝子を中心に、ピンカートン、シャープレス、スズキに扮した四人の歌手たちが聴衆の歓呼に応《こた》えて何度も礼をし、原三枝子が、ステージの前へ歩み寄った。

「勤労者音楽同盟の皆さん、今晩は！　一日の尊い労働のあとに私たちの歌を真剣に聴いて下さって有難うございます、音楽家といえども、皆さんと同じ勤労者であり、その成果の九割までが汗と脂《あぶら》の結晶です！」

何時もの驕慢《きょうまん》に取りすました顔に、にこやかな笑いをうかべて挨拶《あいさつ》すると、観客席から激しい拍手が鳴った。原三枝子はさらに言葉を継いだ。

「皆さん、私たちは今後も、働く人たちの手によって生れ、組織された勤労者音楽同盟のために唄い続けます！」

再び割れるような拍手が湧《わ》いたが、舞台の袖から観客席を見守る流郷だけは、青白んだ広い額の下に、魚族のように動かない冷やかな眼を向けていた。

何度目かのカーテン・コールの幕が下りると、原三枝子は、付人《つきびと》に首筋の汗を拭《ぬぐ》わせながら、流郷の方を向き、

「いかがでした？　今日の私の出来は――」

自信に満ちた聞き方をした。濃紺の背広《スーツ》に長身を包んだ流郷は、三十五歳にしては落ち着き払ったもの腰で、

「大へん結構でしたよ、特に第二幕の第一場は素晴らしかったです、あの場面は抒情的《じよじよう》でありながら、劇的に演じなければならないので、難しいところですが、実に巧みな歌と演技でしたね、その上、終演後の聴衆へのあなたの挨拶《あいさつ》は、とても効果的でした」

「あら、あれは、あなたが――」

と云《い》いかけると、流郷は眼で制し、

「お疲れのところを恐縮ですが、三十分後、九時から会館五階のティー・ルームで記者会見を行ないますからご出席下さい、あなたと、演出者の花井達也さんとで、お願いします」

と云うと、くるりと踵《きびす》を返し、舞台の袖から奈落《ならく》の暗い通路を通り、表の廊下へ出た。

何時もなら、華やかに着飾った音楽会や芝居の観客に彩《いろど》られている赤い絨毯《じゆうたん》を敷き詰

めた廊下を、埃《ほこり》をかぶった頑丈な靴《くつ》を履《は》いた現場勤労者らしい若者や、社名の入った紙袋を抱えた事務系統の社員、ショルダー・バッグを肩にかけた若いＯＬなどが出口へ向っている。まだ昂奮の醒めない紅《あか》らんだ面持をしているが、これから市電や地下鉄、郊外電車に揺られて帰宅することが気重いらしく、腕時計を覗《のぞ》き込んで、時間を気にしている。流郷は、そんな人の流れに随《つ》いて、出口まで来ると、足を止めた。

青いリボンのような細長いカードを手にした聴衆が列をつくり、出口の横に備えつけられた白い木箱の中へ、カードの一片を千切って投入している。それは勤労者音楽同盟が、例会の度に行なっているもぎり式アンケートの投票で、その日、参集した聴衆に、『非常によかった』『良かった』『少しもの足りない』『つまらない』『その他』の五項目をミシン線を入れて区分したカードを渡し、その何《いず》れかを千切って、投票箱へ投じさせているのだった。カードを手にした聴衆は、投票箱の前まで来ると、気負うような表情で、自分たちの意志を投票箱へ投げ込んで行く。

不意に背後から、肩が叩《たた》かれた。振り返ると、事務局長の瀬木三郎であった。油気のない前髪が額に垂れ下がり、度の強い眼鏡の下から神経質な視線を向け、

「なかなか活潑《かっぱつ》な投票ぶりだね、組織部の調べによると、この例会で会員が一挙に二千五百人も増加したということで、最初は運営委員会に反対されながら、推進した君の企画は、どうやら成功らしいよ、しかし、ほんとうに成功であったか、どうかは、あのア

ンケートを集計し、討論される運営委員会の批評会の結果を待たなければ解《わか》らない」

慎重な云い方をした。

「いくら現実に例会が成功しても、運営委員会の批評会における討論に勝たなければ、成功したことにならないというわけですね」

流郷は薄い笑いをうかべると、

「運営委員会の批判は、会員の意見を代表するものだから、何時の場合も、公正な批判が出るはずだよ」

「そうだといいのですがねぇ」

流郷は皮肉な語調で云い、

「そろそろ、記者会見の時間ですから、委員長を誘って五階のティー・ルームへ上がって下さい、私は出演者をもう一度、見て来ますから――」

そう云うと、流郷は、慌《あわただ》しく楽屋へ足を向けた。


淡黄色の壁紙と柔らかい間接照明に照らされたティー・ルームの奥まった一角で記者会見が開かれた。

長方形のテーブルの正面に、メーキャップを落して、ローズ色のスーツに着替えた主演者の原三枝子が坐り、その横に演出者の花井達也が並び、両側に勤労者音楽同盟の委員長と事務局長が坐り、それに向い合って、八社の音楽記者が席を占め、流郷は、司会者としてテーブルの末席に着いた。

紅茶が運ばれて来ると、流郷は舞台の袖にいた時とは別人のようなにこやかな表情で起ち上がった。

「今夜は、ご多忙の中をお集まり戴《いただ》き、有難うございました、勤労者音楽同盟、〝勤音〟も誕生以来、やっと八年目に本格的なオペラを催すことが出来、この機会に音楽記者の方と懇談致したいと存じたわけです、出演者の原三枝子さん、演出者の花井達也氏、指揮者の森好彦氏は既によくご承知でしょうから、勤労者音楽同盟の出席者を紹介させて戴きます、中央の右側が委員長の大野泰造、その隣が事務局長の瀬木三郎です」

紹介すると、委員長の大野は、電鉄労組の執行委員を長年、勤めた組合活動家らしい精悍《せいかん》な顔で、

「若い時、職場の歌唱指導をしていた経験をかわれて、五十近いこの齢《とし》で、昨年から勤労者音楽同盟、我々のいうところの勤音の委員長をやらされとります」

無骨に挨拶すると、事務局長の瀬木は、度の強い眼鏡の下から鋭い眼をきらりと光らせ、よろしくと言葉少なに挨拶した。八社の音楽記者たちも、各自、自己紹介をし、最後に音楽記者会の幹事で、一番古顔の毎朝新聞の記者が、

「今まで私たち新聞記者に閉鎖的であった勤音が、こうして積極的に記者会見を持つようになったのは、驚くべき進歩じゃありませんか」

勤音の意図するところを探るように云った。流郷は、にこやかな笑いを消さず、

「閉鎖的など、とんでもないことです、勤音が今まで記者会見を持たなかったのは、記者会見するほどの内容がなかったからで、今度のオペラの例会を機会に、今後は積極的に皆さん方と懇談させて戴きたいと思っております、早速、今夜のオペラに関して忌憚《きたん》のないご意見を伺わせて戴きたいと存じます」

慇懃《いんぎん》な姿勢で司会すると、若い記者が、

「なかなか意欲的なものでしたよ、これまでオペラといえばイタリヤ語やドイツ語でやっていた歌詞を、全部、日本語に翻訳して、歌舞伎の演出法を取り入れたのは、全く新しい試みですが、演出者は大分、前から考えておられたことですか」

パイプをくわえて、ワイシャツの衿《えり》もとから齢に似合わぬ赤いスカーフを覗かせていた花井達也は、

「いや、勤音から歌舞伎の技法をオペラに取り入れてドラマチックな演出をしてほしいという申入れを受けたのですよ、その時は、少なからぬ危惧《きぐ》を覚えましたけれど、歌舞《かぶ》伎《き》の伝統演技が日本の古典音楽の中で演技体系を打ちたてていることを考えると、別の音楽劇のジャンルに応用することは不可能ではないと思い、オペラの中へ大胆に歌舞伎

的演技を持ち込んだわけです、こうした試みに踏みきらせたのは、ほかならぬ流郷君の企画力ですよ」

パイプをふかしながら、応えた。

「じゃあ、歌舞伎様式の演技をし、歌を唄《うた》われた原三枝子さんはいかがです、唄いにくかったですか」

原三枝子は、自分に質問を向けられると、華やかな笑顔をみせ、

「そりゃあ、始めのうちは、馴《な》れない演技の方に気を奪われ、歌がおざなりになりそうでしたが、練習を重ねているうちに歌舞伎風のリアルな演技が、逆に歌の心を引き出してくれました」

「原さんの今日のカーテン・コールでの挨拶、正直云って、何時ものあなたとは勝手の違った印象を受けたのですが、勤音の聴衆ということを強く意識されているのですか」

「いえ、そんなことは別に……、でも勤音の聴衆はすばらしいですわ、今までの普通の音楽会の聴衆は、静かに聴いて下さり、拍手をするべきところもちゃんと心得て下さっているのですが、それはいわゆる音楽マナーといったもので、勤音の聴衆の方は幕があいたその時から、こちらの胸に飛び込んで来て下さるような感じ、つまり生きているハートで聴いて下さるという熱烈さで、唄いながら感動してしまいました、歌手生活十二年、頭の先から足の爪先《つまさき》までこんなに力を入れて唄ったのは始めてです、聴衆の方々が、

聴くことによく訓練されている感じですね」

熱っぽく喋《しゃべ》りながら、原三枝子はちらっと、流郷の方を見た。さっきのステージでの挨拶も、今の言葉も、すべて勤音向きに流郷がつくり、演出した言葉であった。

「その聴衆組織のことですが、全く私たち記者の眼からみてもよく組織されていますね、昼間の勤務に疲れているはずなのに真剣な態度で聴き入り、終演後は、自分たちの意志を投票して帰る、一体、これほど見事に組織されている勤音のほんとうの主宰者は、誰なんです？」

一人の記者が、委員長の大野に質問した。大野は精悍な顔で体を乗り出し、

「勤音の主宰者は、勤音の一人一人の会員です、というのは会員三人以上で一サークルをつくり、地域ごとにサークルをまとめて、サークルの中から地域委員を選び、さらに地域委員の中から選んだ運営委員によって勤音の活動方針が決定され、事務局は、その決定事項を具体化し、実行に移す機関です」

「すると、毎月の例会の企画立案は、どういう過程で行なわれているのです？」

事務局長の瀬木に質問が向けられた。瀬木は神経質な表情で、

「それは、まず事務局で、会員の希望調査をもとにして、幾つかの試案を作り、それを企画担当の運営委員と事務局員で構成される専門委員会で討論してから運営委員会にかけ、ここで正式に決定されるわけです」

「ところで、勤労者に良い音楽を安く聴かせるためとはいいながら、勤音の例会費はよくもこれだけ安く出来ると思われるほどの安さで、その会費の安さが会員獲得、聴衆組織の拡大に役だっているわけですが、そんなにまでして組織拡大に力を入れている勤音は、革新的な音楽鑑賞団体として、どういう点を意図しているのです？」

流郷の方へ鋭い質問が向けられた。流郷は一瞬、虚を衝《つ》かれたようであったが、

「どうも、皆さんは、勤音というと必要以上に神経質になっておられるようですね、どんな団体も、団体である以上、会員数は少ないより多い方がいいにきまっております、勤音の性格について、何か疑問をお持ちのようですが、勤音はまぎれもなく、勤労者のための純粋な音楽鑑賞団体で、一人のオルグも、一人の英雄もなく、働く者の聴衆組織に過ぎません、それでもなお疑問がおありの方は、今後の勤音の音楽活動を通して正しいご理解を戴きたい次第です」

流郷は巧みに言葉を締め括《くく》りながら、勤音の実体は、事務局にいるこの自分にだって明確なことは解らない、解らないが、俺《おれ》自身は、俺なりの考えで、この強大な組織を牛耳《ぎゅうじ》ろうとしているだけのことだ――、流郷の眼に微妙な光が漂った。

＊

勤音の事務局は、昼休みと会社の退《ひ》け時《どき》が最も忙しい。各職場の勤音のサークルが、この時間に、例会の申込みや会費の支払いなどを行なうからである。したがって、梅田《うめだ》新道《しんみち》の近くにある近畿観光ビルの四階にある勤音の事務局は、昼休み前になると、活気付く。

例会のポスターや予定表が処狭《ところせま》いばかりに貼《は》り付けられた十五坪程の室内に、組織、財政、企画の三部門が仕切なしで机を並べ、二十人の事務局員が、それぞれの部署に分れて仕事をしている。流郷正之は、窓際《まどぎわ》の企画部のデスクで早い昼食をすませると、受付の方を見た。十二時を少し廻ったばかりであるのに、会費の納入や例会の予約申込み、レコード借出しをする会員が入口の受付に群がっている。三人の受付係が会費を受け取って財政部の会計係へ廻すと、会員名簿と引き合わせて、領収印を捺《お》した会員証を発行し、管理係では例会予約の割振表と照合して、予約を申し込んで来ているサークルの日《ひ》割《わり》券を発行する。レコード貸出しは組織部の事業係が、入口横の小さなレコード室でプレーヤーをかけて希望のレコードを貸し出し、流郷のいる企画部も、職場の各サークルから例会企画の問合せ電話が頻繁《ひんぱん》にかかっている。どの部署も一時《いっとき》になる多忙さの中で、財政部が特に忙しい。四人の部員が伝票と計算に追われ、殺気だつような気配の中で、財政部の責任者である江藤斎子《せいこ》は、オペラ『蝶々夫人《ちょうちょうふじん》』の収支決算表を作成しながら、部員が持って来る伝票に眼を通し、判を捺し、次々と仕事を片付けている。

短くきり揃《そろ》えた断髪の下に、広い冴《さ》えた額と眼尻《めじり》のきれ上がった大きな一重瞼《ひとえまぶた》を見せ、グリーンのシャツ・ブラウスで机に向っている江藤斎子の姿は、そこだけぱちりと切り取って、額縁の中へ塡《は》め込んだような鮮明さであった。二十人の事務局員はもちろんのこと、事務局へ出入りする各サークルの代表者や委員たちも、二カ月前、江藤斎子が、東京の勤音の事務局から大阪の事務局へ替って来たその時から、眼を瞠《みは》るように、一斉に注目したのだった。それは二十七歳の江藤斎子の美しさが、強い個性を持っていたからではなく、勤音の財政を握る財政部の責任者として入って来たからであった。何かがある——、彼女を見る事務局員の誰もが、そう考えたが、江藤斎子は執務に関すること以外は、殆《ほとん》ど口をきかず、薄く引き結んだ唇に、酷薄さのようなものを湛《たた》え、人を寄せつけない冷やかな雰囲気を身につけていた。

流郷は、そんな江藤斎子に、変った女という好奇心を抱いたが、流郷は自分の方から近付くようなことはしない。妙な小細工をして近付かなくても、今度のオペラの収支決算表は、江藤斎子が作成することになっているから、その結果を報告する運営委員会の席上で否応《いやおう》なしに、斎子と接触を持つことになる。

流郷は、机の上に積み上げられているもぎり式アンケートの集計に眼を遣《や》りながら、ちらりと江藤斎子の方を見ると、事務局長の瀬木が斎子の方へ近寄った。

「江藤君、運営委員会に出すオペラの収支決算表は出来ていますか」

斎子は始めて、ゆっくりと顔を上げた。

「いえ、まだ細部の計算が出来ておりません、けれど、運営委員会が始まる午後六時までには、完全なものが出来上がります」

にこりともせず応《こた》え、再び視線を机に向けた。瀬木は黙って頷《うなず》き、流郷の席へ近付いた。

「流郷君は、アンケートの結果をちゃんとまとめておいてくれ給え、会員の明確な意識の表示であるアンケートの数字が、運営委員会の討議の基礎になるんだからね」

瀬木は念を押すように云った。会員の意識、運営委員会、討議——、瀬木のように長年、労働運動の中で育って来た人間にとっては、何でもない日常語であるかもしれないが、流郷にとっては、虫唾《むしず》の走るような言葉であった。

流郷正之が、瀬木の勧めで勤音の事務局へ入ったのは、流郷に勤音に同調する格別の主義があったわけではなかった。大学の経済を卒業してすぐ入社した貿易会社がつぶれ、音楽事務所や小さな劇団の音楽演出などをして、いわば音楽浪人のような生活をしている時期に、瀬木から、勤労者に良い音楽を安く聴《き》かせる勤音の組織作りに参加しないかと誘われたのだった。革新的な意図を持ったその主義、主張には何の関心もなかったが、学生時代から音楽が好きで、学生オーケストラをつくってその指揮をしたこともあり、演奏家になろうとは思わなかったが、音楽で何とはなく、めしが食えたらと考えていた流郷にとっては、渡りに舟の話であった。たとえ特殊なイデオロギーを持った革新団体であってもその組織を利用し、自分の音楽的欲望を実現出来れば、それでいい——そんなふてぶてしいとも、一種の虚無主義ともつかぬ考えが、流郷の胸の奥に巣くっている。しかし、流郷を勤音に誘った瀬木は、勤音の企画担当者として積極的に活動している流郷の行動を疑わず、むしろ、流郷が次々に持ち出す目新しい企画を認め、常に協力的であった。

「瀬木さん、アンケートの集計結果は、非常にいいですよ、これだけよければ、運営委員会だって、そう文句はつけられないでしょう、それより、あちらの結果の方が気懸《きがか》りですよ」

流郷は、収支決算表を作成している江藤斎子の方を見て云《い》った。

定刻の六時になると、事務局の会議室に十人の運営委員が顔を揃《そろ》え、委員長の大野泰造と事務局長の瀬木を中心にテーブルを囲んだ。

一日の勤務を終えて来た運営委員たちは、ワイシャツの袖《そで》をまくり上げたり、靴《くつ》を脱いで椅子《いす》の上に坐《すわ》ったり、いかにも勤音の集まりらしい気取りのなさであったが、紅一点の江藤斎子と、こうした席には不似合いなほど身ぎれいな流郷の身装《みなり》が眼についた。

番茶が運ばれて来ると、事務局長の瀬木は度の強い眼鏡の下から一同を見渡し、

「只今《ただいま》から九月例会、オペラ『蝶々夫人』の批評会を始めます、多くの会員を代表されている運営委員の皆さんの活潑《かっぱつ》な討議を期待します」

簡単な挨拶《あいさつ》をすると、委員長の大野が色の浅黒い精悍な顔で言葉を継いだ。

「聴衆動員数の上でいえば、勤音始まって以来の盛況で、おかげでこの僕は、記者会見など馴れんことまでやらされ、内外に反響の大きい例会であったんだが、その評価については冷静に論議して貰《もら》いたい、まず事務局の企画担当者の報告から始めて貰おう」

流郷は、瀟洒《しょうしゃ》な身装で起《た》ち上がった。

「オペラ『蝶々夫人』は、企画委員会で既成のものをそのまま安易にとり上げるのではなく、われわれの生活感情に根ざしたものをという基本方針が打ち出され、その方針に添って制作したものですが、例会の結果は、会員動員数三万二千人、ステージ数十六回、土、日曜日のマチネーを入れて十三日間連続上演し、今まで故意に勤音を無視して来た在阪八社の新聞の音楽欄も、始めて勤音の例会を取り上げました、もぎり式アンケートの集計結果は、総投票数一万七千百十三票で、その内訳は非常によかった六二％、よかった二三％、あまりよくない九％、つまらない四％、その他二％でした、これを評点計算に換算すると、次のようになります、つまり非常によかった三点、よかった二点、あまりよくない一点、つまらない〇点とし、各項の点数にそれぞれの投票数をかけた総点

数を出し、これを投票者全部が非常によかったとした場合を百点として、比例計算しますと、オペラ『蝶々夫人』の評点は、八〇・三点となります、これまでの例会では、七二・四点が最高点で、今回はこれを上廻る点数であります、このような成績をおさめれましたのは、運営委員会の強力な支援によるもので、改めてお礼を申し上げます」

慇懃《いんぎん》に云うと、国鉄機関区のサークルに所属している運営委員が、待ち構えていたように真っ先に発言した。

「もぎり式アンケートによれば、非常によかったというのが六二％もあるということであるが、われわれのサークルでは、日本人にとって、あんな屈辱的な内容のものを、よりにもよって、なぜ勤音たるものが取り上げたのかという声が非常に多い、われわれ運営委員会が最終的に『蝶々夫人』の上演を諒承《りようしよう》したのは、今までの『蝶々夫人』ではなく、新しい内容面をもって取り上げるという基本方針を確認し合ったからである、それにどうしてあのような結果になったのか、これは重大な問題である、今日の運営委員会は、特にこの点にしぼって討議すべきだと思う」

　討議の主導権を握るように提案すると、大阪鉄鋼サークルの運営委員が、

「異議なしや、僕自身もあのオペラを観《み》ていて、どこにわれわれが取り上げた意義が現われてるのか、理解に苦しんだ、第一、蝶々夫人の死は、ピンカートン即《すなわ》ち、当時のアメリカ帝国主義を代表する海軍士官へのレジスタンスであると考えるのが当然やのに、

今度の演出では、その点が明確に打ち出されてないのは、大きな誤りや」

がぶりと番茶を呑《の》みながら云った。流郷は、口もとに笑いをうかべた。

「それはちょっと図式主義に割りきり過ぎた観方じゃないでしょうかね」

「いや、単なる図式主義で云うてるのやない、『蝶々夫人』を、今までにない積極的な意図をもって取り上げた以上、その積極性とは何かということは、当然、論議されんといかんやないか」

再びがぶりと番茶を呑み、大阪弁でまくしたてると、

「異議なし！」

五、六人の大きな声が上がり、東洋電機サークルの運営委員が発言した。

「国鉄機関区、大阪鉄鋼の両運営委員の指摘は正しいと思う、今度のオペラは、アメリカやヨーロッパで上演された『蝶々夫人』の流れを汲《く》む単なる恋物語式のもので終っている、われわれの意図する『蝶々夫人』はそんなものではない、例えば第一幕でピンカートンが蝶々さんと結婚するその日、『未来の妻はアメリカ女性――』と唄《うた》うところがあるが、あれなど、日本女性に対する人格無視も甚《はなはだ》しく、明らかにアメリカ帝国主義者の被圧迫民族に対する優越的な態度というべきで、領事のシャープレス然《しか》り、彼は始めは蝶々夫人に善意をもって接し、何かと慰め、同情するように装《よそお》うが、結局、最後はピンカートンを庇《かば》う立場に豹変《ひょうへん》する、こういう彼らの思い上がった優越意識は、日本人に

影響のある水域で水爆実験をする時の行動、つまりわれわれをモルモット視している意識に共通するものがある！」

そこここから賛成の拍手が鳴った。運営委員会は、明らかに最初から一つの意図を持って進められているようであった。国鉄機関区、大阪鉄鋼、東洋電機、近畿電力など現場勤労者の二十代の運営委員たちは、歩調を揃えて『蝶々夫人』の成功を否定するつもりであるらしかった。流郷はゆっくり煙草《たばこ》に火を点《つ》けた。

「水爆実験のことなど云い出したら、音楽以前の政治、思想の大問題になり、とても一時間や二時間の討議で終るものじゃありませんから、話をオペラ『蝶々夫人』に即して、具体論でやりましょう」

軽く体《たい》をかわすように云うと、三和製薬サークルの運営委員が大きく頷いた。

「そうですとも、僕たちはオペラの批評をしているのだから、水爆実験云々《うんぬん》など持ち出す必要は全くない、さっきから今度の蝶々夫人は、アメリカ帝国主義を批判していないから、進歩的な積極性がないというように結論付けられているけれど、僕はそうは思わない、というのは、今度のオペラで、ピンカートンに裏切られた蝶々さんが『士恥《はずか》しめらるれば即ち死す』という字句を書いた掛軸を床に掛けて、その前で死ぬことになっているが、このところが重要な意味をもっていると思う、つまり、蝶々夫人が死んだのはピンカートンに対する失意というより『士恥しめらるれば即ち死す』という封建道徳に何の抵抗もなく従った人間の弱さ、さらにいえば、そうした道徳に人間を縛った社会のしくみ、封建制度の圧迫に問題があるという問題提起の仕方をしているから、今度の蝶々夫人が、内容の解釈において、全く無自覚であったとはいえない」

蝶々夫人を支持する意見を述べると、水爆実験を口にした運営委員が、じろりと眼を光らせた。

「なるほど、君のような見方も出来んことはない、しかし、蝶々夫人の死は、あくまでアメリカ帝国主義者ピンカートンの言動が直接原因で、君のいう論拠は副次的なもんだ」

強い語気で突っ撥《ぱ》ねると、委員長の大野が、

「なかなか活潑な議論が出ているが、私の見るところ、『蝶々夫人』は、妻とし、母として平和な生活を願う一人の女性の希望が、帝国主義と封建主義の圧迫という二重の圧迫の中で圧《お》しつぶされた悲劇という風に解釈すべきで、こういう観点から今度のオペラを批評すべきだと思う、したがって、各地域で行なわれる会員合評会では、こういう観点を、今度のオペラが正しく把握《はあく》していたか、どうかということを問題点にして推し進めることにしよう」

結論を打ち出すように云うと、流郷は、大野の言葉を遮《さえぎ》った。

「それはおかしいじゃありませんか、現実に会員はもぎり式アンケートによって大へん

よかった六二%、よかった二三%と圧倒的な支持率をみせているではありませんか、このような大衆の声、評価を、運営委員会は頭から無視するというのですか」

開き直るように云うと、

「それは、会員の意識が低いからです――」

江藤斎子が、冷やかに云った。

「じゃあ、会員のアンケートを頭から無視すると、おっしゃるのですか」

流郷は、わざと慇懃な語調で云った。

「いいえ、会員のアンケートによる調査結果は、もちろん重要視致しますわ、ですけど、その結果を〝無条件〟ではなく、〝最大限〟に取り入れながら、会員の意識を高め、啓《けい》蒙《もう》指導して行くのが、私たち勤音の指導的な立場にある者の基本的な在《あ》り方だと思います」

「ほう、啓蒙指導、意識を高める――、えらく高姿勢なおっしゃり方ですね、江藤さんのいうところの目的意識の内容をお伺いしたいものですね」

ぴたりと射るように云った。運営委員たちの視線が斎子に注がれ、斎子が口を開きかけると、事務局長の瀬木が言葉を挟《はさ》んだ。

「会員の満足度と例会の良さが必ずしも一致しない場合がある、つまり低俗で安易な音楽が無批判に迎えられる場合は、低俗な音楽を駆逐《くちく》し、良い音楽を聴き、創《つく》るための音楽運動と啓蒙をわれわれ勤音の行動力で行なわねばならないという意味ですよ」

妙にもの柔らかな語調で云い、

「じゃあ、この辺で、『蝶々《ちょうちょう》夫人』の内容に関する批判は出尽したようだから、収支決算の報告に移ります」

斎子はきらりと眼を輝かせながら、机の上の決算表を広げた。

「今回のオペラは、例会費百円に臨時特別会費五十円、計一人当り百五十円で予算を組みました、これだけ大がかりなオペラを一人百五十円で賄《まかな》いきれないことは最初から予測されていましたが、これ以上の会費は現在の会員の経済状態では無理で、勤音のいい音楽を安くという主旨にも反しますので、企画部から財政部へ廻された書類通り赤字覚悟の予算をたてたのですが、赤字の額が、当初の予想を上廻ってしまいました」

十人の運営委員たちは、顔を見合わせた。三万二千人の聴衆が十三日間、会場を満員にしながら、多額の赤字というのが呑み込めない様子であった。江藤斎子は報告を続けた。

「収支決算を具体的にご説明致しますと、次のようになります、まず収入金額は会費百五十円の三万二千人で、総計四百八十万円、支出は一ステージ割りで申しますと、会場費六万円、出演者ギャランティ歌手八人五万六千円、コーラス二十人二万八千円、指揮者一万円、演出者五千円、助手千五百円、舞台装置四万円、衣裳《いしょう》、鬘《かつら》、練習経費三万五千円、一部出演者の宿泊及び交通費一万一千円、計二十四万六千五百円、それの十六ステージ分で例会直接経費は総計三百九十四万四千円、この他《ほか》、入場税八十万円、ポスター、プログラムの紙及び印刷代二十七万四千円、機関誌の紙、印刷代、編集費二十三万五千円、事務局諸経費三十八万八千円で、総支出は五百六十四万一千円になり、会費収入四百八十万円を引いて、八十四万一千円の赤字になります、これは会場使用料、出演者のギャランティ、舞台装置、衣裳費の値上りが一つの大きな原因でもありますが、八十四万円という数字は、基本会費百円を頭におくと、八千四百人分もの赤字になりますから、今後は、企画立案の過程において、経費計算を綿密にして予算内におさめ、しかも勤音らしい内容のものを制作して戴《いただ》くよう、財政部から特にお願い致します」

と云うと、流郷がすぐ切り返した。

「今のあなたの報告は少しおかしい、あなたは、今度のオペラの企画の途中から財政を担当し、その間の事情をよくご存知ないらしいが、今度のオペラは勤音発足八年目に始めてやるオペラだから五十万円ぐらいの赤字ならいいという線で始めたわけで、あれだけ豪華な話題作にして八十四万一千円の赤字なら、差額の三十四万一千円は対外的な宣伝費として考えていいはずで、しかも今月の赤字を来月の例会分で埋めるよう、既に経費のかからない新人の独唱会を組んでいる、それに勤音は利益を目的にする団体ではなく、むしろ勤音自体は儲《もう》けてはいけない建前になっているのに、あなたはどうして、そんなに赤字を問題にするのです、しかも、あなたの報告を聞いていると、これまで例会外経費として計上していたものまで計上し、その上で赤字を云々するのは、いささか収益を追い過ぎているようですが、何か特にそうした方針を建てているのですか」

鋭い質問を浴びせかけた。斎子は、一瞬、口ごもり、

「どんな団体だって収益は無いよりある方がいいじゃありませんか」

突っ撥ねるように云ったが、斎子の眼にかすかな狼狽《ろうばい》の色があるのを、流郷は見逃さなかった。

*

公団アパートの朝は、一日中で一番活気を帯びている。慌《あわただ》しい朝の食事、職場や学校へ出かける扉《ドア》の音や足音、一戸一戸の家庭から朝の音が賑《にぎ》やかに廊下に溢《あふ》れ出ているが、流郷の部屋だけは、ひっそりと静まり返っている。

流郷は、寝不足の腫《は》れぼったい顔で、窓から見える千里丘《せんりがおか》団地の朝の風景を眺《なが》めながら、独り食卓に向っていた。もう何日も掃除していない男独りの部屋の中は、埃《ほこり》だらけで、六畳の本棚の横にたてかけてあるヴァイオリンのケースまで白く埃をかぶっている。

六年前、妻の衿子《えりこ》と別れてから、一週に一度通って来るパート・タイムの家政婦が部

屋の掃除をしてくれない限り、乱雑に散らかしっ放しで、ものぐさな独り暮しを続けているのであった。

六つ齢下《としした》の衿子とは、関西の小さな劇団『若草』で音楽担当をしていた時、新劇には珍しい飛びぬけて美しい容貌《ようぼう》と、次々と男性遍歴を重ねながら、男の記憶をいささかも、体にも心にも残さない奔放さに興味を持って、何となく一緒になり、二年足らずで、何となく別れてしまったのだった。何となく行動するということは、幼《ちい》さい時、母に先だたれ、医者をしていた父と祖母とに育てられた流郷の少年時代からの性癖のようなものであった。開業医をしていた父は多忙な診療に追われて一人息子を顧みる暇がなく、音楽好きの祖母は孫にヴァイオリンを習わせること以外は、何の干渉もせず、流郷は少年時代から孤独癖と大人びたものぐさを身につけ、好きな音楽以外には、持続した興味を持たなかった。大学を卒業してすぐ入社した貿易会社がつぶれた後、これという会社にも勤めず、音楽事務所や劇団の音楽担当をして、いわば音楽浪人のような生活を続けていたのも、そうしたものぐさのせいであった。

そんな流郷が勤音の事務局に入って、急に積極的に仕事をするようになったのは、自分の企画した音楽によって何人の聴衆を組織動員し、どれほどの感動を与えたかということが、明確に把握できるからであった。したがって流郷は、何時《いつ》の例会も、幕が下りたその瞬間に、もう次の企画を考え、次の聴衆動員の方法を考えているのだった。

流郷は、昨夜の運営委員会のことを考えると、苦々しい表情になった。あれほど聴衆動員をし、盛んな拍手を得て、成功をおさめた『蝶々夫人』が、運営委員たちのアメリカ帝国主義云々や水爆実験云々などの音楽以前の議論で、内容に積極性が乏しいときめつけられ、結論付けられてしまったのだった。馬鹿馬鹿《ばかばか》しさが胸に来たが、運営委員会が勤音の執行機関になっている限り、どうしようもない。その上、事務局の財政担当の江藤斎子が報告した収支決算のことを考えると、流郷は、納得のゆかぬ思いがした。

Ｓ会館の大ホールに、連日二千人余りの会員がぎっしり入り、十三日間も上演して、なお赤字決算になるのが腑《ふ》に落ちなかった。いくら経費のかかる大がかりなオペラであったとはいえ、八十四万円もの赤字は何と考えても、いささか多額に過ぎる。流郷は、江藤斎子の報告をメモした手帳を広げた。

会場費、歌手、コーラス、指揮者のギャランティ、演出料、舞台装置、衣裳費、入場税、プログラム、ポスター、機関誌の紙代、印刷代の数字を細かく克明に追って行き、事務局経費のところで眼を止めた。

事務局経費の総額として、三十八万八千円と報告されているだけで、内訳が報告されていない。それにポスター、プログラムの紙、印刷代二十七万四千円、機関誌の紙、印刷代二十三万五千円も、オペラ用の豪華なものを作ったといっても、これまでの経費に比べると、いささかかかり過ぎている。どうもこの辺に赤字決算の原因がありそうであった。舞台に関する直接経費なら歌劇団と直接、契約をした流郷に一目瞭然《いちもくりようぜん》、解《わか》ることであったが、事務局の諸経費やポスター、プログラム、機関誌関係になると、その直接の担当者でなければ正確なことは解らない。特にプログラムなどは、ほんとうの刷《すり》部数と帳面面《づら》の部数と売れ残った数を、確実に把握することは難しい。したがって、プログラムの担当者と財政担当の江藤斎子だけで故意に赤字決算にしようとすれば、出来そうなことであった。そう考えると、流郷は、日頃、感情を顔に出したことのない斎子が、流郷の決算に対する質問に一瞬、顔色を動かしたことが思い出された。

江藤斎子は、終日、感情をおき忘れて来たような無表情さで机に向っているのが常であった。昼食時になっても、五人いる他の女の事務局員と誘い合わせて食事をするようなことはなく、独りどこかへ出かけてすませ、退《ひ》け時《どき》になっても、事務局員の誰かと帰るということはなく、むしろ連れだって帰ることを避けるように、そそくさと姿を消してしまう。それでいて、独身のなりふり構わぬ職業婦人というのではなく、個性的な容貌に似つかわしい黒のプレーンなワンピースを好んで着、ぱちりとしたアクセサリーをどこか一点においている。一見、地味そうに見えるが、よく見ると、金目のかかった凝った装《よそお》いで、しかも、自分の均斉のとれた美しい肢体を意識した服装で、流郷のこれまでの女性遍歴の経験からみても、ただものではない感じであった。

ただものでなければ何だろう——、流郷の憶測が止った。これまで流郷がつき合い、関係を持った何人かの女たちの中に見られぬ複雑に屈折した陰影があった。美貌《びぼう》である点では離婚した衿子と似かよったところはあるが、衿子には、斎子のもっている氷のような冷やかさはない。彫像のように動かぬ表情で斎子は、何を考えているのだろうか。

それを知るために、流郷は、昨日の運営委員会の席上で、斎子の決算報告書に疑問を出しながらも、わざとその場では、深く追及しなかったのだった。あの場合、ちらっと疑惑をほのめかすだけにしておく、それが今の流郷が、江藤斎子に対する最も巧みな接し方のようであった。流郷の眼に、始めて笑いが溜《たま》った。灰になった煙草《たばこ》をぽいと、灰皿に投げ捨て、ぬるくなった紅茶を飲み干し、時計を見ると、急いで出勤の身仕度にかかった。


時間を気にしながら、勤音の事務局の扉《ドア》を開けると、一見して音楽事務所のマネージャーと解る気障《きざ》な服装をした男が受付の椅子《いす》に坐《すわ》って、流郷を待ち受けていた。流郷の姿を見ると、ばね仕掛のように椅子から起ち上がった。

「あっ、流郷さん、お久しぶりです、浪花《なにわ》音楽事務所の吉崎ですよ、この間のオペラはなかなかの評判で、新聞の音楽評にまで取り上げられ、全く意欲的な内容で、さすがに勤音さんだと、その意識の高さに敬服致しましたよ」

馴《な》れ馴《な》れしい挨拶《あいさつ》をしたが、二、三年前、流郷が東都フィルハーモニーを頼みに行った時、勤音はアカだとか、ギャラが安いからと云《い》って、鼻先であしらわれたことのある吉崎であった。そんなことなど忘れ果てたような顔付をしている吉崎に対し、流郷も同じような顔をし、

「いや、お久しぶり、ところで、そちらのご用件は？」

事務的に云うと、吉崎はさらに馴れ馴れしい口調で、

「実は、私の方で民族音楽ものを企画していて、これなら勤音の意識の高い聴衆にも拍手をもって迎えられるという自信を持ったんで、その企画を持ち込んで来たわけですよ」

『蝶々夫人』の例会以来、急に増えたこの種の売込み屋たちと同じ口調であった。流郷はポケットに手を突っ込んだまま、

「このところ、皆さん、同じような話を持ち込んで来られますが、私の方はご承知のようにこちらで企画をきめ、出演依頼することを原則にして、よほどの時でない限り、音楽事務所の企画をパッケージでそのまま買うというようなことはしないことにしていますし、勤音のギャラは安いですから、とてもあなたのお話には合わないでしょう」

「とんでもない、それはお話合いの上でいろいろと、また——」

吉崎は、鼻白むように云った。

「いや、この頃の勤音はもともとがお安い上に、値切るようになりましたから、うちはやっぱり、あなたのところのお相手にはなりませんよ」

流郷は、素っ気なく、その場を離れた。

企画部のデスクに坐ると、各サークルの会員から集まった例会の希望調査票が堆《うずたか》く積み上げられている。流郷は葉書様式になった票に一枚、一枚、眼を通した。ヴァイオリン独奏、管弦楽、ピアノ独奏、独唱、室内楽、どうしてこう何時もきまった希望が出るのだろうか、流郷は退屈な欠伸《あくび》を嚙《か》み殺した。勤音の対外的な姿勢としては、オペラのあと三カ月おいて、さらに意欲的な例会を催さねばならないのに、一般会員の大多数の希望は変りばえがなく、流郷自身が会員の希望調査を基《もと》にして、何か変った試案を作らねばならない。オペラのように経費がかかるものでなく、しかも勤音らしい内容のものを制作して貰《もら》いたいといった江藤斎子の言葉が思い出された。財政部の方を見ると、さっき、流郷が入って来た時は、机に向って仕事をしていた斎子が、何時の間にか席を空《あ》けている。

「流郷さん、ご面会——」

受付から声がかかった。振り向くと、協和プロダクションの千田であった。席を起《た》って行くと、背のひょろ長い千田は、頰骨《ほおぼね》の高い瘦《や》せぎすな顔の中でぎょろりと眼だけを光らせ、

「どないだす、景気は？」

事務局員の咎《とが》めるような視線が、一斉に千田に向けられた。千田は平然とした顔で、

「オペラで一発あてはったそうやのに、えらい不景気な顔をしてはりますな、前を通りかかったから、久しぶりに顔を見に来たんだす、コーヒーでも飲みに行こうやおまへんか」

そう云うと、流郷の返事を待たず、先にたって事務局の扉を押し、ビルの外へ出ると、梅田新道の交叉点《こうさてん》に向って歩き、K会館のティー・ルームへ入って行った。ゆったりとした広さを取ったフロアに北欧風のテーブルと椅子が並び、淡い間接照明に照らされている喫茶店であった。

「いよいよ、三万を突破したらしいですな」

千田は、勤音の会員数のことを云った。

「うん、おかげでね」

「そうすると、年内に三万五千という目標やな」

「いや、年内四万だ」

「なに、四万やて？」

千田は、けらけらと大声で笑い出し、

「新聞や週刊誌の刷部数やあるまいし、生きた人間の頭数を揃《そろ》えんならんのに、なんぼ、

あんたかて、クラシック音楽で年内四万は逆だちしても無理だっせぇ」

流郷に向って、遠慮のない口のきき方をした。千田とは、流郷が劇団『若草』の音楽担当をしていた時からのつき合いであった。

その頃、千田はクラシック専門の音楽事務所にいて、マネージャーをしていたが、五年前に独立すると、これからは難しい顔をしてベートーヴェンを聴《き》くより、官能で聴くポピュラー・ミュージックの時代やと、さっさとクラシックのマネージャーの看板を下ろして、当時、流行しかけていたジャズに目をつけて、ジャズ畑の有能なタレントを抱え、奇抜なプランとずばぬけた興行手腕で次々と新しいマーケットを開拓し、一介の音楽青年から四十三歳で十数人のタレントを抱えるプロダクションの経営者に成り上がったのだった。そんな千田に対し、流郷は音楽が解り、興行の解る面白い男として、他《ほか》の音楽マネージャーと違ったつき合い方をしているのだった。

千田は、運ばれて来たブラック・コーヒーを美味《うま》そうに飲み、

「勤音も後生大事にクラシックにしがみついてんと、もうこの辺で、ポピュラー・ミュージックに踏みきって、ジャズでもやりはったらどうだす、ジャズ大会でもやったら、それこそ一回で五千ぐらい増やせますわ」

「ところが、勤音では、クラシック以外は音楽やないと思っている会員が多いし、ポピュラーの中でも特に、ジャズはアメリカ帝国主義の所産だから駄目だと否定されている

のだ」

「ほう、そんな阿呆《あほ》なことを大真面目《おおまじめ》に云《い》う奴《やつ》がおるのんか、そうすると、勤音の連中は、ジャズやロカビリーを聴く時でも、何かもっともらしい理屈が付いてないといかん、極端にいうたら、音楽を聴いてる時でも、デモに参加してるような意識がついて廻らんと気がすまんという手合《てあい》やな」

千田一流の毒舌を吐いた。

「そう云われると、一たまりもないが、まあ、それが一種の〝勤音ムード〟というもので、運営委員はもちろん、会員、時によっては出演者まで、そんな連帯感みたいなもので繋《つな》がっている、だから、どんな企画をたてる場合でも、勤音ムードが不可欠になるわけなんだ」

「勤音ムードか、うまい云い方をしはりますな、それもあんたの造語ですやろ」

流郷はかすかに笑い、

「勤音などといってみたところで、これといった実体はなく、職域、地域サークルの会員が集まり、その組織力で勤労者のための音楽会を開いているだけのことだから、一回一回の例会の内容が組織を作っているようなものだな、だから勤音の例会は、他の興行団体では出来そうもない内容のもので、意識の高さを匂《にお》わせるものでなければならないんだよ、つまり、左がかった高級そうなもの、これが勤音では絶対必要で、その上、新聞、雑誌に取り上げられる要素を持っていること、マスコミによって再生産されると、会員が増えるからね」

「そうすると、あんたも、この頃は、われわれと同じように、演奏の出来より観客席の方を気にする口やな」

「以前の僕は、外人の演奏を聴きに行って、日本人との差を感じると、どうしたらその差を縮められるか真剣に考え、分析したものなのに、今は幕が上がると、舞台の袖《そで》から客席の会員の頭数ばかりを数えている」

苦笑するように云うと、

「ところで、流郷さん、あんたは、ほんとうのところ、どんな思惑で勤音をやってはりますねん、まさか、あんたが本気でイデオロギーを持つようになったというわけではおまへんやろ」

ぞろりとした大阪弁で何気なく問いかけながら、千田の視線はぴたりと、流郷の顔に注がれた。

「僕のイデオロギーを、聞きたい、というわけかい」

流郷は、妙にゆっくりとした口調で云い、

「僕は反ソ、反中、反米だよ」

無表情に云った。

「そうすると、右でも左でもないというわけですな、それなら私とほぼ同じ、私は右からも左からも、儲《もう》けさせて貰えばええという人間やからな」

そう云い、千田はひょろりと体を乗り出し、

「さっきの年内に会員四万に増やす話、ソ連の特価品をやりはったらどうですねん」

「ソ連の特価品？」

「つまり、赤い思想をセールスするために、ただ同様の安いギャラで派遣されて来る演奏家のことだすわ、それを買《こ》うて演《や》ったら、仕入れ値が特価やから安上りで、あんたのいう勤音ムードの左がかったお着物が着《べ》せられて、よろしいやおまへんか、早速、そんな掘出しものを聞き込んで来ますさかい、ええ出《で》ものがあったら、うちのプロダクションの仕込みにさしておくれやす、勤音みたいに、やれば必ず何万というお客が来て、確実に儲かる音楽マーケットを指をくわえてみてる阿呆はおまへんやろ」

千田らしい見事な話の持込み方であった。

「それは、その特価品の内容を見せて貰ってからのことにしよう、いくらソ連ものでも、特価品には特価品の値打ちしかないものもあるからね」

流郷も見事に締めくくり、窓際《まどぎわ》へ視線を向けた途端、はっと眼を凝らした。

江藤斎子と事務局長の瀬木三郎が向い合って話し込んでいるのであった。黒いワンピースを着た斎子は、少し上半身を前屈《まえかが》みにし、日頃、事務局で見せたことのない生き生

きとした表情で話し込んでいる。何が彼女をそんなに息づかせているのか解らなかったが、何時《いつ》もは凍りついたように冷やかな切れ長の眼がきらきらと輝いている。事務局長の瀬木も、平常の寡黙《かもく》さを破って、体を傾けるようにして頻《しき》りに喋《しゃべ》っている様子であった。それは見ようによっては、特別の男女関係とも、或《ある》いは仕事の上の密談ともとれる緊密な雰囲気に包まれていた。

二章

淀川《よどがわ》青年会館の集会ホールは、若々しい活気に満ちていた。一日の勤務を終えた二十人ほどの若い男女が、レコード・プレーヤーから流れる軽快なフォーク・ダンスの曲に合わせて、腕を組んだり、手を叩《たた》いたり、楽しげに笑いながら、踊り興じている。五時半から始まる懇談会の定刻は既に過ぎていたが、勤め帰りの会員の出足が揃《そろ》わず、早く来たものからフォーク・ダンスに参加しているのだった。木造の古い建物の会場は、ステップを踏む度に床が軋《きし》み、すぐ前の通りを車が走る度に窓ガラスが大きな音をたて、近くを流れる川から溝《どぶ》くさい臭気が臭《にお》って来るが、誰の顔も仕事から解放されたいきいきとした生気に満ち、フォーク・ダンスの輪は、何時《いつ》の間にか三十人近い輪に広がっていた。

入口の方で大きな声がし、地域懇談会の議長をしている古参会員の顔が見えた。

「只今《ただいま》から地域懇談会を始めます！　みんな席に着いて！」

レコード・プレーヤーが止り、会員たちはすぐホールの片側に並べられたコの字型の机の前に坐《すわ》り、飴《あめ》、煎餅《せんべい》、粟《あわ》おこしなどの入った菓子袋と湯呑茶碗《ゆのみぢゃわん》を順送りに配った。

議長は席を見渡し、

「みんな、フォーク・ダンスには熱が入るな、その意気でこれから始める懇談会も、日頃、われわれが勤音に関して感じたり、考えていることを大いに発言して貰《もら》いたい、事務局からは何時も出席されている組織担当の永山さんと、財政部の新しい責任者である江藤斎子《せいこ》さんも出席して下さったから、財政関係のことも遠慮なく発言して下さい」

開会すると、組織担当の永山は、お邪魔しますと親しげに挨拶《あいさつ》し、ついで江藤斎子が起《た》ち上がった。

「皆さん、今晩は、皆さんの北大阪地域の活潑《かっぱつ》な活動については、議長からお聞きして、大へん心強く思っておりました、今日は、私ども事務局の者も参加させて戴《いただ》き、皆さん方と共に、私たちの勤音をさらによりよくして行くために、十分な話合いをしたいと思います、どうかよろしく」

事務局にいる時の江藤斎子とは思えぬほど積極的な親しみを籠《こ》めた挨拶をしたが、切れ長の大きな瞳《ひとみ》だけは、一人一人の会員の意識を測るように鋭く見開かれていた。

「じゃあ、今度は会員の自己紹介だ、左の一番端の人からやって下さい」

議長が促すと、次々に自己紹介が行なわれ、三十二人の自己紹介がすむと、議長は机

の上の大きな薬罐《やかん》を取り、

「さあ、菓子を食べながら、運営上の意見、例会内容、会費のこと、何でも思っていることをざっくばらんに話し合って行こう」

と云《い》うと、すぐ手が挙がった。

「例会の日割券のことですが、僕んとこのサークルは、例会希望日の第一希望が何時も取りにくく、たいてい、第二希望に廻され、最近、特にこの傾向が強いので、サークルの中から文句が出、世話役の僕は困っています、事務局では、大きな会社の希望日を優先的に取って、僕らのような小さな会社へその皺寄《しわよ》せが来るのやないですか」

淀川アルミのサークル員が率直に不満を述べると、日本食品のサークル員も、

「僕も日割券のことで不満があります、僕は昼働いて、夜間大学へ通っていますから、例会は日曜しか行けないので、夜学へ行っている会員には、日曜日の日割券を優先的に取れるような特例を認めてほしいんです」

組織担当の永山に向って云った。永山はちょっと当惑する様子で、

「日割券はできるなら、何時も皆さんの希望通りの日を取ってあげたいのですが、皆さんの希望日が重複したり、或《ある》いは予測しない会員の増加があったりして、なかなか思うように行かなくて、皆さんにご迷惑をかけています、しかし、淀川アルミの方が云われたような大会社のサークルを優先するようなことは絶対ありません、例会の日割の第一

希望の順番は、事務局の台帳にちゃんと明記され、どのサークルもその機会は平等に行きわたるようにしていますから、この点、誤解のないように願います、それから日本食品の方の云われたように夜間学生とか、その他《ほか》美容院、理髪店、デパートのサークルなど、特定の日しか夜の時間が空《あ》いていない人には、その夜が取れるようになっていますから、事務局のサークル相談係に連絡して下さい」

そう説明すると、ジャンパーを着た青年が手を挙げた。

「入会金制度のことなんですが、会社の出張などやむを得ん事情で一回例会を休んでも、来月行く時に新たに入会金をおさめんといかんというのは、あんまりきつ過ぎると思います、財政部の人に聞きたいのですが、なんで、そんなに入会金をその都度、取りたてねばならんのですか」

江藤斎子はきらりと眼を光らせた。

「勤音は例会を開くだけではなく、例会を通して、働く者の日常生活に結びついた音楽運動をしているのですから、その例会のプログラムが気にいらないとか、希望日がとれないからとか云って、入会したり、出たりされては運営上に混乱を来たしますので、会員固定のために入会金制度を行なっているのですが、出張とか残業とか、止《や》むを得ない事情で例会を休まれる方の次回の入会金については、検討してみます、なお入会金の用途は、事務局の資金の蓄積とか、出演料の前払いなど、毎月の百円の例会費では賄《まかな》いきれない支払いに当てており、それが貴重な潤滑油《じゅんかつゆ》になって運用されているわけです」

説得力のある爽《さわ》やかな語調で云うと、丸一木工の工員と名乗る二十歳ぐらいの会員が大きな声で発言した。

「今、例会費百円と云いはったけど、『蝶々夫人《ちょうちょうふじん》』の百五十円をはじめ、この頃、何やかやと特別会費を取られ、百円例会いうたら、麦飯に米粒探すみたいに少のうなってしもうたけど、特別会費をとらんとやっていかれへんのですか、僕らは五十円給料を上げてくれと云うても、睨《にら》まれるぐらいや」

怒ったようにぶっきら棒に云った。斎子は優しい笑顔をつくり、

「特別会費の徴収は、事務局でも最も頭を悩ませている問題で、私たちは例会予算を組む時、百円で何とかおさまるように懸命になっていますが、最近のように会場使用料、出演料が高騰《こうとう》して来ますと、とても百円以内ではおさまらなくなりました、例《たと》えば会場費について、S会館はこれまで一回の会場使用料は四万円ですんでいたのが、三カ月前から使用希望増加を理由に六万円に値上げされ、従来、無償であった舞台稽古《げいこ》料も有料になりました、また演奏家の出演料も二〇%乃至《ないし》四〇%と大幅に値上りし、いくら勤音の例会といっても、A級の人で一ステージ五万円以下で出演して下さる人はなくなり、特別会費を徴収しないと、勤音は近い将来、財政的に行き詰ってしまいかねません、それなら何も、そんな一流演奏家にせず、二、三流でもいいから百円の会費で賄える例会

にすればいいという声もあるようですが、安いばかりでよい音楽が聴《き》けなくなったのでは、勤音の意義がなくなります、いい音楽を安く、より多くの働く者のためにという勤音の目的を貫くためには特別会費が時によって、どうしても必要になって来るわけです、皆さん、お辛《つら》いでしょうが、男性会員は煙草《たばこ》やお酒、女性会員はおしるこ代やお化粧代を節約して、勤音の特別会費の徴収にご協力下さると同時に、勤労者の給料は上がらないのに、物価だけがどんどん上がって行く現在の社会の仕組というものについて、考えるべきではないでしょうか」

江藤斎子の声に熱っぽさが帯びると、若い現場勤務者の間から、

「そうや、勤音の特別会費を云々《うんぬん》する前に、われわれの低い賃金を圧迫する物価の値上りを問題にすべきや」

と云う声が上がった。議長は大きく頷《うなず》き、

「もちろん、それが根本問題だ、しかし、賃金と物価の問題は各労組で取り上げ、検討すべき問題だから、今夜の懇談会では、勤音の例会に話をしぼろう、例会内容について、何か注文がありますか」

問題を勤音に戻すと、女性会員の一人が手を挙げた。

「近畿百貨店の杉田です、五年前から勤音の会員なんですが、クラシックは一通り聴いたので、これからはもっと音楽的に高度なプログラムを組んでほしいのです」

と云うと、その隣に坐っている少年工らしい会員が口を開いた。

「僕はその反対で、クラシックは難しいて、さっぱり解《わか》らへん、僕らのように流行歌や浪花節《なにわぶし》ばっかりの町工場の工員には、クラシックみたいな高級なもんは無理なんと違いますやろか」

組織担当の永山は、咎《とが》めるように少年工の方へ向き直り、

「これからの勤音を支える若い会員が、そんなことを云っては困りますね、だいたい、音楽鑑賞というものは――」

大上段に説明しかけると、江藤斎子は、

「いえ、大へん率直なご意見だと思います、でも、クラシック音楽は難しいと頭からきめてかかっていらっしゃるようですね、クラシックは特別な音楽ではありません、他の音楽を聴く時と同じような親しみを籠めてお聴きになれば、或《あ》る時は大きな喜びを感じ、或る時は生活の疲れや悲しみを癒《いや》してふるいたつような勇気を与えてくれるものです、したがって頽廃《たいはい》しているブルジョア階級より、むしろ皆さん方、生産労働を荷《にな》っている勤労者の方がほんとうにクラシック音楽が解るはずです、だから私たちは例会を通してクラシックに親しみ、精神的頽廃を招くだけの低俗な流行歌やジャズを駆逐《くちく》して行かねばならないと思います」

質問者を励まし、自信を持たせるように云った。

「なるほど、そう云われると、僕のクラシック・コンプレックスが吹き飛んだわ」

　少年工は明るい声で応《こた》え、懇談会は次第に活潑になって行った。八時を過ぎると、議長は時計を見、

「今夜はこの辺で散会にしましょう、明日の勤めの早い人もいるから――」

　江藤斎子はさっと椅子《いす》から起ち上がった。

「皆さん、今夜はいろいろと積極的なご意見を聞かせて戴いて、事務局としてお礼を申し上げます、最近、地域懇談会はどの地域も、ともすればフォーク・ダンスやレコード・コンサート、個人的なおしゃべりの会だけに終る傾向にあるようですが、地域懇談会は、サークル、地域委員会、運営委員会という勤音の縦の機構に対して、会員一人一人の横の連繋《れんけい》を深めて行く会合で、何といっても勤音の土台になるものですから、皆さんの強い自覚によって、私たちの勤音をさらによりよく、大きな組織に育てて行きましょう！」

　一同に働きかけるような熱っぽい語調で云うと、一斉に拍手が鳴り、北大阪地域懇談会は今までにない盛会裡《せいかいり》に終った。


　午後九時を廻った勤音の事務局は、人影がなく、ポスターや例会通知を貼《は》りめぐらし

た室内に非常灯がほの暗い光の輪を落していたが、企画部の机の上だけ明るい蛍光灯《けいこうとう》がつき、流郷《りゅうごう》が三カ月先の例会企画の案を練っていた。

協和プロの千田は、ソ連ものの特価品を持って来ると、自信ありげに云って帰ったが、実際にそんなうまい話がすぐありそうには思えず、流郷は千田の持込みをあてにせず、自分なりのプランをたてているのだった。

世界の民族音楽、日本のうたごえ、創作オペラ——、さっきから何度も消しては書き、書いては消している題名、演奏内容、出演者、演出者などのメモを広げ、流郷は頭を抱え込んだ。いい演《だ》しものにしようとすればどうしても経費がかかり、安ものは流郷の気に食わない。しかし、この間の運営委員会で、当分、予算内でやることにきまった以上、その予算に従わねばならない。疲れの溜《たま》った重い頭で、ぱさりと鉛筆を投げ出すと、不意に入口の扉《ドア》が開いた。

「あら！」

背後で驚きの声がした。振り向くと、江藤斎子であった。

「どうしたんです、こんなに遅く」

「北大阪の地域懇談会へ行っていたんですが、ちょっと忘れものを致しましたの」

そう云い、つと自分の机へ寄り、引出しを何度も開け閉めし、ものを探し出す振《ふり》をしていたが、流郷には見えすいた芝居の仕種《しぐさ》のように見えた。斎子は何かもっと重要な忘れものか、仕事があって、九時を過ぎた事務局に帰って来、思いがけなく流郷に出合わし、ちょっと忘れものをしたと取り繕っているような様子であった。

「あっ、ありましたわ、忘れものが見つかりましたわ」

流郷は不自然さを感じたが、

「そりゃあ、よかったですね、これからまっすぐ帰られるのなら、一緒にお茶でも飲みましょう」

そう云い席を起ちかけると、

「私、急いでおりますの、それにもう遅いですから失礼しますわ」

「まあ、いいじゃありませんか、お時間は取らせませんよ、K会館のティー・ルームでならいいでしょう」

この間、事務局長の瀬木と斎子とが会っていたティー・ルームを云った。

「じゃあ、ほんのちょっと、ご一緒しましょう」

斎子は硬《かた》い表情で応えた。

ビルの外へ出ると、ウィーク・デーの九時を過ぎたビル街は、暗い谷間のように静まりかえっていたが、梅田新道の繁華な通りへ出ると、人通りが多くなり、商店のショー・ウィンドーから流れる華《はな》やかな光が、道行く人たちの顔を明るく照らし出していた。

流郷と斎子は、人通りの中を並んで歩いていたが、斎子は唇をきゅっと引き結んだまま、一言も口をきかずに歩き、流郷はズボンのポケットに両手を突っ込み、肩をそらせるようにして楽しげに歩いていた。

K会館のティー・ルームは、映画がはねたところらしく、席が埋まり、煙草の煙とむうっとするような人いきれが籠《こも》っていたが、流郷は隅の方にぽつんと一つ空《あ》いている席を見つけ、斎子と向い合った。

「今夜の地域懇談会はどうでした？」

「活潑《かっぱつ》な発言がありましたわ」

「地域懇談会は組織部の担当なのに、財政部のあなたが出るとは、大へんな活動ぶりですね」

「いえ、北大阪の地域懇談会は非常に活潑だと聞いていましたから、ちょっとその様子を見に行っただけなんです」

「それにしてもなかなかご熱心じゃありませんか、東京の勤音にいらした時は、何を担当していらしたのです？」

「組織部の機関誌編集の方です」

「じゃあ、三年前まで機関誌の方をやっていた中野というのをご存知ですか」

「中野さんなら存じています、私と入れ代るように組織部を出られた人です」

「なかなかきれる奴《やつ》だったんですが、何か妙なことで事務局を追われたらしいですが、同じ勤音といっても、東京と大阪では全く別個の世帯で、別個の活動をしているものだから、東京勤音の事務局の消息はさっぱり解りませんよ、事務局長の鷲見《わしみ》さんは相変らず精力的な活動をしているんですか」

「ええ、相変らずです」

　何かを警戒するように言葉少なに応えた。

「で、あなたは、東京からわざわざ大阪へなど、なぜいらしたんです？」

　斎子はちょっと口ごもりかけ、

「母が一人で大阪にいて、このところ急に齢《とし》とったものですから――」

「ほう、お母さんとお二人暮し――、あなたは、僕と同じようにアパートで一人暮しを楽しんでいらっしゃるものだとばかり思い込んでいたんですよ」

「いいえ、母と一緒に生活しております」

「これは失礼――、僕は、あなたのような美人が独身などとは不自然に思えて、それでつい……」

　つまらない質問をしたことを詫《わ》びるように云《い》い、

「僕は瀬木さんに引っ張られて勤音に入ったわけですが、あなたも瀬木さんとは以前からのおつき合いなんですか」

「ずっと以前からというわけではないのですけど、瀬木さんが東京の思想社にいらっしゃる時に、ちょっと存じ上げていて、こちらへ来てまた、お会いすることになったのですわ」

瀬木が終戦直後、左翼雑誌の編集に携わり、資金繰りの点で思想社が倒れてから、勤音の仕事に入ったことは、流郷も聞き知っていることであったが、戦前の瀬木の経歴や、その他については詳しいことを何一つ知っていなかった。

「瀬木さんと僕とはまる七年のつき合いですが、瀬木さんの頭の中は、何を考えているか解らないんですよ、勤音は純粋な音楽活動だと云いきっていますが、本心は僕などと全く違った次元で、勤音の在《あ》り方や組織を考えているんじゃあないでしょうかね」

斎子を通して、瀬木の考えを探るように云うと、

「瀬木さんと流郷さんとの間で解らないことがあるなんて可笑《おか》しいですわ、瀬木さんは勤音の主体である例会企画をあなたに任しておられるじゃありませんか」

「まあねぇ、しかし、僕という人間は、およそイデオロギーなどというものは持ち合わせていない人間でね」

流郷は、青白んだ頬《ほお》に乾いた笑いを見せた。

「それはあなたの露悪趣味というものでしょう、運営委員会や企画会議でのあなたの発言を伺っていると、決して反動的であったり、無思想な立場の人ではないはずですわ」

厳しい表情で云った。

「じゃあ、あなたは、どうなんです、女性の事務局員で財政を担当するあなたは、どんな考えなんです？」

不意に笑いを消し、射るような視線を斎子に向けた。斎子はかすかに、瞳《ひとみ》を動かしたが、

「あなたは私に、必要以上の興味をお持ちのようですが、これ以上のことはお答え致したくありません」

素《そ》っ気《け》なく云った。

＊

ナイトクラブ・ヤマトの広いホールは、むうっとするような人いきれと騒《ざわ》めきがたち籠《こ》め、フロアを囲んだ客席は殆《ほとん》ど埋まり、テーブルの上のほの暗いランプが夜を楽しむ人影を映し出している。

正面のステージに、虹色《にじいろ》の光の帯が絶え間なく回転し、七彩《なないろ》の光の輪の中で真っ赤なタキシードを着たジャズ・バンドが『マック・ザ・ナイフ』を演奏している。流郷と千田は、ステージに近い席に坐《すわ》り、ホステスたちに囲まれてブランデーを口に運んでいた。

「どないです、あのバンド、うちのプロから入れてるレッド・タキシード・バンドです

ねん」

千田が酒気に顔をほてらせて云った。叩《たた》きつけるようなきめの荒い演奏であったが、野性的な新鮮さがあり、トランペットを吹きながら唄《うた》う拳闘《けんとう》選手のような体をした若い男の声に野獣のような生ま生ましい魅力があった。ホステスたちも、パンチのきいたその声に体を揺すぶっている。

「あの土方みたいな体して唄うてる奴、ちょっといけますやろ、ボン・浜田、大阪のぼんちのボンと、フランス語のボンで、私がつけた名前ですわ、ここ一年程でどんどん伸びますやろから、勤音の例会でジャズをやるようになったら、頼みまっせ、あの道路工夫みたいな面《つら》と体だけでも勤音向きでっしゃろ」

流郷は、千田一流の売込みを聞きながら夕方、突然、勤音の事務局へ呼出しをかけて来た千田の意図を考えていた。

「お望みの特価品は、おましたでぇ」

露店の店開きをするような口調で云った。どんな重要な話でも、そんな切出し方をするのが千田の流儀であった。

「モスクワ交響楽団と国立ロシヤ合唱団の話がおますのや、どっちもギャラの安いことまさに特価品で、ただ時期があんたのいう時期より三、四カ月遅うなるわけだすわ」

千田はホステスたちに席をはずさせてから、流郷の方へひょろりと痩《や》せた体を寄せた。

「文化使節として派遣されて来るから、いわゆるギャラは無し、但《ただ》し一日四千円の小遣《こづかい》を要求してるのや、楽団員も指揮者も歌手も、裏方まですべて一律に四千円ということやから、モスクワ交響楽団を呼んだかて、一人四千円の百二十人で一日四十八万円、イヴ・モンタンが一日三千ドル、ちょっとした演奏家や唄い手でも千ドルするから、アメリカやヨーロッパものに比べたら無料《ただ》みたいな話や」

「無料《ただ》じゃないよ、資本主義と共産主義の算盤《そろばん》のもとが違うだけさ、で、その話の仕込みはどこからなんだい」

「仕込みもとは、買《こ》うて貰《もろ》うてからの話にしますわ、しかし、話の筋は間違いのないもんだす、ソ連専門の呼び屋が、モスクワ交響楽団に、国立ロシヤ合唱団を抱き合わせで買い、モスクワ交響楽団はその呼び屋の手打ち興行でやり、抱き合わせて来た国立ロシヤ合唱団の方は名前が通ってないし、ソ連のうたごえ運動みたいなものやから、これはいい売りにしたいというわけで、うたごえ運動と聞いて、これは勤音のものやと食いついたんだすわ」

「プログラムの内容は？」

「ショスタコヴィッチ作曲のオラトリオ『森の歌』と、ロシヤ歌曲」

「オラトリオというと、聖譚曲《せいたんきよく》だから宗教的な題材の合唱かい」

流郷は、ショスタコヴィッチの交響曲第五番の雄大な規模と生命力に満ち溢《あふ》れた凄《すさま》じい迫力を思いうかべながらも、音楽形式がオラトリオであることにこだわった。

「いや、音楽形式はオラトリオやけど、題材はソ連の壮大な国土建設を唄いあげたもので、大混声合唱と児童合唱、それに独唱の歌手、オーケストラの指揮者、楽団員を加えて総勢百五十人位だす、文化日本放送にモスクワ放送から録音したこの合唱団のテープがあるそうやから、それを試聴してみたらどうですねん」

「しかし、総勢百五十人となると、一人一日四千円の小遣で、一日六十万円、会場費六万円、舞台装置はいらないとして、照明費その他舞台雑費五千円、ざっと一日六十六万五千円では、一日の予算二十二、三万がせいぜいという例会には無理だな」

「意欲的な例会をやるのに、えらい細かいこと云いはりますねんな」

千田は、意外そうな顔をした。

「この間のオペラで八十四万円の赤字を出したから、ここ当分は絶対、予算内で出来るものをと、運営委員会で決められたんでね――」

そう云い、流郷は暫《しばら》く、放心したような表情をジャズ演奏しているステージに向けていたが、

「その『森の歌』の歌詞と曲だけを買おうじゃないか」

「えっ？　譜面と歌詞だけ――」

「そう、歌詞を日本語に訳して勤音に参加している各職場と地域サークルの合唱団にや

らせることだ、そうしたら百五十人なんてものでなし、四百人も五百人ものもっと雄大な大合唱になり、独唱部門は五期会の歌手に唄わせる、それなら経費がかからず、しかも勤音らしい内容のものになりそうだ」

新しい企画を思いついた時だけに見せる潤《うるお》いを帯びた光が、流郷の眼に溜《たま》った。

「そうなると、歌詞と作曲の版権、五期会と東都フィルハーモニーの仕込みはこっちでさせて貰《もら》うわけだすな」

千田はすかさず、仕込みの契約を持ち出した。

「それは企画委員会にかけてみてからのことで、土曜日の企画委員会で決定したら、もちろん、協和プロへ仕込みを渡すよ」

「今度は企画委員会ですかいな、流郷さんの話を聞いてると、年中、やれ運営委員会、やれ地域委員会、専門委員会と、会議、会議で明け暮れてはるやおまへんか」

「全くそうだ、勤音は会議による討論の結果でないと何も決らない、真面目《まじめ》にやっているとと毎日のように会議と学習がある……、もっとも僕は会議に出ても、学習などには出ないがね」

流郷は、吐き出すように云った。

「なるほど、会議と学習の連続でっか、ほんなら企画委員会の決定待ちということにして、仕込みの件は、按配《あんばい》に頼みまっせ」

ぬらりと流郷の胸もとに這《は》い込むように云った。流郷は表情を崩《くず》さず、

「しかし、歌詞と作曲の版権、それに歌手やオーケストラの仕込みぐらいでは、儲《もう》けにはなりそうもないよ」

「今度は儲けまへん、どこのプロダクションよりも先がけて、勤音で点を稼《かせ》いでおくだけのことだすわ、東京、大阪、京都、名古屋、福岡をはじめ、各地方都市の勤音の会員数を考えたら、多い時は年間、百ステージほどの仕事がありますやろ、しかも払いは、風呂《ふろ》屋みたいに例会がすんだら、すぐ日銭《ひぜに》で貰える、それが魅力ですわ」

そう云うと、千田はさっきのホステスたちを呼び、一番若い女を選んでさっと、フロアの踊りの輪の中へ入って行った。ステージから千田を迎えるようにトランペットが鳴り、『セントルイス・ブルース』が演奏されはじめた。千田はそれに合わせて、ホステスと手を組んで踊りだした。縦縞《たてじま》の派手な服を着たひょろ長い背が大げさな身ぶりで揺れ、踊りながら時々、流郷の方を見て笑った。柳の木が笑っているような飄々《ひょうひょう》とした笑いであったが、その胸の中では、勤音を相手にして何を企《たくら》んでいるか解《わか》ったものではないと、流郷は思った。

＊

千田は、派手な縞柄の上衣の胸もとから色もののハンカチーフをのぞかせ、ネクタイだけは地味目のものをきちんと締め、淀屋橋《よどやばし》を南へ渡り、御堂筋《みどうすじ》沿いの日東レーヨンの本社へ向っていた。

十月中旬の明るく冴《さ》えた陽《ひ》が御堂筋の歩道一杯に広がっていたが、千田は風に煽《あお》られるような飄々とした足どりで歩きながら、一週間前、勤音へ持ちこんだソ連ものの売物が、流郷の巧みな仕込み方でうまい売物にならず、五期会と東都フィルハーモニーの仕込みだけしか儲けにならなかったことを思い返し、勤音で儲け損った分だけ、今から日東レーヨンへ持ち込む『シャンソンの夕《ゆうべ》』で大きく稼ぎ出すことを考えていた。

正面玄関の壁面にギリシャ風のレリーフを塡《は》め込んだ日東レーヨンの本社の前まで来ると、千田は時計を見た。十二時五十五分――、ちょうど社長の門林雷太《もんばやしらいた》が昼食を食べ終る頃であった。有名な美食家である門林雷太は、社長室で独り食べる昼食も、吉兆《きっちょう》や灘万《なだまん》から取り寄せ、たっぷり一時間かかって食べるのが常で、それを食べ終った頃に訪問するのが一番機嫌のいい時であったから、今朝、社長秘書に電話をして、その頃に面会の約束を取りつけておいたのだった。

千田は、エレベーターに乗り、五階で降りて秘書課の扉《ドア》を開けた。既に午後の来客が待ち受けているらしく八人の秘書課員が、五室ほど並んでいる応接室へ、次々とお茶を運んでいる。日東レーヨンの社長であると同時に、関西財界の重鎮として経営者連合会の理事から文化教育団体、産業人スポーツ団体、音楽芸能団体まで数えればざっと五十近い肩書を持っている門林雷太であるから、本業以外に、一日二十人位の面会者と会うのが常であった。

「相変らずの忙しさだすな」

千田は、今朝、電話をかけた社長秘書の水木節子に声をかけると、

「まだ食後のお茶を飲んでおりますが、千田さんがいらしたらすぐ、お通しするように云いつかっておりますから、どうぞ」

応接室で面会の順番を待っている来客より千田の方を先にしたのは、千田がそれだけ顔がきいているからではなく、音楽を道楽の一つにしている門林雷太が、出入りの骨董《こっとう》屋を呼び入れるような調子で、出入りの音楽屋である千田を先にしているだけのことであった。

「協和プロの千田さんがお見えでございます」

秘書が社長室の扉を開けて伝えると、返事はなく、二十畳余りの南向きの明るい部屋の真ん中に据えられた大机に向って、食後のお茶を飲んでいる門林雷太の姿が見えた。

「千田だす、お邪魔さして貰います」

挨拶《あいさつ》すると、はじめて振り向き、

「今日は何を売込みに来たんや、ヴァイオリンの独奏会やったらあかんでぇ、この間、

つき合《お》うたばっかりやからな」

皮張りの回転椅子《いす》の上に趺坐《あぐら》をかき、坊主《ぼうず》刈りにした頭の下に、六十五歳とは思えぬ桜色に脂《あぶら》ぎった顔を光らせながら、半年前、千田がアメリカのヴァイオリニスト、リチャード・キーンを呼んだ時のことを云《い》った。

「今度はちょっと趣向の変ったもので、おたくのPR向きのものを持って来ましてん」

「前宣伝ばかりええのは困る、この間のリチャード・キーンの時も、前宣伝ばかりようて、演奏はさっぱりやった、まるで鋸《のこ》の目たてしてるような弾《ひ》き方で、低音のところがなってへん」

脂ぎったいかつい風貌《ふうぼう》に似合わず、門林雷太は音楽好きで、音楽について一家言を吐いたが、いわゆる音楽愛好者、もしくは音楽通というのとは少し異《ちが》っていた。門林雷太が口を開けば必ず自慢することは、大正十二年にハイフェッツを最初に日本へ呼んだ時、金を出したのはこのわしやということで、次いでクライスラー、ジンバリストもわしが金を出して呼んだのやと云い、芸術スポンサーであることが、門林の道楽の一つであった。

音楽の他《ほか》に、絵を買ったり、骨董集めもしていたが、音楽は、日東レーヨンのPRに密接に結びつき、音楽スポンサーの日東レーヨンといわれるほど、外来演奏家の音楽会の主なものは、日東レーヨンがスポンサーになって、民間放送のテレビとラジオの電波にのせているから道楽であるとともに一つの投資でもあった。

「鋸の目たてとは、えげつない云い方だすな、あのばりばりと弾きまくるところがダイナミックで、よろしおますねん、今度はフランスもののシャンソンで当てまっせぇ」

「なんぼやねん」

門林は爪楊子《つまようじ》で奥歯をせせりながら、にこりともせず、まず値を聞いた。

「テレビの放送権を握ってまっさかい、三百万で買うてほしおますねん、テレビ局は近畿テレビで、近畿テレビとの話合いはもうちゃんとつけておます」

「相変らず、ふっかけるな、お前のことやから百万ほどさばよんでるのやろ、話半分にして百五十万にまけとき」

「そら、殺生《せつしよう》だすな、今度、うちが呼んで来るのは、新進歌手のフランソワーズ・アンジェリで、レコードも日本へ入ってる歌手だす、まだ二十四歳で、映画女優並みの美人でっさかい、日東レーヨンが今年の冬売り出す若い女性向けのフラワー・セーターのイメージに持って来いだす、〝フラワー・セーターを着てシャンソンを！〟というキャッチ・フレーズは当りまっせぇ、それをなんぼ何でも半値の百五十万ではパリからの呼込み費やその他で経費《かかり》が多うて、うちの儲けがおまへんわ」

事実は、東京の新東洋プロが買い込み、東京は自分のところの手打ち興行、その他の都市は地盤も、強力な宣伝媒体も持たないから地方ごとの切り売りで来たのを安く買い叩《たた》き、その上、テレビ放送権も百万円の儲けをかけて持ち込んでいるのだった。

「まかれへんのか、ほんなら、止《や》めとくわ」

門林は趺坐をかいたまま、回転椅子をくるりと動かしかけた。千田はぽんと手を打ち、

「しょうがおまへん、社長みたいな玄人《くろうと》にかかったら負けだすわ、半値はあんまりでっさかい、百八十万でいきまひょ、その代り、R会館の借館料で息をつかせておくれやす」

門林が大株主になり、昨年、総工費五億で竣工《しゅんこう》したばかりの収容人員三千人のR会館のホールの借賃の値引きを云った。

「さすがは転んでもただで起きん男やな、スポンサー料で値切られたら、容《い》れものの値引きででも値差を埋めるつもりやな、それもあかんと云いたいところやけど、実のところ、あのホール、ばかでっか過ぎてこれという演《だ》しものが無《の》うて困ってるのや、表向きは絶対、値引きせんことになってるけど、わしがスポンサー料を値切ったところやから、そっちでちょっと息をつかしたるわ」

インターフォンを押して、R会館の支配人に電話を繋《つな》がせた。

「わしや、門林やが、協和プロの千田が、シャンソンの催し物に会場を借りに行くさかい、格別に計ろうてやってんか、なに？　クラシックと違《ちご》うて、シャンソンでもええかて、かまへん、貸ホールいうのは無料《ただ》で空《あ》けとくのが一番もったいない、それにうちと

タイアップしてる催し物やからな」

と云い、電話を切った。聞き耳をたてていた千田は、椅子を前へ寄せ、

「あんな設備の整うた大ホールがそない空いてるのやったら、思いきって、勤音の例会にどんどん、貸しはったらよろしいやないか、勤音なら、間違いなく、毎月十日間は借りますやろ」

「勤音？　勤音の話は、ちょっと耳にしてるけど、あんなとこが、なんであの大ホールを十日間も借れるのや」

「それが今や、勤音などと侮《あなど》ったことは云えまへん、七年前、たった四百人程で発足し、職場のレコード・コンサートや音楽教室ぐらいしか出来んかった勤音が、何時《いつ》の間にか三万五千人の組織に膨れ上がり、来年早々の勤音の例会では、勤音に入っている各職場の合唱グループが一千名近く参加してショスタコヴィッチの『森の歌』の大合唱をやるそうで、おたくの職場合唱グループも出るということだす」

「その『森の歌』というのは、どんな歌やねん」

「ソ連の国土建設を讃美《さんび》する大合唱やそうで、まあ、ソ連のうたごえ運動みたいなものですやろな」

千田は、自分でその原案を勤音へ売り込んでおきながら、人から聞き伝えたような云い方をした。

「そうすると、昼間われわれの会社で働いてる人間が、夜、勤音の例会へ行って洗脳されるというわけか」

門林は、不機嫌に黙り込んだ。

千田が帰ってしまうと、門林は、待たせている来客の応対をあとにして、総務部長の黒金を呼んだ。

「何か急なご用でも――」

四十五歳の若さで秘書課長から一躍、総務部長に抜擢《ばってき》された黒金は、髭《ひげ》の剃《そ》りあとの青々とした顔に縁なし眼鏡を光らせながら用心深いもの腰で入って来た。

「うん、聞きたいことがあるのや、君は勤音をどう観《み》てるのや」

「勤音？　あの勤労者音楽同盟のことですか」

唐突な質問の意味を測り兼ねるように門林の顔を見、

「一部の組合の文化部を通して会員拡大をやっているようですが、たいしたことはありません」

「たいしたことがない？　そうかいな」

門林が小首をかしげると、黒金はすぐ言葉を継いだ。

「何しろ、会員の僅《わず》かな入会金と会費で賄《まかな》っているのですから、勤音の例会は、ピアノやヴァイオリン演奏、または独唱会程度のことしかやれないようです」

「会員は、どれぐらいやと思うねん」

「そうですね、たかだか一万そこそこといったところでしょう」

門林の眼がぎょろりと光った。

「それが総務部長の勤音に関する知識か、呆《あき》れたもんや、わしが正しい答えを教えたるわ、勤音の会員数は今や三万五千で、四万人を目指して、来年早々にソ連の『森の歌』という大合唱をやってレーニン万歳を唄《うた》うということや、しかもその大合唱にうちの従業員も参加しているというのに、総務部長の君は、何という寝呆《ねぼ》けたことを云うてるのや」

怒鳴りつけるように云った途端、黒金の顔色が変った。

「どうも迂闊《うかつ》で申しわけありません、早速、労務部長、人事部長と、懇談し、十分な検討を致しますが、従業員の思想方面の監督は、職場管理を通して十分にやっておりますから、その点は、ご安心戴《いただ》いて結構と思います」

「勤務時間中になんぼ管理しても、仕事が終ってから勤音で洗脳されては何にもならん、会社の仕事が終った余暇管理までやる対策を早急《さっきゅう》にたてることや」

門林は有無を云わさず、頭から押しつけるように云った。

三章

人気《ひとけ》のない真っ暗な小学校の一角から、夜の空気を震わせるような合唱の声が聞えていた。勤音の『森の歌』を練習する東大阪地域サークルのうたごえであった。

薄暗い電灯の光を落している講堂の椅子に、八十名近い地域会員が体を寄せ合うように坐《すわ》り、ソプラノ、アルト、テノール、バスのパートに分れて楽譜の音符を一つ一つたどるように唄《うた》っている。ピアノを伴奏しながら、合唱指導をしているリーダーは十二月初めというのに額に汗を滲《にじ》ませ、一つ一つの音階を聞かせるように解《わか》りやすく弾《ひ》いている。週に二回、夜の六時から九時まで練習し、今夜で二カ月目を迎えていたが、全曲七章のうち第六曲まで譜読みが終ったところであった。まだ音程が不安定で、ぎごちなかったが、リーダーの指導に耳をそばだてながら、ひたむきな表情で唄っている。

ピアノの伴奏が止り、リーダーが楽譜を摑《つか》んで起《た》ち上がった。

「みんな、もう一度、第五曲の楽譜をよく見て！　この曲は、歌詞の標題にスターリングラード市民は行進すると書いてあるように、第二次大戦で壊滅したスターリングラードの市民が復興に起ち上がる姿を唄ったところだから、もっと力強く高らかに唄うことだ、唄い出しはフォルティッシモで始まる、さあ、もう一度！」

行進曲風の前奏を力強く弾くと、会員たちはその伴奏にのせられるように、

　たてよ祖国のために、我ら若者よ
　　喜びは我らのこの手で作る
　　幸《さち》みつる国の大地を
　　緑濃き色に飾らん……

男声のフォルティッシモが力強く響き、女声の高音と一つになって混声合唱が始まった。

流郷《りゅうごう》は、そうした会員たちの練習を講堂の一番うしろの椅子《いす》に独り坐って、じっと眺《なが》めていた。二カ月前、企画委員会で『森の歌』が決定してから、勤音に参加している各職場の合唱グループを集め、『森の歌』の内容を説明して参加グループを募り、参加グループが決定すると、勤音音楽教室の講師の指導で練習を始めたのであった。練習期間が十月中旬から十二月という年末にあたっているだけに、実際にはどれだけの会員が参

加するか懸念《けねん》されたが、練習を重ねるにしたがって、どこの地域も参加者が増え、最初は七百人の予定をしていた合唱が八百人になり、九つの地域に別れて、小学校や公民会館のホールを借りて練習をしているのだった。

ピアノの伴奏が止り、リーダーがまた起ち上がった。

「六十七節の変ニ長調の出だしが駄目だ！　ロ長調から変ニ長調に変るところで音程が崩《くず》れる、僕が唄ってみるから皆、続いて——」

ピアノを弾きながら、調子の変り目を音符で唄ってみせると会員たちもそれに倣《なら》って発声した。

「そうじゃない！　こうだ」

高音部を苛《いら》だたしく鳴らし、もう一度、繰り返して聞かせたが、会員たちはロ長調から変ニ長調に変る音がとれない。繰り返す度にリーダーの顔にも、会員たちの表情にも疲労の色が濃くなり、音程が崩れるばかりであった。流郷は、椅子から起ち上って、リーダーの方へ歩み寄った。

「この辺でちょっと、一憩《ひとやす》みしませんか」

声をかけると、リーダーは疲れた表情で、

「じゃあ、ちょっとだけ休憩《きゅうけい》しようか、職場から真っすぐ来て腹の減っている人もあるだろうし、実のところ私も腹が減ってうどんをかき込みたい、それに日東レーヨンの連中がまだ来ていないから、連中を待ちついでに憩もう」

日東レーヨンのメンバーのために空《あ》けられている各パートの空席を見ながら云《い》い、ピアノの前から起ち上がった。会員たちはほっとした表情で、思い思いのグループをつくって、持参のパンや菓子袋を広げた。ハーフ・コートを着た女性会員がパンを頰《ほお》ばりながら、

「唄うことが、こんなに楽しいものだとは知らんかったわ、練習のない夜は淋《さび》しくて寝つけないぐらいやわ」

顔を輝かせて云うと、

「ほんとにそうだ、『森の歌』に参加しなかったら、わが青春に悔いありということになるかもしれん、お互いによかったな、この合唱に参加できて——」

 男性会員が大きな声で云い、五、六人の仲間が肩を叩《たた》き合った。どの顔も昼間の疲れを忘れ、自分たちの歌を唄っている喜びと連帯感に溢《あふ》れ、火の気のない薄暗い講堂に、ほのぼのとした温か味が漂った。

流郷は、顔馴《かおな》じみの会員がかたまっているのに気付くと、その方へ近付いて行った。

「今晩は、忙しい中をお疲れさま――」

「流郷さん、どうです、何とか第五曲あたりまでは唄えるようになりましたやろ」

「そうですね、最初の一、二週間の練習の時は、全くどうなることかと思ったけれど、

さすがに職場合唱団で鍛えられた人たちだけあって、一通り唄えるようになったじゃありませんか」

流郷らしくきちんとした身装《みなり》で、多少の社交辞令を籠《こ》めて云った。

「そら、年末納品の忙しい中をやりくりして練習に来ているのやから、よっぽど巧《うま》うならんと、引き合えへん、それに僕たちは働く者のために『森の歌』を唄わねばならんという使命感みたいなものを持ってますのや」

大阪製鋼サークルの小田が、気負いたつように云った。三和紡績サークルの吉川も、

「僕んとこは、組合の越年闘争の最中で坐り込みをやっているのやけど、その中をぬけて練習に来ているんです、それに日東レーヨンの連中は、どうしたんですやろ」

と云うと、中小企業に勤めているジャンパー姿の会員が、

「君んとこと同じように年末闘争で頑張ってるのやろ、僕らのような中小企業と違うて、大企業は粘ったら、粘っただけ出るから、歌の練習どころでないのやろ」

「いや、日東レーヨンはまだ年末闘争に入ってない、それに何時《いつ》も熱心に練習に出ている日東レーヨンが全員、揃《そろ》って遅刻とはおかしいな」

三和紡績の吉川は、訝《いぶか》しげに首をかしげ、

「よし、電話で呼出しをかけてみるわ」

勢いよく席をたちかけると、流郷は、

「あのサークルは熱心だから、電話などしなくてももうすぐ現われますよ、それより今度の『森の歌』、皆さんで唄ってみてどう?」

自分が企画し、具体化した演《だ》しものの感想を聞いた。

「文句なしにええ、ソ連の自然の荒野を拓《ひら》き、国土建設をする雄大な人間の力と心の叫びに圧倒されそうや、それに八百人の大合唱の一員として自分が唄うのやという感激が胸に来る」

大阪製鋼の小田が云うと、女性会員も、

「ほんとうにそうですわ、私たちの小さな職場の片隅の声が一つに大きく合流して、こんなにすばらしい大合唱になるなど信じられないほどですわ」

頰を紅潮させて云った。近江《おうみ》製薬の職場合唱のリーダーをしている岩崎は、体を乗り出すようにし、

「確かに『森の歌』のよさ、すばらしさは自分で唄ってみると、よけい強く感じる、ベートーヴェンの『運命』や『英雄』、その他、行進曲などの力強い音楽も沢山あるけれど、『森の歌』の力強さは、そういうものとは、何か質的に違った底ぬけに明るく、希望に満ち溢れた力強さがあるようですが、流郷さんはどうお思いですか」

流郷はグループの輪の中で、若い真摯《しんし》な視線を意識しながら、

「君の云う通りですよ、ベートーヴェンの交響曲第九番の『合唱』の力強さから感じら

れるものは、数々の人間の苦悩を乗り越えて到達したベートーヴェン自身の強烈な精神力だけど、『森の歌』のもつ力強さは、ショスタコヴィッチ個人の力強さではなくて、多数の人間集団の力強さですね、多くの人間が力を合わせれば、何でも出来るのだという信頼がショスタコヴィッチをして、こういう曾《かつ》てない明るさと素朴さに貫かれ、子供も大人も、男も女も一緒になって大合唱することの出来る人間讃歌《さんか》を作らせたのでしょうね」

自分を取り囲んでいる若者たちに訴えるような云い方をすると、会員たちは顔を輝かせた。

「子供といえば、第四曲の児童合唱の件は、どうなったんです? この間、小学校の先生をしている会員の生徒に児童合唱を頼むという話だったけれど、あれうまく行くのですか」

近江製薬の岩崎が云うと、あとからグループに加わって来た眼鏡をかけた女性会員が、

「それ、私の学校のことですの——」

口ごもるように云い、

「実はあの翌日、校長に生徒の参加出演を申し出ますと、勤音というだけで妙に勘ぐられて、そういう問題は微妙だから自分の一存では計らえないから、教育長に相談するから歌詞を提出するようにと云われまして、早速、提出しますと、歌詞の中にあるレーニ

ン万歳！という語句を削らない限り出さないという回答なんです、それで事務局の方に今夜、その旨《むね》をお話してご相談しようと思っていたところなんです」

困惑した顔を、流郷に向けた。

「そうですか、じゃあ、そのことはあとで詳しくお伺いし、どうするか検討することにしますが、勤音というだけで、そんな風に取られるのですかねぇ」

流郷は、腕を組んだ。

「いや、学校ばかりやないですよ、うちの会社でもソ連ではやっている歌というだけで心配し、厚生課に『森の歌』のポスターを貼《は》る許可を貰《もら》いに行ったら、勤音はアカだから気をつけんといかんと云うので、勤音はアカではないというと、君、そのポスターがいかん、だいたいポスターの色が赤いところはアカとみて間違いないと、笑うにも笑えんような馬鹿馬鹿《ばかばか》しいことを大真面目《おおまじめ》に云いよりますねん」

大阪製鋼の小田が閉口するように云うと、三和紡績の吉川が、

「ああいう連中は、何かというと、アカだとか、左だとかいうけれど、僕らは自分の国の現首相よりは確かに左だよなあ」

どっと弾《はじ》けるような笑声が起ったが、グループの端に坐っている詰衿《つめえり》の学生服を着た会員が、にこりともせず、口を開いた。

「勤音がなぜ、そういう風な偏見を持たれるか、僕たちは考えてみなくてはならないの

ではないでしょうか――」

問いかけるように云った。笑いが止り、硬《かた》い視線がその方へ集まった。学生服を着た青年は五分刈の頭髪の下に澄んだ眼を見開き、

「働きながら夜間大学へ通っている僕が、時間を無理して勤音に入ったのは安い会費で、いい音楽が鑑賞出来るからです、そして始めは確かにそうだったようです、しかし、最近の勤音の動きには何か割り切れないものがあるんです、例えば今度の『森の歌』を決める時、運営委員会で、『森の歌』は、ショスタコヴィッチがプロコフィエフやハチャトリアンなどと一緒にソ同盟共産党中央委員会から、資本主義文化の影響を受けて音楽の社会的使命を忘却したと批判される前の作品か、以後の作品であるかを問題にし、ショスタコヴィッチが中央委員会の批判を受け入れた後の作品だというので、取り上げることになったそうじゃあないですか」

「それがどうしていけないのだ、勤音は、勤労者の音楽鑑賞団体なんだから、取り上げるものの内容を検討し、労働者の階級意識をもった音楽運動を進めて行くべきじゃないか、菊村君」

誰かがきめつけるように云うと、菊村君と呼ばれた青年は、

「そうでしょうか、僕は音楽を評価するのに、思想の尺度をもって決めるべきではないと思いますから、今度の『森の歌』の歌詞にもられた思想性には抵抗を感じます、それ

に現在のように表面では、勤音は純粋な音楽運動を推進する団体といいきりながら、実際にはそうでないやり方を推し進めて行くのは、会員に対する欺瞞《ぎまん》ではないでしょうか」

臆《おく》せず、静かな声で云った。

「何が欺瞞だ！　現在の政治と経済の矛盾に満ちた生活の中で、われわれ勤労者は、困難に打ちかって強い意志と実行力を湧《わ》きたたせる音楽が必要なんだ、われわれ勤労者が唄《うた》う限り、平和と民主主義を守る歌であらねばならない、それがなぜいけないのだ！」

会員たちが険しい語調で詰め寄りかけると、

「さあ、練習開始だ、集まれ！」

リーダーが壇上から大きな声で呼んだ。菊村を取り囲んでいる会員たちは、迷うような表情をみせたが、流郷は、

「その議論はあとにして、ともかく今は『森の歌』の練習だ！」

そう促すと、会員たちは急いで席につき、再び練習が始まった。

「さあ、次は第七曲をやります、ここの四分の七拍子はおそらく皆にとって、始めての拍子でリズムが取りにくいだろうから、手拍子を取りながらやろう、はい、一二三四、一二三、一にアクセントをつけて――」

森閑とした夜の小学校に、四分の七拍子の手拍子を取る音が高く響き渡った。流郷は

その手拍子の音を聞きながら、菊村という澄んだ眼と女のように華奢《きやしや》な体つきをした青年の顔を見覚えておくために、テノールの前列で手拍子をとっている青年の方へじっと視線を向けた。

背後の扉《ドア》が開き、宿直の校務員が顔を覗《のぞ》かせた。

「流郷さんという人、いてはりますか、電話がかかってますわ」

流郷はすぐ、階下の校務員室へ降りて行き、電話器をとった。事務局長の瀬木からであった。

「えっ？　日東レーヨンから『森の歌』の参加中止を申入れ――、一体、どうしたんです、突然――、え、こちらへ来て理由《わけ》を話す、解《わか》りました」

流郷は、電話器をおいた。

瀬木は、練習の邪魔にならぬように足音を忍ばせて流郷の傍《そば》に寄り、眼で合図した。扉を押して灯《あか》りを暗くした廊下へ出ると、流郷と瀬木は、窓際《まどぎわ》に向い合った。

「日東レーヨンのサークル代表の橋本君から電話があって、日東レーヨンの歌唱グループは全員『森の歌』に参加できないと云って来たんだ、理由を聞くと、言を左右にしてなかなか云わなかったんだが、こちらもはっきりした理由を聞かない限り諒承《りようしよう》できないというと、労務部長から年末残業があるから今後、勤音の合唱練習はやめる方が好ましいと云われたんだそうだ、橋本君らは、仕事にさしつかえないようにやるからと云うと、それでは体が過労になり、従業員の安全操業、健康管理を任されている労務部長の職責上、見過せないという論法で、要は職制を通じて上から勤音の『森の歌』は止《や》めろということなんだ」

日頃、あまり感情を表に出さない瀬木が、度の強い眼鏡の下で、眼の色を昂《たかぶ》らせている。

「練習が始まってから二ヵ月目にもなってから、なぜ急に、そんな中止を云い出したんでしょうねぇ」

流郷は、冷静に理由を探り出すように云った。

「その点を、橋本君らも労務部長に聞き糺《ただ》すと、ショスタコヴィッチ作曲で、レーニン万歳！　ソ同盟万歳！　などという歌は、繊維メーカー大手筋五社の中に入っている日東レーヨンの従業員が唄うべきではないというのだが、『森の歌』の内容をどうして労務部長が知ったのか不思議だと、橋本君らは云《い》っているのだ、浪花節《なにわぶし》以外に何の興味も持ってない労務部長だから、ショスタコヴィッチなどという名前は誰かに教えられない限り知るはずがないそうだ――」

瀬木は、考え込むように云った。流郷は真っ暗な闇《やみ》に包まれている校庭に眼を遣《や》りな

がら、

「日東レーヨンといえば、音楽スポンサーで知られている会社で、この間のアメリカのヴァイオリニスト、リチャード・キーンを呼んだのも、たしかあそこが——」

と云いかけ、はっと口を噤《つぐ》んだ。たしか、それは協和プロの千田が仕込みをした仕事であった。そして、二カ月前、千田とK会館のティー・ルームでお茶を飲んだ時「私は右からでも、左からでも儲《もう》けさせて貰えさえしたら、よろしおますねん」と嘯《うそぶ》くように云った千田の言葉が流郷の脳裡《のうり》をかすめ、ナイトクラブで女を抱いて踊りながら、柳の木が笑うような捉《とら》えどころのない奇妙な笑いを流郷に投げかけてきたことも思い出された。

「流郷、君はこの問題をどう処理すればいいと思う？　僕はそれを相談しにここまで出かけて来たんだ」

「どう処理するって、向うが不参加だというのなら、しようがないじゃありませんか」

煙草《たばこ》をくわえながら云った。

「しかし、これは単なる日東レーヨンのサークルだけの問題ではなく、勤音に参加しているすべてのサークルに関連する問題だといえるじゃないか、最近、急激に拡大した勤音の聴衆組織に対する経営者陣営の切崩《きりくず》しの手はじめであるかもしれない、そうだとすれば、この際、地域会議はもちろんのこと、緊急に運営委員会を招集してこの問題を取り上げ、日東レーヨンが『森の歌』に参加できるように支援する態勢をつくるべきだと思う」

瀬木の言葉は、次第に鋭さを帯びてきた。

「それじゃまるで、ストライキの支援団体みたいじゃありませんか、どうしてそこまでする必要があるのです、勤音が純然たる勤労者のための音楽鑑賞団体であるなら、純然たる音楽活動だけしておればいいわけで、日東レーヨンが不参加なら東洋電機、東洋電機が駄目なら近畿電力と、出たい歌唱グループはいくらでもいますよ」

「けれど、『森の歌』に参加する勤労者たちは、単に舞台に出て唄いたいから参加するのだろうか、僕はそうではないと思う、彼らは自分たちの手で働く者の歌を作り出し、音楽運動を通して平和と民主主義の問題を考えようとしているのだ、それは『森の歌』の立案者である流郷君だって同じはずだろう」

強い語調で云ったが、流郷は無感動な表情で、

「僕が『森の歌』をやろうと思ったのは、その録音を聴《き》いて、今まで聴いたこともない雄大な力に溢《あふ》れた曲に感動したことと、それを会員大衆を動員して日本で最大の規模でやってみたらという興味が僕を動かしたのですよ、だから、極端にいえば、僕にとってはソ同盟万歳でも、アメリカ帝国主義万歳でも、中華人民共和国万歳でもいいのですよ」

「じゃあ、君は——」

瀬木の眼が鋭く光り、流郷の方へ詰め寄った。

「何だとおっしゃりたいのですか、強《し》いていえば僕という人間は、ヴィジョン・マーチャントですかねぇ」

瀬木は、黒い影のように押し黙った。

「だから、瀬木さんは僕のヴィジョンをあなたのお好きな方向へご自由に利用すればいいじゃありませんか、僕は勤音というこれだけの聴衆組織を使って、日本ではじめての大合唱を成功させたいのですよ、だから、日東レーヨンのことなどで騒ぎたてて、せっかくの僕のヴィジョンをつぶさないで下さい」

そう云うと、流郷はくるりと踵《きびす》を返し、瀬木の前を離れた。

＊

八千人を収容する大阪体育館は、勤音の会員で埋め尽され、『森の歌』の初日の演奏会が始まろうとしていた。

正面に特設大舞台が組まれ、中央の指揮台の両側に五期会のバスとテノールの歌手が起《た》ち、そのうしろに東都フィルハーモニーのオーケストラ、オーケストラのうしろに五段の雛壇《ひなだん》が組まれ、八百名を越える男女混声合唱と児童合唱の出演者が、男は白いワイシャツに黒蝶《くろちょう》ネクタイ、女は白いブラウスに黒スカートという白と黒に統一した服装で整然と並んでいる。舞台の真下には、委員長の大野、事務局長の瀬木をはじめ、運営委員、企画委員、地域委員などの各委員がずらりと並び、黒のスーツの胸もとに真紅《しんく》の薔薇《ばら》をさしている江藤斎子《せいと》も役員席に姿を見せていたが、流郷だけはそうした席から離れて、中二階の観客席の通路に起って、場内を見渡していた。

座席はぎっしりと詰り、通路に溢れた聴衆は肩を重ね合わすようにして床《ゆか》に腰をおろし、一月初旬の火の気のない体育館が、人いきれで汗ばむようであった。

場内にアナウンスが流れた。

「只今《ただいま》から勤音主催『森の歌』の演奏会を始めます、演奏に先だって、今回は特に、大野委員長が開会の挨拶《あいさつ》を行ないます」

場内アナウンスが委員長の挨拶を告げると、役員席から大野が舞台に登壇し、満員の場内を見廻した。

「勤音会員の皆さん、今日ここにわれわれの仲間が集まり、八百二十七人の会員の出演によって、ショスタコヴィッチ作曲『森の歌』の例会をもつことが出来るに至りましたのは、会員の皆さんの友情ある激励と、多くの困難な職場事情を切りぬけて最後まで練習を続けて来られた出演者の熱意の賜《たまもの》であります、われわれの音楽運動は、今や聴くだけの音楽から、自分たちで唄い、創《つく》り出す音楽に発展したことは、喜ばしい限りで、これこそ多くの勤労者が長年、待ち望んでいたことであります、したがって、われわれがこの『森の歌』の例会を発表するや、勤音に入会することを希望する会員が、三万五千人から一躍、四万一千二百人になったことを報告致します！」

陽灼《ひや》けした精悍《せいかん》な顔で挨拶した。観客席から一斉に拍手が鳴った。

「なおもう一つ、会員の皆さんに意義ある大ニュースをお報《しら》せします、それは『森の歌』の作曲家であるショスタコヴィッチ氏から、われわれの今回の例会に対して、好意溢れるメッセージが贈られて来たことであります、瀬木事務局長がそのメッセージを代読致します」

歓声が上がり、観客席の聴衆はもちろん、舞台に並んでいる出演者たちも、愕《おどろ》きの声を上げた。事務局長の瀬木は、紅潮した顔で登壇し、メッセージを広げた。

「親愛なる日本の勤労者音楽同盟の皆さん！　皆さんが私のオラトリオ『森の歌』の合唱会を催されると聞き、私は非常な喜びを感じています。

われわれ両国の作曲家並びに音楽家は、お互いの国民の間のすべての手段を尽して文化的結合を実現しなければなりません、日本でソヴィエトの作曲家の作品が、またソ同盟で日本の作曲家の作品が演奏されることは、両国間の文化的交流の最もすぐれた形式の一つであると信じます……」

ショスタコヴィッチの手紙を読み上げる瀬木の声が幾つもの拡声器で体育館の隅々まで通った。

流郷は、開演前の演出効果を確かめるように場内を眺《なが》めた。企画会議で『森の歌』が決るなり、すぐショスタコヴィッチ宛《あて》に手紙を書き、ソ連大使館を通して彼のメッセージを取りつけ、それを今日、発表することにしたのは、流郷の発案であったのだった。

「……われわれ両国間の音楽家の文化的結合は、お互いの国民の間の友好を積極的に促し、そのことによって、全世界における平和と友好のすばらしい事業に、大きな寄与をもたらすことでしょう、皆さんの大合唱が、大成功をおさめられることを切望致します

モスクワにて　デ・ショスタコヴィッチ」

読み終ると、観客席から割れるような拍手が鳴り、東都フィルハーモニーの常任指揮者が登壇した。

場内は水を打ったように静まりかえり、舞台に並んだ八百二十七人の合唱団員は表情を引き締めた。指揮者のタクトが大きく振り上げられ、重々しいティンパニーと弦楽器の爪《つま》びきに支えられた前奏がはじまり、クラリネットの旋律にのって、バス独唱につづき、男声合唱が静かに湧き上がった。

戦《いくさ》は終りを告げ　喜びの春来《きた》りぬ

たのし勝利の日よ
歌は地に満ちて花火空を飾る
クレムリンに春は来り
偉大な人　きみは今
深く祖国を思う

戦い終った夜明けを告げる合唱が静かに雄々しく唄《うた》い出され、聴衆は吸い込まれるように舞台を見詰めた。

弦楽器の躍動に満ちた前奏で荒野の自然改造に起ち上がる第二曲がはじまり、ソプラノとアルトの女声合唱に続いて、テノールとバスの男声合唱になり、荒野を切り拓《ひら》き、大地を緑で埋め尽そうという力強いうたごえが次第に音量を増し、男女混声の大合唱が高らかに唄い上げられた。

第三曲は、戦火と旱魃《かんばつ》に襲われた人々の疲れ果て、さまよう姿を唄う『過去の思い出』であった。バス独唱と混声合唱がゆっくりと重く、荒れ果てた大地に食糧を求める人々の深い苦しみと悲しみを唄い、聴衆は搏《う》たれるように聴き入った。

流郷は聴衆の反応を見詰めながら、日東レーヨンのサークルの突然の出演中止に続いて、ばたばたと三つの会社の歌唱グループが出演中止を申し出たことを思い返した。

『森の歌』に参加していた各職場の歌唱グループは、その中止理由をめぐって動揺し、運営委員会も出演を中止した四サークルの責任を追及すべきだと騒いだが、流郷は『森の歌』は勤音の会員を四万台に持って行くことを目標にした企画で、会社へ抗議したり、サークルの責任を追及することより、欠員を補充するのが先決問題だと云い、急遽《きゆうきよ》、各職場を廻って、欠員になった七十名余りの出演者の代りを選び出し、その会員たちのためにだけ各パートのぬき稽古《げいこ》をして埋めたのだった。流郷は舞台に視線を向けた。七十人の補欠出演者が混っている大合唱は、何の乱れもなく進んでいる。しかし、日東レーヨンに始まった四社の出演中止の背後には一連の何かの繫《つな》がりがある——、それは『森の歌』が終ってから、流郷が検討し、考えねばならない問題であった。

トランペットの軽快な音が鳴り、第四曲の児童合唱が始まった。

ポプラ　ポプラ早く伸びてくれ
ピオニールは行く　真っ先かけて
ぐみはぐみは　草原を飾り
コルホーズ一杯に　白樺《しらかば》植えた

子供たちも荒野の植林に勤《いそ》しむ明るく澄んだ曲を、小学生たちが両手をうしろに組み、林檎《りんご》のように頰《ほお》を紅《あか》くして一心に唄い、聴衆も頰笑みながら聴き入っている。この児童合唱も、最初予定していた小学校の児童の参加を得られず、いっそ、児童合唱を除こうという意見があったのを、流郷が児童合唱の舞台《ステージ》効果を力説して、近畿放送児童合唱団に交渉して、やっと間に合わせたのだった。

テンポの早い勇壮な第五曲に入ると、観客席に坐《すわ》っている聴衆の肩が揺れはじめた。国土復興に起ち上がったスターリングラードの市民たちの力強い行進の足音が聴衆の胸にじかに響き、勇壮な行進曲のリズムに合わせて、肩を組みはじめたのだった。

やがてホルンの吹き鳴らす力強いファンファーレに続いて、児童合唱と合唱のソプラノが湧《わ》き起り、さらに他の声部も加わって曲は大きな輪のように広がり、展開しながら、クライマックスに進んで行った。

栄あれ　自然征服の指揮者
その軍団　農民　農民技術者　園芸家
レーニンの祖国の人々
すべての人民よ　栄光あれ

舞台で唄う者も、観客席で肩を組んで唄う者も、一体となって、力強いリズムに酔い、歌詞に酔い、叫ぶような大合唱が体育館の高い天井に谺《こだま》した。中二階の通路から階下を見下ろしている流郷は、上衣のポケットから時計を取り出した。やがて起るであろう大《だい》喝采《かっさい》の度合いを測定するためのストップ・ウォッチであった。汗ばんだ掌《てのひら》に、ひやりとした感触の時計をのせ、流郷はじっと階下を見下ろした。

六本のトランペットとトロンボーンによるファンファーレが舞台わきから嚠々《りようりよう》と鳴り響き、大きな力と重みをもった大合唱が響き渡ったかと思うと、レーニン万歳！　クレムリンの指導者万歳！　絶叫するようなうたごえで、全曲が終った。

一瞬、場内は真空地帯のように静まり返り、やがて割れるような凄《すさま》じい拍手が鳴った。流郷はすかさず、ストップ・ウォッチのボタンを押した。カチッ、カチッ——、耳を劈《つんざ》くようなどよめきの中で、時計の秒針が静かに時を刻みはじめた。聴衆はまだ喚声を上げて拍手を送り続け、舞台では指揮者をはじめ出演者一同が、真っ赤に上気した顔を何度も下げて、聴衆の拍手に応《こた》えている。

流郷はストップ・ウォッチの針を見た。拍手が始まってから二分——、拍手は鳴りやまず、ますます激しさを増し、遂《つい》に手拍子が加わった。舞台の出演者たちも、聴衆の拍手と手拍子に応えて、手を叩《たた》きはじめた。三分、四分——、流郷の掌に握られているストップ・ウォッチは、なおも拍手の時を刻んだ。三分を越す拍手は、これまでの流郷の記憶になかった。流郷の眼にはじめて笑いが漂い、何時《いつ》止《や》むともしれぬ熱狂的な拍手の持続時間を測った。

「何分だす――」

振り向くと、千田がひょろりと起っていた。流郷は応えず、時計を見た。五分十一秒――、やっと拍手が鳴り止んだ。

「拍手も、聴衆の動員数も、記録破りでしたな」

千田の云《い》う通り、『森の歌』は、流郷自身の予想を遥《はる》かに越え、記録破りの大成功であった。


聴衆が去ってしまったがらんとした観客席に、流郷は独り坐っていた。ついさっきまで八千人の大聴衆に埋まり、どよめくような喚声と拍手が鳴っていた場内は、薄暗い灯《あか》りに照らされ、人影のない座席の廻りに紙屑《かみくず》やプログラムがちらばり、床から冷気が這《は》い上がっていた。

オーヴァー・コートの衿《えり》をたて、火の点《つ》いていない煙草《たばこ》をくわえた流郷の顔は、虚脱したように空《うつ》ろな表情であったが、ポケットからストップ・ウォッチを取り出すと、時計に眼を向けた。五分十一秒――、さっき拍手が鳴り止んだ時、針を止めたままの状態であった。協和プロの千田が驚嘆したように五分十一秒の拍手の時間は記録的な数字であった。おそらく、明日も、明後日も、同じように五分台の拍手を記録するかも知れなかったが、それはもう流郷の喜びにも、興味にもならなかった。流郷のような人間には、一度試みてしまったことはもはや、何の興味もなく、一つのことを企画し、成功したその瞬間に、もう次の企画を考え、次の段階に歩み出しているのだった。五分十一秒の拍手のあとに打つ術《て》は何だろうか——、流郷はストップ・ウォッチを掌の中に握り、次の獲物《えもの》を追うように視線を凝らした。

不意にうしろの扉《ドア》が開いた。

江藤斎子《せいこ》であった。

「流郷さん——」

「どうなすったの、皆で近くの難波《なんば》会館の食堂で祝杯をあげているのに一向に、あなたがいらっしゃらないのですもの」

「どうして、ここだと解《わか》ったんです」

「あれほどの大成功のあとですもの、その企画者だったら、誰だって、暫《しばら》くその場に独りいたいものでしょう、ほんとうに今日の成功はすばらしかったわ、流郷さんって、一種の偽悪趣味で反動的なことを好んでおっしゃるけれど、あなたはやはり、勤音の目的を明確に解っている方ですわ、そうでなければ、今日のように働く者の心を搏ち、湧き上がらせるような企画はたてられませんわ」

「いや、それは――」

と云いかけ、流郷は、江藤斎子の顔が今まで見たことのない別人のように生き生きと息づいていることに気付いた。今日は議論などしないでおこう――、そう思い、口を噤《つぐ》んだ。

「さあ、行きましょう、皆が待っていますわ」

「いや、今日はひどく疲れているから、失礼して帰りますよ」

「じゃあ、私もご一緒するわ」

「今夜は、いやに愛想《あいそ》がいいじゃありませんか」

「ええ、今日は私とっても嬉《うれ》しいの、『森の歌』の成功が、嬉しくてならないんです」

そう云い、流郷に随《つ》いて体育館を出た。

「江藤さんは、たしか阪急沿線の塚口《つかぐち》でしたね、先にあなたを送って帰ることにしよう」

流郷はタクシーを拾い、北に向って車を走らせた。大阪球場の前の広場をぬけて、御堂筋に出ると、さっき体育館から吐き出された勤音の会員たちが、まだ『森の歌』の昂《こう》奮《ふん》から醒《さ》めやらぬように肩を組み合ったり、まるめたプログラムをタクトのように振ったりしながら、歌を唄い、闊《かっ》歩《ぽ》する姿が歩道を埋めていた。斎子は歩道を見詰め、

「今日の『森の歌』が、きっと日本のうたごえ運動のきっかけになりますわ、全国の勤

労者の間にうたごえ運動が起り、うたごえ運動を通して、勤労者の団結が行なわれたら、今日の成功は、もっと大きな意義をもつことになりますわ」

流郷は黙って、窓の外を見ていた。

「委員長の大野さんも、事務局長の瀬木さんも、あなたの企画力と組織力に驚いていらしたわ、今後は流郷さんに企画の仕事だけではなく、組織部も兼務して貰《もら》おうかという話も出ていましたわ」

流郷は、応えなかった。『森の歌』の練習をしている時、流郷が、瀬木に向って吐いた言葉を、瀬木と親しい斎子が聞き知っていないはずがなかった。それにもかかわらず、斎子が自分に近付き、自分を急に評価するのはなぜだろうか。

「今後も、『森の歌』のように大きな意義と目的を持った例会を続けて行かれるのなら、私も流郷さんと組んで、財政面から協力させて戴《いただ》きたいと思いますわ」

再び流郷の心を惹《ひ》くように云った。流郷はシートの背に体を埋め、

「仕事の話は止めましょう、それよりあなたと二人で、今日の成功を喜び合おう」

妙に優しい声で云うと、斎子は、身じろぐように肩を退《ひ》いたが、すぐ頷《うなず》くようにオーヴァーの衿もとに白い顎《あご》を埋めた。

何時の間にか車は、阪急沿線の塚口まで来ていた。ひっそりとした郊外の道を挟《はさ》んで両側に家が建ち並んでいたが、ところどころに歯がぬけたように空地があり、人通りは

なかった。

「あ、もうすぐですわ、一丁程先の四《よ》つ辻《つじ》を右へ曲って、四軒目ですの」

「じゃあ、車を降りて少し歩きませんか、今夜はそう寒くないから」

斎子はちょっと躊躇《ためら》ってから、

「じゃあ、少し――」

コートの衿をたてて、車を降りた。外は肌を刺すような風はなく、空を仰ぐと、真っ暗な夜空に、星が手を伸ばせば届くほどの近さに輝いていた。流郷は、斎子と並んで歩きながら、なぜ急に車を降りて歩こうなどと云い出したのか解らなかった。斎子とは口を開けけば、勤音の話になるだけのことであった。ちらっと斎子の方を見ると、暗い街灯の光の中に、斎子の顔がほの白く浮び上がり、何か放心したような表情で歩いている。それは事務局にいる時の鎧《よろい》をつけたように堅固に武装した江藤斎子ではなく、女のなましさが息づいていた。流郷はふと、斎子の内側にあるものに触れてみたい衝動に駈《か》られた。

「少し寒いでしょう――」

覗《のぞ》き込むように云い、斎子の肩に手を伸ばすと、拒むと思った斎子の体がしなるように身をよじらせ、流郷の胸に抱かれた。

「これから私に協力して下さるのね」

言葉だけは静かで、乱れがなかった。流郷は返事をせず、その口を封じるように唇を重ねかけると、ひらりと、斎子の体が翻《ひるがえ》った。

「今夜は、相討ちね――」

「そうかもしれない――」

流郷は醒めた表情で応えながら、焦《あせ》ることはない、江藤斎子の体を捉《とら》えて、その内側にあるものを知る機会はまた来るはずだと思った。

＊

日東レーヨンの暖房のきいた社長室の安楽椅子《ソファ》に、門林雷太《もんばやしらいた》は肥満した体を埋め、総務部長の黒金と向い合っていた。

「噂《うわさ》に違《たが》わず、勤音の『森の歌』は、大成功やったということやないか」

苦りきった口調で云うと、黒金は、縁なし眼鏡を光らせながら申しわけなさそうに、

「実は、当日の様子につきましては、うちの部員を新入会員として勤音に入会させ、その者に調査を申しつけましたところ、『森の歌』によって、勤音の会員は三万五千人から四万人を突破したということです、これは、当日の会場写真と五日間にわたった例会の日別入場人員の調査、そっちは日東レーヨン大阪本社の一月現在の勤音に加入してい

る会員リストです」

㊙の判を捺《お》した書類袋から写真と書類を取り出した。特設舞台からはみださんばかりの大合唱団、役員席に居並ぶ運営委員や事務局員たちの顔、肩を組み合って舞台の合唱に和している大聴衆の昂奮した姿など、要所要所を確実に捉えて、大きく引き伸ばした四十枚近くの写真が、門林の前に広げられた。

「一口に四万人というが、こうやって大きな写真で見ると、勤音というのは、聞きしにまさるマンモス団体やな――」

唸《うな》るように云い、秘書が運んで来た玉露《ぎょくろ》で咽喉《のど》を潤《うるお》し、日東レーヨン大阪本社の勤音加入名簿を取って、頁《ページ》を繰った。

「百五十人も勤音へ入っているとすると、大阪本社における従業員の一割五分で、しかもその中で三十七人もが勤音の合唱部員になっているわけやな、これでは会社が毎月、高いクラブ費を出して職場コーラスをやらせてるのは、どういうことになるのや、会社側が金だけ出してやるから、喧《やかま》しないところで唄《うた》っておれという式に放《ほ》っておいたから、こういうことになったのと違うか」

じろりと、黒金の方を見た。

「いえ、その点につきましては、われわれとしても十分に注意し、配慮していたのですが、何時《いつ》の間にか組合文化部と勤音とが密接に繋《つな》がり、最近では勤音会員の突上げで組合文化部が動くという傾向が起りつつあったことが、今度の『森の歌』事件を契機にして解ったわけです、誠に迂闊《うかつ》なことで、この際、わが社の勤音加入者たちには断固たる態度で臨むべく、労務部長と話し合っています」

失態を取り繕うように云うと、

「断固たる態度と同時に、勤音がなんで、急速に組織を膨張させたのか、その点をよう調査することや」

「はあ、その点を早速調査致しましたところ、最近とみに勤音会員が増加の一途を辿《たど》るようになったのは、パチンコ屋が繁栄したり、テレビ普及率が急激に伸びたりした現象と共通した要素があるように思えるのです」

「勤音をパチンコ屋とテレビ並みに考えるのんか――、面白い意見やな、詳しいに聞こうやないか」

門林は、安楽椅子の上に組んだ趺坐《あぐら》を組み直した。黒金は自分の報告が効果的な形で社長に聞かれる状態にあるのを十分に意識しながら、口を開いた。

「ご承知のように最近、各企業における勤労者の所得と余暇の時間が増えましたが、その反面、作業が極度に機械化されて、従来の熟練作業が単純な繰返し作業に変って来たため、勤労者たちに一種の無力感、孤立感、欲求不満などの人間疎外《そがい》が起り、レクリエーション活動の中に、人間解放の場を求めようとする気持が多くなっています、昨年九月に発表された経済企画庁の職場調査によりますと、職場の話題の五二%がレクリエーションに関することであり、さらにその中の九二%がレクリエーション活動の施設とその資金に関する話題であると発表されています、したがって、レクリエーションの場を会社が与えれば、従業員は会社に従属するであろうし、労組が与えれば労組に靡《なび》くであろうし、外部団体が与えればその方に靡くであろうと云われており、そうした勤労者のレクリエーションに対する欲求不満をいち早く察知し、レクリエーションの場を提供し、組織化したのが残念ながら勤音でありまして、各企業のレクリエーション対策の盲点を巧みに衝《つ》いたものだといえます」

「しかし、レクリエーションなら、うちの社ではずっと前から、毎年、春秋二回に各事業所ごとに社内慰安会をやっているし、三月十日の創立記念日には観劇会を催したりしてるやないか」

「ところが、年に二回や三回の慰安会や演芸会では、中高年者は満足させることが出来ても、フォーク・ダンスやコーラスをやりたい今の若い者には、余り効果がないことが今度の調査によって解り、うちの従業員中、三十歳以下の若年層は、全従業員の五割強を占めていますから、この年齢層を対象にした対策を至急にたてねばならないと思っております」

「そうすると、若年層を中心とした職場のレクリエーション活動を強化すべきやというわけやな」

念を押すように門林が云うと、黒金は縁なし眼鏡の下でよく動く眼を瞬《しばた》かせた。

「はあ、勤音の背後には人民党とその青年部隊である青年同盟が糸をひいていると見られ、特に青年同盟の勢力は、勤音を足場に急激に強くなりつつあるようです」

「なに？　それは確かなことか」

門林の肥満した体が、前へ出た。

「間違いありません、実は一週間前、公安調査庁の連中と何時《いつ》ものように飲んでいた時、耳にした話で、その話によりますと、青年同盟は、各企業の若年層の余暇管理が不十分である盲点を衝いて、レクリエーション活動へ若年層の関心を向けつつ、次第に学習活動に引き入れ、青年同盟の活動分子に仕立て上げているということです、しかもその戦術たるや、実に巧妙そのものです」

「感心する馬鹿《ばか》があるか、どんな具合にやりよるのや」

湯呑茶碗《ゆのみぢゃわん》の玉露をごぼりと、呑み干しながら云った。

「うたごえ戦術が一番よく使われる術《て》だそうで、その職場で声のよい者を予《あらかじ》め目をつけておき、今日、うたごえ会があるんだが、君のように音楽的センスのある人には是非参加して、みんなを向上させて貰いたいという風に持ちかけ、平和とか友情の会とかいった青年同盟の集会に誘い出し、そこでいきなり、『しあわせの歌』や『原爆許すまじ』

や『北京《ペキン》――モスクワ』というような歌を若い男女に腕を組ませて唄わせるのです、そして唄っているうちに男女で肩を組んだり、手を握り合ったり、どうかすると、頬《ほお》を触れ合うというようなピンク・ムードが加わって来て、ポーッとさせてしまう、つまり人民党のお家芸である男には女の、女には男の紐《ひも》つけ戦術です、そうしておいて、その帰りにはきまって、人民党や青年同盟機関紙などを見せて洗脳したり、或《ある》いはちょうど、この近くでストライキを起して闘《たたか》っている労組があるから支援に行こうじゃないかというう風に持って行き、何時の間にかほんものの青年同盟の活動家に仕立て上げるわけですが、最近は勤音に眼をつけ、大きな組織を利用して、何万という会員を一挙にうたごえ運動に導き、洗脳する手段をとりつつあるわけです、今度の『森の歌』などはその最も典型的なもので、今や若い従業員の余暇管理は、職場の保健衛生管理、安全管理以上に、非常に重要な問題になっているわけです」

門林は、ぎょろりと眼を光らせた。

「若年層の余暇管理、レクリエーション対策に関しては、われわれ経営者の方が、大分、勤音に水をあけられているわけやな」

暫《しばら》く腕を組んで考え込み、むっくりと顔を上げると、

「こうなったら、早急《さつきゆう》に、勤音と対抗する音楽鑑賞団体をこっちにもつくることや、ぐずぐずしてたらあかん!」

怒鳴るように云《い》った。

「しかし、社長、こういう問題は、よほど隠密《おんみつ》に運ばないと、新聞や週刊誌などで、反動的だとか、組合弾圧だとか云って攻撃されかねませんから、もう少し慎重に、お考えになりませんと、それにうちの会社一社で、作ることは大へんなことで、よほどの覚悟をもってやらねばなりません」

黒金は慌《あわ》てるように云った。

「何もわしは、うち一社でやるとは云うておらん、やるからには関西の財界を糾合《きゅうごう》し、大企業の力を持ち寄って、勤音をぶっつぶしてしまうような、どかんとしたものを作るわい」

門林の分厚な唇に、唾《つば》が溜《たま》った。

門林は車を走らせながら、今日一日の多忙さを思い返していた。

朝から常務会を開き、正午にロータリー・クラブへ出席、午後一時半帰社、それから支社長会議に顔を出し、会議の間を縫って二十人の面会者に会い、総務部長の黒金を呼んで余暇管理の問題を話し終った時は、もう六時を過ぎていた。

ラッシュ・アワーの市内は車が停滞し、戎橋《えびすばし》まで行くのに三十分以上もかかっている。

「えろう混んでるな、大分かかりそうか」

「はあ、この分では、あちらへ着きますのが、七時頃になりそうですが、よろしゅうございますでしょうか」

運転手は恐縮するように応《こた》えた。

「うん、仕方がない」

門林は車の背に体をもたせかけ、さっき黒金と話し合った勤音対策の話をもう一度、思い返し、勤音以上の音楽鑑賞団体を早急に作りあげるためには、財界のどの辺に呼びかけることが最も効果的であるか、疲れを知らぬ門林は、もう車の中でそのことに考えをめぐらせていた。

車が上本町《うえほんまち》六丁目を過ぎ、九丁目のあたりまで来ると、閑静な町並みになり、戦災に焼け残った大阪風の落ち着いた仕舞屋《しもたや》が深い庇《ひさし》を並べている。その一角の黒い板塀《いたべい》に囲まれた家の前まで来ると、車が停《と》まった。

入口は表通りから、ちょっと引っ込んだところにあったから、門林は表通りで車を降り、帽子もオーヴァーも車の中に置いたまま、門のベルを押した。老婢《ろうひ》が門を開け、頭を下げて迎えたが、門林は頷《うなず》きもせず、中へ入った。門から玄関まで二間半ほど敷石が続き、黄楊《つげ》の植込みが手入れの行き届いた枝ぶりを見せている。玄関を入ると、拭《ふ》き磨《みが》かれた式台に、和代が白い首《うなじ》を見せて手をついた。どんな時間に出かけても、車の音一つで老婢を門に走らせ、自分は人目にたたぬように、玄関の式台で迎えるのが、二十二歳の時、妓籍《ぎせき》を落籍《ひか》されてから今日まで、ずっと十二年間、続いている和代の慎《つつま》しい心《こころ》遣《づか》いであった。門林は拭き磨かれた廊下を踏みつけるようにして、奥座敷へ入った。

「お風呂《ぶう》の用意が出来ておますけど、どうしはります？」

夕方行くと、一言、電話しておいただけであるのに、風呂の用意までして待っている。

「いや、今日はこのあと九時過ぎに、大阪に来ている通産次官を待合へ招いて、さしいで懇談することになってるから、風呂はやめとく」

和代は丹前を整えた乱れ籠《かご》を出し、門林のうしろに回って着替えを手伝った。ストーブで汗ばむほど温めた座敷の真ん中に突ったち、桜色に肉付いた体から、日東レーヨンの製品であるシャツが脱がれ、腹巻が取られ、パッチが脱ぎ捨てられた。和代はその一つ一つを丁寧に畳んで乱れ籠へ入れた。その間に台所の方では、老婢が酒肴《しゅこう》の用意にかかっている。刺身と焼物は近くの料理屋から取り寄せているから、酒の燗《かん》と温めものをすればよいのだった。

丹前に着替え、座敷机を挟《はさ》んで、和代と向い合うと、門林ははじめて寛《くつろ》いだ顔になった。和代がお銚子《ちょうし》をとって酌をすると、宴席では血圧が高いからと、酒を控えている門林が、唇をつぼめて美味《うま》そうに盃《さかずき》を重ねた。

「そないにお過しやして、よろしおますのでっか」

和代が薄化粧した日本風の細面《ほそおもて》をかしげ、気遣うように云うと、

「わしはお前と一緒にいる時だけが解放されてるのや、会社にいる時はもちろん、夜の宴会でも、二次会、三次会でも、わしは日東レーヨンの社長以外の何者でもない、ここで酒を飲んで寝る時だけが、女に甘いただの男や」

門林の顔に好色な笑いがうかんだ。口数の少ない和代は、小さな口もとをつぼめて顔を俯《うつむ》けた。

「お前、この頃は、何を稽古《けいこ》してるのや」

「上方唄《かみがたうた》だす――」

「ほう、上方唄――、長唄や清元までは出来ても、なかなか上方唄までは行けんものやから、せいぜい稽古することやな、一つ唄《うと》うてんか」

「けど、まだ習い始めたばっかりですよって」

躊躇《ためら》うように云うと、

「かまへん、下手は下手なりの面白味があるもんや、まあ、唄うてみぃ」

和代は、床の間の脇《わき》にたてかけてある三味線を取った。

松かざる軒に五葉のみどりして　また
若松やひめ小松　常磐木《ときわぎ》祝う千代かけて

子《ね》の日とこよの松の枝　声住《こえすみ》の江《え》に颯々《さつさつ》の
　さっと木の間の春霞《はるがすみ》……

一月に因《ちな》んだ『松づくし』が、太棹《ふとざお》の三味線に乗って、間合《まあい》の多いゆったりとした節で唄い出された。小唄や長唄のような晴れやかな情緒はなかったが、上方唄のもつ渋い艶《つや》やかさがあった。

「やっぱり、古い上方唄はええな、聴《き》いていて気憩《きやす》まりがするし、品格がある、一つうちのテレビとラジオの番組にも入れてみたらどうやろ」

「そらよろしおますけど、若い人にはどうでっしゃろ、この節は上方唄をやりはる人は、ほんに少のうて、芸者でもこの頃の若い妓《こ》は、シャンソンやジャズに凝るそうでっさかい――」

「シャンソンなら、うちもこの三月に、パリのシャンソン歌手を招《よ》んで、『シャンソンの夕《ゆうべ》』をやることになってる」

　そう云い、門林はふと思いついたように、

「お前、『森の歌』というのを知ってるか」

「知ってます、この間、弟の俊一が来て唄うてましたさかい」

「なに、俊一君が――」

門林は、愕《おどろ》くように聞き返した。

「へえ、この間、『森の歌』を唄う会とかが体育館であって、それに俊一も出たそうで、その歌を唄うてたらいじけた気持が無《の》うなって、皆が自分の仲間みたいな大らかな気持になると云うて、久しぶりに元気な笑いを見せてくれましたのだす」

身寄りのない和代のたった一人の弟で、和代の仕送りで三年前、高校を出、日新工業に就職して、夜間大学に通っている菊村俊一であった。

「時々、遊びに来るのんか」

門林はたった一度会っただけであるが、和代に似て色の白い華奢《きやしや》な体つきで、眉《まゆ》と眼の濃い菊村俊一の顔を思いうかべた。

「いいえ、会社の寮に入ってますよって、めったに顔を見せてくれまへん」

和代は、弟の俊一が姉の生活を恥じ、そのため大学へ進学するようにと勧めた和代の言葉も受けつけず、夜間大学を選んだことを思い、淋《さび》しく俯いた。

「それで金の方は、どないしてるのや、なんぼ夜間大学でもいろいろと要《い》るやろ」

「それが私の仕送りは、どうしても受けつけてくれず、お給料を節約して学資にしてるそうだす、何かと苦しいけど、勤音の例会へ出かけるのが一番の楽しみやと云うてました」

「勤音の例会が、一番の楽しみ――」

門林は盃をおいた。

「何か、お気に障《さわ》ったことでも――」

「いや、わしは勤音が嫌《きら》いでな」

そう云い、八時を指しかけている柱時計を見上げ、

「そろそろ、時間やな」

と云うなり、席をたって、次の間の襖《ふすま》をからりと開けた。

何時《いつ》でも用をたせるように友禅《ゆうぜん》の艶《なま》めいた蒲団《ふとん》が敷かれ、洗濯《せんたく》したての真っ白な枕《まくら》カバーとシーツがかかり、枕もとに浮世絵の枕屛風《まくらびょうぶ》がめぐらされている。九時過ぎに宗《そう》右衛《え》門町《もんちょう》の待合へ行くことになっているから、小一時間で用をすまさなければならない。門林はきまりきったことをすませるように寝巻の前をはだけて先に床に入った。和代は黙って帯を解き、着物を脱いだ。長襦袢《ながじゅばん》一枚になり、時間ぎりですませる交わりを羞《はじ》らうようにそっと体を滑《すべ》り込ませると、門林は待ちかねていたように六十六歳とは思えぬ脂《あぶら》ぎった体の下に、和代のしなるように華奢な腰を引き入れた。

四章

今橋の料亭の奥座敷で、日東レーヨンの門林雷太を中心に、関西財界の主だった八人でつくられている『八人会』が開かれていた。

門林雷太の提唱でつくられ、月に一度、仕事をぬきにした親睦会《しんぼくかい》を開くというのが名目であったが、日東レーヨン、近畿電力、共和銀行、三友化学、松田電機、日本鉄鋼、大阪電鉄、阪神製薬といった各業界を代表する多忙な経営者たちがただ集まって、歓談するだけで終るはずがなかった。八人のうち大阪電鉄と阪神製薬の二人は海外出張中であったが、あとの六人は顔を揃《そろ》え、今夜も、次期商工会議所会頭の人選が、さっきから話題にのぼっている。

「われわれとしては、共和銀行系列の共和金属の山川会長を、次期大阪商工会議所の会頭に推すことにして、その雰囲気を今から財界内に滲透《しんとう》させておくことですな」

会の提唱者ということで床の間の前に据えられている門林雷太が、芸者に酌をさせな

がら云《い》うと、共和銀行の岡崎頭取は、

「そう云って貰《もら》うと、有難いですが、対抗馬と目されている淀川造船の栗本さんは、なかなか手強《てごわ》いですよ、何しろ中小企業団体の広範囲で結束の固い支持を受けていますからね」

「けど、淀川造船が戦後あれだけの再建が出来たんは、共和銀行の融資があればこそで、その辺のところを手繰《たぐ》って行き、うまい具合に向うの戦力を弱めたらええやないですか」

門林はこともなげに云い、

「ところで、最近の勤音の動きについては、どういう風に考えてはります？」

「勤音？　ああ、勤労者音楽同盟とかいうのね、われわれが問題にするほどのことじゃないでしょう」

近畿電力の岩井社長が酒気に顔をほてらせ、関心のない返事をした。

「ところが、八年前にはたかが四百人ぐらいやった勤音の会員が、今や四万台のマンモス団体にふくれ上がり、急に尖鋭化《せんえいか》してきつつあるのですわ」

門林が一座に関心を呼び起すように云うと、三友化学の大原社長は、パイプをくゆらせながら、

「勤音のことは、世間でいろいろと取沙汰《とりざた》されているけれど、中味は音楽好きの会員が

殆《ほと》んどで、門林さんのおっしゃるほど、特にどうってことはないじゃないですかねぇ」

静かな落ち着いたもの腰で云うと、門林は、

「私も、音楽には理解のある方やと自負してますから、大原さん同様、出来るだけそういう見方をしたいけど、現実に勤音の会員が尖鋭化している事実があると、やはり勤音は、特定のイデオロギーを持った音楽集団と考えざるを得ませんわな」

「すると、何かそうした事実でも――」

「ちゃんと、ありますわ、うちの従業員で勤音に入会している連中が、この間、大阪体育館で開かれた『森の歌』の大合唱に参加し、もうちょっとで、レーニン万歳を唄《うた》うところやった」

「日東レーヨンの社員が、レーニン万歳を？　そんな馬鹿《ばか》なことが――」

近畿電力の岩井社長が打ち消すように云った。

「ところが、その馬鹿なことがありましたんや、『森の歌』というのは、勤音に入会している各職場のコーラス部員が八百名も参加し、その歌詞たるや、ソ連の国土建設を讃《たた》え、最後にレーニン万歳で終る徹底した赤いコマーシャル・ソングですわ、うちはそれを事前に知って参加を取りやめさせたけど、共和銀行さんをはじめ、ここへ集まってはる皆さんの会社のコーラス部は、たしか全部、出てはりましたでぇ」

「まさか、うちの社のコーラス部にかぎって……」

異口《いく》同音に信じられぬように云った。

「そうでっしゃろ、皆、うちの会社に限ってと思いはりますやろ、私も含めて、われわれ経営者が、そんな甘い考えでおるから、会社の金を出してやってるコーラス部で、レーニン万歳の歌を唄われたんですわ」

と云い、総務部長の黒金に調べさせた『森の歌』の例会内容と会員の熱狂ぶりを詳細に説明すると、最初は信じられない面持をしていた一同も、さすがに勤音の組織力に驚いた。

「健全たるべき産業人が、そんな歌を唄うとはなってない！　第一、聴衆が肩を組んで歌を唄うたり、ソ同盟万歳！　などをやるとは何事や、それではデモの集会と同じやないか、警察は、よくも、そんなものの集会許可をしたもんだ、けしからん！」

『八人会』で最右翼と目されている日本鉄鋼の大沼社長が気色《けしき》ばんで云うと、共和銀行の岡崎頭取も、

「全くなってない、うちの総務や労務は何をしておるのだろう！」

同じように気色ばんだ。門林はやっと一座の空気が盛り上がって来たのを確かめ、

「勤音がここまで大きなマンモス団体にのし上がり、急速に尖鋭化して来た原因の一つには、われわれ経営者が、経営者側としてやるべきことをやっていなかったという怠慢もありますわ、だいたいわれわれは、今まで不況になったらレクリエーション関係費を、

真っ先に冗費節減の槍玉《やりだま》にあげて切ってしまうのが普通やったが、今後はそれではいかん、遅まきながら、この際、われわれ各企業が提携して勤音に対抗し、勤音をぶっつぶすような勤労者の音楽鑑賞団体を、早急《さっきゅう》に作るべきだすな」

語気を強めて云うと、近畿電力、共和銀行、日本鉄鋼の社長たちは頷《うなず》いたが、三友化学の大原社長は、

「レクリエーション管理の必要は認めますが、それは各職場がクラブ制でやっている文化、体育活動の強化、推進という方向で進めて行くのが筋道で、最初から勤音に対抗し、勤音をつぶすための目的をもって行動することはよくないですよ、第一、勤音が『森の歌』を唄ったからといって、偏向していると断じてしまうのは、門林さんにしてはいささか、性急過ぎやしませんかねぇ」

たしなめるように云った。

「ところが、うちの総務部長が公安調査庁から入手した情報によると、勤音の偏向は歴然たるもので、人民党員が勤音に入り込み、事務局の中枢《ちゅうすう》を抑《おさ》え、『森の歌』の成功に乗じて今後、ますます勤音の例会は左傾するだろうという見通しやそうです、一方、人民党の青年部隊である青年同盟は特に各企業の若年層をねらい、唄って踊って恋をしてのピンク・ムードで、若い青年男女を吸い上げて行く戦術に出て、この四月に各企業に入社する新入社員を、勤音の会員に引っ張り込む強力な運動が展開されるという情報ま

で入っている」

総務部長の黒金に再度にわたって調査させた情報を話すと、日本鉄鋼の大沼社長は大きな体軀《たいく》をせり出し、

「そこまで聞いては、ぐずぐずしておれん、門林さんの提唱通り、早急にわれわれ経営者側でも、勤音に対抗する団体をつくることや、大原さん、さっきから、いやに落ち着いてはるあんたも、ここまで具体的な話を聞き及んでは、われわれと同意見ですやろ」

さし迫った口調で云った。大原社長もさすがに驚くような様子であったが、

「しかし、頭から勤音をつぶそうという目的をもって出発することはどうもねぇ、労使協調が叫ばれている折から、双方が協調し、育成して行けるような音楽鑑賞団体を作るべきだと思いますよ」

冷静に云うと、近畿電力の岩井社長は、

「そりゃあ、大へん結構でごりっぱなご意見ですよ、しかし、実際問題として、そんな団体はあり得ますかねぇ」

言外に、財界進歩派といわれている大原社長の論拠を衝《つ》くような云い方をしたが、大原は、まだ五十半ばを過ぎたばかりの若々しい表情で、

「ありますよ、英国にちゃんとそうした形の音楽鑑賞団体があるのです、規模は勤音よりうんと小さいですが、マンチェスターの商工会議所が主体になって、勤労者手帳を見

せさえすれば毎月二回、通常の半額の料金でいい音楽が聴《き》ける特別のコンサートがあるのですよ、そしてその帰りには会社や工場の専用バスが、勤労者を寮や各家庭へ送り届け、みんなが和気藹々《あいあい》として、いかにも楽しそうなんですよ、今からわれわれの手で新しい音楽鑑賞団体を作る限りは、こうした在《あ》り方のものでなければならないでしょう」

理想家肌らしい意見を出した。

「それは、大原さん一流の理想論ですな、現実問題として、左の攻勢が強い時に、そんな上品な夢みたいなこと云うてたら手ぬるいですわ、やる限り、経営者の筋金入りのものをつくるべきや、皆さん、そうですやろ」

日本鉄鋼の大沼社長が一座の意見をまとめるように云うと、それまで門林の向い側に坐《すわ》って、芸者の酌で黙って盃《さかずき》を重ねていた松田電機の松田社長が、はじめて口を開いた。

「なんぼ金が、かかりますねん？」

とっさに、誰も応《こた》えかねた。

「さっきから皆で、やるやると云うてはるけど、なんぼかかるかという一番、肝腎《かんじん》なことは、誰も問題にしはれしまへんな」

「そりゃあ、何というても四万人の会員を擁《よう》する勤音をぶっつぶすようなものを作るのやから、大分いりますな」

門林がそう応えると、

「大分でっか、本業をよそに一銭にもならんことに首を突っ込むより、そんなことは文部省にでも任しといたらええのと違いますか、だいたい、私は昔から投資ならするが、寄付はせん主義でな」

徹底した実利派である松田は不愛想に云った。

「松田さん、勤音対策は寄付でなく、有利な投資ですわ、勤音に対抗するために、われわれでレクリエーション共同体をつくることは、各企業の負担が比較的少額ですみ、二重投資的な施設投資も避けられるというわけですからな」

門林が云うと、日本鉄鋼の大沼社長はすぐ言葉を継いだ。

「どういう形のものにするかは、なお検討する必要があるにしても、勤音に対抗する団体をつくる必要があることは、今日の話ではっきりしたから、門林さんに世話役をお願いして、早急にやろうやないですか」

締めくくるように云うと、一同が頷いた。

「ほんなら、早速、具体案をつくって、改めて、皆さんに計ることにしますわ」

門林は、引き取るように云った。

御影《みかげ》駅から山手に向って坂道を行くと、道の両側の樹木の茂みが深くなり、高い塀《へい》に囲まれた森閑とした邸町《やしきまち》になる。門林を乗せた車は、人影のない夜の邸町を走り、石積みの高塀の前で停《とま》った。

三丁四方の塀に囲まれている邸の南門は、正月三日間と、余程の来客の時以外は開けず、平常は東門を利用することになっている。運転手が門のベルを押して、帰宅を知らせると、檜《ひのき》造りの武家屋敷のような大門が両開きに開かれ、二人の女中が出迎えた。敷石伝いに植込みの間を通り、玄関を入ると、大谷石《おおやいし》を敷き詰めた広い土間の客だまりになり、天井に一尺七寸角の太い梁《はり》が通っている。飛驒《ひだ》の由緒《ゆいしょ》ある民家を一軒買い取り、そこから運び入れたものであった。

「お帰りあそばせ、今日はお早うございましたのね、うっかり、お出迎えが遅くなりました」

妻の松子が慌《あわただ》しく迎えに出た。何時《いつ》もは二次会、三次会で十二時を過ぎることが多い門林が『八人会』がすむと、まっすぐに帰宅したのだった。

「うん、今日はちょっと疲れてな」

「着替えをなさってから、お茶でも入れましょう」

松子は、お茶の用意をするために先にたって、奥座敷へ入った。十畳と六畳続きの座敷は、二間《にけん》の大床《おおどこ》に唐風《からふう》の違い棚、障子は桟《さん》の太い大和《やまと》障子が入り、畳は大名風の長畳で、すべて門林流の豪勢な好みであった。暖房は床の間横の框《かまち》に連子《れんじ》を入れ、そこからスチームを通しているから、座敷の中は春のように暖かい。紬《つむぎ》の丹前に着替え、神代杉《じんだいすぎ》の座敷机の前に坐った門林は、松子の注《つ》いだ煎茶《せんちゃ》で咽喉《のど》を潤《うるお》すと、

「桃子はどうしたんや、顔を見せんやないか」

末娘のことを云《い》った。

「それが、まだなのです」

「まだ？　もう十一時になるというのに、娘が一人でどこへ出かけてるのや」

「音楽会に行っていますから、九時頃に終るとして、やはり十一時にはなりますよ」

かばうように云うと、

「どうもお前は桃子に甘くていかん、大学を出てから一年になるというのに、これというう稽古《けいこ》ごとも身につけず、毎日、ぶらぶら何をしてるのや」

「ピアノのお稽古を続けておりますわ」

「ピアノは幼《ちい》さい時からやってるから、新しい稽古ごとの中へは入らん、ともかく、何かちゃんとした稽古を毎日続けさせることや、娘が毎日遊んでると、碌《ろく》なことがない」

和代の家では見せたことのない厳格な口調で云った。松子はさからわぬように黙って、急須《きゅうす》にお湯を足し、

「ついさっき、宝塚の恭太から電話がかかって参りまして、今月の二十九日は恭一郎の

お誕生日だから是非、来てほしいと云って来ました」

宝塚に一戸を構え日東レーヨンの系列会社である新日本毛織の営業部長をしている長男からの電話を伝えた。

「恭一郎は、幾つになったんかいな」

「いやですね、ご自分の初孫の齢《とし》ぐらい覚えていて戴《いただ》きたいものですわ、六つになって、この四月からは小学校ですよ」

「もう、そんなになるのかいな」

門林はちょっと顔を綻《ほころ》ばせ、

「わしは忙しいて行けんから、何か恭一郎が喜びそうなものを買《こ》うて、お前が行っといてくれ」

勤音対策の具体案が、門林の頭にひっかかっていた。もちろん、孫が可愛《かわい》くないことはなかったが、門林のような男には、そんな家庭的な楽しみより、まだまだ、仕事の方の野心や楽しみの方が強かった。

「じゃあ、宝塚の方へはお祖父《じい》ちゃまからとして、恭一郎が欲しがっている新しい自転車を贈ってやりますわ、それから、東京の菊子から最初の子供の出産は、実家《さと》でしたいと申して来ました」

去年、東京へ嫁《とつ》いだ次女のことであった。

「なんで、大きな腹を抱えて、わざわざ、大阪まで帰って産むというのやろ」

「あちらさまのお姑《かあ》さまは大へんお難しい方だそうですから、菊子も何かと気苦労なんでしょう、それに女にとって初産《ういざん》というのは、いろいろと心配なものですから」

東京製紙の安川家の長男に嫁いでいる菊子の気苦労を案じるように云ったが、

「そんな家内《いえうち》のことは、お前が適当にやっといてくれ、娘など持つのは、実に割の合わんことやな、大そうかけて嫁《かたづ》けた後も、何やかやと面倒なことを云うて来る」

門林は、ついこの間も、京都の素封家《そほうか》に嫁いでいる長女の藤子《ふじこ》が、夫の浮気を泣込みに来た時のことを思い出した。

和代を囲っている門林は、外に女を持った藤子の夫を責めるわけにも行かず、逆に娘をなだめにかかり、お父さまは夫に味方なさるのですかと、騒ぎをよけいに大きくしてしまったのだった。

ベルが鳴り、ハイ・ヒールで敷石を踏み鳴らす音がした。

「只今《ただいま》——、遅くなりました」

桃子の明るい声が、玄関から奥座敷まで通った。松子はほっと表情を柔らげたが、門林は苦い顔で娘を待った。何かのメロディーを口ずさみながら、桃子はからりと襖《ふすま》を開けた。

「あら、お父さま、お早いのね」

敷居のところにたったまま、驚いた顔をすると、

「音楽会はいいが、こう遅くてはいかん、一緒に帰って来る友達があるのか」

「ええ、駅まで三人のお友達と一緒で、駅から家まではちゃんとタクシーで帰って来ましたから、ご心配なく——」

「しかし、嫁入り前の娘が夜の十一時を過ぎて帰って来るのは感心せん、音楽会でもなるべく早く帰って来ることや、ところで、今日の音楽会は何やったんや」

「日響のベートーヴェンの『運命』だから、とてもよかったけど、この間の勤音のオペラ『蝶々《ちようちよう》夫人』の時の感動とは、ちょっと違ってたわ、あの時は、舞台と客席の間に、生き生きとした共感があって、みんなと一緒に聴いて、みんなと一緒に感動しないといけないようなものがあったわ」

「お前が勤音の例会へ行ったのか——」

門林は、聞き返した。

「ええ、大学で一緒だったお友達が商社へ勤めてらして、切符を戴いて一緒に行ったのよ」

「桃子、勤音の例会へ行くのは止《や》めとくがいい」

門林は湯呑茶碗《ゆのみぢやわん》をおいて、叱《しか》りつけるように云った。

「どうしてなの？　あそこの音楽鑑賞の仕方はとっても新鮮じゃないの、演奏を聴くだ

けでなくて、演奏会のあと演奏家と会員との懇談会を開いて批評し合ったり、会員自身が東都フィルハーモニーのオーケストラで『森の歌』の大合唱をしたり、今までにない意欲的なことをやってるじゃないの、会員じゃない私だって面白くて、時々は行ってみたいわよ」

肩を揺すぶるように云った。

「わしが止めとけと云ったら、おとなしく止めとけ、うちの従業員に勤音など止めさせようとしている矢先に、自分の娘が、勤音の会員に切符を貰《もら》って、喜んで例会に行ってるというのでは絶対、困る!」

「まあ、社員に勤音をやめさせる——、そんな乱暴なこと、いくらお父さまだって」

「何が乱暴や、音楽鑑賞の名前を騙《かた》って、勤労者の意識改革を図っている方が卑劣や」

「あなた、何もそんなことを、桃子に向って、お怒りにならなくても、いいじゃありませんか」

妻の松子がとりなすように云うと、桃子は、

「ほんとうよ、私に怒ってみたってしようがないわ、それにしても勤音には、流郷《りゅうごう》さんとかいう、凄《すご》いプランナーがいるんですって」

「なに? 流郷——、それが勤音を牛耳《ぎゅうじ》ってる奴《やつ》か」

「そんなこと知らないわ、だけど、お友達の話では、ともかく、すごいプランナーなん

ですって」

「流郷か——、名前だけはなかなか、ええ名前をしとるな」

門林は、娘の云った流郷という珍しい名前を、頭の中へ畳み込むように呟《つぶや》いた。

＊

協和プロダクションの事務所は、二時過ぎから賑《にぎ》やかになる。壁にタレントの予定表や、催し物のポスターが貼《は》りめぐらされ、三台の電話と八つの机があるだけで、机の上は乱雑に散らかり、電話が鳴り続けている。手打ち興行の手配や、ラジオ、テレビ関係の連絡、地方へのセールス、ナイト・クラブ、キャバレーへのタレントと演《だ》しものの連絡が、電話で話され、その間もタレントや事務員が慌《あわただ》しく出入りしている。

「社長、近畿テレビから、シャンソンのフランソワーズ・アンジェリの録画の日取りを聞いて来ましたが、どうします？　一応、社長は不在だから、あとでこちらからお返事致しますと云っておきましたが——」

「社長は止めとき——」

「じゃあ、何とお呼びしたらよろしいですか」

一週間前に入って来たばかりの青年は困った顔をした。

「千田さん、ミスター・センダでええやないか」

「しかし、千田さんはどうも呼びにくくて、やっぱり社長の方が——」

「いや、社長は止めといてんか、そう云うて、親分は暴力団の組長みたいやし、大将ではテキ屋みたいやし、旦那《だんな》というのが、着流しの粋《いき》な旦那みたいでええけど、ちょっとぞろりとし過ぎるな」

社員八人ぐらいの世帯で社長と呼ばれるのが虫唾《むしず》の走るほど、ぞっとする千田は、何時でも、その呼称に頭を痛めた。古くからいる者たちは、そんな千田の気性を呑み込んで、呼称をつけないでものを云う方法を知っていたが、新米の者には解《わか》らない。

「そうやな、ほんなら、ムッシュにしとこか、ちょうど、『シャンソンの夕《ゆうべ》』をやる時やから、今日からムッシュやで」

周囲の者にも聞えるように大きな声で云い、

「アンジェリの録画の日取りは、東京の新東洋プロへ電話して、呼込みもとの確かな日程と、大阪でのうちの日程とを嚙《か》み合わせた上できめんならんから、返事は二、三日待って貰うことや」

そう云うと、千田は椅子《いす》から起《た》ち上がった。四時にR会館の支配人に会い、『シャンソンの夕』の舞台装置の打合わせをし、七時にナイト・クラブ、ムーラン・ルージュで流郷と会うことになっているのだった。

R会館の仕事をすませて、ムーラン・ルージュへ行くと、約束の時間より十分ほど早かったが、もう流郷が先に来ていた。フロアに近い席に坐《すわ》り、スロー・テンポのムード・ミュージックを演奏しているステージへ視線を向けて、ハイボールを飲んでいたが、薄暗い灯《あか》りに照らされた流郷の顔には放心したような虚脱感が漂っている。

「お待たせしたようですな」

うしろから声をかけると、流郷は何時もの表情に戻り、

「あれも、君んとこのバンドらしいね」

ステージを眼で指した。

「そうですねん、ブルー・キャッツというて、ついこの間、結成したばかりのニュー・バンドやけど、なかなかええ音を出しますやろ、この間のクラブ・ヤマトのレッド・タキシード・バンドに次いで、うちの売りもののバンドですわ」

ぬけ目なく宣伝し、

「ところで、あの『森の歌』、たいした資本《もとで》もかけんと、よう稼《かせ》いだやおまへんか、今日は仕事をぬきにして、流郷さんに奢《おご》って貰いまっせ」

ホステスにハイボールを注文した。流郷はさっきから飲んでいるハイボールを空《あ》けながら、

「プロダクションが一発当てるのと訳が違うよ、勤音の例会でいくら当てても、僕自身

の稼ぎにはならないし、勤音は儲《もう》けないことを建前にしているから、儲けてやっても、どうってことはない」

「けど、一挙に六千人もの会員を増やし、あれだけ勤音の名前を売ったことは、勤音にとって大きなプラスですやろ」

「ところが、僕の予想と反した売れ方をしてしまったよ、僕は、日本で最初の大衆参加による大合唱をやってみたいというそれだけのことで『森の歌』をやったのに、妙な具合に喧伝《けんでん》されて、会社の勤音に対する風当りが急に強くなり、勤音のポスターを貼ったり、日割券を配ったりする時に、今までなかったごたごたが起り、勤音に行く時は上司に報告してから行くようにという職場も出て来ているからねぇ」

「ふうん、それで、会員の評判はどんな具合ですねん」

「大部分の会員が『森の歌』万歳だ、運営委員会に至っては、今度ばかりは会員のもぎり式アンケートの数字を全面的に支持し、評点、九一・〇二点という曾《かつ》てない記録的な点数を認め、『森の歌』以前は、反動の槍玉《やりだま》に上げられていた僕が、いまや、党員かシンパ扱いで、次は『森の歌』より、もっとイデオロギーのはっきりしたプロコフィエフの『平和の守り』をやってほしいというほどなんだ」

「やりはるつもりでっか」

笑っていた千田の顔が、締まった。

「とんでもない、事務局の中でも、『森の歌』路線で行けという意見が多いが、僕はこの際、経営者側を刺激して、せっかく伸びている会員を減らさないために、がらりと戦法を変えることだと思っているんだ」

「ほんなら、今度は右で当てることにしたら、よろしやないか」

「右で当てる？」

流郷はハイボールのグラスを下においた。

「左のソ同盟万歳で当てたんやから、右のアメリカ万歳で当てることだすがな、さしずめ、ジャズはどうだす」

売り込むように千田が云《い》った。

「運営委員会を納得させるのが難しいのでねぇ、連中はジャズはアメリカ帝国主義の所産だと、頭から否定しているからね」

「そうすると、次の術《て》は何ですねん？」

流郷は応《こた》えずに黙って、ステージの方を見た。シャンソン歌手が、暗くしぼったライトの中で、マイクを胸に抱くようにして、『枯葉』を唄《うた》いはじめている。

流郷は暫《しばら》く、低く語りかけるような歌に聞き入っていたが、ふと千田の方を向き、

「あんたの呼ぶフランソワーズ・アンジェリの『シャンソンの夕』の方は、うまく行ってるの」

さり気なく聞いた。

「進んでまっせ、半年前からの静かなるシャンソン・ブームに目をつけたのがよかったんですな、さっき、ここへ来る道でR会館へ寄ったら、前売切符は売切れで、その上、テレビ中継のスポンサーもついて、前景気は上々ですわ」

「R会館の前売を売り切ったとは、すごいな、で、スポンサーはどこ？」

「日東レーヨンですねん、あそこなら、アンジェリのムードにぴったりですやろ」

千田は、調子づくように云った。

「日東レーヨンといえば、あそこの社長は、たしか、音楽スポンサーで有名な門林雷太だったね」

流郷はそう云い、不意に千田の顔を覗《のぞ》き込み、

「千田さん、あんた、妙なことを云ったのじゃないでしょうな」

「妙なことて、いきなり、一体、何のことですねん」

「日東レーヨンの門林社長に、勤音が『森の歌』をやることについて、あんたが、事前に何か話したんじゃない？　というのは、日東レーヨンのコーラス部員が、会社側から歌詞が穏当でないから出演を見合わせるように云われて、出演を中止したんだよ、発表以前の段階で、歌詞が会社の上層部に伝わるはずがないのでねぇ」

ものの云い方は平静であったが、千田の咽喉《のど》もとを捉《とら》えるような鋭さがあった。千田

はひょろりと、体を前屈《まえかが》みにし、

「流郷さん、あんたこそ、妙なことを云いはるやおまへんか、私は何時《いつ》も云うてるように、右からも左からも儲けさして貰いたい人間ですよって、両方の大事なお客さんの不為《ふため》になるようなことは一切、口にせん主義ですわ、それでないと、この商売は儲けられまへんよってな」

そう云いきりながら、千田は、四カ月前、日東レーヨンの社長室を訪れた時、『森の歌』のことを一言、洩《も》らしたことを思い出した。あの時、門林は、何の関心も示さず、聞き流すような表情で聞いておきながら、あの一言で門林が、流郷のいうような動きを取ったのであれば、聞きしに勝《まさ》る狸親父奴《たぬきおやじめ》！　千田は心の中で舌打ちし、明日、門林に会いに行ってやろうと思った。


門林雷太は、汗ばむほど暖房のきいた社長室で、回転椅子に趺坐《あぐら》をかき、総務部長の黒金の報告を聞いていた。

黒金は、勤音に対抗する団体を作る緒《いとぐち》をつけるために、まず近畿職域厚生協会の理事長を訪《たず》ねて話し合った経緯を詳しく報告した。

「職域厚生協会なら、われわれ大企業の資金援助で成りたっている協会ですし、各社からの音楽会の割引切符を一括《いっかつ》して取り扱っていますから、現在ある音楽鑑賞団体の内情を聞くにはもって来いのところです、そこでいろいろ調査した結果、音楽文化協会という元《もと》学生音楽協会から発足した三千人そこそこの音楽団体を狙《ねら》うのが一番、手っ取り早いと思いますが」

勤音に対抗する音楽鑑賞団体を作るとなると、時間的にも、経済的にも手間がかかる。その上、経営者側が共同でそのような団体を作るとなると、勤音や労働組合との摩擦は避けられず、マスコミからも叩《たた》かれる惧《おそれ》があるから、既成の団体をうまく改組して、手っ取り早くやりたいというのが、門林の腹づもりであったのだった。

「なかなかの掘出しもんやないか、特に前身が学生音楽協会というのがええ、それやったら誰がみても、混り気のない純粋な音楽団体で、われわれ経営者側の意図が剝出《むきだ》しにならんですむからな」

「内情を調べましたところ、資金難、会員数の頭打ち、その上、いい音楽を鑑賞するためには、算盤《そろばん》勘定など問題でないという事務局長と、資金繰りから一切の皺寄《しわよ》せをひっかぶっている次長とが不仲というので、早速、橘《たちばな》理事長にその事務局次長に会えるように斡旋《あっせん》を頼んでおきましたので、明日か、明後日にも会って、話をつけようと思っております」

気負うように云った途端、

「あかん！」

門林は一喝《いっかつ》した。

「相手が音楽団体でも、商事会社でも、百貨店でも乗っ取る時は、正面切ってやるもんやない、一夜明くれば何とやらという、あの調子で行くのや」

「と申しますと――」

「資金難、会員数の頭打ち、事務局長と次長の不仲というそれだけの材料があるのやから、こっちから正面切って話を持ち込んでも、もう一押し押して、向うから泣きついて来るような状況を画策することや、画策が効を奏して泣きついて来る頃合いを見計らい、その時、はじめて向うの次長をこちらへ引き寄せて懇談する――、これが音楽文化協会をうまい具合に乗っ取り改組する呼吸や、どういう風に泣きつかせるかは、それこそ君が腕によりをかけて考えることや、解ったな」

下手な術《て》を打たぬように云い、葉巻を吸いかけると、机の上のインターフォンが鳴った。

「只今《ただいま》、協和プロダクションの千田さんがお見えになりましたが、如何《いかが》致しましょうか」

秘書の声がした。

「千田君なら、ちょうど都合がええ、通すように」

黒金は椅子から起ち上がり、

「では、私は後程、また――」

「かまへん、千田という男は、君も知っとく方が、今後、何かと便宜やろ」

そう云い、千田が入って来ると、

「今日の用事は、何やねん」

「フランソワーズ・アンジェリの『シャンソンの夕《ゆうべ》』の中間報告によせて貰《もら》いました、おかげで前景気は上々で、昨日、R会館へ行きましたら、前売切符は売切れという景気ですねん」

「そら、当り前やがな、うちのフラワー・セーターの広告を出す度に、『シャンソンの夕』の催しを入れてるさかい、それぐらい景気がようて当然や、こっちはこの催しでどれぐらい売上げが伸びたかで、スポンサー料の原価計算が出るわけや」

と云い、黒金の方を眼で指し、

「こっちは、うちの総務部長の黒金や、これから、どんなことで世話にならんとも限らんけど、その時は按配《あんばい》に頼むでぇ」

黒金を紹介した。千田は愛想のいい笑いをうかべ、

「何時《いつ》も、社長にはご贔屓《ひいき》にあずかってます、よろしゅうにお引きたてを――」

慇懃《いんぎん》に挨拶《あいさつ》すると、黒金も笑顔で挨拶しながら、縁なし眼鏡の下から、じろりと千田を一瞥《いちべつ》した。千田は、そんな黒金の視線を見て取りながら、飄々《ひょうひょう》としたとらえどころのない表情で、

「これをご縁に、これからは総務部長の黒金さんにも、無理を云わせて貰いまっさかい、くれぐれもよろしゅうに――」

重ねて慇懃に頭を下げると、

「黒金君、気をつけんとあかん、千田君のよろしゅうには、他《ほか》の奴《やつ》と違《ちご》うて、一声百万円の話を持ち込んで来るから、ぶっそうやでぇ」

門林はそう云い、ぷかりと葉巻をふかし、

「わざわざ来た用事いうのんは、『シャンソンの夕』のことだけやないやろ、それにかこつけて、なんぞまた売込みに来たんと違うか」

「めっそうもない、今日は、ほんまにそれだけの用事で伺《うかご》うたんだす、当日は、是非、社長じきじきのお越しをお待ち致しとります」

出されたお茶も飲まずに席を起《た》って、帰りかけ、

「あっ、そうそう、何時か、ちょっと社長にお話したことのある勤音の『森の歌』は、えらい成功でしたわ、大会社のコーラス部員がずらりと出演すると聞いてたんで、社長が日頃、ご自慢の日東レーヨンのコーラス部員も出はるかと思うてましたら、出るのを

中止しはったそうだすな」

さり気ない調子で云うと、

「ふうん、そんなことがあったんかいな、わしは知らんけど、黒金君、君は知ってるか」

そらとぼけた顔で黒金の方を見た。

「いいえ、私も、何も聞いておりませんが、そういうことは、せいぜい、労務課長どまりの話になっているのではないでしょうか」

と応《こた》えると、門林も、

「まあ、そんなところやろ、それより千田君、君とこは、勤音と取引があるのんか」

「この間の『森の歌』の時、はじめて東都フィルハーモニーと五期会の歌手を入れさして貰いましたわ」

「ほんなら、流郷とか云うのを知ってるか」

門林は、娘の桃子から聞いた名前を出した。

「知ってまっせ、というても、この間の仕込みのことで、二、三回用談した程度だすけど、社長が勤音の流郷さんを知ってはるとは、これは思いがけんことだすな、その流郷さんが、どうかしましたんか」

「いや、何でもない、この間、新聞社の音楽記者がちょっとやって来て、えらい褒《ほ》め上げて行きよったから、どんな奴かと思うて聞いてみただけのことや」

そそくさと話を打ち切り、

「ところで、音楽文化協会というのがあるそうやな、そっちの方はどうや」

「それなら、よう知ってますわ、ご承知のように、私もこれで、昔はクラシック専門の音楽事務所におりましたよって、その頃から知ってるわけだす、もとは学生ばっかりで作っていた学生音楽協会から発展した団体ですけど、私が仕込みをやった時、泣かされた相手だすわ」

「食いついたら最後、すっぽんみたいに相手に食いつく君が泣かされたとは、どういうわけや」

門林の眼が、ぎょろりと光った。

「何しろ、あそこは事務局長から会員に至るまで、まるで芸術家か、批評家気取りで、演奏曲目から演奏家の伴奏者、会場の音響効果に至るまでうるさい注文が多いくせに、肝腎《かんじん》の払いの方は会費の集まりが悪うて、のびのびですわ、たいてい、一、二回分はたまっていて、請求に行っても、音楽学校出という芸術家タイプの事務局長が、良心的で純粋な音楽運動をしていると、こういうことになるのですからご協力を願いたいと悪びれた様子もなく、至極、当然のように云うのでっさかい、ちょっと勝手が違うて、かないまへんでしたな」

ですねぇ」

「それにしても、そんな逼迫《ひっぱく》した財政状態で、よく今日まで持ちこたえて来られたもの
　黒金は、わざと感心するように云った。

「それは何というても、昨日や今日にできた団体と違うて、年期が入ってますわ、学生音楽協会時代から数えたら、十三年程になり、会員の結束が固い上に、芸術家肌の事務局長の人柄もあるんですな、資金繰りで、危ない危ないと云われながら、この四月にR会館で、五十嵐《いがらし》弦楽四重奏団をよんで、こむずかしいバルトークの弦楽四重奏曲をやるというような、他《ほか》の団体ではちょっと出来んようなことをやるのですさかいな」

「ほう、四月にR会館で――」

　門林と、黒金の眼が光った。


　社長室を出ると、黒金はすぐ総務部へ戻り、自分の席からR会館の支配人室へ電話をかけた。話中ばかりで、なかなか出ない。

　黒金は苛々《いらいら》した声で、交換手を怒鳴りつけ、総務部内を見渡すと、二十数名の部員が、最近、黒金の考えで列《なら》べ変えた一方方向に机を列べ、きちんとした姿勢でせっせと働いているが、総務部長席に近い席の者は、黒金の苛だった声が気になるらしく、落着きの

ない気配で机に向っている。

電話のベルが鳴り、R会館の支配人室へ繋《つな》がれた。

「あ、釜田《かまた》支配人ですか、こちらは日東レーヨンの総務部の黒金です、いつぞやはどうも失礼しました、突然ですが、社長の門林に申しつかりましたことで、只今から、ちょっとお伺いしたいのですが――」

釜田は、何か予定があるらしく、困ったように口ごもったが、

「ほかならぬ日東レーヨンの門林社長のご用向きでしたら、お待ち致しましょう」

鄭重《ていちょう》に応《こた》えた。

黒金は、受話器をおくと、すぐ車の用意をさせた。車を走らせながら、黒金は、これから会う釜田との話合いの内容を考え、話合いがうまく行けば、門林の意図する音楽鑑賞団体の組織作りが、最初に予想したよりも運びのよい状態になり、門林の自分への評価がさらに大きくなって、重役候補への道が一歩、早くなるだろうと思うと、どんな強引な方法ででも、釜田との話合いはうまく運びたかった。

R会館の応接室で釜田と向い合うと、黒金は、勤音に対抗する団体を作ろうとしている門林の意図と、これまでの経緯を説明した。その間、釜田は煙草《たばこ》も喫《す》わず、黙って耳を傾け、時々、訝《いぶか》しげな視線を向けたが、黒金は終始、もの柔らかな笑いをうかべ、

「それで、まことにぶしつけなお話ですが、四月にある音楽文化協会の催しを流すよう

にして戴《いただ》けませんか」

「えっ？　流す――」

釜田は、自分の耳を疑うように聞き返した。

「ええ、そうです、会館のホールを音楽文化協会に貸さないようにして戴きたいのです」

「しかし、既にちゃんと、四月二十三日に貸す約束になっていて、プログラムも、ポスターも刷りあがっているのですよ」

いくら大株主の一人である門林の意向とはいえ、その非常識さを聞き咎《とが》めるように云《い》ったが、黒金は、

「プログラムも、ポスターも出来上がっている段階であることはよく解《わか》っております、そこを何とか、会館の方でうまい口実をもうけて、貸さない手段に出て戴きたいのです」

重ねて云った。

「せめて、借館申込みを受けて一週間以内のことなら、まだしも何とか口実がもうけられたかもしれませんが、四カ月も前に申込みを受けて貸す約束をしたのですからねぇ」

釜田は首をかしげて黙り込んだ。筋を通す芯《しん》の強さが感じ取られた。

「釜田さん、ここの借館契約は、どういう風になっているのです？」

改まった口調で、黒金が聞いた。

「原則としては契約書を交わすことになっているのですが、忙しいこの世界では、口頭契約が常識で殆《ほとん》どが電話一本でOKがとれることになっていて、今度の音楽文化協会の場合も、正式な契約書は入っていません」

「じゃあ、その盲点をついて、音楽文化協会とは電話一本で約束したが、今日になって他の会と先約していたことが判明したからと、断わることも出来るというわけですね」

「それじゃあ、まるで子供騙《こどもだま》しみたいで、第一、それでは、こちらの信用問題になりますから、そういう口実は絶対、困りますよ」

釜田ははっきりと、黒金の言葉を退けた。

「じゃあ、五十嵐弦楽四重奏団のマネージメントをしている音楽事務所へ話をして、演奏家の都合が悪くなったことにして、引っ込めるという術《て》はどうです？」

畳みかけるように次の案を出すと、釜田は頭を振った。

「プロダクションの生命は、一回約束したことは必ず守るという信用ですよ、形のある商品を動かして取引するのと違って、電話一本で人間の取引をするのですから、一回約束を破ると、信用がなくなり、次からがきかなくなるのです、だから、かえって他の世界より、この世界の方が信用を重んじる面があるのですよ、まして、今度のように演奏会の日取りまできまっている演奏家を引っ込めてしまうなど、それも今、音楽界で注目されている五十嵐弦楽四重奏団の場合は、マスコミに騒ぎたてられることになるから、音楽事務所がそんな話にのるはずがありませんよ」
と云うと、さすがの黒金も、
「そうすると、やっぱり会館の方で流す工作をして戴くより仕方がありませんな」
腕をこまねくように黙り込んだが、
「釜田さん、音楽文化協会の金払いの状態はどうなんです」
「悪いですねぇ、三カ月前にあった日響の演奏会の時の借館料も、オーケストラへの支払いが嵩《かさ》んで、うちの方の払いは、ちょっと待ってほしいということでしたよ」
「じゃあ、今度の借館料の前金も入ってないというわけですか」
「ええ、うちを利用する団体は、まず確かな筋の通ったところばかりですから、前金制度はとっていないのです」
そう応えると、黒金は、俄《にわ》かに勢い付き、
「それじゃあ、今度、会館の経営方針が変り、前金を取る制度になったから、前回の未払い分とともに、今回の前金も納めて貰《もら》わないことには会場を貸せないという風に持って行くことですよ、向うは会館ばかりでなく、音楽事務所などにも、大分、借金をこさえているようだから、この術《て》でやるのが一番、筋が通っていて、効果的でしょう」
決めてかかるように云うと、釜田は、

「他と違って、音楽文化協会は関西で唯一《ゆいいつ》のクラシック畑の純粋な音楽鑑賞団体で、事務局長も、大阪では数少ない音楽の解る人ですから、いくらなんでも、それは……」

言葉を跡切《とぎ》らせた。

「釜田さん、われわれは、何も音楽文化協会をつぶすことを目的にしているのではありませんよ、音楽鑑賞を通して左の勢力を浸透させようとしている勤音に対抗し、その勢力を阻止するための止《や》むを得ない手段としてお話していることを、お忘れにならないようにして戴きたいものですな」

「その点は、よく解っていますが、会館としては、そうしたことを表だってやることは、やはり……」

なおも躊躇《ためら》うように云いかけると、黒金は、きらりと眼鏡の縁を光らせた。

「ですから、会館としては、最近の株主会の決議で経営方針が変り、前金制度になったからという理由で、会館を貸さないようにさえして下さればいいのです、あとはすべてこちらで、会館には一切、ご迷惑をかけないようにことを運びますよ、ともかく、門林社長からのたっての依頼ですから、釜田さん、これは間違いなく、頼みますよ」

黒金は、大株主の門林をかさに来た押しつけるような云い方をし、会館のことで音楽文化協会に混乱が起ったその時に、つけ込むことだと、狙《ねら》いをつけた。

＊

音楽文化協会の七坪程の事務局の中は、粗末な机と椅子《いす》と資料棚が置かれ、四人の事務員がいるだけであったが、壁際《かべぎわ》の資料棚には、音楽関係の資料がぎっしり並び、クラシック専門の音楽鑑賞団体らしい静かな雰囲気が漂っていた。

事務局長の梅津と、次長の野々宮は向い合って机を列べ、梅津はさっきから今度の五十嵐弦楽四重奏団が演奏するバルトークの弦楽四重奏曲のプログラムを何度も読み返し、次長の野々宮は会計帳簿に眼を通していた。

「野々宮君、今度のプログラムの内容は、よくないですねぇ」

「そうですか、昨日、事務局へ寄った会員たちの評判では何時《いつ》もより、いいですがね」

野々宮は、帳簿から眼を離さずに云った。

「それは、ほんの一部の会員の声ではないですか、私の見るところでは、音楽そのものに対する取組み方が、曖昧《あいまい》に思えるのです」

梅津の丁寧な言葉遣《づか》いには、神経質で容易に人を寄せつけない冷たさがあり、次長の野々宮に対してだけではなく、誰に対してもそうであった。

「どういう点が、曖昧だとおっしゃるんです？」

野々宮は、事務的な口調で応えたが、言葉の中にまたかといった感じがあった。

「どこって、今度、五十嵐四重奏団が演奏するバルトークの弦楽四重奏曲は、バルトークの作品の中でも難解とされているもので、その内容の高さで、しばしば、ベートーヴェンの弦楽四重奏曲に比較されているだけに、もっと専門的な曲目解説を載せるべきです、これではまるで、その辺に出廻っている名曲解説書のダイジェスト版みたいで、バルトークの生《お》いたちや、五十嵐四重奏団の演奏者のプロフィルにしても、音楽に直接関係のない私的なエピソードが多過ぎ、見識がなさすぎますよ」

「僕はそうは思いませんよ、曲目自体が難しければこそ、取っつきやすい内容のプログラムをつくるべきで、いくらうちの会員でも、会場の薄暗いライトの下でまで、こむずかしい音楽論を勉強させられるんじゃあ、かなわないでしょう、何時までも、そんなことを云っているから、会員数がますます減って行くのですよ、これ以上、減ったらどういうことになるか、たまにはこの帳簿を見て戴きたいものです」

赤字のならんでいる部分を指すと、梅津は、

「君のそういう態度が一番いやなところですよ、うちの会は、他の団体と違って、音楽上のいい加減な妥協は許されない――」

顔にぴりっと、青筋が走った。野々宮はそっぽを向き、弾《はじ》き合うような気まずい空気が、二人の間に流れた。

野々宮の机の上の電話が鳴った。R会館の釜田からであった。

「この度はいろいろとお世話になっております、ポスター掲示の件で、今日お伺いしようと思っていたところですが、何か急なご用でも――、えっ？」

野々宮の声が、変った。

「会場がキャンセル？ そんな馬鹿《ばか》な！ 四カ月も前に予約しておいたのが、今さらどういうことなんです、ええ？ 会館の規則が変ったからですって――、ともかく、電話でなど話になりません、今からすぐそちらへ走ります」

慌《あわただ》しく、電話をきった。

梅津も容易ならざる気配を感じ取って、椅子から起《た》ち上がった。

「野々宮君、これは一体――」

「さっぱりわけが解りませんよ、ともかく、向うへ行ってみます」

オーヴァー・コートをひっ摑《つか》んで野々宮は、事務局を飛び出した。

タクシーに乗ってからも野々宮は、昂奮《こうふん》がおさまらなかった。プログラムも、ポスターも刷り上がり、演奏会を一カ月半後に控えて、会場問題で突発的なことが起ったことなど始めての経験であった。資金繰りのことでは、芸術家肌というより、生活破綻《はたん》者に近いほど経済観念の欠如している梅津と二人で、学生音楽協会を始めた時から、ずっと苦労が絶えず、その度に自分独りで金策に走り廻り、やっと今日まで持ちこたえて来たのだった。そんな苦労も、三十代の時は音楽を愛好する情熱に支えられて、むしろ張りがあったが、四十歳を越してからは、金の苦労が身にしみ、その上、会の運営面のすべてを自分に押しつけ、芸術的な在《あ》り方ばかりを口にしている梅津の態度を考えると、腹だたしさがこみ上げて来た。妻と二人の子供を抱えながら、何時までも二十代の青年のようにクラシック音楽にかじりつき、貧乏世帯の運営に駈《か》けずり廻っている自分の姿が、齢甲斐《としがい》もないオールド音楽ファンに思われた。

R会館の前で車を降りると、野々宮は、駈け込むように支配人室へ入った。

「釜田さん、突然、これはどういうことなんです？」

「実は、私も困っているのですよ、今度、うちの株主会で、会館経営を近代的なショー・ビジネスとして運営して行くために、従来の経営方針を改め、借館料の前金制度と催し物に対する完全な支払い制度を確立することになったのですよ、したがって、借館契約と同時に前金の払込みをして戴かない限りお貸し出来ないことになり、またこれまでの支払いが滞《とどこお》っているところには、お貸し出来ない規則になったのです」

野々宮の顔色がみるみる変った。

「規則、規則とおっしゃいますが、一旦《いったん》、契約した後になって、突然、貸さないなんて、ひどすぎるじゃありませんか」

「ですから、こちらは、頭からキャンセルなどとは云っておりません、前回二回の催し物の滞納分、四十万円の支払いと、今回の借館料の前金十万円、計五十万円を即金でお支払い戴けば、お約束通りお貸し出来るのです」

「しかし、急に四十万の、五十万のと云われても、うちの団体がすぐ都合のつかないことは釜田さん、あなたご自身が一番よくご存知のはずではありませんか、ともかく、うちは借館申込みをした時、そんなお話は一言も聞いておりませんから、このままやらせて戴きますよ」

契約の際、聞いていなかったことをたてにとって詰め寄ると、

「野々宮さん、そんな無理を云《い》わないで下さいよ、支払いさえして下されば、ことは簡単なんですから——、それをそんな風に居直られると、こちらも、借館契約書が入っていないことをたてにとって、契約した覚えがないと、開き直ることも出来るのですからねぇ」

相手の弱味につけ込むような出方をした。

「口頭契約は、何もうちだけではなく、この世界の慣例じゃありませんか、それを今になって契約書をたてにとるなど、おかしいじゃありませんか！」

噛《か》みつくように迫ったが、釜田は黙って煙草《たばこ》をふかし続けた。それは日頃、紳士的で音楽鑑賞団体に理解のある釜田に見られぬ態度であった。激昂《げっこう》していた野々宮の顔が、次第に不安と動揺の色に包まれて来た。やがて野々宮は、釜田の態度が崩《くず》しようもない

ことを悟ると、

「お話のほど解《わか》りました、しかし、さっきも申し上げましたように今の今と、云われても、私の方ではすぐにお支払いできる額ではありませんから、とにかく、ここのところは、演奏会が終るまで待って下さい、演奏会が終れば、会員の会費や徴収金が七十万円程入りますから、何をさしおいても、その中からお支払い致します」

頼み込むように云うと、

「そりゃあ、おたくの窮状は解らぬでもありません、けれど、おたくにそうすれば、他《よ》所《そ》もまた、そうしなければならなくなるので、この際は、そういった特例は認めることが出来ないのです、何しろ、こちらとしては、会館の新しい運営方針として決ってしまったことですから、野々宮さん、一つ協力して下さいよ」

逆に、野々宮に頼み込むように云った。野々宮は言葉の継ぎ穂を失い、顔を蒼《あお》ざめ、

「そこを何とか、猶予《ゆうよ》して戴《いただ》きたいのです、私の方としても、出来れば、今回の借館料の前金だけでもお払いしたいのですが、うちあけた話、手持ちの金はポスターとプログラム代、それに五十嵐四重奏団のギャラの前渡し金と旅費、宿泊費にすべて当ててしまって、どうにもならない状態です、音楽文化協会を助けると思って、どうか、お願いします」

野々宮は、さっきテーブルを叩《たた》かんばかりにしていた両手をテーブルの上につき、釜

田に頭を垂れた。

「他の団体と違って、クラシック音楽一本でやって来られたおたくのことですから、何とかしてあげたいのはやまやまですが、支配人といえども、経営者の上層部が一旦、決定した規則はどうにもなりません……」

釜田は口ごもった。

「それでは、こうしたらどうでしょう、うちの大株主の一人である日東レーヨンの門林社長は、音楽に非常に理解のある方ですから、何だったらスポンサーになって戴きに頼みに行かれたら、どうでしょう、今月の下旬にうちでやるフランソワーズ・アンジェリの『シャンソンの夕《ゆうべ》』のスポンサーにもなっておられるし、もともとは、クラシック音楽に肩入れをして来られた方だから、もしかしたら、引き受けて下さるかもしれない」

「日東レーヨンの社長が、音楽スポンサーであることはよく知っていますし、願ってもないことですが、何のつても持たない者が、突然、そんな頼みごとに行って、会って戴けるでしょうか」

野々宮は迷うように云った。

「幸い、向うの総務部長の黒金さんと私とは親しい間柄ですから、あなたを紹介し、黒金総務部長から、社長に話を通して戴けるように計らってあげましょう、ことが大阪唯一のクラシックの音楽鑑賞団体のことで、しかも会場がうちの会館ということなら、力をかして下さるかもしれませんよ」

釜田は、うしろめたさを押し隠すような笑いを見せながら、黒金と打ち合わせておいた口上を、そのまま云った。


黒金は、野々宮の話を聞きながら、野々宮を注意深く観察していた。テーブルを挟《はさ》んで向い合っている野々宮は、四十を出たばかりの齢恰好《としかっこう》であったが、世馴《よな》れない青臭さと分別臭さが同居し、話をしている最中にも、何度も自分の申入れが非常識極まることであることを弁解しながら、音楽文化協会の窮状を話した。同じ音楽関係の仕事をしながら、千田のような図々《ずうずう》しさも、そら呆《とぼ》けた凄味《すごみ》もなく、音楽好きな中年男というタイプであった。

「何度も迷ったんですが、釜田支配人が紹介状を書いて、お電話までして下さったものですから、厚かましくお願いに参った次第です」

野々宮は、さっきから何度も繰り返している同じ言葉を云い、頭を下げた。

「いや、お話を伺えば、伺うほど大へんですな、営利主義の団体と違って、純粋な音楽運動を続けて来られたのですから、ご苦労のほどはよく解りますよ、しかし、うちの会社も、方々から、いろんなつ
てをたどって、スポンサーの依頼がありますので、そうそ

う引き受けられますか、どうか——」

「釜田支配人のお話では、門林社長にお取次ぎ願えれば、クラシック畑の純粋な音楽活動をしている団体だし、会場がR会館だから、お力になって貰《もら》えるだろうということだったんですが——」

「ところがですね、ついこの間、『シャンソンの夕』のスポンサーを引き受けたばかりですから、どうでしょうかねぇ、まあ、とりあえず、社長の都合を聞いてはみますがね」

黒金はすぐ秘書課へ行き、社長の都合を聞いて貰うと、インターフォンを通して、直接、門林が応答した。

「わしの云うた通りになって来たな、すぐこっちへ連れて来《き》い」

せっかちな声が聞えた。黒金は、急いで応接室へ引っ返した。

野々宮は、黒金に伴われて社長室へ入ると、分厚な絨毯《じゅうたん》を敷き詰めた豪奢《ごうしゃ》な室内と、皮張りの回転椅子《いす》に趺坐《あぐら》をかいて坊主刈《ぼうずがり》の頭を光らせている門林雷太の異様な風貌《ふうぼう》に呑《の》まれるような表情で、

「音楽文化協会の野々宮と申します、この度は突然、厚かましいお願いを致しました、実は……」

と云いかけると、門林は血色のいい坊主頭を振った。

「話は今、黒金から聞いたところや、わしは忙しいから二回、同じ話を聞くのが嫌《きら》いでな、そいで結論は、どういうことですねん」

「実は、私の方のスポンサーになって戴きたいと思いまして――」

「スポンサー？　何のスポンサーになりますねん、スポンサーという限りは、うちの何かの商品とタイ・アップするわけですやろ」

野々宮は、言葉に詰った。

「私の方は、クラシック音楽の鑑賞団体なものですから、そうしたことに馴《な》れておりませず、おたくの商品とうまくタイ・アップできますか、どうか、そこのところは……」

「ほんなら、スポンサーや無《の》うて、寄付せえというわけですかいな、それにしては、初対面で五十万とは、ちょっと高過ぎるようですな」

「いえ、寄付を戴こうなどと、そんな厚かましい考えではありません、門林社長が株主になっておられるR会館の今回の借館料の前金と、前二回の滞納分を何らかの形でお立替え戴けるような方法はないかと思いまして……」

野々宮は慌《あわ》てて、そう応《こた》えた。

「ほんなら、今度は、借金の申込みというわけですかいな」

葉巻をくわえながら云った。野々宮は顔を俯《うつむ》けた。

「いっそのこと、肩代りしようやないか」

「肩代りと申されますと？」

野々宮は聞き返した。

「ここで五十万円、立て替えて、今度の会館の件をきりぬけても、それぐらいの現金が都合出来んような世帯では、どうせ、同じようなことが続いて、先細りする一方やろから、今後もずっと、音楽文化協会の資金繰りの面倒をみようというてるわけですわ」

門林は、女の面倒でもみる時のような簡単さで云った。

「しかし、それは、あまり突然のお話で……」

戸惑うように云いかけると、黒金が横から、

「しかしも、何もないでしょう、せっかく社長が、今後、ずっとあなたのところの資金繰りの面倒をみてやろうとおっしゃっているのだから、そうして戴けばいいじゃないですか、社長だって、他《ほか》の団体ならこんなことはおっしゃらない、おたくが大阪で唯一の純粋な音楽鑑賞団体なればこそですよ」

「その点は、有難いご好意なんですが、どうして、そんな風に云って戴けるのか、そこのところが……」

野々宮の顔に、訝《いぶか》しげな色がうかんだ。

「金を出すのに、その理由を云わんならんとは手間な話やな」

門林はじろりと、野々宮の顔を見、

「理由は、あんたが話を持ち込んで来た時期が、よかったということですわ、わしははっきりとうちの商品のPRになるか、よほどのことでもない限り、スポンサーやパトロンにならん主義やけど、たまたま、最近の勤音に手をやいている最中《さなか》に、あんたの申入れがあったわけや」

「しかし、うちは勤音のように大きな組織も、力もありませんから、勤音に対しては何の役にもたちそうもありません」

野々宮は俄《にわ》かに用心深く身構えた。

「まあ、慌てんと、話は、ゆっくり最後まで聞くもんや、わしの云うのは、何も勤音と対決してほしいと云うてるのやない、『森の歌』以来、急激に尖鋭化《せんえいか》し、会員を増やして来た勤音に、勤労者の音楽鑑賞を任せておいたら、音楽を通して思想教育をされ、純粋な音楽鑑賞が毒されることになる、それで、純粋な音楽鑑賞団体やと云われてる音楽文化協会に〝中正にして純粋な音楽〟の大衆化運動をやって貰いたい、そのためになら資金援助をしてもええというわけや」

最初から勤音に対抗する経営者陣営の団体とはいわず、巧みな云い方をした。黒金も、

「野々宮さん、これなら、あなた方の意図する純粋な音楽運動と根本的には同じやないですか、ただ、今までのように同好の会員が集まってクラシック音楽にだけ凝り固まっているのではなく、社長のいうように〝中正にして純粋な音楽の大衆化運動〟をやって

ほしいというだけのことですよ」

やんわり持ちかけるように云うと、野々宮は、はじめて表情を柔らげた。

「そうですか、そのようなご意向でしたら、今後、ご面倒をお願い致します、もちろん、決定的なことは、総会に計らねばなりませんが——」

と云いかけると、黒金は縁なし眼鏡の下から、野々宮の顔を見据え、

「野々宮さん、あなたも、この辺で少しは考えられたら如何《いかが》です？」

「考える？」

「そうですよ、せっかく、社長が好意的に出て下さっているのですから、総会を開いて決めるとか、そんな杓子定規《しやくしじようぎ》なことなど云わず、あなたが、こっちの意向を呑み込んで、会の動きをその方向へ持って行くようにすればいいじゃありませんか」

「しかし、そんな強引なやり方をしては、会の中で分裂が起ることにもなりかねませんから——」

「それならそれで、あなたを頭にした新しい団体をつくって、それにこっちから資金援助をするのも一案ですな」

「とんでもない、そんな悪辣《あくらつ》なことは出来ませんよ」

気色《けしき》ばむように席を起ちかけると、門林は平然とした顔付で、

「ともかく、頼まれた金だけは渡しとくわ」

何時《いつ》の間に用意したのか、机の引出しから金包みを出し、ぽんと机の上に置いた。

＊

黒金総務部長は、心斎橋に近い料亭に、近畿職域厚生協会の橘理事長を招いていた。

「あなたから伺った話が発端になって、おかげで手早く勤音に対抗する経営者陣の音楽鑑賞団体をつくれそうです、今日の夕方までに結論が出ることになっているのですよ」

と云い、五時を廻っている時計を見た。

「きっと、もめているのでしょう、何といっても、音楽にうるさい粒揃《つぶぞろ》いの会員が集まって、侃々諤々《かんかんがくがく》、百議百論ですから、野々宮さんは、そりゃあ大へんですよ、もう少し時間がかかるでしょう」

橘は、自分の口出しで門林たちに狙《ねら》いをつけられ、苦しい立場に追い込まれている野々宮に同情するように云《い》った。

暫《しばら》くすると、廊下に足音が聞え、野々宮が現われた。

「どうでした、総会の結果は？」

待ちかねたように黒金が腰を浮かせた。

「まとまりませんでした、会は分裂です……」

ぽつりと云い、肩を落した。野々宮にしては十三年来、育てて来た団体だけに、何とか一つの方向へ持って行こうと最後まで努力して、まとまらなかった落胆を、両肩に滲《にじ》ませていた。

「ここまで一本にまとめようと努力なすったんだから、そう気を落されず、まあ、一つ――」

橘は慰めるように云い、盃《さかずき》をすすめた。黒金も、

「まあ、飲みながら、ゆっくり話しましょう」

銚子《ちょうし》をとって、野々宮に酒を注《つ》ぎ、

「それで総会の経緯は、どんな具合だったんです？」

「名簿に在籍している会員の総数は三千二十一名ですが、みんな仕事を持っていて忙しいものですから、四百十八名が総会に出席したのですが、この総会の前に、事務局長の梅津派は、会員に対して、野々宮派は財界をバックにした音楽本来の純粋さを失った団体を作ろうとしているから参加しないように、われわれは従来通り何ものにもとらわれない純粋な団体を守りぬこうという文書をばら撒《ま》いたのです、何しろ、梅津派は、学生音楽協会時代のOBを中心とする学生層でかたまっていますから、ビラをつくってばら撒いたり、アジったりするのが巧《うま》いのですよ、しかし、私の方はいち早く、事務局にある会員名簿をおさえて応戦し、私の方を支持してくれそうな会員に対して、何度も連絡

をとって総会出席を要請したおかげで、総会の総投票数、四百十八票のうち、棄権四十二票、野々宮派二百十四票、梅津派百六十二票で、五十二票差で私の方の支持が多かったわけです」

「それじゃあ、分裂などせず、あなたの方へまとまるべきじゃありませんか」

黒金は、畳み込むように云った。

「ところが、三千二十一名の会員の中から、四百十八名しか総会に出席していないし、ほかの団体と違って、出席を強要し、決をとるわけにいかないから、総会の投票結果は五十二票差で私の方が優勢ではありますが、個々の会員の去就《きょしゅう》は、自分の意志によって決めるという結論になったのです、私の見るところ、梅津派は学生音楽協会時代のＯＢを中心にした学生層が多いので出席がよかったのですが、私の方は、商社、銀行、百貨店などの勤務者や自家営業者などの会員が多く、仕事の都合で止《や》むなく出席できなかった人が多かったのにもかかわらず、五十二票差で梅津派を制したのですから、おそらく三千二十一名の会員のうち、二千名ぐらいはこちらへ加わって来ると思います」

「ほう、さすがは野々宮さんの実力ですな」

橘は、自分が見込んでいた野々宮の力に確信を持つように云った。

「それというのも、この分裂騒ぎの中でも、先月の五十嵐弦楽四重奏団の演奏会を流してしまわず、私が資金繰りをつけて、ともかくもやったという実績が、会員の信頼を得たからでしょう、しかし、音楽文化協会という団体名は、梅津派に取られました、梅津さんがつけた名前だから、分裂後は、その使用を禁じると云い、法律的にもその手続を取られてしまいました」

残念そうに云うと、

「別にいいじゃありませんか、こちらは自由音楽連盟とでもして行けばいいじゃないですか、各職場単位で世話役をつくって活動させれば――」

黒金が、予《あらかじ》め用意した団体名を挙げた。

野々宮は表情を変えた。

「職場が中心になるのでしたら、私に随《つ》いて来る音楽文化協会の会員に対する約束が違って来ます、私はどこまでも、音楽好きな個人を対象にした中正にして、純粋な音楽鑑賞団体を考え、私に随いて来る会員も、そう信じているのですから、職場単位ということになると、話が違い過ぎます」

「野々宮さん、もう少し器量を大きくお持ちになったらいかがです、あなただって、もう四十を越したりっぱな大人じゃありませんか、財界人に金を出させる以上は、一応、職場が中心になるのは当然のことで、もちろん、表向きには、財界から金が出ているなどということは気振《けぶり》にも見せず、どこまでも中正にして純粋な音楽鑑賞団体としてやって戴《いただ》きますがね」

馴れ馴れしい語調で云った。

「それでは、まるでペテンじゃないですか、私は、音楽鑑賞の美名のもとに、尖鋭化《せんえいか》する左翼には、もちろん反対ですが、といって財界のひもつきのような形にもなりたくありません」

野々宮は、きっぱりと云った。

「しかし、現在の社会で、どちらにも属さないという立場がありますかねぇ、あなただって、財界の資金援助を受ける限り、資本主義を容認していらっしゃるわけじゃありませんか」

黒金の言葉に、冷やかな響きがあった。野々宮は言葉に詰った。橘はつと、野々宮の方へ体を寄せ、

「あなたの今の立場も、気持もよく解《わか》りますが、職場の人を中心に、広く一般の会員を含めて、今までより積極的で幅のある団体をというわけですから、神経質に考えるほどのことはありませんよ、それにたまたま、勤音が『森の歌』以来、左路線を暴走している最中ですから、政治色を持たない中正にして純粋な音楽運動を展開することは、十分に意義のあることではありませんか」

黒金と野々宮の間を取りなすように云うと、野々宮は苦渋に満ちた顔で黙り込んだ。

今になって、自分が黒金の口車にのせられて、一時しのぎの資金繰りを頼んだばかりに、

音楽文化協会を分裂させる起因をつくり、しかも新しく出来る団体は、勤音に対抗する財界のひもつき団体であるのに気付いたが、音楽文化協会の長年にわたる貧乏世帯の苦労と、今までの梅津の身勝手な態度を考えると、もはや、ここで自分も大人になって事を処さねばならないと腹を決めた。盃をぐいと空《あ》けた。

「解りました、ここまで来れば、運営資金を出して下さる金主《きんしゅ》のおっしゃる通りにするしか致し方がないでしょう」

「それじゃあ、早速、野々宮さんを事務局長にして、何人かの事務局員をおいて、企画、運営のすべてを仕切って貰《もら》うことにしますが、何しろ潤沢な資金援助が得られるのだから、勤音などでやれないものが出来、一挙に相当な会員を獲得できるだろう」

黒金が云うと、橘も体を乗り出し、

「例会の切符は、各社の厚生部の連絡機関である近畿職域厚生協会が窓口になって一括《いっかつ》予約受付をすれば、切符の受付、配布が大きな幅をもって動き、さしもの勤音の組織も、打撃を蒙《こうむ》るでしょうな」

気負い込むように云うと、

「いや、勤音には大分、水をあけられている、その差を縮めるためには、あくまで純粋な音楽鑑賞団体であることを装って、追いつくことだ、幸い音楽というものは、どちらの味方か解らない、音楽は思想も、階級もごまかし得る力を持っているから、うまく偽

かべた。

装して追いぬくことだ」

黒金は、隠していた牙《きば》を剝《む》き出すように云い、この報告に満悦する門林の顔を思いうかべた。

座敷机の上に料理を並べ、床の間の生花の枝ぶりを確かめると、和代は急いで着替えをはじめた。門林から今から行くという電話があっただけで、食事の用意がいるとも、いらないとも云われなかったが、食事の用意を整え、お風呂《ふろ》をわかし、蒲団《ふとん》のシーツをかけ替えて、いつでも間に合うようにして待っているのが、和代のような日陰の女の立場であった。

玄関で格子戸《こうしど》が開く音がした。帯〆《おびじめ》を締め、急いで迎えに出かけ、静かな戸の開け方で、門林ではなく、弟の俊一であることが解った。和代は、当惑するように顔を曇らせた。門林のために化粧をし、きれいに着替えをしている自分の姿を見ると、弟は姉の身を恥じ、険《けわ》しい表情になるのが常だった。それだけに、弟が来る時は、何時も質素な身づくろいをすることにしているのだったが、間もなく門林が訪れるから、着替えるわけにいかない。

「姉さん、今晩は——」

からりと襖《ふすま》が開き、俊一は快活な顔を覗《のぞ》かせたが、料理が整えられている座敷机と着飾った姉の姿を見るなり、顔から笑いが消えた。

「僕、帰るよ——」

すぐ踵《きびす》を返しかけた。

「今、来たばっかりやあらへんの、ちょっとお茶でも飲んで帰りはったら——、ちょうど、俊ちゃんの好きなお菓子があるさかい——」

和代は、弟の機嫌を取るように茶簞笥《ちゃだんす》から生菓子を出した。

「いや、帰るよ、ちょっと寄ってみただけだから」

硬《かた》い表情で応《こた》えた。

「そう、この頃、どんな具合にしてるのん」

「どうってこともないさ、会社の仕事が終ると、まっすぐ夜間の大学、授業がすむと、会社の寮へ帰って寝る、それだけのことだよ」

廊下に突ったったまま、素っ気なく云った。

「俊ちゃんが一番の楽しみやと云うてた勤音の例会へは、欠かさずに行ってるのだすか」

「うん、だけど、この頃、あまり面白くなくなったんだ」

「どうしてだす？」

「姉さんになど、話したって解らないさ」

突き放すように云った。和代は胸がふさがるような思いがしたが、顔に出さず、

「俊ちゃん、お小遣《こづかい》は？」

「そんなのいらないさ、それより姉さんの方こそ、せいぜい、精を出して貯金することだな」

現在の生活を有難がっていず、貯金をして、早くこんな日陰の生活をやめることだという意味合いが含んでいた。和代は黙って、顔を俯《うつむ》けた。

「じゃあ、帰るよ」

一刻も早く、門林がやって来そうな場所から離れたい様子で、俊一は踵を返し、玄関を出て行った。

和代は、弟の俊一が帰って行ったあとも暫く、踞《うずくま》るようにその場に坐《すわ》っていた。門林の世話を受けている自分の生活を、弟の俊一が不潔がり、うとましがる純粋な気持も、怒りに似た思いも、和代には心に突き刺さるほどよく解っていたが、自分が十九歳、弟が八歳の齢《とし》に両親を失い、たった一人の身寄りである子沢山で貧しい叔母の家へ引き取られ、弟の食費と高校を卒業するまでの学費をつくるためには、和代が芸者に出るより方法がなかったのだった。そして芸者に出てから三年目に、門林に落籍《ひか》されることにな

ったのも、長い間、弟の面倒を見て貰った叔母の家の借金を和代が背負ったからであったが、その叔母も二年前に死んでしまっている。

門を開ける慌《あわただ》しい気配がし、挨拶《あいさつ》する老婢《ろうひ》の声が聞えた。門林の来訪であった。和代はさっと起《た》ち上がり、小走りに玄関へ出て、上《あが》り框《かまち》に手をついた。

「お越しやす――」

「ちょっと、遅うなった」

門林は、拭《ふ》き磨《みが》かれた廊下を先にたって、奥座敷へ入った。和代はすぐみだれ籠《かご》から浴衣《ゆかた》と丹前を出し、門林のうしろへ廻って着せ替えた。

丹前姿にくつろぎ、座敷机の前に趺坐《あぐら》をかくと、門林は、和代の酌で盃をあけ、

「どうしたんや、浮かん顔をして、体の具合でも悪いのんか」

「いいえ、どっこも、悪いとこなどおまへん」

取り繕うようにかすかな笑いを見せると、

「そうか、ほんなら何か、ぱあっとした小唄《こうた》でも弾《ひ》いてんか、今晩は愉快でたまらんさかい、わしが唄《うた》う」

和代は床の間の脇《わき》にたてかけてある三味線を取り、『派手な由良《ゆら》さん』を弾き出した。

派手な由良さん　手のなる方へとらまえて

酒《ささ》にしようしよう　芸妓《げいこ》おやまに手をとられ
思わず弥五郎に抱きついても
粗忽《そそう》な由良さんじゃ

門林は三味線にのって唄いながら、さっき黒金から聞いたばかりの音楽文化協会の分裂が愉快で堪《たま》らなかった。門林自身が予想していたより早い手際《てぎわ》で、しかも分裂とみせかけて、事実は巧みな乗っ取り方であったことが、門林を満足させていた。

「どうしはったんでおます、えらいご機嫌で——」

三味線をおいて、和代が酌をすると、

「うん、今晩は、気分がええことがあってな」

つき出しのいくらを箸《はし》の先にたっぷりとのせ、

「そう、そう、俊一君は、この頃も、ちょいちょい、姿を見せるのんか」

ついさっき来たばかりであったが、

「いえ、たまに参るだけでおます」

「それでやっぱり、勤音へ行ってる様子なんか」

「行ってるような様子でおますけど、この頃は、何かもう一つ、面白《おもろ》うないようなことを洩《も》らしてましたんだす」

「そら、そうやろ、もうじき、勤音より面白いええ音楽の会ができるから、その方へ行ったらええのや、それができたら、うちの桃子も、勤音へなど行かんようになるやろ」

「まあ、お嬢さまが、俊一などの行く勤音へお越しになるのでおますか――」

驚くように云《い》った。

「学生時代の友達が会員で、それに誘われて行くらしいのやけど、嫁入り前の門林の娘が、勤音へなど出かけて行っては、縁談にさしつかえるわ」

門林は苦い口調で云い、

「けど、その心配も、これからは無《の》うなるというわけや、わしの音楽道楽も、妙なところで役だったもんや」

太い咽喉仏《のどぼとけ》を見せて、悦に入るように笑った。和代には何のことか見当がつかなかったが、門林が、大へんな上機嫌で、今夜は時間ぎりで帰らず、ゆっくり泊って帰るつもりでいるらしい様子が解った。

「お前も、ぱあっと派手に飲みぃ」

和代に盃《さかずき》を向けた。

「おおきに、戴かして貰います」

自分で注《つ》ぎかけると、

「今晩は、わしが注いだる――」

門林自身が銚子《ちょうし》をとって、たて続けに三、四杯、盃を重ねさせた。和代は、ふうっと息をつき、懐紙で酒に濡《ぬ》れた口もとを拭《ぬぐ》いかけると、門林の手が肩に伸びた。

「今晩は、ゆっくりと、な」

酒くさい息を吐きつけ、寝室になっている隣の部屋の襖を開けた。枕灯《まくらあか》りの下で、派手な友禅《ゆうぜん》の蒲団が艶《なま》めき、門林は脂《あぶら》ぎった顔をほてらせて、和代のしなやかな体を抱え込んだ。和代は、さっき帰って行った弟の怒りに似た哀《かな》しい表情を思い出したが、門林の化物のように凄《すさま》じい欲望を満足させ、夜の勤めを果すために一番下のものを取った。

五章

自由音楽連盟の事務局は、発会式をかねた第一回例会を、目前にひかえて、慌《あわただ》しい気配に包まれていた。

野々宮は、窓際《まどぎわ》の事務局長席に坐《すわ》り、南向きの明るい陽《ひ》が射《さ》し込んでいる室内を見廻した。

クリーム色の壁には、ニューヨーク・フィルハーモニーの金色の豪華な宣伝ポスターが貼《は》りめぐらされ、企画、PR、経理の三部に分れた事務局員たちが、切符の予約受付や、座席の割付《わりつけ》、招待状の発送などに追われている。その間も、四台の電話のベルが頻《ひん》繁《ぱん》に鳴り、新聞、ラジオ、テレビ関係や各職場から、ニューヨーク・フィルハーモニーの予定が問い合わされ、事務局員たちは、その一つ一つに丁寧に応答し、てきぱきと事務を処理している。野々宮は、机に肘《ひじ》をつき、ほっと大きな息をついた。

六カ月前までの野々宮にとっては、想像も出来なかった光景であった。阿倍野橋《あべのばし》の近くにある木造モルタル塗り三階建ての古びた建物の中にあった音楽文化協会の薄暗い事務局で、音楽以外のことは考えない梅津と向い合い、資金繰りの苦労ばかりさせられていた頃のことを思うと、明るい陽が一杯に射し込んでいる事務局長席に坐り、金の苦労もせず、世界有数の交響楽団を呼ぶ仕事をしている現在の自分の環境の変化に、一種の戸惑いと、うしろめたさを覚えた。

机の上の電話のインターフォンが鳴った。

「日東レーヨンの黒金総務部長さんがお見えですが——」

「すぐ、こちらへご案内するように」

野々宮は、急いで椅子《いす》から起《た》ち上がった。黒金は応接用の肘掛椅子《アーム・チエア》にゆったり腰をおろすと、

「いよいよ、発会式をかねた第一回例会まで、あと二週間だけど、会員数の伸びはどんな具合ですかねぇ」

野々宮は、会員名簿を広げた。

「予想以上に伸びていますよ、職域厚生協会から各社の厚生課に連絡をとり、職務系統を通して強力に働きかけたおかげで大会社の大口の一括《いっかつ》受付だけでも、昨日までの集計によりますと、法人の会社を単位とする団体入会者が五千五百七十六名、それにこちらへ直接、申込みをする個人入会者が千六百三名で、音楽文化協会から移って来た二千七

名の会員を加えると、総計九千百八十六名に至っております」

「バーンスタイン指揮のニューヨーク・フィルを入会金五十円と特別会費百円のわずかの百五十円という、とても常識では考えられないような安い値段で聴《き》けるのだから、それぐらいの数は、入会して貰《もら》わなくちゃあね」

当然だと云《い》わんばかりの云い方をした。

「これも門林社長のおかげです、指揮者だけならともかく、総勢百六人ものニューヨーク・フィルなど、とても普通のルートで呼ぶことは出来ません」

野々宮は、感謝するように頭を下げた。事実、東京の文化日本放送が開局十五周年の記念事業として、ニューヨーク・フィルを呼ぶ交渉をしているのを、文化日本放送の藤山社長と親しい門林が耳にして、関西での面倒は一切、自由音楽連盟が引き受けるという条件で、強引にニューヨーク・フィルの関西公演を取り付けたのだった。しかも、ニューヨーク・フィルはアメリカ国務省の文化使節として派遣されるのであったから、演奏者のギャラ、旅費は不要で、受入れ側は日本国内における滞在費だけを持てばよかったのであった。

「野々宮君、今度の一行は、国務省派遣の文化使節だけに、応対は細心の注意を払って、万端ぬかりのないようにやって貰いたい、門林社長からその点について、何度もくどいぐらいに念を押されているからねぇ」

貧乏世帯《じょたい》の音楽文化協会のきり盛りしかしたことのない野々宮を、懸念《けねん》するように云った。

「それは心得ています、現在、受入れ態勢の確認の段階に入っておりますが、万全を期すために注意深く念を入れてやっております」

野々宮がそう応《こた》えた時、事務局員の一人が、

「お話中、恐縮ですが、只今《ただいま》、文化日本放送からニューヨーク・フィルの関西滞在費支払い方について連絡して参りました、一行百六人の滞在費は一日一人平均十八ドル、そのうち八人の黒人演奏者は一日十四ドルで、三日間の滞在費五千六百二十八ドルを、東京公演を終えて一行が関西入りした当日、楽団のマネージャーに一括して支払うようにしてほしいとのことです」

「よし、共和銀行へ連絡して、すぐその手配をするから、諒解《りょうかい》の返事をしておいてくれ」

野々宮が即答すると、

「それから、楽器運搬の件ですが、ジャパン・エキスプレスの五瓲積《トンづみ》のトラック三台で東京・大阪間を運搬する予定をしていましたが、米軍の軍用機を使える便宜を得たとのことです」

「そりゃあ、有難い！　一番心配していた楽器運搬を米軍の軍用機でやって貰えれば、

ほんとうに助かる——」

ほっとしたように云い、

「宿舎の都ホテルと京都ホテルから、大阪の演奏会場までの楽団員の乗物の手配は、どうなっている？」

「指揮者と同行の国務省の担当官にはキャデラック、マネージャーにはクライスラー、百六名の楽団員は、大型バスを手配しています」

「キャデラックの車種は、フリートウッドになっているだろうね」

「そこまでは、まだ……」

若い事務局員は口ごもった。

「そこまでちゃんとしなくては駄目だよ、この間も云ったようにニューヨーク・フィルの契約書には、アイロンはスチーム・アイロン、台数は最低二十五台、必ず用意されたしというような細《こま》かしい項目まであるんだから、こちらもそのつもりでかからなければならない」

野々宮はそう指図し、話を中断している黒金の方へ向き直った。

「どうも失礼しました、まだ、ちょっと馴《な》れないところがありまして——」

「いや、なかなか肌理《きめ》細かな仕事ぶりで、チーム・ワークもどうやら一応、出来ている様子じゃありませんか、最初は野々宮さんに随《つ》いて音楽文化協会から来た事務局員と、職域厚生協会から入れた職員、それに新規採用の事務局員という寄合い世帯で、どうかなと懸念していたけれど、これならまあ、安心ですよ」

　そう云い、黒金は、

「新聞記者会見は、どういう形でやることになっているのです」

「第一日目の演奏会の前日の午後一時半から、新大阪ホテルのロビーで、ニューヨーク・フィルからは指揮者のバーンスタイン、マネージャー、それに国務省の担当官が出席する予定をしていますが――」

「それでは地味すぎるよ、ニューヨーク・フィルは、始めて来演するのだから、もっと派手にやらなくてはいけない、早速、午後一時半からを三時からに変更して、カクテル・パーティーの形式でやり、在阪の文化人をはじめ、各界の代表を招待して前夜祭のような華《はな》やかさでやるようにして貰いたい」

　催しを盛り上げるように云った。

「じゃあ、門林社長をはじめ、財界の方々もお出になるわけですね」

「とんでもない、こちら側から表だって出るのは、自由音楽連盟の会長である堀田信司氏と幹事役の音楽関係者だけですよ、堀田氏だけが出て、簡単に自由音楽連盟『音連』誕生の挨拶《あいさつ》をして、すぐニューヨーク・フィルの演奏会に移るようにと、門林社長は云っておられる、つまり、うちの門林社長はじめ、今度のことに動かれた財界のお歴々は、どこまでも金だけ出して、あとは影武者で行くというわけで、そこが音連の一番大事なところじゃないですかねぇ」

意味あり気に云い、

「勤音が音楽にイデオロギーを持ち込むのなら、われわれ音連は、音楽に金をぶち込むのだ、さかだちしたって、勤音などには、ニューヨーク・フィルは呼べやしない、あと二週間、金に糸目をつけずに派手に宣伝し、マスコミ対策も入念にやって、会員をさらに増やして、補助席まで一杯にすることだよ」

黒金は、それだけ云うと、さっと椅子から起ち上がった。


R会館の大ホールは、自由音楽連盟の会員でぎっしり埋まり、ニューヨーク・フィルハーモニーのドヴォルザークの『新世界より』が始まろうとしていた。

場内は水を打ったように静まりかえり、煌々《こうこう》としたライトに照らし出された舞台に百六人の楽団員が四段に並び、指揮台にたち、タクトを構えたバーンスタインを注視している。バーンスタインは、長身の背筋をまっすぐ伸ばし、彫《ほり》の深い厳しい表情で楽団員を見廻し、静かな旋律を引き出すようにタクトを動かした。

静かなチェロの序奏が始まり、ヴァイオリンに支えられたホルンが力強い旋律音を出し、木管と弦が波打つような大きなうねりを描きながら、アメリカの新天地を拓《ひら》き、大草原を駈《か》けめぐるような明るく力強い人間の歓喜を奏《かな》で出した。百六人の楽団員は、一糸の乱れもない整然としたアンサンブルで、タクトに吸い寄せられるように明快で力強い雄大な音量を響かせた。

舞台の袖《そで》にたっている野々宮は、主催者側であることを忘れ果てたように見事なアンサンブルと強大な音量に惹《ひ》き入れられ、一階正面の席に数人の財界人たちと坐っている門林雷太も、圧倒されるように聴き入りながら、補助席まで埋まっている大聴衆を満足そうに見廻した。

やがて静かなフルートの旋律が流れ、黒人の神に対する来世の祈りを思わせるような哀調が奏でられ、再び軽快なリズムに反転し、弦と木管で華やかなトリルが結末を告げ、歯ぎれのよい和音をもって、第一楽章が終った。バーンスタインは、額に乱れた前髪をかき上げ、呼吸を整えると、再びタクトを振り上げた。

不気味なまでに神秘的なハーモニーが前奏され、イングリッシュ・ホルンが寥々《りょうりょう》とした旋律で故国を離れ、郷愁に駈られている人々の思いと、黒人霊歌を思わせるような哀《かな》しい調べを唄《うた》い上げていった。場内は咳《しわぶき》一つなく、静まりかえり、明快な力強さから一転して、惻々《そくそく》として聴く者の胸を搏《う》ち、魂を捉《とら》えるような演奏を織りなして行った。

門林は舞台の演奏に耳を傾けながら、さっきの休憩《きゅうけい》の時、廊下で出合った協和プロの千田が坐っている近くの席へ視線を向けると、千田は、半年前の『シャンソンの夕《ゆうべ》』の盛況を遥《はる》かに上廻る満員の場内を仔細《しさい》に見渡している。

やがて第四楽章が始まり、嵐《あらし》のように激しい弦の序奏に次いで、トランペットとホルンが未開の新天地に黎明《れいめい》を告げ、新世界のめまぐるしい発展を象徴するように高らかに鳴り、溌剌《はつらつ》とした生命感が満ちたかと思うと、ゆるやかなクラリネットの美しい旋律が嫋々《じょうじょう》と流れ、再び旋風が巻き上がるようにあらゆる楽器が鳴り響いた。指揮をするバーンスタインは、オーケストラを鞭打《むちう》つようにタクトを振り、ヴァイオリンを弾《ひ》き、トランペットを吹き、ティンパニーを打つ楽団員たちの手と体も、全力を振り搾《しぼ》るように激しく動いた。直截《ちょくせつ》で華麗な音のエネルギーが、ホールの高い天井を突き破り、空に広がるような凄《すさま》じい音量を響かせた。

不意に場内が静まったかと思うと、耳を劈《つんざ》くような拍手が湧《わ》き上がった。

「アンコール！　アンコール！」

叫ぶようなアンコールの声が上がり、拍手が鳴り続いた。バーンスタインは、額から流れる汗を拭《ぬぐ》いながら、指揮台から降りたって聴衆に応え、楽団員に向って、賞讃の拍手を分った。さらに万雷の拍手が鳴り、アンコールが叫ばれた。バーンスタインは再び指揮台に起った。

ラヴェル作曲『ラ・ヴァルス』の優美なワルツのリズムが、軽やかに演奏された。曲が終ると、ニューヨーク・フィルらしく若々しさと生気に満ちたアンコール曲であった。

聴衆はわっと、座席から起ち上がって、再びアンコールを叫んだ。

二度目のアンコールが終っても、聴衆は昂奮《こうふん》から醒《さ》めやらぬように舞台を見詰めていたが、幕が下りきってしまうと、俄《にわ》かに帰りを急ぐように廊下へ溢《あふ》れ出た。二十歳から二十五、六歳の若い男女を中心に、管理職らしい中年の課長、部長級の姿や、個人加入の一般会員の姿も見え、自由音楽連盟らしい幅の広い聴衆が、豪華なプログラムを手にして、出口に向っていた。

ところどころにたち止って煙草《たばこ》を喫《す》ったり、今聴いたばかりのニューヨーク・フィルの感動を話し合っているグループも見かけられた。階段寄りのロビーを陣取るようにして談笑しているのは、門林を中心にした七、八人の財界人と、その夫人たちのグループであった。日本鉄鋼の大沼社長が、

「予想以上の大成功ですわ、誕生したばかりの音連も、最初から一躍、名を挙げましたな」

驚きを混えて云うと、共和銀行の岡崎頭取も、

「全く予想以上ですよ、八人会のわれわれはむろんのこと、音連会長の堀田さん、あなた自身の株も大いに上がったというわけですな」

真紅《しんく》の薔薇《ばら》の会長章を胸につけて、門林の横にたっている堀田信司に向って云うと、音連誕生のための何の労も取らず、大阪交響楽団の理事長ということで音連の会長に祀《まつ》り上げられている堀田信司は、

「これも皆さん方のご尽力によるものですよ、ほんとに今日のニューヨーク・フィルはすばらしい、これだけのものを音連の例会にすることが出来るなど、全くすばらしい」

感謝するように云うと、近畿電力の岩井社長は、

「何といっても門林さんの功績ですよ、これだけのものを、たいした資本《もと》をかけずに成功させたんですからな」

さらに褒《ほ》めあげるように云《い》った。

事実、岩井社長が云うように会員は法人会社を単位にして、資本金百億以上の大手会社で一口五十万円、十億円以上の会社で二十万円、十億円以下五千万円の会社で十万円、五千万円未満の中小企業で五万円という助成金を基準にして、発足した音連の第一回例会にしては大成功であった。

「親米政策で企業利潤をあげ、その上、アメリカの国務省派遣の文化使節に便乗して、従業員の余暇管理までさせて貰《もろ》うたとは有難い話だすな、あっはっはっはっ」

大声で門林が笑った。門林のうしろで、大沼社長や岩井社長の夫人たちと話していた門林の妻と娘の桃子は、眉《まゆ》をひそめたが、

「これで勤音へ入っている従業員たちも、どっと音連へ流れ込んで来ますやろ」

門林は、愉快そうに云い、人の流れをかき分けて、近寄って来る協和プロの千田の姿に気付くと、

「千田君、ここや――」

自分の方から声をかけた。千田は素早く門林の傍《そば》へ寄り、

「社長、プロモーターや音楽マネージャー泣かせは、ほどほどにしておくれやす」

のっけからそう云うと、門林は相好《そうごう》を崩《くず》し、

「君みたいに図々《ずうずう》しい奴《やつ》でも、そんな可愛《かわい》らしいことを云うのんか、こら面白《おもろ》い」

再び愉快そうに笑った。

「私だけやおまへん、さっき、浪花《なにわ》プロや関西音楽事務所などの仲間うちが集まって、今後もこの調子でやられたら、われわれの営業妨害やと云うてましてん、国務省派遣でっさかい、どうせ、小遣銭《こづかいせん》程度の出費ですやろし――」

探るように云ったが、門林はそれには応えず、

「君も、これからは、あんまりふっかけんと、せいぜい勉強することやな」

「よろしおます、せいぜい、安い掘出しものを持って行きますさかい、次からはうちの仕込みを使《つこ》うておくれやす」

いくら音連でも、そうそう、国務省派遣の文化使節ばかりを、招《よ》べるはずがないから、

千田はぬけ目なく、次回の売込みをし、

「とんだお邪魔を致しました、ご無礼させて貰《もら》います」

挨拶《あいさつ》をして引き退《さが》りかけた時、二階の階段から降りて来る流郷《りゅうごう》の姿が眼についた。まだ演奏の昂奮から醒めないのか、何時《いつ》も青白んでいる流郷の額が、かすかに紅《あか》らんでいた。

「流郷さん！」

千田が叫ぶと、流郷は自分を呼ぶ人影を探すように顔を動かした。

「ここでっせ、流郷さん――」

千田が伸び上がるように云った途端、談笑していた門林の顔が、ぎょろりと階段を見上げ、流郷の視線と合った。門林は階下からじろりと一瞥《いちべつ》を与え、流郷は、動かない冷やかな視線を門林に当てた。

＊

勤音の運営委員会の席上は、今までにない重苦しさが漂っていた。

委員長の大野と事務局長の瀬木を中心に、十人の運営委員と、事務局から流郷と江藤斎子《せいと》、組織担当の永山が出席し、瀬木から会員減少の報告を聞いていた。

「六カ月前、音連結成の発表があった時から、四万二千人の会員がじりじりと減りはじめ、音連第一回例会のニューヨーク・フィルのあった先月末には、遂《つい》に四万台を割って三万七千人に減少してしまい、さらにこのところ、毎日のように脱会者があり、早急《さつきゆう》に対策を講じなければならないわけです」

深刻な表情で報告すると、委員長の大野も、

「これまで順調な歩みを続け、後退ということを知らなかったわれわれにとって、この事態は厳しい試練だ、音連設立の打撃がこんなに大きなものになるとは想像出来なかった」

重い口調で、顔を曇らせた。組織担当の永山は、

「音連設立の趣意書が出るや、組織部としては勤音会員の結束を呼びかけ、内部組織の充実をはかる運動を各地域で強力に推進して来たのにもかかわらず、こんな事態に陥ったのは、組織部のやり方に、何か誤りがあったのだろうか」

何時《いつ》になく弱気に云うと、国鉄機関区の運営委員は、

「いや、われわれの対策は決して間違っていなかった、ただ資本家側のやり方が、あまりにも卑劣極まるのだ」

怒りをぶちまけるように云うと、東洋電機の運営委員も、

「そうだ、うちの会社では、音連会員募集のポスターを、タイム・レコーダーの上や、

食堂の入口など、いやでも一日に一回は出入りせんならん場所へ貼《は》り出したり、就業時間中に社内スピーカーで、音連の例会案内を流したりしているのや」

と云うと、他《ほか》の八人の委員たちも、各自の職場に起った同じような出来事を話した。

近畿電力の運営委員は怒りに紅らんだ顔で、

「われわれ勤労者を搾取《さくしゅ》した利潤で音連を作り、文化使節といえば聞えはよいが、アメリカ国務省の極東文化政策のお先棒をかついで、ブルジョア楽団の代表であるニューヨーク・フィルを呼び、勤労者の文化活動を圧迫し、余暇まで管理しようなどとは、明らかに二重、三重もの搾取だ、これがわれわれと同じ職場で働きながら音連へ入った連中に、どうして理解出来ないのだ、だいたい――」

さらに言葉を継ぎかけると、

「私たちは、音連批判をするために集まったのじゃありませんよ」

流郷が、冷やかに遮《さえぎ》った。運営委員たちは一斉に、険しい視線を流郷に向けたが、流郷は平然として、

「今日の会議は、音連に対抗する例会企画を決めることにあるのだから、そこに問題点をしぼろうじゃないですか、さっき、組織担当の永山君から、音連設立に対する勤音の対策に誤算があったのではないかという疑問が発せられたが、まさにその通りで、音楽鑑賞団体である勤音が、例会内容で勝負せず、組織強化によって対抗しようとした点に、

会員激減という事態を招いた原因があるようですね」

「じゃあ、流郷さんは、勤音の例会企画として何をやるべきだというのです」

運営委員の一人が、突っかかるように云った。

「ニューヨーク・フィルをやった音連に対抗するためには、大衆動員をし得るポピュラー・ミュージックを、この際、思いきってぶっつけること以外にないと思う」

瀬木の隣に坐《すわ》っている江藤斎子の視線が動いた。

「ポピュラーについては、この前の運営委員会で否決されましたから、ポピュラーとは全く別の分野の企画を考えるべきではないでしょうか」

先月の運営委員会で、流郷が音連の例会に対抗するためにポピュラーをやろうと提唱したが、『森の歌』をやった勤音が、ポピュラーのような階級性のない音楽はやるべきではないという結論を出したのだった。

「そうだ、ポピュラーなど再検討する必要なし！」

運営委員たちは、斎子の発言に同調し、重ねてポピュラー否定を打ち出して来たが、流郷は落ち着き払って、一同を見廻した。

「では、ポピュラー以外に、音連の例会に対抗できるものがありますか、あるのなら伺いましょう、議論ばかりして、ぐずぐずしていると、音連の第二弾で、勤音の会員はさらに激減するかもしれない」

強い語調で押し返し、

「なぜ、ポピュラーをそんなに否定するのです、皆さんの説によると、ポピュラーは芸術ではないということらしいですが、ジャズにしろ、ラテンにしろ、シャンソンにしろ、クラシックとは全く異《ちが》った、それぞれの民族独特の旋律が溢れていて、充分、鑑賞に価する芸術性があり、しかも、クラシックのように或《あ》る一定の音楽知識がなくとも、大衆が理屈ぬきに、楽しんで聴《き》ける音楽という点で、音連に対抗するにはうってつけのものだと思いますがねぇ」

流郷が主張すると、事務局長の瀬木は、露骨に眉を顰《しか》めた。

「どうも、流郷君の意見を聞いていると、ポピュラーは大衆の音楽で、クラシックは大衆とかけ離れたもののように聞えるが、ロシヤの有名な作曲家のグリンカが『音楽を創造するのは人民であって、芸術家はそれをアレンジするだけだ』と云っているように、クラシックも、もとはといえば大衆の中から創造されたものだよ」

そう反駁《はんばく》すると、運営委員の一人が、

「そうですとも、クラシックが一般大衆に取っつきにくいからといって、安易なポピュラーをやろうというのは、向上しようとする素朴な勤労者を侮辱することになる、そんなの、組合運動において『一般労働者は賃上げしか考えていないから』という言葉と同じですよ！」

流郷に向って、噛《か》みつくように云った。

「どうして、音楽の話をすぐ、組合云々《うんぬん》の方向へ持って行ったり、ポピュラーをやることが、勤労者を侮辱することだというように結論付けるのです、それぞれの国の素朴な人間感情を表現したリズムという点で、素直な共感がわれわれにあるはずじゃありませんか、それに企画部で行なった会員のアンケートによっても、クラシック音楽と『森の歌』路線のものばかりではなく、ポピュラー音楽もやってほしいという希望が、六八％にも上《のぼ》っているこの会員大衆の声を、運営委員会は一顧もせずに、頭から黙殺するというのですか」

流郷の語気に圧《お》されるように運営委員たちが沈黙すると、斎子が口をきった。

「黙殺ではありませんわ、私たちの周囲にはテレビ、ラジオによって、ジャズやラテンなどのポピュラーが氾濫《はんらん》しているのに、一カ月にたった一度しかない例会にまで、なぜわざわざ、それと同じものを取り上げなければならないのです、せめて一カ月に一回の例会には、会員の意識を高める音楽を提供するのが、勤音の存在意義ではないでしょうか」

切り返すように云った時、会議室の扉《ドア》がノックされ、

「江藤さん、お電話ですが、どうしましょう？」

女事務員が、会議中であることをはばかるように伝えた。

「ちょっと失礼します」

斎子は、席を起《た》った。運営委員たちは、さらに勤音の例会に、ポピュラーを取り上げることは反対であることを口々に述べたてたが、流郷は、会議中の電話にはよほどのことでない限り席を起《た》ってはいけないことになっているのに、斎子が何の躊躇《ためらい》もなく、席を起って行ったことが、胸にひっかかった。

斎子は席に戻ると、暫《しばら》く運営委員たちの発言に耳を傾けていたが、東洋電機の運営委員が、

「ともかく、大多数の意見がポピュラー反対だから、ポピュラー以外の案を出して検討することにしよう」

話を打ち切りかけると、

「ですけれど、会員が激減している事態を冷静に考えますと、理想論ばかりも云っておられませんわね、聴衆動員が確実に出来るという意味で、ポピュラーを取り上げてみることも、一つの方法だと思えて来ましたわ」

「しかし、それは――」

斎子の意外な発言に、瀬木が言葉を挟《はさ》みかけると、

「もちろん、私自身のポピュラー反対の考えは変っておりませんが、音連に切り崩《くず》された会員を取り戻すためには、残念ながら流郷さんのおっしゃる通りポピュラーをやり、

一旦、態勢を整えてから、勤音本来の在《あ》り方を打ち出す戦術を選ぶべきだと思うのです」

美貌《びぼう》で活動家の斎子の発言が、微妙な響きをもって一座に伝わった。

「いかがでございましょう、委員長と事務局長のご意見は？」

大野と瀬木の方へ言葉を向けた。

「そうだねぇ、音連が〝産業人のための豪華プロを安く〟というスローガンで大衆動員をやるのなら、こちらも議論をしているより、理屈なしに大衆を吸収出来るもので、対抗することだろうな」

大野がそう応《こた》えると、事務局長の瀬木は、つい今しがたまでとは打って変った態度で、

「では、格別の異議がなければ、一つの試みとして、ポピュラーに踏みきり、早速、流郷君にとりかかって貰うことでどうでしょう」

運営委員たちは事態のあまりの急転化に、とっさに返事が出来ず、狐《きつね》につままれたような雰囲気の中で、会議が打ち切られた。

＊

日劇の大きな舞台を独り占めするように、小柄な体のミエ・坂本が凄《すさま》じい音声で、ジ

ャズを唄《うた》いまくっている。

流郷は満員の客席から、舞台を観《み》ながら、やはりミエ・坂本を芯《しん》にして、男性ジャズ歌手のトップ・スターである早川譲司、それに一年程前、クラブ・ヤマトで聴いた協和プロの有望な新人歌手であるボン・浜田を組み合わせて、奇抜な構成をもったジャズ・フェスティヴァルにしようと考えていた。

ニューヨーク・フィルを持って来て、勤音を大きく揺さぶった音連に対して、ジャズ・フェスティヴァルをやり、相手を大きく揺さぶりかえすことが、流郷の狙《ねら》いであった。

それにしても、一昨夜の会議の席上で、江藤斎子が、突然、ポピュラー支持に変ったのはなぜだろうか——、会議の途中にかかって来た電話に出、席へ戻って来てから、俄《にわ》かに意見を変えたことが、不審なわだかまりを残していた。それを聞き出すために、昨夜、大阪を発《た》つ前に斎子と話す機会をつくろうとしたのだったが、今夜は財政委員会があるからと、流郷の誘いを断わったのだった。

舞台が終り、日劇を出ると、まだ四時を過ぎたばかりであった。ミエ・坂本のマネージャーである太陽プロの水川と会う約束は、午後七時であったから、まだ三時間もあった。流郷はぶらぶらと、日比谷《ひびや》公園の方へ歩き出した。十一月初めの東京の街は、相変らず、騒音と人間が犇《ひしめ》き、乾いたコンクリートの街であったが、濠《ほり》の向うに見える皇居の森の濃い緑の色が、眼を潤《うるお》わせた。日比谷交叉《こうさ》点《てん》の角まで来ると、流郷は、東京の勤音へ寄ってみようと思った。

東京勤音は、全国勤音の中で人民党の指令が入っているのではないかと勘ぐられるほど尖鋭化《せんえいか》した動きがあったが、大阪勤音は、東京勤音とは全く別世帯で、別個の行動を取っていた。

『森の歌』のように全国的なうたごえ運動に発展した時だけ、東京勤音と企画上の交流を行なう程度で、事務局内においても、東京勤音のように人民党と繋《つな》がっていると考えられそうな言辞や行動を避ける雰囲気が強かったが、そうした用心深さがかえって、流郷の胸に何か不自然なものを感じさせていた。

宮益坂《みやますざか》を上りきったところで車を降り、木造モルタル塗二階建ての東京勤音の玄関の扉《ドア》を押した。

二十坪ほどの広さの事務局に、ジャンパーを着た若者や、ワイシャツの腕をまくりあげた中年の男たちが、机に向って事務を執ったり、五、六人が一かたまりになって何かを討議したり、部屋に据えつけたスピーカーからは、どこかの職場のストライキを支援に行く出発時間を指示する声が流れ、活潑《かっぱつ》ではあるが、一種、殺伐《さつばつ》とした空気があった。流郷の一番嫌《きら》いな雰囲気であった。受付を通り過ぎかけると、

「誰に面会ですか――」

女事務員が呼び止めた。

「事務局長の鷲見《わしみ》さんに、大阪勤音の流郷だといって下さい」

「事務局長の面会は、事務局次長に問い合わせてみてからでなければ、すぐ面会出来るかどうか解《わか》りません」

流郷を待たせて、部屋の中程の机にいる中年の男に連絡すると、その男は席を起って、奥まった大きな机の前に坐っている事務局次長らしい男に報告している様子が見られた。最も反官僚的であるはずの団体の中で、官僚主義そのもののような空気が流れていた。次長らしい男が頷《うなず》くと、女事務員は受付へ戻って来、

「事務局長は、今、来客と用談中ですから、ここでお待ち下さい」

受付の前に置いた椅子《いす》を指した。流郷は埃《ほこり》っぽい椅子に腰を下ろし、壁にべたべたと貼《は》りつけられた例会ポスターに視線を向けた。創作オペラ『反戦のうたごえ』や『自由への戦列』など、明らかに左翼的な内容のものばかりで、しかも組合のビラのような激烈な言葉を使い、音楽とは程遠い肌理《きめ》の荒いポスターであった。

突き当りの扉が開き、事務局長の鷲見のがっしりした体軀《たいく》と精悍《せいかん》な顔が見えた。

「やあ、流郷君、君が来てくれるとは珍しいことですね」

事務局の奥を仕切った部屋へ流郷を招き入れ、事務員にお茶を運ばせた。

「ところで大阪の音連の結成には、驚いたね、何の前ぶれもなく、抜打ちの発会だった

からな、で、あの黒幕は一体、誰か、君なら解ってるだろう」

笑っていた鷲見の顔が、俄かに闘争的になった。

「二、三の新聞記者、音楽マネージャーなどの話や、その他の情況から判断すると、日東レーヨン社長の門林雷太あたりが中心になって、大阪の財界に呼びかけた形跡が濃厚ですね」

「じゃあ、どうして事前にデモをかけるなり、各職場の組合に呼びかけるなりして、叩《たた》いてしまわなかったんだね」

のしかかるような横柄《おうへい》さで云《い》った。

「勤音は、闘争団体じゃありませんから、そんなことは出来っこありませんよ」

「しかし、君、発会式をかねた第一回例会で、一挙に一万人も会員を集めたということじゃないか」

「何しろ、百五十円でニューヨーク・フィルが聴けるのですから、集まるのが当り前でしょう、私だって喜んで行きましたよ」

鷲見は、流郷の扱いに戸惑うように、ちょっと言葉に詰り、

「それで、今後の対策はどんな風にやるのですかね」

「ジャズで対抗するつもりです」

「ジャズ――」

驚くような表情をしたが、流郷が予想していたほどの驚きようではなかった。

「勤音の例会に、あえてジャズなどやる限りは、何らかの意図があってやるのだろうけど、どこまでも会員集めの一時の策なんだろうね」

「いや、僕は本気でやろうと思っているのですよ、音連が大衆の喜ぶ豪華なプロを安くという狙いでぶっつけて来ている今、もの解りの悪い、青臭い運営委員会の意見になど捉《とら》われていたら、大衆の支持を失ってしまいますよ、ポピュラーをやることは、勤労者を侮辱することだなどという運営委員に、ほんとうに大衆が欲しているものが解るんでしょうかねぇ」

鷲見は黙って、煙草《たばこ》を喫《す》い出した。

「瀬木君が、大阪勤音の事務局長として、弱いというようなことはないのかね」

「そんなことはないですよ」

鷲見は、また黙って煙草をふかし、

「大阪の音連が、今以上に強力な組織力を持ち出すと、東京の財界も歩調を揃《そろ》えて動き出す懸念《けねん》があるから、今のうちに大阪の音連を叩き潰《つぶ》して貰《もら》いたい、そのためにあなたの手腕に大いに期待しますよ」

妙に丁寧な言葉遣《づか》いをした。流郷の方に気持の余裕が出来た。

「ところで、江藤斎子は東京勤音にいたそうですが、勤務ぶりはどうだったんです？」

「彼女は女性に珍しい活動家だよ、事務局内の仕事も出来るし、外部の組織に対する働きかけも見事だった」

「じゃあ、なぜ大阪へ移したんです」

「母一人、娘《こ》一人の家で、大阪にいる母親が齢《とし》になって、一人暮しがおぼつかなくなったということで大阪へ移ったんだ、それだけのことだよ」

それだけのことだと語気を強めたのが、不自然なつけたりに聞えた。そして鷲見は、急に話題を変えた。

「東京へは何の用件で？」

「ジャズのタレントとバンドの仕込みですよ、今までつき合いのないプロを相手にしなくてはならないから、ちょっと骨ですよ」

軽く笑いながら云うと、

「それなら音楽マネージャーやプロモーターの身上調査は是非、やらなくてはいけないよ、東京勤音では、新しいプロと組む時には必ず、徹底的に身上調査を行なうことにしている」

そう云い、机の上に積み重ねた書類の中から、一冊の綴《つづり》を取り出した時、一通の封書が流郷の足もとに落ちた。手を伸ばして拾いかけ、流郷は、手を止めた。見覚えのある筆跡であった。男のようにがっしりとした字であったが、崩した字画のところに女らし

い筆運びが見え、江藤斎子のペン字であった。鷲見は気付かずに、身上調査の厚い綴を机の上に広げ、

「この通り、はじめて取引をする音楽マネージャーやプロモーターのこれまでの経歴、家族、思想関係などを綿密に調査してからでないと取引を始めないことにしている、企画を持ち込んで来た音楽マネージャーの思想的背景が、例会内容に結びついて来ることがあるからね」

流郷は、何食わぬ顔で聞き入りながら、足もとに落ちている鷲見宛《あて》の封書に視線を当て、一昨日の運営委員会の最中に、江藤斎子にかかって来た電話は、鷲見からで、鷲見の指示によって斎子の意見が、俄かに変ったのではないかという思いが、胸を掠《かす》めた。

六本木のレストランで、流郷は、太陽プロの水川と話し合っていた。

四十歳を出たばかりで、僅《わず》か五、六年の間にポピュラー畑の第一級のプロダクションとして、太陽プロをのし上がらせた人物らしい機敏な表情で、

「流郷さんのお噂《うわさ》はかねがね、承っておりました、歌舞伎《かぶき》風演出のオペラ『蝶々《ちょうちょう》夫人』をやられたかと思うと、ソ連ものの『森の歌』の大合唱をやられたり、その度にわれわれの間で大へんな評判でしたが、まさか勤音でジャズをやって戴《いただ》けるようなお話を受け

ることは思いませんでしたよ」

勤音との始めての取引を歓迎するように云い、

「ジャズといっても、勤音でおやりになる限りは、何らかの意味で労働者の階級意識と結びつくようなものということになるでしょうね」

流郷は、食卓の料理に手をつけながら、

「別にそんな制約などありませんよ、勤音の会員に、文句なしに楽しいジャズをふんだんに聴《き》かせる、それだけですよ」

「しかし、勤音の例会であるからには、同じジャズでも、例《たと》えばアメリカ帝国主義の植民地政策に虐《しいた》げられた黒人の喜怒哀楽をテーマに、黒人歌手が唄って来たものなどを求めておられるのではないですか」

水川は、俄仕込みの左翼的な言葉を口にならべたてたが、薬指にはめている派手な金台の指輪が、水川の言葉の不自然さを物語っている。

「水川さん、そんなに無理をして、勤音向けの云い方をなさらなくてもいいですよ、そう無理をなさるところを見ると、もの解りの悪い東京勤音で、大分、苛《いじ》められたらしい様子ですな」

流郷がくだけた調子で云うと、水川はやや気抜けした様子で、

「じゃあ、流郷さんは――」

「僕は勤音の中では、いささかはみ出し者でしてね」

あとは相手の想像に任せるように笑うと、水川はそれまで警戒していた態度をがらりと変え、

「実は、東京勤音の仕事を取りたくて、三年前からアプローチしているのですが、なかなか埒《らち》があかないのですよ、その上、私の身上調査までやったらしく、二人の子持ちの私に、結婚調査か、就職調査のような問合せが方々へ行ったそうなんです、そんなことがあったので、つい流郷さんの方でも、私の思想に探りを入れていらっしゃるんじゃないかと思いましてねぇ」

やっと安心したようにあっさり、シャッポを脱いで、流郷にビールを注《つ》ぎ、

「ところで日劇のミエ・坂本の舞台、ご覧戴いていかがでした？」

「いいですね、体全体で力一杯に唄っている、彼女を中心にして、ジャズ・シンガーのトップ・スターである早川譲司、それに大阪の新人歌手のボン・浜田を加えて、ジャズ・フェスティヴァルをやろうと考えているのですが、三月の初めに、三日乃至《ないし》四日、日曜以外は夜だけ、ミエ・坂本の都合をつけてくれますか」

「三月は出の多いシーズンで相当、スケジュールが詰っていますが、ほかならぬ勤音さんのことですから、何とかして都合をつけましょう、勤音の舞台なら、観客動員の心配はいらず、タレントも相手がちゃんと組織された観客だから、思いきってハイ・ブラウ

な意欲的な仕事が出来るから、えらく出たがりましてねぇ」

調子よく、流郷の話に乗って来た。

「じゃあ、一ステージ、十八万でどうです？」

流郷は、すかさず、ギャラの話をきり出した。

「十八万——、そりゃあ、無茶ですよ、彼女はよそでは一ステージ、二十五万から三十万取っているタレントですよ、いくら勤音さんでも、十八万では……」

水川は、しぶった。

「しかし、一日一回公演で、一回の観客動員数八千人として、日曜日の一日二回公演を一日挟《はさ》んで、四日間で四万の動員数になりますから、一ステージで十八万でも悪い条件だとは思いませんがね」

観客動員数を誇示するように云うと、水川は、

「ですが、大阪では、音連設立で、このところ、勤音の会員数が大分、減りつつあるという話を耳にしておりますがねぇ」

相手の弱味を衝《つ》くように云った。流郷は顔色を動かさず、

「ああ、ニューヨーク・フィルの時の話でしょう、あれはアメリカの国務省派遣の文化使節に便乗した一回きりの成功だということぐらいは、私より、プロモーターの水川さんの方がよくお解《わか》りのはずじゃありませんか、しかも、今度、勤音で始めてジャズをや

るのですから、会員はもちろん、マスコミだって、勤音のジャズということで湧《わ》きますよ」

「なるほど、マスコミ向きの採算は確かに合いそうですな、それに勤音さんがおやりになることだから、ミエ・坂本のギャラは特に〝勤音向けの出血ギャラ〟で、十八万でつき合いましょう、勤音さんはこれからの大事なマーケットですから、思いきって、跣《はだし》でやらせて戴きますよ」

水川は、二言目には勤音、勤音という言葉を繰り返しながら、流郷の望むギャラに落ちつけて来た。明らかに勤音と取引をしたがっている水川の方が、売り込む側にたち、流郷の方が買い受ける立場にたっていた。流郷は有利に取引を進めながら、東京勤音の鷲見のところで見た江藤斎子の筆跡に違いない封書のことを、ふと思い出した。

何の変哲もない封書であったが、江藤斎子はあの封書の中に何を書き記《しる》して鷲見に送っているのだろうか。一昨日の運営委員会の席上にいた斎子にかかって来た電話も、鷲見からであるかもしれないと考えられた。もしそうだとしたら、なぜ鷲見は、東京勤音では絶対に許されそうもないポピュラーを、大阪勤音でやるように、斎子に指示したのであろうか——。そこには、流郷の測《はか》り知ることの出来ない何らかの意図が隠されているようであった。

急に黙り込んだ流郷の気配に気付かず、水川はポケットからメモ用紙を取り出し、

「流郷さん、ミエ・坂本やバンドマンの宿泊費や足代のことは、あとでうちの若い者に細かく計算させることにして、出演料とそれに伴う舞台経費は、全くのかけ値なしで、これでどうです」

メモ用紙に数字を記した。

ミエ・坂本　一ステージ　十八万
バンド　同　十万
舞台演出料　三万
編曲料　実費

「ここまでサービスしましたら、喜んで戴けると思いますがねぇ」

流郷の懐《ふとこ》ろ勘定を探るように云った。流郷の買い叩《たた》いた値段に落ちついていた。太陽プロでさえもこの値段だといえば、早川譲司の所属しているオーシャン・プロも、ボン・浜田の協和プロも、相当、値切れるほどの値段であった。

「あと出演者の顎《あご》、足代、その他宣伝費に、相当な金を食いますが、まあ、この辺で手を打ちましょう」

流郷が、ビールのコップを手に取ると、水川も手打ちの乾杯をするようにコップを持

ち上げ、

「流郷さん、こちらのマージンが一割五分ですから、分戻《ぶもど》しは一割で勘弁願いますよ」

リベートのことであった。

「分戻しは、勤音の法度《はっと》ですよ、僕も、この点だけはまぎれもない勤音の事務局員でしてねぇ」

水川は、呑《の》み込めぬ顔をし、

「聞くところによりますと、東京勤音では、分戻しのパーセンテージのいいプロを物色して、組むという話ですよ」

「まさか、そこまで行くとデマですよ」

頭から否定するように流郷が云うと、

「ところが、私たちの仲間で、ほんとうに分戻しを請求された者がおりましてねぇ、それをしないと、キャンセルになる場合もあるという話で、何でも近頃、勤音らしくないがめつさで、金集めをしているということですよ」

「東京勤音が、金集めを……」

流郷は、言葉を継げなかった。

＊

勤音主催のジャズ・フェスティヴァルの会場である大阪体育館は、開演を前に、騒《ざわ》めきだっていた。

天井一杯に万国旗を張り渡し、周囲の壁、スタンドの手すりには、色とりどりの風船を飾りつけ、殺風景な体育館が明るく彩《いろど》られ、中央正面の特設舞台の周《まわ》りでは法被《はっぴ》姿のジャズ・メンが威勢のいいかけ声をかけながら、祭太鼓を打ち鳴らし、まるで村のお祭りか、サーカスのようなくだけた賑《にぎ》やかな雰囲気が盛り上げられている。

流郷と千田が考えた演出であった。商業劇場を使わず、わざと体育館を使って、満艦飾に飾りつけ、祭太鼓を打ち鳴らして、聴衆の意表をつく演出を狙《ねら》ったのだった。

「私らの狙いが、どうやら、まんまと当ったらしいですな」

特設舞台の脇《わき》にたって場内を見渡している千田が、流郷の方を振り向いて云った。流郷も一回、八千人を収容するマンモス・スタンドが、次第に聴衆で埋まって行くのを眺《なが》めながら頷《うなず》いたが、聴衆の入りがよくても、これから始まるジャズ・フェスティヴァルが八千人の大聴衆を完全に魅了し得るか、どうかが問題であった。流郷が企画したジャズ・フェスティヴァルの例会発表と同時に、勤音の会員数は、再び一挙に四万二千に跳ね上がったが、運営委員たちの反対はいまだに根強く、古参会員たちの間にも勤音の堕落だと非難する声がある中で強行した例会であるから、その成否は、今後の勤音における流郷自身の立場と繋《つな》がっているのだった。流郷は、もう一度、立錐《りっすい》の余地もないほどの聴衆で埋まった満員の場内を見渡し、

「六時三十分、定刻通りにスタートだ！」

手をあげると、千田は、特設舞台の周りで祭太鼓を叩いているジャズ・メンたちに開演の合図を送った。

俄《にわ》かに大きく、祭太鼓が連打されたかと思うと、中央通路の入口から、ファンファーレが高らかに鳴り、真っ赤なタキシードを着た千田が主宰する協和プロ所属のレッド・タキシード・バンドのメンバーが、バンドのテーマ・ミュージックを演奏しながら現われた。続いて派手なチェックの帽子に揃《そろ》いのスーツを着た太陽プロ所属のジャパン・キューバン・ボーイズ、そのうしろに黄色のスーツに黄色の蝶《ちょう》ネクタイのオーシャン・プロ所属の東京ジャズ・キングスのメンバーも、各々《おのおの》の楽団のテーマ・ミュージックを演奏しながら、舞台に向って行進して来た。会場に拍手が鳴った。

三つの楽団が舞台に上がり、三つどもえになって演奏されていたテーマ・ミュージックがぴたりと止《や》み、場内が静まると、舞台に並んだ楽団員が一斉に起《た》ち上がり、

「THIS　IS　KINON　JAZZ　FESTIVAL！」

大きく叫んだかと思うと、間髪を入れぬ早さで、『オープニング・ブルース』が、三つのバンドの合同演奏で始まった。体育館の幕のない舞台を幕開けする見事な演出であった。千田は会心の笑いをうかべたが、流郷は舞台効果より、勤音会員の反応を注意深く見詰めた。

三つのバンドのトランペッターをはじめ、トロンボーン、サックス、ベースの奏者が競い合って、華《はな》やかに吹きまくり、三人のピアニストも競い合って、叩きつけるように激しくピアノを弾《ひ》き、一段高い壇上にいるドラマーが、さらに輪をかけるような激しさで力一杯にドラムを打ち鳴らし、舞台は火花を散らすような大競演を繰り広げたが、観客席の聴衆はわっと乗って来る気配がない。三つのバンドが競演する見なれない形式のせいか、やや勝手の違うショーを見物するような表情で舞台を見詰めている。

千田は、流郷の方を振り向き、首をかしげた。流郷も、開演前までの自信が薄らぎ、やはり、勤音会員はジャズを受け入れないのかという不安を覚えた。もし、このジャズ・フェスティヴァルが失敗に終れば、ジャズの例会を提案し、強行した自分にすべての責任が転嫁《てんか》され、今後、勤音の運営委員会において、企画者としての発言力を弱められてしまうかもしれない。そう思うと、例会の第一日目には、必ず顔を揃える委員長の大野、事務局長の瀬木、それに江藤斎子の姿が、見当らないことまで、一種の不安を伴って来た。

背後で人の気配がしたかと思うと、次の出番を待つボン・浜田であった。ボクサーのように頑丈な体軀《たいく》に真っ赤な上衣と白いズボンをつけ、舞台で演奏されている『セントルイス・ブルース』のリズムに合わせて、ステップを踏んでいる。千田は舞台の脇から、

「ボン、ちょっと来《き》ぃ」

ボン・浜田を呼びつけ、

「お前のパンチのきいた唄《うた》で、客席をわっと湧かすのや、今日の客は、ジャズなどで昂《こう》奮《ふん》したら恰好《かっこ》悪いと思うてる奴《やつ》らが多いから、そいつらを湧かしたることや」

押しつけるように云《い》った。

「そんな殺生《せっしょう》な、僕はまだ新人ですよって――」

口ごもるように云いかけると、

「阿呆《あほ》！　新人やよって、何でも無茶苦茶やれるのやないか、どないしたら客を湧かせられるか考えてみぃ、それが出来んかったら、ショー・マンとして落第や」

そう云い、ぽんと背中を叩いて舞台へ送り出した。

ボン・浜田は、緊張した表情で押し出され、足早に舞台の中央へ歩いて行ったが、マイクの前に起つと、いきなり、大声で喋《しゃべ》り出した。

「ボン・浜田の歌が下手やったら、拍手せんと尻《けつ》向けてくれはってもよろしい、その代り、上手やと思うたらケチケチせんと、拍手して下さい、ほんまに手の皮が擦《す》り剝《む》ける

ぐらいに拍手しておくなはれ」

客席からどっと爆笑が起り、場内の雰囲気がほぐれた。ボン・浜田はそのほぐれに乗るように得意の『マック・ザ・ナイフ』を唄い出した。

レッド・タキシード・バンドの伴奏で、分厚な肩を左右に振り、太い腕でナイフを振りかざすようにしながら眼をぎらつかせ、やくざっぽく唄うボン・浜田は、赤い牡牛《おうし》のような野性に満ち溢《あふ》れ、吼《ほ》えるようにダイナミックな音声が場内を揺るがせた。荒けずりな唄い方であったが、野性的な生ま生ましさが聴衆を捉《とら》え、唄い終った途端、弾《はじ》けかえるような拍手が湧いた。

「やりよったな、ボン！」

千田が舞台に向って呟《つぶや》くように云うと、流郷も、観客を湧かせるきっかけを作った新人歌手のボン・浜田に舞台の脇から、拍手を送った。

ボン・浜田に続いて、男性ジャズ・シンガーのトップである早川譲司が、東京ジャズ・キングスのバンドをバックに、巧みなフィーリングで唄い、そのあと舞台は再びバンド演奏に移った。

ジャパン・キューバン・ボーイズが、テンポの早い『マンボ・ナンバー５《ファイブ》』を演奏すると、東京ジャズ・キングスがスロー・バラードの『ムーン・ライト・セレナーデ』で対抗し、レッド・タキシード・バンドは、一番若いバンドらしく、『キャリオカ』をとてつもない奔放な明るさで演奏し、場内に若い熱気がたちのぼった時、金色のドレスを着たミエ・坂本が舞台の中央へ飛び出した。

小柄な体をゴムまりのように動かし、体中から張り上げるような凄《すさま》じい音声で『スワニー』を唄い出した。パンチをきかせながら、舞台一杯に唄い、踊りまくるミエ・坂本の動きに引き入れられるように、聴衆は肩を揺すぶり、足を踏み鳴らし、口笛を吹き出した。

「流郷さん、また一発、当てましたな」

千田はそう云い、にやりと笑うと、飄々《ひょうひょう》とした足どりで、舞台脇を離れ、熱狂している観客席の方へ足を向けた。舞台の上は、フィナーレになり、三つのバンドの合同伴奏で、ボン・浜田、早川譲司、ミエ・坂本の三人が『聖者が街にやって来る』を、手を叩きながら、かけ合いで唄い、耳を劈《つんざ》くような歌声と演奏が場内に轟《とどろ》き、何時《いつ》の間にか聴衆も舞台の唄に合わせて手拍子を打っている。

流郷の顔も、かすかに紅《あか》らんで来た。これで運営委員会の根強い反対を受けながら、妙な雰囲気の中で採決されたジャズ大会が、見事に成功したのだった。流郷は、運営委員の誰彼を摑《つか》まえて、つまらん議論をせずに、この拍手の音を聞け！　と云いたかった。

まだ拍手の音が鳴り止まない客席の方へ眼を向けると、何時の間にか、江藤斎子が舞台に近い前列の席に坐《すわ》っていた。

真っ黒なターバン・ハットをかぶり、黒いコートを着た斎子は、周りの昂奮とは程遠い醒《さ》めた表情で、切れ長の大きな眼を見開き、唇を薄く引き結んで、アンコールに応《こた》えている舞台を無表情に見詰めている。流郷は傍《そば》へ寄り、

「この聴衆の拍手には、素直に耳を傾けることですよ」

耳もとに囁《ささや》くように云うと、

「拍手の音だけで、今日の成果は決められませんわ」

斎子は、ちらりとも表情を動かさずに云った。

*

今朝の流郷の寝覚《ねざ》めは悪かった。独り住いのアパートのベッドの中で眼を覚ますと、煙草《たばこ》をくわえたまま、火も点《つ》けず、寝不足の顔をごろりと天井に仰向けていた。一カ月前にあった勤音ジャズ・フェスティヴァルの収支決算報告が、不快な痼《しこり》になって残っているのだった。

音連の結成で、三万六千人にまで減少した勤音の会員数を、ジャズ・フェスティヴァルで一挙に、四万二千人まで取り戻し、例会は成功であったのにもかかわらず、昨夜の運営委員会で報告された収支決算は、またも六十四万円の赤字であった。

会費百五十円で四万二千人、それだけで六百三十万円の収入があり、三割の入場税をさっ引いて、四百四十一万円の収入金があり、そこから三つのジャズ・バンドと歌手のギャラ及びその旅費、宿泊、会場費、舞台経費などを、ざっと四百万円と、その他の雑費をさし引いても、少なくとも二十万円程の収益になるはずであった。

財政担当の江藤斎子の報告によれば、東京から有名タレントと二つのバンドをまる抱えで呼んだ贅沢《ぜいたく》なやり方が赤字をつくった原因であるから、今後はバンドだけは大阪で間に合わせるべきだという意見を出したのだった。それでは採算は合うとしても、四万二千人の会員を満足させるようなジャズ・フェスティヴァルにはならない。東京から呼んだ有名タレントと、三つのバンドの競演という企画があってこそのジャズ・フェスティヴァルであった。

流郷は、苦い表情で時計を見た。九時半を廻っていたが、すぐ出かける用意をせず、テーブルの上にあるパーコレーターにコーヒーを入れ、火を点けた。朝の出勤時間が過ぎたアパートの中は、ひっそりと静まりかえっている。窓の外を見ると、四月初旬の明るい陽《ひ》ざしの中で、同じ大きさの窓とヴェランダを持った千里丘《せんりがおか》団地のアパート群がずらりと並び、建物の一つ一つに無神経な字体の番号が記されている。柔らんだ春の陽ざしと無神経な数字の対照を眺めながら、流郷は再び、江藤斎子の並べたてた数字を思い返した。

斎子が、大阪勤音の財政を担当するようになってから、流郷が企画を担当したオペラ『蝶々夫人《ちょうちょう》』、オラトリオ『森の歌』はもちろん、他《ほか》の企画部員が担当した例会の場合も、不思議と赤字例会が増えている。流郷は手を伸ばして、昨夜、脱ぎ捨てにしたままになっている上衣のポケットから手帳を出し、斎子の報告をメモしたところを開いた。会場費、舞台費、歌手とバンドのギャラ、舞台演出料、出演者の旅費、宿泊費、事務局経費、一つ一つの項目を細かく追って行き、印刷費のところまで来た時、流郷の視線が止った。

プログラム	印刷及び紙代	二十六万六千円
ポスター	同	十五万二千円
機関誌	同	二十九万四千円

機関誌は約四万二千部、プログラムは約三万部、ポスターは四千部余り印刷しているが、紙代が含まれているにしても、江藤斎子が報告した印刷費は多額に過ぎるようであった。そういえば、『蝶々夫人』の時も、『森の歌』の時も、印刷費が妙に多かった記憶が残っている。それに斎子が来てから、印刷屋が変っている。

そう思うと、流郷は沸いたばかりのコーヒーを半分だけ飲み、急いで身仕度をして、阪急電車で梅田まで出ると、流郷はすぐ構内の公衆電話のボックスへ入り、大阪市内の電話帳を繰った。塚田《つかだ》印刷という名前を覚えていたから、それを目あてに頁《ページ》を繰ると、すぐ番号が解《わか》り、住所は大正区三軒家《さんげんや》浜通二丁目と記され、番地は出ていなかったが、丁目を追って探せば見付け出せるはずであった。流郷は勤音の事務局へは出ず、そのまま、大阪港行のバスに飛び乗った。

三軒家のバスの停留所で降り、小さな町工場がたち並ぶ通りを歩きながら、流郷は、江藤斎子が来てから、勤音出入りの印刷屋であった淀川印刷が、納期がルーズで高いという理由で、塚田印刷という聞いたこともない印刷屋に変えられたことを思い出していた。直接、流郷の担当ではなかったから、その時、気にも止めずにいたことが、俄かに大きな意味をもって来た。流郷はトレンチ・コートの裾《すそ》を翻《ひるがえ》し、性急な足どりで、丁目を追ったが、三軒家の市場通を通り過ぎ、浜通へ来ても、塚田印刷は見付からない。いっそ、電話番号帳で調べた塚田印刷へ電話をかけ、道順を聞こうと思ったが、浜通を大浪橋まで歩き、橋の手前の自転車の修繕屋で、塚田印刷を尋ねた。店先にいた若い修理工は首をかしげたが、店の中にいる主人に聞くと、一昨年の夏頃に始めたばかりの、あまりはやっていない印刷屋だという前おきで、川沿いの道から脇《わき》へ入りくんだ所を教えてくれた。

一丁半ほど北へ行き、入りくんだ細い道を入って行くと、片側に溝川《どぶがわ》が流れ、近所の工場の廃液が流れ込んでいるらしく、鼻をつくような匂《にお》いがし、黒く煤《すす》けた庇《ひさし》が建ち並んでいる並びの一番奥に、『塚田印刷』の看板がかかっていた。二階建ての古びた木造家屋で、間口二間ほどの表の庇が傾き、ガラス戸にもひびが入っている。

「ごめん下さい！」

声をかけたが、応対に出て来る気配がない。ガラス戸越しに中を見ると、狭い土間に埃《ほこり》だらけの机と椅子《いす》が二脚あり、伸び上がるように中を覗《のぞ》くと、土間と奥を仕切っているガラスの仕切戸越しに、印刷場が見え、印刷機の音がしている。もう一度、大きな声で案内を乞《こ》うと、身装《みなり》をかまわない三十七、八歳の女が顔を出した。

「塚田さん、いらっしゃいますか」

「どちらさんでしょうか」

用心深い顔で、まず相手の名前を聞いた。

「勤音の者ですが――」

と応えると、表情を柔らげ、

「何時《いつ》もお世話になっております、すぐ主人に伝えます」

奥へ引っ込んだかと思うと、入れ代るように頬骨《ほおぼね》の高い中年の男がジャンパー姿で現われた。顔色の悪い貧相《ひんそ》な男であったが、つるの曲った眼鏡の下から相手を見る眼が妙に厳しい。

「勤音の方だそうですが、何か急なご用でも――」

「いや、別に急な用事はないのですが、この間のジャズ・フェスティヴァルのプログラムとポスターの評判がよかったので、ちょっとこの辺まで来たついでに、礼を云いによったんです」

気さくに云い、ポケットから煙草を出してすすめると、塚田は黙って、煙草を取った。流郷はライターで火を点けてやりながら、

「何人ぐらいでやっているのです？」

「近ごろ人件費がえらく高くつきまして、今のところ四人です」

ガラス戸越しに見える印刷場を眼で指した。北向きの薄暗い土間に裸電球が五つぶら下がり、活版平台《ひらだい》の機械が二台、四人の工員の手で動いていたが、注文に追われているような活気も、積置きの紙も見当らない。それに色刷りのオフセットの機械が据えられていないことが、流郷の腑《ふ》に落ちなかった。色刷りのポスターを刷る限りは、オフセット印刷機がなければならないはずであった。

「ポスターは、うちと組んでいる印刷屋で刷らせているのですよ、うちらのような小さい町工場では、活版平台とオフセットの二種類の機械をおくと、経費が二重になって大へんなので、同業者と組んでやっているのですよ」

塚田は、流郷の胸のうちを見すかすように説明を加えたが、こんな設備の悪い三流の町工場で刷らせるより、前の淀川印刷のように従業員百人ぐらいの印刷工場で刷る方が、自動式の機械でうんと早く安価に、そして刷りもきれいに上がるはずであった。

流郷は、昼間も裸電球をつけている陽当りの悪い印刷場と、埃《ほこり》だらけの机をおいている土間を見廻した。土間の薄汚れた壁にかかっている黒板に、来月の勤音例会の演《だ》しものであるラテン歌手の『ケイ・ジョージのリサイタル』の印刷予定が書き記されている。

「毎月の印刷代の支払いは、きちんと入っていますでしょうか」

不意にそう聞くと、煙草を喫《す》っている塚田の手がはっと止り、

「ええ、戴《いただ》いておりますとも、ちゃんと江藤さんから、毎月戴いております――」

誰からとも聞いていないのに、江藤という名前を口にした。

「江藤さんとは、古くからのお知合いなんですか」

「いいえ、勤音のご注文を戴くようになった時からのおつき合いなんですが、何かそれが――」

俄《にわ》かに身構えるように云《い》った。

「いや、別に、ちょっとお伺いしただけのことで、どうも突然、お邪魔して失礼しました」

「こちらこそ、お茶もさしあげずに、失礼します」

塚田は丁寧に頭を下げて、流郷を送り出した。

流郷は、もと来た溝川沿いの入りくんだ道を迷いそうになりながら、やっと木津川に沿った広い道へ出た。塚田印刷と江藤斎子との特別な結びつきについて、確証らしいものは得られなかったが、なぜ、よりにもよって、こんな不便な設備の悪い場末の印刷工場で、毎月の大部な印刷物を刷らせなければならないのかという疑問が、流郷の胸にわだかまった。

六章

桜橋のS会館の前には、開場三十分前から勤音会員たちが集まっていた。

一日の勤務を終えて、まっすぐ出かけて来た職場の会員たちは、互いに待ち合わせたり、一カ月ぶりに会う他《ほか》の職場の会員と喋《しゃべ》りながら、会館の前にたてかけられている今月の例会ポスターを楽しそうに眺《なが》めている。ジャズ・フェスティヴァルから二カ月ぶりに再びポピュラー・ミュージックが取り上げられ、流しの艶歌《えんか》歌手から一躍、ラテン歌手として脚光を浴びた大阪出身のケイ・ジョージのリサイタルが開かれるのであった。

日新工業の工場に勤め、夜間大学に通っている菊村俊一は、今日は、学校の創立記念日で休講であったから、勤務が終ると、すぐS会館へ出かけて来、同じ夜間大学へ通っている中谷と待ち合わせていた。

「菊村君、先に来てたんか」

背後で声がし、中谷が人の間を縫うようにして近付いて来た。

「うん、勤務が終って、すぐ飛び出したから少し早過ぎたんだけど、君も今日はいやに早いじゃないか、やはり、ケイ・ジョージのせいかな」

菊村はまともに照りつける夕陽《ゆうひ》を眩《まぶ》しそうに手で遮《さえぎ》りながら云《い》った。

「その通りだよ、一頃《ひところ》の妙な左ムードと違って、この頃の例会は楽しい雰囲気になって来たことは確かだな、だけど、勤音がこうしてポピュラーを取り上げるようになったのは、音連が出来たせいだろうな」

中谷は、スポーツをやっている日灼《ひや》けした顔を綻《ほころ》ばせた。

「しかし、音連が出来てから、これまで勤音のことなど気にかけなかった会社が急に、神経質になりはじめたよ、うちの会社など、勤音の例会がある日になると、残業をぶっつけたり、職場懇談会を開いて例会へ出る足を止めたりするのだ、それに四、五日前に至っては、組合の掲示板に勤音のポスターを貼《は》ることを禁止する会社通達が出たりして、ひどいものだ」

菊村は、女のように華奢《きゃしゃ》な体をいからせるように云った。

「その点に関しては、僕のところもひどい、うちの組合は日労系だから、音連が誕生するや、勤音を支持する総同系組合に対するイヤがらせをするために、組合文化部が中心になって音連サークルをつくるのだから、全く馬鹿《ばか》もいいところだ、音楽にまで、総同系の、日労系のと抗争を持ち込むのだからな」

中谷も、やりきれぬように云い、ふと訝《いぶか》しげな顔を会館の右端にある大きな柱の陰へ向けた。

「菊村、あいつら、何だろう」

中谷が眼で指す方を見ると、二十二、三歳から二十四、五歳ぐらいの派手な背広やダスター・コートを着た十人ほどの若い男が、一かたまりの輪になって、大きな風呂敷《ふろしき》包みの中からビラのようなものを取り出している。

「核実験禁止か、何かのビラでも配るんじゃないかな」

「それにしては、彼らの風貌《ふうぼう》はそれらしくない」

中谷は首をかしげた。ビラを持った男たちは、柱の陰から出ると、勤音会員たちにビラを配りはじめ、その中でサン・グラスをかけた男とダスター・コートを着た二人の男が、菊村たちの方へ近付いて来た。

「あんたら、勤音の会員ですな」

馴《な》れ馴《な》れしく話しかけて来た。

「ああ、そうだよ」

中谷が胡散臭《うさんくさ》そうに応《こた》えた。

「いやに愛想が悪いな、僕らは音連の者で、別にあやしい者やないでぇ、あんたらに、勤音より安うて豪華なジャズを聴《き》いて貰《もら》うために、音連のプログラムを渡しにきたんや」

プログラムのチラシと音連申込書を出した。菊村と中谷はむっとしたが、取り合わぬように横を向くと、

「人がせっかく親切に云うてるのに、受け取るぐらい、受け取ってもええやないか」

サン・グラスの男が、俄《にわ》かに凄《すご》むような語調で、ぐいと中谷の胸先に突きつけた。

「いらないといえば、いらないよ、君たちは勤音の例会にいやがらせに来たのか」

中谷が声高に云った。

「いやがらせ？　妙なこと云わんで貰いたいな、僕らは、ジャズやラテンのポピュラーの例会で、まんまと勤音に騙《だま》されているあんたらに忠告に来てやったんや」

「僕らが、ポピュラーで勤音に騙されているって、それはどういう意味なんです」

菊村が、きっとした表情で云った。

「それはこのビラをとくと、読んで貰うことですな、これを読んだら、あんたらの勤音熱も、一ぺんに醒《さ》めることやろ」

ダスター・コートを着た男は、いきなり、プログラムと別の、大きなガリ版刷りのビラを押しつけた。

勤音のジャズは偽装だ！

その正体は暴力革命を肯定する人民党の文化活動である！

この間のジャズも、今月のラテンも、すべて勤音の正体をごまかすための偽装に過ぎない！

その証拠に勤音の執行部は依然、『森の歌』の左路線を肯定し、地方の勤音例会へ流している！

音連こそ、いい音楽を安く聴かせる勤労大衆の団体だ！

音連七月例会にジャズの神様、アート・ブレーキー来たる！


挑戦的な活字が菊村たちの眼を射たが、黙ってビラを折り畳んで捨てにかかると、サン・グラスの男が、菊村にぴたりと寄り添った。

「どう？　こんな団体に入って、会社で睨《にら》まれ、冷飯《ひやめし》を食うより音連へ入った方が、身のタメやないですかねぇ」

女のように色の白い菊村を与《くみ》しやすしと見たのか、体を擦《す》り寄せ、無理に菊村のポケットへ音連申込書を捻《ね》じ込んだ。菊村は体をそらせながら、

「よせ！　よさないか！」

からんでくる男の腕を右手で振り払った途端、逞《たくま》しい男の体が、もんどりうって転倒した。一瞬の意外な出来ごとに菊村は、呆然《ぼうぜん》とした。

「う一ん、あ、痛っ！　痛あ！」

男は地面に寝転がったまま、大声で喚《わめ》くように叫んだ。ダスター・コートの男が、駈《か》け寄った。

「よくも仲間を突き倒したな！　どないしてくれるのや」

「人のポケットへ手を突っ込むから、僕は軽く手で払っただけだ」

菊村が応えると、中谷も、

「そうだ、菊村君は決して押さなかった、それに、そんな頑丈な体をして簡単にぶっ倒れる方がおかしいじゃないか」

「なに！　そうすると、俺《おれ》が妙な芝居でもしてるというのか」

倒れた男が、まだ地面に寝転がりながら大声を出すと、ビラを配っていた七、八人の仲間が四方から走って来た。

「なんだ！　なんだ！」

周《まわ》りにいる勤音会員を押し退《の》けて、菊村と中谷をぐるりと取り囲んだ。菊村は蒼白《そうはく》な顔になったが、体に自信のある中谷は落ち着き払い、

「なんだとは、そちらのことじゃないか、こちらがおとなしく、勤音の例会が開かれるのを待っているところへ、いきなり、挑発的な勤音攻撃のビラを配ったり、無理に音連加入の申込書をポケットへ捻じ込む、それを拒むと、倒れたり、ひっくり返ったりして

喚き散らす、まるで街の暴力団じゃないか」

「街の暴力団とはなんや！　最初に俺に手を出して、突き倒したのはこいつや！」

倒れていたサン・グラスの男が起《た》ち上がりざま、菊村の胸ぐらを摑《つか》んだ。

「暴力はよせ！」

中谷が止めに入ると、

「きさまも、やるか！」

ダスター・コートの男が、中谷の足を掬《すく》いにかかった。サッカーをやっている中谷が、その足をボールのように蹴《け》り返した。

「やってしまえ！」

他の七、八人の男たちも一緒になって、わっと菊村と中谷に襲いかかった途端、今まで遠巻きに騒ぎを見ていた勤音会員が挑発されるように、

「負けるな！」

と叫ぶなり、屈強な体をしている男たちにぶつかって行った。怒声が飛び、衣服の裂ける音がし、組み合ったまま地面に倒れ、血が飛び散った。みるみる入場を待っていた勤音会員の列が崩《くず》れ、女の悲鳴が上がり、会館前は一瞬にして、凄《すさま》じい乱闘の場になった。

菊村は舗道に組みしかれ、頭に鋭い痛みが来た。さらに殴《なぐ》りかかる相手を撥《は》ね返すよ

うに渾身《こんしん》の力で殴り返した時、けたたましいサイレンが聞え、警官が警棒を持って割り込んで来た。

「ポリだ！　逃げろ！　逃げろ！」

叫びながら逃げる中谷の姿が見えたが、菊村は額から流れ落ちる血が眼に沁《し》み、起ち上がれなかった。

「おい、来るんだ！」

警官の手が、菊村の腕にかかった。他にも何人かが、警官に検挙され、パトカーへ押し込まれているのが見えた。菊村は起ち上がりかけ、目眩《めまい》を覚えた。

「こいつは、署へ引っ張る前に傷の手当をさせよう」

警官の声が耳の傍《そば》で聞え、担架に乗せられて救急車に運び入れられた。格闘して眼の縁《ふち》を切っているサン・グラスの男も一緒に乗った。菊村は救急車の寝台に横たわり、割れるような頭の痛みに襲われながら、姉の和代の顔を思いうかべた。そして、それと重なり合うように海坊主《うみぼうず》のように怪異な顔をした門林雷太《もんばやしらいた》の顔が眼にうかんだ。

門林は、矍鑠《かくしやく》とした体に浴衣《ゆかた》一枚の姿で、和代と向い合って盃《さかずき》を傾けていた。珍しく夜の宴会がない日であったから、六時に会社を出て、和代の家へ来たのだった。

「何時《いっ》も、こうゆっくり出来るのやったらええが、たいていは六時から宴会、そのあと二次会、三次会になって、会社の社長室などではすまされん話をやってるのやから、考えてみたら、社長が会社で一番、長時間勤務をしていることになるわ」

そう云いながら、門林は、何時もより上機嫌で喋っていた。

勤音に対抗する音連の第二弾として、アメリカのジャズ界の第一人者であるアート・ブレーキーを、東京の日本新聞が呼ぶ話にうまく割り込み、音連のための演奏会が三日とれることになり、七月例会に持って行ける運びになったことが、門林の気をよくしているのであった。しかし、勤音の組織自体は、黒金総務部長の報告によれば、その後も結束の強さを発揮し、音連の各職域を通じてのアカ宣伝にもかかわらず、ジャズ・フェスティヴァルの時、獲得した会員数を維持し、切崩《きりくず》しがきかないということであった。

門林は、料理に手をつけ、

「俊一君は、あの時以来、音連の方へ行ってるやろな」

音連の発会式をかねたニューヨーク・フィルの演奏会の時、門林は、和代の弟にも音連の切符を二枚やったのだった。

「ええ、それはもう……、行かせて戴《いただ》いているようでおます」

和代の顔にかすかな戸惑いがあった。

「音連はわしの提案で出来た会や、音楽が好きなら勤音なんぞより、音連へ行った方がええ」

お前の弟なら、そうするのが当り前やといわんばかりに云《い》った。

「へえ、その点はよう心得ておりまして、何時も音連のことは云うてるのでおます……」

和代はそう応《こた》えたが、姉の援助を拒み、一銭の援《たす》けも得ていない俊一は、姉のいうことなど聞くはずがなかった。

「まあ、ええ、そんなことより、この間からいってる前栽《せんざい》の造作《ぞうさく》のことやけど、樹《き》は大分、ええのが入ったさかい、池をつくったらどうや」

門林は、松と槙《まき》の手入れが行き届いた前栽に眼を遣《や》った。

「そないまでして戴いては、もったいのうおます」

和代は、慎《つつま》しく顔を俯《うつむ》けた。

「かまへん、わしは何処《どこ》におっても、山水になった庭が見えんと落ち着かん性《たち》や」

御影《みかげ》の門林邸は、三千坪の庭の周囲に松、杉、檜《ひのき》が鬱蒼《うっそう》とした枝を広げ、ゆるやかな起伏をもった庭園には這松《はいまつ》と黄楊《つげ》を緑の島のようにまくばり、中ほどに伊予《いよ》青石を使った心字形の池があった。妾宅《しょうたく》の庭は、百坪に満たぬ狭い庭であったが、それなりに箱庭作りのような、ちまちまとした楽しみがあった。門林は何となく、その狭い庭へ下りてみたかった。盃をおき、腰をあげて、庭下駄《げた》を履《は》きかけた時、電話のベルがなった。

和代は怪訝《けげん》な顔をした。門林も庭へ下りかけた足を止めた。和代の家の電話のベルは、門林からの電話以外に、殆《ほとん》ど鳴ることがなかった。たまに日東レーヨンの秘書課からかかって来ることがあったが、それは門林が会社を出る時、秘書課長に緊急な用件の連絡を指示しておいた時だけである。今日の門林は、そのような指示をしていない。台所にいる老婢《ろうひ》が電話を取り、慌《あわ》てた気配で和代を呼んだ。

「はい、菊村でございますが——、ええ、菊村俊一の姉でございます、えっ、警察？　俊一が怪我《けが》を……大怪我だすか！　え？　堂島病院へ、ああ、もしもし」

ぷつんと電話が切れた。和代は受話器を握ったまま、たちすくんだ。

「何かあったんか」

縁側から、門林の声が聞えた。その声ではっと我に返った和代は、まだ手に持っている受話器をおき、震える足どりで座敷へ入ったが、蒼《あお》ざめた顔の中で、唇がわなないている。

「どうしたんや、一体——」

ただならぬ和代の様子に気付き、門林は座敷へ戻った。

「弟が怪我をして、病院へ——」

と云うなり、和代は肩を波打たせた。

「怪我、交通事故か——」

「いえ、音連の会員と喧嘩《けんか》になって、頭を割られたそうで、身寄りはと聞いたら、ここの電話番号を云うたそうで、警察からの電話だす」

「なに、音連と勤音が喧嘩？」

門林は思わず、聞き返した。

「詳しいことは解《わか》りまへんけど、俊一が堂島病院で手当を受けてるそうですので、えらい勝手を申しますけど、すぐ看《み》に行かせておくれやす――」

十三年間、ただの一度も、勝手を云ったことのない和代が、突然の弟の事故に取り乱し、門林をおいてでも、弟のいる病院へ行かせてほしいと頼んだ。

「こんなご無理は、云えたものではおまへんけど、私が行ってやらんことには、誰も看てやるものがおまへんので――」

和代は、むっつりと押し黙っている門林に、両手をついた。門林は、和代の弟の突然の事故に和代が見舞に出かけることよりも、音連の会員が、勤音会員を負傷させたということに少なからぬ衝撃を受けているのだった。

「ほんまに、勝手をお願い致します」

もう一度、和代が門林の顔色を窺《うかが》うように云った。

「ああ、ええとも、すぐ行ってやったらええ、わしはもうちょっと、ゆっくりして帰るよって――」

「おおきに、有難うございます」

和代は深々と頭を垂れ、老婢にあとを頼み、廊下を小走りするように慌《あわただ》しく出かけて行った。

門林は、和代のうしろ姿を眺《なが》めながら、もし、和代の云う通りの事情なら、音連は何という馬鹿《ばか》なことをしたのだろう、この間、黒金と野々宮を呼んで、勤音を徹底的にぶっ潰《つぶ》せと命じたが、何もこんな阿呆《あほ》なことをやれとは誰も云わん、馬鹿奴《め》が！　門林の顔に怒りが奔《はし》った。手酌《てじやく》で二、三杯、盃を空《あ》け、思案するようにちょっと考え込んでから老婢を呼び、電話番号帳を持って来させた。総務部長の黒金恒雄の電話番号を探し出すためであった。番号が見付かると、門林はすぐ廊下へたち、自分で電話のダイヤルを廻した。

「もし、もし、黒金さんですか、黒金君はおりますか」

「はあ、在宅しておりますが、あなたはどちらさまでいらっしゃいます？」

権高《けんだか》な中年の女の声が応《こた》えた。黒金の女房らしかった。

「門林からやと云うて下さい」

「まあ！　社長さまの門林さまでいらっしゃいますか――、これは、これは失礼申し上げました、何時も黒金が何かとおひきたてにあずかりまして、ご挨拶《あいさつ》の申し上げようもございません、黒金は只今《ただいま》、すぐに出ましてございます」

愕《おど》き、狼狽《ろうばい》するように応え、廊下を走る足音が聞えたかと思うと、

「社長！　お待たせ申し上げました、社長からじきじきにお電話を戴きますなど、全くもって思いもかけませんことで、家内が大へん失礼を致し、お詫《わ》びの申し上げようもございません」

黒金は何をさておき、まず自分の女房の不手際《ふてぎわ》を詫びた。

「詫びごとなどいらん、それより君ぃ、音連は馬鹿なことをやりおったやないか！　君と野々宮は一体、何をしてるのや」

いきなり、怒鳴りつけた。

「馬鹿なこととおっしゃいますと？　私には全く見当がつきかねますが――」

「そうすると、君は全く知らんのか、さっき、音連会員が、勤音の会員に負傷させたということや、誰がこんな馬鹿なことをさせたのや」

「えっ、暴力沙汰《ざた》を、まさか――」

黒金は信じられぬように一瞬、言葉を跡切《とぎ》らせ、

「それは事実でございましょうか、失礼ですが、社長はどうして、それをお知りになったのです？」

「そんなことはどうでもええ、それより黒金君、君は今からすぐ詳細な事情を調べると同時に、警察と新聞社へ術《て》を打って、どんなことがあっても音連が不利な立場にならん

よう巧《うま》く始末することや」

「はあ、しかし、社長、それは……」

「それはも、何もない、君は公安調査庁などにも顔がきいてる男やないか、わしの云うた通りにするのや、わしは今、天王寺の方の宅におるが、これから御影の邸《やしき》へ帰るから、詳細な報告は御影の方へしてくれ、何時《なんじ》まででも待ってる」

有無を云わさず、びしゃりと電話を切った。

*

勤音事務局の会議室は、今朝の新聞を前にして、殺気だった空気が漲《みなぎ》っていた。昼の休憩《きゆうけい》時間を利用してかけつけて来た十四、五人の会員は、大野委員長、瀬木事務局長、流郷、江藤斎子《せいこ》らを囲んで、昂奮《こうふん》した口調で、新聞の記事が不当だと憤《いきどお》り、菊村と一緒にいながら、運よく検挙を免れた中谷は怒気で顔を赫《あか》らませ、

「何といっても、昨夜の事件に関してはこちらが被害者なんだ、それを事情をよく調べもせずに十把《じつぱ》一絡《ひとから》げに拘引した警察も警察なら、こんないいかげんな記事をでかでかと載せる新聞も新聞だ！」

机の上に広げている各社の新聞を拳《こぶし》で叩《たた》きつけた。

勤音、音連が乱闘
双方に負傷者二名

五月二十八日午後五時四十分ごろ、大阪市北区桜橋S会館前で、十数人の男が乱闘していると、一一〇番に連絡があった。A署員が現場に急行し、乱闘していた勤労者音楽同盟会員の菊村俊一（二四）＝日新工業従業員＝と自由音楽連盟会員の島田一男（二三）＝日の出建設従業員＝を暴行、傷害の疑いで逮捕、現場にいた勤音会員五名、音連会員二名を任意で調べている。同署の調べによると、この日、同会館で勤音例会が開かれたが、開場を待っていた勤音会員に対して、音連会員の島田らが音連のビラや加入申込書をまいたとして、菊村が島田に暴行したことから、両会員が入り乱れての乱闘事件になった。音連会員島田一男は眼球打撲及び眼のふちの裂傷で全治一週間、勤音会員菊村俊一は前頭部裂傷で全治十日間の傷をおった。

社会面のトップに大きな見出しで、勤音側の暴力沙汰として報じ、勤音と音連の事務局長の談話が付け加えられている。

瀬木勤音事務局長談　ことの発端は、勤音会員が集合しているところへ音連会員が勤音を誹謗《ひぼう》するビラをまいたことから始まったのであるから、音連会員こそ威力業務妨害、もしくは道路交通法違反に問われるべきだ。それに菊村君はもちろん、勤音会員の方から暴力をふるった事実は全くない。

野々宮音連事務局長談　いかなる事情があっても、音楽鑑賞団体である勤音会員が、こともあろうに演奏会場の前で暴力沙汰を起すとはもってのほかである。音連会員がビラと音連の中込書をまいたことについては、事務局は全く関知していないので、大いに驚いているが、島田君らは職域会員ではなく、最近入ったばかりの一般会員で、会則や会の運営をよく熟知していず、音楽愛好の素朴な熱意で行なった行動だと思う。

毎朝新聞の記事であったが、他の三社の紙面も大同小異で、勤音側に不利な記事であった。中谷はさらに怒気を含んだ声で、

「音連の事務局長の談話に至っては卑劣極まる、ビラをまいた会員は職域会員ではなく、一般会員などというのは責任逃れの狡猾《こうかつ》な言葉だ、瀬木さんは、どうしてもっと真相を衝《つ》いた発言をしなかったのです？」

詰《なじ》るように云うと、他の会員たちも気色《けしき》ばんだ顔を瀬木に向けた。瀬木は度の強い眼

鏡の下から視線を上げ、

「私が事件を知ったのは、騒ぎがあった直後で、事務局へ電話があって、現場へかけつけた時は、もうパトカーが来て、菊村君らを検挙して行ったあとなんです、菊村君が負傷していたというので近くの外科病院を探したり、警察へも再三、問い合わせたんだが、一向に要領を得ず、一方、例会は予定通り行なわねばならないので、いきりたつ会員たちをなだめて幕をあけ、その後も警察へ問い合わせていると、新聞社から勤音と音連の乱闘事件について、談話を取りたいという電話がかかって来たんです、会館へやって来た記者には、乱闘事件ではない、事実は音連の卑劣な挑発によって起った悪質極まるものだと大いに釈明したんだが、活字になったのはこれだけなんです」

憤《いきどお》りを籠《こ》めて云った。

「そこがブル新聞の特色や、だいたい、どの記事をみても、肝腎《かんじん》の事件の発端になった音連側の行動には全然、触れず、音連側二名、勤音側五名検挙されたと、検挙された人数だけを書きたてられると、現場を見てない者には、勤音が多勢をたのんでやったように取られる、こんな新聞の記事と云《い》い、警察で音連の奴《やつ》らの方が早く釈放されたことなど考え合わせると、音連側は何か術《て》を打ったのやないか」

三和紡績の会員が云うと、東洋電機の会員も、

「そうかもしれん、昨日、検挙された音連の奴が、うちの社員と知合いだそうで、そい

つの話では、検挙された連中が、一つの取調べ室で、別々の机に向い、刑事の取調べを受けてる時、刑事課長みたいなのが入って来て、何か刑事に耳うちしたかと思うと、急に音連会員の取調べが簡単になって、一時間そこそこで出られ、この事件の張本人の島田も昨夜中に出て来られたということや、それに比べたら、勤音側が釈放されたのは十一時過ぎで、しかも、菊村君は一晩泊められて、まだ留置されてるから、不公平過ぎるやないか」

「全くそうだ、十一時過ぎに釈放された勤音会員の杉野君らは晩飯も食わされずに、疲れきって帰宅したそうだ、その上、さっき会社へ電話をすると、今朝、出勤するなり、労務課長に呼びつけられて、まだ席に戻ってないそうだ、大阪製鋼の岸君とこへもかけてみたが、同じだった」

淀川アルミ製作の会員が、昨日、検挙された仲間の様子を報告した。沈痛な空気が流れたが、中谷は、

「全く警察はなってない！　新聞に至っては日頃りっぱなことを云いながら、何か事件が起ったら、資本家の代弁を勤めるのが奴らの常套《じようとう》手段だ！」

いきりたつように云うと、委員長の大野は浅黒い顔を引き締め、

「いくら音連が挑発して来たとはいえ、その挑発にのって、こちらも手を出したのは、何としてもまずかったな」

「じゃあ、委員長は新聞の記事を信じるわけですか、われわれの方からは絶対、手を出していない、正当防衛だ、音連こそ、暴行傷害罪で訴えられるべきだ！」

事件の場にいた三和紡績の会員が、大野につっかかるように云った。

「まあ落ち着いて、委員長は何も、そんな意味で云ったんじゃないんですよ！」

瀬木が止めに入ると、瀬木の隣に坐《すわ》っている江藤斎子は、大きく眼を見開き、

「会員の皆さんの憤りは当然ですわ、昨日の事件は決して、偶発的なものではなく、音連側の計画的な事件だと思います」

あまりにはっきりした口調に会員たちは、驚くように江藤斎子を見た。

「と云いますのは、この間から各職場で、勤音のポスターは、私物持込禁止令という会社側の通達で貼出《はりだ》しを禁止したり、勤音例会へ出かける会員に、残業や職場懇談会をぶっつけて妨害するなどのいやがらせが頻発《ひんぱつ》しておりますが、今度の事件はこれらの一連の事柄と決して無関係ではないようですわ、狡猾に計画され、新規の一般会員の行動という逃げ口をつくって実行させたものだと思いますわ、したがって、警察や新聞社へ音連側が不利にならないように術《て》を打ったであろうことも、十分に考えられることではありませんかしら」

言葉の中に煽動《せんどう》的な響きがあった。

「そうだ、そうだ！　奴らの考えそうなことだ！」

十四、五人の会員は口々に云い、
「このまま引き退《さが》ることは敗北だ、真相を訴えるためにデモをやろうじゃないか、それ以外に一般市民にこの事件の真相を知らせる方法はない！」

会員の一人が激烈な語調で云った。

「賛成！　音連の事務局へ抗議デモをかけよう！」

弾《はじ》けかえるような声が呼応すると、また一人が、

「直ちに各職場へ連絡して、今日の勤務が終了後、新聞社と警察へも、デモをかけようじゃないか！　午後六時に勤音事務局前に集合だ！」

昂奮し、いきりたった声が響いた時、それまで腕を組んで黙って、会員たちの昂奮を見詰めていた流郷が、口を開いた。

「止《よ》し給《たま》え！」

一同の視線が、流郷に集まった。流郷はゆっくり会員たちを見返し、

「デモなどしたら、警察に留置されている菊村君は、どうなるのだ？　一晩泊められているところをみると、怪我《けが》をしながらも、音連の悪質な挑発を主張し、勤音側が暴力行為に出たことを否認しているのだと思われる、それを抗議デモなどかけて騒いだら、それみろ、やはり勤音はということになる、あなた方は、それでもいいと云うのか」

会員たちの暴走を押えるように云った。一瞬、しんと静まり、やがて中谷が、

「じゃあ、流郷さんは、どうしろというのです?」

「きまってるじゃないか、事務局から誰かが警察に出向いて、菊村君を帰して貰《もら》うことが、この際、何よりもの先決問題だよ」

「誰が、出向くのです――」

江藤斎子が冷やかに聞いた。

「僕が出向きますよ」

流郷が応えると、

「いや、それは事務局長の僕が行くべきだろう」

瀬木が遮《さえぎ》るように云った。

「こういう場合、勤音の事務局長が正面切って出かけ、理屈っぽい話になると、かえってことが面倒になりかねないから、僕が行きますよ」

流郷はそう云うなり、席を起《た》った。

菊村俊一は、繃帯《ほうたい》を巻いた頭を留置場の壁にもたせかけ、ベルトを取られてずり落ちそうになるズボンを手でおさえながら、昨日のことを思い返していた。

音連の連中と乱闘になり、サン・グラスの男に胸ぐらを摑《つか》まれ、コンクリートの舗道に叩きつけられ、眼の暗むような痛みを覚えながら、相手を殴《なぐ》り返した時、パトカーのサイレンが聞え、中谷の逃げろという声が聞えたが、逃げられなかった。格闘してサン・グラスがはずれ、眼の縁を切った男と車で病院へ運ばれ、眼の縁を切った男は眼科、自分は外科の治療室へ連れられたのだった。

「なんだ、また若い奴らの喧嘩《けんか》か」

菊村の前に、医者がたちはだかった。

「喧嘩ではありません、音連が――」

説明しかけると、同行の警官が、

「いらんことを云ってはいかん、云うことがあれば署へ行って云え」

叱《しか》りつけるように云い、

「先生、よくある左翼と右翼の若い奴らの衝突ですよ」

「困った奴らだな、何かというと乱闘事件を起して、われわれの手を煩《わずら》わせる、これはどっちの方なんだ」

「左の方らしいです、勤音とかいう、歌を聴《き》いたり、唄《うた》ったりしながら洗脳する団体ですよ」

菊村は激しい怒りがこみあげて来、何か云おうとしたが、再び眼の暗むような痛みが襲い、生ぬくい血が額から首筋へ流れた。

「お前の姓名と住所は？　電話の連絡先はどこだ」

菊村は会社に迷惑をかけることを考え、姉の住所と電話番号を云った。警官はすぐ電話をかけに行った。外科医は、看護婦に血を拭《ぬぐ》わせ、

「前頭部を五糎《センチ》ほどやられているから、局部麻酔で六針ほど縫う」

と云い、止血剤と局部麻酔の注射を打った。六針と聞いた時、俊一は吐気を催すような悪寒《おかん》を覚えたが、麻酔がよくきき、少しの痛みもなく、傷口が縫合され、繃帯が巻かれた。

手当が終り、治療室を出かけた時、姉の和代が駈《か》けつけて来た。頭に繃帯を巻かれた俊一の姿を見るなり、

「俊ちゃん、なんで、こんなことに……」

わっと、声を出して泣いた。

「泣くなよ、みっともない……」

そう云いながら、俊一はそのみっともない姉の電話番号を警官に云い、呼んだのは自分ではないかと悔んだ。しかし、肩に姉の体温を感じると、始めてこんな事件に出くわし、負傷した自分は、やはりたった一人の肉親である姉に会いたかったのだと思った。姉とは僅《わず》か二、三分程、言葉を交わしただけで、菊村は所轄《しよかつ》警察へ連行されたのだった。警察へ着くと、取調べ室へ入れられ、中年の刑事が調書を取った。最初に姓名、住所、

職業、年齢と勤音へ入った動機、勤音内における立場など、これまでの経歴を聞いたあと、乱闘事件の調べに入った。

「五月二十八日の午後五時四十分頃、君はどこにいたかね」

「勤音の例会を開くS会館の前にいました」

「そこで、どういうことをしたか、正直に話すんだ」

菊村俊一は、ありのままの事実を述べた。刑事はふんふんと頷《うなず》きながら聞いていたが、菊村の言葉が終ると、

「で、そのビラのことで最初に手を出したのは、どちらからだ」

「僕です、いらないというビラを無理に僕のポケットへ捻《ね》じ込もうとしたので、その腕を払うと、どうしたことか、サン・グラスをかけた男が転倒したのです」

「すると、お前が先に暴力をふるったというわけだな」

「いえ、暴力をふるったのではありません、相手の腕を払っただけです」

「相手の腕を払っただけということと、相手を押して転倒させたということは、その時の力の入れ具合によってどちらにでもとれることで、全く紙一重の微妙な差だからな」

刑事の顔に、薄ら笑いがうかんだ。

「しかし、手が触れた、体が触れたということだけでは暴力の範疇《はんちゅう》には入りません、暴力行為というのは、明らかに暴力をふるう意図をもって行なわれた行為の場合を指すの

だと思います」

「なまじ、夜間大学へなど行って左がかった奴は、理屈が多くていかん、何と云おうと、要はお前の方から手を出し、相手が転倒し、それが発端になって乱闘事件が起ったんじゃないか、そうだろうが――」

刑事は、鼻先で笑った。菊村は黙って唇を噛《か》んだ。最初から勤音に対する偏見があり、不当な扱いであった。

「どうだ、強情張らずに、自分の方から暴力をふるったことを認めてはどうかね」

「それは、事実誤認です――」

菊村は、きっぱり云った。

「事実誤認――、何が誤認なんだ！　事件の現場に駈けつけた警官が、お前が音連の島田一男を殴りつけているところを現行犯でおさえているじゃないか、嘘《うそ》もいい加減にしろ！」

「あれは、先に向うが僕の頭を殴り、転倒した僕にさらに殴りかかって来たので、それを防ぐために殴り返したところですから、正当防衛です、僕と相手の傷の深さからみても解《わか》ることだと思います」

そう云い、島田という男の姿を探したが、既に取調べが終ったのか、同じ取調べ室に見当らない。

「傷の深さで、どちらが正当防衛だったかなどということは解らんよ、お前のように先に暴力をふるっても、体がひ弱い奴はひょんなことから大怪我になる、ともかくこれ以上、強情を張らず、暴力行為を認めるんだ」

執拗《しつよう》に同じ言葉を繰り返した。菊村は、取調べの刑事に、偏見を捨て真実を理解させることが出来そうもない怒りと絶望を感じ、答えることは無駄だと思った。

「今度は黙秘権の行使か、よし、じゃあ一晩、ゆっくり泊って貰おう」

菊村にネクタイとズボンのベルトを取らせ、留置場へ入れたのだった。

そこまで思い返すと、菊村は鉄格子《てつごうし》のはまっている留置場の小さな窓を見上げた。昼頃の陽《ひ》ざしがコンクリートの床《ゆか》に落ち、薄暗い留置場に四、五人の人影が蹲《うずくま》るように坐っている。何の容疑で留置されているのか解らなかったが、時々、誰かが話し出したが、すぐ消えるように言葉が跡切《とぎ》れた。

看守が、アルマイトの食器に入れた昼食を運んで来た。朝食の時は見向きもしなかったが、さすがに昼食時になると、空腹を覚え、薄い味噌《みそ》汁《しる》と丼飯《どんぶりめし》を咽喉《のど》へ押し込んだ。

再び看守の足音がした。鉄格子に鍵《かぎ》をさし込み、

「菊村俊一」

と呼んだ。菊村はくぐりから出て、看守のあとに随《つ》いて、昨日と同じ取調べ室へ入っ

た。昨日の刑事が、

「身柄引受人がもらい下げに来ている」

取調べ室の向うを顎《あご》で指した。ガラス戸越しに、白い顔が見えた。流郷正之《まさゆき》であった。

菊村は、取調べ室のガラス戸の外から自分を見ている流郷の視線を感じながら、昨夜と同じ刑事の前に坐った。机の上に昨夜の調書を広げ、

「お前は、島田に暴力をふるったことを認めるね」

煙草を喫《す》いながら、訊《き》いた。

「いいえ、相手の方が先に殴《なぐ》りかかって来たから、殴り返したのです」

菊村は昨夜と同じ言葉を繰り返した。

「じゃあ、島田を殴って怪我をさせたことは認めるわけだな」

微妙な聞き方であったが、島田を殴って怪我させたことは事実であった。

「相手を殴って、怪我させたことは認めます」

「そうか、よし、ではこの調書に拇印《ぼいん》を捺《お》して、身柄引受人と一応、帰ってもいいが、呼出しがあったら、すぐ出頭しなくてはいかん」

調書に拇印を捺させ、

「菊村の身柄引受人を入れろ」

若い警官が、ガラス戸の外にいる流郷を中へ入れた。グレーのスーツを着た長身の流

郷が、刑事の前に起った。

「君が、菊村の身柄引受人かね」

刑事は、瀟洒《しょうしゃ》な服装をしている流郷を、じろりと見た。流郷は黙って頷いた。

「菊村とは、どういう関係かね」

「菊村君は勤音の会員で、私は勤音の企画責任者です」

「身柄引受けをする限りは、菊村に逃亡の怖《おそ》れがないことと、本署の呼出しに必ず出頭することを保証しなくてはいかんが、保証できるかね」

流郷はまた、黙って頷いた。謙虚とも、尊大とも取れる頷き方だった。刑事はむうっとした表情で流郷を見たが、何を云《い》っても、相手が黙って頷いているのでは、咎《とが》めだてようがない。

「この身柄引受書に署名、捺印《なついん》することだ」

顎でしゃくるように云った。菊村の胸に再び怒りがこみあげて来たが、流郷は終始、無表情な顔で最少限の応答だけをし、身柄引受書に署名と捺印した。

「では、帰ってもいい」

横柄《おうへい》な口調で云った。

警察を出ると、昼下りの陽が舗道一杯に広がり、葉を茂らせた並木が五月の風にそよいでいた。流郷は大股《おおまた》に歩き出したが、一晩、留置場で過した菊村には、舗道の明るさが眼を射るように眩《まば》ゆかった。思わず、眼を細め、外気を吸ってから、先を行く流郷に追いついた。

流郷は、警察にいた時と同じ、無表情な青白んだ顔で舗道を歩き、留置場で一晩、頑張った菊村に、犒《ねぎら》いの言葉も、激励の眼《まな》ざしも向けない。菊村にとって、それが不満であった。

「流郷さん、どうして警察に対して、もっと強硬な態度で出て下さらなかったのです？」

流郷は、ちらっと菊村の方を見、

「今度のような場合、僕が強面《こわもて》に出たら、妙にこじれてしまって、君が出られなくなる」

「出られなくたっていいですよ、僕はもっと、頑張るつもりだったんです」

菊村の顔が、怒りを含んだ。

「しかし、下手に頑張って、身柄送検されてしまうと、保釈金を出して、保釈して貰《もら》わねばならぬことになりかねない」

「音連の奴《やつ》らは、どうしたんです？」

「音連の事務局の方で何か術《て》を打ったらしく、昨夜中に出て、泊められていたのは君だけだよ、それからみても、下手に頑張るより、ともかく、この際は早く出ておくことだ、そうすればあとのことも簡単にすむ」

「簡単って、どういうことなんです？」

「ともかく、もらい下げして警察を出ておけば、双方が怪我《けが》をしていることだし、書類送検で起訴猶予《ゆうよ》ぐらいにおさまるだろう」

「それでは、僕の立場がありません、流郷さんは覚えていらっしゃるかどうか知りませんが、前に、僕は『森の歌』の練習の時、勤音はもっと純粋な音楽運動をやるべきで、『森の歌』をやる勤音は偏向していると、批判したことがありますが、今度の音連との事件を通して、反動勢力の卑劣さ、狡猾《こうかつ》さに心の底から憤《いきどお》りを感じました、僕は、今後、卑劣極まる反動勢力と徹底的に闘《たたか》う決心をしました」

舗道を行く人が、菊村の大きな声に振り返った。

「そんなに簡単に、決心してもいいものかね」

「僕は、もう決心したんです、単に音楽を聴いたり、自分たちで唄っているだけではなく、われわれがもっと安心して、いい音楽を聴き、自分たちの歌を唄える社会をつくるために活動しなければならないと、そう思ったんです、今度の体験が僕を強くし、留置場での一晩が僕を踏み切らせたんです」

菊村の声に昂《たかぶ》りが帯びて来た。流郷には、菊村の気持の動きが手に取るように解った。尖鋭《せんえい》分子の多くは、大なり、小なり、こうした形で組織へ入って行き、一人前の活動家に仕立て上げられて行くのだった。

菊村俊一もまた、勤音へ帰れば、拍手をもって迎えられ、瞬《また》くうちに勤音の活動家になって、紋切型の左翼用語を使い、過激な行動を取る会員になるであろうと思うと、流郷は舗道の人の流れの間を歩きながら、うそ寒いものを覚えた。

「流郷さん、あなただって、勤音に入られた時は、僕と同じような気持で入られたのでしょう」

菊村の熱っぽい声が、流郷の耳もとでした。

「僕には、君のような動機らしいものはないよ」

「しかし、何かあるはずでしょう、流郷さんは、勤音の中ではいささか毛色の変った人とは聞いていますが、全く何の目的意識もなく、勤音の仕事がやれるはずはありませんでしょう」

菊村は、執拗に同じ言葉を繰り返した。

「若い時は、誰だって一度は、理想主義みたいなものを持つだろう、理想を持てば自然、前向きの進歩的な考え方になる、そいつがたまたま音楽が好きだったら、ごく自然に勤音のような団体へ入る、そして歳月を重ねているうちに、理想とか、主義とか、そんなことは考えなくなり、巨大な音楽組織の中で、自分の音楽的ヴィジョンを如何《いか》に実現するかだけを考える、それだけのことさ」

流郷の眼に、虚無的な空《うつ》ろな光が漂った。

「しかし、それでは――」

「また、しかしか、僕は、以前の君の方が好きだったよ、右とか左とか、ありきたりの既成概念にとらわれず、君のその澄んだ眼で、まっすぐものを見、考えている時の方がね」

菊村の言葉を遮《さえぎ》るように云い、

「勤務は、日新工業の現場だったね」

「ええ、旋盤の現場をやっています」

「家族は？」

「姉が一人だけです――」

「じゃあ、早速、姉さんと会社の方へ、警察を出たことを知らせることだね」

「それより、僕はまず勤音の事務局へ行って、今度の真相を話さなければならない」

気負うように云った。

「真相など君が話さなくても、よく解っている、解った上で、一番、現実的で聡明《そうめい》な処理をするために僕が、君をもらい下げに行ったんだ、それに今朝の新聞に君の会社の名前が出ているから、勤音の事務局より、まず会社へ行って、昨日の事情を話すことだ、君はどこまでも日新工業の職場サークルに属している勤音会員であることを忘れないことだよ」

流郷は、拍手が待ち構えている勤音の事務局へ足を向けようとしている菊村の背を押し、日新工業のある高井田行のバスに菊村を乗せた。


門林雷太は、皮張りの大きな回転椅子《いす》を横に向けたまま、黒金総務部長と音連の野々宮事務局長の話を不機嫌に聞いていた。野々宮は恐縮しきった顔で、

「全く私の落度で、事務局の統制が不十分であったために、せっかくの勤音対策が行き過ぎた乱闘事件になってしまいました」

頭を垂れると、黒金も、

「私も事前に知らなかったこととはいえ、日頃、社長から音連の監督を申しつかっておりましたのにもかかわらず、こんな不首尾なことになりまして、お詫《わ》びの申し上げようがありません」

同じように頭を下げた。門林は二人に眼もくれず、

「この間、君たちに具体的な勤音対策を検討するように下駄《げた》を預けたが、その結果がまさか昨日のようなお粗末なものとは思わんかった、これでは音連結成を提唱したわしの顔がない！」

大きな拳《こぶし》で、椅子の肘《ひじ》を叩《たた》いた。野々宮はその権幕に気圧《けお》されるように口を噤《つぐ》んだが、黒金は、

「実は社長から勤音のアカ攻撃を徹底的にやれという指示を受けましてからすぐ、野々宮君と近畿職域厚生協会の橘《たちばな》理事長も交えて、具体策をいろいろと検討致しましたところ、結局、文書作戦が即効性はなくとも、広範囲に長期にわたって行なえば、着実に効果を上げ得る方法だと判断し、『音連月報』で毎月、勤音攻撃をやる一方、各企業の職域はもちろん、新聞、雑誌関係に、月二回の割で定期的に、勤音のアカ攻撃を目的にした文書をばらまくことにしたのです」

「ほんなら、今度の事件を、君が知らなかったことにはならんやないか」

鉾先《ほこさき》を、黒金に向けた。

「いいえ、そうした文書を流すにあたってはくれぐれも揚足をとられないように、注意してやるように野々宮君に、重々、云っていたはずだったんですが——」

「そない十分に注意し、慎重にやってて、なんで乱闘《こわ》事件が起るのや」

門林はますます不機嫌になった。野々宮は顔を硬ばらせ、

「その点につきましては、今朝ほどから事務局員と会員から、いろいろと事情を聴取しましたところ、うちの事務局のＰＲ部員が、昨日、眼の縁に打撲傷と裂傷を負った例の島田という男と親しく、島田に勤音対策の相談をすると、音連のやり方は手ぬるい、ア

カ攻撃をやる限りはもっと直接的にやらんと効果が上がらんと云い、事務局員と音連会員を誘って十人で、S会館前に集まっている勤音会員にビラまき戦術をぶっつけたわけですが、実は島田という男は、うちの会員ではないのです」

「なに？　音連会員ではない？　新聞の君の談話では、職域会員ではないが、新規に入会した一般会員と云うてるやないか」

「はあ、ですが、実のところ彼は、『大日本帝国会』という右翼団体のもと団員だった者で、二年前、広島の原水爆禁止会議の学生デモに投石して、乱闘騒ぎを起したことのある男です」

「それを、なんで音連の一般会員などというたんや」

さすがの門林も、驚くように聞き返した。野々宮に代って、黒金が応《こた》えた。

「それは私が、そう答えておいた方がいいと、野々宮君に云ったのです、と申しますのは、音連のビラを配ってこんな乱闘事件になってから、島田がもと右翼団体の団員であったなどということが解《わか》ると、たちまち世間の誤解を招くということと、音連側の十人のうち、事務局員が一人、他《ほか》の八人は島田にハッパをかけられたとはいえ、れっきとした音連会員ですから、ここで島田のことを明らかにすることは、今後の音連活動に支障を来たしますので、野々宮君と相談して、万一の時は、音連事務局として責任を逃れられるように新規に入ったばかりの一般会員ということにしておきましたから、音連に迷

かねん」
「だが、島田が右翼団体にいた前歴が、警察や新聞関係に知れると、まずいことになり
惑のかかるようなことにはなりません」
門林の分厚な唇が、気難しく歪《ゆが》んだ。
「その点につきましては、昨夜、社長からお電話がありました後、直ちにまずいことに
ならぬよう、術《て》を打っておきました」
黒金はそう云い、急に声をひそめ、
「社長とご昵懇《じっこん》の府会議員の亀田氏と国会議員の東氏のお宅へ電話をかけ、お二人にと
くとお願いしておきました」
二人とも、選挙になると、門林から陣中見舞と称して、幾ばくかのまとまった金を受
け取っている人間であった。
「下手に新聞社へ術《て》を打って藪蛇《やぶへび》になるより、記事のもとになる警察の発表が肝腎《かんじん》だと
考え、亀田氏と東氏にことの顚末《てんまつ》を話し、お二人から警察にしかるべく働きかけて戴《いただ》い
たので、音連会員は、勤音会員より取調べが簡単で早く家へ帰れ、勤音側を挑発した張
本人の島田まで、昨夜のうちにもらい下げが出来たおかげで、ぼろを出さずに、うまく
おさめることが出来た次第です」
門林の唇が緩《ゆる》んだ。

「なるほど、そういうわけか、金はやっぱり、日頃から使《つこ》うておくもんやな、けど、島田という男は、昨夜はうまい具合にもらい下げが出来ても、相手に十日間の怪我をさしてるから、あとに面倒なことが残るのと違うか」

門林は、新聞に載っている菊村俊一という名前を口にせず、相手という表現を使った。万事、目端《めはし》のきく黒金も、まさか勤音会員の菊村俊一が、門林の妾《めかけ》の菊村和代の弟であるとは気付いていない様子であった。

「その菊村という勤音会員でしたら、さっき、昨夜の御礼かたがた、警察へ電話をしましたら、一晩、泊められ、昼過ぎに勤音からもらい下げに来たので一応、帰したということですから、まず面倒なことはないでしょう、それでも何か面倒が起れば、音連と勤音の話合いで、ことを荒だてずに示談にでももって行って、円満に解決します」

「しかし、勤音が示談になどのるでしょうか」

野々宮が横合いから懸念《けねん》するように云《い》うと、黒金は、

「今度のことは云い合えば、水かけ論だし、互いに乱闘して、世間に対してあまり名誉なことではないから、おさまりますよ、いや、おさめますよ」

黒金が引き取るように云った。門林はうんと軽く頷《うなず》き、

「よし、あとは黒金君に任せることにするが、今後、勤音と相討ちみたいな阿呆《あほ》な真似《まね》は二度と、せんで貰いたい、選挙の時にばらまいた金が、こんな一文にもならん阿呆な

ことの火消しで、帳消しになどされたら引き合わんからな」

釘《くぎ》をさすように云った。

二人が社長室を出て行くと、門林は直接、外線に繋《つな》がる電話器を取って、和代の家へ電話をかけ、秘書に車の用意を命じた。

何時《いつ》ものように和代の家へ通じる表通りで車を停《と》めると、門林は表通りから六米《メートル》ほど奥まった小路を入り、門のベルを押した。

老婢《ろうひ》がすぐ門を開け、玄関へ入ると、和代が上《あが》り框《かまち》に手をついて出迎えたが、眼もとが泣きはらしたように腫《は》れている。昨夜、一睡もしていないような打ちひしがれた様子であったが、門林はそのことには一言も触れず、奥座敷へ入り、浴衣《ゆかた》に着替えて、座敷机の前にどかりと趺坐《あぐら》を組んだ。和代は沈んだ表情を取りつくろい、

「昨夜は、大へんお騒がせ致しました、その上、ことの起りが、弟の俊一やそうで、何とお詫び申し上げましたらええのやら、ほんまに申しわけおまへん……」

畳に両手をつき、顔を上げられないようにうな垂れた。

「出来てしもうたことは、仕様がないが、こんなことが起ったのも、もとはといえば、わしのすすめる音連に入らんと、勤音へなど行ってたからや、これをええ薬に、今度こそ勤音はきっぱり止《や》めるように云いきかせることや」

「はい、今度こそ、きつうに申します――」

と応えたが、さっき、警察を出たことを電話で知らせて来た時の言葉つきでは、そんなことは到底、望めそうもなかった。

「わしもこの件では、いささか迷惑を蒙《こうむ》ってる、うちの総務部長や音連事務局長などにがんがん怒鳴りつけながら、菊村俊一がお前の弟だと思うと、咽喉《のど》に魚の骨が刺さったみたいな通りの悪さやった」

和代は肩をつぼめ、顔を伏せた。

「まあ、ええ、その話はこれぐらいにして、昨夜《ゆうべ》の気分直しに飲むことや」

和代は顔をあげ、銚子《ちょうし》をとって酌をした。門林は庭を眺め、

「昨日いうてた池のこと、やっぱり心字形にした方がええ、これから夏に向《むこ》うて、庭に水があると、眼が涼しい、早速、庭師を呼ぶことや」

機嫌が直ったように好きな庭づくりの話をはじめた。和代はほっと救われるように、門林の話に相槌《あいづち》を打ち、酌をしたり、料理の給仕をしたりしたが、俊一のことが気懸《きがか》りらしく、時々、相槌の打ち方に間がぬけた。

廊下に老婢の足音がし、遠慮がちに襖《ふすま》が開いた。

「あのう、俊一さんがお見えになりました」

「えっ、俊一が……」

和代は思わず、腰を浮かせた。

「いえ、それが――、旦那《だんな》さんがお見えになってはりますと申し上げましたら、会社を馘《くび》になったと伝えてくれと、そう云いはるなり、勝手口からすぐ帰ってしまいはりまして――」

みるみる、和代の顔から血の気がひいた。老婢は、そっと襖を閉めた。

「俊ちゃんが馘に……可哀《かわい》そうに……」

和代の手から銚子が滑《すべ》り、着物の膝《ひざ》に酒がこぼれた。

「何もびっくりすることやない、経営者側からよからず思われてる勤音会員が、暴力沙汰を起して、警察で一晩お世話になったりしたら、馘を切られるのが当り前や」

ことなげに云った。

「当り前？　あの子が馘を切られるのが、当り前でおますか……」

和代の眼から涙が溢《あふ》れ、低く抑《おさ》えるような声であったが、悲しい怒りで震えていた。

七章

大阪勤音の事務局は、全国勤音結成の準備会の設営で、多忙をきわめていた。東京勤音をはじめ、京都、神戸、大津、和歌山、奈良などの関西地区の勤音の委員長と事務局長が、一堂に集まる会合であったから、直接、準備にあたっている組織部だけではなく、企画部と財政部も、会議の準備に追われている。

流郷は、参考資料として会議に提出する大阪勤音の昨年中の例会企画と会員動員数の報告書を作成しながら、音連に対抗する具体策を緊急に打ち出さねばならない時期に、なぜ、全国勤音結成の準備会などに大阪勤音が力を割《さ》かねばならないのか、腑《ふ》に落ちなかった。

東京やその他の勤音はともかく、大阪勤音は、つい一カ月前に、音連と乱闘事件を起し、まだ緊張状態が尾をひいているときであるから、全国組織の準備会などより、足もとを固めることの方が、緊急事であった。

事務局長の瀬木から全国勤音の準備会を大阪で開くことを聞いた時から、流郷は割りきれぬ思いで反対したが、東京の鷲見《わしみ》事務局長の強い要望で、今日の午後六時から天王寺の旅館で開かれるのであった。

流郷はペンをおき、斜め向いの組織部へ眼をやった。菊村俊一がワイシャツの袖《そで》をたくしあげて、各部からの資料や報告書を整理している。音連会員との乱闘事件で、勤務先の日新工業を馘首《かくしゅ》され、流郷の計らいで、たまたま欠員があった勤音事務局の組織部へ入ることが出来たのだった。女のように色白で、ひ弱な感じの菊村であったが、地域懇談会の設営係で、各サークルを走り廻っているせいか、僅《わず》かの間に日灼《ひや》けし、逞《たくま》しくなっている。

「菊村君――」

机越しに声をかけると、菊村は書類を整理している手を止《と》め、流郷の席へ寄って来た。

「どう、今日の会議の準備は、もうできたの」

「ええ、さっき、やっと終りました、東京勤音の鷲見事務局長が泊られる部屋を取ったり、会議の席の設営など、馴《な》れないものですから、ちょっと困りましたが、江藤さんに指示された予算内ですむように何とかおさめました」

と云《い》い、財政部の方を見た。江藤斎子《せいと》も、夕方から開かれる会議に間に合わさねばならぬ資料があるらしく、机の上に帳簿や書類を広げ、せっせとペンを動かしている。広い冴《さ》えた額の下に切れ長の瞳《ひとみ》を大きく見開き、薄い唇をきゅっと引き結んでいる、その薄くくびれ、酷薄そうにみえる唇が、流郷には妙になまめいて見えた。

旅館の二階広間の正面に、東京勤音の鷲見事務局長が坐《すわ》り、その両側に大阪、京都、神戸、奈良、和歌山、大津などの勤音の委員長と事務局長十二人が並び、地もとの大阪勤音は企画、組織、財政の各担当者が出席し、上衣を脱いだ寛《くつろ》いだ姿でビールとつまみものを前にして、全国勤音結成の趣意を聞いていた。

東京勤音の鷲見は、色の黒い精悍《せいかん》な体軀《たいく》を座敷机の上にのり出し、

「勤音は今や、北は札幌から南は福岡まで全国二十四の都市に二十九万の会員を擁《よう》する大組織に発展しましたが、その反面、個々の勤音が単独に解決できない問題が出て来つつありますので、それに対処すると同時に、まだ勤音を組織していない地域に勤音を結成して、組織を拡大するために、是非、全国的な連絡機関を持つ必要があり、全国勤音の結成を提唱する次第なんです」

趣意の説明というより、結成を要請するように云うと、大阪勤音の瀬木は、

「鷲見さんのおっしゃる通りだと思います、全国的な強力な組織を展開して行けば、〃すべての町と村の職場にわれわれの勤音を〃という私たちの目標が、単なる目標に終

らず、実現できるのです」

すぐ鷲見の提案を支持したが、和歌山勤音の委員長は、

「そりゃあ私も、その趣旨は非常に結構だと思いますが、和歌山勤音がこの話を聞いたのは、まだ二週間前のことで、急にどうと云われましても――、それに、全国組織はもう少し、全体の機が熟するのを待ってから、作っても遅くはないと思うのですが――」

傍《そば》にいる事務局長を振り向きながら云うと、京都、神戸、奈良、大津の勤音も頷《うなず》いた。

鷲見はそんな一座の様子を見渡し、

「皆さんの急いで作ることはないじゃないかというお説も解《わか》らぬことはないですが、われわれを取り巻く情勢は、国際的にも、国内的にも非常に厳しいものになって来ており、特に国内的には資本主義陣営の搾取《さくしゅ》がますます顕著になり、勤労者の余暇をも管理しようという動きが出て来たんですよ、その一つの現われが大阪における音連結成で、近い将来、東京はじめ各地域にも音連がつくられ、勤音攻撃が全国的に行なわれるおそれが多分にありますから、その機先を制する意味においても、この際、全国の勤音が結束して、強固な体制を打ちたてることが必要であり、時機尚早などという呑気《のんき》なことは云っておられないと思います」

斬《き》り込むように云い、

「どうです、京都勤音のお考えは？」

鷺見は、さっき反対した中で、比較的崩《くず》しやすいと見られる京都勤音の事務局長に話を向けた。

「そうですねぇ、鷺見さんのお話をうかがってますと、全国勤音会議の結成を急がねばならぬのもなるほどと思いますが、結成後、どういう活動を行なうのか、その辺のところをもう少し、具体的にご説明願えませんか」

と云うと、鷺見は待ち構えていたように、

「勤音の活動の中で一番重要なのは、何といっても例会活動ですから、例会企画を全国的な提携によって行ないたいと思うのです、全国的な企画の一本化によって、出演者に対して長期出演の契約が出来、出演料が割安になり、出演の交渉事務費も、幾つかの勤音の頭割りにすれば安くなり、一つの勤音だけでは出来なかったスケールの大きな催し物が手がけられるようになります、特に会員数が少なく、今まで出演料の問題で会員の希望する催し物が出来なかった地方の勤音は、企画の全国一本化によって、どしどし、会員の望むものが出来るようになるわけですよ」

地方の中小勤音の弱味を衝《つ》くように云い、ビールで咽喉《のど》を潤《うるお》し、さらに言葉を継いだ。

「もう一つは、全国組織をつくることによって、各勤音間の資金の流通をはかることです、小規模の勤音では、例会の出演料の前払いなどで、かなり苦しい資金繰りをしているのが現状のようですが、それを余裕のある大組織の勤音がバック・アップする、つまり大小勤音の相互援助による全国的な勤音活動の活潑《かつぱつ》化、これが全国勤音結成の意図するところなんです」

鷲見の弁舌は次第に熱を帯び、最初、全国勤音結成に尻《しり》ごみしていた和歌山、奈良、大津などの勤音が、話に乗るような気配を見せはじめ、大津勤音の委員長は、

「私のところのように会員四千名足らずの勤音は、毎月、いかにいい例会を持つかというより、いかにして毎月の例会を続けてゆくかが問題になっており、例会をもつ最低費用すら困っている状態ですから、全国的な勤音の組織が出来、例会企画が一本化されることは、何よりも助かります」

と云うと、他の勤音の事務局長らも、同じような発言をし、乗り気を示した。

「それでは、近畿地区の勤音は、全国勤音会議の結成に異議なしというところですね」

瀬木が素早く、取りまとめかけると、

「企画の一本化という面で、ちょっと意見があります」

不意に、流郷が口を挟《はさ》んだ。

「ほう、どんな意見ですかね」

鷲見の眼に、流郷の発言を圧《おさ》えつけるような険《けわ》しさがあったが、流郷は平然として、

「企画の一本化ということは、一見、甚《はなは》だ合理的に見えますが、現実的にはいろんな無理がありますよ、まず第一に、各勤音にはその土地柄、会員層によってかなり違った例

会希望があり、それを考慮せずに全国的な企画の一本化をはかることは、会員の要求を無視することになります、第二に、現在、五万近くの会員のいる大阪勤音の場合は、何時《いつ》も会場をきめるのに難航し、大きな会場がとれない時は二十五日間ぐらいぶっ通しでやらねばならぬ場合があり、ステージ数が多くなると、勢い演奏の質が落ち、会員から批判が出ている現状ですから、企画を一本化して、これ以上、同じ出演者によるステージ数を増やすことは、さらに演《だ》しものの質を低下させることになりかねません、第三は、長期契約で出演料その他の経費が安くなるだろうというご意見ですが、これも一箇所で長期にやる場合だけにいえることで、全国のあちこちへ持ち廻る場合は、日程、会場の都合で必ずしもスムーズに運ばず、決して安くならないということです」

実際に企画を担当している者らしい現実を踏まえた意見を出すと、奈良、和歌山、大津の勤音の委員長や事務局長らは、困惑するように顔を見合わせ、気まずい雰囲気になりかけたが、鷲見は大きく手を振った。

「そんな懸念《けねん》は、われわれが結束して、努力すれば解決できる問題で、今は何をおいても、全国組織を確立し、全国の勤音が手を握り、援《たす》け合って勤音活動を強化させることが重要な課題じゃないか」

結成の意図を強調するように云うと、まっ先に神戸勤音の事務局長が手を叩《たた》き、一座に拍手が湧《わ》いた。大勢は既に鷲見提案を支持していた。鷲見は、

「全国勤音結成によって勤音の体制を整えると同時に、われわれの勤音活動の外部からの公正な批判と協力を得るために、社会評論家の高倉五郎氏を全国勤音の顧問に推挙したいと思いますが、いかがでしょう」

さり気ない云い方であったが、流郷は眉《まゆ》を動かした。高倉五郎は、人民党のシンパとみなされている革新派の評論家であった。

「鷲見さん、高倉五郎氏を顧問に推される理由は、どういうわけなんです？」

「理由？　別にこれというような難しい理由などないけれど、進歩的な文化人として信頼できる人で、それに理論だけでなく、実践力のある人だからだよ」

「じゃあ、高倉五郎氏は人民党のシンパだという世評については、どう考えられるのです？」

「一部ではそんな風に噂《うわさ》されているようですが、われわれとしてはそのことについて、そう神経質に詮索《せんさく》せず、社会評論家、高倉五郎だけを考えればいいじゃないですかねえ」

と応《こた》えると、瀬木がすぐ鷲見の言葉を受けた。

「人に関する噂や観方《みかた》などというものは千差万別で、どんな観方でもできるわけですが、高倉五郎氏は何よりも、以前から勤音の活動に理解があるという点で、勤音の顧問にうってつけじゃありませんか」

と云うと、各勤音の委員長と事務局長は、瀬木の言葉に引きずられるように諒承《りようしよう》した。

「皆さん方のご賛同を得られて何よりですよ、札幌、東京、関東地区の支持はもう得ていますから、残る中部、中国、四国、九州地区の支持も多分、大丈夫で、一カ月もすれば、全国勤音結成大会が開けることと思います、前途を祝って乾杯！」

鷲見がコップをあげると、一同もつられるように乾杯したが、流郷は、何かを取り急ぐように慌《あわただ》しく勤音全国組織が結成され、高倉五郎が顧問に推されたことに割りきれぬものを感じた。

夜の十時を過ぎた郊外の道は殆《ほとん》ど人影がなかった。流郷は慌しく始まり、慌しく終ったさっきの会合に納得のゆかぬ思いを持ちながら、江藤斎子と歩いていた。

阪急の塚口の駅から斎子の家まで三丁程の距離で、駅の近くは両側に家がたち並んでいたが、その通りを過ぎると、雑草の生《お》い茂った空地になり、叢《くさむら》の湿りが足元に感じられた。斎子は、会議の席では何時ものように活潑に発言しなかったが、生き生きとした表情で、会議のなりゆきに強い関心を見せ、全国勤音の結成が決ると、眼を輝かせて部屋へ運ぶ飲みものや料理の差配《さはい》をし、憮然《ぶぜん》としている流郷に何時になくビールを注《つ》ぎ、流郷が早目に席を起《た》って帰りかけると、私も同じ方向だからと席を起って来たのだった。

黙り込んで歩いている斎子の足が止り、くるりと流郷の方を向いた。ほのかな街灯の下で、斎子の広い額が青白く冴え、瞬《まばた》きもせずに流郷の顔を覗《のぞ》き込んだ。

「流郷さん、あなた塚田印刷へいらしたでしょう」

煙草の火を点《つ》けかけていた流郷の手が、止った。

「どうして、こっそり行ったりなどなさるのです？　印刷のことで何かご用があれば、私におっしゃって下さればいいじゃありませんか」

「ああ、あれは近くに用があって、通りがかったものだから、ちょっと寄っただけだけれど——」

「じゃあ、なぜ今もって私におっしゃらないでいるのです？」

斎子の眼に険しい色が広がった。流郷は、ゆっくり煙草《たばこ》の煙を吐き、

「通りがかりに勤音の印刷物を刷っている印刷屋へ寄ったことまで、一々、あなたに報告しなくてはいけないのですか、その方がずっと、おかしいじゃないですかねぇ、斎子女史」

揶揄《やゆ》するように云うと、

「はぐらかさないで下さい、私は、あなたがなぜ、わざわざ、あんな解りにくい場末の印刷屋へ出かけて行き、何人でやっているかとか、財政担当でもないあなたが、支払いはちゃんとできているかなどまで聞かれたのか、その理由をお聞きしたいのですわ」

刺すような鋭い語調で云った。

「いやに開き直るんだな、じゃあ、僕の方も云わせて戴《いただ》くと、どうして、よりにもよって、あんな不便で設備の悪い印刷工場で、毎月の大部の印刷物を刷らせているのですかね」

溝川《どぶがわ》沿いの露路奥の薄暗い土間に裸電球がぶら下がり、古ぼけた印刷機械が二台しかない印刷屋を思いうかべて云った。

「印刷費が安いからですわ」

ぴしゃりと、撥《は》ねつけるように云った。

「ほう、安い？　あれが安いのですか、僕が企画したオペラ『蝶々《ちょうちょう》夫人』、オラトリオ『森の歌』、そして『ジャズ・フェスティヴァル』、この三つの例会のプログラムとポスターの紙代、印刷費は、どう考えても高過ぎますよ、僕がことのついでに塚田印刷へ寄ったのも、高過ぎるという気があったからで、行ってみると、何のことはない、活版平台《ひらだい》の機械が二台あるだけで、オフセットの機械もない場末の三流工場じゃあないですか、あんなところで、ことこと刷らせるより、前に勤音が使っていた淀川印刷でやらせる方が、自動式の機械でうんと早く、より安価に刷れるじゃありませんか、それになぜ、あなたはあんなところで刷らせるのです、逆にその理由《わけ》をお伺いしたいものですよ」

開き直るように云《い》うと、斎子の言葉が跡絶《とだ》えた。鉛を塗りこめたように沈黙し、動かない表情の中で、何かを云いかけ、途中で言葉を失ったように半ば開いている唇だけが、流郷に向ってなまなましく息づいている。

流郷の手が伸びたかと思うと、斎子の肩を抱いた。斎子は抗《あらが》い、身を退《すさ》らせたが、流郷は荒々しく抱きしめ、顔を寄せた。不意に抗いが止《や》み、倒れかかるように斎子の体が流郷の胸に埋まった。流郷は斎子の顔に手をかけ、ぐいと顎《あご》を仰向かせ、唇を重ねた。薄くくびれ、酷薄そうに見えた斎子の唇は、意外に生温かく、ぬるむような湿りを含んでいた。

流郷は、企画部のデスクに肘《ひじ》をつき、煙草を喫《す》いながら、江藤斎子の席を見た。何時もは財政部のデスクに向って、食事時間以外は殆ど席をあけない江藤斎子の姿が見えなかったが、昨夜、唇を合わせた斎子のぬるむような感触と甘い肌の香《かお》りが思い返された。

背後に人の気配がしたかと思うと、組織部の設営係をしている菊村俊一が、ワイシャツの袖《そで》をたくし上げた姿で、流郷の机の上に一枚の切符を置いた。音連主催のアート・ブレーキーのジャズ・コンサートの切符で、日時は、今日の午後六時からR会館で開かれることになっている。

「どうしたんだ、これ？」

「日新工業時代の友人で、音連と勤音の両方へ入っている要領のいい奴《やつ》から貰《もら》ったんです、二枚ありますから、いらっしゃいませんか」

周囲を憚《はばか》るように云った。菊村が、特に流郷を誘おうとするのは、音連との乱闘事件の因《もと》が、このアート・ブレーキーのジャズ・コンサートの予告ビラであったことと、乱闘事件で警察に留置された自分をもらい下げし、その後の身のふり方にも力をかしてくれた流郷に対する感謝の意が籠《こ》められているようであった。

「じゃあ、六時前にR会館の前で待ち合わそう」

そう応えると、菊村は顔を上気させて、流郷の傍《そば》を離れた。

流郷は、二本目の煙草をくゆらせながら、昨夜、全国勤音の準備会の議事が終るなり、すぐ席を起ってしまったから、その後の食事の席で企画関係の話題が出ていたなら、瀬木に聞いておかねばならないと思った。事務局長席を見ると、瀬木の姿が見当らない。

「菊村君、瀬木さんは、まだ出て来ていないの？」

組織部へ戻りかけた菊村に聞くと、

「いいえ、とっくに出て来ておられますよ、あ、そうそう、たしか東京勤音の鷲見事務局長と話しておられるはずですよ」

事務局と隣合わせになり、応接用にも使っている会議室を眼で指した。鷲見が来ているなら、昨夜、先に席をたった挨拶《あいさつ》も一言、云っておきたかった。

会議室の扉《ドア》をノックして開けると、席を空《あ》けている江藤斎子が、鷲見、瀬木と一緒にテーブルを囲んでいる。瀬木は一瞬、当惑した様子を見せ、斎子も硬《こわ》ばった横顔を見せたが、鷲見は磊落《らいらく》に、

「やあ、誰かと思ったら、流郷君――、昨夜は何処《どこ》へ消えてしまったんだ」

「ちょっと疲れていたもので、二次会は勘弁して戴いて、お先に失礼したんですよ」

表情を硬《かた》くしている斎子の方をちらりと、見て云った。

「そんなことはいいんだが、二次会の席で、流郷君と大いに話し合おうと思っていたのに残念だったよ、あれから大いに飲み、かつ食らったんだ、どこだったかな、あの酒のうまかったおでん屋は――」

鷲見はさっきから雑談をしていたような口ぶりで云ったが、部屋の雰囲気にそぐわず、不自然であった。大分前から話していたらしく、煙草の煙がたち籠め、灰皿には吸殻が何本も押し込まれている。昨夜、二次会で遅くなったはずの鷲見と瀬木、そして昨夜、流郷と遅く別れた斎子まで、申し合わせたように顔を揃《そろ》えている。考えようによっては、企画関係の流郷などの出勤が十時半頃であることを頭において、会合しているようにも思える。流郷は、

「昨夜、遅くなられたはずの方々が、揃って早くから出て来ておられるのは、格別のお話がありなんでしょう、僕は失礼しますよ」

特に斎子の方へ皮肉を響かせるように云い、踵《きびす》を返しかけると、

「流郷君、いいんだよ、格別の話などないんだから――」

鷲見は太い声で、流郷を引き止めた。

「雑談しながら話していたんだが、大阪勤音の会員数は、まだまだ、伸びる余地がありそうかね」

「そりゃあ、もっと金をかければの話ですがね」

流郷は、椅子《いす》に腰をおろしながら応えた。

「ところが、あまり金をかけないで伸ばす方法がないだろうか」

「ほう、金をかけずに伸ばす？」

「そうだよ、全国勤音結成を機に、例会企画の全国的一本化を図って、経費を節減する方向に持って行きたいのだ」

「それは、昨夜、私が発言したように全国的な企画の一本化は、日程、会場などの都合で、必ずしも経費節減になりませんよ、どうして、そんな急に経費の節減を計らねばならないんです」

流郷は訝《いぶか》しげに問い返した。

「音連に対抗するためですわ」

　斎子が、はじめて口を開いた。それは、さっき、流郷が甘いぬるむような思いをもって思い返していた斎子ではなく、昨夜、唇を合わせたことなど忘れ果てているような冷やかな表情をした斎子であった。

「音連に対抗するためなら、よけいのこと、金をかけなくては駄目ですよ、これ以上、経費節減をされるのなら、僕は企画担当の持場《もちば》をおろして戴きたいですね」

「流郷君、そんな云い方って――」

　瀬木が口を挟《はさ》みかけると、鷲見は、

「まあこの話は、全国勤音の結成大会の時、ゆっくり検討することにしようじゃないか、流郷君のような名プランナーにやめられると困るからね」

　妙に下手《したて》に出た云い方をし、

「ところで江藤君、東京で開かれる全国勤音結成大会の出席者の費用は、大阪勤音ではどういう風にするつもりですかね」

「結成大会に出席する費用ですから、運営委員はもちろんのこと、各地域サークルの代表者にも、勤音の方で旅費、宿泊の全額負担をしたいのはやまやまなんですが、事務局の財政がいろいろと困難な時ですから、往復の旅費だけを持ち、あとは出席者の各サークル資金カンパによることにしてはどうでしょうか」

江藤斎子が事務的な口調で云うと、

「資金カンパのできないサークルもあるだろうに、そう何でも、江藤さんの考える通りにはいきませんよ」

流郷は、斎子にさからうように云った。

「そうでしょうか、全国勤音結成大会に出席のためなら、相当な無理をしてもカンパが集まると思いますわ、現在、二千五百サークルのうち、会費納入の成績がいいのは千サークルほどですが、何でしたら、会費の納入状態がいいサークルから上京する出席者を選び出すことも、一つの方法だと思います」

鷲見は精悍《せいかん》な顔を大きく頷《うなず》かせた。流郷は、勤音のすべての分野にわたって、俄《にわ》かに経費の節減が図られようとしていることが腑《ふ》に落ちなかった。そして、昨夜、自分の胸に抱かれ、唇を合わせながら、いささかの乱れもない態度で、自分より早く事務局へ出て仕事に就いている斎子を見詰めた。一体、江藤斎子という女の正体は何だろうか――、流郷は、斎子の心の内側を探るような視線を当てた。

音連主催のアート・ブレーキーのジャズ・コンサートは、R会館で開かれ、凄《すさま》じいドラムの音がホール一杯に轟《とどろ》いていた。

ステージは第一部が終り、第二部に入って、『ブルース・マーチ』がはじまっている。オレンジ色のスクリーンをバックに、ピアノ、ベース、トランペット、テナー・サックスの奏者《プレイヤー》が並び、一段高い壇上のドラムの前にアート・ブレーキーが坐《すわ》り、褐色《かっしょく》の体を汗に濡《ぬ》れ光らせ、顔をのけ反らせて、テンポの早いマーチを演奏している。場内を埋め尽している若い聴衆も、ステージの熱気に取りつかれたように体を揺さぶり、手でリズムを取っている。

舞台の袖にたっている音連事務局長の野々宮も、クラシックに固執していたことなど忘れ果てたように眼の前のステージに圧倒され、息を呑《の》むように見詰めている。一階ボックス席には、門林が末娘と長男夫婦を引きつれて坐り、勤音のジャズ・フェスティヴアルに、黒人ジャズをぶっつけた音連の成功を見きわめるように、沸《わ》きたっている観客席を満足そうに見渡した。総務部長の黒金も、厚生部長や人事部長たちと後列に坐り、舞台より観客席を注意深く眺《なが》め、今さらのように音楽パトロンと評されている門林の勘のよさに感嘆していた。

ライトが暗くしぼられると、アート・ブレーキーのドラムが炸裂《さくれつ》するような響きをたて、『チュニジヤの夜』がはじまった。両手でスティック、マレット、ブラシを使い分け、右足でバス・ドラムのペダル、左足でハイハットのペダルを縦横無尽にピストンのように力強く踏み分けながら、大太鼓、シンバル、スネアーを同時に打ち鳴らすアート・ブレーキーのドラミングは、噴火山のような凄じい迫力が漲《みなぎ》り、聴衆は忽《たちま》ち、異様な陶酔の境地に引きずり込まれた。

やがてブレーキーのドラムのソロをピアノが巧みに受けて弾《はじ》けるように鳴り、テナー・サックス、トランペットが競い合うように吹き鳴らされ、五人の奏者の受け渡しの妙が舞台に繰り広げられると、聴衆はジャズの醍醐味《だいごみ》に酔うように手拍子を取った。

ブレーキーは、黒い野牛のような逞《たく》ましい首を振り、汗まみれの顔を苦しげに歪《ゆが》めながら、右手に持ったスティックを左手に持ち替えて、左手で二本のスティックを操り、空いた右手でワイシャツの第一ボタンをはずし、ぐいとネクタイをゆるめると、突如、ドラムと格闘するような凄じいテンポでドラムを連打した。何時《いつ》の間にか他《ほか》の奏者の姿が消え、暗い舞台のまん中でアート・ブレーキーただ一人が、スポット・ライトを浴びながら三千人を越える大聴衆を熱風のような昂奮《こうふん》の渦《うず》に巻き込んだ。

二階前列で演奏を聴《き》いている流郷と菊村も、息詰るような音量と、ステージからむんと匂《にお》って来るような強烈なエネルギーに圧倒されていたが、割れるような拍手が湧《わ》くと、どちらからともなく顔を見合わせた。

眼の前の舞台で大成功をおさめ、音連会員が熱狂しているアート・ブレーキーの例会の予告用のチラシが、一カ月前の乱闘事件の発端であったからであった。菊村は、きゅっと口惜《くや》しそうに唇を引きしぼり、視線を落した。

ステージは、最後のクライマックスに向って、さらに激しく、熱狂的になり、ピアノ、テナー・サックス、トランペット、ベース、ドラムが大音量になって、ホールの高い天井を轟かせた。わっと耳を劈《つんざ》くような口笛と拍手が湧き、

「アンコール！　アンコール！」

四方八方から口々に叫び、前列の聴衆が舞台へ駈《か》け寄った。

「アリガト、アリガト」

アート・ブレーキーはマイクを引き寄せ、カタコトの日本語で応《こた》え、ジャズ・メッセンジャーズの奏者たちも、肩で大きく息をつきながら、手を振って歓呼に応えた。

「モーニン！　モーニン！」

一階、二階、三階をぎっしり埋めた聴衆は、ブレーキーの『モーニン』を聴かないとおさまらぬように足を踏み鳴らした。ブレーキーは白い歯を見せて大きく頷《うなず》き、奏者たちに合図した。明るいライトの下で、ピアノのテーマ・メロディーがはじまり、テナー・サックス、トランペット、ドラムが加わったが、『チュニジヤの夜』とは対照的に、黒人霊歌のもつ暗鬱《あんうつ》な響きがあり、聴衆はその暗鬱な響きに耳をすまして聴き入り、曲が終ると、再びアンコールを求めた。

二度、三度、四度とアンコールが繰り返され、聴衆はその度に熱狂し、口笛を吹き、指を鳴らしたが、やがて幕が下りきってしまうと、残り惜しそうに廊下へ足を向けた。

流郷と菊村も廊下へ出、階段を降りて、階下のロビーのところまで来ると、

「流郷さん！」

背後《うしろ》から呼び止める声がし、ひょろりと背の高い千田が、人波をかき分けて来た。千田とは暫《しばら》く会っていなかった。

「流郷さん、お久しぶりだすな、この間はえらい派手にやってはりましたな」

千田は、飄々《ひようひよう》とした笑いをうかべながら、音連との乱闘事件のことを云《い》った。流郷はうしろにいる菊村のことを考え、

「ああ、あれは、とんだ災難だったよ」

素っ気なく云い、

「今日の音連の例会は、勤音のジャズ・フェスティヴァルに、黒人ジャズをぶっつけ、ジャズにはジャズをという戦法らしいね、クラシック畑の音楽文化協会あがりの野々宮君にしては出来過ぎているよ」

と云うと、千田は長い手を振り、

「いや、今日のは野々宮君の企画と違いますわ、東京の日本新聞が、アート・ブレーキーを招《よ》ぶのを耳にした門林社長が、強引な術《て》で関西公演三日間を嚙《か》んだのやから、立役者は門林さんですわ」

そう云い、正面扉《ドア》の前を横切りかけた時、内側から七、八人の伴《とも》を引き連れた門林が

出て来た。千田は眼敏《めざと》くその方へ寄り、

「社長、今度もまた、玄人《くろうと》顔まけの成功でおますな」

挨拶《あいさつ》をすると、門林は上機嫌で、

「千田君は、何時も欠かさずに来てくれるな、どうや、これなら勤音も歯がたたんやろ、あっはっはっはっ」

愉快そうに大声で笑った。千田は何を思ったのか、不意に、

「社長、こちらが勤音の流郷さんです」

有無を云わさず、流郷と門林とを引き合わせた。流郷は、音連の第一回例会のニューヨーク・フィルを聴きに来た時、門林の顔を見て知っていたが、

「勤音の流郷です――」

初対面の会釈《えしやく》をすると、門林も、

「ああ、あんたが流郷さんという人か、なかなかのやり手やということやが、今日の感想を伺いたいもんや」

横柄《おうへい》な口調で云い、流郷のうしろにたっている菊村の姿に気付くと、ちらっと視線を動かした。

「ああ、これは、うちの事務局の菊村です」

流郷が云うと、脂《あぶら》ぎった笑いをうかべていた門林の顔から、笑いが消えた。

流郷と菊村は、R会館を出、堂島川沿いの道を歩いていた。流郷は黙々と歩き、菊村は、苦渋に満ちた表情で、姉の和代と門林雷太との繋《つな》がりを話した。聞き取りにくい低い声で話し、時々、絶句するように言葉を跡切《とぎ》らせる菊村の声は、真っ暗な夜の川面《かわも》に重く沈んで行くようであった。流郷は黙って、菊村の話を聞きながら、さっき門林が菊村を見た時の異様な驚愕《きようがく》ぶりの理由がようやく解《わか》った。同時に、自分が、菊村を勤音の事務局員だと門林に云ったことが、菊村姉弟に対して思いがけない事態を招くことになったような気がした。

「菊村君、悪いことをしてしまったね――」

「いえ、いいんです、僕が話さないでいたからです、乱闘事件で流郷さんが、僕を警察へもらい下げに来て下さった帰り、家族はと聞かれた時、姉一人と云っただけで、姉の生活を隠していた僕が悪いんです」

菊村は、川沿いの暗闇《くらやみ》の中で顔を横に振った。

「けれど、今夜のことで、君の姉さんに大へんな迷惑をかけることになるんじゃないだろうか」

流郷は懸念《けねん》するように云った。

「そんなことはないと思います、あの門林という海坊主《うみぼうず》は、僕が音連との乱闘事件で警察へ留置されたことを知った時でも、姉に対しては、どうってことはなかったのですから——、ただ僕が日新工業を馘《くび》になったあと、小さな町工場へ就職していることに姉がしているので、その点だけがちょっと……、それだって、どうせ何時かは知れることですから」

「しかし、よりにもよって、君が門林の提唱で出来上がった音連の対抗団体である勤音の事務局へ入っていることが解ったとなると、普通にはおさまらないかもしれないね」

菊村は一瞬、黙り込んだが、

「それなら、それでいいですよ、その方がかえって、これまでの姉の生活を変え、姉をたち直らせることになるかもしれません」

菊村は、何でもないことのように云ったが、流郷は、門林に囲われている菊村の姉という女の身の上を考えた。門林のことであるからたとえ、菊村の姉をどんなに寵愛《ちょうあい》しているとしても、このまま放《ほう》っておくとは考えられなかった。流郷は、何時か、自分と門林が、菊村俊一のことで対《む》かい合わなければならない時が来るような気がした。

＊

東京の日比谷《ひびや》公会堂は、全国から集まって来た勤音の会員でぎっしり埋まり、全国勤音結成大会が始まっていた。

　正面の壇上に、二十四本の全国の勤音の旗が林立し、左側の役員席には、大会委員長である東京勤音の鷲見をはじめ、大阪、京都、名古屋、福岡など各地方の委員長と事務局長たちがずらりと二列に並び、右側の書記団席には開催地の東京勤音の運営委員と事務局員が、机に向って会の進行を記述している。

　大会宣言に続いて、大会委員長の鷲見が、役員席から起《た》ち上がり、舞台中央の演壇の前に進んだ。

「全国から参加された会員代表の皆さん！　勤音はいまや、全国二十四団体、会員数三十万の組織にまで発展しました、心から感謝の意を表します、しかし、日本の平和と民主主義を脅《おびや》かす資本主義勢力は、民主的な音楽鑑賞団体である勤音の存在まで脅かし、不当な圧迫を加えつつあります、このような情勢の中で、勤労者の音楽文化を守り、発展させるためには、一つ一つの勤音が別個の活動をするより、結集して、強力な組織体をもって活動すべきであります、ここに全国勤音を結成するに至ったことは、全国の勤音会員の総意と団結によるものであります」

　声を張り上げ、体を伸び上がらせるように云った。会場の隅々からどっと拍手が鳴ったが、後列に坐っている流郷正之《まさゆき》は、無表情に壇上を見ていた。全国勤音の結成は、決して各地域の勤音会員の総意を反映したものではなく、東京勤音の鷲見と大阪勤音の瀬木が中心になって、短期間に強引につくりあげた組織であった。壇上の鷲見は、さらに雄弁を振るった。

「勤音運動の要《かなめ》は、何といっても会員の増大とサークルの強化にあります、一人が一人の会員を増やし、一サークルが一つのサークルを増やし、すべての町や村、職場に勤音のサークルをつくる意気込みで、活動を推進して行けば、百万人の勤音建設も決して夢ではありません、百万人の勤音が実現すれば、日本全国のどこかの会場で、毎晩、勤音の例会が開かれていることになるのであります、その時はじめて、われわれ働く者の平和が訪れるのです」

額から汗を滴《したた》らせ、マイクが割れるような声で云い、大会の空気は冒頭から盛り上がって行った。流郷の席から斜め横の席に坐っている江藤斎子も、頰《ほお》を紅潮させ、大阪勤音から出席している五十人余りの会員代表たちも、夜行列車で上京した疲れを見せず、熱心に耳を傾けている。流郷だけがそうした雰囲気とかけ離れた気持で〝百万人の勤音建設〟という言葉を聞いていた。音楽鑑賞団体である勤音が、政党大会のような大会を開き、百万人もの異様なまでの会員増大を、なぜ目標にしなければならないのだろうか。

鷲見の委員長挨拶《あいさつ》が終ると、役員席から瀬木が起ち上がった。

「これから各地域の会員代表の紹介と挨拶に移ります、始めて一堂に集まった全国の仲間ですから、大いに拍手して迎えましょう、まず、福岡勤音の五井炭鉱サークルの片岡君——」

色の黒いずんぐりとした体つきの青年が、場内の気配に呑《の》まれるようにおずおずと壇上に上がると、場内を埋めた会員たちは拍手で迎えた。

「皆さんに拍手で迎えられ、こんなに沢山の仲間が全国にいることを知りました、嬉《うれ》しいです……」

そう云い、一瞬、声を詰らせ、

「僕らのような貧しい炭鉱労働者のサークルでは、とても東京の大会に参加することは無理だとあきらめていましたが、大会が近づくにつれ、サークルの誰からともなく、たとえ一人でも代表を大会へ送り出そうということになり、それから毎日、旅費のカンパがはじまり、僕はそのカンパのおかげで参加することが出来たのです、ほんとに来てよかったと思います、今日の感激を、帰ったらすぐ仲間に話し、今まで以上に活潑《かっぱつ》な勤音活動をやります」

とつとつとした口調で挨拶を終ると、会場に強い拍手が鳴った。続いて、真っ白なブラウスに、紺のタイト・スカートをはいた若い女性が登壇した。名古屋勤音の会員であった。

「私たちの三光機械サークルは、勤音一年生ですが、私たちたった三人の最小サークルが会員増大にのり出したきっかけは、毎日毎日、単調な機械相手の仕事のために各自が自分の殻に閉じ籠《こも》り、無気力になりがちになるのを、勤音活動を通して、意欲的な明るい雰囲気をもった職場にしようと思ったからです、それで勤音のことを仲間に説明して呼びかけましたら、思いがけず、一挙に十一人もの会員が出来ました、仲間を信頼して呼びかければ、サークルは必ず発展するものだという自信を持ち、自分たちの喜びを他の職場にも広げ、より多くの働く人たちに勤音を知って貰《もら》おうと思って、私たちの会社の近くにある国鉄の寮を訪問しました」

と云い、男ばかりの国鉄寮で、コーラスを通して、二つのサークルが生れたこと、さらに未組織の職場を訪問して、八カ月間に十二のサークル、二百六十九名の会員を獲得し、一つのブロックを作り上げるまでになったことを瞳《ひとみ》を輝かせて話し、

「今では私たちの活動は、サークルからブロック活動に発展し、ブロック内のサークルが順番に、ブロック新聞を編集発行するところまでになり、全国の仲間が互いに手を握り合えば、百万人の勤音建設は、決して夢ではないと信じます」

澄んだ声できっぱりと云いきった。続いて、東北、北陸、中国などの各地域の会員代表者たちが、同じように自分たちのサークル活動を報告し、その度に拍手が鳴り、激励の声が上がった。

流郷は、若い会員代表たちが生き生きと息づくように各自の職場サークルの活動を報告し、励まし合っている姿を眺《なが》め、清冽《せいれつ》な純粋さを感じたが、申し合わせたように全国

勤音が連繫《れんけい》し、団結すれば百万人の勤音建設は夢ではないと叫ぶ会員たちの言葉に辟易《へきえき》していた。百万人の勤音建設が何を目的にするものかも考えず、何かに煽《あお》られ、操られるように行動する会員たちの姿は、うそ寒い空疎《くうそ》なものを感じさせる。窓の外へ眼を逸《そら》せると、日比谷公園のプラタナスの並木が、八月の暑さに似合わぬ涼しげな青い葉を茂らせていた。

不意に場内が騒《ざわ》めいたかと思うと、

「最後に、全国勤音顧問の高倉五郎氏の挨拶がありますので、それをもって、発会式の閉会の辞にかえます」

紹介の声がした。何時《いつ》の間に現われたのか、社会評論家の高倉五郎が、銀髪の下に静かな微笑をたたえながら、役員席の前を横切って、演壇の前に起った。

「勤音を今日のような全国的な組織にまで発展させた皆さん方の力に、深い敬意を表します、私は十年前、世界労働問題会議のためにハンガリーへ行きましたが、その時、ブダペストの野外音楽堂で大きな感動を受けたことがあります、それはそこで演奏された音楽そのものではなく、そこへ集まった人々の姿です、貧しいといってもいいほど質素な身装《みなり》をした勤労者たちが、一日の労働を終えて、公園のベンチや芝生《しばふ》に坐《すわ》って音楽を聴《き》いているのです、演奏されていた曲目はブラームスの交響曲第三番でしたが、誰もが満ち足りた豊かな表情で耳を傾け、一日の疲れを忘れるような生き生きとした雰囲気に包まれていました、それは、働く者たちが何時でも、いい音楽を聴くことの出来る社会でしかみられぬ光景でした、私はほんとうに、働く者のための平和な民主的な社会を築く活動をしなければならないと考えました、そして帰国した翌年、働く皆さんたちの力によって勤音が誕生したのです、その時、私はハンガリーの野外音楽堂で感じたのと同じ深い感動を受けました」

そこまで話すと、水を打ったように静まりかえっていた場内に、割れるような拍手が鳴り響いた。さすがに見事な話し方であった。さり気なくハンガリーの野外音楽堂での光景を話しながら、共産圏社会の勤労者の姿を感動的に語っている。高倉五郎は、にこやかな微笑をたたえて、場内の拍手に応《こた》えたが、流郷は僅《わず》かの期間に全国勤音が結成され、百万人の会員増大を目標にし、そしてプログラムに予定されていない高倉五郎が突然、登壇して全国の会員代表に挨拶するというあまりにも手際《てぎわ》よく運ばれている大会の流れに不自然なものを感じた。斎子の方を見ると、微動だにしない強い視線を、壇上の高倉五郎に向けていた。

列車が浜松を過ぎると、間もなく豊橋《とよはし》であった。流郷は、窓際《まどぎわ》に坐っている江藤斎子の方へ眼をやった。斎子は疲れきったように座席に体をもたせかけ、眼を閉じている。

二日間にわたった全国勤音結成大会が、昨日の夕方終ると、瀬木は事務局長会議のためにもう一日、東京に残り、大阪勤音の会員代表たちは、昨日の夜行で帰って行ったが、流郷は、斎子を誘って今朝、東京を発《た》ち、豊橋で降りて、伊良湖崎《いらござき》と蒲郡《がまごおり》へ行くことにしたのだった。

豊橋駅に着くと、駅前のタクシーに乗り、渥美《あつみ》半島の尖端《せんたん》にある伊良湖岬に向った。豊橋の街中《まちなか》をぬけ、伊良湖街道にさしかかると、俄《にわ》かに人家が疎《まば》らになり、窓外に松林と青田が続き、その向うに赤石《あかいし》山脈の末尾がなだらかな起伏を見せていた。

「稲の緑が眼に染まりつきそうね、昨日まで暑い東京で忙しい目をしていたのが嘘《うそ》みたい――」

斎子は眼をしばめ、独りごつように云《い》った。八月の東京で、朝から午後三時まで会員代表との分科会に、夕方からは組織、財政、企画の三部門に分れた事務局連絡会議に出ることは、体が擦《す》り切れそうなほどの激務であった。

車は渥美半島の中程の田原《たはら》町を過ぎ、大きなカーブを曲りきると、磯《いそ》の匂《にお》いが窓から吹き込み右手に三河湾が見えた。殆《ほとん》ど波だちのしない静かな入海《いりうみ》に、緑の小島が点在し、その間を漁船が往《い》き交《か》い、磯に近い海面に海苔《のり》をつくる海苔粗朶《そだ》が竹しべのようにたっていた。流郷は、静かな景色に眼を奪われ、東京での疲れが解きほぐされるような心のやすらぎを覚えた。

やがて遠浅の白砂が続く江比間《えひま》を通り越し、松並木に沿った一本道を行くと、前方に小高い山が見えた。その山を上り詰めたところが伊良湖岬の突端であった。流郷と斎子は、山道を少し登ったところで車を降り、狭い台地のところまで行くと、急に眼の前が展《ひら》け、紺碧《こんぺき》の太平洋が光の矢のように強烈な夏の太陽に燦《きらめ》き、沖合から白い波浪を寄せて来ている。さらに五、六米《メートル》歩いて、台地の端に起つと、眼の下十数米の海面に無数の岩礁《がんしょう》が点在し、打ち寄せる波濤《はとう》が真っ白な飛沫《しぶき》を上げて砕け散り、大きな岩場の突端に白い灯台がたっていた。無人灯台らしく、砕け散る波濤の中でひっそりとした静まりをもっている。

「灯台のところまで降りてみよう」

流郷は先にたって、灯台の岩場に繋《つな》がる急勾配《こうばい》な岩道を降りて行った。灯台のそばまで行くと、思いのほか強い潮風が吹きつけ、高い波が岩礁にぶつかっては、大きな渦《うず》を巻いて退《ひ》いて行く。

「向う側の岩場へ行ってみたいわ」

斎子は、ワンピースの裾《すそ》を潮風に靡《なび》かせ、体を翻《ひるがえ》すように岩から岩へ足を運んだ。流郷も岩伝いに岩礁のある入りくんだ磯まで行くと、斎子はいきなり、靴《くつ》を脱いで、ざぶざぶと海の中へ足を踏み入れ、膝《ひざ》の深さまで入って行ったかと思うと、体を屈《かが》めて顔を海面に浸した。黒い髪が藻《も》のように額や頬にまつわりつき、潮水に濡《ぬ》れた顔の中で眼だ

けが異様に輝き、海獣のような妖《あや》しさに濡れ光った。流郷は暫《しばら》く、眩《まぶ》しげに斎子を眺《なが》め、

「そろそろ、蒲郡へ行かないと、陽《ひ》が落ちてしまいそうだ」

促すと、斎子は岩場の上にあがり、濡れた足をハンカチで拭《ぬぐ》って、無造作に靴を履《は》いた。

待たせてあった車に乗り、もと来た道を戻り、再び豊橋の街を通りぬけ、蒲郡に入った時は、夕陽が傾きはじめていた。海岸沿いの道を走って、小高い丘へ上って行くと、城郭のようなたたずまいと青銅の屋根を見せた蒲郡ホテルが丘の上に建っていた。

流郷と斎子は、海に面した部屋へ案内された。眼の下に薄暮に包まれた三河湾が静かな水面を湛《たた》え、真正面に竹島と三河大島が夕陽の残照の中で蒼紫色《そうししょく》の島影を見せ、遥《はる》か遠くに、西浦の岬が昏《く》れなずむ薄暮に溶け込むような淡い影を縁取り、ところどころに夜の灯《あか》りが点《つ》きはじめていた。

「いらしたことがあるの、このホテルへ――」

「うん、何より静かなところが気に入って、以前に仕事で疲れた時やものを書きに来たりしたことがある」

斎子は、じっと見入るような視線を海に向け、

「あなたって人は、得体の知れない人ね、一方ではこんなホテルへ来る贅沢《ぜいたく》な生活を持ちながら、勤音の仕事が矛盾なくやれるなんて――」

流郷は応えず、眼にかすかな笑いを滲《にじ》ませ、斎子の体を抱いた。汗ばんだ首筋から潮風に濡れた肌の香りがし、しなやかな肩がくねるように流郷の胸に添った。流郷は荒々しく斎子の背に手を廻し、羽交《はが》いじめに抱きかかえながらベッドへ運んだ。

露《あら》わな斎子の肌が、けもののように濡れ光り、誘い込むようになましく息づき、めったに女の体に酔わない流郷が、どろりとした深い淵《ふち》に溺《おぼ》れて行った。柔軟な息づかいが止《や》むと、流郷は体を離した。斎子はまだ眼を閉じ、快い疲れに身をゆだねている。再び誘いこまれるような欲情の匂いが漂っていたが、流郷はふと、斎子は何らかの意図をもって、自分との情事を持ったのではないかと思った。

八章

赤坂の料亭の奥座敷で、門林雷太《もんばやしらいた》は東京財界の親しいグループと談合していた。

東京財界の実力者である極東パルプの樺山《かばやま》、日本新聞の野村、文化日本放送の藤山、東洋精工の今野、昭和化学の長坂社長という顔ぶれであった。門林は酒気に赫《あか》らんだ顔で、

「こううまい具合に五人の顔が揃《そろ》うと、まるで日経協の治安対策委員会みたいですな」

と云《い》ったが、門林をはじめ皆、文化日本放送の社外役員をしているから、その定例役員会議で顔を合わせたあと、二次会の席を赤坂へ移したのだった。五人の中で長老格である極東パルプの樺山社長は、芸者の酌でゆっくり盃《さかずき》を空《あ》けながら、

「今日は、門林さんが、われわれをご馳走《ちそう》するということだけど、門林さんのことだから、ご馳走に何か、付録がつくんじゃないかな」

冗談めかして云うと、話のきっかけを待っていた門林は、

「われわれ経営者陣の〝音連作り〟に、東京の方が積極的に動いて下さらんのはどういうわけですかいな、まさか日経協が、勤労者に対する文化政策を怠ってはるわけではないですやろ」

遠慮のない云い方をした。文化日本放送の藤山は、苦笑し、

「もちろん、怠ってなどいやしませんよ、第一、うちのテレビは、東京財界の出資で作られ、十分に財界の意向を反映した番組を作ってるじゃないですか、それに野村さんのところの日本新聞も、財界の胆入《きもい》りで出来上がったようなもので、日経協は新聞と電波を通じて、ちゃんと勤労大衆への文化対策をやってますよ」

と云うと、門林は盃をおき、

「なるほど、藤山さんは、平和ムード満点の〝骨抜き番組〟を作っているとおっしゃりたいらしいが、テレビの骨抜き番組を見る視聴者の半分以上は女子供で、われわれが一番警戒せんといかんものを考える筋金入りの労働者は、あんな番組は見んと、勤音へ行って余暇を過しているというのが実情ですわ」

と云い、総務部長の黒金が報告して来た全国勤音のサークル活動と組織拡大の方法を詳しく話した。

「そうすると、この間、日比谷《ひびや》公会堂で開いた〝百万人の勤音〟をスローガンにしたあの結成大会は、単に各地に散らばっている勤音の全国的な組織固めと会員拡大だけが目

的ではなく、裏に何かがあると、そうおっしゃるわけですね」

一座の中で一番若く、五十を過ぎたばかりで日経協の弘報《こうほう》委員長をしている昭和化学の長坂が云った。

「そう睨《にら》んでますのや、それだけに東京勤音のお膝《ひざ》もとの日経協が、何をぐずぐずしてはるのやと気を揉《も》んでますねん、うかうかしてたら、勤音は組織力にものを云わせて何をやり出すか解《わか》らん」

危機感を強調するように云うと、長老格の樺山が、鼈甲縁《べっこうぶち》の老眼鏡を押し上げ、

「どうも灯台もと暗しのようですな、音楽鑑賞団体などとたかを括《くく》っていたが、門林さんから、そこまで伺っては、緊急に、われわれが中心になって、東京音連を作り、今のうちに勤音の組織拡大を阻《はば》んでしまうことだね」

齢《とし》に似合わぬ張りのある声で云うと、他《ほか》の四人も、即座に賛成し、樺山の一言で、俄《にわ》かに一座の空気が盛り上がって来た。

「音連の組織作りは、一から始めるような手間暇かけてたらあきません、東京に沢山ある音楽鑑賞団体の中から、こっちの都合通りになりそうなのを狙《ねら》い打《う》ちして、会員ともども、会の組織をまるごと頂戴《ちょうだい》して、手早く音連に改組しなおすことですわ、大阪もその術《て》で、僅《わず》か二カ月程で作り上げましたわ」

と云い、大阪の音連作りの経緯を詳しく話した。

「さすがに門林さん、すること、なすことが、大阪流の合理性と計算に富んでおられる、しかし、門林さんのおっしゃるような短期間に、都合のいい団体を東京で探し出せるか、どうか——」

文化日本放送の藤山が首をかしげると、日本新聞の野村が思いついたように、

「そうそう、五年程前に、われわれ日経協のメンバーが理事になって、各企業の慰安会やレクリエーションを代行する日本芸能文化協会というのを作ったが、あれ、現在、どんな具合になってるんだろう」

「ああ、あの芸能文化協会ね、あれは今、文化会館の中に小さな事務所をもって、各企業の厚生部や労務部の窓口に、切符を流している程度で、うまくいっていない様子だ」

藤山が眉《まゆ》を顰《しか》めるように云った。

「なんで、うまいこと行きませんのや」

「事務局長が、テレビ局にいた古手のプロデューサーだったり、スタッフが各社の厚生部や人事部の停年退職者だったりして、本腰を入れて、仕事をやる者がいないからじゃないですかな」

「なるほど、古手の寄せ集めではお話になりまへんな、けど、せっかく皆さんが理事になって、金も出してやったことのある団体やったら、そのままではもったいない、この際、事務局長以下全員の首を、勤音に対抗できるような奴《やつ》とすげ替えて、音連に更衣《ころもがえ》す

ることが、手間も、金もかからず、一番手っ取り早い方法のようですな」

門林が云うと、樺山も頷《うなず》き、すぐ人事問題に話が進んだ。長坂は、

「事務局長が問題ですが、前に日本労働者同盟を設立する時、組合とわれわれ経営者との間にたって、大いに活躍し、労資協調ムードの中で話をまとめた宮本清はどうでしょう、彼なら、興安丸で最初に日本へ引き揚げて来た時の引揚責任者で、反共の闘士だし、ちょうど今、ぶらぶらしている様子ですよ」

「ああ、あの日労づくりの宮本か、あの男なら、左翼の文化関係の情報にも、よく通じているから適任だね」

日本新聞の野村が云った。門林は次々にことが運ばれて行くのに調子付き、

「さすがに日経協の治安対策委員のお歴々だけあって、話のまとまりが早《はよ》うおますな」

大げさに感服すると、長坂は、切れ者らしい鋭い表情で、

「ここまでまとまれば、東京音連だけではなく、勤音に対抗して、こちらも一挙に全国組織づくりに持って行こうじゃないですか、勤音が地方勢力の拡大に乗り出した矢先だけに、こちらも全国音連をぶっつけないことには、効果が上がらんでしょう」

こと音連に関して、大阪に遅れを取っている東京財界の立場を挽回《ばんかい》するように云った。

「そう動いて戴《いただ》かんことには、せっかくの音連が、飛躍的に大きなりまへんわ、日経協の弘報委員長の長坂さんがその気になってくれはったら、何よりも気強うおますな」

すかさず門林が云うと、東洋精工の今野は、

「しかし、現実の問題として、今、急に各地に音連を作り上げられるような基盤があるだろうかねぇ」

技術畑出身者らしい慎重さで云った。門林は、とっさに返答に迷ったが、

「財界諸団体のうち、最も地方組織が強いといわれている各地の青年商工会議所を通じて、各地方の企業体に連絡をつけて貰《もら》うことですわ、青年商工会議所の連中は経営者としてはまだ未熟やけど、年代が若いだけに文化活動に関心がある連中が多いから、この際、連中の力をかりることですわ、それに近頃、経営者の自信がとみに落ちている時だけに、音連作りを通して、彼らに経営者としての自信を回復させるためにも、大いにやってもらうことやと思いますな」

一気に云うと、財界の実力者といわれている五人も、門林の熱気に呑《の》まれるように黙り込み、長老格の樺山は、脇息《きょうそく》に寄せていた体をゆっくり起した。

「門林さんにそこまで云われて、手をこまねいていては、われわれの面目がすたりそうですな、東京音連の結成と同時に、一挙に全国組織を作ることにしよう」

門林は、ぽんと膝を打った。

「それでこそ〝戦う日経協〟ですわ、この頃のようにだらしない政府与党に、治安対策、対左翼対策をまかしておけんから、われわれ財界で、勤音攻勢までやらんならん、えら

い苦労な話ですな、あっはっはっはっ」

一向に苦労には思えない、愉快そうな声を上げた。

飛行機で伊丹《いたみ》空港へ着くと、門林は、御影《みかげ》の自宅へ向わず、妾宅《しょうたく》へ車を走らせた。赤坂の料亭で、門林がきり出した東京の音連作りの話が、予想以上の調子で運び、一挙に全国音連を作る機運にまで発展したことが、門林を上機嫌にさせ、まっすぐ家へ帰るより、和代の家へ行って娯《たの》しみたかった。

まだ酔いの残っている体を車のシートにもたせかけ、うとうとしていると、車は上本町《うえほんまち》六丁目を通り過ぎ、九丁目の近くまで来ていた。和代には何の連絡もしていなかったが、和代のような立場の者が、夜の十時を過ぎて家を空《あ》けているはずがなかった。仕舞屋《しもたや》がたち並ぶひっそりした通りで車を停《と》め、和代の家に通じる奥まった細い道を入って、門のベルを押した。玄関に灯《あか》りが点《つ》き、足音が聞えた。

「どなたさんでおます？」

老婢《ろうひ》ではなく、和代の声であった。

「わしや――」

内側で驚く気配がし、慌《あわただ》しく門を開けた。

「まあ、ちょっと、お電話しておくれやしたら、ちゃんとご用意してお待ちしましたのに、今夜はあいにくと、ばあやに休みをとらして家へ帰してますので――」

門林を座敷に迎え、着替えを手伝った。床の間には塵《ちり》一つなく、花が活《い》けられ、前栽《せんざい》も、老婢が休みをとっているというのに、きれいに掃《は》き浄《きよ》められているのが、庭灯籠《にわどうろう》の灯りでそれと解る。芸者上りに珍しいまめまめしさが、和代の日本風の美しい器量に加えて、門林の気に適《かな》っているのだった。

「何かお口に合いますもののご用意を――」

「晩飯は赤坂ですまして来たから、何もいらん、ビールだけでええ」

和代は、いそいそと台所へたって行った。門林は寛《くつろ》いだ姿で脇息にもたれかかり、見るともなく、座敷机の上を見ると、地唄《じうた》の稽古本《けいこぼん》の端から、『なかま』という平仮名の三字が眼に入った。手を伸ばして取ってみると、勤音の機関誌『なかま』の今月号であった。和代の弟の俊一が、姉を訪《たず》ねて来て、置き忘れて行ったらしかった。今夜、老婢のいない留守に、俊一と和代が姉弟水入らずで、さっきまで話していたのかもしれなかった。

ビールを運んで来る和代の気配がした。門林は、もと通り、地唄の稽古本の下に『なかま』を置き、素知らぬ顔をした。

「お待っとうさんでおました、ちょっと、おつまみものを持って参じました」

生うにの小鉢《こばち》を運んで来、冷えたビールをコップに注《つ》いだ。

「えらい遅うまで起きてるのやな、誰か来客でもあったんか」

「いいえ、ばあやがお休みで、独りで片付けものをしていましたんで、つい――」

「そうか、わしはまた、俊一君でも来ていたのかと思うた」

和代はかすかに瞼《まぶた》を動かしたが、

「いいえ、さよではおまへん」

低い声で、はっきり云った。

「この頃、俊一君はどうしているのや」

「へえぇ、おかげさまで……」

「おかげさまで、どうやというのや」

ビールを口に含みながら、じっと和代の顔を見た。

「おかげさまで、元気に致しております」

やっと、そう応《こた》えた。

「元気か、そらよかった」

門林は、ぷつんと言葉を切った。二カ月前、R会館で思いがけない出くわし方で、菊村俊一と出会い、その時、俊一が勤音事務局へ勤めていることを知ったが、門林は、そのことについてまだ一言も、和代に話していなかった。俊一が、音連との乱闘事件後、日新工業を馘《くび》になり、小さな鋳物《いもの》の町工場へ行っていると偽っている和代の方から話をきり出すのを待っているのであったが、和代の方からは、一向に云《い》い出さない。弟の俊一から、R会館で自分と出会ったことを聞いてないのならともかく、聞いてない態《てい》にして、そのことに触れずにいるのなら、和代という女は、自分が思っていたよりずっと芯《しん》の強い女であるようだった。そして弟の事件を境にして、和代の心の中に何か変化が起っているように思えた。そんな和代に対しては、知って知らぬ顔、黙っている方が、不気味で効果がありそうだった。そう思うと、門林はコップのビールを空け、話の続きを忘れたように、

「さあ、寝るとしようか」

床をとっている隣の部屋を眼で指した。

「ほんなら、今夜はお泊りになるのでおますか」

襖《ふすま》を開けて用意しかけると、

「いや、用をすましたらすぐ帰る、表に車を待たせてある――」

和代の顔が歪《ゆが》んだ。囲われ者の身とはいえ、あまりに明白《あからさま》な門林の言葉が、和代の頰《ほお》を擲《う》った。和代は耐えるように顔を俯《うつむ》け、着物を脱ぎ、その用意をしながら、妾《めかけ》は妾らしく割り切って扱う門林の脂《あぶら》ぎった怪物のような体に、今まで感じたことのない忌《いま》わしさを覚えた。

御影の自宅へ着くと、もう一時を廻っていたが、三丁四方の塀《へい》に囲まれている屋敷内に灯《つ》りが点いている。門の前に車が停《とま》り、運転手がベルを押すと、二人の女中が門を開いた。

植込みの間を通り、敷石伝いに玄関へ入ると、妻の松子が帯を締めたきちんとした身《み》装《なり》で出迎えていた。

「お帰り遊ばせ」

東京の支社から門林が、今夜の九時の便で帰阪することを報《しら》せていたが、大阪へ着いてから遅くなった理由など詮索《せんさく》しない。実業家の家に育った松子は、事業を持っている男は仕事の欲望を湧《わ》かせるためには家庭を犠牲にしても仕方がないと、教え込まれているのだった。

「ちょっと、他《ほか》へ寄ったので遅うなった」

「それではお疲れでございましょう、奥でお茶を――」

妾宅《しょうたく》へ寄って来たらしい気配がみて取られても、顔色一つ変えず、長い廊下を静かに歩き、十畳と六畳続きの座敷へ入って、門林の着替えを手伝い、煎茶《せんちゃ》を入れた。この一服のお茶を境にして、門林の顔が、会社にいる時の企業家の顔と妾宅にいる時のただの男の顔から、夫と父親の顔になる。

「夕方、恭太が参りまして、来週の九月の終りの土、日曜日に六甲の山荘が空《あ》いているようなら、子供連れで借りたいと申しておりましたが、どう致しましょう」

宝塚《たからづか》で一戸を構え、日東レーヨンの系列会社である新日本毛織に勤めている長男のことを云った。

「そうやな、ここ暫《しばら》くは、忙しいて静養に行けんから、使《つこ》うたらええと返事してやれ、それだけか――」

門林は、やや疲れた声で云った。

「それだけかって、あなた――」

松子が怪訝《けげん》な顔をすると、

「恭太に次いで、藤子も、山荘をかせと云うて来ているのやないか」

京都に嫁《とつ》いでいる長女のことを云った。

「いいえ、向うは今年、家族連れで琵琶湖《びわこ》の方へ参りましたそうですよ」

「そうすると、聡一郎君の浮気もやっと、おさまって来たというわけやな」

始終、女の問題を起している娘婿《むこ》のことを云い、ふと耳をすました。広い邸内の二階から、ジャズが聞えて来る。

「あれは桃子か、深夜にステレオで、ジャズとはなってない、呼んで来《き》ぃ」

不機嫌に云った。

廊下を蹴《け》るような足音が聞え、桃子がたったまま、からりと襖を開けた。

「お父さまも、午前さまなのね」

友達のような口のきき方をし、門林の前に坐《すわ》った。

「一時を過ぎて、ステレオなど鳴らすのは、非常識すぎる、慎まんといかん」

「あら、ソ連の『森の歌』ならいけないでしょうけど、アメリカもののジャズならいいんでしょう、それに音量のことなら、塀の外に立って、どれぐらいまでならご近所へ迷惑がかからないか、ちゃんと調査ずみだから、ご心配なく」

「近所だけやない、家の中にいる朝早うに起きて、働く女中たちのことも考えてやることや」

「まあ、お父さまが、働く者のことなどと、おっしゃるの、勤音ではお父さまは、専《もっぱ》ら保守反動の大ボスということになっているらしいわ」

「そうか、そら面白《おもろ》い、今日、東京も音連をつくる火点け役をして来たばかりや」

痛快そうに云うと、桃子はあきれたように父の顔を見、

「お父さま、勤音では方向転換をして、新しい大衆路線の例会を開くのですって、商社へお勤めして、勤音へ入ってらっしゃるお友達に、今日、クラス会で聞いたわ」

「なに、勤音が、新しい大衆路線を――」

R会館で出会った流郷正之《まさゆき》という男の刃物のように鋭い侮り難い印象が、門林の眼にうかび、さっきまでの愉快な思いが醒《さ》めた。

＊

京阪国道を京都へ向って走り、守口《もりぐち》を過ぎるあたりに来ると、やっと車の量が少なくなる。千田は、ジャガーの新車のアクセルを踏み、スピードを増した。ぐーんと唸《うな》るようなエンジンの音をたてて、前方の車をぐいぐい、追い越して行く。

「流郷さん、どないだす？　この乗りごこちは？」

派手なチェックのスポーツ・シャツを着込み、運転席の隣に坐っている流郷に、得意げな顔を向けた。

「さすがは三八〇〇ｃｃだ、出足が速くて申し分がないよ、こんな豪勢な車を買うところを見ると、大穴を当てたらしいな」

「いや、これから当てるところですわ、これぐらいの車を銀行へ横付けしたら、五百万借りられるところが六百万になり、劇場の事務所へ乗り付けたら、会場費の前金《まえきん》を喧《やかま》しいに云わんやろし、芸能人は、こっちの車の良し悪《あ》しで、眼の色から頭の下げ具合まで現金になり、ギャラの値踏みがしやすなりまっさかい、この間までの国産のおんぼろ車から、ジャガーに乗りかえて、一発当てたるつもりですねん」

千田らしい算盤《そろばん》の弾《はじ》き方をし、

「ところで、この間、東京で開かれた全国勤音の結成大会、あれを機会《しお》に、何か変ったことにでもなりますのんか」

さり気ない口のきり方をしたが、千田が昼飯にかこつけて流郷を呼び出し、食事が終ると、新車の試乗をしてくれと、ドライブに誘ったのは、それが目的であるらしい。

「やっと、本題に入ったようだな」

「そら、間違いのないところを聞かしておいて貰《もら》わんと、商売にさし支《つか》えますわ、勤音は、何というても私らにとって、またとない大きなマーケットですさかいな」

千田はハンドルを握りながら、臆面《おくめん》もなく云った。

「なるほど、あんたにかかったら、勤音も儲《もう》かるか、儲からんかだけの話になる——」

流郷は苦笑し、

「この間の全国勤音の結成大会を境にして、勤音は、何よりも会員拡大を第一の目標にした大衆路線を打ち出し、今までクラシック例会の間に、挟《はさ》んでやっていたポピュラーを独立部門にし、これからは毎月、ポピュラーの例会をやることになったんだ」

「へえぇ、変れば変るもんですな、ついこの間までは、ポピュラーはブルジョア階級の音楽やとやっつけ、ジャズをやるにも、虐《しいた》げられた黒人の魂の叫びとか、何とか、理屈をつけて、やっと通していた勤音が、急に廻れ右でポピュラー例会公認というのは、どういうわけですねん、ちょっと眉唾《まゆつば》やおまへんか」

千田は、まともに信じられぬ云い方をした。それは流郷の心の中にもあることであった。

「ところが一週間前、東京で開かれた企画会議の席上で、再び大衆路線が確認され、ポピュラー例会を全国的にやる方針が打ち出されたんだ」

全国勤音の結成大会後、二度目に開かれた全国企画会議の席上で〝百万人の勤音〟を目指すために、今までのようにクラシック音楽に固執せず、全国の勤音の提携によって、大規模なポピュラー例会を行なうことに決り、その第一陣として、これまでポピュラーに実績のある大阪勤音が、大々的な大衆動員が出来るようなものを制作するようになったことを話した。

「ほう、大阪がポピュラー第一陣の制作をやり、全国に流す——、そら、面白《おもろ》い話やおまへんか、それで流郷さんの考えでは、何をやるつもりですねん？」

話に身を入れた途端、交叉点《こうさてん》の信号が赤に変り、急ブレーキを踏んだ。きゅっとタイヤの軋《きし》る音がし、横断して来た車の運転手が、馬鹿《ばか》たれ！　と怒鳴った。

「もうちょっとで、やるとこでしたな」

さすがの千田も、ぞっとしたように云い、

「もう少し行ったら、淀川《よどがわ》沿いに出ますさかい、淀川の中州《なかす》のあるあたりで車を停《と》めまひょ」

再びアクセルを踏んで、車を走らせた。

枚方《ひらかた》大橋のところまで来ると、左手に広い淀川の流れが見えた。さらに車を走らせて、橋本のあたりまで来ると、視界が展《ひら》け、川幅は狭まっていたが、中州があり、真向いに天王山がなだらかな稜線《りょうせん》を見せていた。

千田は堤の端に車を停め、先にたって中州の方へ降りて行った。流郷も、細い砂地で繋《つな》がっている中州へ歩いて行くと、中州一面に半ば枯れかけた夏草が生《お》い、疎《まば》らに枯薄《かれすすき》が黄ばんだ穂を垂れ、中州を取り囲む川面《かわも》にも澄んだ冷たさがあり、夏の終りを告げていた。流郷の胸に、二カ月前の夏の盛りに江藤斎子《せいこ》と伊良湖崎《いらござき》の岩礁《がんしょう》へ降りたった時のことが思い出された。

「どうだす、ええところですやろ」

千田は、流郷と並んで、叢《くさむら》に腰をおろした。

「うん、静かで、風情《ふぜい》のあるところだな」

流郷は、向い側の堤の上に盆栽のような形のよさでならんでいる松林に眼をやり、静けさを吸い込むように云うと、千田も辺りの景色を眺《なが》め、

「この辺りは、昔、三十石船が京都と大阪の間を往《ゆ》き交《こ》うた賑《にぎ》やかなところで、堤の向

うは江戸時代に情緒のある遊廓《ゆうかく》として栄えたところですわ、ほら、あの堤《どて》っぷちに古びた大きな家がありますやろ、あれが昔の船宿やったそうで、あそこで一夜を明かした旅人や商人《あきんど》たちが、朝暗いうちから船を待って、ここから発《た》って行ったそうだすわ」

中州の右側の堤の上にひっそりと朽ちかけながら建っている古びた二階家を指し、千田も暫く、三十石船が往き来した頃のことを偲《しの》ぶようであったが、

「そうそう、さっきの話の続きや、大阪の勤音が全国通しのポピュラー例会を作るとなると、どんなものをやりはりますねん」

流郷は、木津川と宇治川が合流している早瀬の方を見、暫く黙り込んでいたが、ポケットから煙草《たばこ》を取り出し、

「ミュージカルをやろうと思っているんだ」

「ミュージカル？　アメリカのブロードウェイでやってるような――」

「いや、ブロードウェイ・ミュージカルでは勤音の会員は承知しない、それに第一、僕自身も、ブロードウェイのミュージカルそのままやるのでは興味がないな」

「ほんなら、どんなミュージカルを考えてはりますねん」

貪欲《どんよく》な興味が、ありありとうかんだ。

「具体的にどうってイメージはまだ出て来ないのだけど、商業劇場でやってるあんなつまらないミュージカルでも、タレントどもはバカの一つ覚えみたいにミュージカルがや

りたいと云《い》い、お客もそれにつられて集まって来る、その辺のところを利用して、思いきって大がかりなミュージカルをやり、マスコミの話題にもなり、勤音も喜ぶようなものをやるつもりだ」

「そうすると、またこの間の勤音ジャズ・フェスティヴァルの時みたいに、流郷さんと組んで、面白可笑《おか》しゅうにやれますな、タレント、バンドの仕込みは、こっちに頼みまっせ」

すかさず、タレントからバンド一切の仕込みを引受けにかかると、

「今度はそんな具合にはいかないな、組織強化によって、どんなことでも、機関を通して決定することになるから、今度の場合も、ミュージカルをやることに決定すれば、直ちにミュージカル委員が出来、そこで制作内容、脚本、作曲、演出、出演者など一切のことが検討され、決められることになると思うんだ」

流郷は、重い口調で云った。

「へえぇ、組織強化——、そうなると、流郷さんのような立場の人は、やりにくうなって、困りはりますな」

「まあね、しかし、僕はまだまだ勤音という大きな組織には野心があるから、組織の規制が強くなったら、それにそった生き方をすればいいわけで、今までとは違った、組織にぴたりと密着したやり方で、僕の野心を実現して行く方法を考えるさ」

火の消えた煙草をくわえたまま、流郷は微妙な笑いを川面に投げつけた。

菊村俊一は、組織部の一番端の机で、全国勤音の結成以来、俄《にわ》かに活潑《かっぱつ》になった地域サークルの会場設営に追われていた。

今日も東淀川、都島《みやこじま》、城東の三地域で午後七時から開かれる地域懇談会の会場の準備をしなければならなかった。十日乃至《ないし》二週間前に、地域懇談会を開く連絡を受けると、出来るだけ安い費用で、会員が集まりやすい交通の便利な公民館や青年会館を借り、簡単な茶菓を整えておくのが、菊村の仕事であった。全く下働きの仕事であったが、会場設営の良し悪しが、会合の雰囲気を盛り上げたり、活気のないものにするから、菊村にとってやり甲斐《がい》のある仕事であった。

各地域サークルからかかって来る電話をきびきびと取りながら、事務局長の瀬木の席を見ると、度の強い眼鏡を机に近付けて読書している。寡黙《かもく》な瀬木は、仕事の暇さえあれば、本を読んでいるが、何時《いつ》も本の内容を知られるのを避けるように表紙にカヴァーをかけている。事務局長の下に、流郷と江藤斎子、永山の三人が、それぞれ企画、財政、組織の各部門を担当していたが、菊村は自分が属している組織部の責任者の永山より、流郷に親しみを持ち、江藤斎子には、一番の敬意を抱いていた。

毎朝、機械のような正確さで出勤し、財政部の机に向うと、昼食の時間以外は、殆《ほとん》ど席を空《あ》けず、無駄話もせず、人を寄せつけない冷たさで仕事をしている江藤斎子の姿は、二十人余りいる事務局員の誰よりも、勤音の仕事に対するひたむきな熱意が窺《うかが》われ、菊村の心を惹《ひ》きつけた。

菊村は、盗み見するように、財政部の方をみた。江藤斎子は、真っ白なワンピースを着、彫《ほり》の深い横顔を机に向けて事務を執っている。清潔ですがすがしさに満ちた姿であった。菊村の胸に、老人に囲われて生活している姉の姿が思いうかんだ。何一つ自分の力でする仕事がなく、何時、やって来るかもしれない脂《あぶら》ぎった老人の訪れを気にし、一昨夜、久しぶりで自分と水入らずで話している間も、ちょっとした物音に気を奪われる姉のみじめさが、恨めしかった。

頭を振り、いやな気持を押しやるように席を起《た》ちかけると、入口の扉《ドア》が開き、五十過ぎの男が、おずおずと事務局へ入って来た。

「どなたにご用ですか」

菊村が応対すると、鼠色《ねずみいろ》のズボンに開襟《かいきん》シャツを着た見馴《みな》れない男は、

「塚田《つかだ》印刷の者ですが、江藤さんにお目にかかりたいのです」

「財政部の江藤斎子さんにですか」

「ええ、お電話を戴《いただ》いたもんですから――」

菊村はすぐ斎子に伝えると、

「塚田印刷の親父《おやじ》さんでしょ、ここへ通して、そして永山さんにも来て戴いて下さい」

と云い、企画部の方を見、

「あら、流郷さんはいないの、さっきまで席にいらしたのに」

「ええ、ついさっき、協和プロの千田さんから電話がかかって来て、出て行かれたんです」

「何処《どこ》へ出かけたのかしら？」

妙に流郷の不在を気にするように云った。

「千田さんと何か打合わせにでも行かれたんじゃないでしょうか」

と云い、塚田印刷の親父を江藤斎子の席へ案内して来ると、永山も、江藤斎子の隣に坐《すわ》った。

「塚田さん、困るじゃないの、うちの方では、支払いをためず、ちゃんと毎月の支払いをしているのに、あなたのところは、機関誌の納期が遅れるということじゃないですか」

斎子がいきなり、険しい語調で切り出した。

「ええ、時々、そんなことがありまして、申しわけございません」

「時々じゃあないと、永山さんもおっしゃっていますよ」

と云うと、永山は、油断のないよく動く眼つきで、

「先月は三日、先々月は五日、発行日が遅れ、会員から文句が出ているのに、しらっぱくれて貰っては困るよ」

頭ごなしに云うと、塚田は一瞬、勝手の違った顔をしたが、

「はあ、そうでした、そうでした」

俄かに取ってつけたように応《こた》えた。斎子はきっとした視線で、

「一体、どうしたのです、私の方としては、勤音の印刷物だから、大企業より中小企業の印刷工場の方へと考えて、前の淀川印刷を断わって、あなたのところへ仕事を廻したのに、これじゃ話になりませんわね」

さらに声高に云った。事務局の視線が一斉に塚田に集まり、塚田は顔色の悪い貧相な顔を俯《うつむ》け、

「実は、ご承知のような人手不足に加えて、長らくいた熟練工を二人揃《そろ》って大きい印刷工場に引き抜かれ、正直なところ、機械は二台ありますが、まともに操作出来る者が一人しかなく、あとは見習いみたいな者ばかりで、それでつい納期が遅れ、ご迷惑をかけましたような次第で――」

ぼそぼそと苦しい事情を話し、頭を下げた。斎子は冷然とした表情で、

「刷り上りも悪いということじゃありませんか」

「え？　刷り……」

「ポスターの刷り上りのことだよ」

　永山が横から云った。

「ああ、先月のポスターのことですか、実はあれも、私の方と組んでおりますオフセット印刷機をもっている印刷屋の方にストライキがありまして――」

「ストライキですって――」

　斎子が聞き咎《とが》めるように云うと、

「いえ、近頃多い倒産になりかけまして、債権者に一週間ほど機械を止められまして、急いで刷ったものですから、上りが悪うて――」

　慌《あわ》てるように辻褄《つじつま》を合わせ、

「重ね重ねご迷惑をおかけしましたが、機関誌の方は五日前からやっと熟練工の手配がつき、ポスターの方もその印刷屋がようやく平常通りの仕事をはじめられるようになりましたので、今後は決してご迷惑をおかけしません」

　くどくどと謝《あやま》りかけると、

「来月一杯は、そちらでやって貰《もら》いますが、それ以後は打ち切ります」

「え？　打ち切り、仕事を貰えんのですか、そんな――、もう二、三カ月やらせて、その様子をみてからにして下さい、お願いします」

懇願するように云った。斎子は顔色を動かさず、

「もう決ってしまったことです、来月一杯で、勤音の印刷はよそで刷ります」

突き放すように云った。塚田は肩を落してうな垂れた。何時の間にか事務局長の瀬木は席にいなかった。事務局員の多くは、江藤斎子の仕事に対する厳しさに愕《おどろ》くような眼《まな》ざしを向けていたが、菊村俊一は、斎子の険しさに対する塚田の答えが、時々、間《ま》ぬるく食い違い、口で平謝りするほど、さし迫った様子が感じられなかった。なぜこの程度のことで塚田印刷をわざわざ呼びつけたのか、電話ですむことではないかと思った。

六時を過ぎると、事務局員は殆ど帰ってしまい、気がつくと、菊村と江藤斎子だけになっていた。

江藤斎子は、昼間の塚田印刷とのことなど忘れてしまったような穏《おだ》やかさで、

「あら、菊村さん、まだいたの？」

帳簿から眼を上げて、云った。

「今夜は七時から三つも、地域懇談会がありますから、それへ行かなくてはならないのです」

「そうだったわね、私は東淀川地域の懇談会へ財政面の話があるから、ちょっと出席し

て来るわ、何だったら、あなたも、都島と城東地域を廻って、あとからいらっしゃい」

遅くまで仕事をする菊村を犒《ねぎら》うように、優しく云った。菊村は思わず、頬《ほお》が紅《あか》らみ、気持が昂《たかぶ》るような思いがし、硬《かた》くなって頷《うなず》いた。

江藤斎子が事務局を出て行ってしまうと、菊村の女のように濃い瞳《ひとみ》が、緊張から解きほぐれ、淡い思慕のようなものが漂った。

足音がし、扉《ドア》が開いたかと思うと、流郷であった。流郷は独り残っている菊村の姿を見ると、

「千田君と宇治まで行って遅くなってしまったんだが、誰もいないのでは仕事にならないな、一緒に帰らないか」

「でも、僕はこれから地域懇談会へ行かなくてはならないのです、江藤さんも、さっき東淀川の懇談会へ出かけられましたよ」

「そう、じゃあ、その辺まで一緒に出よう」

菊村を誘って、事務局を出た。大阪駅に向う人の流れを菊村と並んで歩きながら、流郷はふと、門林のことを思い出した。

「あれ以来、姉さんはどうしているの」

「それがおかしいのです、門林は、R会館で、僕に会い、僕が勤音の事務局へ入っていることを知っても、何も云わず、不気味なほど黙っているそうです」

それ以上、姉の話題を避けるように、昼間の塚田印刷のことを話した。

「ともかく、日頃、感情を表に出さない江藤さんが険しい語調で、機関誌の納期の遅れを責め、塚田印刷の親父さんがいくら謝っても、その場で取引を打ち切ってしまったんですから、驚きました」

流郷は、溝川《どぶがわ》沿いの陽あたりの悪い印刷場に二台の活版平台《ひらだい》の機械と、四、五人の工員が陰気に仕事をしていた様子を思いうかべた。

斎子が今日、指摘したような納期の遅れ、刷りの悪さは、あの塚田印刷の設備からみて、最初から解《わか》りきったことであるのに、なぜ突然、今さらのようにそれを持ち出し、しかもわざわざ、事務局へ呼びつけ、公開の形で塚田印刷を馘《くび》にするようなことをしたのだろうか。流郷が三カ月前、斎子に、塚田印刷について詰問《きつもん》したことがあったが、その時の流郷の意見に従った処置というようなことではなく、何か別の理由が介在しているようであった。

＊

扉《ドア》をコツコツと、叩《たた》く音がした。流郷は、睡眠を妨げられた不機嫌な顔でガウンをひっかけ、扉を開けると、週に一度、掃除と洗濯物《せんたくもの》に通って来ている田中よしだった。

「もう、おばさんが来る時間か――」

やっと眼が覚めたように云《い》うと、田中よしは、赫《あか》ら顔に金壺眼《かなつぼまなこ》を光らせ、

「おたくだけでっせぇ、九時頃から掃除をしたり、洗濯したりなんかするところは――」

そう云いながら、エプロンをかけると、書斎にあてている六畳の間の窓を開け放った。さっと眼を射るような眩《まぶ》しい秋の陽《ひ》が入り込み、田中よしは、ばたばたと、はたきをかけはじめた。

「電気掃除機があるじゃないか、あれを使ってくれよ」

「わては、あんなずぼらなものは嫌《きら》いですねん、掃除いうもんは、昔からはたきと帚木《ほうき》でするにきまってまっせぇ、第一、びりびり電気でも来て、感電したらどないしますねん」

六十近い齢《とし》には見えぬ健康な体を動かし、流郷が顔を顰《しか》めているのもかまわず、ぱっぱっと白い埃《ほこり》を舞い上げて掃《は》き出した。その間も、田中よしのおしゃべりは止《や》まない。根っからの話好きで、思いついた世間話をのべつ幕なしに喋《しゃべ》り、壁際《かべぎわ》に並んだ本棚の上をはたきながら、

「そう、そう、この間、本の間から、あんさんが女の人と一緒に撮《と》ってはる写真が出て来ましたわ、奥さんでっしゃろ、女優さんみたいにきれいな人だすな、なんで、あんな

きれいな奥さんと別れはりましてん」

田中よしは、真底、惜しそうに云った。八年前、離婚した妻の衿子《えりこ》は、関西の劇団『若草』の女優で、美貌《びぼう》に惹かれて一緒になり、二年足らずで別れたのだったが、顔の印象だけが残って、あとは何の印象も残していない女だった。流郷と別れたあと、東京の小さな劇団に移って、相変らず美貌だけの大根女優だという噂《うわさ》を耳にしていた。

「うちの息子は、苦学して、やっと去年、大学を出て会社へ勤めたと思うたら、もう同じ職場の事務員と結婚するいうてますのに、あんさんは、なんで次を貰いはれしまへんねん？」

「面倒だからな、もう二、三年、四十までぐらいは、独り好き勝手にやるさ」

「へえぇ、別にお金の不自由もあらへんのに、四十まで男の独り暮し——」

呆《あき》れるように云った。医者であった流郷の父が遺《のこ》した遺産がまだ少しあり、時々、銀行の使いもしている田中よしは、流郷の気持を測りかねるように首をかしげ、ベッドの洋蒲団《ようぶとん》をヴェランダの手摺《てすり》にかけ、

「まあ、ちょっと、向い側の部屋を見てごらんやす」

田中よしの云う方に眼を向けると、四階建ての公団アパートのどの部屋も、同じような家具セットとテレビやステレオで飾りたてられ、個性を失った部屋の中で、夫を会社へ送り出した妻たちが、一様に家事の片付けをしたり、幼い子供をあやしたりしている。

「どうだす、みんな幸福そうですやろ、わては、他《ほか》の部屋へも、ちょいちょい手伝いに行きますけど、夜になったら、どの部屋も奥さんの手料理で子供と一緒にご飯を食べたり、テレビを見たり、ほんまに幸福そのものでっせぇ」

人の幸福を流郷に押しつけるように云った。

「あれが幸福かね、芋蔓《いもづる》みたいに女房と子供にぶら下がられ、日曜日になったら、子供のお伴《とも》で動物園や百貨店へ引っ張り出されるなんて、僕は真っ平ご免だよ」

笑い捨てるように云うと、朝食の用意を頼んだ。

梅田に着くと、十一時になっていたが、午後六時から開かれるミュージカル委員会まで、これという急ぐ仕事もなかった。流郷はまっすぐ事務局へ出ず、塚田印刷へ行くために大阪港行のバスに乗った。

菊村俊一から、江藤斎子が突然、塚田印刷を事務局へ呼びつけ、発注を停止したことを聞かされていたのが、流郷の気持にひっかかっているのだった。流郷の記憶に残っている塚田印刷の主《あるじ》は、顔色の悪い貧相な男であったが、じっと相手を見る眼に町工場の印刷屋の親父《おやじ》だけには見えぬ光があり、斎子に居丈高《いたけだか》に云われて、おどおどと引き退《さが》る卑屈な姿は想像できなかった。ほんとうに納期の遅れと刷り上りの悪さを理由にして、取引を停止したのであろうか、それとも、何かをもくろんだ見せかけの芝居ではなかろうか――。斎子に聞き糺《ただ》す前に、流郷は自分自身の眼で、それを確かめてみたかった。

三軒家《さんげんや》の停留所にバスが停《とま》ると、流郷は前来た時のように迷うことなく、市場の前を通り過ぎ、浜通を北へ一丁半程行って、左へ折れると、鼻をつくような溝川の匂《にお》いと付近の工場の廃液の匂いがした。庇《ひさし》の低い家が犇《ひしめ》くように並んだ細い入りくんだ道を足早に歩き、一番奥の塚田印刷の前まで来ると、入口のガラス戸が閉まっている。

「ごめん下さい！」

声をかけたが、応対に出る人の気配がない。

「ごめん下さい！」

さらに大きな声をかけ、暫《しばら》く待ってみたが、やはり応えがない。

「塚田さん、いらっしゃいますか」

今度は塚田の名前を呼んでみた。それでも応答がない。思いきってたてつけの悪いガラス戸に手をかけて引くと、かたりと戸が開いた。中へ入ると、この前来た時に置いてあった机と椅子《いす》がなく、がらんとした土間に塵《ちり》がちらかっていた。

「どなたか、いらっしゃいませんか、勤音の者です――」

もう一度、大きな声をかけたが、やはり応答がない。土間と奥を仕切っているガラスの仕切戸《しきりど》越しに印刷場の方を覗《のぞ》くと、裸電球がぶら下がっているだけで、人影が見当らない。仕切戸を開けにかかると、鍵《かぎ》がかかって開かない。

流郷は、この前来た時、工員たちが出入りしていた裏口に通じる露地を思い出した。一旦《いったん》、外へ出て、人がやっと一人通れるほどの細い露地へ入って行った。両側から低い庇が迫り、陽の射《さ》さない露地はじめじめと湿っぽく、靴《くつ》の足跡がついた。

塚田印刷の裏口は、物置小屋のように風雨に曝《さら》されて反りかえった粗末な板戸であった。流郷は板戸に手を当て、思いきり引いてみたが開かない。がたがたと揺さぶり、板戸と敷居の溝《みぞ》との間にゆるみを持たせるために板戸を蹴《け》った途端、頭の上で大きな声がした。

「喧《やかま》しい！　野中の一軒家と違うねんぜぇ！」

隣の家の二階の窓から、五分刈の職人風の男が怒鳴りつけた。

「塚田印刷を訪《たず》ねているのですが、留守なんでしょうか」

「塚田印刷やったら、おれへん、引っ越しよった！」

「えっ、引っ越し――」

「そうや、十日程前に、急に倒産したとか何とか云うて、そのくせ債権者が押しかけて来るでもないのに、工員に暇を出し、近所に何の挨拶《あいさつ》も、行き先も云わんと、夜逃げみたいに引っ越してしまいよったわ」

それだけ云うと、職人は顔を引っ込めた。流郷は、固く閉ざされた板戸の前に突ったった。塚田印刷の勤音との取引停止、理由の解らない倒産、夜逃げ同様の引っ越し——、三つの事柄が一つになって、或《あ》る疑惑を抱かせた。

流郷は、塚田印刷を訪ねたことなど顔色にも出さず、夕方から開かれているミュージカル委員会に出席していた。

大野委員長と瀬木事務局長を中心にし、事務局から流郷、江藤斎子、永山が出席し、運営委員からは企画担当の主だった五人の委員が出席し、特別委員会の形を取っていた。

司会役の瀬木は、度の強い眼鏡の下から一同を見廻し、

「全国提携のポピュラー例会の第一陣として、大阪勤音がミュージカルを制作することになり、既に一週間前の運営委員会で企画担当の責任者である流郷君からその趣旨の説明があり、皆さんのご賛同を得たわけですが、今日はどんなミュージカルを制作するかという具体的な内容について、活潑《かっぱつ》な討議を願いたいと思います」

五人の委員の中で、一番委員歴の古い三田村が待ち構えていたように、

「実を云うと、僕はまだミュージカルを取り上げることにこだわっているんです、というのは、ミュージカルというのは、いってみれば、アメリカのブロードウェイ・ミュージカルに最も端的に示されているように、商業劇場のあくどい利潤追求だけを目的とし

たもので、例《たと》えば二、三年前、上映された『王様と私』などは、明らかにアメリカ帝国主義の植民地政策を是認し、その威力を誇示したものだと思う」

既に一週間前の運営委員会で、さんざん論議し尽されたことを、再び蒸し返すように云った。流郷は、腹だたしさがこみあげて来たが、組織の規制が厳しくなった今は、これまでのように頭からぴしゃりとやるやり方では自分の思うツボへ持って行けない。

「一応、もっともなご意見です、しかし、ミュージカル即、ブロードウェイ・ミュージカルと考えるのは、ちょっと早計で、ソ連にも『石の花』『シベリヤ物語』というミュージカル映画がありますし、アメリカのブロードウェイのミュージカルにしても、最初は革新的、批判的リアリズムに立脚した大衆の娯楽要求を満たすものであったのですから、勤音がミュージカルをやる限りは、商業劇場で歪《ゆが》められたミュージカルを是正し、批判的、社会主義的リアリズムに立脚したものをやろうというわけですよ」

勤音石頭《いしあたま》の連中を納得させるような云い廻しをすると、五人の委員の中で最も尖鋭《せんえい》な野坂が口を挟《はさ》んだ。

「さっきから、ソ連やアメリカの例ばかりが挙げられているが、中国にも、人民の間に語り伝えられた『白毛女《はくもうじょ》』とか、『劉三姐《りゅうさんちえ》』とかいった説話が、大衆の創造力によって歌舞劇に作られて、盛んに演じられている、だからミュージカル、ミュージカルとばかり云わず、中国のようにいっそ、歌舞劇という形を考えてみたらどうです」

委員長の大野、瀬木、江藤は、何かはっとしたように顔を見合わせたが、瀬木が穏やかな語調で、

「しかし、ミュージカルをやるということは、既に機関決定したことですから、何をやるかという内容の検討にしぼって議事を進行して下さい」

巧みに野坂の発言を封じたが、流郷は自分の知らないところで、大野、瀬木、江藤などに対立する思想的流れが、勤音内に出来つつあることを感じた。互いに相手を制するような険しい気配が流れかけると、委員長の大野が逞《たくま》しい体軀《たいく》を揺すり、

「いわゆるブロードウェイ・ミュージカルではなく、われわれ勤音の自主性を生かしたミュージカルとなると、純然たる創作ミュージカルということになるんじゃないかな」

議事を進めるように云うと、三田村たちは即座に賛成したが、流郷は、

「しかし、あと八カ月という制作期間では、今から本を書いて、作曲して、練習というのは無理だし、それに創作ミュージカルは、本が出来上がってみてからでなければ、よし悪《あ》しが解《わか》らないという難点があって、もし悪かった場合、期日的にどうにもならない危険性が伴いますね」

「じゃあ、流郷さんは、既に出来上がっているものをアレンジして、ミュージカル化しようというわけですか」

大阪楽器に勤め、ミュージカルに興味をもっている池部が云った。

「ええ、百万人の勤音を目的にしている時、ミュージカルの一番土台になる台本の成否が解らない危険性を持つ創作ミュージカルをやるより、一般によく愛読されている有名な古典や現代小説などをアレンジしたものの方が確かだし、第一、ミュージカルの何たるかを知らない多くの大衆には、昔からよく知られているストーリーで幕を開けることです、どんなストーリーかも解らないものには大衆の関心は集まりにくいですからねぇ」

「じゃあ、具体的にどういうものを――」

「シェークスピヤの『ロミオとジュリエット』の翻案ものを考えているんですがね、どうです」

「いいですね、ああいう説話は、どの国にもあって、多くの人の心に通じるし、特に若い会員が多い勤音には、うってつけですよ」

大阪楽器の池部はすぐ賛成したが、日本製鋼の三田村は、

「僕は反対だな、多くの人の心に通じるというと体《てい》はいいが、『ロミオとジュリエット』など、所詮《しょせん》は、他愛《たわい》のない悲恋物語で、甘いロマンチシズムで包まれた通俗的な悲劇以外の何物でもないよ」

否定するように云《い》うと、二、三の委員も相槌《あいづち》を打った。流郷はそれにかまわず、

「『ロミオとジュリエット』は、単なる通俗的な悲劇でしょうかねぇ、皆さんのような

意識の高い運営委員の方なら、とっくにご承知のことだと思いますが、『マルクス、エンゲルスの文学、芸術論』の中で、マルクスは、シェークスピヤをもっとも好きな詩人としてあげ、シェークスピヤのリアリティを高く評価し、シェークスピヤが意図した悲劇は、単に悲劇的であるばかりでなく、唯物《ゆいぶつ》史観に立脚した悲劇的衝突を含み、近代悲劇の基軸となるものだと語っているし、ソ連の作曲家プロコフィエフも、そういう意図をもって『ロミオとジュリエット』のバレエ曲を作曲しているじゃありませんか、それが勤音ミュージカルとして、どうして適当ではないのでしょうか」

内心は馬鹿馬鹿《ばかばか》しいと思いながら、ことさらに、マルクスという言葉をかかげた。

「えっ、マルクス！　マルクスがそう云っているのですか、それなら、文句ありませんよ、僕は何か勘違いしていたようで……」

マルクスという言葉の暗示にかかるように慌《あわ》てて賛同すると、さっき、中国の歌舞劇を主張した野坂が、三田村の方へ開き直った。

「何も、マルクスがそう云ったからといって、急に反対意見を翻《ひるがえ》し、最敬礼することはないじゃないか、マルクスの言葉より、勤音のミュージカルは、会員の主体性を生かすところに最も大きな意義がある、その意味で現代の中国が一つの歌舞劇をつくるのに、一人の作家、一人の作曲家に任せきりではなく、大衆討議にかけて、大衆が納得するまで何度も修正しながら完成して行くという創造方法を、われわれも学ぶべきだと思う」

強い語調で主張すると、それまで黙って聞いていた江藤斎子は、

「中国の歌舞劇のように、大衆の意見を取り入れながら、その都度修正し、より高い次元のものを作って行く大衆的創造は、理想的ですが、現在の勤音が直面している経済状態では、一旦、出来上がったものを何度も修正し、その期間の脚本料、作曲料を保証することは現実の問題として出来ないことです」

財政面から野坂の意見に難色を示すと、野坂はみるみる気色《けしき》ばんだ。

「あなたは、方法論の問題を、財政問題にすりかえるのですか、そんな卑劣な！」

「まあ、まあ、ここは江藤君のいうように金という現実問題になると、勤音は弱いし、無理をすれば逆に会員に負担をかけることになるから、野坂君の案《プラン》は、次の機会に譲ることにして、今回は流郷君のいう案で行きましょう、これなら会員拡大はまず間違いなしですからね」

会員増大を口実にし、瀬木が取り捌《さば》くように云うと、野坂を除いた委員たちは賛成した。

「では、スタッフの人選ですが、まず翻案の脚本を依頼する人は誰にしますか」

「勤音運動というものがよく解っていて、前衛的な立場にある作家がいいですね、志田義一氏はどうです？」

人民党のシンパで、親ソ派とみなされている作家の名前を三田村が挙げると、すぐ野

坂が反対した。

「志田義一のような修正主義の作家では、勤音の会員は承知しませんよ、足立宏の方がいい」

同じように人民党のシンパで、親中共派とみなされている作家の名前を挙げ、ここにも勤音内に二つの対立が出来つつあることが感じ取られた。流郷は皮肉な笑いを口もとににじませ、

「どちらも、思想的立場が出過ぎて、大衆路線を打ち出した勤音にはなりませんよ、それより安川隆氏、あの人なら前衛的な作家でありながら、しかもマスコミを飛びつかせるだけの魅力がある、そして、演出にはこの前、オペラ『蝶々《ちようちよう》夫人』を手がけた花井達也氏を組み合わせる、つまり会員拡大を目的にするこの際、誰でもが納得しそうな進歩的芸術家の線で行くことですよ」

と云うと、それぞれの立場から、ちょっと食い足りないような表情をみせたが、

「会員拡大のために、脚本、演出はその線で行くことにし、音楽の方は誰にしますか」

委員長の大野が、話を進めた。

「泉敏郎氏がいいでしょう、あの人は電子音楽を日本で最初に手がける一方、日本的な作曲もやっている人で、このところ意欲作の多い人ですから——」

大阪楽器の池部が提案すると、他《ほか》の委員の文句もなく、すぐ決った。

「じゃあ、最後は主役の選定だけど、この方はどうします」

「勤音でオーディションをやって、われわれで勤音スターを選び出すことにしたらどうですねん」

委員の一人が、意気込むように云った。

「案としては面白いけれど、オーディションをして使いものになる者が集まるか、どうかは問題ですね、キャストの点は、脚本、演出、作曲家のイメージともつながることだから、専門家のスタッフと相談してきめることにしてはどうでしょう」

流郷が会議をしめくくるように云うと、江藤斎子が口を開いた。

「制作費の問題ですが、ポピュラー例会が軌道にのるまでは、暫《しばら》く財政面が苦しく、ミュージカルの予算にどれくらい組んでおくべきか、予《あらかじ》めお聞かせ願いたいのです」

協力的な云い方であったが、言葉の中に牽制《けんせい》するような響きがあった。

「はじめて手がけるものですから、いくらかかるか、見当がつきかねますがねぇ」

流郷が冷やかに答えると、

「百万人の勤音のためには、例会内容とともに、制作費が高くならないということを是非、考慮にお入れ願います」

「なるほど、ごもっともな意見です、出来るだけ制作費は抑《おさ》えるように努力しましょう」

慇懃《いんぎん》に応《こた》えながら、流郷は、昼前に行った塚田印刷のことを思いうかべた。

浜甲子園の堤防の上に起《た》つと、流郷は、鉛色に光る夜の海を見下ろした。十月初めの夜の海は、真っ暗な闇《やみ》の中で波音をたて、思ったより肌寒い潮風を吹きつけ、対岸の大阪港の灯《あか》りが、きらきら明滅するように遠くに輝いていた。

「どうしたの、急にこんなところへ誘ったりして――」

斎子が背後《うしろ》から声をかけたが、流郷は応えなかった。八時過ぎにミュージカル委員会が終ると、斎子と一緒に事務局を出、梅田のターミナルまで来て、そこから二十分程で行ける浜甲子園へ行こうと、誘ったのだった。

「別に、どうってことはないさ、夜の海はいいな、昼間と違って、何も見えない真っ暗な中で、波音だけが聞えて凄味《すごみ》がある――」

そう云いながら、流郷は、今夜のミュージカル委員会の様子を思い返していた。

もっと侃々諤々《かんかんがくがく》の論議が繰り広げられ、揉《も》めぬくはずの委員会が、流郷の出した案を、中国の歌舞劇を主張する野坂以外は、流郷自身が奇異な感じがするほどあっさり賛成し、脚本、作曲、演出家の人選も、それぞれの立場から、もっと異論が出るはずであるのに、予想していたような反対もなく、流郷の思う線におさまったのだった。それらを突き詰めてみると、事務局長である瀬木の議事進行の巧《うま》さによるものであった。一週間前の運営委員会の席でも、瀬木は、頭からミュージカルはブルジョア的なものとして反対する委員たちに対して、新しく打ち出された勤音の大衆路線のためにと、流郷の提案を支持する側に廻ったのだった。

流郷はコンクリートの堤防の上を歩きながら、斎子の方へ眼を向けた。堤防沿いにぽつんぽつんと建っている電柱の薄暗い灯りに、彫《ほり》の深い顔がほのかにうかび上がり、こつこつとハイヒールの足もとを運んでいる。

「瀬木さんは、どうして、このところ急に、僕を支持するようになったんだろう」

斎子は、何かはっとしたように大きな瞳《ひとみ》を瞬《まばた》かせたが、

「オペラの『蝶々夫人』以来のあなたの例会企画が次々に当って、その腕をかっていらっしゃるからでしょ」

「それなら、今までにもっと僕に対して、協力的であってもいいはずだな」

去年、ポピュラー例会としてジャズをやる時、瀬木は、運営委員たちと一緒になって、強硬に流郷の案に反対したのだった。

「僕は、最近の瀬木さんの豹変《ひょうへん》ぶりには、何か裏がありそうに思える」

「そんなのあなたの思い過しよ、瀬木さんにしてみれば、勤音の大衆路線を進めるために、それに添った企画を提案するあなたを支持するのは当り前のことだわ」

「思い過し——、なるほど、瀬木さんに対しては思い過しかもしれない、だが、今夜の会議で、僕に、ミュージカルの予算は予め提示して貰《もら》いたいと開き直った君の発言は、どう取ればいいのだい、正真正銘、あの言葉通りに受けとっていいのかい」

流郷はぴたりと足を止めた。斎子は、かすかに身じろぐような気配をみせたが、

「あら、あのことで怒ってらっしゃるの、あれは財政担当者として、会議の席上で発言しなければならない形式的な発言なのよ」

笑いにまぎらわせるように云った。

「じゃあ、予め細かい予算提出などせずとも、いいわけだな」

「いやだわ、会議に計らねばならないことを、会議以外の場で取り決めようなどというのは——」

逃れるように云いかけると、

「いやに他人行儀じゃないか、僕と君との間で——」

微妙な沈黙が、二人の間を流れた。斎子は、何か心に決めるようにぐいと白い顔を仰向け、

「じゃあ、ミュージカルでうんと会員を増やして下されば、事務局で定められている予算からはみ出しても、財政の方で何とかするわ」

「それじゃあ、まるで取引だな、まあいい、僕にとっては、予算に締め上げられず、金

がかけられさえすればいいんだから――」

流郷はそう云い、煙草《たばこ》に火を点《つ》け、

「塚田印刷を事務局へ呼びつけて、勤音の印刷物の発注を停止してしまったそうだけど、どうしてなんだい？」

さり気なく切り出した。

「どうしてって、あなたが塚田印刷の印刷費は高過ぎると、おっしゃったからじゃありませんか」

流郷のせいにするように云った。

「しかし、いやに急なやり方だな」

「でも、会員拡大を目標にしている時、塚田印刷では設備が貧弱過ぎ、それにこの間からよく納期が遅れ、刷り上りも悪いから、ああいうことにしたのですわ」

「それだけかな、理由は？」

「じゃあ、なんだとおっしゃりたいの」

「一番の原因は、僕が塚田印刷を訪《たず》ねて行って、疑惑を持ったからじゃないかな」

斎子の言葉が、跡絶《とだ》えた。

「で、塚田のあとはどこにやらせるつもり？」

「それは目下、検討中ですわ」

紋切型に応えた。

「それにしても、塚田印刷は、あんまり突然で困ってるだろうな」

「その心配はいりませんわ、今月一杯は向うにやらせることにしていますから」

「ほう、それはおかしな話だな、塚田印刷は十日程前の夜、引っ越してしまってるじゃないか」

「どうして、あなたは、それを……」

斎子の顔に、狼狽《ろうばい》の色がうかんだ。

「昼間、ちょっと塚田印刷へ行って来たんだ、近所の人の話では別に債権者が押しかけて来る様子もないのに、倒産とかで、行き先も告げずに引っ越してしまったということだ、勤音の塚田印刷に対する突然の発注停止、それに伴う塚田印刷の唐突な倒産、行き先を告げない引っ越し、この三つの事柄を繋《つな》ぎ合わせるとどういう答えになるのか、僕はそれを、君に教えて貰いたいねぇ」

人影のない堤防の上で、流郷の声が不気味に響いた。

「あなたは、そんなことを云いたくて、私を誘ったわけなの」

「とんでもない、こんなことは何処《どこ》ででも聞ける、喫茶店でお茶を飲みながらでも、何処かのホテルのベッドで寝ながらでも――、今日はたまたま、こっちへ足が向いただけのことさ」

「塚田印刷の倒産や引っ越しの原因など、私が知るはずがないじゃないの、何もこちらが発注を停止したからといって、そこまで責任を持つ必要はないわ」

「だが、他《ほか》の印刷屋と違って、塚田印刷は、あんたが東京から大阪勤音へ移って来てから、発注をはじめたところだからね、それにあの親父《おやじ》、貧相《ひんそ》な顔をしているが、ただの町工場の親父とは思えぬ感じがあって、あんた好みじゃないかな」

「何と考えようと、あなたのご自由よ、でも、妙な憶測をして、それを私に結びつけることは迷惑だから、よして戴《いただ》きたいわ」

コンクリートの堤防がきれ、海に続いたなだらかな砂浜に出ていた。流郷は、さくさくと足音をたてて、大股《おおまた》に砂浜を歩いた。斎子も、ハイヒールを砂に取られそうになりながら歩いた。不意に流郷の足が止り、くるりと斎子の方へ向き直った。

「あんたは、僕との間を、これからどうしようと思っているんだ」

斎子は横顔を見せ、応えなかった。

「独身の僕と、結婚をしようという気持でもあるのかい？」

斎子は、また応えなかった。

「応えられないところをみると、やっぱりあんたは、僕との情事を通して何かを画策しようとしている、そう思ってもいいんだろうね」

浴びせかけるように云《い》った。

「まあ、あなたという人は、なんて下劣なことをおっしゃるの――」

斎子の語尾が震えた。流郷の顔に残忍さを娯《たの》しむような笑いがうかんだ。

「下劣でも、上品でも、どちらでも結構――、僕だって正直なところ、あんたと寝た時は、たしかにあんたの体の魅力に酔っているが、だからといって、何の計算もないとは云いきれない、まあ、お互いさまというところですかねぇ、それなら、それのつき合いで行きましょうや」

と云うなり、流郷の手が伸び、斎子の体を砂浜に押し倒した。斎子は拒むように体をよじらせ、砂の上を転がったが、斎子の生《なま》しい肌の匂《にお》いと潮の匂いが、流郷の官能を刺激し、砂に埋まるように斎子の体に掩《おお》いかぶさった。

＊

阪急ホールのスタジオで、勤音が主催するミュージカルのオーディションが行なわれていた。

貧しい大学生と金満家の娘とのロマンスを通して、現代の日本の社会の歪《ひずみ》を衝《つ》く、日本版『ロミオとジュリエット』で、ロミオ役の大学生には五期会の若手オペラ歌手で、ポピュラーのレパートリーも持っている立川澄彦をたて、ジュリエット役の金満家の娘には勤音会員の意見を容《い》れ、一般公募によって勤音スターを選び出すことになったのだった。

スタジオには五百二十名の応募者の中から一次、二次の審査をくぐりぬけ、最終審査に残った三十人の若い女性が、壁際《かべぎわ》の椅子《いす》に並び、正面の審査員席には、作家の安川隆、作曲家の泉敏郎、演出家の花井達也の三人のスタッフ、勤音側から瀬木、流郷、運営委員の三田村、池部、それにこのミュージカルの仕込みを受け持つ千田の八人が顔を並べ、朝からぶっ通しの審査にやや疲れ気味で、レシーヴァーを耳にあて、次々にマイクの前に起って唄《うた》う応募者の歌を採点していた。

審査は、既に半ばをすみ、マイクの前では十九番の番号札をつけた十八、九歳のまる顔の応募者が、自由曲『ヴァケイション』を、体中から張り上げるような弾《はず》みのある声で唄い、派手な身振りを入れている。荒っぽい唄い方であったが、それなりの面白さがあった。

流郷は、耳にかけたレシーヴァーを後頭部へずらせ、隣の千田の方を向いた。

「やっと、まともなのが、ちらほら出て来たけど、ジュリエットをやれるようなのは、おらんものだすな」

千田は、欠伸《あくび》を噛《か》み殺すように云った。

化粧をしない素顔に、紺のスーツを着た二十二、三歳の応募者が、マイクの前に起って課題曲の一つ『トゥナイト』を唄い出した。しっかりした素直な唄い方であった。次いで自由曲『バリハイ』を唄ったが、低音のきいた、音階の正しい唄いぶりであったが、十九番のようなパンチと、派手な身振りがなかった。唄い終ると、作曲家の泉敏郎が、

「歌は、何処で習ってるのですか」

と聞いた。

「はい、大阪アカデミー学院の夜間で二年ばかり……」

「じゃあ、このオーディションに合格したら、会社の方は止《や》めて、プロに転向するつもり？」

横合いから、流郷が聞いた。

「いいえ、もし、今度のミュージカルのスターに選ばれても、職場の仕事にはアナをあけないで、両立させてやって行きます、そしてミュージカルが終ったら、その翌日から、また、事務服を着て、もとの仕事に戻るつもりで、プロになる気持はありません」

事務局長の瀬木や運営委員たちは、頷《うなず》いたが、流郷は、

「なかなか、ごりっぱなお答えです、じゃあ、次の方――」

素っ気なく、審査を進めた。

「二十四番、辻《つじ》亜矢子です」

ほっそりした小柄な体に、長い髪を肩まで垂らし、セーターに細いスラックスを穿《は》い

た二十一、二歳の応募者が、マイクの前に起《た》ち、課題曲の一つである『夜明けの歌』を唄い出した。華奢《きやしや》な体のどこから出るのかと思われるほど張りのあるメゾ・ソプラノで、歌の心を摑《つか》んだ情感的な唄いぶりであった。流郷は、思わず眼を凝らした。二次審査の時、歌には難点があったが、妖精《ようせい》めいた個性的な容貌《ようぼう》をかって、最終審査に残した応募者であったが、最終審査に残って自信がついたのか、二次の時とは打って変った見事な唄いぶりであった。課題曲を唄い終ると、自由曲として『ダンス・オール・ナイト』を唄い出した。課題曲の『夜明けの歌』とは対照的なリズミカルな歌であったが、体全体でリズムを取りながら、溢《あふ》れるような若さと甘さを振りまいて唄った。

「どないだす、あの娘《こ》ちょっと、いけますやろ」

千田の声が、流郷の耳もとでした。

「うん、いいね、あんたの知ってる娘？」

千田は意味あり気に笑った。唄い終ると、演出家の花井が待ち構えていたように、

「僕を舞台の上のロミオと思って、ロミオに全然、関心のなかった時と、心を惹《ひ》かれはじめた時の二通りの呼び方をしてみてごらん」

マイクの前の辻亜矢子は、いきなり、くっくっと笑い出した。

「そんなん、無理ですわ、ロミオ役は立川澄彦さん、先生は、やっぱり先生ですもの――」

無遠慮に云った。

「なるほど、じゃあ、この台本を読んで、自分で振《ふり》をつけてごらん」

ロミオが、ひそかにジュリエットの部屋のヴェランダへ忍び込んで来る有名なシーンを抜萃《ばっすい》した台本を渡すと、台詞《せりふ》は棒読み、演技も綱引きをするような不器用な手の伸し方であった。花井はがっかりした顔をしたが、作曲家の泉敏郎は、

「歌は、誰かについて習っているの」

「いいえ、音楽学校へ行っている姉の真似《まね》をして唄ったり、会社のコーラスで唄ってるだけです」

ぶっきら棒に応《こた》えると、運営委員の三田村が、

「時に、あなたは勤音をどう思いますか」

「私、このオーディションを受けるまで、勤音へ入ってなかったもの、何も答えられしませんわ」

みるみる、瀬木や三田村たちは、不愉快そうに質問を打ち切り、次の応募者の審査に移った。

やがて三十人の最終審査が終ると、審査員たちは、その場ですぐ、決定会議を開いた。まず各審査員の採点表から、上位三名を選び出した。弾んだ声で身振りたっぷりに唄った十九番と、清楚《せいそ》な服装で素直な唄い方をした二十三番と、二十四番の辻亜矢子の三人

が残った。

「この中ですぐ使えるのは、十九番じゃないかな、唄にパンチがきいているし、唄いながら踊る身振りは、堂に入ったもので、あれなら唄えて、踊れて、芝居もというミュージカル・タレントの条件に、まず合っていますね」

演出家の花井達也が云うと、作曲家の泉敏郎が、

「ミュージカルのタレントだからといって、踊りと芝居に重点をかけるのは考えものですよ、歌をりっぱに唄いこなすだけの理解力があれば、歌に添った踊りと芝居をやるだけのことだから、教え込めばやれますよ、ミュージカルの場合は、やはり、歌が唄えるということが、一番大事な審査基準だと思いますね」

強く主張するように云った。事務局長の瀬木は、

「そうなると、勤音スターの資格は、唄えると同時に、働く者の意識を明確に持っていることですから、勤音スターに選び出されても、職場の仕事にアナをあけずに、両立させますと答えた二十三番を断然、推します」

と云うと、流郷は遮《さえぎ》るように手を振った。

「ミュージカルのスターを選ぶには、働く者の意識より、最も個性的で、新鮮な魅力が必要です、その意味で、僕は二十四番の辻亜矢子というのを推します」

「しかし、いくら何でも、ＯＬとして職場で働いているのに、勤音について何の知識も

持っていないような意識の低いのは、何といっても失格だ、われわれは――」

運営委員の三田村が反対しかけると、千田が口を挟《はさ》んだ。

「まあ、ちょっと待っておくれやす、勤音の意識云々《うんぬん》は、これから運営委員の皆さん方が、大いに教育しはったらよろしいことで、せっかく勤音が金をかけて、始めてミュージカルをやりはる限りは、舞台を成功させる方を選ばんと、損ですでぇ」

千田らしい云い方をすると、作家の安川隆は大きく頷《うなず》き、

「舞台を成功させるためには、脚本を書く作家のイメージも尊重して貰《もら》いたい、第二回目のミュージカル委員会で説明したように、まだ原案《プロット》だけで、細かいストーリーが出来ていないけれど、現代のロミオとジュリエットには、貧しい学生家庭教師と金満家の娘を設定し、その娘はスポーツ・カーで学生デモ隊を突っきるような、とてつもない性格にしているから、二十四番の辻亜矢子の、人をくったようなもの怯《お》じのなさと、個性的な容貌は、僕のイメージにぴったりだ」

脚本を書く作家の立場から強く推すと、演出家の花井、作曲家の泉が揃《そろ》って賛成し、事務局長の瀬木と運営委員たちは不承不承に承諾し、勤音ミュージカルのヒロインは、辻亜矢子に決定した。

千田は、仕立おろしのチェックの背広の胸もとに、派手なハンカチーフをのぞかせながら、淀屋橋《よどやばし》にある日東レーヨン本社へ足を向けた。

正面玄関を入り、エレベーターに乗りかけ、小用をすませるために、そこから近い地下のトイレットへ降りて行き、社員食堂の前まで来ると、壁にべたべたとビラが貼《は》られていた。

『悪質な人事異動に反対！』『不当な配置転換に断乎《だんこ》闘おう！』『われわれの余暇の自由を守れ！』、激烈な文句を連ねたビラの前に、若い従業員たちが集まり、昂奮《こうふん》した声で喋《しゃべ》っていたが、千田には関心のないことであった。何時《いつ》ものように飄々《ひょうひょう》とした歩き方で、昂奮した従業員たちの間を通りぬけ、小用をすませると、地下からエレベーターに乗った。

五階で降り、奥まったところにある秘書課の扉《ドア》を押した。階下の食堂前の険しい騒々しさと全くかけ離れた静かな落ち着き払った雰囲気に包まれ、八人の秘書が、きちんとした姿勢でよそからかかって来る電話を取ったり、役員室や応接室へお茶を運んでいる。千田は、何時も音楽会の切符を送っている社長秘書の水木節子の姿を見付けると、すぐ近寄って行き、

「いてはりまっか」

「千田さんらしいタイミングのよさね、ちょうど、昼食を終えられたところですから、食後のお茶をお持ちして、ご都合を伺って来ますわ」

社長室へお茶を運んで帰って来ると、どうぞと、伝えた。千田は社長室の頑丈な厚い扉《とびら》を押した。

「このところ、えらいご無礼してます」

「まあ、坐《すわ》りぃ、食後のお茶を飲みながら、話すぐらいの時間ならあるさかいな」

門林は社長室の真ん中に据えた大きな机越しに、顎《あご》でしゃくるように云《い》うと、

「近頃、勤音に肩入れして、ミュージカルのオーディションの審査まで手伝ってるということやないか」

千田はひょろりと、体を泳がせるようにし、

「そら、うちで仕込み一切をさして貰《もろ》うて、儲《もう》けさして貰うのでっさかい、当り前だすわ」

「なんぼ、儲けるつもりやねん？」

「さあ、なんし、はじめて手がけるものでっさかい、はっきりした儲けの額はまだ出てまへんが、私のことでっさかい、ぬけ目無《の》う、ちゃんと儲けさして貰いますわ」

ぬらりとした云い方をし、

「この間、箱根で開かれた音連の全国準備会は、日経協の弘報《こうほう》委員長をしてはる昭和化

学の長坂社長まで出馬しはって、えらい派手な会やったそうですな」

一週間前、箱根仙石原《せんごくばら》の姥子閣《うばこかく》で、大阪、東京、神奈川、名古屋、京都、神戸、福岡などの既に音連が出来上がっている地域の事務局長と、まだ準備段階の北海道、北陸、山陰、四国地方の代表者二十数名を集めて、全国勤音に対抗するために、二泊三日の豪勢な全国音連結成の準備会を開いたのだった。

「相変らずの早耳やな、こっちは日経協が中心になって、遅ればせながら金に糸目をつけず、本腰を入れて勤音対策をやるから、一つの企業ではやれんような左翼対策も出来る、今に勤音など吹っ飛んでしまうやろ、日経協がこうと決めて、出来んかったことはないよってな」

門林は呑《の》んでかかるように云い、

「ところで、勤音がミュージカルをやるのは、世間からみられてる左ムードを打ち消すための戦術やろけど、そうはうまいこと騙《だま》されへん」

ごぼりとお茶を呑み干し、

「うちの音連の方にも、勤音の向うを張るようなミュージカルを世話してんか」

「本気でっか、あんなん、しょうむないやおまへんか」

「なに？　しょうむない――、しょうむないことを、なんで、勤音でやるのや」

門林は、千田の真意を測りかねるように聞き返すと、

「うちは芸能プロダクションだす、向うさんから、仕込みの注文をくれはって、勘定に合《お》うたら、何でもやらして貰いますわ、特に勤音みたいに委員会でことが決るところは、こっちから、とやかく云うてみても、しょうがおまへん、決った線で黙って仕込みをして、儲けさして貰うだけだす、けど、私に何か考えてみぃと云いはるのなら、ミュージカルみたいな手間暇かかるようなものはやりまへん、一人の歌手だけで稼《かせ》げるワンマン・ショーみたいなもんがあるのに、なんであんな仰山のタレントや金をかけんなりまへんねん、あれやったらクラシックでもやっとく方が得でっしゃろ、ベートーヴェンのシンフォニーをやるのに、舞台装置も衣裳《いしょう》もいりまへんよってな」

ぬけぬけと云った。

「なるほど、ほんなら、その術《て》でなんぞええものを音連に世話してんか、正直なところこっちは、これというプランナーがおらんから、頭が痛いのや」

それだけ云い、時間を気にするように時計を見ると、

「社長、今日はちょっとお願いがおます」

千田は、何時になく神妙な顔をした。

「なんやねん、金のことか――」

「そうやおまへん、実は社長が大株主のR会館を、今度のミュージカルの会場に貸して欲しおます」

「それを頼みに来たんか」

門林は、呆《あき》れるように千田の顔を見た。

「さよだす、うちがタレントから会場一切の仕込みを引き受けていますさかい、R会館へ借りに行ったら、ちゃんとその日は空《あ》いてるのに、勤音の例会やったら、門林社長の諒承《りようしよう》を得て貰わんことにはと、云われましてん、それで一つ、社長のお声がかりを願いたいわけだす」

もう一度頭を下げると、門林は暫《しばら》く腕組みし、

「話次第や――」

むっつりと、云った。

「と云うと、どんな話でおます？」

「今日、うちの会社へ入って来て、何か気付いたことないか」

「さあ、別に何も気付きまへんけど……」

怪訝《けげん》そうな顔をすると、

「社員食堂の前や廊下で、組合の若い連中が騒いどったやろ」

「ああ、あれですかいな、あれが、どないかしましたんか」

千田はさっき、その前を通った時と同じ無関心さで云うと、

「あれが気にならんのは、やっぱり芸能プロ屋やな、あれは、定期の人事異動の中へう

ちの筋金入りの勤音会員の配置転換をうまい具合に組み込み、概《おおむ》ねうまいこと行ったんやが、二人、九州の支社へ飛ばすことにしている筋金入りの奴《やつ》が、工場が密集している大正地区の地域懇談会へオルグに行き、悪質な人事異動やとぶちおって、ほかの工場のサークルの連中を煽動《せんどう》したんや、これがもめ出すと、内輪の人事異動が外へ広がり、音連を提唱したわしのところから火が出たんでは、わしの面子《メンツ》にもかかわる、そこで、勤音の方で、地域懇談会の動きを穏便にまとめてくれたら、勤音には絶対、貸さん方針のR会館を、今回に限り貸してもええ」

分厚な唇に唾《つば》を溜《た》め、相手の出方を見るように云うと、千田はいささか勝手の違った様子で、

「どうも、私には苦手の話だすけど、社長の云いはる条件は、実際問題として勤音が呑めそうなことですやろか」

「別に難しいことやない、普通の賃上げ闘争や組合争議と違《ちご》うて、よその人事異動の内輪もめの話や、勤音にしても、大衆路線を打ち出してミュージカルでもやろうかという矢先に、一人ぐらいの撥《は》ね上り分子のために、よその会社の定期の人事異動に首を突っ込んで騒ぐことは、決して得な話やない、けど、こっちの云い分がいやならいやで、断わってくれてもええ、わしの方はちょっと時間と手間がかかるけど、うちで解決出来んことではないからな」

葉巻をくわえ、ぷかりとふかした。

「相変らず、社長らしいやり口ですな、条件を云うだけ、云うといて、いやならいやでええと云うような、えげつない突っ撥ね方をしはる」

「当り前や、わしが大株主のR会館を、君を通して、勤音が借りに来る限りは、これぐらいの条件を出すのが当然やないか、ともかく、今度は、こっちの話を呑んだら、貸したる、その代り、絨毯《じゅうたん》は巻いてしまうでぇ」

「絨毯を巻く？　何のことですねん」

「R会館に敷き詰めてる厚さ十五粍《ミリ》の絨毯は、勤音の連中のどた靴《ぐつ》に踏まれるために敷いたのやない、会場は貸してやっても、あれだけは巻き上げておくと云うてるのや、あっはっはっはっ」

門林は、体をのけぞらせて笑った。

千田は勤音の薄暗い応接室で、昨日、門林にR会館の借館方を頼みに行った模様を話していた。

委員長の大野や事務局長の瀬木、組織担当の永山たちを刺激しないように予め《あらかじ》、流郷と打ち合わせたように適当に、門林の言葉を省略したり、付け加えたりして、話を柔らげることを忘れなかった。

「それで、門林さんの云いはるには、R会館は、勤音に貸さんというのが、もとから大株主の間で決ってる方針やけど、そない貸してほしいのやったら、わしの一存で考えてみんこともない、しかし、それには条件があると云うてはりますねん」

何時もの飄々とした口調で云った。

「条件といっても、こっちに呑めることと、呑めないことがあるが、どんな条件なんです」

瀬木が、警戒するように云った。

「今度の日東レーヨンの人事異動に、たまたま勤音の会員が入ってるそうですな、その会員が、よその工場のサークルや地域懇談会へ出かけて騒ぎたててるそうで、門林さんは、今度の人事はどこまでも定期の人事異動で、内輪の人事をよその社の勤音会員にまで騒ぎたてられるのは迷惑やから、地域懇談会の動きを穏便に取りまとめてくれたら、大株主のわしの口ききでR会館を貸してもええと、まあ、ざっとこう云うてはりますねん」

千田は、何でもないことのように話した。

「あなたは、一体、どんなつもりで、そんな話を聞いて来たのです」

瀬木は、気色《けしき》ばんだ。

「どんな話も、こんな話もおまへん、勤音さんの方からR会館へ七カ月先の借館を申入れに行ったら、空いているのに貸さないから、一つ千田君、今度の仕込みの一切を受け持っている君が、口をきいてくれと、瀬木さん、おたくの方から云い出しはった話やおまへんか、いうてみたら、おたくと向うの云い分を取り次いでるだけのメッセンジャー・ボーイみたいなものだすな」

その通りであるから、瀬木は黙り込んだが、組織担当の永山は、体を乗り出した。

「だいたい、日東レーヨンの勤音会員に対する厭《いや》がらせは、何も今に始まったことではないんですよ、社内ではしょっちゅう、不当な干渉や厭がらせがあるんで、今度の人事異動も決して、定期の人事異動に偶然、勤音会員が入っていたのではないと思うな、この間、大正地区であった地域懇談会には、組織担当者として私も出席していましたが、日東レーヨンのサークル代表の話によると、今度の人事異動で、十七名が地方支社へ配置転換を命じられたが、その中に自分をはじめ勤音の中心的な活動家七名が組み込まれており、明らかに勤音活動家をマークして行なった人事異動で、組合でもこれを重視し、不当な人事異動の撤回を会社側へ要求しているが、各サークルの支援も求めたいと、訴えたのですよ、さっき千田さんが、われわれに伝えたような門林の言葉は嘘《うそ》八百で、会館問題にかこつけて、つけ込んで来たんだ！」

千田は、マッチの軸を積木細工のように組みたてながら、

「私に怒りはってもしようがおまへん、それより向うへどう返事をするか、その方を考えておくれやす、門林さんは気が短い上に、こっちの云い分がいやならいやでもええ、もともとは内輪の人事の問題やから、少々、時間はかかるけど、こっちで解決できんことやないと、云うてはりますさかいな」

永山にかかずり合わず、話を進めた。流郷も、

「そうだね、とやかく怒ったり、議論しているより、向うの云い分をどう処理するかが、先決問題ですが、委員長の考えは、どうなんです」

大野の気持を探るように云うと、

「勤音会員に対する不当な人事異動を認めたら、R会館を貸すというような云い方をされては、こっちだって黙っておれないが、流郷君の意見は、どうなんだね」

逆に聞き返した。流郷は、くわえていた煙草《たばこ》を灰皿へもみ消し、

「僕は、日東レーヨンの人事異動にはあまり介入しない方がいいと思いますね、音楽鑑賞団体である勤音が、よその人事に口を挟《はさ》んで騒ぎたてることは、およそ筋違いじゃないですか、第一、音連との闘《たたか》いを、そんな次元で行なっては、百万人の勤音を目標としている勤音として大きなマイナスですよ、ここはよその人事問題などに介入せず、オーディションをやって勤音スターを選んだりなどして、各方面で話題になっているミュー

ジカルを成功させるために、R会館を借りるべきだと思います」

そう云い終ると、永山が顔色を変え、

「じゃあ、勤音として重要な活動と、会場問題をすりかえてしまうつもりなんですか、今度の日東レーヨンにおける勤音の活動家の配置転換は、日経協が全国音連作りをしていることと決して無関係ではなく、この際、大企業にいる勤音活動家の分散を図ろうという戦術で、今後、同じようなケースが各職場に起りかねない時、たかが、会場問題などにとらわれているべきではない！」

食ってかかるように云った。流郷は、

「永山君、たかが、会場問題というような云い方は、軽率だよ、例会活動には、会場は不可欠のもので、しかも会員が初期のように、ただなまの演奏さえ聴《き》ければいいのだという段階から、豪華な会場の雰囲気を楽しみながら聴きたいという傾向に変って来、アンケートでもR会館でやってほしいという希望が圧倒的に出されてるじゃないか、それに財政面からみても、R会館は三千人を一挙に収容出来るから、一ステージの料金が割安になって、会費を安くすることが出来るし、第一、R会館のような豪華な会場で、勤音の例会をやれば、左ムードとみられている勤音例会を、ソフト・ムードに包んで、会員増大にもって来いだよ」

説得するように云《い》った。

「じゃあ、ソフト・ムードで会員を増やしさえすれば、それでいいと云うのですか、豪華な会場に吊《つ》られて来るような会員を、いくら増やしたって、一体、どうだというのです、全国大会で百万人の勧音を目標にしたのは、そんな会員の頭数だけを揃《そろ》えるためではない！　われわれが目的としているのは……」

「永山君、君、冷静になり給《たま》え！」

事務局長の瀬木が、永山の口を封じたが、流郷は、

「永山君、われわれが目的にするのは、何だというのです？」

おっかぶせるように聞いた。

「いや、何でもないです、僕の意見は、それだけです」

急にぎごちなく押し黙った。

「まあ、いろいろと意見があるようだが、この際は、流郷君のいうような見地にたって、地域懇談会の方をうまくおさめ、R会館を借りることにしようじゃないか」

瀬木が、取りしきるように云った。

「しかし、こういう重大な問題は、今までの慣例からみて、運営委員会にかけるべきじゃないのですか」

流郷は、瀬木の態度に不自然なものを感じ、わざとそう云うと、委員長の大野が、

「もちろん、順序としては当然、そうだけど、今度のことは誤解を招きやすい問題だか

ら、今回に限り、われわれで穏便におさめることにしようじゃないか、永山君も、それでどうかねぇ」

永山は重苦しい表情で、

「彼らに何といって、納得させるのです？　まさか大衆路線を打ち出し、百万人の勤音を目指すために、犠牲になってくれとは云えませんでしょう」

切口上に云った。大野と瀬木は、困惑するように顔を見合わせたが、流郷は落ち着き払い、

「何も、そう仰々しく、悲愴《ひそう》に考えることはないでしょう、音連の全国的な結成によって、次第に苦しい立場に追い込まれている地方勤音は、今こそ彼らのような活動家が必要で、ばりばり活動して貰《もら》いたいという風に持って行けば、問題ないでしょう」

大野が大きく頷《うなず》いた。

「彼らも、地方勤音の組織強化のための、地方工作隊といえば、新しい任務を感じて、納得するだろう、永山君、その線で君から説得してくれ給え」

永山は黙って頷いた。瀬木は、ほっとしたように、

「じゃあ、R会館を借りることに決ったから、千田君、早速、向うにその旨《むね》を伝えて、借館手続をすまして貰いたい」

と云うと、それまでマッチの軸を積んだり、くずしたりして、所在なげにしていた千

田は、

「やっと決りましたか、よそと違うて、何かと大へんでおますな、それでは早速、門林さんとこへ行って来まっさ、メッセンジャー・ボーイは、なかなか忙しおますわ」

メッセンジャー・ボーイという言葉でどちらにもついていない自分の立場を改めて念押しして、せかせかと部屋を出て行った。流郷は、大野と瀬木が、最初から確たる意見も云わず、永山と自分にだけ意見を述べさせ、万一の時の責任を回避するような形を取ったことと、永山が何か云いかけ、瀬木の言葉で俄《にわ》かに口を噤《つぐ》んだことが、頭にひっかかった。

＊

灯《あか》りを消した暗いビルの谷間を、辻亜矢子は、ステップを踏むような足どりで歩き、流郷は、ややもてあまし気味にゆっくり歩いていた。

K会館の貸スタジオを借りた勤音ミュージカルのリハーサルが終り、独り帰りかける流郷に亜矢子の方から誘っておきながら、外へ出ると、クリーム色のワンピースの裾《すそ》をひらひらさせて、先に歩き出したのだった。華奢《きゃしゃ》で小柄な体が、夜目にも白く柔軟に動き、すいすいと滑《すべ》るように人影のないビルの谷間を行く姿は、妖精《ようせい》めいた美しさがあった。しかし、リハーサルの時の辻亜矢子は、台詞を忘れたり、歌を唄いながら踊るとところの、踊りが出来なかったり、およそ、妖精めいた美しさとはかけ離れた不様《ぶざま》な稽古《けいこ》ぶりであった。

「どう、今日のリハーサルのところは、もうよく呑《の》み込めた？」

流郷が声をかけると、ステップを踏んでいた足を止め、くるりと向き直り、

「第一場は、学生デモ隊を、スポーツ・カーで突っきるところやから、歌も踊りも、リズムに乗って何とかこなしてしまえるけど、第二場はやりにくいわ、動きがないし、歌も低音のところが多いから――」

第二場は、デモを終えた貧しい家庭教師が豪奢《ごうしゃ》な金満家の邸宅で、中学生の少年に数学を教え、その少年の姉と顔を合わす場面《シーン》であったが、よほどやりにくいのか、亜矢子は何度も、駄目を出されていた。

「ほんとに、ミュージカルって、こんなに難しいと思わへんかったわ、あんまり、しごかれると、止《や》めようかと思うわ」

よく動く大きな眼が、悪戯《いたずら》っぽく笑った。

「そんな無茶を云っては駄目だよ、始めて誕生した勤音スターということで、あれ以来、新聞や雑誌に紹介されて、大へんな評判になっているのだからね」

「勤音の会員の人たちは、ほんとにいいわ、自分たちが選んだスターだと云って、みん

なでよくしてくれるけど、作家や演出のえらい先生や、勤音の事務局や運営委員の人たちは、こむずかしいことばっかり云って大嫌《だいきら》い――」

拗《す》ねるように肩を振った。

「僕のみるところ、そんな気配などなく、難しいことは云ってないようだがねぇ」

「云うわよ、特に、運営委員とか、事務局の人は、勤音活動がどうとか、意識が低いとか、頭が痛くなるようなことばっかし云って、私、活動家になるために勤音スターになったのと違うわ、勤音の一般会員の人たちだって、そんな難しいことを考えてる人は少ないわ、事務局や運営委員の人たちが、勝手に撥《は》ね上がっているのよ！」

流郷は、苦笑した。

「例《たと》えば、どんな点で、そんな風に思うの？」

「運営委員の人たちは、今度の勤音ミュージカルは単なる日本版『ロミオとジュリエット』ではなく、二人のラヴ・ロマンスを通して、日本の社会的な歪《ひずみ》を衝《つ》く問題作とか、社会的リアリズムとか云うけれど、一般会員の人たちは、そんなことより勤音の安い会費で、R会館のデラックスな雰囲気を味わいながら、はじめてミュージカルが観《み》られると喜んでいる方が多いわ」

亜矢子のような小娘が、わずかの間に流郷が以前から感じ取っている勤音の一般会員と、事務局の上層部や運営委員たちとのギャップを指摘し、矛盾を感じ取っているのだった。

「十時前だけど、よかったら、お茶を飲んで行こうか」

「いいわ、ちょうど、この近くに私の好きな音楽喫茶があるわ」

そう云うなり、梅田新道の方へ向った。

音楽喫茶の中は、ハリー・ベラフォンテの『ハヴァ・ナギラ』のレコードがかけられていた。

「体が吸い寄せられるような声というのは、あんなのだね、男が聴いていても、酔わされてしまう——」

紅茶を飲みながら、耳を凝らすように云うと、

「流郷さんでも、酔いはる時があるの」

「そりゃあ、あるさ」

「へぇ、リハーサルで皆が昂奮《こうふん》している時でも、流郷さんだけは、独りかけ離れて、どんな時でも酔わない人だと思ってたわ」

流郷は、自分の心の中を覗《のぞ》き見られたように、ぎくっとした。亜矢子のいうように自分の心には、勤音の組織の中で自分の音楽的な野心を果しつつある時でも、何処《どこ》か投げやりな空《うつ》ろなものがあり、江藤斎子と情事を営んでいる時も、斎子の放恣《ほうし》な体に溺《おぼ》れず、何時《いつ》もどこかに燃えきらない芯《しん》があった。流郷は、一見、軽薄で捉《とら》えどころのないよう

な小娘の持っている鋭い直感力にたじろぎを覚えた。

「僕の人物批評など勘弁して貰いたいね、それより、あなたのお家の人たちは、今度のこと、どういってるの」

話題を変えるように、平凡なサラリーマンの家庭だと聞いている亜矢子の家のことを聞くと、

「姉は、音楽学校の声楽科へ行ってる私より亜矢子の方が先に舞台にたつことになったのねと、喜んで歌のお稽古もしてくれるけど、両親は、やはりお勤めになど出さなかった方がよかった、お勤めに行ってたから勤音のオーディションなど受けて、こんなことになり、うっかりすると、お嫁に行きそびれると慌《あわ》ててるわ」

と云い、ふふんと、鼻先を鳴らして笑った。

「お勤めの方は、どうするつもり？」

「ほんとうのところ、お勤めが終ってからのお稽古はしんどいから、お勤めはすぐにも止めたいけれど、事務局長の瀬木さんから、勤音で選ばれたスターである限り、職場を捨てるのは困ると云われたの」

「そりゃあ、そうだね、今のところ職場から誕生した〝勤音スター〟ということで売っていて、マスコミも、一般の興味も、そこにあるんだからね」

流郷は、瀬木と違った立場から云った。

「あら、流郷さんまで、同じことを云いはるの、厭《いや》やわ」

甘えるような仕種《しぐさ》をし、

「流郷さんは、江藤さんとひどく親しいのん？」

不意に、そう聞いた。

「どうして、急に江藤君のことなど云い出すの」

「流郷さんが、あの人をどう思ってるのか知りたいの――」

「ああ、それなら、江藤君は頭がよくて、男性並に仕事の出来る美人だと思っている」

「そう、たしかに美人やわ、けど、いやに取り澄まして冷とうて、あんな感じ、私は大嫌いやわ、流郷さんは、えらく褒《ほ》めはるのね」

「別に、褒めやしないよ、ただ有能で美人だと、ありのままを云ってるだけだよ」

「じゃあ、奥さんと別れた独身の男性は、有能で美人である女性と、悪戯っぽくて可愛《かわい》いのと、どっちが好き？」

「なんだ、そんなことか――」

思わず、笑いかけると、

「駄目、ちゃんと答えてほしいの」

亜矢子は瞬《まばた》きもせず、まじまじと流郷の顔を見詰めた。

「そんなこと答えられないね、考えてみたことがないから――」

そう云いながら、流郷は、一度離婚した経験のある男に向ける二十一歳の小娘の好奇心とも、本気ともつかぬ心の動きを、半ば興味をもって受け止めていた。

九章

ゆるやかな起伏をもって広がる茨木《いばらき》カンツリー・クラブの芝生《しばふ》の上を、白いボールが大きな弧《こ》を描いて飛んだ。門林《もんばやし》は、ボールを打ったままの姿で、相好《そうごう》を崩《くず》した。東コース十八番ホールは左手に池、右手にクロス・バンカーの障害があり、距離も四百六十ヤードもあるから、始めの第一打からよほど、大きく飛ばさなければならない難しいコースだった。

「いや、お見事なロング・ショットですねぇ、二百二十ヤードは優に飛びましたよ」

門林のうしろで、ボールの行方を追っていた昭和化学の長坂社長が、感心するように云《い》うと、グレーのカシミヤのセーターに、同色のハンチングをかぶり、齢《とし》には見えぬ若々しいいでたちの門林は、

「次はあんたの番ですわ、これが最後の勝負ですさかい、お互いに負けられませんな」

余裕たっぷりに云った。長坂はゴルフ灼《や》けした顔に白い歯を見せ、

「もちろんですよ、このホールを取れば、戦前仕込みの門林さんに勝てるのですからね」

ティー・グラウンドに起《た》ち、二度、三度、慎重に素振りし、ボールを飛ばす狙《ねら》いをつけるように、フェア・ウェイの方を見てから、おもむろにクラブを振り上げ、勢いよく振り下ろした。びゅーんとクラブが宙を切る音がし、ボールは二百ヤードほど向うのフェア・ウェイの中程に大きくバウンドして止まった。

「ふうん、なかなか、やりはりますな、こら面白《おもろ》なった」

門林はそう云うと、キャディーにクラブを渡し、長坂と並んで、ボールの落ちた地点に向って歩き出した。

昨夜、大阪で開かれた経済懇談会に、日経協の弘報《こうほう》委員長として出席した長坂を、門林が朝早くからゴルフに誘い出したのだった。十一月初めの空は高く冴《さ》え渡り、眼を射るような秋の陽《ひ》が芝生を眩《まばゆ》いばかりに照らし出していた。しかも、ウィーク・デーの午前中のせいか、コースには門林たち以外に殆《ほと》ど人影が見当らない。

「このコースは、何時《いつ》来ても素晴らしい、自然のままのこまやかな起伏というものは、やはりいいものですね」

長坂がゆるい斜面を歩きながら、コースの良さを満喫するように云うと、

「今日この頃のブルドーザーで造ったコースと違《ちご》うて、モッコをかついで造った苦労が

にじみ出ていて、しみじみとした愛着がありますな」

門林は、手作りの良さを味わうように云った。フェア・ウェイの中程のボールの前まで来ると、第二打は長坂からであった。池を左手にみて、大きくクラブを振ると、グリーンの手前のバンカーにボールを入れてしまい、第三打でグリーン・エッジにボールを持ち込んだ。門林は第二打は短かかったが、第三打で一気にピンまで一米《メートル》の距離に寄せた。

いよいよ最後の一打を争うことになると、長坂はキャディーに持たせたクラブの中から、五番アイアンを取り出し、赤い旗がたてられたホールの手前七ヤードほどの距離から、一気にホールを狙ったが、五十糎《センチ》ほどオーヴァーした。次いで門林は自慢のエッチ・エンド・ビーのクラブの中から、パターを取り出して、ホールへ眼を遣《や》り、軽くボールに当てると、ボールはゆっくり回転し、吸い込まれるようにすぽっとホールへ入り、スコアは、オール・スクウェアーから門林がワン・アップして勝った。門林の顔が、大きく綻《ほころ》んだ。

「やっぱり戦前仕込みの門林さんにはかないませんな、近いうちにもう一度、お手合わせさせて戴《いただ》きますよ」

長坂は、大阪財界の大先輩をたてるように云うと、

「いや、あんたもなかなかですわ、ちょっと、クラブ・ハウスで一服してから帰ること

にしまひょ」

額ににじんだ汗を拭《ぬぐ》いながら、グリーンのすぐ右手にあるクラブ・ハウスへ引き揚げた。

ヴェランダの椅子《いす》に坐《すわ》り、門林はビールを注文して、まず渇いた咽喉《のど》を潤《うるお》し、

「昨夜の経済懇談会は、予想以上の成果を上げましたな、この調子なら、年末のボーナス闘争には、東西の経営陣が結束して、組合の要求に当れますわ」

そう云い、一気にコップを空《あ》け、

「ところで長坂さん、音連作りに臨海工業地帯を狙いうちにしはったあんたの腕前にはシャッポを脱ぎますわ」

大企業が密集している千葉、四日市、播磨《はりま》、水島などの太平洋ベルト地帯と呼ばれている臨海工業地帯の企業体から音連作りをはじめ、そこを拠点にして、短期間に勤音に対抗する文化コンビナートを作りあげた長坂の手腕に感服するように云った。

「いや、新しい臨海工業地帯には、まだ勤音の手が入っていなかったり、入っていてもまだ弱体な場合が多いから、そこを拠点にして、音連の全国組織を拡大する方法をとっただけのことですよ」

「なるほど、勤音に対する遅れを取り戻すのに最も効果的な方法ですな、その上、準備会は箱根で、結成大会は東京の椿山荘《ちんざんそう》に、各地の音連事務局長を招いて盛大な発会式を

上げ、連中をさんざん喜ばせたからには、大いにその効果が上がってますやろ」

満足そうに云うと、長坂は、

「それが、ちょっと困ったことが起っているんですよ、第一回の例会は、各地とも音連の宣伝と会員集めのために、勤音ではとても出来ないような豪華なプログラム、例《たと》えば、同じオーケストラにしても、勤音が四十人ですますところを、音連は六十人のフル・メンバーでやるという具合にし、しかも思いきり安い会費でやったものだから、目標の会員数には楽に達したんですが、各地とも平均して三、四十万の赤字が出て、しょっぱなから財政的な問題でもめているわけですよ」

閉口するように云った。

「そら、おかしな話ですな、始めの二、三回の赤字は、最初から覚悟の上のことで、それぐらいは、各企業で援助金を出し合《お》うて賄《まかな》うという建前《たてまえ》やおまへんか」

「それを僕も口を酸《す》っぱくして説いて廻ったのにもかかわらず、地方の企業では一口二万円の援助金さえ出ししぶるところがあって、特に東北や北陸地方の音連では、二回目の例会の費用を心配しているぐらいなんですよ」

「けど、勤音が、人民党の青年同盟の組織拡大のプールになっておることを話してやったら、いくら苦しい懐《ふとこ》ろの中でも、音連結束の必要が解《わか》るはずやと思いますがな」

長坂の説明不足ではないかというような云い方をすると、長坂は二杯目のビールを空

け、

「もちろん、その点については大いに強調しましたよ、例えば青年同盟の数が昭和三十年には全国で僅《わず》か三千人ぐらいだったのが、三十三年にはなんと六万二千人、さらに現在では十万を越える飛躍的な勢いで増え、勤音が出来ると、青年同盟の連中がどこからともなく入って来て、静かに潜行しながら徐々にサークルの意識変革をやり、何時の間にか指導権を握ってしまう各地の実例を幾つも話したんですけど、やっぱりいざ金を出すとなりますとねぇ」

「デモやストをやってから慌《あわ》てることを思うたら、ほんまに安いものやのに、地方の経営者の程度というのはそんなものですかいな」

苦い顔をしたが、つと長坂の方へ顔を寄せ、

「どうだす、日経協が治安対策用の機密費としてプールしている金を、この際、ちょっと出して貰《もら》うというわけにはいかんのですかな」

「さあ、治安対策用の機密費となると、常任理事会で計った上でないと使えないし、そうなると、日経協の中には、ご承知のようにいろんな派閥《はばつ》があり、自衛隊強化論を唱えている財界硬派あたりからは、たかが音楽のような軟弱なものに金を出すなどと、強い反対が出ることが多分に予想されますのでねぇ」

長坂は、躊躇《ためら》うように云った。

「そこのところを、弘報委員長のあんたと、長老格の樺山《かばやま》さんとで、うまく口説いて貰いたいもんですな」

長坂はすぐ応《こた》えず、ぼつぼつ人影が見えはじめたコースへ暫《しばら》く眼を向けていたが、やがて、

「じゃあ、帰京して早速、樺山さんに相談してみましょう、しかし、うまい具合に治安対策の機密費を取れても、それは、呼び水程度の額にしかならんと思いますがねぇ」

「そうすると、音連の例会をうんと安く仕込む方法を考えることですな」

門林は、思案するように云った。長坂も頷《うなず》き、

「さっき、お話したように音連会員を一挙に増やすためには、何といっても、勤音では到底、出来ない海外の一流演奏家を招《よ》ぶことですが、まともに招んでは、大へんな費用になって、とても資金的に賄えませんから、われわれの手で何とか安く受け入れられる方法を考え、それを音連の例会にだけ流すことにするのですね」

そう云うと、門林はちょっと考え込み、

「アメリカの国務省が、極東地区の文化政策のために文化使節を派遣する機関を設けているが、それに便乗させて貰うことやな、左翼対策という共同の目的のために、音連の例会に一流の演奏家を文化使節として派遣して貰うたら、ギャラなしで、一日三十ドルの滞在費を持つだけでええのやから、地方の音連に最初の一日分だけは、滞在費も日経

協と私らの援助金で持ってやることにし、その売上金を各地方の音連の基金にすることにすれば、大いに士気が上がりますやろ」

「なるほど、そういう具合に運べば云うことなしですよ、早速、アメリカ大使館へ打診してみましょう」

長坂がその交渉を引き受けるように云うと、

「いや、こういう問題は、政治家を動かすことですわ、さしずめ自由民生党の大石幹事長、あの人なら反共の親玉やから、音連の話をもって行ったら双手《もろて》を上げて歓迎し、その筋へ渡りをつけてくれますやろ、政治家には、せめてこんなことでも動いて貰わんことには、われわれ経営者は政治献金はするわ、文化対策もこっちの身銭《みぜに》をきるわでは、あんまり、話が引き合いまへん」

門林は、算盤《そろばん》を弾《はじ》くように云った。

＊

流郷は、見違えるように明るく広くなった事務局を見渡した。まだ十分、ペンキは乾ききっていなかったが、ついこの間までの鼠色《ねずみいろ》の薄汚れた壁が淡いグリーンに塗り変えられ、事務局と会議室を仕切っていた仕切がはずされ、向い側の空室を会議室専用に借りたから、事務局がうんと広くなり、午後の陽が一杯に射《さ》し込んでいる。

事務机や椅子《いす》、ロッカーなども軽快なスチール製に変り、事務局員たちの服装も、よれよれのワイシャツやジャンパー姿が少なくなり、事務局全体の雰囲気が明るくスマートになっている。流郷が提案した勤音の〝ムード作り〟の現われであった。

流郷は、勤音が左偏《ひだりよ》りにみられるのは、それらしい事務局の雰囲気や事務局員の服装のせいでもあるから、まず外見を明るくスマートに替えれば、商品をイメージで売るように、勤音もソフト・イメージで売ることが出来ると、主張したのだった。事務局長の瀬木や江藤斎子《せいこ》は、音連の勤音攻撃が激しくなり、外部の情勢が楽観を許さない時に事務局の模様替えなどもってのほかだと強く反対したが、流郷はそういう時期だからこそ、逆に勤音の装《よそお》いを一新し、今までとがらりと違ったムードを作り出すことだと、云ったのだった。

事務局長席の瀬木の方をみると、これまでのようにくたびれたワイシャツに、ノー・ネクタイというのではなく、白いワイシャツに窮屈そうにネクタイを締めている。斎子にも、口紅の一つぐらいはつけるべきだと云ったのだったが、依怙地《いこじ》に口紅はつけず、ツー・ピースの衿《えり》もとに赤いスカーフだけ巻きつけている。

他《ほか》にまだ二、三人のいかにも活動家然としたジャンパー姿が見かけられたが、ほぼ流郷の提案したムード作りが出来上がりつつあった。

流郷は頬杖《ほおづえ》をつき、自分の担当している企画部を見渡すと、会員の増加に伴い、ここ二、三年のうちに急激に部員が増え、九人の部員が、机の上に積み上げられた葉書式アンケートをせっせと、整理している。一番齢嵩《としかさ》の浜口と堺《さかい》が、クラシックとポピュラーを分担して受け持ち、クラシックのキャップの浜口は、いわゆるクラシック石頭で、ポピュラーのキャップをしている堺は、浜口に比べると、齢も若く柔軟さがあったが、アメリカものは駄目だときめてかかり、今度のミュージカルでも、ブロードウェイ・ミュージカルなら絶対反対だと云《い》い、音楽より思想の方が先走る青臭さがあった。年間企画のうち三本、柱になる大きな例会を流郷が立案し、その他は浜口と堺とが分担して、毎月の例会企画をたて、若い部員がその手足になって動くシステムであった。

流郷は浜口の方を見、

「どう、アンケートによる例会調査の結果は?」

声をかけると、痩《や》せぎすの陰気な顔を上げ、

「どうってこともありません、こう頻繁《ひんぱん》にアンケートを取ると、同じ傾向の答えしか出ませんよ、①今月の例会内容をどう思うか、②演奏曲目のうち特によかった曲は? ③今後の例会にどんな出演者又は曲目を希望するか、④次の企画に対する希望は? きまりきった質問に対しては、きまりきった答えしか出やしませんよ、どうして、こう何度

もアンケートをとる必要があるのです」

　不満げに云った。

「浜口君、そのきまりきったアンケートを、なぜ頻繁にとるのか、君に解らないかな」

「解りませんね、正直に云うと、時間と労力の無駄だとも思えます」

「これも一種の〝ムード作り〟だよ、勤音の例会は、事務局や運営委員会が一方的に企画し、会員に押しつけているのではなく、会員の声に基づいて例会企画を行なっているのだというイメージを強くするために、頻繁にアンケートを取っているんだ、そうしておけば、音連が、勤音は例会によって会員を洗脳しているというような云い方に対し、勤音はアンケートによって会員の意見を十分に聞き、その上で例会企画をたてているから、それを偏向しているというのなら、組合員の注文で運営している生活協同組合だって偏向しているということになるじゃないかと、反論できるからねぇ」

「じゃあ、流郷さんは、そんなムード作りのためにだけ、アンケートの調査をやっているのですか、僕は勤音のアンケートである限りは、もっと前進した方針を打ち出すための会員の意識調査であるべきだと思います」

　浜口の隣に坐っている堺が、気負うように云った。

「まあ、ここ暫《しばら》くはそうむきにならず、僕のやり方を見ていて貰いたいね」

　流郷は、ぴしゃりと云い、

「僕はちょっと、協和プロまで出かけて来る、六時には帰って来るつもりだけど、遅くなったら、みんな先に帰ってくれ給《たま》え」

扉《ドア》の方へ足を向け、組織部のところまで来ると、病気欠勤していた菊村俊一に、もういいのかいと、声をかけて事務局を出た。

菊村俊一は、流郷が出て行ってしまってからも、もういいのかいと云った流郷の声が、ぬるむような温かさで胸に残った。

季節はずれの秋風邪《あきかぜ》で、一週間休んで、今日出て来た菊村に、もういいのかいと、優しく声をかけてくれたのは、流郷だけであった。組織部の責任者である永山はもちろん、十人の部員たちは、事務局に入って日の浅い新入部員が、一週間も休んだことを咎《とが》めだてるような気配があり、菊村の机の上には、一週間分の雑務が積み上げられるように溜《たま》っていた。

昼食もそこそこに、朝からぶっ通しで地域懇談会の地区別の日割表と各職場のサークルの会員名簿を作っているが、まだ熱気のとれない体は四時頃になると、気怠《けだる》い疲れを覚えた。手をやすめて、財政部の方を見ると、江藤斎子が赤いスカーフをえりもとに巻き、何時《いつ》もより華《はな》やいで見える彫《ほり》の深い顔を、小《こ》揺《ゆる》ぎもさせず、机の上の帳簿に向けている。そうした江藤斎子の姿を見る度に、菊村はどうしたら、あのように神経を集中させて仕事が出来るのだろうかと、一種の圧迫感に似た敬意を抱いた。江藤斎子に次いで、永山の仕事ぶりも精力的であった。組織部の責任者でありながら、どんな小さな地域懇談会へもこまめに出席して、地域活動と組織拡大に異様なほどの情熱を傾けているが、対個人のつき合いになると、妙によそよそしい冷たさを感じる相手であった。その点、流郷は一見、人を突き放すような冷たさを身につけていたが、菊村には、その冷たさの中に、どこか一点、触れれば温まるようなところがあるように思われた。

やっと地域懇談会の地区別の日割表が出来上がり、顔をあげると、壁時計はまだ六時を指したばかりであるのに、何時も遅くまで仕事をする永山の姿が、組織部長の席に見当らない。事務局長の瀬木、江藤斎子の姿も、何時の間にか見えなくなっている。菊村は、机の上のカレンダーを見た。第二月曜日であることが解《わか》ると、菊村の目に不審な色が漂った。たしか先月も月半ばの月曜日、そして先々月も同じ頃の月曜日の夕方に、瀬木、江藤、永山の三人と、あと二、三人の事務局員が、ぽつんぽつんとばらばらに、しかし申し合わせたように早い目に姿を消してしまったことが、思い出された。

六時を過ぎると、他の事務局員たちも、次々に帰って行ったが、菊村はサークルの名簿作りをすませてしまうために、灯《あか》りのついた事務局で一人残業することにした。菊村のようにその部で一番末輩の者は、人が帰ってしまったあとの方が、雑用が割り込まず、スムーズに仕事が片付けられる。各サークルごとに、次々に名簿を整理していると、永山の机の上にある電話のベルが鳴った。受話器を取ると、聞き馴《な》れぬ声がした。

「もし、もし、永山さんですね」

いえと鼻声で云いかけると、咳《せき》が出、激しく咳き込んだ。

「永山さん、風邪ですか、東京のお客さんの都合で、今日は休業にします」

「ええ？　休業——」

何のことか解《わか》らず、聞き返すと、

「えっ！　あんた、永山さんじゃないんですか」

ぷつんと、電話がきれた。風邪ひきの菊村の声を、何時も鼻にかかった永山の声に間違えたのであるらしかったが、今夜は休業とは、一体、何のことなのだろうか。菊村は狐《きつね》につままれたような怪訝《けげん》な思いで、手に持った受話器をおき、自分の席へ戻りかけると、扉《ドア》が開いた。

「おや、まだいるのかい、病気で今日出て来たばかりなのに——」

流郷が驚くように云った。

「ちょっと、仕事が溜っていたもんですから——」

菊村は、まだ狐につままれたように怪訝な面持で応えた。

「どうしたんだ、妙な顔をしているじゃないか」

「ええ、実は、いま妙な電話がかかって来て――」

菊村は、今の電話のことと、瀬木、江藤、永山と、あと二、三人の事務局員が申し合わせたように月の半ばの月曜日の夕方になると、早い目に帰って行くことを話すと、流郷の口もとから、ぽとりと煙草《たばこ》が落ちた。

今夜は休業――、流郷にもその意味は解らなかったが、事務局長の瀬木、財政の江藤斎子、組織の永山たちで、何か隠れた会合が持たれているようであった。

＊

大正地区の地域懇談会が終ったのは、夜の十時を過ぎていた。組織部設営係の菊村俊一は、会員たちが全部帰ってしまった後のがらんとした公民館の会議室の窓の戸締りを一つ一つ、点検して行きながら、ついさっきまでの熱気を孕《はら》んだ会議の模様を思い返していた。

日東レーヨンの勤音会員の人事異動を悪質な不当人事として、他のサークルも撤回要求を支援すべきか、否《いな》かをめぐる緊急懇談会であったから、何時もなら五十人ぐらいの集まりに、他の地域の会員も加わって百人近くが詰めかけ、会は始めから昂奮《こうふん》した気配に包まれていた。

不当人事を云い渡された日東レーヨン・サークルの七人を中心にして、あくまで支援闘争をやるべきだと主張する意見が最初から会の大勢を支配し、その結論に達しかけた時、事務局の組織担当である永山が、不当人事に屈するのではなく、この際むしろ、地方への配置転換を逆に利用して、百万人の勤音を達成するための地方工作員として活動するやり方があると云ったのだった。そして音連が地方組織の拡大に力を入れている時、地方勤音がそれに対抗しなければならないことを訴えると、永山を囲む活動家グループから、地方工作員の必要を支持する意見が出、延々三時間の議論の末、支援闘争はやらないという結論に達したのだった。

会議の間中、菊村は、日東レーヨンという言葉が出る度に、頭を俯《うつむ》け、いいようのない憤《いきどお》りと屈辱に耐えていた。悪質な人事異動を行なった日東レーヨンの経営者である門林雷太に、自分の姉が囲われていることの恥ずかしさが菊村の心を打ちひしぎ、吹き出るような憤りで、支援闘争を行なうことに賛成したかったが、組織部の責任者である永山が、過激な支援闘争派を説得する方にたち廻っていた。日頃の永山なら、当然、強硬に日東レーヨンの不正人事に反対し、闘争を支援するはずであるのに、なぜ今回に限って、今夜のような消極的な解決を計ったのだろうか――、菊村は、割りきれぬものを感じた。

やっと全部の戸締りを点検し終えると、菊村は、割りきれぬ気持を会議室の扉《ドア》にぶつけるように、手荒にばたんと閉め、宿直の館員に声をかけて、玄関を出ると、さっきまで降っていた雨が上がり、ひやりとした夜気が頬《ほお》にふれた。色褪《いろあ》せたレイン・コートの衿をかき合わせて、玄関の階段を下りた。

「菊村君——」

階段の下に、永山が起《た》っていた。

「ああ、永山さん——、まだいらっしゃったのですか」

会議が終れば、あとは設営係の菊村に任せて活動家の会員たちと先に帰ってしまう永山が、まだいたことに驚くように云った。

「いや、ちょっと、用を足していたんで、君も片付けがすんだのなら、そこまで一緒に行こう」

何時になく、気さくに誘いかけ、

「今日の地域懇談会、はじめのうちはどうなることかと思ったが、まあ、何とか一つにまとまってよかったな」

「ええ、でも、何だか、僕にはひっかかります、どうして日東レーヨンの会員のために、支援闘争に踏みきらなかったのです」

瀬木や永山、流郷たちの間で、R会館を借りるために、地域懇談会の動きを穏便におさめる話合いになっていることなど知らない菊村は、不信を持つように云った。永山は、

「組織作りというものは、図式通りに行くものじゃないよ、飛躍的な組織拡大のためには、その時々に応じた柔軟な戦術が必要で、そのために小さな犠牲の一つや二つは、ついて廻る場合もあり得る、組織部員は、その辺のところを心得て、或《あ》る場合には非情にならなければならないこともあるのだよ」

永山は、R会館のことなど曖《おくび》にも出さず、自分が、事務局長の瀬木や委員長の大野に説得されたのと同じ言葉を口にした。菊村は、永山の言葉に、組織の中のご都合主義、便宜主義のようなものを感じたが、それが何によるものであるかは解らなかった。

十時を過ぎた工場街は、殆《ほとん》ど人影がなく、しんと静まりかえり、夥《おびただ》しい煙突とクレーンの黯《くろ》い巨大な影が夜空に聳《そび》えたち、木津川《きづがわ》河口の一角の空だけが、紅《あか》く燃えるように染まっている。深夜作業を続けている製鋼所の溶鉱炉から吐き出される赤い煙が、焔《ほのお》のように夜空を灼《や》いているのだった。菊村は、足を止めて、人間の小さな営みや人為を圧してしまうような紅く染まった夜空を見上げた。永山も同じように足を止めて空を見上げ、

「菊村君、風邪の方は、もういいのかい」

「ええ、おかげさまで、どうやら――」

「季節はずれの風邪というのは、あとも十分に気をつけなくてはいけないよ、どちらかというと、君は華奢《きゃしゃ》な体つきの方だから、前の職場より、少しえらいんじゃないかね」

菊村の顔を覗《のぞ》き込むように云った。

「そりゃあ、前の職場は或《あ》る程度の技術を持てば、誰にでも出来る仕事ですから、馴《な》れてしまえば楽なんですが、勤音の組織部の仕事は、馴れて機械的に出来るという仕事ではありません、絶えず、地域懇談会を活潑《かっぱつ》にしておくことが、組織作りに大きく影響するのですから、少し体にはきついですが、やり甲斐《がい》があります」

女のように切れ長の涼しい眼を輝かせて云《い》った。

「君のそんな気持は、君の仕事ぶりをみていると、よく解るよ、君が地域懇談会の設営係を担当するようになってから、各地域の委員から、懇談会がスムーズに、活潑に行なわれるようになったと評判で、僕も喜んでいるんだが、何時も夜遅くなって、家の方はいいのかい」

「一人で下宿住いをしていますから、別に――」

「ああ、そうだったね、君はたしかご両親はなくて、姉さんと二人きりだそうだね」

「ええ、姉も別に働いていますから――」

そう応《こた》えながら、菊村の心は疼《うず》くように痛んだ。

「そうすると、君は一人みたいなものだね」

そう云い、永山は足を止め、

「菊村君、僕は何時までも君を、設営係にしておく気持はないよ、ゆくゆくは地域会議のリーダーとして、君にも、大いに活動して貰《もら》うつもりでいるのだよ」

菊村は頬を染めた。さっきまでの門林の妾《めかけ》の弟という体が剝《は》がれるような屈辱と劣等感とが拭《ぬぐ》い去られ、救われるような喜びを覚えた。

「でも、地域会議のリーダーなど、僕にはそんな理論も、しっかりした思想もまだ出来ていませんから、とても……」

躊躇《ためら》うように云うと、

「いや、理論や思想など、これから勉強すればいいことじゃないか、君が将来、勤音の事務局員として本腰を入れて勉強するつもりなら、君のような若い人たちが集まる学習会があるから、入って勉強してみてはどうかね」

「ええ、是非、お願いします」

菊村は、吊《つ》り込まれるように頭を下げた。

「じゃあ、早速、紹介してあげよう、君が本腰を入れてやってくれると、組織部に一人りっぱな部員が増えるということだから、大いに期待するよ」

永山は、ぽんと肩を叩《たた》いて激励した。菊村はこれまで事務連絡以外は殆ど言葉をかけてくれなかった永山が、思いもかけない暖かさで励ましてくれたことに胸を昂《たかぶ》らせ、倖《しあわ》せを嚙《か》みしめるように歩いた。南恩加島《みなみおかじま》の停留所まで来ると、

「菊村君、この間、何時だったかな、夕方頃、僕にわけの解らない妙な電話がかかって

来なかったかい？」

そう云われて、菊村は、はっとした。

「いえ、別に——、でも、それがどうかしたのですか」

とっさにそう云うと、

「何でもないよ、時々、突拍子もない間違い電話、いや、勤音だから厭《いや》がらせ半分の悪戯《いた ずら》かもしれないが、妙な電話がかかって来ることがあって困るんだよ、あんなのは、一体、どういうつもりなんだろうねぇ、うっふぅふぅふぅ」

引きつれるような笑い方をし、永山はそれだけを云いたかったかのように、

「僕は鶴町《つるまち》行の電車だから、ここで失敬——」

と云うなり、向い側の停留所へ渡って行った。

＊

K会館の貸スタジオで、勤音のミュージカル『ダイヤモンドとパン』のリハーサルが始まっていた。各シーンごとのかためをする日で、第四場の金満家の娘なぎさとその弟の家庭教師である貧しい学生小森克己が、なぎさの部屋のヴェランダの前で愛を語り合うシーンで、もとになっている『ロミオとジュリエット』の中でも、よく知られている

シーンであった。
演出家の花井は、さっきから同じシーンを何度も繰り返させている。
「一体、何度云ったら解るのだ、舞台は月のある夜の宏壮《こうそう》な邸宅の庭園だ、音楽が静かに流れている、娘のなぎさは、克己が庭にしのび込み、暗い樹陰《こかげ》から自分を呼ぶ声に寝室の扉《ドア》を開け、ヴェランダにたつところからはじまる、いいね、もう一度、はい！」
ピアノが弾《ひ》かれ、克己を演じる立川澄彦がバリトンの低いきれいな声で、なぎさの名前を唄《うた》うように呼びながら、なぎさに近付く。
克己　なぎさ、なぎさ……
なぎさ　しっ、静かに……
克己　早く降りておいでよ
なぎさ　駄目よ、パパが許さないの
克己　許さないって、君と僕の体には、もう同じ血が流れているのだ、自動車事故で死にかけた君の体に輸血したのは僕の血だ！
なぎさ　でも、パパが何といっても、許さないの
父の声　（奥の部屋から）なぎさ！
なぎさ　はい、ちょっと待って、パパ……

克己　（ヴェランダへ上がりながら）なぎさ、行っちゃあ駄目だ、君は僕のすべて
（なぎさは彼の口をふさぐ）
父の声　（奥の部屋から）なぎさ、早く来るのだ
なぎさ　はい、パパ、只今《ただいま》——
克己　ほんとに行ってしまうのかい、なぎさ
（なぎさ頷《うなず》きながら唄い出す）
月影ほのかにかげる夜
さやかに燦《きらめ》く二人の愛
闇《やみ》を明るみに、明るみを光に
照らされるものみなすべて
夜空に光る星のごと
輝きやまぬいのちの灯
（克己唄い出す）
僕は知った、二人の血の鼓動の中に
ダイヤモンドの燦きしか知らなかったあなたが
パンの味わいを知ることを
黴《かび》の花のむらがりから

今こそ偽りのマスクを棄《す》て
虚栄の壁を破って
高らかに唄おう愛の讃歌《さんか》を
なぎさ　しょう！（克己の方へ相寄り）ああ、私はあなたのもの、あなた以外に何があるので

辻亜矢子《つじあやこ》が、両手をさしのべる仕種《しぐさ》をした途端、大きな声が飛んだ。

「駄目だ！　辻君の台詞《せりふ》も、歌もなっていない！　このシーンは、どういう設定の中で、どういう芝居をしようとしているのか、全然、解《わか》ってないじゃないか」

スタジオ中に響き渡るように云った。稽古《けいこ》を見ている踊子たちも、はっと体を硬《こわ》ばらせたが、辻亜矢子は、大きな瞳《ひとみ》をくるりと動かし、

「先生、解ってますわ、第一場、二場でスポーツ・カーを乗り廻していたじゃじゃ馬娘と違って、自動車事故を起して、同じ血液型の苦学生の輸血で生命《いのち》を取り止めたなぎさだから、相手が苦学生だからといって父に仲を裂かれても、愛し合う恋人同士をやったらいいのでしょう」

反りかえるようにくびれた唇をきゅっと、突き出して云った。

「解っているならその通りにやり給《たま》え、自分の体の中に、あの男の血が流れているとい

う女の演技は今、君がやったような月並な三文メロドラマの恋人同士の演技じゃない、もっと運命的な結びつきを強調する内面的な演技が必要なんだ、君のにはそれが全然、出ていない！」

　投げ出すように云うと、

「仕方ないわ、私はプロのタレントと違《ちご》うて、勤音のオーディションを受けてタレントになったばっかしやもの、運命的とか、内面的とか、そんな難しいことを云いはるより、顔をどっちへ向けて、体をどない動かして、どう喋《しゃべ》ったらええと、それを云うてくれはるのが先生やないですのん」

　けろりとした顔で云った。

「演技だけじゃない、歌もなってないじゃないか、音程も悪いし、恋人の胸に飛び込むような情感が出ていない、君のような唄い方では、相手役の立川君が気の毒だ」

「あら、立川さんが出てくれはったのは、私の歌が下手でも、音楽は立川さんで持たしてくれはるためと違いますのん？　それで私、安心してたのやわ」

　立川澄彦は、不快な顔をし、椅子《いす》に坐《すわ》った。花井はつかつかと、亜矢子の傍《そば》へ歩み寄った。

「そんな馬鹿《ばか》なことを、誰が云ったんだ！」

「流郷さんが、音楽的なくずれは立川さんが防ぎ、どうしても音程の難しいところは、作曲の泉先生が、唄いやすいように直して下さると云いはりましたわ」

流郷が、止める暇《いとま》もなかった。作曲家の泉は、みるみる顔色を変えた。

「困りますねぇ、そんなことを云って貰っては、僕だって、いくら、唄いやすくするといっても、自分の作曲のモチーフまで変えて唄いやすくすることは出来ないからねぇ」

怒りを含んだ声で云った。流郷は、

「今、皆さんが怒ってらっしゃるようなところが、今度の女主人公《ヒロイン》の性格にぴったりだといって、オーディションで彼女を選び出したわけじゃないですか、それにどうせ歌や台詞の基礎的な勉強を受けていない素人《しろうと》だから、完璧《かんぺき》に巧《うま》くやらせようと思うより、一般会員たちに、あれぐらいなら私たちも唄えるという一種の親近感を持たせていいのじゃないですかねぇ、本格的な歌は立川さんので聴《き》いて貰うことにして、ともかく、稽古を続けて戴《いただ》きましょう」

慌《あわ》てる様子もなく、稽古を進ませた。

再び、亜矢子がヴェランダで唄うところから繰り返されたが、デュエットの二小節目まで来ると音程が崩《くず》れる。その度に稽古《けいこ》ピアニストは、この音がとれないのかといわんばかりに苛《いら》だたしげに、何度もピアノを弾き直した。流郷は、初日までまだ四カ月あると思いながらも、さすがに不安を覚えて来た。

五時間ぶっ通しの稽古が終ると、演出家の花井、作曲家の泉たちは、立川澄彦と一緒にさっと引き揚げ、踊子たちは互いに、お疲れさまの挨拶《あいさつ》を交わしながら帰って行き、辻亜矢子だけが、ぽつんとスタジオに取り残されたが、別に淋《さび》しそうな表情も見せず、稽古で乱れた長い髪をうしろへかき上げ、口紅を塗り直すと、

「ああ、お腹《なか》がすいた、今日のお稽古、流郷さんのために途中で止《や》めんと、最後まで辛抱したのやから、奢《おご》ってね」

流郷の腕にぶら下がるようにスタジオの出口へ足を向けると、扉の前に人影があった。江藤斎子が、扉にもたれるように起《た》っていた。

「どうしたの、何か急な用でも――」

驚くように流郷が聞いた。

「面白そうだから、ちょっと覗《のぞ》きに来ただけよ、一緒に出ましょうか」

先にたって外へ出た。

梅田に向って歩きながら、辻亜矢子は、今日の稽古の面白かったことや、立川澄彦の魅力などを、江藤斎子に反撥《はんぱつ》するように楽しげに喋り、はしゃぐように笑ったが、斎子は、ちらっとも表情を動かさず、彫《ほり》の深い顔をまっすぐ前へ向けて歩いていた。流郷は容貌《ようぼう》も、性格も、ものの考え方も、あまりにも対照的な二人の間にたって歩きながら、一緒にお茶を飲むはからいをするのは面倒だと思った。

ちぐはぐな亜矢子のお喋りと、斎子の素っ気ない沈黙に挟《はさ》まれて梅田まで来ると、南

海沿線の亜矢子は、たち止って、どうするのという風に流郷の顔を見た。斎子と同じ阪急電車に乗る流郷を引き止めようとする気持がありありとしていたが、もう遅いからと云《い》うと、怒ったようにさよならも云わずに、さっと地下鉄の階段を降りて行った。

二人になると、斎子は、はじめて口を開いた。

「高倉五郎さんが、今度の参院選に立候補することになったわ」

「えっ、高倉五郎が立候補――、じゃあ、それを云いに来たってわけか――」

流郷は、斎子の顔を射るように見た。

*

勤音の新しい会議室で、運営委員会が開かれていた。十六人の運営委員たちは、何の前ぶれもなく突然、招集され、昼間の職場の疲れも加わり、露骨に厭な顔をしていたが、瀬木は、一座を見渡し、

「緊急議題というのは、今年の八月に行なわれる参議院選挙に全国勤音顧問の高倉五郎氏が、全国区から無所属で立候補されることになったのです――」

運営委員たちは、愕《おどろ》くように瀬木の方を見た。

「高倉五郎氏のようなわれわれの音楽運動の理解者を議会に送り込むことは、大きな意

義と力を持つことで、高倉氏の選挙後援会から全国勤音に支援を求めて来ましたこの際、大阪勤音としても高倉氏の選挙支援を行なってはどうかと思い、皆さんにお諮《はか》りする次第です」

慎重な口ぶりで云い、瀬木の隣に坐っている委員長の大野も体を乗り出したが、運営委員たちはすぐ意見を出さず、会員数が増え、運営委員の数も増えてから幾組かの派閥《はばつ》に分れている相手の出方を窺《うかが》うように沈黙した。流郷には興味のある沈黙であったが、流郷の隣に坐っている組織担当の永山と、江藤斎子の顔には、焦慮するような気配が見られた。

末席に坐っている若い運営委員が、手を挙げた。

「僕は音楽鑑賞団体である勤音が、選挙活動などにたずさわるのはどうかと思いますね、そんなことをやる暇があったら、会費の値上げをおさえる方法や、会員の全部が満足する例会をつくるためにはどうやったらええかなど、われわれが直面している会員のための日常的な問題をまず解決すべきやと思います」

一カ月前の運営委員の改選で選出されたばかりの新顔の委員であった。

「僕もそう思うな、七万人の会員の日常的な問題をほったらかして、高倉五郎さんの選挙運動をやるなど、勤音の本筋から離れ、主客転倒してるやないですか」

同じように新顔の若い委員が、高倉五郎の選挙支援を拒否するように云うと、古顔の東洋電機サークルの委員が、みくびるように二人の方を見た。

「君たちは、会員のための日常的な活動をまず優先させるべきだというが、そうした問題も、とどのつまりは政治に繋《つな》がっているじゃないか、そのいい例がこの間の国鉄運賃の値上げだ、あれで、東京、大阪間の運賃は今までと比べて四百八十円の値上りで、これからはオーケストラ一つ呼ぶにしても、四百八十円に七十人分掛けることとの三万三千六百円、つまり勤音の会費、百三十人分が余計にかかって来ることになるんだぜ、それに日本の政治家というのは、音楽など無用の長物と考えている連中が多いから、高倉五郎氏のように全国勤音の顧問であり、われわれの音楽運動の理解者である人が、立候補されるとあらば、積極的に支援するのが当然じゃないか」

断固とした口調で支援を主張し、周囲にいる七、八人の委員たちが拍手すると、反対側に坐っている夜間高校の教師をしている委員が、

「選挙を支援することは一向にかまいませんよ、ですが、どうして高倉さんでなきゃあ、ならないんですかねぇ」

と云うと、ミュージカル委員会の時に中国歌舞劇を強硬に主張した大阪製鋼サークルの野坂が、

「それなんだ、僕が云いたいのも――、高倉五郎というのは口先では、われわれ労働者のことが解っているようなことを云ってるが、所詮《しょせん》は青白いインテリ評論家に過ぎん、

その証拠に先月の機関誌に載っている論評でも、ロシヤやチェコの歌ばかり高く評価して、日本の流行歌については全面的に否定し、それに代る大衆のための歌については何もふれていない、さらに中国の人民大衆の中から生れ、口ずさまれている歌も、幼稚で単純な行進曲に過ぎないときめつけている、そこには大衆からの遊離と、ソ連偏向が見られ、重大な間違いを犯している、そんな人物を、われわれが支援することは大いに疑問だ！」

真っ正面から高倉支援を反対した。機械油のにじんだジャンパーを着た国鉄機関区の委員も、

「その通りだ、それに無所属の候補を支援するというのは、どういう意味ですか、労働者出身で、われわれ労働者の立場にたち、人民党の党籍を明らかにして立候補する人が他《ほか》にいないわけではないでしょう」

委員長の大野に向って、突っかかるように云った。大野はむうっとした顔で、

「君らのような云い方をする運営委員がいるから、勤音は左だ、アカだと攻撃されるんだ、勤労者のための音楽鑑賞団体を標榜《ひょうぼう》している勤音が、特定の党籍候補者を推すことは出来ない、それに君らは高倉五郎氏は青白いインテリ評論家に過ぎんと批判しているが、確かに高倉氏は労働者出身ではない、しかし、学生時代からずっと一貫して日本の労働運動に身を投じ、世界平和会議の評議員、日ソ協会副会長、アジア・アフリカ文化

会議の理事などをし、われわれ勤労者が十分に信頼出来る進歩的な文化人だ」
四、五人の運営委員も、大野に同調した意見をぶち、大勢《たいせい》が高倉支持へ傾きかけると、三和紡績サークルの委員が手を挙げた。
「僕も高倉氏を支援することには反対ではありませんが、僕らは、職場では各単産の組合に属している組合員だから、組合指令によって支持しなければならない候補者もある、一票しかない票を組合と勤音のどっちに行使するかとなると、僕らとしては組合指令を先行させなければならない場合があり、その辺のところをどう調整するかという問題がありますが――」

と云うと、組織担当の永山がすかさず、口を挟んだ。

「組合と勤音の調整問題までやっていたら、きりがないし、それに今夜はもう遅いですから、その辺のところは個々の判断に任せることにして、高倉氏を支援する具体的な方法に移りましょう」

たたみ込むように議事を進行させると、瀬木がすぐ永山の言葉を受けた。

「それなんですが、東京勤音では、どこまでも勤労者の音楽鑑賞団体という立場を守り、街頭演説などの政治的だと受け取られるような選挙運動はせず、カンパ活動を軸にした支援をやることに決定したという報告を受けていますが、われわれ大阪勤音としても、その範囲の活動が妥当だと思われますが、いかがです」

「なるほど、選挙には何といっても、選挙資金が一番必要だから、現在の会員数七万で、一人当り十円のカンパとして七十万円、三十円ずつにすれば二百十万円になる」

東洋電機サークルの委員が相槌《あいづち》を打つと、

「それはおかしい、会員の中には高倉氏には反対の者もいるんだから、会員全体に、無理じいに押しつけることには問題がある」

さっき、高倉五郎を青白いインテリ評論家に過ぎないと云った大阪製鋼サークルの野坂が反撃するように云うと、他の二人の委員も机を叩《たた》いて同調し、騒《ざわ》めきかけると、江藤斎子が、遮《さえぎ》った。

「只今《ただいま》のご発言は、ごもっともなお説で、会員の一人一人からカンパを集めることに問題があるのでしたら、機関カンパということにしたらいかがでしょう、それならこの運営委員会で可決されれば、事務局から出すことが出来ますわ」

あちらこちらから、江藤斎子に対する迎合を混えた拍手が起り、勤音が選挙活動などに加わるべきでないと頭から反対している音楽純粋派の委員たちも、機関カンパならと頷《うなず》いたが、流郷だけは顔をそむけていた。斎子は、自分に注がれている運営委員たちの視線を十分に意識し、その効果を計算するように美しい瞳《ひとみ》を輝かせ、

「機関カンパの額につきましては、今日はもう遅過ぎますから、改めて財政委員の方々との話合いで決定することに致します」

と云い、機関カンパに名を借りた高倉五郎の選挙支援は、賛成十三、反対三で可決された。事務局長の瀬木はにこやかに一同を見、

「なお機関カンパ以外にも、政治運動と誤解されない範囲の支援活動は、組織部、企画部の日常的な活動を通して、活潑《かっぱつ》に行ないたいと思いますので、各専門委員会で、ご検討おき願います」

と云うと、賛成した委員たちは頷いたが、瀬木は、会議が始まってから一言も発言しないで煙草《たばこ》をふかしている流郷の姿に眼を止めた。

「流郷君、どうかね、こうした多角的な支援活動についての君の意見は？」

流郷は煙草をくわえたまま、

「結構ですよ、運営委員の皆さんがおきめになったことですから――」

協調的に慇懃《いんぎん》に応《こた》えたが、自分の知らない間に、何人かの人間によって画策されたであろうことを今、自分独りがどう騒ぎたて、反対してみたところでどうなるものでもない、それよりこの選挙の動きを利用して、自分の野心を満たすことだと考えていた。

流郷は斎子と並んで歩きながら、黙り込んでいた。さっきまでの四時間に及ぶ会議が、ざらっぽい不快な印象になって残り、重く澱《よど》むような疲れを覚えていたが、斎子は疲れ

を見せない息づくような表情で歩いている。

流郷のアパートの前まで来ると、流郷は黙って階段を上がった。斎子も自然な感じで随《つ》いて上がった。扉《ドア》を開けて、部屋の中へ入ると、流郷は窓際《まどぎわ》の椅子《いす》にどさりと体を投げ出し、

「久しぶりだな、君と二人になるのは――」

疲れた声で云った。斎子も椅子に坐《すわ》り、

「あなたこそ、ご無沙汰《ぶさた》じゃないの、このところすっかり、ミュージカルの方に夢中で――」

そう云われれば、ここ二、三カ月というものは、台本がため、スタッフ、キャストの顔合わせ、本読み、たち稽古《げいこ》、作家や作曲家、演出家との打ち合わせなどで、仕込みを受け持っている千田と一緒に東京へ出かけたりして、殆《ほとん》ど事務局に腰を落ち着けている時がなかったのだった。そこまで考え、流郷は、はっとした。自分がミュージカルに夢中になっている間に、高倉五郎の選挙支持の動きが、着々と進められ、今日の運営委員会に、緊急議題の形で持ち出し、手早く採決してしまう筋書が、前もって委員長の大野、事務局長の瀬木、江藤斎子、永山たちの間で出来上がっていたように思えた。

「どうしたの、今夜のあなた、いやに黙り込んで、会議の席でもずっと発言しないで――、でも、最後に高倉氏支持に賛成したのは、あなたも今までと違って、協力的にな

潤《うるお》いを帯びた誘い込むような声の中に、自分を懐柔するような意図を感じ取った。

「そりゃあ、選挙とミュージカルとでは、面白い取り合わせだからね」

流郷は本心は見せず、斎子たちの方へ歩み寄っている風に云った。

「そんな風に考えて下さると、私の方もやりいいわ、企画担当のあなたは、今度のミュージカルまでに七万の会員を十万に増やすことを目標にし、組織担当の永山さんはその十万の会員を単なる観客に終らさないで、選挙に結びつく固定した会員に組織し、私は例会と組織活動の財政を賄《まかな》うという風に、がっちり組んで仕事がやれるわ」

斎子は何時《いつ》になく多弁で、

「お茶でも、入れましょうか」

台所へ起《た》って行った。

「お茶より、ウィスキーの方がいいな」

流郷は、窓際の椅子に体をもたせかけたまま、云った。十一時を過ぎたアパートは、殆ど灯《あか》りを消して寝静まっていたが、ところどころにカーテンの合間から淡い夜の光が洩《も》れていた。

「水割りの方が、いいのね――」

斎子は、グラスにウィスキーを注《つ》いで水割りにした。その仕種《しぐさ》に事務局では見られぬ女らしい甲斐甲斐《かいがい》しさが漂っていた。

「ところで、新しく変えた印刷所の方は、どんな具合なんだい」

グラスを口に運びながら、流郷がさり気なくきり出した。

「やっぱり、思いきって変えてよかったわ、今度の印刷屋は前のより、うんと規模も大きいし、設備がいいから刷りも早いし、第一、ポスターの刷り上りがきれいだわ、ミュージカルのポスターやプログラムは、派手にやるつもりでしょ」

「まだ、四カ月程先のことだから、はっきりしたことは決めていないけれど、全国勤音通しの例会でもあることだから、何時もより金をかけたポスターにしたいと思っているんだ」

「じゃあ、ミュージカルのためにも、印刷屋を変えておいてよかったわね」

流郷に迎合するように云ったが、肝腎《かんじん》の印刷屋の名前と場所は口にしない。

「そのミュージカルの予算のことだがね、もう五十万円程、増やしてほしいんだ、タレントのギャラや、顎《あご》、足などの方は今の予算でまあまあなんだが、舞台装置と衣裳《いしょう》にもう少し金をかけて、華《はな》やかなものにしたいのだ」

「でも、もうミュージカルの直接経費の予算として五百八十万円も計上していて、さらに五十万追加など、いくら何でも無理だわ、それにこの間、ちょっと、リハーサルを覗《のぞ》いたけれど、あの娘《こ》じゃあ、お金のかけ甲斐がないんじゃないかしら――」

「舞台に金をかけるのは〝勤音ミュージカル〟という勤音の始めての試みのためで、あの娘のためじゃないよ」

「でも随分と親切で、しょっちゅう、一緒だということじゃないの」

「それは、僕が勤音の企画責任者として、今度のミュージカルのプロデューサーだから、あの娘の本読みから、たち稽古、シーンがためまでつき合って、何とかものにしなきゃあならないからだ、それにあんな性格だから、この間、僕が稽古にたち合っていない時、演出家の花井さんに、君みたいな大根、帰ってしまえと怒鳴られたら、謝《あやま》りもせず、さっさと帰り仕度をし、たまたま、僕が遅くまでいた事務局へやって来たんだ」

突然、旋風のように辻亜矢子が舞い込んで来、いきなり、わあわあ泣きながら、演出家の花井に対するありったけの恨み言を並べたて、もう勤音スターなど止《や》めるとわめき散らしたのを、やっと宥《なだ》めすかした時のことが一種の甘さをもって思い返された。

「ほんとに、それだけ――」

斎子の眼に嫉妬《しっと》の色が見えた。

「うん、それだけのことだが、何か気にかかるかい」

「いいえ、別に――」

斎子は、もう平静な表情を取り戻していた。

「じゃあ、風呂《ふろ》へでも入ろうか」

流郷が上衣を脱ぎかけると、斎子は、黙って浴室へ起って行き、湯槽《ゆぶね》に水を入れる音がした。流郷は、浴槽の水音を聞きながら、斎子の気持を測りかねた。単に情事をたのしむために自分と入浴し、寝て帰るのだろうか、それとも自分を懐柔し、何らかの目的を果すためだろうか、さっき、ちらっと見せた辻亜矢子に対する嫉妬の色がほんとうなのだろうか——。

流郷は、ウィスキー・グラスをテーブルの上におき、ガウンを羽織るために椅子から起ち上がり、洋服ダンスの方へ手を伸ばした。そのはずみにテーブルの端においてあった斎子のハンドバッグが下に落ちた。口金が開き、コンパクト、口紅、財布、ハンカチーフなどが、床の上に散らばった。流郷はそれらを拾ってハンドバッグへ入れ、手帳を拾い上げた時、斎子の手帳を開いてみたい衝動に駆られた。浴室の方を見ると、洗い桶《おけ》や流し板の用意を整えているらしい物音がしている。流郷は急いで手帳を開いた。運営委員会、地域委員会、財政委員会などの日程と、財政担当者として外部の人に会う日時が記《しる》されているだけで、仕事を持っている誰もが記入するような何の変哲もないメモ帳であった。

流郷はそのまま、手帳を閉じかけ、ふと菊村俊一の云った言葉を思い出した。月半ばの月曜日の夕方になると、瀬木、江藤、永山をはじめ、二、三人の事務局員たちが申し合わせたように姿を消すことを——。流郷はもう一度、急いで手帳の始めから、月半ばの月曜日だけをマークして繰って行くと、『美容院』という三字が小さく記されていた。女性の手帳に月一回、美容院へセットに行くメモが記されていても、少しもおかしくなかったが、パーマネントをかけず、断髪で殆ど素顔でいる斎子には、美容院へ行く必要などない。それは何らかの記号のようであった。

流郷は昨夜、自分の部屋で見た江藤斎子のブルーの手帳を思い出していた。月の半ばの月曜日にきまって書き込まれている『美容院』という三字が、流郷の心に微妙な影を投げかけている。断髪を無造作にときつけているだけの斎子は、パーマネントはもちろん、セットをしている様子も見られない。斎子にまともに聞き糺《ただ》してみても、本音を吐くはずがなかったから、何も気付いていない振《ふり》をして、事務局における斎子の行動を観察することにしているのだった。

事務局の中は、高倉五郎の選挙支持が決まってから俄《にわ》かに忙しくなっている。組織部では定期的に行なう会員の生活調査の中に支持政党の調査を織り込んだり、機関誌に載せる高倉五郎のプロフィルやエッセーの資料集めにかかり、選挙違反にならぬやり方で、着々と選挙準備を進めている。

流郷も、企画部の例会案内に高倉五郎の音楽随想を入れることを指示しながら、財政部の斎子の方へ眼を向けると、二人の財政部員と三人の女事務員を前にして、計算器から打ち出されて来る伝票に眼を通し、厚い帳簿と引き合わせて判を捺《お》している。

扉《ドア》が開き、協和プロの千田の姿が見え、まっすぐ財政部の方へ足を向けた。仕込みの支払いを延ばされたり、値切られたりすることがないように、千田は仕込みの契約と集金は、必ず自分自身で足を運んで来た。何時ものように飄々《ひょうひょう》とした歩き方で、財政部の出納係の尾本の肩を叩き、二言、三言、言葉を交わしたかと思うと、

「へえ《ぇ》、勘定は来月廻し？　そら一体、どういうわけですねん、この間のボン・浜田のリサイタルは、大入りで、ギャラも、勘音さんのことやから相当、値引きさして貰《もろ》うてるやおまへんか」

大きな声で云《い》った。千田の云う通り、先月の初めにあったボン・浜田のリサイタルは、補助席も出たほどの入りで、ギャラも商業劇場に比べると、三割方安い仕込みになっているはずであった。会計係の尾本は小柄な体を屈《かが》め、

「それが、おたくだけでなく、どちらへもそういう風にするようにと、責任者から云われておりまして……」

口ごもるように云った。

「江藤さん、ほんまですかいな、今の話は――」

千田は、江藤斎子の方へ話を向けた。

「あら、どなたかと思ったら、千田さん、まあ、こちらへ――」

斎子は、何時にないにこやかさで、千田を迎え、自分の前にある椅子をすすめた。

「他《ほか》のとこならともかく、勤音さんのように例会を開く前に、ちゃんと会員の予約を取って、日《ひ》割券《わりけん》と引替えに会費を取ってはる、いうてみたら幕が上がる前からちゃんと日《ひ》銭《ぜに》が入ってるところが、支払いを延ばしはるというのは、どだいわけが解《わか》りまへんな、冗談でっしゃろ」

千田は言葉穏やかに云いながら、眼だけは笑っていなかった。

「ところが、冗談じゃありませんの、実は東京勤音から連絡がありまして、外国の或《あ》る有名な芸能団を大がかりに呼ぶめどがつき、それを保証するために急に相当な金額の用意がいるから、大阪勤音でもその用意をしておくようにと云って来ましたので、ここのところはちょっと待って戴《いただ》きたいのですわ」

「ほう、勤音が外国の有名な芸能団を呼びはる――、それは初耳だすな、流郷さんからも聞いてまへんでぇ」

声高《こわだか》な千田の声に事務局員の視線が、一斉に斎子に集まったが、平然とした表情で、

「それはつい今朝ほど、東京勤音から事務局長に連絡があり、財政面のことなので、直接、私に指示がありましたの」

千田はすぐ起ち上がって、事務局長席を見たが、瀬木は席にいなかった。

「その外国の芸能団というのは、どこのことですねん？」

「千田さんのように、勤音と音連の両方に出入りしていらっしゃる人には、機密事項に関することはうっかり云えませんわ」

斎子は、皮肉な笑いをうかべた。

「どこの外タレ（外国人タレント）か知りまへんけど、それが来るくらいで、二百万足らずの支払いを、今から延ばしはるというのは、頷《うなず》けまへんな、何か他に急に金のいりはることがあるのと違いまっか」

踏み込むように云った途端、

「まあ、妙なことをおっしゃいますのね、こちらは、さっきご説明しましたような事情で、おたくだけではなく、今月からは、どちらのプロの方にも、二カ月延べ払い勘定に、ご協力して戴くことに致しております」

七万人の会員を擁《よう》する勤音をかさにきた云い方をした。

「それがおたくで新しい方針やとおっしゃるのなら、ちんとお預けを食うて待たして貰《もら》いまっさ、何というても、七万人の音楽マーケットというのは、よだれの垂れる口でっさかいな」

千田はおどけるような口調で云い、ひょろりと椅子から起ち上がりながら、流郷の方に眼配せした。

二時過ぎのK会館の階下《した》のティー・ルームは、殆《ほとん》ど席が埋まり、煙草《たばこ》の煙がたち籠《こ》めていたが、流郷と千田は、隅の方の席に坐《すわ》った。千田はコーヒーを注文し、煙草をくわえると、

「さっきの外タレの話、ほんまですかいな」

千田は、疑わしげに首をかしげた。十時出勤を守らず、昼前に事務局へ出て来た流郷は、朝早く東京勤音から瀬木宛《あて》に連絡があったと云われれば、それまでであったが、何かの口実のように思われた。

「今のところ、どっちとも解らないな」

「それにしても、どうもおかしおますな、七万人の会員を持っている勤音が二カ月も延べ払いするなど、何かきっと他の事情がおますのんやろ」

千田らしい勘のよさで云った。四日前の財政委員会で、高倉五郎の選挙に対する機関カンパとして、事務局から五十万円出すことに決ったが、ほんとうは事務局長の瀬木と江藤斎子との間で、裏金《うらがね》として、もっと莫大《ばくだい》な金を動かし、そのために勤音出入りの音楽事務所、芸能プロに二カ月の延べ払いをする方針をとることになったのではないだろ

うか――。もしそうだとすれば、全国勤音が急に結成されたのも、高倉五郎が全国勤音の顧問に選ばれたのも、参議院選挙に高倉を出馬させるための準備工作であり、全国勤音通しの例会企画に、流郷の提案したミュージカルが比較的容易に通されたことも、今から思えば、選挙のための大衆に親しまれるイメージ作りが目的であったように思われた。華やかなミュージカルの裏で自分の知らない何かが計算され、極秘裡《ごくひり》に運ばれている――、そう思うと、流郷は、組織の中で何も知らされないで動いている空疎《くうそ》な孤立感を覚えた。

「どないしましたんや、流郷さんもちょっとおかしいと思いはりますか」

「うん、ちょっと……」

言葉を濁すと、千田はひょろりと上半身を動かし、

「まさか、この八月にある参院選と繋《つな》がってるのやおまへんやろな」

「もし、そうだったら？」

「面白《おもろ》いやおまへんか、選挙というたら、右も左も、大きな金が動きますやろ、勤音が誰を推そうがそんなことどうでもよろしいわ、ともかく選挙に便乗して、私と流郷さんとでやるミュージカルの経費をつめるどころか、逆に選挙を利用して、うまいこと金を動かして、大当てに当てて、たまにがぼっと、儲《もう》けさせて貰うことだすな」

千田は大穴を狙《ねら》うように云った。

十章

六甲山のカンツリー・ハウスで、勤音会員のピクニックが催されていた。日曜日を利用した地域の戸外活動で、なだらかな丘に囲まれた広々とした芝生《しばふ》に五十人余りの会員が大きな輪をつくって坐《すわ》り、アコーディオンの伴奏に合わせて唄《うた》っていた。

輪の真ん中に、東大阪地域の委員をしている井川と、組織担当の永山、それにスラックス姿の江藤斎子《せいこ》も加わり、さっきから『エルベ河の歌』の歌唱指導をし、アコーディオンの伴奏は菊村俊一がしていた。アコーディオンは菊村の唯一《ゆいいつ》の趣味で、今日のために猛練習した甲斐《かい》があって、指が自在に動いた。

三番まで一通りの歌唱指導がすむと、江藤斎子は、一同を見渡し、

「皆さん、これでだいたい唄えるようになりましたわ、じゃあ、一番から三番まで通して唄ってみましょう、はい、元気よく！」

弾《はず》むような明るい声で呼びかけ、指揮棒を振るように両手を大きく振ると、会員たち

は唄いはじめた。

ふるさとの声が聞える
自由の大地から
何よりもわれらしたう
なつかしソヴィエトの地——

菊村はアコーディオンを弾《ひ》きながら、自分の横に起《た》って歌唱指導をしている江藤斎子の方を時々、盗み見した。事務局にいる時の一分の隙《すき》もない姿勢で机に坐っている斎子しか知らない菊村にとって、ブラウスの袖《そで》を肘《ひじ》までたくし上げ、腰にぴったりと吸いつくような細いスラックスをはいて手拍子をとりながら、会員たちと楽しげに唄っている斎子の姿は、まぶしいまでの躍動した美しさと、今まで感じたことのない身近な親近感を覚えた。

会員たちが唄い終ると、斎子は生き生きとした表情で、

「皆さん、すっかり上手に唄えるようになりましたね、それではこの辺で、プレゼント交換会に移りましょう」

会員たちはそれぞれのナップ・ザックやバスケットの中から、百円で買い求めて来た

思い思いのプレゼントの包みを取り出した。

地域委員の井川が、赤と黒の二つの箱を手に持ち、

「これからこの赤と黒の二つの箱を皆さんに廻しますから、女性は赤、男性は黒い箱から一枚ずつ、籤《くじ》をひいて下さい、籤には各々《おのおの》、数字が書いてありますから、男女同じ数字の者同士がプレゼントを交換し合い、本日の仲良しカップルとして公認します」

くだけた口調で云《い》い、二つの箱を廻した。それが目当てで参加する若者たちが多かったから、カップルが生れる度に、熱っぽい賑《にぎ》やかな笑いがたった。

カップル同士がより添い、お弁当の時間になると、組織担当の永山は、菊村の耳もとに顔を寄せ、

「さあ、菊村君、昼食の時間を利用して学習会で身につけたことを何でもいいから喋《しゃべ》ってみるんだよ」

「でも、僕は、まだとても――」

尻《しり》ごむように云いかけたが、自分に向けられている江藤斎子の視線を感じると、勇気を奮《ふる》って起ち上がった。

「今日は、お天気に恵まれ、皆さんとともに楽しい集《つど》いを持つことが出来て、ほんとによかったですね、しかし、僕らを取り巻いている情勢を考えると、単に楽しんでばかりいるわけにゆきません、特にこの夏には、参議院選挙が行なわれることでもあり、楽し

く唄ったり、踊ったりすると同時に、そうしたことも忘れずに、一緒に考えましょう」

　やっとそう云い終ると、永山が言葉を継いだ。

「そういえば、参院選はたしか八月の末にあるんだったなあ、みんな知ってるね」

「いいや、知らんかった、職場でも話題になってへんものな」

「私も知らなかったわ、けど、八月ならまだ先のことやないの」

　あちらこちらで応《こた》えると、斎子が大きな眼をきらりと光らせた。

「皆さん、そんな呑気《のんき》なことを云ってらしては駄目よ、自由民生党の方では、もう参院選の事前運動をはじめているに違いないから、私たちも真剣に選挙のことを考えなくてはいけませんわ」

「その通り、自由民生党では八月の選挙で、あわよくば三分の二以上の議席を獲得して、憲法改正の条件を固めようと、もう何カ月も前から着々と準備を進めているはずです、あらゆる宣伝機関を動員して選挙の事前運動、買収運動を各地でやっているから、われわれは余程、しっかりした選挙に対する認識を持たねばならないというわけですよ」

　永山が云うと、一番の籤が当り、赤いセーターを着た女性と組んだチロリアン・ハットの男性会員が手を挙げた。

「革新系の政党には、自由民生党のような権力も金もないから、自由民生党の進出を阻止し、革新陣営を守るためには、われわれ一人一人が、しっかりした選挙への認識をもって、下から盛り上げ、闘《たたか》うことや」

と云うと、女性会員の一人が、

「これ以上、自由民生党の議席が増えたら、憲法改悪、対米従属のもとで、日本の帝国主義がますます強まり、さっき菊村さんが云いはったように、ほんとにこんなのんびりとピクニックなどしていられないことになるわ」

不安そうな顔をすると、東大阪地域の会員の中で最も尖鋭《せんえい》な一人が、ばね仕掛のように勢いよく起ち上がった。

「そうだ、日本がもし原子力潜水艦の寄港地になったり、核兵器の発射基地になったりして、戦争に巻き込まれたら、僕らは好きな音楽が聴《き》けなくなるばかりか、今日のように女性会員を混えた楽しい集いも出来んようになる、そうした戦争の危機を助長するのも、食い止めるのも、今度の参院選の結果と関連するから、今後、地域懇談会の席上で、選挙に対するわれわれの認識を大いに深めようやないか」

と云うと、会員たちは同意するように拍手し、永山と江藤も、皆と一緒に拍手した。

菊村は、勤音の学習会で、青年男女をわれわれの運動に参加させるためには、ピンク・ムード作戦が一番手っ取り早い方法だと云われた言葉を思い出し、男女会員のプレゼント交換で醸《かも》し出されたピンク・ムードから、巧みに選挙啓蒙《けいもう》がなされ、それがやがて高倉五郎支持の票に繋《つな》がって行くことを知った。

驟雨《しゅうう》に洗われた夜の御堂筋《みどうすじ》は、中央の広い車道に、ヘッド・ライトが光の矢のように絶え間なく往《ゆ》き交《か》い、両側の緩行車道にも車の流れが見られたが、舗道には殆《ほとん》ど人影がなく、枝を広げた銀杏《いちょう》の街路樹が雨上りの濡《ぬ》れ光った舗道に黒い影を落していた。

菊村は、江藤斎子と並んで歩きながら、昼間の勤音ピクニックの仲間たちと、ついさっきまで心斎橋の喫茶店でコンパをして騒いでいたことが嘘《うそ》のような静けさに思われた。

コンパが終って、独り帰りかける菊村に、江藤斎子が声をかけ、誘われるまま御堂筋を北に向って歩き出したのだった。

「どうだった、今日の六甲山の戸外懇談会は？」

斎子が華《はな》やかな笑顔で、覗《のぞ》き込むように菊村の顔を見た。菊村は眩《まぶ》しげに視線を逸《そら》せ、

「文句なしに楽しく、有意義でしたが、僕の学習が足りなくて、せっかく永山さんが、今日の会のリーダーに推して下すったのに、うまくやれなくて――」

「いいのよ、誰だって始めからうまくやれないわ、それに今日は、あなたにとって最初の戸外懇談会だし、その上、参加会員の人数も多かったから、無理もないことよ」

優しくいたわるように云い、

「菊村さんは、もう学習会に入っているんですってねぇ」

「ええ、永山さんの勧《すす》めで、三カ月前から入っていますが、僕のようにしっかりした理論も、思想もない者には、学習会が非常に役立ちます、『青年学習』をテキストとして、革新的な文学、政治、経済などの各分野にわたって、専門の講師の先生から講義を受け、そのあと十人ずつの班に分れて討論する班学習は、とても勉強になります」

一途《いちず》な純粋さに溢《あふ》れた声で云った。斎子はさらに優しさを籠《こ》め、

「学習会の成績はいいんですってね、永山さんは、あなたが、こんなに成長するとは思っていなかったと、云ってらしたわ、私も正直なところ、日新工業のサークルにいらした頃の菊村さんを知っているから、あなたがこんな活動家になるとは思わなかったわ」

色白で華奢《きやしや》な菊村の外見と、ショスタコヴィッチの『森の歌』の稽古《けいこ》の時、勤音は偏向していると批判した頃のことを指しているようであった。

「あの頃、僕は、確かに勤音の在《あ》り方に疑問を持っていましたが、音連との乱闘事件で警察の留置場へ泊められてからの僕は、単にいい音楽を聴いたり、自分たちが唄っているだけではなく、自分たちがもっと安心して音楽を聴き、歌を唄える社会を築くために活動しなくてはならないと思うようになったのです、それだけにあの事件で日新工業を馘《くび》になった僕を、勤音事務局へ入れて下さった流郷さんにはほんとに感謝しています」

「あなたは、流郷さんと随分、親しいようだけど、流郷さんのことをどういう風に考えているの」

斎子は、流郷との関係など気振《けぶり》にも見せず、人ごとのように聞いた。

「勤音の中では、毛色の変った人だと思っています、以前、流郷さんに、どうして勤音へ入られたのですかと聞いたら、若い時は誰だって一度は理想主義になる、理想を持てば前向きの考え方になる、そいつがたまたま音楽好きだったら、ごく自然に勤音へ入る、そして勤音という巨大な音楽組織の中で、自分の持っている音楽的ヴィジョンを実現したくなる、それだけのことさと云われましたが、僕には、もの足りない思いがしました、流郷さんのようにすばらしい才能を持っている人が、その才能をフルに生かして積極的な組織活動をして下さったら、勤音はもっと大きく飛躍的に発展すると思います」

「そうね、全くあなたの云う通りだわ、私もそう思っているの――」

そう云うと、斎子は黙り込んだ。淡い街灯の光が、斎子の美しい横顔をほのかに照らし出していた。菊村の胸に、齢上《としうえ》の女性を慕う甘い慕情のようなものが、次第にはっきりとした思いになり、何時《いつ》までも長く歩いていたいと思った。

不意に斎子の足が停《とま》ったかと思うと、

「菊村さん、あなたから流郷さんに、もっと勤音の組織リーダーとして動いて貰《もら》うように働きかけて戴《いただ》きたいわ」

艶《なまめ》くような声がし、思いがけない近さに斎子の顔があった。

「でも、流郷さんは、とても僕などの云うことを聞かれませんよ、第一、僕には、まだそんな説得力が身についていません」

困惑するように応えた。

「駄目よ、そんな消極的なことでは――、この間、事務局長の瀬木さんや、永山さん、私たちの間で、来年の青年平和友好祭には、大阪勤音の青年代表としてあなたに出席して貰おうかなどと云っている時に、そんな自信のないことを云っていては駄目、それに流郷さんには、誰よりも、あなたに働きかけて貰うことが、一番効果的だと思うの」

青年平和友好祭を餌《えさ》にして、菊村を籠絡《ろうらく》するように云ったが、菊村は、毎年、東京ではなばなしく開催される革新団体の青年の祭典に出席できるという言葉に、みるみる顔を紅潮させた。

「いいこと――」

あとは言葉にせず、菊村の方へ体を寄せると、菊村は大きく頷《うなず》いた。

阪神電車の尼崎《あまがさき》駅で降りてからも、菊村はまだ江藤斎子と一緒にいた昂奮《こうふん》から醒《さ》めない面持で歩いていた。日頃から淡い慕情に似た思いを寄せていた斎子と始めて二人きりで歩き、その上、自分が活動家として斎子に認められたことが、菊村の気持を昂《たかぶ》らせているのだった。

駅前の賑《にぎ》やかな商店街を通り過ぎ、仕舞屋《しもたや》が建ち並んでいるひっそりとした通りまで来ると、菊村は驚いたように立ち止った。市役所の清掃課へ勤めている吏員の二階を借りている自分の部屋に灯《あか》りがついている。電気代節約のために、自分が帰ってからでないと点《つ》けないことにしているのだった。

急いで、表の戸を開けると、階下《した》の主婦が顔を出した。

「大分前から、お姉さんとかいいはる方がお見えですよ」

好奇心に満ちた眼で云った。菊村は黙って、狭い急な階段を上がった。姉が自分を訪れるなど、日新工業の寮にいる時はもちろんのこと、勤音の事務局へ入り、二階借りをするようになってからも始めてのことであった。

北向きの四畳半一間の襖《ふすま》を開けると、姉の和代が、自分で作ったらしい贅沢《ぜいたく》な料理を卓袱《ちゃぶ》台《だい》に並べて、待っていた。

「日曜日やのに、遅かったんだすな」

白い細面《ほそおもて》を上げて微笑《ほほえ》んだ。髪をひっつめにし何時もの抜き衿《えり》を詰めて地味づくりにしているが、水商売上りであることが隠せない粋《いき》さがある。

「なぜ、やって来たりなどするんだ」

「でも、近頃、俊ちゃんが全然、うちへ姿を見せてくれはれへんから心配で、それに今までのような寮住いと違《ちご》うて、男独りの二階借りやから、何かと不自由してるのやろと思うて、お昼から来て、お掃除と洗濯《せんたく》ものを片付け、夕飯の用意をして、一緒に戴こうと思うて待ってたんだす」

和代は、弟の険しさが呑《の》み込めぬように云《い》い、甲斐甲斐《かいがい》しく卓袱台の上の茶碗《ちゃわん》を取って、弟のためにご飯をよそいかけると、俊一は、ひったくるように茶碗を取った。

「いらんおせっかいは、止《よ》してくれ、僕がそっちへ行かないのは、あんな反動の化けものみたいな奴《やつ》が現われるところへ行きたくないからだ、かといって、姉さんにのこのこやって来られるのも迷惑だ」

吐き捨てるように云い、ごろりと仰向けに寝転んだ。せっかく、清洌《せいれつ》な生甲斐のような心の張りを抱いて帰って来た自分を待ち受けていたのが、白粉臭《おしろいくさ》い姉であったことがやりきれなかった。

「俊ちゃん、どうしたん、そんなきつい云い方をして、姉さんはどんな辛《つら》いか……」

眼を潤《うる》ませると、

「辛いのは、こっちの方だ、姉さんの生き方が、どんなに僕を暗い気持にさせているか、姉さんの生活を知られているのは、今のところ幸い、流郷さんという人だけだが、勤音の事務局員としての僕は、何時も人にいえない屈辱感を感じている」

「そりゃあ、私だって……」

「私だってどうだというのだ、口でどんないいわけをしても駄目だ、こぎれいな家と庭、それに贅沢な飯と女中付きの生活を捨てて、家政婦にでも、女工にでもなって働く気なら、明日からでも、あの海坊主《うみぼうず》と別れられるはずだ、自分自身で別れようと一生懸命に努力して、別れられないのなら、僕はあいつに会って、正面きって別れさせてやる！」

そう云いながら、菊村の胸に、さっきまで一緒にいた江藤斎子の自分の意志によって力強く生きている姿が網膜に灼《や》きつくようにうかび、門林雷太の囲いものになって、日陰の生活をしている姉の姿に、いいようのないおぞましさを覚えた。

＊

日東レーヨンの北九州工場で、門林雷太は、新しく拡張したポリエステル繊維『ニトロン』の工場を視察していた。

十万坪に及ぶ広い敷地に設備された合成部門、重合部門の視察を終り、紡糸部門の建物の中へ足を踏み入れると、重合塔の熱気が伝わった。

門林は、額に汗を滲《にじ》ませながら、工場長と技術部長の先導で、本社から随行した生産担当重役と黒金総務部長を従え、日産四十瓲《トン》の『ニトロン』を、さらに二十瓲増産させる運びになった新しい紡糸機の稼働《かどう》状態を丹念に視《み》て廻っていた。紡錘《ぼうすい》装置の前まで来ると、足を止めた。

三方をステンレス板、一方を耐熱プラスチックの透明板に囲まれた紡糸機の前に寄り、透明板の覗き窓に鋭い視線を当てた。中は空洞のような状態であったが、紡糸頭の口金から押し出されて来る五十本ほどの合繊糸の束が、検査灯の光を受けて銀色に輝き、太陽に燦《きらめ》く蜘蛛《くも》の糸のような美しさでかすかに揺らいでいた。門林には、そんな美しさより、新しく増産される糸の品質のほうが問題であった。紡糸状態を観察する覗き穴から視線を離すと、工場長の方を向き、

「新しい糸の品質状態は、どんな具合なんや」

「はあ、強度も、伸度も、予定通りに出ております」

工場長は、改まった口調で応《こた》えた。

「新しい機械設備の稼働の始めには、いろんなトラブルがあるものやけど、その点はどうなんや」

「幸い機内洗滌《せんじよう》がうまくいって、塵埃《ごみ》などによる単糸《たんし》ぎれも予想以上に少ないです」

門林は満足そうに頷いた。

「油剤の問題は解決したのかね」

今度は生産担当重役が、技術部長に質問した。四十を出たばかりの少壮技術部長は、

「いろいろテストの結果、P剤を使うことに落ちつき、うまく行っています」

と応えると、門林は、

「そらよかった、今度の設備投資に、一硴平均一億、全部で二十億程かかったけど、これで原料費や人件費のランニング・コスト（比例費）が下がって、他社をうんと引き離して優位にたつことが出来るから、いうてみたら合織の戦国時代に、新たに一城を築いたようなもんやな、あっはっはっはっ」

愉快そうに笑った。工場長と技術部長も、相槌《あいづち》を打つように顔を綻《ほころ》ばせた時、足音をしのばせる気配がし、

「あのう、まことに不躾《ぶしつけ》ですが、工場長にお電話が――」

労務課長が恐縮するように伝えた。

「社長のご視察中だから、用件を伺っておくように――」

「はあ、それが実は……」

労務課長は、門林の方へ最敬礼して、工場長の傍《そば》へ寄ると、二言、三言、小声で囁《ささや》いた。工場長の顔色が変り、動揺の気配を見せたが、

「どうも失礼致しました、次は回収工場の方をご案内させて戴きます」

平静を装《よそお》い、再び視察の先導を勤めたが、総務部長の黒金だけは、縁なし眼鏡の下から工場長と労務課長のただならぬ狼狽《ろうばい》ぶりを見、何か突発事が起ったと、直感していた。

工場内の視察を終えて応接室へ戻って来ると、門林はどかりと安楽椅子《ソファ》に腰を下ろした。

「随分、お疲れになりましたでしょう、工場内が広うございますから——」

「なんの、新しい設備拡張の視察は、生産会社の社長しか味わえん醍醐味《だいごみ》というものや、少々、歩くことぐらい一向に苦にならんわ」

運ばれて来たお茶をごぼりと呑み、上機嫌に笑った。生産担当重役も、技術部長も、ほっと安堵《あんど》した様子であったが、工場長だけは、さっきの電話が気懸《きがか》りになっているのか、落着きがなかった。黒金は、煙草《たばこ》を取り出しながら、

「さっきの電話、あれ何か緊急なことでもあったんじゃないですか」

工場長に云った。

「はあ、それがちょっと……、後程、ご報告致します」

門林の前を憚《はばか》るように口ごもると、

「何やねん、わしの前で云えんことか」

「まことに監督不行届で、昨夜、うちの従業員三名が、共和銀行の宿直室へ入り込み、向うの勤音会員八名と会議を開いていたそうで、先程、共和銀行の総務部から厳重な抗議を受けました」

「なに、うちの従業員が、よその会社へ入り込んで勤音の会議を開いたて？　君ら管理者は、何をしてたんや！」

生産担当重役、技術部長らの顔色が変った。

「その泥棒猫《どろぼうねこ》みたいな不届きな従業員は、どいつらや！」

「はあ、一人は組合の文化部長をしている者ですが、他《ほか》の二人は半年前に大阪の本社から配置転換されて来た橋本と坂上という者です」

消え入るように工場長が応えると、黒金は眼鏡の縁を光らせた。

「橋本、坂上といえば、定期の人事異動に組み込んで、配置転換した勤音の活動家で、あの時も、勤音を弾圧する不当人事だと騒ぎたて、組合やよその勤音サークルまで煽動《せんどう》に行った張本人じゃないですか、その旨《むね》はこっちへ寄こす時に、本社の総務部から、ちゃんと連絡しておいたはずです、それをこちらでは、どういう労務管理をしていたのです？」

「もちろん、私どもは、あの二人に関しては要注意人物として各職制に通告し、会社内での言動をよく監視させる一方、会社の寮では、寮の管理人及び同室者に職務時間以外の行動を報告させるなど、積極的な対策は行なっておりましたのですが……」

「今さらそんなことを云っても仕方ありませんよ、それより、共和銀行へ陳謝に行った労務課長が帰って来ているのなら、橋本、坂上らが持ち込み、押収《おうしゅう》された文書をすぐ点検しなくてはいけない」

黒金は、総務部長らしく、機敏にことを運んだ。工場長がインターフォンで労務課へ連絡すると、さっきの労務課長が、共和銀行から帰って来たばかりらしい慌《あわただ》しい様子で、銀行の社名が入った書類袋を持って来た。

黒金は、書類袋を受け取り、急いで封を開け、中の文書を取り出した。勤音の機関誌『なかま』と地域委員だけに配布されている『勤音報告』、それにガリ版刷りのビラも混っていた。門林は、ぎょろりと眼を光らせた。『参院選の認識を深めよう』という大きな見出しで、参院選の解説と政局の見通しを人民党まがいの立場から記《しる》した記事が載り、その横に、高倉五郎の『音楽と政治』という評論が、顔写真入りで掲載されていた。

「馘《くび》や！　三人とも」

門林が云った。

「えっ、馘――、それはあんまり……」

工場長の顔が蒼《あお》ざめ、生産担当重役、技術部長らも愕《おどろ》くように門林を見た。

「何があんまりや、勤音は今度の参院選に人民党のシンパの高倉五郎を支援し、会員票を獲得する作戦をたてている、それをうちの従業員が、よその会社の宿直室へ無断で入り込み、勤音の選挙運動をやるなどとは、わが社の信用と名誉はまるつぶれや、従業員は会社の信用と体面を重んじて職務に従事すべしという服務規定を楯《たて》に取って、馘にすることや」

断固として云った。工場長は言葉の継ぎ穂を失ったが、黒金は、

「しかし、そこまでおやりになっては、組合がうるさく、労働委員会へなど提訴されて

裁判沙汰《ざた》にでもなると、こちらが不利になりますが――」

激怒している門林の気持を鎮《しず》めるように云った。

「かまへん、その代り、訴訟は出来るだけ長びかせて、その間に組合を骨抜きにしてしまうことや、そうするようにうちの顧問弁護士に云うとけ」

怒鳴るように云い、ごぼりとお茶を飲み干し、

「それから大阪勤音のR会館でやるミュージカル、あれも選挙運動を織り込んだものに違いないから、会館を貸すことは、取消しや」

「しかし、社長、あれは既に貸す約束をしてしまっていますし、それに勤音とは特別の約束を交わして貸したものですから――」

今度は黒金が慌《あわ》てるように云った。

「その特別の約束を、向うが先に破ったんやから、R会館は、何が何でもキャンセルや」

門林は、頑として云い放った。

＊

委員長の大野は、慌しく事務局の会議室に入って来るなり、

「R会館がキャンセルって、一体どういうことなんだ、何かの間違いじゃないんだろうな」

まだ信じられぬように云った。

「いや、電話でお話しした通り、さっき、今度のミュージカルの仕込み一切を受け持っている協和プロの千田君を通して、突然、一方的なキャンセルを云って来たのです」

事務局長の瀬木は、度の強い眼鏡の下に憤《いきどお》りの色を漲《みなぎ》らせた。

「それで向う側の云う理由は、何だというのだ」

「今度の勤音ミュージカルは、『ロミオとジュリエット』の日本版だというから、貸館を承諾したのに、台本を読んでみると、明らかに政治的偏向が見られ、純粋な音楽芸術とは認め難い、したがって、政治的、宗教的に偏向しているものには公演の場を提供しないという会館規約に反するから、貸館の約束をキャンセルするというのですよ」

「そんな馬鹿《ばか》な！　あのミュージカルが、政治的に偏向しているなどというのは、云いがかりも甚《はなは》だしい」

「そこなんです、私もさっき、千田君にその点を納得がいくようにR会館に説明させるように、そうしなければ、こっちもおさまらないと云ってやったんですが、千田君の伝えて来たR会館の回答は、勤音ミュージカルの内容が、公正中立であるべき会館規約に反するの一点張りなんですよ」

瀬木が困り果てるように云《い》うと、

「ほんとうの理由は、おそらく九州勤音から入った情報——、日東レーヨンの北九州工場の勤音会員が、共和銀行の北九州支店の宿直室で会議を開いたことに端を発していて、R会館の大株主である門林あたりが、勤音ミュージカルをつぶすために画策した卑劣な手段だと考えられますねぇ」

R会館を借りることに反対した組織担当の永山が云った。

「しかし、借館に当っては、われわれと門林との間で、特別の約束を取り交わして行なったことだから、いくら勤音攻撃の急先鋒《せんぽう》の門林といっても、そう簡単に掌《てのひら》を返すようなことは出来まい」

大野がまさかという風に云うと、永山は、

「そういう情勢分析の甘さが、今度のようなことになったんだと、僕は思いますね、はっきり云って、流郷君の提唱する例会中心主義で相手の話合いに応じ、R会館を借りたりなどするから、こんな醜態をさらけ出す結果になったんじゃないですか」

R会館の確保を一番強く主張した流郷に、露骨な非難を向けた。

「永山君の意見は、結果論じゃないですかねぇ、それに音楽鑑賞団体として当然である例会中心主義を否定されたのでは、全く心外ですよ、勤音が会員の増大を計るためには、R会館のような設備の整った収容人員の大きな会場を確保することが、絶対必要だという僕の意見は、今も変っていませんよ」

「じゃあ、今度のキャンセル事件そのものについては、どういう受取り方をしているのです？　それを伺いたいものですね」

「勤音の例会中心主義が、成功しておればこそ起った事件だと考えていますよ」

流郷は、平然と応えた。

「えっ、成功？　成功しておればこそ起った――」

永山は、鸚鵡《おうむ》返《がえ》しに聞いた。

「そうですとも、R会館ともあろう一流の会館が、いかに会館規約に反するとはいえ、一旦《いったん》約束したことを、一方的にキャンセルするということは、ショー・ビジネスの道義から云っても無茶な行為で、R会館側だって、自らの不利は解《わか》っているはずですよ、それでもあえて、そんな術《て》をうって来たのは、勤音がそれだけ強力な組織になって来たからじゃありませんか、事実、会員数は上昇の一途で既に八万五千人に達していますが、それというのも例会中心主義の活動が成功していればこそではないでしょうかねぇ」

永山は口を噤《つぐ》んだ。大野は、

「流郷君の云うことは、たしかに一理あることだ、それにさっき、永山君は情勢分析をぬきにことを決めたというが、われわれはたとえ相手が反動資本であろうとも、利用出来るところは利用し、取引の余地のあるところは政治的取引をしながら、相手を倒し、われわれの目的を達成するという基本方針にたって決定したことなんだから、決して誤りはなかったと思う」

流郷とはまた別のニュアンスをもって反論すると、永山は、

「利用とか、政治的取引とかいえば、体《てい》はいいですが、僕に云わせれば、眼先の小さな利益に媚《こ》び諂《へつら》った妥協であって、そんな平和共存理論みたいな修正主義では、これからの勤音活動は――」

昂奮《こうふん》した声で云いかけると、大野は聞き捨てならぬように顔色を変えた。

「平和共存理論がどうだというのだ、君の方こそ、よっぽど青臭い教義理論に縛られている教条主義で、まともな勤音運動を歪《ゆが》めるものだ！」

負けずに昂奮した声で云い返し、R会館のキャンセルをめぐる永山と大野の対立が、何時《いつ》の間にか二人の思想的立場を反映する議論になったが、事務局長の瀬木は、自分の立場を明らかにすることを避けるように沈黙を守っている。そうした三人三様の立場が、流郷の眼に、興味深く映ったが、今はそのことより一刻も早く、事態の収拾策を決めなければならなかった。

「議論などしている時ではありませんよ、事務局も動揺しているし、K会館のスタジオでは、ミュージカルの通し稽古《げいこ》が進んでいる時、事態の収拾を計ることが、何よりも先決問題じゃありませんか」

流郷が促すと、大野は黙ったが、永山はまだ昂《たかぶ》った声で、

「僕は、こうなった以上、会員を動員して、R会館へ坐《すわ》り込みして、抗議をすると同時に、各新聞社や著名人に声明文を出して、奴《やつ》らの反動ぶりを世論に訴える戦術をとるべきだと思う！」

叩《たた》きつけるように云った。

「坐り込みをしたり、声明文を出してR会館が借りられるものなら、僕だって異論はないが、そんなことをしたら、逆効果になるばかりだ、それより、さっき、千田君のところへ電話をして、もう一度、R会館へ折衝し、それでも駄目なら、大株主の門林に会って、直談判《じかだんぱん》で最終的な折衝をして貰《もら》うことにしているのです」

流郷が云うと、永山は、

「あんたは勤音がこんな事態に追い込まれても、まだ、のめのめと取引をしようとしているのですか、そんな手ぬるいことでは駄目だ、このような緊急事態に臨んでは、組織の力をもって闘《たたか》うべきだ」

顳顬《こめかみ》を震わせ、食ってかかるように云ったが、流郷は、

「永山君の云うように僕のやり方は手ぬるいかもしれないが、今の場合、何よりも勤音ミュージカルが出来なくなり、八万五千人の会員が動揺することの方が、相手の思うつぼにはまることになる、だから組織の力で闘う勇ましい方は、永山君に任せることにし、

僕は企画担当者としてともかく、会場確保の善後策に走りますよ」

と云うなり、流郷はさっと席をたった。


K会館の貸スタジオで、勤音のミュージカルの通し稽古が始まっていた。なぎさを演じる辻《つじ》亜矢子、学生家庭教師の小森克己を演じる立川澄彦をはじめ、なぎさの弟の洋一、父母、克己の友人の学生たち、群舞の踊子たち出演者全員が集まり、演出家の花井達也は、小柄な体でエネルギッシュな稽古を重ねていた。会員たちにR会館キャンセルの件を気取らせないためであった。

「さあ、次は第六場の克己の下宿の場だ、脚立《きゃたつ》を下宿の階段だとみたててやるんだ」

若い演出助手が脚立をおいた。父親の意志通りロボットのような人間に仕立て上げられたなぎさの弟の洋一が家庭教師の小森克己によって目覚め、家出してその下宿で一緒に生活することになる。そこへ、なぎさが訪《たず》ねて来る場面であった。

洋一　僕は帰らないよ、姉さん
なぎさ　迎えに来たんじゃないわ、克己さんに会いに来たのよ、いらっしゃる

洋一　うん、階上《うえ》でアルバイトの翻訳をやっているよ、呼んでやろうか、小森さん！

克己　（二階から降りて来、なぎさの姿を見）あっ、どうして、こんな夜遅く……

なぎさ　（答えず、わっと泣き伏す）

克己　泣いていたんじゃあ解らない、僕に理由《わけ》を話してごらん（優しく手をさしのべる）

なぎさ　パパが私を結婚させようとしているの、あの白豚のような政治家の息子と

洋一　――

なに、あの反動政治家の息子とだって、なるほどパパらしいやり方だ、政治と金が結びつけば何だって出来る、そう考えているんだろう、どれもこれも白豚だ！（なぎさ、弟の変りように驚きの眼を見張る）

克己　（動揺の色をみせ）なぎさ、それで、君は結婚するつもりなのかい

なぎさ　よくそんなことをおっしゃれるのね、ダイヤモンドの燦《きらめ》きしか知らなかった私に、パンの味わいを教えて下さったのはあなたじゃないの、白豚などと結婚するはずがないわ、私はあなたのものよ

「よし、もう一度、六場の頭からやり直し、辻君、克己への愛に目覚めてやるんだよ、

それから弟役の津村君、君も以前のような金持の坊《ぼっ》ちゃんではなく、目覚めた青年らしくやることだ、立川君、あなたはもう少し情感的に――」

花井は、出だしのサインを出しながら、流郷が現われるのを待ちかねていた。舞台装置も、踊りも振《ふり》も、R会館に合わせて作っているから、万一、会場の変更ともなれば、大へんな事態に陥るのだった。

スタジオの扉《ドア》が開き、流郷が入って来た。花井は、出演者たちに休憩《きゅうけい》を云い渡し、すぐ流郷の傍《そば》へ寄った。

「どう、うまくいきそう？」

「それが、今のところまだ見通しがつかなくて、申しわけない――」

「申しわけないなどで、おさまることじゃないよ、ものがミュージカルだから、どこの劇場《こや》でもいいというわけにはいかない、オーケストラ・ボックス一つにしても、それのないところは駄目なんだからね」

花井は、怒りを押し殺した声で云った。

「今、しかし、協和プロの千田君が、R会館の大株主である門林氏のところへ行って、最後の一押しをしているところだし、劇場の方は責任を持って解決するから、通し稽古を続けて下さい」

と云うと、花井もやっと、気が静まったように稽古を続けた。

流郷は、息をついた。千田が、門林のところへ行って最後の折衝を続けているのは事実であったが、ことがうまく好転するか、どうかは予測出来なかった。時計を見ると、七時を過ぎていた。千田が間もなく帰って来そうな時間であった。流郷は、そっとスタジオの扉を押して、廊下へ出た。廊下の突き当りが非常階段に繋《つな》がる踊り場になり、薄暗い窪《くぼ》みになっていた。流郷は人眼を避けるようにその壁際《かべぎわ》に倚《よ》りかかった。R会館がどうしても駄目な場合、今からどのような術《て》を打てばいいか、さすがの流郷も暗澹《あんたん》とした思いで、煙草《たばこ》をくわえた。

暗い廊下に千田の姿が見えた。

「どうだった、千田君――」

「びっくりするやおまへんか、そんな薄暗いところから幽霊みたいに声をかけて――」

「さすがに中には、居《い》づらくてねぇ」

苦笑するように云うと、

「こっちもえらい騒ぎやけど、向うもえらい騒ぎだす、日東レーヨンの組合員らが抗議大会を開いて、北九州工場の三人の不当馘首《かくしゅ》を労働委員会へ提訴すると息巻いてますわ」

「そうすると、さすがの門林も、いささか参っているわけだね」

「ところが、そうやおまへん、ご本尊は平気の平左で社長室にふんぞり返っている、出かけて行った私の顔を見るなり、R会館のことならあかんでぇと云いはるので、組合が騒いでいる最中に、R会館のことで勤音を刺激したら、他《ほか》の組合が支援に来たりして、ますます騒ぎが大きくなりまっせと云うたら、組合にはもうちゃんと懐柔策を打ってあるからそんな心配いらんと、一蹴《いっしゅう》されましたわ」

「じゃあ、どうしても、借りられないというわけか」

「R会館の方へも、もう一ぺん、折衝に行って来ましたけど、申しわけないの一点張りで、大株主の鶴《つる》の一声に縮み上がった雀《すずめ》みたいで話になりまへん」

「どうすればいいんだろう――」

「どうしたらて、こっちの方が聞きたいぐらいだすわ、せっかくここまで仕込みしたミュージカルを流してしもうたら、あんたも、私もえらい損でっさかい、帰りに他の会館を片っ端から当ってみましたけど、皆、ふさがってますのや」

「え？　全部駄目――」

流郷は、奈落《ならく》に陥《お》ちこむような暗い絶望感を覚えた。

＊

流郷は、バーのカウンターに肘《ひじ》をつき、独りグラスを空《あ》けていた。一日中、会場探しに歩き廻った疲れが加わり、体中が罅割《ひびわ》れるような疲労を覚えた。

「ダブルでもう一杯――」

四杯目のハイボールを注文し、新しいグラスを口に運んだが、難航している会場探しの難しさを酔いにまぎらわせることは出来ず、この五日間のことがまざまざと思い返された。

R会館がどうしても駄目ときまった翌日から、千田と手分けして、虱《しらみ》つぶしに貸会館を当ってみたが、二カ月先の六月はどこの会館も既に詰っていた。商業劇場で、出演者の事故で急に穴のあく場合のことも考えて探してみたが、そんな都合のいい話はなく、しかも商業劇場の場合は、劇場側が企画、配役に参加することが前提になっていたから、借館料だけを払って勤音の自主製作の公演をするわけにはゆかなかった。千田は、こうなれば勤音ジャズ・フェスティヴァルのように体育館でやることだと云《い》い出したが、ホリゾントや照明などの舞台機構が必要なミュージカルを、体育館でやることは無理であったし、始めて企画したミュージカルを、そんな形でやりたくなかった。流郷は、いっそ、六月のミュージカルを、二カ月程延期してはという意見を出したが、事務局は、参院選との繋がりを考え、何が何でも予定通りにやることだと云い、R会館のキャンセル事件では流郷とともに責任を分ち合わねばならぬはずの瀬木、大野までも、事務局や運営委員たちの意見に同調し、流郷一人が責任をかぶるような羽目に追い込まれてしまったのだった。

「流郷さん！」

絹の背広に蝶《ちょう》ネクタイを結んだ気障《きざ》な身装《みなり》をした男が、若いホステスにしなだれかかられながら、客席の間を泳ぐように近付いて来た。

「お久しぶりですね、浪花《なにわ》音楽事務所の吉崎ですよ、その節はどうも――」

馴《な》れ馴《な》れしく挨拶《あいさつ》したが、勤音がまだ小さな組織であった時はアカだからと仕込みを断わっておきながら、勤音の存在が新聞や雑誌で大きく取り上げられるようになると、掌《てのひら》を返したように勤音に近付いて来た男であった。

「流郷さんが、バーで独り飲んでいらっしゃるなどとは、意外ですよ」

そう云い、ホステスの手を振り払うようにして、流郷の横に腰をかけた。相当、飲んでいるらしく、酒臭い息を吐き、

「R会館の件はえらいことですね、あんなことではショー・ビジネスの道義も何もなく、われわれも安心して仕事が出来ないですよ。それで、ミュージカルの方は、会期を先に延ばされるんでしょうな、他《ほか》と違っておたくのような大人数の会員を入れる劇場は、そうそうありませんからねぇ」

吉崎は気の毒そうに云った。流郷は黙って、ウィスキー・グラスを干した。

「それにしても勤音さんは、羨《うらや》ましい限りですな、どこもかも青息吐息の時に、金のか

かるミュージカルをやることが出来るなど、さすがに八万五千人の会員数を握っている勤音さんなればこそですよ、うちにも是非一つ、勤音さんの荷物（仕込み）をこしらえさせて戴《いただ》きたいものですな」

吉崎は巧みに話題を変え、流郷の方へ体を寄せて、バーテンに二人分のハイボールを注文した。

「しかし、うちの仕込みなど扱ったら、今度のようなことになりかねませんよ」

「いや、相手が音連の黒幕といわれている日東レーヨンの門林社長と関係の深い会館だったことが、まずかっただけのことですよ、それより興行界は、どこもかも不景気で、ろくな仕事が出来ない時ですから、儲《もう》けなどより、勤音さんと組んで、ぱあっと大きな仕事をしてみたいというところですわ」

「そんなに、悪いんですかねぇ」

流郷は、気のない返事をした。

「いいのは映画の人気俳優の実演と歌謡曲歌手のワンマン・ショーぐらいで、あとはさっぱりです、何しろ興行界きっての狸親父《たぬきおやじ》といわれている金丸増市でさえも、このところさすがに弱気になってますよ」

四国の小さな田舎町《いなかまち》の興行師から身を起し、大阪の繁華街に大小の劇場《こや》を幾つも持っている金丸増市のことであったが、流郷には興味のない人間であった。吉崎は、酔いが廻るにつれ、誰彼なしに多弁になるらしく、酒臭い息を吐いて喋《しゃべ》り続けた。

「あの劇場《こや》持ちの金丸増市が、よりにもよって、かつてレヴューや実演もやり、今、洋画館にしている大阪セントラル劇場を入りが悪いというので、遂《つい》に見切りをつけて、この六月にボウリング場に改装するということですからねぇ」

「えっ、六月にボウリング場に、あの大きな劇場《こや》をまさか——」

信じられぬように聞き返すと、

「改装を請負っている大松組に私の知人がいて、直接、耳にしたことですから間違いありませんよ、あの強気一点張りの親父も、興行界の不景気には勝てなんだというところですな」

吉崎は、調子付いて喋った。流郷の眼に異様な光が帯びた。


翌朝、流郷は眼を覚ますと、二日酔いでぐらぐらする頭で、コップに水一杯だけを飲みアパートを出た。昨夜、吉崎から聞いた大阪セントラル劇場の六月改装と、改装請負が大松組という二つのことが、頭の中で、コマのような早さできりきり回転していた。

梅田駅に降りると、流郷はまっすぐ勤音の事務局のある近畿観光ビルへ足を急がせたが、四階の事務局へは上がって行かず、一階の近畿観光株式会社の扉《ドア》を押した。

十時を廻った社内は、観光シーズンの最中《さなか》だけあって、三十人程の営業部員が、次々にかかって来る観光コースの問合せ電話や、乗車切符の申込みの応対に忙殺されている。流郷は、営業課長に声をかけた。

「おや、流郷さん、何か急なご用でも――」

勤音がピクニックや夏の講習会を開く時、近畿観光に行き先を相談したり、貸切バスを申し込んだりしている関係上、営業課長とは懇意であった。

「ほかでもありませんがね、たしか、この近畿観光ビルの施工《せこう》は、大松組でしたね」

「ええ、そうですよ」

「じゃあ、大松組に誰か親しい人がありませんか」

「そりゃあ、ありますよ、向うじゃあ、うちの施工を請負ったからと、春と秋の社内慰安旅行は何時《いつ》もうちへ注《い》って来てくれてるんですよ、大松組というのは、一流でもなし、といって三流でもなく、二流の頃合の建設会社ですから、何かと便宜で、しかも良心的だからやりいいですよ、何か施工を頼まれるようなことなら、安くするように口をききますよ」

俊敏な営業課長らしく、気をきかせた。

「いや、施工の紹介ではなく、大松組が請負っている大阪セントラル劇場の改装は、何時から、どのくらいの期間でやるのかということを、ちょっと聞いて貰《もら》いたいんですよ」

「ああ、そんなことですか、お安いことですよ」

すぐ机の上の電話を取って、大松組の営業部へ電話をかけた。

「この間はどうも、ところで、おたくが、大阪セントラル劇場の改装を請け負っておられるそうですが、何時からかかるのです？　ええ、六月の初めから――、ええ？　それが二十日程延期――、なるほど、へえぇ、そんなものですかねぇ、改装期間は三カ月、いやどうも……」

受話器を置くと、

「うまい具合に、すぐ解《わか》りましたよ、改装着手の期日は、まだ手金が入らないので、二十日程延期になる見込みだそうで、工期は三カ月、それから工費の契約高などは云いませんが、えらく値切られたということですが、それぐらいでいいですか」

「どうも有難う、お手数をかけました」

それだけ聞けば十分であった。流郷は、近畿観光の事務所を出ると、勤音の事務局へ上がって行かず、そのままビルの外へ出、タクシーを拾うと、大阪セントラル劇場に向って走らせた。

大阪セントラル劇場の持主である金丸増市は、五分刈の胡麻塩頭《ごましおあたま》の下に細いよく光る眼を光らせ、流郷の出した勤音の名刺と、眼の前の瀟洒《しょうしゃ》とした身装の当人とを無遠慮に見比べ、

「誰の紹介状も持たんと、このわしのところへふりで飛び込んで来るとは、若いのにちょっとした度胸やな」

皺《しわ》だらけのしぼんだ顔と猫背《ねこぜ》の小さな体を薄汚れたソファにふんぞり返らせ、不愛想に云った。金丸の一匹狼《いっぴきおおかみ》的な狷狭《けんきょう》な性格を聞いていたから、流郷はわざと人を介さず、ふりで飛び込んで来たのだった。

「ところで、わしに折り入っての話というのは何だすねん」

出がらしの番茶を出し、にこりともせず、用件を聞いた。

「実は、ある筋から、この大阪セントラル劇場が、五月一杯で閉館し、ボウリング場に改装するという話を聞き込んで来たんです」

金丸の皺だらけの顔が、ぴくっと気難しく動いた。

「誰がそんなことを云うたんや、まだ二カ月間も先の閉館を今から取沙汰《とりざた》されたら商売にさし支えるから、請負と、うちだけの極秘にしてあるのに、あんたは、顔に似合わん地獄耳やな」

むっつりと、不機嫌に云った。

「じゃあ、やっぱりそうでしたか、ほかの劇場《こや》と違って、映画と実演の両方が出来る大阪で一番古い劇場《こや》で、一般からも親しまれて来たのを、ボウリング場にしてしまうとは、何としても惜しいことですねぇ」

「わしは、大阪の芸能や興行に貢献するために劇場経営をやってるのやない、三十年前に大阪一のグランド・レヴュー劇場を目指してこの劇場を建てたんは、レヴュー全盛時代で儲かったからや、それを五年前に洋画館に切り替えたんは、レヴューが下火になって、劇団や裏方をかかえては採算が合わんようになったからだすわ、けどその洋画も、最近はテレビに押されて二千三百ある席に、最低千五百人は入らんと採算が合わんのに、千人を切るどころか、悪い日は、このだだっ広い劇場《こや》に、四、五百人がぱらぱらと豆粒をばら撒《ま》いたぐらい入るだけで、おまけに水揚《みずあげ》の七〇%から六〇%も、配給会社へごっそり吸い上げられたんでは、椅子《いす》一脚の修繕費も出ん、わしは先の見込みのない商売には、びた一文も捨銭《すてぜに》を使わん主義やから、さっさと儲けのええボウリングの方へ乗り換えるだけのことや」

「なるほど、ところで、そのボウリング場に改装される前に、この劇場《こや》を一ヵ月貸して戴けないかというご相談なんですがねぇ」

「なに？　劇場貸《こやがし》し――」

金丸は一瞬、愕《おどろ》くような顔をしたが、

「なんや、うちの映画館に勤音の大口団体でも申込みに来てくれたんかと思うたら、そんな話やったんかいな」

劇場貸しの返事はせず、そう云った。流郷は焦《あせ》りを覚えた。

「実は、うちの自主製作によるミュージカルを、おたくの劇場《こや》でやりたいのですよ、これは勤音の始めての試みで、総勢百二十人の出演者による大がかりな規模のもので――」

その内容とスタッフを説明しかけると、金丸は手を振った。

「中味など聞かしていらん、興味がないわ、それより、そのミュージカルは、R会館のキャンセルで、ほかに演《や》る劇場《こや》が無《の》うて、ちょうど改装前のうちに泣き込んで来たというわけやろ」

足もとを見るように、高飛車に出た。

「泣込みじゃありませんよ、何しろ十万人近い会員を抱えているので、二、三カ所に会場を分散してやるのだったら、何とか都合はつくのですが、それでは舞台装置をはじめ、踊り、振《ふり》までその都度、変更しなければならず、実際問題として面倒なことなので、もともとレヴュー劇場として建てられ、一挙に二千三百、補助席や立見席を入れれば二千五百ぐらい入れられそうなおたくが、たまたま勤音のミュージカル公演の時期と同じ六月にボウリング場に改装されると聞き、それなら改装前一カ月程、貸して貰いたいと、こう思ったわけですよ、おたくとしても、どうせ閉館なさるのなら、改装前にうちへお貸しになるのは、決してお損にならないと思いますがねぇ」

暗に、改装前に工事費の一部が濡手《ぬれて》に粟《あわ》で捻出《ねんしゅつ》でき、うま味のある話ではないかという風に持ちかけると、

「損になるのか、得になるかは、こっちの弾《はじ》く算盤《そろばん》次第や、それより、そっちの出す借館料の予算を聞かせて貰わんことには、話にならん」

金丸はすぐ話に食いつかず、鼻毛をぬきながら、ゆっくり構えた。上手《うわて》に出たつもりの流郷が、下手《したて》に廻った。流郷は食われそうになる姿勢を危うく建て直し、煙草《たばこ》をくわえた。

「ご承知のようにうちは、興行による収益を目的とする団体ではなく、会費制による音楽鑑賞団体ですから、一日十三万でどうです」

収容人員三千人のR会館の借館料と照らし合わせて算出した金額を出すと、

「阿呆《あほ》らし！　こんだけの劇場《こや》が一日に十三万やて、怒る前に笑いとうなるわ」

「では十五万では？」

「あかん、一日二十万以下では絶対、貸さん！」

金丸は、頭から突っ撥《ぱ》ねた。

「しかし、二十万というのは、客席三千人のR会館の貸館料じゃないですか」

さすがに流郷もむうっとすると、

「あそこは法人で公共性の強い会館やから、安いのは当り前のことや、うちのような純然たる商業劇場と比較するのが、どだい間違いというものや、それにやな、仮に一日二十万として、一カ月六百万円の貸館料を貰《もろ》うても、改装工事は六月一日から取りかかることになってるから、勤音のためにまるまる一カ月も工事を遅らせるとなると、当然、その間の損失補塡料《ほてんりよう》として、貸館料の三割百八十万円を上載《うわの》せして貰わんことには引き合いまへん、その辺の勘定はどないなりますのや」

上眼遣《づか》いにじろりと、流郷を見た。改装前に、六百万という現金が転がり込んで来るうま味の上に、さらに相手の弱味につけ込んで徹底的に吸い上げようというあくどさが、金丸の顔に剝《む》き出ていた。流郷は、たじたじとしながら、

「金丸さん、あるついてをつけて聞いた情報によりますと、大松組へは、まだ改装費の手金が入ってなくて、六月一日からの改装が二十日程延びるということじゃないですか、そうなると、勤音に六月一日から一カ月貸しても、二十日間はまるまるおたくの儲《もう》け、勤音に貸したことによって延びる工期は正味十日間だけというわけで、たった十日間の損失補塡が百八十万とは、あんまりえげつなさ過ぎるじゃありませんか」

ぐいと相手の虚を衝《つ》くと、金丸は細い眼をぴかりと光らせたが、

「へぇぇ、そんな話、聞きはじめだすな、一体、大松組の誰がそんなええ加減なことを云《い》いよりましたんや、何なら契約書を見せても、よろしおますでぇ」

呆《とぼ》け面《づら》で、云い返した。資金繰りの都合で工事の着手を延期することになっていながら、素知らぬ体《てい》で、元の契約書を流郷に見せ、それで押し通そうという狡猾《こうかつ》な魂胆が見えていた。

「ともかく、うちは予定通り改装工事に取りかかる段取りをし、請負の方も、資材その他の準備をちゃんと組んで、手金も打ってある段階やから、貸館料六百万に、工事延滞の損失補塡百八十万を追銭《おいせん》して貰わん限りは、せっかくやけど、この話は断わりまっさ」

皺だらけの小さな顔と体が、あざとい打算で膨れ上がり、どうふっかけられても、借りなければ困る流郷の立場をせせら笑うように見下《みくだ》していた。流郷は、歯ぎしりするような腹だたしさを感じたが、貸館料六百万と上載せ料百八十万、合計七百八十万円の借り料であっても、会費三百五十円で九万人の会員として三千百五十万円の収入があり、収容人員も土、日曜日を二回公演にすればちょうど一カ月でおさまることを考えると、

「解《わか》りました、借館料はそれで手を打ちましょう、しかし、上載せの百八十万は、せめて八十万差し引いて百万で手を打って貰いたいですね、それでお気に入らなければ、今度はこちらの方で、このお話は断念せざるを得ません」

最後の切札を切るように云った。金丸はかすかに顔色を動かしたが、不意にしわがれ声で、

「うっふぅふぅふぅ、あんたも素人《しろうと》のくせに、なかなかやるやないか、話がここまで来て、うちの劇場を貸さんとなると、相手が勤音やから、改装工事の現場にでも坐《すわ》り込みされたらかなわんよって、これぐらいで手を打ちまっさ」

頃合と見たのか、金丸は猫背の小さな体をひょいと屈《かが》めて、手を打ったが、ケチで通っている人物らしく、商談が出来ても、紅茶一杯出さなかった。

十一章

流郷は、舞台の袖《そで》の覗《のぞ》き窓から開幕五分前の客席を見ていた。

二千三百の座席がぎっしり埋まり、補助席、立見席まで若い男女の会員で埋まっている会場は、若々しい息吹《いぶき》とこれから始まるミュージカルに対する期待感で生き生きと華《はな》やいでいる。

「よう入りましたな、劇場主《こやぬし》の金丸もびっくりしてますやろ」

背後《うしろ》から千田の声がし、流郷と並んで覗き窓から客席を眺《なが》め、

「改装前の洋画劇場も、幕にたまったほこりをはたき、舞台の周《まわ》りを花で飾ったり、照明を明るうしたら、こんなりっぱな容《い》れものになりましてんな、今度ばかりは、私もあんたのずばぬけた着想と手腕には参りましたわ」

千田は感服するように云ったが、流郷にしてみれば、ずばぬけた着想でも、手腕でもなかった。追い詰められた鼠《ねずみ》のように一つ一つその場の活路を開いて来ただけであった。

急な会場変更で、大阪セントラル劇場の舞台機構に合わせた舞台装置の変更、振付や群舞の手直しなど、ここ一カ月余りというものは、そうしたことの折衝で緊張の連続であった。衣裳付《いしよう》、照明、舞台転換などを含んだ舞台の総稽古《そうげいこ》は、徹夜で行ない、今日の昼過ぎに上がったばかりである。

開演のベルが鳴ると、騒《ざわ》めいていた客席が静まり、流郷は覗き窓の前を離れて、舞台の袖にたった。

緩《ゆる》やかな序曲でミュージカル『ダイヤモンドとパン』の幕が上がった。舞台の奥の真っ赤なホリゾントに群衆の影が映り、舞台裏から怒号と警官の警笛、シュプレヒコールが入り混って聞え、強烈なリズムとともに学生デモ隊の影がホリゾントに渦巻《うずま》いたかと思うと、舞台の両袖から黒いセーターにタイツをはいた三十人程の男性ダンサーが現われ、学生たちの怒りを爆発させるように大きな躍動をもったモダン・ダンスを踊りはじめた。赤、青、黄、緑のライトが、群舞の上をめまぐるしく交錯し、観客たちは色彩と音響と群舞を駆使した前衛的な舞台に、呑《の》まれるように惹《ひ》き入れられた。

やがて強烈なモダン・ダンスの群舞が終り、ホリゾントから学生デモ隊の影が消えると、一転して明るい舞台になり、デモを終えた十数人の学生が、立川澄彦の扮《ふん》する小森克己を真ん中に腕を組んで登場し、『われらの時代』を高らかに唄《うた》い出した。力強い学生のうた声が舞台一杯に広がった時、けたたましいクラクションの音がし、真っ赤なスポーツ・カーに乗った金満家の娘なぎさが舞台に現われた。客席から、自分たちの選んだ勤音スターを迎える拍手が鳴り、辻《つじ》亜矢子は、車の座席から起《た》ち上がって唄い出した。

貧乏な奴《やつ》は大嫌《だいきら》い
貧乏なんて　真っ平よ
貧乏だから　デモをやる
デモをやるから　お腹《なか》が減る
お腹が減るから　弱くなる
弱くなるから　負けるのよ
負けると思うから　デモるのね
つまりは頭が悪いのよ

嫌悪《けんお》と侮蔑《ぶべつ》の身振《みぶり》たっぷりに唄い終ると、再びクラクションを鳴らして、舞台の下手《しもて》へ消えて行った。学生たちもスポーツ・カーのあとを追って舞台の袖へ消えると、立川澄彦の克己だけが舞台に残った。

あの娘　高慢ちきなあの娘

ダイヤモンドの燦《きらめ》きしか知らない軽薄な娘
そんな娘が我がもの顔で生きるのはなぜ？
そう
金があるから　それだけのこと
僕は貧しい家庭教師
でも僕は負けない
あの娘の弟を　僕のロボットにしてやる
僕の意志のまま制御するロボットに

黯《くろ》い憤《いきどお》りを宿した心をバリトンで唄い終ると、舞台の照明が消え、真っ暗な中で不気味なティンパニーの連打が鳴り響き、第一場が終った。

舞台の袖に立っている流郷は、思わず、ほっとした。辻亜矢子が『貧乏は大嫌い』の歌の出だしで歌詞をとちり、音程が崩《くず》れて一瞬、どきりとさせられたが、身振を入れてうまくすりぬけたのだった。他《ほか》の歌手や踊子たちも、総稽古の時と見違えるほどの見事なアンサンブルを醸《かも》し出し、照明や舞台転換のきっかけも順調に進んでいる。流郷の胸に、半年がかりで作りあげたミュージカルが成功しつつある充足感が広がり、これで企画者としての自分の立場が確固としたものになり、その立場を踏んまえ、勤音の巨大な組織の中で、さらに大きな企画を実現し得るであろう自分に酔うような満足感を覚えた。千田は何時《いつ》の間にか姿を消し、演出の花井の姿も見えなかったが、流郷は、踊子たちが慌《あわただ》しく駈《か》けぬけて行く舞台の袖にたって、会員の反応を確かめるように客席を見た。

会員たちはプログラムを片手に固唾《かたず》を呑むように舞台を観《み》、歌手の歌に聴《き》き入っている。どの顔にも自分たちの身近な素材を扱った内容に共感し、昂奮《こうふん》している気配が見え、立見席の会員たちも食い入るように舞台の動きに眼を向け、熱気が漲《みなぎ》っている。

舞台は手術場のシーンになり、舞台一杯に巨大な無影灯が煌々《こうこう》と輝き、スポーツ・カーで交通事故を起したなぎさが死人のように手術台に横たわり、同じ血液型の小森克己がゴム管を腕に巻き、手術帽にマスク、白衣を着た男性ダンサーが、無言で手術台を取り囲んでいる。物音一つしないすべての動きが静止したような不気味な緊張が数秒続き、突然、オーケストラ・ボックスから不協和音が轟《とどろ》いたかと思うと、手術台を囲んでいた白衣のダンサーたちが、囁《ささや》くような低音で『死の音』を唄い、踊り出した。

手術の困難さを示すような暗鬱《あんうつ》な歌と踊りの合間に、メスやコッヘルの音を暗示する金属音や酸素吸入をする心臓の音が不気味に入り、緊迫感が頂点に達した時、手術台でなぎさの悲鳴が上がり、無影灯の照明がぱっと消え、溶暗した舞台の両端に、まっ白なドレスをまとったなぎさと、克己の姿がバラ色のサスペンション・ライトの中にぽっかりとうかび上がり、幻想的な舞台に一転した。

憎み合っていたなぎさと克己が、互いの体に流れる同じ血によって結ばれるように、甘美なヴァイオリンの独奏にのって舞台の両端から静かに歩み寄り、両手が固く結ばれると、ブルーの衣裳《コスチューム》を着た踊子たちがクラシック・バレエ風の群舞を繰り広げ、やがて二人のデュエットがはじまった。

憎しみの眼で見詰めた人を
今 愛に満ちた眼《まな》ざしで見詰める
あなたの血が私の中に脈打つのを感じた時
私たちの愛の運命《さだめ》を知りました
この腕にこの胸に あなたが住んでいる
同じ血を分けたあなたと私 私とあなた
二人は一人 一人は二人
ああ この愛こそは
静かに燃える 永遠のもの

二人の間に芽生えた愛を歓喜に満ちた声で唄い終ると、魅せられたように観入っている客席から拍手が湧《わ》き起ったが、流郷は舞台の進行とは逆に、一種の空《むな》しさを覚えていた。半年も自分の情熱を傾けて作り上げたものが、これであったのか、出来上がってしまえば、思ったより小さく手ごたえのないもののように思われた。

舞台はラスト・シーンになり、両親を説得したなぎさと弟の洋一と、学生の小森克己が互いにひしと抱き合い、『手を組んで』を力強く二重唱し、第一場と同じ学生デモの群《むれ》が力と動きに溢《あふ》れた群舞を踊りはじめた。現代のロミオとジュリエットは悲恋に死なず、未来に向って力強く生きて行くことを象徴するように七色の光の矢が群舞を映し出し、トランペットと太鼓の連打が轟く中で合唱と群舞がますます高まり、クライマックスに達したところで幕が下りた。

割れるような拍手が鳴り、カーテン・コールが求められた。再びカーテンが上がり、立川澄彦、辻亜矢子を真ん中に、主だった出演者とスタッフがずらりと並んで一礼すると、歓声と拍手が湧き、うしろの座席の観客は起ち上がって拍手を送り、場内が昂奮に包まれた時、舞台の上手から突然、勤音顧問の高倉五郎が登場した。

観客席に一瞬、愕《おどろ》きの気配がたったが、高倉五郎と解《わか》ると、拍手が送られた。銀髪温顔の高倉五郎は舞台の中央まで来ると、出演者たちに会釈《えしやく》し、観客席に向って、

「皆さん、勤音ミュージカルの成功をお祝い申し上げます！　私もうしろの客席から観ておりましたが、今日、上演されたミュージカルのテーマは、全世界に共通するもので、

皆さん方一人一人の課題として考えなければならないテーマを持っています、同時に、このミュージカル公開に当って出くわしたR会館事件についても、われわれは真剣に考えなければなりません、働く者が、何時でもいい音楽を聴くためには、もはや商業劇場や貸会館に依存せず、自分たちのホール、勤音ホールを持たねばなりません、それには勤音ホールを建てられるような働く者のための政治が存在しなければならない、私はそれを社会学者の高倉五郎としてではなく、またアジア・アフリカ文化会議理事の高倉五郎としてではなく、全国勤音の顧問として痛感し、勤音ホール設立に力を尽したいと思います、皆さん、これからもしっかり手を繋《つな》いで、私たちのすばらしいミュージカルを創《つく》り、聴き、観るための社会をつくり上げましょう！」

激しい拍手が鳴り、ミュージカルそのものの昂奮が、働く者たちの連帯感に結びつき、熱気のような昂奮が場内に渦巻いたが、流郷はくるりと背を向け、舞台の袖から離れた。

流郷は、事務局員たちから、ミュージカル成功の乾杯を受けながら、さっきの舞台の幕〆《まくじめ》の不快感がまだ、尾をひいていた。

なぜ高倉五郎がミュージカルの舞台から勤音会員に挨拶《あいさつ》しなければならないのか、事務局長の瀬木にその点を詰問《きつもん》すると、あれは高倉氏自身で勝手に取った行動だから仕方がなかったと云《い》い、ミュージカルの出演者たちと祝杯をあげに行こうとする流郷を、今夜は事務局の会合があるからと引きとめたのだった。

中華飯店の三十畳程の広間に五つの円卓が並び、メイン・テーブルに高倉五郎、東京勤音の鷲見《わしみ》、流郷を中心にして、大野、瀬木、永山、江藤斎子《せいこ》が加わり、二十六人の事務局員が賑《にぎ》やかに勤音ミュージカル成功の乾杯をあげた。

「今日のミュージカルの成功は、何といっても流郷君の力によるところが多いねぇ」

メイン・テーブルにいる大野が、感謝するように云うと、東京勤音の鷲見も、

「実のところ僕は、全国勤音通しの初のミュージカルの出来がどんなものか懸念《けねん》して、たまたま関西への講演に廻られる高倉さんに同行し、ミュージカルを観たんだが、前向きの内容で文句なしにいい、これなら勤音ミュージカルとしてりっぱに全国に通る」

と云うと、若い事務局員の一人が紅潮した顔で、

「全く、すばらしいです、僕たちの周囲にある社会的矛盾を、誰にでも理解できる悲恋という形をとりながら、『ロミオとジュリエット』のように死んでしまうのではなく、生きて闘《たたか》うという方向に持って行ったこと、これは現在の逞《たくま》しく闘い生きる勤労者の在《あ》り方を象徴しています、僕はほんとうに感激しました、われわれは流郷さんに心から敬意を表します、流郷さんに乾杯！」

流郷に向って乾杯が向けられた。菊村俊一の女のように桜色に上気した顔も見えた。

流郷は若い事務局員たちの乾杯は素直に受け取れたが、大野や鷺見たちの大袈裟《おおげさ》な称讃《しょうさん》には、故意におだて上げるような不自然なものを感じた。東京勤音の鷺見は、

「流郷君、こう皆で乾杯しているのだから、一言、何か――」

促すように云った。

「何時も手厳しく批判されてばかりいる私が、こんなに皆さんから揃《そろ》って褒《ほ》められ、乾杯などをされますと、どうも落着きが悪くて困ります、この辺でご勘弁下さい」

あちこちのテーブルから、笑声が上がったが、鷺見の隣にいる高倉五郎が、銀髪の彫《ほり》の深い顔を流郷に向け、

「お世辞でなく、ほんとうに今日のミュージカルはよかったですよ、脚本の内容だけではなく、音楽や演出もいい、若者たちが現在の困難に打ち克《か》って、未来の可能性に向って進んで行くラスト・シーンの音楽と群舞と合唱は、実に感動的でしたよ、どちらかというと単なる娯楽に流れやすいミュージカルに、一つのイデオロギーを不自然でなく織り込んだあなたの手腕は見事ですよ」

芯《しん》から感心するように云うと、江藤斎子は、

「ミュージカルの成功ももちろんですけれど、R会館事件に遭遇しながらも、予定通りに勤音ミュージカルが催されたことに大きな意義があると思いますわ、予定通りに出来なかったら、音連の思うつぼにはまるところを、流郷さんの努力で救われたわけです

わ」

流郷が会場探しに奔走している時、冷然と傍観していた斎子であるのに、今は息づくように云った。事務局長の瀬木も、

「全くあの時はどうなることかと思ったよ、会員たちから事務局は何をしているのだと、突き上げられるし、流郷君の会場探しの苦労が痛いほど解るしね、しかし、今日のミュージカルは大成功で、高倉さんの挨拶にも、勤音ホールの設立という具体性があったため、会員たちの選挙に対する関心はぐっと強まった様子で、すべての面で成功でしたよ」

と云うと、黙ってビールを呑んでいた組織担当の永山が口を開いた。

「あれで票に結びつくでしょうかね、結びつくと考えたら、甘すぎやしませんかねぇ」

水を浴びせかけるように云った。料理を食べながら辻亜矢子の批評や噂話《うわさばなし》をしていた若い事務局員たちも、ぴたりと話を止《や》めたが、鷲見は永山の言葉を継ぎ、

「永山君の云う通り、ミュージカルの成功を、二カ月先の参院選の高倉支持票に、いかに結びつけるかが重要な問題だが、大阪勤音では、どんな方法を取っているのです」

瀬木の方へ質問を向けた。

「選挙公示がなされていない今の段階では、勤音の組織自体としての取組みは、ピクニックや地域懇談会の集まりの時に、参院選を会員たちの生活と結びつけて選挙啓蒙《けいもう》をす

る方法を取っていますが、運営委員や地域委員には個人的な繋がりを利用して票獲得に動いてほしいと要請しているところです」

「それだけでは弱いな、東京勤音では各種の文化団体、婦人団体に呼びかけて、文化講演会、もしくは懇談会という名目で各職場と団体をこまめに廻って票固めにかかっているが、高倉さんのインテリ・サラリーマンと婦人層における人気は驚くほど高いですよ」

と云うと、高倉は銀髪をかき上げながら、静かに微笑《ほほえ》んだ。永山はワイシャツの袖《そで》をたくし上げ、いかにも活動家らしい姿で、

「大阪勤音の辛《つら》いところは、高倉さん自身に動いて戴《いただ》けない点ですが、今日のように来阪され、ミュージカルの会場へ行かれる前に、勤音の強力な運営委員がいる会社の文化サークルや青年婦人部、それに青年婦人文化会議主催の中央公会堂の文化講演にも出て下さると、高倉さんだというので何処《どこ》でも沢山の人が集まり、僕らが持ち廻った高倉さんの著書も、四十冊近く売れましたよ」

組織部が支援をおろそかにしていないことを説明するように云うと、鷲見は満足そうに頷《うなず》き、

「高倉さんの地盤は東京だから、もちろん、東京で大半の票を取る体制は組んでいるが、あと一押しとなると、やはり大阪の票がものをいうわけで、瀬木君、大阪における高倉

票の見込みはどうだろう」

「そうですねぇ、僕もこの間、ちょっと概算してみたんですが、大阪府の有権者数を約三百五十万、投票率六〇％と想定して、総投票数は二百十万ということになり、そのうち五％弱の十万が高倉票として入ればと思っているのです、もっともその十万のうち、大阪勤音の会員票をどのくらい獲得し得るかということになると、勤音は労組みたいに強制も出来ないし、各組合の指示する候補者ともだぶって来ますから、具体的な数字は摑《つか》みにくいですがね」

瀬木は肝腎《かんじん》のところで足踏みするように云った。鷲見は体を乗り出し、

「そりゃあ、そうだが、ミュージカルで会員が一挙に十万に増えたこの際、大阪の得票は、大阪勤音の会員票で取ってしまうぐらいの意気込みでやってほしいね、そのためには、例会面でさらに会員の意識の盛り上りを狙《ねら》う新しいものをやると同時に、組織担当の永山君は、組織の末端に密着している活動家の地域委員をフルに動かし、彼らをオルグにして、一人一人の会員の票を地道に獲得して行くことだ、そういう意味では、特に永山君の努力をお願いするよ」

期待するように云った。

「正直なところ、選挙に引っ張り出されるなどとは思いもよらず、これまでの自分の研究のまとめでもやってのんびり過したいと思っていた矢先に、思いがけないことになっ

たものです、しかし打って出た限りは、何としても当選しなければならないので、皆さん、よろしく――」

高倉は言葉少なに慇懃《いんぎん》な礼をした。一同は高倉の学究肌らしいもの静かさに好感を抱くような視線を向けたが、流郷は、ミュージカルの成功を祝う会が、何時の間にか高倉五郎を激励する会になっていることにますます不愉快になった。瀬木は頃合と見たのか、

「じゃあ、高倉さんは明日もまた、京都、神戸などの遊説《ゆうぜい》に廻られますから、この辺で乾杯して散会しましょう」

と云うと、周囲のテーブルから、

「高倉さんの当選を祈って乾杯！」

「ご健闘を祈ります、乾杯！」

賑やかな声が上がった。流郷はぐいとコップを空《あ》けると、瀬木が低い声で、

「流郷君、あとで二人で飲もう、梅田《うめだ》新道《しんみち》のバー・ルノアールで待っている――」

囁《ささや》くように云った。

バー・ルノアールの扉《ドア》を押して中へ入ると、五坪程のこぢんまりした店内のボックスに二、三組の客が坐《すわ》り、美術学校中退のマダムの好みらしく、壁にルノアールの『水

浴』の複製がかかっている。

「あら、瀬木さんがさっきからお待ちかねですわ」

大分前、瀬木と二、三度しか来たことがないのに、細面《ほそおもて》のマダムは流郷を覚えていて、奥のボックスを眼で指した。

「やあ、ここだよ、疲れているのに悪かったんじゃあないかね」

瀬木は、笑顔で迎えた。ホステスはハイボールを運んで来ると、瀬木から云われているのか、すぐ席をはずした。

「君をここへ誘ったのは、君と二人だけで静かにミュージカルの成功を祝いたかったからなんだ、何かと大へんだったろうね、心からお祝いを云うよ、さっきのような席で云うと、僕の言葉が嘘《うそ》になるような気がしたんだ――」

瀬木は、しみじみとした口調で云った。その言葉で、流郷は、さっき高倉や鷲見、大野たちが、自分を故意におだて上げるように不自然な賞《ほ》め方をした不快感が柔らぐような気がした。

「ミュージカルの成功は、何も僕一人じゃない、瀬木さんの協力もありますよ、運営委員会でミュージカルを決める時、瀬木さんが反対する連中をうまく説得してくれたじゃありませんか」

そう云い、流郷は、さし出された瀬木のグラスに自分のグラスを合わせた。かちりとグラスのふれ合う音がし、流郷はここ三、四年来、瀬木に対して抱いていたこだわりが解きほぐれ、二人の間に横たわっていた溝《みぞ》がごく自然に狭まるような気がした。

「随分、長いことかかったね、ここまで来るのに――」

瀬木がぽとりと、落ちるような声で云った。

「そう、十年ですね――」

流郷も何時《いつ》になく、感傷的に応《こた》え、終戦後六年経《た》ったばかりのまだ荒れ果てたままのがらんとした大阪市立公会堂に、僅《わず》か六百人の聴衆が集まり、しんしんと冷えわたる真冬の寒さの中で、ベートーヴェンのピアノ・ソナタを貪《むさぼ》るように聴《き》き入った勤音の第一回例会の情景を思いうかべた。

「あの頃は、流郷君は会員集めのためにポータブル・レコードをもって各職場を廻り、僕は夜になると、女房に炊《た》かせた糊《のり》のバケツを自転車の荷台に乗せて、二、三人の若い連中とポスターを貼《は》り歩いたものだ、それでも毎日がほんとに充実していて、楽しかった」

ハイボールのグラスを口に運びながら、瀬木は昔を懐《なつ》かしむように云い、

「それに比べると、この頃は組織が大きくなったせいで、あの頃のような楽しみもないし、事務局長としての責任が重くなる一方で、実のところ僕も少々、参りかけているんだ、そこでミュージカルによって会員が十万に膨れ上がったこの際、流郷君に事務局次

長になって貰《もら》い、僕と車の両輪のように動いて貰いたいんだが、やってくれるかい」

　昔話が、人事の話に移った。流郷はグラス越しに瀬木を見、

「次長制をしく話は、初耳ですね、一体、どこから出た話なんです？」

「もちろん、僕が考えたことだよ、まだ誰にも話していないけれど、君さえそのつもりになってくれれば、東京勤音には前から次長制があることだし、大阪の事務局や運営委員などには、僕がしかるべき術《て》を打つから、任して貰いたいんだ」

　瀬木は、それぐらいの力は自分にあるという意味を言外に響かせたが、流郷は、事務局次長が管理職であることに気持がひっかかった。

「しかし、事務局次長などになって、企画で自由に動けなくなるのはご免だな」

「もちろん、その辺は僕も考えているよ、今の勤音がここまで大きくなったのは、組織担当の永山君あたりが何と云おうと、大半は君のずばぬけた企画力によるものだ、ところが、組織が大きくなるにつれ、これからはすべてのことが会議によって決定される傾向がさらに強くなり、何かとやりにくくなる懸念《けねん》があるから、流郷君に次長になって貰っておけば、原則は会議で決定とはいえ、やりやすいと思うんだよ」

　流郷の立場を気遣《きづか》うように親身な口調で話しながら、瀬木の言葉の背後に、流郷のためというより、瀬木自身のために、流郷を次長に据えたがっていることが感じ取られた。それが何のためであり、どんな目的を持つものであるかは流郷に解《わか》らなかったが、永山

の名前を持ち出したところに、瀬木の意図する何かが在るようであった。しかし、いずれにしても、膨れ上がって行く勤音の組織の中で事務局次長のポストに着くことは、決してマイナスではなかった。

「それじゃあ、次長兼務の企画担当で、今まで通り企画の仕事は自由にやらせて貰う、こう思っていいんですね」

念を押すように聞いた。

「それで結構、だが、次長として事務局会議の相談には乗って貰うよ、じゃあ、君の次長内定を祝って乾杯——」

瀬木がグラスを上げかけると、

「乾杯の前にもう一つ、聞いておきたいことがあるんです」

そう云《い》い、流郷は、瀬木の眼をぴたりと捉《とら》えた。

「君が聞きたいというのは、勤音と人民党との繋《つな》がりじゃないのか」

機先を制するように云った。

「そうですよ、次長を引き受ける前に、そこのところをはっきりお伺いしておきたいですねぇ」

流郷は動かない表情で云った。瀬木は度の強い眼鏡の下できらりと眼を光らせ、

「事務局内に人民党員がいるのは確かだ——」

「やっぱり——、で、メンバーは？」

「それは僕にだって、はっきり解らない」

「永山君は、明らかにそうでしょう」

「……うん、そうだ」

「じゃあ、江藤斎子は？」

瀬木の顔色が、微妙に動いた。

「シンパであることは確かだが、れっきとした党員であるか、どうかは解らない」

「解らないって瀬木さん、彼女は財政という事務局の中枢《ちゅうすう》を握っているんですよ、そんな重要なポストにある人物のことが、はっきり解らないというのは可笑《おか》しいじゃありませんか」

踏み込むように云った。

「君、江藤君のことに随分、こだわるじゃないか、彼女と何かあるとでもいうのかい」

緊迫したやりとりの中で、瀬木が、虚を衝《つ》くように云った。

「妙な云い方はしないで下さいよ、それから、瀬木さん自身はどうなんです？」

自分と斎子とのことを気取られぬように、話を瀬木の方へすり替えた。

「僕？　僕は個人的には、人民党の政策には反対じゃない、現に選挙の時だってずっと人民党に投票して来たしね、しかし、勤音の事務局長としての立場となると、これは別になって来る、僕は、勤音はどこまでも勤労者のための音楽鑑賞団体であって、その自主性は確固として守って行かなければならないと思っている」
「なるほど、すると、勤音には人民党員は入り込んでいるが、人民党と組織的な繫がりは全くないと、こう解釈していいんですね」
「当然だよ、もし勤音が人民党と組織的な繫がりを持っておれば、勤音の伸び方、動き方は、今と全く違っていたと思う、第一、君自身が、勤音の企画がどうして決定されるかということを考えるだけで解るじゃないか、一度だって人民党の指令や要請で決ったことがあるだろうか、それに今度の参院選だって、勤音が人民党と密接な繫がりがあれば、無所属の高倉五郎を推すことなど出来ない、まあ、事務局員や運営委員の中に、人民党に入っている人間がいることは確かだから、その面からみれば、君にいろいろと疑問の点があるのも無理からぬ話だけど、真相は今、話した通りだよ」
瀬木はそう云い終ると、妙に明るい表情でハイボールを飲み干したが、流郷はそれに同調せず、
「しかし、人民党から出している最近の新聞を読むと、人民党は勤音はもちろん、勤労者の演劇鑑賞団体である勤演などを、組織的な拠点として活動するように呼びかけていますよ、これでは果して、瀬木さんのいうように勤労者のための音楽鑑賞団体としての立場を守り、今まで通りやっていけますかねぇ」

「それを君と二人で守って行こうと云ってるんじゃないか、勤労者のための音楽団体という最後の一線を守るのは、君と僕のやり方一つだ、特に例会面において君の優《すぐ》れた企画力を強く打ち出すことで、そのためには君に是非、事務局次長のポストに就いて貰いたいのだ」

流郷は、瀬木の言葉をどこまで信じるべきか、判断に迷ったが、自分という企画者がいなければ、会員十万に膨れ上がった勤音の例会活動が活潑《かっぱつ》に動いて行かないであろうことだけは明確な事実だと思った。そう考えると、流郷は、勤音の巨大な組織の中で、今よりのし上がり、自分の企画を自由に実現する欲望に駈《か》られた。

「じゃあ、おっしゃる通り引き受けましょう」

流郷は、乾いた声で応えた。

瀬木と別れると、流郷はふと、深夜喫茶のムーン・ライトへ寄ってみようと思った。ミュージカルのスタッフが、稽古《けいこ》を終えたあと、よくたまる場所で、今夜も、初日の祝杯を阪急会館のグリルであげたあと、二次会にムーン・ライトへ行き、まだいるに違いないと思われたからだった。

梅田新道の交叉点《こうさてん》を東へ渡り、神明町《しんめいちょう》の角にあるNビルの地下を降り、ムーン・ライ

ト の扉《ドア》を押すと、むせるような人いきれと煙草《たばこ》の煙がたち籠《こ》め、薄暗いボックスのテーブルに淡いキャンドル・ライトが点《つ》き、座席を埋めた人影がうごめくように揺らいでいた。派手な服装をした若いグループや、ジャズ・ファンらしい若者たちも混って、ジャズ・バンドを聴きながら、賑《にぎ》やかにコーヒーをすったり、洋酒を飲んだりしている。バンドの近くの席まで行くと、ミュージカルの連中が一かたまりになっているのが見えた。演出家の花井達也を囲んで十五、六人のスタッフが集まり、バンドの前のフロアで、辻亜矢子が、若い演出助手を相手に、ジャズのリズムにのって陶酔するように踊ってい る。体をくねらせ、腰を振り、肩まで垂らした長い髪を振り乱すようにして踊り、アルコールが入っているのか、顔をのけ反らせる度に大きな眼が獣《けもの》のようにぎらついた。バンドの演奏が鳴り止《や》むと、亜矢子は、自分の席へ戻り、

「先生、今日の出来はどうでしたのん？」

演出家の花井に甘えるように云った。ベレーをかぶり、パイプをくわえた花井は、

「君って妙な娘《こ》だねぇ、稽古の時は駄目なのに、舞台に出ると、見違えるほど出来がいい、しかし、歌をとちった時は、ちょっと慌《あわ》てたよ」

「いややわ、歌のこと云いはるのは、もう堪忍《かんにん》――」

花井の口を封じる真似《まね》をした途端、薄暗いボックスのうしろにたっている流郷の姿に気付いた。

「あら、流郷さん、人が悪いわ」

驚くように云うと、スタッフも一斉に振り向き、花井は待ち受けていたように、

「どうしたんだい、ミュージカル作りの立役者がいないことには、パーティーの気勢が上がらないよ」

「ちょっと事務局の余儀ない集まりがあったもので、失礼してしまって——」

「また事務局かね、いやだねぇ、それに今日の高倉五郎の挨拶《あいさつ》、あれ何なんだ、いくら全国勤音の顧問でも、あんなのミュージカルのぶち壊し以外の何ものでもないよ、流郷君は予《あらかじ》め知っていたのかい」

露骨に不快な顔をした。

「いや、予め知っていたら、ああいう形にしない」

「そうだろう、高倉五郎ともあろう進歩的文化人が、あれじゃあ、無神経過ぎる」

花井がまだおさまらぬように云うと、亜矢子も、

「ロマンス・グレーの紳士やのに、ちっとも芸術的やないわ、まるで選挙演説みたいな挨拶——」

事務局の動きなど知らない亜矢子の言葉の中に、真相を見抜く鋭い勘が走っている。

「参院選のための選挙運動だったら、絶対、幕を下ろして、ミュージカルと全く切り離して貰いたいな」

縞《しま》のワイシャツを着た若いスタッフの一人が云うと、周囲にいる連中も、ミュージカルが選挙に利用されることに抵抗を感じるような気配を見せた。

「流郷さんは、どう思っているのです？」

「僕はどんな場合だって、いい例会をやること、今日のミュージカルに次いで、第二、第三のすばらしい勤音ミュージカルを作って行くことを考えていますよ」

と云うと、花井をはじめ若いスタッフたちは、流郷に乾杯した。

散会して、ムーン・ライトの表へ出ると、十一時を廻っていた。流郷は、亜矢子のためにタクシーを止めた。

「さあ、明日も六時半から舞台だから、早く帰ってぐっすり寝《やす》んで貰わなくちゃあ」

亜矢子を乗せ、扉を閉めかけると、

「家まで送ってほしいわ、こんな遅いもの――」

流郷は黙って車に乗った。

「ねぇ、琵琶湖《びわこ》の夜景を観《み》に行きましょうよ」

亜矢子は、小柄な体を揺すぶるように云った。

「今からじゃあ無理だよ、今夜は遅過ぎる――」

「いや、今夜は私の云う通りにして、そうしないと、明日から舞台へ出えへんわ」

きゅっと唇を引きしぼった。亜矢子のことであるから、ほんとうに言葉通りに舞台を休んでしまいかねない。しかし、十一時を過ぎたこの時間から琵琶湖へ行くことは、そのまま二人の夜を持つことを意味している。流郷はまだ二十二歳にしかならぬ亜矢子の気持を測りかねた。そして江藤斎子との情事が煮えきらない形のまま続いている時、今また亜矢子と情事を持つことは仕事の上に、煩《わずら》わしさを持ち込むことになりそうであったが、そり反《かえ》るようにくびれた唇を上向かせ、若く息づいている妖精《ようせい》めいた亜矢子の顔を見ると、その唇を自分の唇で閉じてやりたい衝動に駈られた。

「じゃあ、君の云う通りにしよう」

流郷は、運転手に琵琶湖へ行くように云った。車は夜の国道をまっしぐらに大津に向って走った。

深夜の国道は、広い舗装道路に、車のヘッド・ライトが矢のような速さで流れ、時々、車とすれ違う度に眼を射るような激しい光に照らされた。流郷はヘッド・ライトの眩《まばゆ》い光の帯を見詰めながら、はじめてミュージカルの初日が終った深い安堵《あんど》と、これから亜矢子と湖畔のホテルへ行く生ま生ましい昂奮《こうふん》を覚えた。

何時《いつ》の間にか、車は大津に入り、湖畔に近付いていた。灯《あか》りを消し、寝静まった深夜の町の向うに、桃山風の三層の屋根を持った琵琶湖ホテルがほのかな灯りを点けていた。

ホテルの玄関で車を降り、部屋へ案内されると、部屋の窓から琵琶湖の夜景が見下ろせた。真っ暗な湖面を隔てて対岸の町の灯が瞬《またた》くように燦《きらめ》き、右側の三井寺《みいでら》の辺りは、山襞《やまひだ》が迫っているのか、疎《まば》らな灯が瞼《まぶた》ににじむようにかすかに点滅し、遠くの沖に動かずにいる漁船の燈火《とうか》が見えた。突然、静けさを破るエンジンの響きがしたかと思うと、真っ暗な湖に、一艘《そう》のモーター・ボートが赤い尾灯を点けて、沖へ向って一直線に疾走《しっそう》して行った。

「寝かせてぇ――」

亜矢子は不意にそう云い、体ごと流郷にぶっつけて来た。流郷は、亜矢子の華奢《きゃしゃ》な両腕を支え、

「君は不良だな、こんなことしてどうなると思っているの」

亜矢子の顔を覗《のぞ》き込むように云った。

「私、不良が好きやわ、私の知ってる美少年の不良、何をしてもまともなことが出来ない半端《はんぱ》な人間やけど、ステンド・グラスみたいなきらきらした破片を体一杯につけてるわ、私、不良大好き――」

亜矢子の眼が異様に輝いた。

「馬鹿《ばか》だな、君にかかったら不良も美化されてしまう、僕の云うのは、君が僕と寝たって何にもならないと云《い》ってるんだよ」

「そんなこと、どうでもかまへんわ、私が流郷さん好きやったら、それでええやないの」

流郷ははじめて笑った。江藤斎子のことも、さっきまで瀬木と話していた勤音のことも遠くへ消し飛び、今夜はこの小妖精のような亜矢子と何も考えずに一緒に眠ることだと思った。

「じゃあ、僕も、君の好きな不良の仲間入りだ」

流郷はいきなり、フロア・スタンドの灯りを消し、亜矢子の体を抱いた。甘い肌の香《かお》りが漂い、まだ女になりきらない若い体が、小猫《こねこ》のようなしなやかさをもって流郷の胸に入って来た。流郷は優しく唇を捺《お》し、首筋に触れ、柔らかく亜矢子の体を締めつけた。

＊

勤音の事務局は、流郷が事務局次長に就任してから、俄《にわ》かに活気づいていた。組織、企画、財政の三部門が個別に仕事をして来たこれまでのセクト主義が改められ、各部の交流が活潑に行なわれるようになり、若い事務局員たちの意見も積極的に取り上げられるようになって、一人一人の事務局員に張りが出て来たのだった。

組織部から企画部に移った菊村俊一も、半袖《はんそで》の香港《ホンコン》シャツに紺のネクタイを締めた活動的な服装で机に向い、既に中日《なかび》を迎えた勤音ミュージカル『ダイヤモンドとパン』の葉書式アンケートの整理をせっせとしていた。どの葉書も自分たちが選んだ勤音スター辻亜矢子と、若者の逞《たくま》しい前進的な姿を謳《うた》い上げたミュージカルを手放しで称讃《しょうさん》し、菊村のアンケートを整理する手は自然に早くなる。

五百枚の整理をし終ると、菊村は一番端の自分の席から、企画部のデスクを見渡した。八人いるスタッフのうち、流郷と四人の部員は外出して空席になっていたが、クラシックのキャップである浜口と、ポピュラーのキャップである堺《さかい》は珍しく席におり、浜口はクラシックの例会企画のために分厚な音楽辞典を頻《しき》りと繰っており、堺は何処《どこ》かのプロダクションからかかって来た電話に、長々と話し込んでいる。菊村は、同じ事務局でも、もといた組織部とは全く違う仕事の内容と雰囲気を持った企画部になじめぬものを感じ、自分がなぜ、企画部へ廻されたのか、納得がゆかなかった。

勤音の事務局へ入って一年、組織の仕事も一通り解《わか》り、地域懇談会の設営係としての地道な仕事ぶりや学習会での成長ぶりが認められ、永山から、そろそろ君も地域の組織リーダーとして働いて貰《もら》うよと云われていた矢先の転部命令であった。それだけに菊村は、組織部員としての自分の能力が否定されたような衝撃《ショック》を受け、永山に理由《わけ》を聞くと、「将来、筋金入りの組織リーダーとして活躍して貰うためには、今のうちに組織以外の広範囲な勉強もして貰いたいのだ、それに今の例会中心主義の企画部には、君のように組織部で鍛えられ、組織のことが解っている人間が必要だからだ」と説明されたのだった。それが嘘《うそ》でない証拠は、菊村が企画に移ってからも、永山は何かと言葉をかけ、企画部の仕事の様子を聞いてくれたが、この頃のように頻繁《ひんぱん》に根掘り、葉掘りに聞かれると、永山は自分を使って、流郷が担当している企画部の何かを探り出そうとしているのではないかという疑惑が、菊村の胸に湧《わ》いて来るのだった。

「菊村君、どうかね、相変らずかい」

突然、永山の声がした。菊村は、背後から自分の心の中を見すかされたような狼狽《ろうばい》を覚え、

「会員のアンケートの集計をやっているところです、みんな驚くほど適確な批評をしているので、つい夢中になって……」

「君は何処へ行っても、仕事熱心だね、ところで流郷君は？」

永山は、空席になっている流郷の席を眼で指した。

「多分、次の例会の打合わせで出かけておられるのだと思いますが、何か――」

そう云った時、扉《ドア》を押して入って来る流郷の姿が見えた。

「あっ、ちょうど帰って来られましたよ」

と云うと、永山は俄かに笑顔をつくり、

「急に蒸し暑くなって来て、外歩きは大へんでしょう、ちょっと菊村君の仕事ぶりを覗いていたんですよ」

そそくさとした様子で組織部へ戻って行った。流郷はそうした永山の様子を一瞥《いちべつ》し、

黙って企画部の自分の席へ坐《すわ》り、煙草に火を点けた。菊村は、事務局次長になった流郷と永山との間に流れる微妙な空気を感じ取りながら、アンケートの続きを整理しかけると、

「流郷さん、ちょっとご相談したいことがあるのだけれど、今いいかしら――」

涼しげなブルーのスーツを着た江藤斎子が企画部に近付いて来た。

「何時、東京出張から帰ったの？」

「昨夜遅くに帰って来たので、ついさっき出て来たばかりですわ」

「じゃあ、帰阪早々の相談というのは、何ですかねぇ」

喫《す》いかけの煙草を灰皿におくと、浜口や堺たちも、仕事の手を止めた。斎子は、流郷の斜め向いの席に腰を下ろし、

「八月のポピュラーの例会、もう決りまして？」

「ええ、決めましたよ、八月は一つ気楽にということで『勤音ハワイアン祭り』にして、今、タレントと交渉中だけど、それがどうしたんです」

「大へん申し上げにくいことなんですけれど、タレントやバンドのギャラがかなり高くなりますでしょう、だから、契約がまだなら、もう少し安くあがる例会に組み変えて戴《いただ》けませんかしら」

下手《したて》なものの云い方であったが、言葉の中に押しつけがましさがあった。流郷は冷や

かな表情をし、浜口、堺らも不快な顔をした。

「私だって、こんなこと申し上げるの、とてもいやですわ、でも今度のミュージカルは、初めの予定通り行っても相当な費用がかかるところへ、R会館のキャンセルで、大阪セントラル劇場を借り、借館料が高い上に、工事延滞料とかいうのを上載せさせられ、最初の予算より五〇％近くもオーヴァーし、財政的に全くの窮地に追い込まれてますので、事務局長の瀬木さんに報告しましたら、次長の流郷さんと相談するようにと云われたのです」

その瀬木は、東京へ出張して、不在であった。流郷はグレーの細目のズボンをはいた足を組み、

「ミュージカルで相当な経費がかかったことは、云われるまでもなく解っていますよ、だからこそ、来月の例会には、新人歌手を安いギャラで使い、会場も経費のかからない体育館でやるんじゃないですか、それにまた八月も続けて安いものをやれというのですか、十万人の会員を持つ勤音の財政がそれほど苦しいものとは思えないですがねぇ」

絡《から》むように云うと、斎子は硬《かた》い表情をした。

「江藤さん、あのう、出光印刷から電話ですが――」

財政部の出納係の尾本が、気がねするように伝えて来た。

「私は今、会議中じゃないの、聞いておいて頂戴《ちょうだい》」

高飛車に云うと、斎子より五つぐらい齢上《としうえ》の尾本は、すみませんと頭を下げ、席へ戻って受話器を取り上げた。

「どうも失礼、あの人、帳簿付けは、いいんですけど、気がきかなくて、ほら、何時か千田さんが支払いのことでいらした時も、もたもたして、怒らせてしまったことがあるでしょう」

何の関連もない尾本のことを云い、

「実は東京勤音では、民族芸能の継承運動を盛んに提唱し、日本の山間僻地《へきち》に古くから埋もれている民族芸能を掘り起し、現代の農民や勤労者たちに受け入れられるものに再創造しているつくし座の活動を高く評価して、全国勤音の例会へ組み入れようという意見が出ているのです、つくし座は勤音と同じように収益を度外視し、働く者のために活動する劇団ですから、出演料その他が非常に安くてすみますわ、八月の例会に組み込むことにしたらいかがですかしら」

斎子は、流郷が聞いた財政のことは応《こた》えず、巧みに話をつくし座に移し、熱っぽく話した。非常に急進的だと噂《うわさ》されているつくし座の名前が出た途端、流郷は皮肉な笑いをうかべた。

「それ、東京勤音の鷲見さんの意見なんですかねぇ」

「あら、妙な云い方をなさるのね、誰の意見でもなく、財政担当者の私の意見ですわ」

「君たちはどう？　つくし座をやること——」

流郷は、席にいる部員を見廻した。

「日本の民族芸能を取り上げる意図には賛成ですが、果してつくし座で十万の会員に受け入れられるか、どうかということですね」

浜口が云うと、向い側の席にいる堺も、

「財政的にこれしか出来ないというのなら、仕方がありませんがね」

曖昧《あいまい》に言葉を濁したが、言外には抵抗感があった。もう一人の部員も積極的な意見を出さなかった。

「事務局次長のご意見はいかがですの」

斎子はやや媚《こ》びるような眼で、流郷の顔を覗き込んだ。

「いい、ものを見てからでないと何とも云えない、僕はここ暫《しばら》く大阪を動けないから、代りに誰かつくし座の本拠のある東北まで行って貰おうか」

と云うと、斎子はすぐ、

「菊村さんはどうですの、本来ならキャップの浜口さんか、堺さんがいらっしゃるべきでしょうが、勤音会員の平均年齢と同じぐらいの人に行って貰ったら、会員にどの程度受け入れられるか、間違いなく解るんじゃないでしょうか」

企画部の末席に坐って、さっきから皆の話を黙って聞いている菊村に視線を向けた。

「僕はまだ、企画部へ来たばかりで何も解らなくて、つくし座の下見《したみ》などとても——」

菊村は、辞退するように云うと、

「いや、何も知らない者が行った方が、かえっていいかもしれない」

流郷は、東京から帰って来た斎子がなぜ突然、つくし座の話を持ち出したのか、つくし座公演の意味するもの、つくし座と東京勤音の繋《つな》がりに大きな疑問を抱きながら、敢《あ》えてそう云った。

＊

がたんと大きな振動がし、汽車が停《とま》ると、奥羽《おうう》山脈の山懐《ふとこ》ろに抱かれた東北のT駅であった。

菊村俊一は、ボストン・バッグを片手に、野晒《のざらし》の小さな田舎駅《いなかえき》に降りたった。昨夜、大阪を急行で出発して、今日の午後、支線に乗り換え、さらに未《いま》だにこんなローカル線があるのかと思われるような単線運転の汽車に揺られて、二十二時間ぶりにやっと、辿《たど》り着いたのだった。

駅を出ると、菊村はつくし座から報《しら》せて来た通り、線路を横ぎって反対側の駅前へ渡った。駅前には自転車置場とよろず屋、それに埃《ほこり》をかぶった人気《ひとけ》のない数軒の民家がかたまるように建っているだけで、そのうしろは田圃《たんぼ》であった。菊村はつくし座へ行く道順を記《しる》した地図をもう一度広げ、よろず屋の角を曲って、田圃の中の一本道を歩き出した。

道の両側に傘《かさ》のような形をした藁《わら》たてが積み上げられ、田植がすんだ水田は青々としたみずみずしさを湛《たた》えていた。田畑の間に疎《まば》らな民家が見え、遥《はる》か向うには奥羽山脈の山なみが重畳《ちょうじょう》として連なり、森閑とした静まりが辺りに漂っていた。

一本道がやがて三叉路《さんさろ》になり、地図の通り右へ折れて、さらに十五分程歩いて行くと、茶褐色《ちゃかっしょく》の土肌が剝出《むきだ》しになっている台地が見え、その上にスレート葺《ぶき》木造の建物が棟を並べていた。近付いて行くと『民族歌舞団つくし座』と染めぬいた赤旗が、建物の屋根に翩翻《へんぽん》とひるがえっている。菊村は、足を止めて見上げた。東北の寒村を拓《きりひら》き、解放村落を造り上げたつくし座の中へ今から入って行く強い緊張感を覚えた。

門をくぐり、すぐ横の事務所のガラス戸を開けると、開襟《かいきん》シャツを着た五、六人の男が二列に並んだ事務机に向っていた。

「菊村さんですね、私が事務長です」

三十五、六歳の骨組みのがっしりした男が起《た》ち上がって来た。

「大阪勤音の菊村です、お手紙でご連絡致しましたように、大阪勤音でも民族芸能の継承ということに関心を持ち、その面での活動実績を持っておられるつくし座を取り上げてみようという声が起っていますので、私がその下見に派遣されて参りました」

「いやあ、われわれの活動など、まだまだですよ、しかし大阪勤音が、われわれのつくし座を評価して下さったことは何より感激です、ご覧の通り、むさ苦しいところですが、二日でも、三日でも、われわれと寝食をともにして、つくし座の活動内容を理解して下されば幸いです、座長は今、東京出張中で、大へん残念ですが、まあ、お寛《くつろ》ぎ下さい」

椅子《いす》を勧めたが、菊村はすぐ座内を見学したかった。

「早速ですが、暗くならないうちに稽古場《けいこば》などを拝見したいのですが――」

「いいですとも、私がご案内しましょう」

事務所を出ると山を背にした広い台地が広がり敷地の中に点々と六棟ほどの建物が建っていた。事務長は、菊村の方を振り返り、

「敷地は三千坪ほどありますが、雑木林をわれわれの手で拓いたもので、あの一番右側の大きな棟が稽古場と製作室、その隣が器楽練習室、その向い側が食堂、少し離れた分教場のような建物は独身寮と家族住宅、その隣の棟が座員の子供の保育室です、何しろ、一つ一つわれわれの手で建て増して行ったので雑然としていますが、この中に六十六人の座員が、共同生活を営んでいるのです」

そう云《い》い、六十六人の座員のうち四十七名が演技と舞台関係者で、あと十九人が普及部、庶務会計部、保育部の三部を受け持ち、座員中、既婚者十二組、子供七人であるこ

とを説明しながら、稽古場へ足を向けた。そこからは、気迫の籠《こも》った笛や太鼓の音が響いて来る。

稽古場の扉《ドア》を開けると、三十坪程の板張りの部屋の正面に、革命指導者の肖像が掲げられ、その横に『全座の活動を文工隊精神で貫き、革命的戦闘性で打ち固めよう』というスローガンが大書され、その下で、菊村と同じ齢頃の青年たちが、民族音楽の練習をしている。中央で大太鼓を打っている二人の青年の背中に汗がべっとりと滲《にじ》み出、太鼓撥《ばち》を握った手がまめで赤く膨れ上がり、三味線を弾《ひ》いている女性座員の指先も赤くなっていたが、リーダーの叱責《しっせき》は容赦なく飛び、その度に太鼓を叩《たた》き、笛を吹き、三味線を弾く座員たちは顔を朱奔《しゅばし》らせて、同じ節を何度も繰り返した。事務長は、菊村の方を向き、

「新庄囃子《しんじょうばやし》を現代風にアレンジしているのですが、新しい座員にはどうも邦楽は苦手らしいです、今、一班が北海道へ公演に行き、二班が残っているのですが、二班のうち半分は、隣村の田植の手伝いに行き、そろそろ帰って来る頃です」

「演技者が田植に？」

「ええ、田植に限らず、草取り、稲刈りなど、農民生活の中にじかに入ってこそ、『田植踊り』や『豊年踊り』が舞台芸術としての実感と創造を伴ったものになるのですから、積極的に手伝いに行っているんです、もちろん、われわれの食糧も座員たちで作ってい

ますよ」

そう云われて見ると、十人程の男女の座員の顔は、揃《そろ》って日灼《ひや》けし、体も筋肉労働者のように引き締まっている。

「美智ちゃん、駄目だ、君の三味線だけがずれている！」

美智ちゃんと呼ばれた十八、九の座員は、早いテンポについて行けず、撥を握りしめ、汗を滲ませている。

「へたばるな、文工隊精神で頑張るのだ！」

誰かが声をかけると、美智ちゃんは、ブラウスの袖口《そでぐち》でぐいと汗を拭《ぬぐ》い、三味線を持ち直した。再び新庄囃子が鳴り出し、仲間に励まされた美智ちゃんの三味線も今度はずれない。

稽古場を出て、隣の製作室に入ると、二十畳ぐらいの広さの周囲に舞台衣裳《いしよう》の法被《はっぴ》や菅笠《すげがさ》、脚絆《きゃはん》、面《めん》などが雑然とぶら下がり、天井からも飾りものがぶら下がり、二台のミシンの前で中年の女性座員が、色とりどりの舞台衣裳を縫い、反対側では男性座員が、提灯《ちょうちん》や船櫓《ふなやぐら》などの道具を作っている。事務長は、殆《ほとん》どのものが、この製作室で作られ、舞台部の苦労は、少ない限られた予算で、いかに見栄《みば》えのするものを作るかにあることを話した。

座員の食糧から公演用の衣裳や道具まで、すべて自給自足であることが、菊村にとって始めての大きな驚きであった。

「今度は、保育室を見て貰《もら》いましょうか、子供のある座員も、ない座員も平等に働くことが出来るように、ここでは完全な二十四時間保育を行ない、子供の健康管理から衣服のことまですべてを保母に任すことにしています」

製作室の向い側の棟へ歩き出すと、鐘が鳴り出した。夕靄《ゆうもや》に包まれた辺りの空気を震わせ、心にしみ入るような澄んだ鐘の音であった。

「食堂の夕食の鐘です、もう六時ですからね、食事はみんな揃ってすることになっていますから、保育室はあとで見て戴くことにして、食堂へ行きましょう」

食堂へ入って行くと、細長い十人がけぐらいのテーブルが五列に並び、正面の壁に、さっき稽古場で見たのと同じ革命指導者の肖像が掲げられ、その下に『打倒！　アメリカ帝国主義』『八月の参院選を人民党で勝ち取ろう』と書いた大きなビラが眼に入った。勤音の事務局で江藤斎子がつくし座のことを口にした時、流郷が外《そ》っぽ向いた理由が、思い当るような気がした。

「菊村さん、セルフ・サービスで料理をとって、食器洗いもご自分でやって下さい、ここでは妻が夫の食器を洗うことも禁じられていますから」

菊村は、調理場のハッチのところでなめこのすまし汁《じる》、小魚とわらびの煮つけ、漬《つけ》ものを入れて貰い、テーブルに着くと、もう殆どの座員が集まって来、食堂は賑《にぎ》やかな話

し声が満ちていた。事務長が起ち上がって、

「皆さん、今日は大阪からはるばる、つくし座を訪《たず》ねて来られた、われわれの仲間をご紹介します、大阪勤音の菊村俊一さんです」

と云うと、四十人近い座員が一斉に、拍手して迎えた。

「二泊三日、皆さんと生活をともにして、つくし座の生活と活動を知りたいと思っています、よろしく」

菊村は言葉短かに挨拶《あいさつ》した。食事が始まると、菊村の向い側に坐《すわ》った五十近い温厚な顔をした座員が話しかけて来た。

「大阪の方とは懐《なつ》かしいですな、私は四年前まで関西の交響楽団でフルートを吹いていたんですけど、都会でベートーヴェンをやっていて、ほんとうの日本の音楽が創造出来るかという疑問を持っていた最中《さなか》に、たまたま、つくし座の公演を見て感動して、家族ぐるみでここへ移って来たんですわ」

横に坐っている妻を振り向きながら静かに云うと、菊村の隣の三十過ぎの座員が、

「僕は高校の音楽教師をしていたんですが、つくし座の公演で、音階の点で間違いがあったのでそれを注意してあげたくて楽屋を訪ねたら、応対に出た座員の眼が実に生き生きしていて、それに魅せられてここへ来たんです、ここでは搾取《さくしゅ》する者も、される者もない解放された人間の喜びが満ち溢《あふ》れていますよ」

熱っぽい語調で云った。事務長もなめこ汁の椀《わん》を下へおき、

「つくし座に飛び込んでくる仲間は、殆ど二十歳前後の人で、お二人のような年配者は少ないですが、経歴となると、実に多種多様で、労働者、エンジニア、百姓、店員、看護婦、大学生など数え上げればきりがないですよ」

「しかし、そんな経歴の違う人が一緒に生活して、よくトラブルがなく過せますねぇ」

「それはつくし座が徹底した共同生活を実行しているからですよ、たとえば家族持ちは一部屋の個室が与えられ、独身者は四人に一部屋の独身寮という違いはありますが、給料は入座して最初の三カ月が月千五百円、その後は全員が月三千円で年齢や仕事による区別はないし、食、住、それに医療費、子供の高校までの学費もすべて座で負担するという形を取っています」

「じゃあ、中国の人民公社のような在《あ》り方ですか」

「そうです、われわれは徹底した共同生活を営みながら、日本の民族芸能を掘り起し、それを再創造して一般に公演すると同時に、その中にある人民的な内容と要求を明らかにし、階級闘争のエネルギーになることを目標にしています」

事務長が力強い語調で云うと、菊村の周《まわ》りに若い座員が集まって来ていた。

「僕らの生活は、話を聞くだけでは解《わか》らんですよ、明日、山奥の小さな小学校で、二班が公演をやるから一緒に行きませんか」

「是非、行きたいです、お願いします」

菊村は、積極的に云った。

「そ、それがいい、あ、明日、一緒に行くのが、一番いい」

突然、背後で吃《ども》った声がした。振り向くと、村夫子然《そんぷうしぜん》とした髭面《ひげづら》の男が、人なつこい笑いをうかべてたっていた。事務長は、

「普及部長の岩根さんです」

丁寧な言葉つきで紹介した。

翌朝、菊村は岩手県の山間《やまあい》の小学校へ公演に行く班について出発した。一行十六名、荷物を積み込んだおんぼろのつくし座所有の小型バスに乗って、北上《きたかみ》山地の下閉伊《しもへい》を目指して、曲りくねった山道を走り続けた。

菊村は、座員たちとバスに揺られながら一行の班長から、今から行く山村は、日本のチベットといわれる僻地《へきち》で、テレビもなく、浪曲の一座さえも廻って来ない部落でそこの小学校の子供たちが、つくし座を呼ぶために三年前から山菜取りをして貯金を積みたてたことを聞かされた。

峠を越え、山峡の石ころ道を小一時間揺られ続け、やっと下閉伊郡に入ると、見渡す限り山林に囲まれ、あちらこちらに疎らな人家が見え、人影も見当らないひっそりとした村落であった。

村落の中程まで行くと、バスを見付けた子供たちが喚声を上げて近付いて来た。

「つくし座が来たぁどぉ！」

「ほんとだぞぉ！」

バスを追って走り、お寺のような小学校の前に着くと、校長と三人の先生が出迎えた。

「やっと来て下さったですな、今日は学校も、村の人も半日休んで、つくし座を見ることになっとるのです、看板とポスターはあの通り、子供たちが書きましてな」

座員たちは、子供たちの手で書かれたクレヨン画のポスターの前にたち、

「こんなに歓迎下さって、有難う、早速、準備にかかります」

礼を云い、すぐバスから荷下ろしにかかった。大道具、小道具、衣裳、トランク、化粧箱など、十六人の男女の座員が、演技者も裏方も一緒になって荷物を下ろし、講堂に運び入れた。男性座員は釘袋《くぎぶくろ》を腰に下げ、金槌《かなづち》とペンチでワイヤーを張って幕を吊《つ》り、俄造《にわかづく》りの舞台にセットを組みたて、照明器具と小道具を配置し、女性座員は衣裳を詰め込んだトランクを開けて皺《しわ》を伸ばしたり、出番順に衣裳を並べて整理して行く。六月下旬の東北の山の中というのに、十六人の顔や首筋から汗が滴《したた》り落ちた。菊村も小道具の運び入れや配置を手伝っていると、子供たちの賑やかな声がし、

「芝居《すばや》やる人、何時《いづ》来っぺいか」

覗《のぞ》き込むように云った。

「この人たちが、役者さんだよ」

金槌やペンチを持って働いている座員たちを指すと、

「ふうん、芝居《すばや》やる人、大工なんぞやるんだべか」

驚くように云い、まだ開演一時間前というのに、床《ゆか》に茣蓙《ござ》を敷いただけの粗末な座席の一番前に陣取った。

二時間かかってやっと舞台が出来る頃になると、もう小さな講堂は村の人たちでぎっしりと埋まり、中にはよほど遠くの山奥から来たのか、風呂敷《ふろしき》包みを背負い、杖《つえ》をついた年寄りの姿もみかけられた。

番茶で咽喉《のど》を潤《うるお》し、小憩《しょうけい》すると、班長が、開演準備を告げた。出演者たちは、晒《さらし》の腹巻を締め合って、衣裳をつけた。最初は『八丈島太鼓』であった。菊村は、村の人たちと同じように茣蓙の上に坐った。

幕が上がると、大太鼓を挟《はさ》んだ二人の若者のシルエットが舞台の正面にくっきりうかび、はっと気合いを入れるように最初の一打が打ち出された。上拍子と下拍子の撥が太鼓を斬《き》りつけるように鋭く打ちおろされ、徳川時代に八丈島に流された流人《るにん》の悲しみと憤《いきどお》りを籠めた太鼓の音が、とどろとどろに鳴り響き、太鼓の音を縫って絶叫するような唄声《うたごえ》が断続した。

今こそ　太鼓の音だよ
打ちやれ　きりやれ
太鼓叩いて　人さま寄せて
わしも　云《い》いたいことがある

講堂の窓ガラスを震わせ、山々に谺《こだま》する太鼓の音は、すべての苦難を打ち砕き、人々の心を前へ駈《か》りたてるように鳴り響いた。

次の舞台はがらりと一転し、女性座員の群舞『秋田じんく』であった。祭衣裳をつけた六人のおばこ（乙女《おとめ》）が舞台に現われ、笛と太鼓の囃子《はやし》に乗って、

じんく踊らば　三十がさかり
三十過ぎれば　その子が踊る

唄いながら、手ぶり鮮《あざ》やかに踊り出した。秋祭を祝いながらも、三十になればもう若さと訣別《けつべつ》しなければならない農村の女の悲しみが漂い、舞台は華《はな》やかな中にも哀愁《あいしゅう》が籠《こ》められていた。客席の老婆《ろうば》たちは、姉《あんね》こ（娘）時代を思い出すように洟《はなみず》をすすりあげながら見入っている。

三番目は土地の踊り、岩手県の『鹿踊《ししおど》り』であった。

八頭の鹿《しか》に扮《ふん》した男性の座員が頭に鹿の面をつけ、背中にささらという長い割竹をつけ、お腹《なか》にしめた大きな太鼓を打ち鳴らしながら、雌雄《しゆう》の鹿の求愛や、雄鹿同士の闘争、愛の勝利などを舞台一杯に踊り狂うと、客席は男女の区別なく、若者も、年寄りも、子供たちも一緒になって手振《てぶ》りを入れ、ささらが鳴る度に手拍子を取った。

『さんさ踊り』『田植踊り』『臼《うす》びき唄』、次々と土の中から生れ出た素朴な唄と踊り、時には封建的な圧迫に耐えた農民の苦しい歯ぎしりを伝える歌と踊りが、息つく間もなく紹介され、舞台の演技者の顔から汗が滴り落ち、はっはっと鳴るような息遣《いきづか》いがし、体をぶっつけ合うような激しい舞台が続いた。客席の大人や子供たちの顔も汗ばみ、舞台と客席が一つに溶け合った。

やがて幕が下りると、わっという歓声と同時に拍手が鳴り、子供たちは床を踏み鳴らして喜んだ。一座の班長が、最後の『荒馬《あらま》』の白鉢巻《しろはちまき》に白襷《しろだすき》という勇ましいいでたちで、舞台の前へ進み出た。

「皆さん、毎日の激しい労働、ご苦労さまでございます、只今《ただいま》、私たちが皆さんにお目にかけました民族舞踊は、私たちの先祖が日々の厳しい労働の中から生み出し、語り伝え、唄い継いで来たものです、私たちつくし座は、それを正しく受け継ぎ、現代の農村や都会の働く人たちの共感を呼び起すものにしたいと思っています」

挨拶すると、再び拍手が湧《わ》いた。

「また来年も、おでんせぇ」

「山菜取って、待ってんが」

「頑張って下さんせ！」

素朴な声がかかり、日灼《ひや》けした大きな手や、小さな手が、そこここから上がった。客席に坐っている菊村の胸に、今まで感じたことのない強い感動が湧き上がった。幕を開ける前、観客に過ぎなかった村人たちが、舞台が終った時、つくし座の仲間になっているることの感動であった。座員たちが舞台の上で激しく踊り、体から散らした汗が、昨日まで見もしなかった人たちの心の中に、一つの生命を実らせたことの強烈な感動だった。

菊村俊一は、つくし座を下見《したみ》して来た結果を報告していた。

「二泊三日の短い期間でしたが、座員の人たちと同じ生活をしてみて、つくづく、つくし座の人たちの真剣な生活態度に搏《う》たれました、朝五時に起きて、近くの農家の畑仕事を手伝い、自分たちの田圃《たんぼ》を耕し、労働する日常生活の中から、日本の伝統芸能を発見し、受け継ぎ、再創造する仕事を続けているのです、労働と学習が一本になった見事な活動、それは僕にとって、強烈な体験でした」

つくし座から一緒に来た普及部長の岩根の方を見て云ったが、岩根は、日灼けした村夫子然とした髭面をにこにこと綻《ほころ》ばせるだけであった。瀬木、江藤斎子、永山たちは、そんな岩根の様子を何の抵抗もなく受け入れている気配であったが、流郷は何のためにつくし座の普及部長などが、菊村に随《つ》いてわざわざ大阪勤音までやって来たのか、腑《ふ》に落ちなかった。

「菊村君につくし座へ行って貰《もら》ったのは、公演内容を下見に行って貰ったんだ、つくし座の生活を紹介するんじゃないから、公演内容、水準について、報告してくれ給《たま》え」

流郷が云うと、菊村は、

「もちろん、すばらしいの一言に尽きます、僕は、つくし座の公演を観《み》るまでは、民謡などというと、宴会や歌謡曲大会で唄われる歌という観念があったのですが、〃日本のチベット〃と呼ばれる岩手県の山間の小学校で、土の中から産まれ出た素朴で力強い歌を聞き、踊りを見て、日本の民族音楽、舞踊が、こんなに迫力のある優《すぐ》れたものだということを知り、圧倒されてしまいました、そして、舞台と観客との繋《つな》がりは、勤音の例会でも見られないぐらい、一体となった力強い連帯感に結ばれています」

そう云い、菊村は岩手県の山間の小学校でつくし座が公演した時の様子をまた詳細に話した。その間も、岩根は、にこにこと笑いながら菊村に相槌《あいづち》を打ち、時々、菊村の説明を補うように朴訥《ぼくとつ》な言葉を付け加えた。流郷は、煙草《たばこ》をふかしながら、じっと岩根に視線を注いでいた。

三十そこその髭面を、始終笑いで綻ばせ、底ぬけに明るい表情であったが、畑仕事で鍛えられたがっしりとした肩幅と手足は、岩根という名前通り、逞《たくま》しい重量感があり、時々、笑いながら、ちかっと光る眼がただ者でない感じを流郷に抱かせた。

「どうだね、流郷君、つくし座の公演が、それほど感動的で、日本の民族芸能に対する認識を深める要素を持っているのなら、大阪勤音で取り上げていいじゃないか」

瀬木は、穏やかな語調で発言した。

「そうですね、菊村君の報告を聞いていると、つくし座の民族芸能の受け継ぎ方は、妙にデフォルメしないで、伝統的な形を保っているらしい点は解るのですが、それが何の娯楽もない田舎《いなか》で支持されているからといって、そのまま都会へ持って来て、果してどれほど受け入れられるか、かなり疑問がありますね」

「観客に受けるか、受けないかというような問題の捉《とら》え方はこの場合、ちょっとおかしいんじゃないですか、大阪勤音でつくし座を取り上げてみようというそもそもの起りは、日本の伝統芸能を継承し、民族の芸術を創《つく》ろうという課題に関心を持ったからで、その課題を実践して行く上で、つくし座は是非、取り上げるべきだと思いますよ、そして労働と学習とが一本になっているつくし座の芸術創造の在り方に協力し、大きく育てて行くことが、勤音本来の使命じゃないですかねえ」

組織担当の永山が、流郷の意見に反駁《はんばく》するように云った。江藤斎子は、

「私が、つくし座を提唱したのは、当面している財政的な理由からですが、もちろん、つくし座の芸術創造の方法にも共感していますわ、けれど、永山さんのおっしゃるようにつくし座の芸術創造の方法が絶対だと決めてしまうと、運営委員会で少し問題になると思いますわ、ともかく、今の段階では、つくし座の公演内容が、勤音が取り上げるものとして適切なものであることと、勤音の財政的な理由からも、是非、やって貰いたいということは云えます」

同じようにつくし座を支持しながら、永山と少し立場を異にした云い方をすると、瀬木はそれには頷《うなず》いた。流郷は、瀬木、斎子と、永山との間にある微妙な対立を感じ取りながら、

「岩根さん、つくし座は聞くところによれば、全員、人民党員だそうですね」

不意を衝《つ》くように云ったが、岩根はにこにこ笑いながら、

「ざ、残念ながら、全員とまではいきません、そりゃあ、いくらかはおりますが、そ、それが、ど、どうかしましたか」

吃《ども》り癖のある朴訥な口調で云った。

「どうかしましたかって、解《わか》っているじゃありませんか、人民党員が殆《ほとん》どのつくし座に、

もし舞台の上で赤旗をふって人民党万歳！　でもやられるようなことがあると、誰よりも勤音会員が、各々《おのおの》の職場で迷惑しますからねぇ、それでなくとも、この間、高倉五郎氏が、ミュージカルの舞台から挨拶《あいさつ》したのは、選挙運動だと、音連側からやっつけられているのですからねぇ」

　流郷は、自分の考えている危惧《きぐ》をはっきり口にした。

「つ、つくし座に人民党が何人いようが、それは個人の思想の問題で、ぶ、舞台の上の芸術まで縛ることはありません、それに舞台で、人民党万歳など叫ぶわけがありません、つくし座万歳とならいうかもしれませんがな、ふえっ、ふえっ、ふえっ……」

　笛を吹くような声をたてて笑った。永山も一緒になって笑い、

「その通りですよ、それにどうして、今回に限って、思想的な問題を重大視するのです、そんなことを云い出したら、勤音ミュージカル『ダイヤモンドとパン』がよくて、どうしてつくし座がいけないのか、また遡《さかのぼ》って、ソ連の『森の歌』がよくて、なぜつくし座がいけないかと、いうことになって来るじゃないですか」

「まあ、まあ、永山君、君みたいにすぐそう、ものごとを拡大してしまっては、話がもつれるばかりだよ、流郷君も、あまりそのことにこだわらず、さっき、江藤君が云ったように財政的な面からみて、つくし座をやる方がいい情勢にあるのだから、いくらかの不満はあるだろうけれど、まあ、やろうじゃないか」

瀬木が、永山と流郷の間を取りなすように云った。

「それじゃあ、全くもって財政的な理由だとおっしゃるわけですね、つくし座の出演料は、いくらです」

流郷が聞くと、にこにこ笑っていた岩根が、即座に、

「四十七人編成で、衣裳《いしょう》、道具、こ、こちら持ちで一ステージ、ご、五十万でお願いします」

「ほう一ステージ五十万、いい値ですな、どこでも、それぐらいなんですかねぇ」

流郷の言葉に、露骨な不信があった。

「それは、こ、劇場《こや》の大きさによって、座員の数や衣裳、道具だてが違いますから、いろいろです、お、大阪でやることになれば、新しい曲を編曲したり、衣裳、道具もいいものにしなければならんので、そ、それぐらいは戴《いただ》きませんと、つくし座は、大阪勤音の公演で、つぶれてしまいますよ、ふえっ、ふえっ、ふえっ」

また笛を吹くように笑った。見事な売込み方であった。村夫子《そんぷうし》然《ぜん》とした顔で、するりと相手の懐《ふとこ》ろに入り、笑顔で赤い商品を売り込んでしまう。流郷は思わず、赤いセールス・マンめ！　と舌打ちしかけたが、顔には出さず、

「一ステージ五十万など、とてもじゃないです、この間の江藤君の口ぶりでは、三十五万ぐらいで行けそうな様子でしたがねぇ」

と云い、斎子の方を向いた。

「あら、そんな風には申し上げなかったつもりですわ、私の言葉が足らなかったかもしれませんが、実は東京勤音で、つくし座の話が出た時、つくし座公演は、東京と大阪だけではなく、全国勤音に流す方針だから、出演料は全国方式をつくって、それにのせてやればという意見が出ておりましたの、そうすれば、個々の勤音にとっても、つくし座にとっても、有利で、無理のかぶせっこがなくなりますわ」

「じゃあ、全国勤音の財政会議と、つくし座との折衝で、出演料をきめることになっているというわけですか、そこまで筋書が出来ているのなら、最初からそう言って貰いたいものだな」

流郷は不快そうに云い、

「出演料の点は、全国方式で決めるとしても、つくし座公演が十万人の会員全部の鑑賞に耐えられるか、どうかということは、なお疑問だから、今度の例会は選択制の、選択例会にすべきだと思いますよ」

喫《す》っていた煙草をぽんと灰皿へ投げ入れると、永山は、

「選択例会などとんでもない、つくし座のような前向きの姿勢のものは、勤音の全会員が観るように持って行くべきで、参院選の高倉氏の支援運動を推し進めるためにも、つくし座を全会員に観せて、意識を盛り上がらせるべきです、そのために組織部の全力を

上げ、十万の会員を動員しますよ」
真っ向から対立するように云うと、菊村は、
「僕も、大々的な組織宣伝活動に加わって、十万の会員を集めるために努力します！」
気負うように云《い》った。
「じゃあ、今度のことは、財政面は江藤君に、会員動員は組織部の永山君に任せること
にしよう、その代り、つくし座公演の成否については、二人に責任を持って貰うよ」
と云い、席を起《た》ちかけると、つくし座の岩根が、流郷のそばへすり寄った。
「つ、つくし座公演を決定して戴き、か、感謝します、勤音会員の動員は、お、及ばず
ながら、つくし座の方からも大いに働きかけますから、ご、ご心配なく――」
馬鹿《ばか》丁寧に頭を下げた。流郷はふと、こいつは、つくし座の売込みと同時に、何か別
の目的をもってやって来ているのではないかという思いがした。

菊村俊一は、事務局を出て、つくし座の岩根と別れると、バス停留所に向いながら、
姉の和代の家へ行こうか、行くまいか迷っていた。
さっきつくし座の話が終って、企画部の自分の机に戻ると『姉病気、至急連絡頼む』
という伝言が、出張中にあったのだった。姉が病気とはいえ、つくし座の下見から帰っ

て来たばかりの菊村にとって、妾《めかけ》をしている姉の家を訪れることは苦痛であった。

バスの停留所まで来て、菊村は、姉が事務局へ電話をかけたことを考えると、姉の病気が俄《にわ》かに、ただならぬものに思えて来た。

急いで阿倍野橋《あべのばし》行のバスに飛び乗った。上本町《うえほんまち》九丁目で降り、電車通りを西へ入って、仕舞屋《しもたや》のたち並んでいるひっそりとした通りから奥へ入った袋小路の突き当りが姉の家であった。門から入らず、横に廻って勝手口の扉《とびら》を押すと、鍵《かぎ》はかかっていず、すうっと開《あ》いた。

「まあ、どなたかと思ったら、俊一さんでおますか」

庭掃除をしていた老婢《ろうひ》は、すぐ俊一のために玄関の格子戸《こうしど》を開けた。家の中は、妙にひっそりと静まりかえっている。廊下を通って奥座敷へ行き、襖《ふすま》を開けると、白いシーツの上に姉の和代が、青白い顔を仰向けて、臥《ふせ》っている。

「姉さん、僕だよ」

枕《まくら》もとに寄ると、和代はむくんだ青い顔を上げ、

「俊ちゃん、やっぱり来てくれはったん、待ってたわ」

弱々しい笑いを見せた。

「どこが悪いんだ、よほど悪いのかい」

「たいしたことはおまへん、それより俊ちゃんは、東北へ行ってはったそうだすけど、

東北って、どんなとこだす？　私も一回、行ってみとうおますわ」

二十歳で芸者になり、二十二歳で門林に落籍《ひか》されて囲われてから十四年の間、自分の意志でどこへ出かけることも出来ない和代は、遠いところを眺《なが》めるような視線を窓の外に向けたが、そこからは煤煙《ばいえん》に掩《おお》われた大阪市内のどんよりした夕空しか見えない。視線を窓際《まどぎわ》に落すと、門林が持って来てくれた熱帯魚の水槽が置かれ、色とりどりの熱帯魚が群《むれ》をなして泳いでいる。めだかのような小さなのや、ネオン・サインのように赤と青の縞肌《しまはだ》を持った熱帯魚が、忙しく泳ぎ廻り、その中の幾組かが、交尾するように体をくねらせたり、寄せ合ったりしている。

「熱帯魚って、きれいでっしゃろ、お魚も人間のすることが解るらしく、指を水槽にあてたら、子供のようにガラス越しに、私の指先に吸いついて甘えるのだす、可愛《かわい》いわ」

和代は、眼を潤《うる》ませるように云ったが、俊一は、熱帯魚などに何の興味もなかった。

「姉さん、そんなことより、病気はよほど悪いのかい」

肝腎《かんじん》の病気のことに触れないことが、俊一の心を不安にしていた。

「解らへんの？　俊ちゃん」

「解らないって、何を――」

怪訝《けげん》な顔をすると、

「脚気《かっけ》ですねん、妊娠脚気――」

「えっ、妊娠脚気――、じゃあ、姉さんは子供を……」

「ええ、子供を妊《みごも》ったのだす」

羞《はじ》らうように云った。俊一の顔から、みるみる、血の気がひいた。姉の妊娠、こともあろうに門林の子供を――、俊一は深い淵《ふち》に陥《お》ちこむような眼の暗みを覚え、いいようのない悲しみと怒りが、どっと噴き出すように俊一の胸を襲った。

「こんなことで、わざわざ事務局へ電話したのか」

「そうやおまへん、あんたが大阪を発《た》った日、急に倒れたんで、婆《ばあ》やが慌《あわ》てて電話し、そのあとお医者さんに診《み》て貰《もろ》うて、妊娠してることが解ったんだす」

「始末すればいい――」

俊一が云った。

「えっ、始末を……」

「そうだ、堕《おろ》してしまえと云ってるんだ」

若い俊一の顔が、俄かに中年の男のように陰気で険しくなった。

「まあ、俊ちゃんは、何という怖《おそ》ろしいことを云いはるのだす、子供を堕してしまうなど、小さな生命を毟《むし》り取ってしまうことやおまへんか」

顔を蒼《あお》ざめさせると、

「小さな生命――、なるほど生命には違いない、しかし、獣のような奴《やつ》の子供の生命なんぞ、知ったことか！」

嘲《あざけ》るように云った。和代は一瞬、息を詰め、

「お腹《なか》の子供には何の罪もないのだす、それに門林も、根っから悪い人やない、俊ちゃんとたまたま立場が違うだけだす」

和代の声に湿りが帯び、門林を庇《かば》うように云った。

「妾《てかけ》も、世話になっている男の子供を産むことになると、そんなにも変るものか、門林は、僕が日新工業を馘《くび》になる原因を作り、その上、日東レーヨンの北九州工場の勤音会員を三人とも馘にし、組合が労委へ提訴する運動を始めると、第二組合を作らせて分裂を計り、労委へ提訴するのをもみ消してしまうような卑劣な奴だ」

菊村は私情と、勤音の事務局員としての憤《いきどお》りを混えた激しい語調で云い、

「そんな奴の子供を堕すのがいやなら、今日限り、姉弟の縁は切る！」

「姉弟の縁をきる？　そんな……」

「そうだよ、僕は今やっと、自分の生きる道を見付け出し、それに向って足を踏み出し、登って行こうとしている時、門林の子供など産む女を、姉に持つことなど我慢ならない」

そう云い、さっと席を起《た》ちかけると、

「待って、俊ちゃん！」

うしろから取り縋《すが》るような姉の声がし、俊一のズボンの裾《すそ》を摑《つか》んだ。俊一はその手を払い退《の》けるように右足を上げた途端、姉の腹部に当った。

「あっ、何をするの！」

悲鳴が上がり、和代は腹部を抑《おさ》えて、横倒しになった。菊村は一瞬、驚愕《きようがく》の色をみせたが、

「それで、堕りてしまえば面倒がなくていいじゃないか」

残忍な色を眼に漲《みなぎ》らせた。

「ほんなら、私のお腹の子を殺したいというのだすか」

叫ぶように云い、畳にうっ伏して慟哭《どうこく》した時、門のベルが鳴った。

「旦那《だんな》さまのお越しでおます」

老婢の慌《あわただ》しい声がし、廊下に門林の足音が聞えると、和代は顔色を失った。

「俊ちゃん、門林と会わんといて！」

体を起し、弟の肩を押して隣室へ押し込もうとしたが、俊一は姉の手を払った。

「泥棒猫《どろぼうねこ》みたいに、こそこそ逃げ隠れなどするのはご免だ」

門林を待ち構えるようにたちはだかると、襖が開いた。

「おう、君か――」

老婢が伝えなかったのか、門林は愕《おど》いたように俊一を見た。

「門林さん、妙なところでお目にかかります、この間のR会館の件では、勤音は窮地に追い込まれましたが、僕たち事務局員の団結によって、暴力的な反動勢力を撥《は》ね返し、勤音ミュージカルを成功させました」

俊一は切口上に叩《たた》きつけるように云ったが、昂奮《こうふん》のあまり、顔が引き吊《つ》れ、語尾がかすかに震えている。門林はそんな俊一の様子を一瞥《いちべつ》し、

「座敷の真ん中に案山子《かかし》みたいに突ったっておらんと、まあ坐《すわ》って、一杯やりながら話したらええやないか、第一、わしは疲れてるのでな」

あしらうように云い、和代が手早く身繕いし、老婢に整えさせた座敷机の前に坐った。

「俊ちゃん、あんたもお坐りやす」

和代が懇願するように云うと、俊一は肩を怒らせて坐った。

「まあ、一杯やろうやないか」

「いや、僕は反動のボスなどとは飲みません」

ぴしゃりと撥ねつけた。

「これは手強《てごわ》いことやな、ほんなら、ジュースにでもするか」

「いや、何もいりません、ここにあるものは、一切、口にしたくない」

「ほう、まるでハンガー・ストライキみたいなことを云うやないか、そない欲しないのやったら出さんとき、もったいないわ」

門林は、和代に酌をさせて、自分だけちびりと飲み、

「勤音の方は近頃、どんな具合や、うまいこと行ってるのんか」

頭から吞《の》んでかかるように云った。俊一は気色《けしき》ばみ、

「勤音はさらに前進するために、今度、つくし座を呼んで、音楽鑑賞を通して、勤労者の意識を盛り上げる活動を展開し、今に音連などぶっつぶしてしまいますよ」

嚙《か》みつくように云ったが、門林は何の痛痒《つうよう》も感じない態《てい》で、

「ほう、つくし座というと、全員が人民党員やと云われてるあれか」

「そんなこと問題じゃあない、僕たちはつくし座の例会を持つことによって、つくし座のやっている民族芸術を鑑賞すると同時に、彼らが日常的に行なっている組織された統率力を学び取ろうとしているのです」

俊一は、勤音の若い活動家らしい気負いたった言葉を、次々に並べたてた。門林は酒を含みながら、ふんふんと聞き、

「そうすると、勤音はますますお得意の組織力を発揮して、攻勢に出るというわけかいな」

わざと相手を調子付かせるように云うと、

「もちろんです、全国百万の勤音会員を組織するためにミュージカルあり、つくし座ありで硬軟織りまぜた例会を催し、音連会員を一人余さず、食いちぎってしまうことを目

標にしているんです！」

宣言するように云い、肩をそびやかした。

「ほう、僅《わず》かの間に、なかなかの活動家に成長したものやな」

力みかえっている俊一の顔を、面白げに眺めた。

「そりゃあ、学習会で鍛えられ、その上、つくし座の下見には僕自身が出かけて、学習と労働とが一本になった前進的な生活を体験して来ましたからねぇ」

「ふうん、学習と労働が一本——さすが人民党の文化工作隊の三大拠点の一つといわれているつくし座らしいな、ところで、流郷とかいう、何時《いつ》かR会館で、君と一緒に出会うたことのあるあれは、どないしてるのや」

「流郷さんは、今度、事務局次長兼企画部長になって、今までよりさらに、大きな企画力を発揮する立場にたたれたのです、音楽鑑賞団体である限りは、組織力、宣伝力も大切ですが、会員拡大には何といっても企画力が直接、ものを云いますからね、それで僕も企画部に属し、音連に対抗するために大いに活動しますよ」

挑戦するように云《い》いながら、俊一は、流郷がつくし座公演には反対であったことを思い出し、語尾がすぼみかけたが、

「あんたが、音連の陰のオーナーであっても、僕は容赦なくやる」

開き直るように云った。門林は眉《まゆ》一つ動かさず、

「そうか、そりゃあええ、大いにやることや、せいぜい体に気ぃつけてな」

子供をあやすように云い、

「ところで、ここへやって来たのは、何か格別の用でもあるのんか」

俊一は思わず、口詰り、

「あんたになど関係ありませんよ、東北出張から帰って来たら、姉から病気だから来てくれという伝言があったので、やって来ただけのことですよ」

「ところが来てみたら、病気やなかったというわけやな」

そう云い、門林は熱帯魚の水槽を覗き込んだ。代議士の名刺を持って臨海工業地帯の誘致に来た県会議員が手土産代りに、水槽ごと門林に贈った熱帯魚であったが、会社では世話が面倒であったから、そのまま和代のところへ持って来たのだった。めだかのように小さいグッピーや瀟洒《しょうしゃ》なエンゼル・フィッシュ、ネオン・サインのように赤と青の縞肌のネオン・テトラなどが群がるように忙しく泳ぎ廻っている中で、エンゼル・フィッシュが交尾するように体を寄せ合ったかと思うと、水草の上に白い卵を産みつけた。門林は、俊一の存在など忘れたように水槽を覗き、水草の間で体をよじ曲げたり、寄せ合ったりするエンゼル・フィッシュの姿態を眺めていた。そこには脂《あぶら》ぎった老年の男の厚顔で、ぬくぬくとした卑猥《ひわい》な姿があった。俊一の胸にいいようのない屈辱と憤怒《ふんぬ》がこみあげて来た。

「熱帯魚を飼うのと同じように女を飼うつもりか！」

そう云うなり、座敷机の上の盃《さかずき》を取り、水槽めがけて投げつけた。盃は水槽の中へ入らず、縁に当って、こなごなに砕けた。門林の眼が光った。

「君の云う女は、血を分けた自分の姉のことを指すのんか」

俊一は一瞬、身じろいだが、

「ついさっきまでは、僕の姉でしたが、姉弟の縁をきりましたから、今では姉ではなく、妾をしている一人の女に過ぎませんよ」

嘯《うそぶ》くように応《こた》えた。

「なに、姉弟の縁をきった？　ほんとか」

和代は唇をわなわなと震わせ、拒むように頭を振った。

「姉がいやだと云っても、僕は縁をきる、あんたなどの二号をしている姉を持っているだけでも屈辱なのに、あんたの子供の縁者になどなれば、僕の人生は完全に破滅だ、だから姉に、子供を堕せと勧めているのに、女は愚かな動物だ」

嘲笑《ちようしよう》するように云った途端、門林の大声が飛んだ。

「黙れ！　相手が若い世間知らずだと思って云わしておいたら、ええ気になって、君は一体、誰のおかげで両親がないのに高校まで出られたのや、芸者をして働いた姉さんのおかげやないか、その姉に向って、子供を堕せなどと、ようも云えたもんや、子供を産むか、産まんかをきめるのは、このわしと当人の和代だけや、きさまのような人民党かぶれの青二才は帰れ！　わしは反動の親玉かもしれんが、人情というものは忘れんと持っとる、二度と来るな！」

はたき出すように云うと、和代がうっと嗚咽《おえつ》し、門林の前に両手をついた。

「堪忍《かんにん》してやって、弟を堪忍してやっておくれやす」

取り縋るように謝《あやま》った。

「姉さん、恥を知れ、恥を――、僕のことを門林に謝るなど気でも狂ったんか、止《や》めろ！」

血相を変え、俊一は畳を蹴《け》って席を起《た》った。


菊村俊一は、降りはじめた雨の中を独り歩きながら、さっきあったことを思い返していた。

脂ぎった門林の傍《そば》に、妊《みご》もった姉が、傅《かしず》くように坐り、涙ぐみながら弟の非礼を詫《わ》びてうな垂れた。それは今までの囲われているからという諦《あきら》めの心を持った姉ではなく、子供を妊り、門林に対する愛情が芽生え出している姉の姿であった。そう思うと、菊村は体中に火傷《やけど》を受けたような熱い痛みを感じた。

雨は本降《ほんぶり》になり、十時を廻った郊外の道は殆《ほとん》ど人影がなかったが、菊村は雨にうたれながら流郷のアパートに向って歩いていた。姉の家を出てから、自分の下宿へ戻らず、なぜ流郷のアパートを訪れようとしているのか、自分でも解《わか》らなかった。何時しか足がその方へ向き、梅田から阪急電車で吹田《すいた》駅に降り、千里丘《せんりがおか》の公団アパートに向っていたのだった。

雨脚は次第に強くなり、雨の中に群立するアパートの窓の灯《あか》りがにじむように見え、菊村は前に一度、訪れたことのある左端の棟の階段を上がり、流郷の部屋の前にたった。躊躇《ためら》いを覚えたが、こつこつと扉《ドア》を叩いた。

「どなた？」

「あのう、菊村ですが……」

「え、菊村君？」

訝《いぶか》しげな声がし、ガウン姿の流郷が顔を出した。

「どうしたんだ、この雨の中を――」

ずぶ濡《ぬ》れになっている菊村の姿に、驚くように云った。

「すみません、夜分に突然、伺ったりして……」

「そんなことはいいよ、それより中へ入って、濡れた上衣を取れよ」

菊村を請《しょう》じ入れ、

「ちょうど風呂《ふろ》が沸いている、僕は今あがったところだから、君も入れよ、その間に何か着替えを出しておいてやるから」

「いえ、僕は風呂など……」

思い詰めた表情で、頭を振った。

「駄目だよ、そのままじゃあ風邪《かぜ》をひいてしまうじゃないか、さあ、話はあとでいくらでも聞いてやるから、まず風呂へ入って体を温めることだ」

風呂場の方へ体を押しやると、菊村はこくりと頷《うなず》き、風呂場へ行った。

流郷は洋服ダンスの中から、真新しい肌着と、ワイシャツ、ズボンを取り出しながら、体中ずぶ濡れになって訪れて来た菊村の様子からみて、何かよほどの事情がありそうに思った。

菊村は風呂から上がると、遠慮がちに流郷の用意した肌着とワイシャツ、ズボンをつけ、窓際《まどぎわ》の椅子《いす》に腰を下ろしている流郷の前に坐って、黙って頭を下げた。雨にうたれて蒼白《そうはく》になっていた顔が、湯に温まって、女のようにほの紅《あか》く染まっていたが、眼《まな》ざしは暗い。流郷は、酒の飲めない菊村のために、コップにジュースをついでやり、

「今朝、つくし座から帰って、あんなに張りきって報告したばかりの君が、一体、どうしたんだい」

そう云った途端、菊村の顔が歪《ゆが》み、くっくっと咽喉《のど》が鳴った。

「ぼ、ぼく……、もう駄目です、何もかも、いやになりました……」

搾《しぼ》り出すような声で、嗚咽《おえつ》した。姉の家を出てから耐えに耐えて来たものが、菊村の胸の中でどっと堰《せき》をきったのだった。流郷は暫《しばら》く、テーブルにうっ伏し、慟哭《どうこく》している菊村を見詰めていたが、やがて菊村の肩に手をかけ、

「泣いていたんでは、何も解らないじゃないか、何があったというのだい」

静かに話しかけた。菊村はやっと嗚咽をやめ、姉が門林の子供を妊り、そのことで門林と顔を合わせて云い争ったことなど、姉の家であったことを跡絶《とだ》えがちに話した。菊村の嗄《かす》れるような低い声は、時々窓ガラスを叩《たた》く激しい雨音にかき消されかけた。

話し終ると、菊村は赤く腫《は》れ上がった眼を上げ、

「こんな話をお聞きになって、僕を軽蔑《けいべつ》なさるでしょう」

弱々しく笑った。

「どうして、君を軽蔑しなきゃあならないのだ、そりゃあ、君の姉さんが、門林の子供を妊ったことが、君にとってどんなに大きな苦痛であるかは、僕にだって、痛いほどよく解る、しかし、薄情な云い方かもしれないが、今さら仕方のないことじゃないか、それに君と姉さんは、もともと生き方が違うし、今までの生活だって、ずっと別々だったんだから、君は君、姉さんは姉さんと、割りきって考えることだよ」

「そんな風におっしゃるのは、やっぱり、流郷さんは当事者じゃないからですよ、僕は

こうなった以上、あくまで姉に門林の子供を堕《おろ》させて、きっぱり門林と別れさせるか、そうでなければ、生涯《しょうがい》、姉弟の縁をきるか、二つに一つだと心に決めています」

菊村は唇を嚙《か》みしめた。流郷は椅子の背に体をもたせかけ、

「なぜ、そんな風に二者択一的なものの考え方をしなきゃあならないのだ、そんなことで、今の事態がどうなるというものでもないじゃないか」

「だって、このままじゃあ、僕は音楽運動を通して、働く者の社会を築く活動を行なっている勤音の事務局員として、失格者になってしまいます、理由や経緯はどうあろうと、僕が音連のオーナーである門林と繫《つな》がっていることは、十万の会員に対する裏切り行為に他《ほか》ならない！」

眼を血奔《ちばし》らせ、激しく頭を振って、なおも云い募りかけた。

「姉さんの妊娠と勤音と、どんな関係があるというのだ、そんなに力みかえるものじゃないよ」

流郷は、菊村の言葉を抑《おさ》え、

「君は、今朝のつくし座の報告でもそうだったが、よくいえば率直、悪くいえば単純なところがあっていけない、つくし座のたった二、三日の観察で、あんな風な答えを、あっさり出していいものだろうか、君は組織部にいる間に、どうやら、撥《は》ね上りの妙な活動家意識を叩き込まれたらしいね」

「妙な活動家意識――、それは流郷さんの誤解です、僕は組織部に入り、学習会にも参加するようになってから、勤音にとって何が正しく、何が誤っているかを判断出来るようになったのです」

菊村は、自分の正しさを主張するように気負いたった。

「じゃあ、菊村君、これをみてごらん」

流郷は、椅子から起ち上がって壁面一杯に並んでいる書棚を指した。流郷が大学で専攻した国際経済関係の書籍、音楽関係の資料、哲学、文学書、唯物論《ゆいぶつろん》関係の書籍などがぎっしりとおさめられ、入りきらない本が畳の上や、机の上に乱雑に積み上げられている。

「菊村君、僕は決して勉強家じゃないし、格別の読書家でもない、しかし、君がこの中で、今までにちゃんと精読した本が何冊ある？」

優しく語りかけるように聞いた。菊村は書棚の前に寄り、学習会でテキストにして読んだレーニン全集やマルクス・エンゲルス選集などが並んでいる段を指しかけ、手をとめた。テキストにしたとはいえ、その中の抜萃《ばっすい》をパンフレットにしたものや、部分、部分をぬき読みした程度で、一冊をちゃんと精読したものは、ほんの二、三冊しかなかった。

「学習会で学んだことが、実際の社会にどう位置するものか、それを『森の歌』の頃のナイーヴで純粋であった君に戻って、謙虚に考え直してみることだよ、学習会で学んだことや、今度のつくし座で体験したことも、もちろん、大切な勉強だが、それが絶対的なものとして君の生き方、勤音の在《あ》り方を規制してしまうことは、どうだろうね、僕ははっきり云って、永山君らで象徴されるような現在の勤音の運動方針には、疑問を持っている、あの連中の勤労大衆のためにという言葉は、僕に云わせれば、自分たちに都合のいい、ドグマチズムに過ぎない、あんなやり方をしていると、何時《いつ》かは大衆にそっぽ向かれてしまう、勤音の組織活動といい、企画活動といい、会員大衆を忘れての活動はあり得ない、大衆を馬鹿《ばか》にする者は、何時かは大衆に葬《ほうむ》り去られるよ」

流郷は、菊村に淡々とした語調で話したが、菊村は降りしきる窓の外に眼を遣《や》り、黙り込んだ。永山一辺倒で、どちらかといえば、最近、流郷に対して批判的であった菊村にとって、流郷の言葉は、自分の偏《かたよ》った立場を一つ一つ、指摘されているようであった。そして流郷のいう大衆を馬鹿にする者は、何時か大衆に葬られるだろうという言葉が、大きな重味をもって菊村の心にのしかかって来た。

「どう、解ったかい」

流郷は、弟にいうような優しさで、菊村に云った。菊村は頷《うなず》きながら、ここ暫く跡絶えていた流郷と自分との心の触れ合いを取り戻せたような温まりを覚え、姉のことで遣《や》り場のなかったさっきまでの苦痛も救われるような思いがした。

*

つくし座の例会は、江藤斎子や永山たちの思惑に反して、芳《かんば》しくない結果に終った。

菊村が東北の山村でつくし座に感じた土の匂《にお》いも、民族芸能の素朴な感動も、都会の大劇場の舞台では薄れた印象になり、歌と踊りを繰り返す単調さの方が目だち、選択例会で二万八千人しか動員出来なかった。組織部の力で大々的な会員動員を行なうと明言していた永山は、企画部の宣伝活動の弱さのせいであるときめつけたが、動員数三万人以下という現実は厳しかった。それにもかかわらず、運営委員会の合評は、つくし座公演は必ずしも不成功ではなかったと云《い》い、機関誌の批評でも、動員した会員数よりも質を考えるべきであると主張したのだった。そのくせつくし座公演による欠損を補うために、急遽《きゅうきょ》、仕込みの安い演《だ》しもので、会員動員のきくポピュラーの例会が、企画部に要請されたのだった。

流郷は、企画半ばになっていたウェスタンをやることに決め、大阪で一番、売れているウェスタン・バンドを抱えている三星プロへ夕方から出かけたが、マネージャーが東京へ出張していて、タレントのスケジュールが摑《つか》めなかった。明後日《あさって》、帰阪してから交渉することにし、そのまま家へ帰りかけたが、やはり今晩中に東京にいるマネージャーに電話を入れておこうと思った。時計を見ると、まだ九時を廻ったところであった。

　事務局のある近畿観光ビルは、どの窓も灯りを消して、ひっそりと静まり返り、流郷は人気《ひとけ》のない階段を四階まで上がり、事務局の扉《ドア》を開きかけ、手を止めた。隣接しているレコード室の扉の間から、かすかに灯りが洩《も》れ、人の気配がする。耳をそばだてると、低い人声が聞え、秘《ひそ》かに会合を開いている気配が感じられた。流郷の脳裡《のうり》に、月半ばの月曜日になると、瀬木、永山、江藤斎子たちが申し合わせたように事務局からいなくなると、菊村が云った言葉が思い出された。ちょうど、今日は、その月半ばの月曜日に当っている。

　流郷は事務局の扉の間から体を滑《すべ》り込ませ、隣接したレコード室の扉に近寄った。

「……党としては……中央では……」

「いや、高倉は……」

　跡《と》ぎれ、跡ぎれに押し殺したような低い声が聞えて来る。思わず、息を呑《の》んだ。中で人民党のフラクション会議が行なわれているらしい様子であった。流郷は足音をしのばせ、レコード室の横にあるロッカーの陰にたった。

「じゃあ、高倉五郎の選挙支援は打ちきれと、こうおっしゃるのですね」

　江藤斎子の気色《けしき》ばんだ声が、流郷の耳を搏《う》った。

「そう、中央の選対から、府委を通してそう云って来たんだ」

落ち着き払った横柄《おうへい》な男の声が応《こた》えた。細胞のキャップであるらしく、どこかで聞き覚えのある声だったが、誰か思い出せない。

「しかし、今まで高倉氏一本でやって来たのに、急にそんなことを云われても困りますな、理由は、何ですねん」

機関誌担当の横井の声であった。横井に同調する三、四人の声も、若い事務局員であることが解《わか》った。

「声が高い！　今夜は何時《いつ》もの場所と違うから、よけいに注意して貰《もら》いたい」

永山の押し殺した声が聞え、部屋の中が静かになった。

「今、永山君が注意するまでもなく、フラクの時は十分に気をつけてくれなくては困る」

一同を注意するキャップの声がし、

「高倉支持打切りの理由は、高倉の人気が予想以上に上がり過ぎ、関西が地盤の党候補の加賀正《ただし》の票を食うおそれが出て来たからで、中央選対でも、高倉支援をやり過ぎたんではないかと問題にしているそうだ」

中央選対という言葉を強調し、上から押しつけるように云った。

「そうだろうか――、僕はそれにはちょっと、疑問があるんですがねぇ」

ぼそぼそとした声がした途端、流郷は自分の耳を疑った。それは流郷に向って、僕は党員ではないと云いきった瀬木の声であった。咳払《せきばら》いがし、瀬木の低い声が続いた。

「高倉さんは何といっても、今の文化人の中では、われわれが一番信頼出来る人物で、支援を決定したのも、もとはといえば、社会大衆党や民社大衆党へ入れる気にはなれないが、かといって、人民党に入れるほどの意識も持っていない層の票を取るのが目的なんだろう、それなら加賀さんと高倉さんとでは、票の地盤が違い、高倉さんが、加賀さんの票を食うなどとは考えられないと思うのだけれどねぇ」

そこまで瀬木が云うと、キャップらしい男の声が阻《はば》んだ。

「だから、あんたの判断は甘いと云うんだよ、われわれの任務は、何時の場合も党第一主義でなければならない、そのためにはまず、党候補の票数を多く取ることが問題で、その上で高倉も、通れば、通すということだ、しかし、それも、高倉の当落はあくまで第二義的なことで、高倉の支援活動を通して、勤音の中に、党の影響を滲透《しんとう》させ、党支持者を拡大して行くことが、われわれ本来の任務であったはずだ、それを庇《ひさし》をかして、母屋《おもや》をとられるようなことになっては、何をしているのか解《わか》らないじゃないか」

瀬木の発言を、斬《き》って捨てるように云い放った。一体、誰だろう――、事務局長の瀬木に対して、ああ高飛車に口をきき、事務局で最も尖鋭《せんえい》な永山も、さっきからこの男の言葉には追随している。流郷は固く閉ざされた扉に体を押しつけ、その男の正体を知ろうとした時、意外な声が聞えた。

「ぼ、ぼくは、と、党中央の文化部員として、ちゅ、中央の意向を、き、勤音の同志にお話したい」

つくし座公演中も、ずっと大阪にいて、まめまめしく勤音とつくし座の連絡を行ない、公演終了とともに座員たちと東北へ帰って行ったはずの岩根であった。最初、岩根の顔を見た時から、流郷は、その村夫子然《そんぷうしぜん》とした朴訥《ぼくとつ》な姿にかかわらず、単につくし座の売込みだけに来た事務員ではなく、何か別の目的をもってやって来たのではないかと思っていたが、党中央の文化部員であったとは、あまりにも意外過ぎた。

「た、高倉の人気は、ぜ、全国的に急上昇している、せ、選挙演説会、か、各職場の懇談会の聴衆動員率も高い、さ、さらに彼が選挙目あてに書いた『私の歩んだ道』が、は、八万部も出て、べ、ベスト・セラーになっておるなど、こ、この調子で行けば、インテリ階層のみならず、多数の労働者、農民の票を食い取って、そ、相当な票数を獲得し、ぜ、全国的にも上位当選しそうだ、し、しかるに党候補の加賀さんの方は、す、既に選挙の中盤戦を迎えているというのに、ま、まだ四十万を割る票読みしか出来ず、早急《さっきゅう》にこの劣勢を挽回《ばんかい》するためには、し、社会大衆党や民社大衆党の票に食い込むより、党に一番近く、しかも票を取り過ぎている高倉の票からもぎ取る方法が一番確実性がある、そんな情勢にある時、君らが杓子定規《しゃくしじょうぎ》に、高倉、高倉と走り廻っているのは、全くおかしい」

党中央をかさにきた威圧的な語調で、特徴の吃《ども》り癖が、話の重要なところになると、何時の間にか、吃らなくなっている。岩根が喋《しゃべ》り終ると、高倉支援打切りに、反対していた瀬木、江藤、横井たちが、中央の意向に逆らうことの不利を感じたのか、急に沈黙した。

「では、高倉支援の打切りが決定したとなると、早速、その処置を取らねばなりませんが、高倉の人気がいやに高いだけに、ちょっとやりにくいですな」

永山が、岩根の意向を伺うように云うと、

「な、何がやりにくいんだ、た、高倉の言動は反党的でさえある、関西では党の眼が届かないと思っているのか、その傾向が著しい、ふ、府委では関西における高倉の言動を監視し、すべてチェックしている」

岩根が云うと、キャップらしい男の声が、

「府委からの報告によると、高倉は、六月一日、浪花《なにわ》大学自治会主催の講演会において、若者は教条主義にとらわれることなく、自由に発言し、行動すべきだと云い、大喝采《だいかっさい》を浴びたが、これは暗に党の規律を批判し、党が教条主義に陥っていると中傷、誹謗《ひぼう》したことにほかならない、また七月十五日、大阪繊維労組主催の懇談会で、部分的核実験停止条約の問題にふれ、賛成の態度を表明したが、これは党の方針に悖《もと》るもので、甚《はなは》だ軽率であり、無責任である、さらに六月十日、二十二日、七月十八日の三回にわたって、党に諒承《りようしよう》を得ず、関西各地を旅行し、その都度、京都ホテルで除名した反党グループと会合し、それに利用されている」

昨日まで支援していた高倉の言動を、反党的という一語によって、次々と弾劾《だんがい》して行った。

「しかし、高倉さんは党員ではないんだから、そう一々行動を縛るわけにいかないし、ことに文化人なら誰に会ってもしようがないのでは……」

瀬木が言葉を挟《はさ》むと、

「そりゃあそうさ、われわれだって敵のスパイに会うこともある、しかし、それはあくまで組織の了解を得た上でのことだ、そういう点が文化人はルーズで、行動に党派性がない、またそれが文化人の本質でもあるがね」

キャップらしい男は、瀬木に対する批判をも含めた冷やかな語調できめつけるように云うと、

「異論なし！　これからフラクの高倉選対は止《や》めにして、加賀さん一本にしぼろう」

永山がへつらうように云った。

「じゃ、残っているポスターやビラはどうすればいいかしら、せっかくの紙代や印刷代がもったいないわね」

江藤斎子が、冷えた声で云った。

「出入りの屑《くず》屋にでも払えば、いくらかにはなりますよ」

永山の部下の若い事務局員の声がした。

「そりゃあ、まずい、今夜中にも、トラックに積んで、淀川《よどがわ》にざぶんと捨ててしまえ」

キャップの男が一言のもとに云うと、岩根が、

「お、尾本君はきついことを云うね、東京勤音にも、そう云ってやるか」

尾本！　流郷は耳を疑った。財政部の出納係で、江藤斎子より齢上《としうえ》でありながら、斎子に顎《あご》で使われている気弱で貧相《ひんそ》な男に見えていたあの尾本が、事務局細胞のキャップで、フラクション活動を牛耳《ぎゅうじ》っていたとは――、流郷は頭を打ちのめされたような激しい衝撃を覚えた。

「じゃあ、今夜のメーキャップは、これで終了！」

尾本が閉会を告げた。斎子の手帳の中で見付けた『美容院』という言葉は、メーキャップ、フラクション会議の隠語であったのか、流郷はさらに眼の暗むような思いの中で、踵《きびす》を返した。

流郷は、何軒目かのバーの扉《ドア》を押し、空《あ》いているカウンターに独り腰をおろした。

「ハイボール――」

何杯目かのハイボールを注文し、新しいグラスを口に運んだが、飲むほどに気持が白け、さっきのフラクション会議の様子が、まざまざと思い返されて来る。

江藤斎子に顎で使われている財政部の出納係の尾本が事務局細胞のキャップで、瀬木、永山、江藤斎子がその下部に属し、すべて党の意向によって動かされている。瀬木は、二カ月前のミュージカルの初日の夜、何時《いつ》になく流郷を誘い、自分は党員ではない、一人で勤音の大衆団体としての一線を守って行こうと云い、その約束を前提に流郷が事務局次長を引き受けたのであるのに、その瀬木が、永山、江藤たちと同じ穴の狢《むじな》であったのだ。もちろん、瀬木の言葉を全面的に信じていたわけではなかったが、瀬木がそこまで陰険に手の込んだ芝居を打って、自分を欺《あざむ》いたことが、流郷には我慢ならなかった。そして菊村に随《つ》いてつくし座からやって来た村夫子然とした岩根が、党中央の文化部員であったことも我慢ならぬ欺瞞《ぎまん》であった。

あの時、流郷と同席した瀬木、永山、江藤、菊村のうち、自分と菊村だけが、それと知らずに話し、すべて嘘《うそ》で固められた中で、大真面目《おおまじめ》につくし座公演の是非を論議していたのだった。しかも裏面ではメーキャップ、『美容院』という隠語のもとに、事務局細胞のフラクション会議が行なわれている。そうした裏面の動きを知らずに、事務局次長になり、勤音の巨大な組織を利用して自分の企画を次々に実現して行く欲望に駆られていた自分の甘さを、痛烈に思い知らされた。しかし、背後で人民党と繋《つな》がっている勤音の事務局幹部と、そうしたものと全く無関係な立場にいる多くの勤音大衆との間にある大きな断層を考えると、果して尾本や瀬木たちの意図する方向へ勤音を持って行けるかは疑問であった。そこに流郷がたち入り、勤音を牛耳り得る要素がありそうだった。

「ハイボール、もう一杯――」

叩《たた》きつけるように云《い》った時、

「お独りでっか――」

背後から声がし、グラスを手にした千田が近寄って来た。

「どないしはりましてん、流郷さんらしいもない、えらい荒れてはる様子でんな」

「そりゃあ、僕だって荒れることもあるさ」

「どうだす、荒れついでに今夜は面白《おもろ》い相手と飲んでみまへんか、門林さんと――」

「えっ、門林……」

さすがに流郷も、躊躇《ためら》った。

「面白いやおまへんか、流郷さんと門林さんの取合わせは、こんな偶然やないと実現しまへんわ、それに今夜は、門林さんも珍しくぽかっと時間が空いて、向うから呼出しの電話がかかり、お伴《とも》は私だけですさかい、ちょうどええ機会だすわ」

千田は流郷の腕を摑《つか》んで、奥のボックスの方へ体を泳がせた。何時もの流郷なら、千田の手を振りきっていたかもしれなかったが、ふと門林の方へ行ってみようという気になった。千田に腕を取られて、奥のボックスへ行くと、五、六人のホステスが華《はな》やかな嬌声《きょうせい》をあげて門林を囲み、マダムらしい和服姿の女が、門林の横に坐《すわ》って相手をしている。

「社長、今夜は呉越《ごえつ》同舟でどないだす？」

千田らしい云い方をすると、門林は驚いたように流郷を見た。

「この間のR会館の件では、えらい目にあわせましたな」

「いや、おかげで、いろいろと面白い勉強をさせて戴《いただ》きましたよ」

そう挨拶《あいさつ》しながら、流郷は、門林の上に菊村の姉の姿をかぶせた。海坊主のようにぬるりと脂《あぶら》ぎった齢寄りと、菊村に似た色白のやや翳《かげ》りのある女との取合わせは、一種の残酷味を帯び、卑猥《ひわい》であった。そんなことまで流郷が知っているとは気付かない門林は、

「高倉はんをえらい支援してはるけど、支援したら、何か儲《もう》かるようなことでもあるのかいな」

酔いを含んだ声で云ったが、高倉支援をめぐるフラクションをたち聞きした直後だけに、流郷は内心、ぎくりとし、

「残念ながら、あなたが献金される与党の政治家のような具合には参りませんのでねえ」

門林は、ちょっと鼻白《はなじろ》むように口もとを歪《ゆが》めたが、

「ところで、勤音の方はどんな具合だす」

「お互い商売ともなれば、しんどいことですね、おたくの商売はワイシャツやセーター、肌着などの形のあるものだからいいようなものの、私の方は、音楽鑑賞の例会という、実体のないものを売らなくちゃあならないので、芯《しん》がくたびれますよ」

「そうすると、あんたは、勤音を一つの企業やと割りきってはるのんか」

「もちろんですよ、現に勤音によって何人かの人間が食べている限り、或《あ》る程度、利益も産み出さなくてはならないし、第一、金がなかったら大きな例会が打てないじゃありませんか、勤音の例会といっても中身は、一般の興行と一緒ですよ、ただ働く者の音楽運動という名目のもとに、もっともらしい演《だ》しものと、もっともらしい口実を使って、安いギャラでいいタレントを集め、それで組織された聴衆を大量動員するだけのことですよ、このもっともらしい演しものと口実が大事なところで、ここの呼吸さえうまくいけば、十分、商売になりますよ」

と云うと、千田のひょろりとした体が、ホステスの肩をかき分けて前へ出た。

「その手品みたいな呼吸が難しいところで、さっきから社長に、音連の例会に何かええものを考えろと云われてますねん、流郷さん、なんぞ、名案おまへんか」

ぬけぬけと云った。

「音連には、ヴィジョン・マーチャントがいないから駄目だよ」

流郷はみくびるように云った。

「金で、ヴィジョンを買う術《て》がある」

門林は何でもないことのように云った。

「人に考えさせたヴィジョンを実現するのと、自分で考えたヴィジョンを実現するのとでは、出来上りが違いますよ、人を集めて聴《き》かせるヴィジョンさえあれば、一々、宣伝しなくても、何万かのきまった会員が、きまった日時に集まって、鑑賞して帰って行くのですから、有難い商売ですよ」

流郷がウィスキーを含みながら云うと、千田は、

「それは、流郷さんやから云えることで、あんた以外の勤音の人は、例会の演しものをきめる時でも、一々、主義、主張みたいなことを口にせんとおさまらん、この間、うちに使いに来た若い事務局員に至っては、前進的内容と革新的イデオロギー云々《うんぬん》と云い出して、あれ、大分、勤音病の重症だすな、菊村とか云いましたかいな」

門林の眼がぎょろりと動き、流郷の方を見た。流郷が、菊村と門林との繋がりを知っているか、どうかを探る視線であった。

「ああ、菊村君、あれは組織部から移って来たばかりの新人で、妙な勤音かぶれをしている上に、何か家に面白くないことがあるらしく、この間の雨の夜、僕のアパートまで議論をふっかけに来たんだけど、まあ、おいおい、落ち着くだろう」

門林に聞かせるようにわざとらしく云った。

「ほう、そんな奴《やつ》にかかったら面倒ですな、ところであんたみたいにもの解《わか》りのええ人が、なんで勤音へなど入ったのか、ちょっと解《げ》せんが、ともかくあんたは面白い人や、それに見目《みめ》もええ、ブルー・ディスカスみたいや」

「ブルー・ディスカス？」

流郷と千田が顔を見合わせた。

「魚の名前や、わしはこのところ熱帯魚に凝って、熱帯魚の中でブルー・ディスカスというのが一番気に入ってますねん、体と鰭《ひれ》にブルーの縞柄《しまがら》が入った瀟洒《しょうしゃ》な恰好《かっこう》で、その上、生存競争に強い闘魚や、わしは女は美人、男は仕事に強いのが大好きでな、ブルー・ディスカスはさしずめ、その両方を備えているというわけですわ、あっはっはっはっ」

門林は愉快そうに笑い、明らかに流郷に対して、興味を抱いているようであった。

フラクション会議のあった翌日の事務局は、表面は平常と変りはなかったが、流郷は仕事をしながら注意深い視線を瀬木たちに配っていた。

事務局長席に坐っている瀬木は、度の強い眼鏡をずり上げながら机の上に積まれた書類に一枚一枚、眼を通して判を捺《お》し、斜め向いの組織部では、永山が昨夜、フラクション会議に出ていたとみられる二人の組織部員と会員の地域分布図を広げて、事務的な口調で話している。

財政部の方へ視線を向けると、江藤斎子が分厚な会計帳簿を広げ、受付に近い机に坐った尾本が、受付のカウンターから廻されて来る会費納入の伝票と現金を受け取り、銀行員のような手つきで現金を数え直し、算盤《そろばん》を弾《はじ》いてから領収の判を捺している。そこには昨夜のフラクション会議で、事務局細胞のキャップとして、瀬木を頭ごなしに批判し、江藤斎子を顎であしらっていた横柄《おうへい》さは、いささかも感じとられない。他《ほか》の機関誌担当の横井や、フラクション会議に加わっていたとみられる数人の事務局員たちも、昨夜の会議など微塵《みじん》も感じさせず、流郷が偶然、たち聞きしなければ、フラクションの存在を気付かずに過してしまうかもしれないほどの見事な偽装ぶりであった。

突然、受付の方が騒がしくなった。

「おや、ここに置いてあった高倉さんの選挙用のポスターとビラがないぜ」

受付の事務局員が大きな声を上げた。

「よく見ろよ、受付のカウンターの下に置いたから、そこにあるはずや」

組織部のデスクから大きな声が撥《は》ね返った。

「いや、それが全然ないのや、どこにも」

「ないはずがあるかいな、昨日、出光印刷から新たに入ったばかりやから、探し方が悪いのやろ」

組織部員は厄介そうに席をたち、受付のカウンターの下まで覗《のぞ》き込んだ。

「おかしいな、昨日、帰る時に、確かにここへ置いておいたんやがな」

首をかしげると、近くにいた若い事務局員たちも、そこここ探しはじめた。流郷はその光景を眺《なが》めながら昨夜、高倉のポスターやビラなど、淀川に捨ててしまえ、と云ってのけた尾本の言葉を思い出した。やはり尾本の言葉通り高倉のポスターやビラは、時を移さず処分されてしまったらしい。尾本の方へ眼を遣《や》ると、尾本は受付の騒ぎなど耳に入らぬ様子で算盤を弾き、江藤、瀬木、永山たちも素知らぬ態《てい》で机に向っている。

「おい、そういえば、壁に貼《は》ってあった選挙ポスターもあらへんやないか、残ってるのは例会のポスターだけや」

その声をきっかけに、流郷は腰を上げた。

「ポスターがどうかしたのかい」

「それが選挙用のビラやポスターがないんですよ、ここに貼ってあったポスターまで」

「ほう、壁に貼ってあったのまでないとは、おかしいな」

大袈裟《おおげさ》に驚くように云うと、永山は始めて気付いたように振り向いた。

「君たち、何を騒いでるんだい」

「昨日まであった高倉さんのポスターとビラが急になくなったそうだが、ポスターやビラ貼りは君んとこの組織部の管轄《かんかつ》だろう」

流郷が、永山に云うと、

「ああ、それなら昨日、夜になってから神戸勤音から高倉さんのポスターとビラがなくなったから少し廻してほしいと云って来たので、承知したんだが、間違って全部持って行ったんだな、もっとも壁に貼ってあるのまで剝《は》がして行くのは、解せないがね」

何食わぬ顔で応《こた》えた。

「そうだったんですか、じゃあ、選挙ポスターの方は選挙管理委員会で枚数が制限されているから仕方がないとして、ビラは今からでも出光印刷に大至急に刷らせて、夜中に貼りまくりましょう」

若い事務局員が急ぐように云うと、永山は、

「いや、なくなったら、なくなったで、今から新たに発注までしなくてもいいよ」

「しかし、これからが最後の追込みの大事な時で、ここに置いてあったビラも、そのために刷ったんですから――」

呑《の》み込めぬ顔を永山に向けると、江藤斎子が、永山の背後《うしろ》から口を挟《はさ》んだ。

「これ以上、高倉さんの選挙支援の費用を、勤音会員の貴重な会費から支出することは

出来ませんわ、それも高倉さんが非常に危ない状態にいらっしゃるのなら、どんなやり繰りをしても支援しなくちゃあいけないでしょうが、勤音をはじめ進歩的文化団体の組織票が固まり、大丈夫だという見通しだそうですから」

華《はな》やいだ声で云うと、若い事務局員たちは忽《たちま》ち喜色を漲《みなぎ》らせ、

「僕たちの支援活動がそこまで大きく盛り上がっていたとは、全く感激です、でも選挙は水ものですから、やはり最後まで現在のペースで支援を続けて行くべきではないでしょうか」

「けど、高倉さんのことで僕、ちょっとひっかかることがあるのや、ここだけの話だけど、戦争中にはやった『戦友とともに』という軍歌の歌詞、あれ、高倉さんのらしいな」

昨夜、フラクション会議に出ていた機関誌担当の横井が云った。

「まさか！　あの高倉さんが、軍歌など作るはずがないよ」

菊村が打ち消すように云うと、永山は、

「いや、それはほんとうなんだよ、僕も最近まで知らずにいて、ついこの間、そのことを耳にしてショックだったんだが、まあ文化人なんてものは、誰だって、多かれ少なかれ、そんな傷は持っているらしいね」

まことしやかに云い、

「それはそうと、関西が地盤の加賀正《ただし》氏ね、あの人ちょっと危ないということだけど、一人でも多くの革新勢力を国会へ送り込むという意味で、人民党員ということにこだわらず、勤労者出身で、体で勤労者の生活を考えてくれる人として当選してほしいものだね」

熱っぽい語調で云《い》った。

企画部の堺や浜口などの古参の事務局員たちは、事務局の主流派である永山、江藤の言葉によって、事務局の意向が急に高倉支援から、人民党候補の加賀支援に移ったことを読み取ったらしかったが、菊村たち若い事務局員は、混乱するように流郷の顔を見た。

流郷は受付のカウンターにもたれ、腕を組んだまま、

「妙な風向きになって来たじゃないか、運営委員会で決めた高倉支援が、急に変更でもされたんですかね」

永山の顔色がかすかに動いた。

「いや、僕の云うのは高倉氏の支援は既定のことだが、革新陣営の加賀氏の支援も、僕たちの周囲に対して働きかけようじゃないかと、云ってるだけのことですよ」

「じゃあ、何も問題はないわけだ、君たちは今まで通りにやればいいんだよ」

流郷は、若い事務局員たちに向ってそう云い、

「それから永山君、選挙ポスターはともかく、企画部の例会ポスターは剝がさないよう

に君から監督して貰《もら》いたいね」

浴びせかけるように云い、事務局を出た。

桜橋のS会館に向って足を急がせながら、流郷は、咽喉《のど》もとまで噴き上げて来る不快感を噛《か》み殺していた。永山たちの高倉支援打切りの卑劣なやり方がやりきれなかった。永山と江藤斎子とのさり気ない会話の形で、高倉に対する無責任な中傷を流し、事務局全体に高倉批判を滲透《しんとう》させる狡猾《こうかつ》なやり方であった。

S会館に着くと、勤音の『ハワイアン祭り』の例会会場は、開演十分前であったが、開演を待つ若い会員たちが、ぎっしり客席に埋まっていた。流郷は楽屋へ入らず、観客席の一番うしろにたった。

開演を告げるアナウンスが流れ、会場の照明が暗くなると、舞台のホリゾントに明るいワイキキの浜辺が大きく映し出され、首にレイをかけ、揃《そろ》いのアロハ・シャツを着たプレイヤーたちが、スチール・ギターとウクレレで甘いメロディーを奏《かな》で、やがて『珊《さん》瑚礁《ごしょう》の彼方《かなた》に』を演奏しはじめると、客席から口笛が鳴り、拍手が湧《わ》いた。

流郷は、舞台に向って一曲ごとに拍手し、昂奮《こうふん》している二千人の聴衆を瞬《また》きもせずに見入っていた。大半は、ただ音楽を聴き、楽しむために集まっている勤音会員たちであった。それを、瀬木や尾本たちは、自分たちの政治的な目的に利用することを意図し、一旦《いったん》、決定した勤音の高倉支援をひそかに、加賀支援にきり替えようとしているが、半月先の参院選で、会員大衆の票はどのような動きを示すだろうか——。流郷自身の事務局細胞への対し方も、その結果を見てから決めようと考えた。

＊

参院選の開票当日の勤音事務局は、夜の九時になっても、あかあかと灯《あか》りがつき、丼鉢《どんぶりばち》やうどんを運ぶ出前持ちが忙しく出入りし、各職場から駈《か》けつけて来た運営委員と事務局員たちが、テレビの前に集まり、刻々と報道される開票を見守っている。

高倉五郎二十八万四千八百四十二票、加賀正二十七万一千六百五十四票——、得票数が映し出されると、事務局の中で一番若い菊村がテレビの横に掲げられた黒板に数字を入れた。六十位と六十四位で思ったより票数の伸びが悪く、二人とも五十位までの当選圏内にすれすれであった。

「やっぱり、もっと高倉さんのビラやポスターを貼ればよかったんだ」

フラクション会議で高倉支援打切りが決定されたことなど知らず、純粋に高倉を支援している運営委員の一人が云うと、他の委員たちも、

「そうや、最後の一押しという大事な時に、事務局の方で高倉さんはもう大丈夫だと云うもんやからな」

事務局の責任を問うように瀬木の方を向くと、瀬木は落ち着き払い、

「東京、大阪の開票が遅れていて、現在、東京が一四・五％、大阪が二六・七％の開票率で、あと三分の二以上の票が残っているのだから、まだ当落を云々《うんぬん》するのは早過ぎますよ」

黒板に記《しる》された得票数と開票率を書き込んだ表に見入りながら、一座の雰囲気を柔らげるように云った。

「そうとも、高倉さんには勤音をはじめ進歩的な文化団体がついているし、加賀さんは人民党のちゃんとした組織票があるんだから大丈夫さ」

運営委員長の大野が、楽観するように云うと、江藤斎子はにこやかに、

「冷たいコーヒーでも注文しましょうか」

と気を配ると、お願いしますと、そこここから手が挙がった。

「流郷さんは、いかがですの」

さっきから事務局の緊迫した様子を無表情に眺めている流郷に云った。

「いや、僕は結構」

素っ気なく応えた。

「じゃあ、全部で三十六人分、いいこと、尾本さん――」

部屋の隅に坐《すわ》っている会計係の尾本に云った。尾本はすぐ近くの喫茶店へ電話をかけ、

現金の入っている手金庫から、ごそごそと皺《しわ》だらけの汚れた百円紙幣と硬貨を取り出した。

「ついでにビールも買っておいたら、どうなんだい」

流郷が横合いから云うと、

「ビール？　どうして、ビールがいるのですか」

尾本はちらっと、上眼遣《うわめづか》いに聞いた。

「きまっているじゃないか、高倉さんの当選乾杯だよ」

尾本は細い眼で江藤斎子を見上げ、

「江藤さん、どう致します？」

意向を伺うように云った。斎子は一瞬、当惑した顔をし、

「こんなに遅くまで、皆さんに残って戴《いただ》いているんですから、ご用意しましょう」

尾本はごそごそと、ビール代を手金庫から取り出した。

再び新しい開票結果が、テレビの画面に映し出された。

加賀正三十一万二千六百四十二票、高倉五郎二十九万四千三百三十八票、今度は加賀正の方が上位になったが、二人の順位は五十五位と五十七位で、当落線上を競《せ》り合っている。事務局に眼に見えぬ微妙な空気が流れ出した。瀬木、江藤、永山、尾本たちと数人のフラクションに加わった事務局員たちは、加賀正の票が上がればひそかに安堵《あんど》の色

を漂わせ、高倉支援をしている運営委員や若い事務局員たちは、高倉票が増えると、手を叩《たた》いて喜んだ。テレビの解説者も、革新派二人の競《せ》り合いに興味の眼を向け、解説を加えている。

「現在、全国区の当選者は三十二名、当選確実は八名で、あと六年議員九名、補欠の三年議員一名にしぼられて来、残り十議席を争うことになっております、その中で特に注目されているのは、人民党の加賀正氏と、革新系無所属の高倉五郎氏で、両者とも勤労者、進歩的文化人の組織を基礎にしている候補者でありますので、その結果に注目が向けられております、中でも高倉氏は今回初出馬で、早くも二十九万票を取り、文化団体を基盤にした立場で、今後さらにどれだけの票数を獲得するか、文化団体の選挙に対する関心度と組織力を示すものとして、各方面から大きな注目を集めております」

解説者が喋《しゃべ》り終えた時、事務局長席の電話が鳴った。瀬木が受話器を取った。

「ああ、東京ですか、ほう、そちらはもう六〇％の開票を終った、ええ、こちらもそれぐらいです、ええ？　高倉、加賀の票読み――、ですが、まだ大阪市内の開票が残っていますから、しかし、われわれとしては大いに努力したつもりで……」

瀬木は、東京勤音から高倉、加賀の得票数について何か云われているらしく、汗でずり落ちそうになる眼鏡を手でおさえながら応え、受話器を置くと、

「高倉、加賀氏が当落線上で競り合うとはまずいことになったねぇ」

重い口調で云った。地域委員の一人が、

「まるで加賀さんの方が心配みたいな云い方ですね、われわれ勤音が、運営委員会で高倉支援を決定し、その決定に基づいて、各職場で高倉さんを囲む懇談会や講演会を開き、選挙資金のカンパまでやって来たんだから、高倉さんに当選して貰えばいいのであって、なぜそんなに加賀さんのことを気にしなくてはならないんです、おかしいじゃありませんか」

反撥《はんぱつ》するように云うと、他の地域委員たちもこだわるように瀬木の方を見、気まずい空気が事務局に漂った。

テレビの画面は再び新しい得票数を報じはじめた。高倉五郎三十五万四千五百二十一票、加賀正三十四万六千七百十六票——、高倉の方が上位にたった。運営委員や若い事務局員たちは、声をあげて手を叩いたが、江藤、永山たちは曖昧《あいまい》な笑いをうかべて画面を見入っている。特に瀬木は、たった今、東京勤音から電話があったばかりのせいか、複雑な表情で画面を見詰めている。

十一時を過ぎると、高倉の票はさらに伸び、加賀を引き離し出した。午前零時になると、高倉の当選は次第に確定的になって来、遂《つい》に零時四十分、高倉三十七万八千七百五十六票で、当確の二字が、氏名の上にくっきりと打ち出された。

「高倉当選、バンザーイ!」

若い地域委員や運営委員たちが、躍《おど》り上がった。次いで激しい拍手が鳴った。委員長の大野も椅子《いす》からたち上がり、

「諸君の熱心な支援によって、高倉氏は当選した、今後、高倉氏とともに勤労者の音楽文化を守るために大いに闘《たたか》おう！」

再び拍手が湧き、事務局長の瀬木、永山、江藤たちもたち上がって、一緒に拍手し、用意されたビールがコップに注《つ》がれた。

「では、高倉五郎氏の当選と勤音の発展のために乾杯！」

大野の音頭《おんど》で、そこここに乾杯の声が上がり、明日の仕事を持つ運営委員たちは、乾杯が終ると、潮がひくようにさっと家へ帰って行った。

事務局員たちだけになった室内は、俄《にわ》かにしんと静まりかえり、再びテレビに眼を向けたが、加賀正の票は遅々として伸びない。人民党の組織票を信じていた瀬木、永山、尾本、江藤たちの顔に、焦《あせ》りが見えた。

流郷は、そんな事務局の中で、独り傍観者のようにテレビに映る加賀票を見ていたが、一時半を過ぎると、欠伸《あくび》を嚙み殺しながら椅子から起《た》ち上がった。

「僕はこの辺で失礼する、もう用はなさそうだからねぇ」

斎子が詰《なじ》るような視線を向けたが、流郷は無視するように事務局を出た。

外へ出ると、昼間の暑さは衰えていたが、アスファルトの舗道にはまだかすかな余熱

が残っているようだった。流郷はすっかり灯りの消えた都会の谷間のような暗い舗道を歩きながら、フラクションで支援打切りが決定された高倉が当選し、もし加賀がこのまま落選すれば、尾本たちは何らかの形で党中央から責任を問われるであろうと考えた。と同時に、高倉の当選は、事務局の指導力よりも、会員大衆の力の大きさを物語ることになる。そう思うと、流郷の口もとに、尾本たちを嘲《あざけ》る笑いがうかんだ。

翌朝の新聞に、高倉五郎四十六万三千七百五十二票、加賀正四十二万二千三百六十一票で当選したことが報じられた。そして、その日の夕方、人民党の日刊紙である『戦旗』に加賀正と並んで、高倉五郎の顔写真が麗々しく掲載され、革新陣営の文化人として高倉五郎氏がよく善戦したことを、最大級の讃辞《さんじ》をもって、臆面《おくめん》もなく賞讃《しょうさん》していた。

十二章

参院選挙が終って五カ月経《た》ち、年明けの一月下旬を迎えていた。

流郷は、東京へ向う飛行機の中で一冊のきりぬき帳を開けていた。それはソ連の世界的ヴァイオリニストであるウラジーミル・サベーリエフに関するきりぬき帳であった。

五カ月前、まだ参院選挙が終ったばかりで、新聞には選挙関係の記事が大きなスペースを占めている時、毎朝新聞の夕刊の音楽欄に、『サベーリエフ米国公演か』という小さな記事が出ているのが、流郷の眼を捉《とら》えたのだった。その日から流郷は、関西八社の新聞はもちろん、東京の新聞まで取り寄せて、サベーリエフに関する記事を集め出したのだった。各社の伝えるところを綜合《そうごう》すると、米ソ文化交流の一環としてアメリカが三年前からサベーリエフ招聘《しょうへい》の交渉を続けており、その成果が実って、来春、サベーリエフのアメリカ演奏が実現する運びになるだろうということであった。

それを読んだ途端、流郷の心は大きく揺さぶられた。幼い時からヴァイオリンを習い、大学時代まで続けていた流郷にとっては、サベーリエフは、太陽のように輝かしく大きな存在で、一度でもなまの演奏を聴《き》けたらという夢をもっていたが、共産圏以外には出かけないということを聞き、サベーリエフのなま演奏を聴くことは不可能だと諦《あきら》めていたのだった。それだけにサベーリエフのアメリカ演奏は、信じられぬような大ニュースであり、もしそれが実際に実現するのなら、何とかしてアメリカからの帰途、日本で演奏して貰《もら》えないものだろうかと考えた。

それは全く唐突な思いつきであったが、一旦、そう思いつくと、流郷は抑《おさ》えようのない執着を覚えた。そしてその翌日、大学時代の同窓で、国際通信の特派員としてモスクワに駐在している有馬《ありま》に、サベーリエフのアメリカ公演実現の確実性を問い、それが実現する場合はアメリカからの帰途、日本で演奏会を開けるように折衝して貰いたい旨《むね》を航空便で依頼したのだった。

モスクワの有馬からの返事は、サベーリエフのアメリカ公演は、まだ文化省からの公式発表は出ていないが、既に決定され、時期は年が明けて四月の初めから一カ月ぐらいとされている。しかし、アメリカの政府機関を通してさえ、三年かかってやっと実現に至ったことであるから、日本の、しかも一音楽鑑賞団体の突如とした招聘など到底、無理だと思うが、勤音という特殊な団体の性格を考慮して、一応、衝《しょう》に当ってみると云《い》って来たのだった。その後、サベーリエフの渡米の期日が次第に迫って来ているにもかかわらず、一向に交渉がはかどらず、毎日のように航空便で催促をしていた最中《さなか》、有馬から、ソ連文化省のニコルスキー次官が一月下旬に日本へ行くから直接会って、交渉してみてはという連絡が来たのだった。

すぐさまソ連大使館にニコルスキー次官の来日日程を問い合わせる一方、全国勤音の顧問である高倉五郎に連絡し、高倉から面会を申し入れて貰い、今日の午後一時にニコルスキー次官と会う約束を取りつけることが出来たのだった。

流郷は、膝《ひざ》の上に広げたサベーリエフのきりぬき帳にもう一度、視線を当てると、眼を閉じた。ここ五カ月余り、狂気のようにサベーリエフに取り憑《つ》かれ、毎日のようにせっせとモスクワの有馬宛《あて》に航空便を書いたことも、高倉五郎や日ソ文化協会、ソ連大使館へも依頼するために東京、大阪間を何度も往復し、時には私費で賄《まかな》って東京へ通い詰めたことを思い出し、大きな吐息をついた。その間、事務局長の瀬木も、企画部の堺《さかい》、浜口も、サベーリエフを招《よ》べなくとも、勤音がどうということもないのだから、そんなにむきにならなくてもと、流郷をなだめにかかったが、その度に流郷は、サベーリエフ招聘は理屈ではなく、僕の情熱なんだと、日頃の流郷らしくない感情を露《あら》わにした言葉を吐いたりしたのだった。

窓の外を見ると、何時《いつ》の間にか大島上空を過ぎ、東京湾が眼の下に広がり、飛行機の高度が次第に下がり出した。

羽田空港に着くと、流郷はすぐタクシーを拾って、永田町の参議院議員会館に向って車を走らせた。

国会議事堂の裏手にある議員会館は、七階建ての真新しい建物であった。流郷は車を降りると、正面玄関の受付で面会票に記入し、五階の高倉五郎の事務所へ上がって行った。

事務所の扉《ドア》を押すと、とっつきの控室に、陳情や面会の客が五、六人椅子《いす》に坐《すわ》って順番を待ち、きき過ぎた暖房に顔を汗ばませている。

顔馴《かおな》じみの秘書に会釈《えしゃく》すると、

「流郷さん、どうぞ、さっきから先生がお待ちになっています」

秘書は、奥の部屋へ案内した。臙脂色《えんじいろ》の絨緞《じゅうたん》を敷き詰めた十五畳ほどの部屋からは、左側に国会議事堂が見え、南向きの窓から温かい冬陽《ふゆび》が射《さ》し込んでいる。高倉は、大きな机の前に、きちんとした背広姿で坐り、地方からの陳情者らしい四十過ぎの男が体を乗り出すようにして地方の文化状況を話していた。高倉は、部屋に入って来た流郷の姿を見ると、話の区切りをつけ、

「さっき、ニコルスキー次官から、出来たら約束した時間より三十分程早く来てほしいという連絡があったので、どうしたものかと思っていたんだけど、今からなら間に合うからすぐ行きましょう、私の面会人には、予《あらかじ》め、途中で一時間余り外出することを断わ

ってありますから、かまわないです」

高倉は、急いで流郷と事務所を出、ニコルスキー次官の宿舎である帝国ホテルに向って車を走らせた。

「お忙しい高倉さんに、今度ばかりは何から何まで、お世話をかけてしまいました」

「いや、僕が参議院に初出馬で当選したのは、勤音の皆さん方の支援の力が大きかったからですよ、だから、こんなことでお役にたてば幸いですよ」

高倉は、額に垂れかかる銀髪をかきあげながら、

「それにしても、サベーリエフの日本公演という夢のような話を、半年足らずの短い期間に押しまくって、文化省のニコルスキー次官に最後の一押しという段階まで持ち込んだ流郷さんの俊敏さは、噂《うわさ》以上だな、全く驚かされましたよ」

「しかし、肝腎《かんじん》のニコルスキー次官に、脈がありそうなんでしょうかねぇ」

懸念《けねん》するように云うと、

「さあ、それは何とも云えませんね、何しろ話を聞いてからの一点張りですから――、ですが、私が三年前、ソ連へ行って、日ソ文化交流の懇談会をした時、ニコルスキー次官と大いに話し合い、顔見知りの間柄ですから、こちらの話をフランクに聞いてくれることだけは確かです」

高倉は、ニコルスキーとの三年ぶりの面会を楽しむように云った。

帝国ホテルに着くと、高倉はまっすぐ、フロントに行き、来意を告げた。待つほどもなく、ニコルスキー次官は大柄な体軀《たいく》をロビーに現わした。日灼《ひや》けした肥《ふと》った赫《あか》ら顔と、がっしりと肩幅の広い体つきは、文化省の次官というより、ウクライナの農民のような逞《たくま》しさに溢《あふ》れている。

高倉は、ニコルスキー次官と会うなり握手し、何度も肩を叩《たた》き合いながら、ロシヤ語で再会を喜び合い、

「こちらが日本の勤労者音楽同盟の流郷君です」

と紹介すると、

「おお、ガスパジン・流郷ですか、あなたのことはガスパジン・高倉から聞いている」

愛想よく大きな手をさし出した。流郷は高倉の通訳で、

「ソ連の芸術家の活動を掌握している文化省のニコルスキー次官のお名前はよく知っていました、早速ですが、日本の音楽を愛する勤労者たちの希望をかなえて、ソ連の偉大な芸術家、サベーリエフの日本公演を、文化省の好意によって、是非、実現させて戴《いただ》きたい」

単刀直入に用件を持ち出すと、ニコルスキー次官の顔から笑いが消えた。

「サベーリエフがアメリカ公演の帰途、日本へたち寄るということは、実際問題として大へん難しいことである、というのは、アメリカから帰国後、ソ連における彼の演奏会

の予定が既に出来上がっているからです、そしてもう一つの困難は、われわれは勤労者音楽同盟なる組織について十分な知識がないので、万一の場合の公演の責任、保証問題に不安を感じているが、その点はどうなのか」

急に官僚的な云い方をした。流郷はあっ気に取られた。勤音のことについては、既に四カ月前にモスクワにいる有馬を通して、勤音が発足した当初のいきさつから現在に至るまでの経過と、その組織、運営方法などを書類にして文化省宛に提出してあるのだった。高倉は馴《な》れた様子で、

「じゃあ、私からもう一度、説明しましょう」

流暢《りゅうちょう》なロシヤ語で、受入れ団体としての勤音は経済的にも、社会的にも何らの心配がない団体であることを強調した。ニコルスキー次官は、その間、頷《うなず》きながら高倉の説明に耳を傾け、聞き終ると、太い葉巻をくわえ、

「そのような日本で最も優《すぐ》れたそして大きな組織を持つ音楽鑑賞団体ならば、どこの国のりっぱな芸術家でも招聘することが出来るのに、どうしてわれわれのサベーリエフでなければならないのか」

流郷は、右手に抱えたサベーリエフのきりぬき帳をテーブルの上に広げた。

「なるほど、他《ほか》の国にもりっぱな芸術家は沢山いる、しかし、サベーリエフのように芸術創造を通して働く者の心に触れ、人民的な要求とその内容を高め得るような芸術家は

世界に何人いるでしょうか、われわれが十一年前に、困難な社会的条件と闘《たたか》って勤音をつくり上げたのは、働く大衆の心を搏《う》ち、人民的共感を持った音楽を聴くためです、いってみれば、われわれは十一年間かかって、ソ連の偉大な人民芸術家、サベーリエフの演奏を聴くために日本の資本主義と闘い、団結して来たといえます」

流郷は、日頃、口にしたことのない青臭い言葉を並べたて、高倉も体を乗り出して通訳した。

「そしてわれわれの団体は、ソ連のオラトリオ『森の歌』の大合唱会を行なって、日本の職場歌唱運動の推進力になっていますが、唄《うた》うことによって強く団結している勤音会員のために、是非、サベーリエフの演奏を聴かせて戴きたい」

最後のだめ押しをするように云うと、ニコルスキー次官の役人面《づら》が柔らぎ、肥った赫ら顔に笑いがにじんだ。

「そこまで云われては、私の国の立場としてお断わりしにくくなって来たようだ、確答は本国へ帰って政府機関で協議した上でなければ決定出来ないが、日本の労働大衆の要求に出来るだけそうように努力しよう、しかし、サベーリエフの日本演奏が仮に実現したとしても、アメリカからの帰途であるから、日本滞在はおそらく一週間ぐらいしかとれない、それでもいいか」

「止《や》むを得ません、その場合はわれわれで、一回の公演に出来るだけ多くの人間が聴けるような場所を考えますが、許されるならば出来るだけ多くの滞在日程が与えられることを切望します」

「では、四日後、私が本国に帰り、二週間以内にあなたに回答するが、あなたの要望を受け入れられることが出来た場合は、直ちに契約書の送付、外貨の割当申請、入国許可申請などの手続が取れるよう準備しておいて貰いたい、では、私はこれから出なければならない会議があるから、これで失礼します」

と云い、大きな手を流郷と高倉にさしのべた。


流郷は、ワイシャツ姿のまま、ごろりとベッドに寝転がり、天井に向って煙草《たばこ》の煙を吐いた。駿河台《するがだい》のホテルは、東京の街中《まちなか》とは思えぬほどひっそりとした静けさに包まれ、暖房が快適な温度にきいている。

今朝、大阪を発《た》ってから議員会館に高倉を訪《たず》ね、それから帝国ホテルにニコルスキー次官を訪問し、サベーリエフの件を頼み込むまで緊張の連続であった。

もう一度、大きく煙草の煙を吐き、ほっと息をつくと、参院選挙後、瀬木、永山たちが、急に例会企画に積極的な発言をしなくなり、流郷の発言を重んじるようになった事務局の変化を考えた。それはフラクション会議で人民党候補の加賀正《ただし》を当選させるために、高倉支援打切りを決定したにもかかわらず、高倉の方が上位当選したことが、事務局細胞に何らかの影響を齎《もたら》しているのか、それとも高倉の当選によって事務局の指導力より、会員大衆の力の方が強かったことを知り、例会を通して会員を握っている流郷に対して用心深く身構えているようにも思えた。いずれにしても、流郷にとって現在の事務局の動きは、自分の企画をどんどん推進して行く上で都合のいい状態であった。事務局細胞が存在することも、フラクション会議が定期的に行なわれていることも、すべて知らぬ振《ふり》をし、その代りこの機会を利用して、勤音という大きな組織の中でしか実現出来ぬ企画を押し通すことであった。サベーリエフの日本演奏を強引に推し進めているのも、事務局における現在の自分の立場が強くなっていることを計算に入れた上のことであった。

扉《ドア》を叩く音がした。

「どうぞ――」

寝転んだまま応《こた》えると、扉が開いた。

「私よ――」

江藤斎子《せいこ》の声であった。

「遅かったじゃないか」

「ええ、全国勤音の財政会議の最終日だから、夕食会があったの、でも、さっきは驚いたわ、大阪にいるとばかり思っているあなたから、突然、電話がかかって来るのですもの……」

そう云い、コートも脱がず、疲れた様子で椅子に腰を下ろした。

「どうしたんだ、ひどく疲れているようじゃないか」

「いいえ、別に、ただ何となく、疲れているだけ――」

言葉を濁したが、斎子は何か気になることを抱え込んでいるような重い表情であった。それでいて、それを流郷に気取らせまいとしている。

「階下《した》のバーへ行って、何か飲もうか」

ベッドから体を起すと、

「何も飲みたくないわ、それより、サベーリエフの件は、どうだったの」

「高倉さんのおかげで、ニコルスキー次官とはうまく会え、強引に頼み込んだよ、僕にとってサベーリエフの招聘《しょうへい》は、昨日や今日に思いついたことではなく、考えてみればもう何年も前から、勤音へ入った頃から招びたいと思っていたことなんだ、それがサベーリエフのアメリカ公演というニュースをきっかけに、堰《せき》を切ったようになったんだな、ともかくサベーリエフ招聘は、僕の情熱をかけたものなんだ――」

流郷は、憑《つ》かれるように云《い》った。

「あなたらしくないわ、自分の周囲にどんなことが起っても、冷やかに傍観しているのがあなたなのに、今度に限って何かに憑かれたようだわ」

「そうかもしれない、僕はめったに心の芯《しん》まで燃やさない人間だが、これというものには、やっぱり心の芯まで燃やしてしまうよ」

「大丈夫かしら、そんなに冷静さを失ったりしては、これで失敗するんじゃないかしら――」

危惧《きぐ》するように云った。

「大丈夫さ、ほかならぬ親ソ派の高倉さんが側面から、いろいろと協力してくれているし、あの人自身、音楽の解《わか》る人だから心配はないよ」

「高倉さん、高倉さんと、あまりかつぎ出さない方が、あなたのためにいいと思うわ」

「どうしてだ、あの人は勤音の顧問で、参議院の文教委員だから、こうしたことに協力して貰《もら》うのは当り前じゃないか、それとも、高倉さんに協力して貰うと、具合の悪いことでもあるというわけかい」

「いいえ、そんなわけじゃないんだけど、高倉さんのことを云う時、あまり親ソ派とか、何とか云わない方がいいんじゃないかしらと、云っているだけよ」

妙にこだわった云い方をし、

「あら、東京の灯《ひ》が、こんなにきれいに見えるとは思わなかったわ」

斎子は、窓際《まどぎわ》に寄った。流郷も傍《そば》に寄って窓の外を見ると、すぐ眼の下に都会の灯が、不思議なほど静かな美しさで燦《きらめ》き、その一つ一つが妙に孤独な光を帯びている。流郷の眼がぬるむように濡《ぬ》れ、手を伸ばして、斎子の肩を抱いた。大きく見開いた斎子の眼が、喘《あえ》ぐように流郷を見上げた。

「いいだろう、久しぶりだな」

流郷は、斎子の体を締めつけるように抱き、そのままベッドの中へ運び入れた。灯《あか》りを消した部屋の中で、成熟した女の奔放な息づかいが流れた。流郷は挑《いど》むように斎子の体へ入り、激しい情欲の中へ溺《おぼ》れ込んだ。

＊

ソ連の文化省からサベーリエフの日本演奏を承諾する返事が来たのは二月十一日であった。

その日から流郷に、雑多な用件がどっと押し寄せた。ソ連側と契約書を取り交わし、それを大蔵省に提出して外貨割当申請をし、許可がおりると、外務省へサベーリエフ一行の入国許可がおりるように奔走する一方、演奏会場の確保、日本滞在十日間、演奏数六回という限られたサベーリエフの演奏を多くの勤音会員に振り分ける方法、ポスター、プログラム、切符の印刷など、山のような仕事が流郷の前にあった。

このうち大蔵省、外務省関係の手続は流郷自身が、何度も大阪、東京間を往復して行ない、ポスターやプログラムの印刷と会場の確保は、企画部のキャップの浜口と堺《さかい》に一任したが、会場は五月初旬という各種の催し物のシーズンであったから、どの会館も予約済みで、しかも大阪勤音は五月に野外音楽会を計画していたため、例会会場の取りおきがなく、既に予約している先口《せんくち》に頼んで譲って貰うしか方法がなかった。そんな厚かましい交渉になると、勤音の事務局員より、劇場関係に顔がきいている協和プロの千田の方が便宜であったから、千田に頼むと、サベーリエフ招聘のためならと、すぐ引き受けてくれたが、その結果が流郷の気懸《きがか》りになっていた。

昨夜遅く、東京から帰って来たばかりの寝不足の顔で煙草を喫《す》っている間も、会場のことが気になって落ち着かない。

「流郷さん、東京の『週刊日本』からお電話ですが、どうしますか?」

菊村が張りきった声で伝えたが、流郷は、キャップの浜口を眼で指した。サベーリエフ招聘の記事が新聞に出るなり、いろんな週刊誌や雑誌から取材電話がかかり、流郷はもう同じことを、何度も繰り返すことに辟易《へきえき》しているのだった。

浜口は流郷に代って、大阪勤音がサベーリエフを招《よ》ぶに至ったいきさつ、サベーリエフの横顔、演奏曲目などを馴れた口調で話している。それが終ると、また別の電話が鳴った。

「流郷さん、岡山勤音の事務局長からで、是非、流郷さんに出てほしいと云うことですが」

「岡山勤音からなら仕方がない、出よう」

流郷は、受話器を取った。

「いや、その節はどうも、え、サベーリエフの岡山演奏をですか――、ええ、そのお気持は解りますが、この間、地方勤音の方々にご諒承《りようしよう》願いましたように日本滞在十日間、演奏数が僅《わず》か六回ですから、その辺のところを――、ええ、何ですって、勤音の中央集権？　そりゃあ誤解ですよ、大阪勤音以外に、東京勤音の演奏が入っているのは、ソ連側の意向で、日本の首都である東京で是非やりたいという申入れがあったからで、そのため、肝腎《かんじん》の大阪勤音の会員も全員聴《き》くことが出来ないような状態ですから――」

執拗《しつよう》に食い下がって来るのをやっと納得させ、受話器を置くと、事務局長の瀬木が話しかけた。

「流郷君、大へんなことになって来たね、この前も大阪勤音の地域懇談会で、サベーリエフを聴く会員の割振りをどうするかということが議題になって、誰かが抽籤《ちゆうせん》が一番公平じゃないかと云うと、古い会員たちが怒り出して、会員歴に準じてやるべきだと云うし、若い会員たちは、そんな職場の序列みたいなことを云うのはおかしい、絶対、抽籤だと反撃し、このところサベーリエフの演奏会となると、会員たちは殺気だつんだよ、去年の選挙の時に、これぐらい昂奮《こうふん》し、熱心であってくれたらと、云いたくなるね」

流郷はそれには応えず、

「ところで、今度のサベーリエフ演奏会の財政的な面はどうなるんですかねぇ」

「その点は、既に財政担当の江藤君に向うから云って来たギャランティのほか、会場費、宿泊費、移動費などの概算を示してあるよ」

財政部の方へ顔を向けると、江藤斎子が席を起《た》って来た。

「何の事故も起らず、予定通り進行すれば、財政的にも大成功になるはずです、ともかく、切符は発売前から全部売りきれていると同じですもの、この間も、まだ日割券が出来ていないのに、先に会費を払い込んで予約しておきたいという会員があって、窓口の尾本さんが困ったところですわ」

と云うと、財政部の窓口に坐った出納係の尾本は、ちらっと細い眼を上げて、流郷たちを見、またすぐに銀行員のような手つきで現金出納の仕事を続けた。流郷はいやな気がした。自分がここ半年ほど、情熱を傾けて交渉し、返事があってからも連日、不眠不休のような状態で働き続けているサベーリエフの日本演奏の会費が、フラクション会議でキャップをしながら、昼間は貧相《ひんそ》な姿で出納係に偽装している男の手によって集められるのかと思うと、いいようのない不快さがこみあげて来た。つと席を起ちかけると、

「流郷さん、またお電話です、協和プロの千田さんからです」

「あ、千田君なら、待っていたんだ」

すぐ受話器を取った。

「今、何処《どこ》にいる？　うん、阪急の構内――じゃあ、阪急会館の地下でコーヒーを飲みながら話そう」

流郷は、慌《あわただ》しく事務局を出た。

阪急会館の地下のティー・ルームに入って行くと、千田が手を挙げた。

「どうだった、会場は？」

流郷は、席に坐《すわ》るなり聞いた。

「それが先に会場予約をしている先口さんのところを片っぱしに廻って、ことを分けて譲ってほしいとくどいたけど、皆、半年前から予約した会場やと、断わられましたわ、空《あ》いている会館は、収容人員千人以下の小さな劇場で、話になりまへん」

「そう、どこも駄目か――」

流郷は重く、黙り込み、

「じゃあ、体育館でやろう、あそこなら空いているだろうから――」

「え？　体育館――、同じソ連ものでも、『森の歌』の大合唱を体育館でやったのと、ことが違いまっせ、相手は世界最高のヴァイオリニストだっせぇ」

千田は、あっけにとられるように云った。

「しかし、現実問題として二千人以上の観客を容《い》れる会場がどこも空いていず、しかも一方では、一回に出来るだけ多くの聴衆を容れなければならない現状だから、日本の多くの人民大衆により多く、そしてより安く聴かせるためという、もっともらしい理由をつけて、いっそ、体育館で行こう」

「けど、なんぼ何でも、もう一つですな」

「大丈夫だよ、その代り床《ゆか》に絨緞《じゅうたん》を敷きつめ、場内にスピーカーを備えつけて音響効果をよくし、りっぱな特設舞台を組めばいい、それに相当、経費がかかっても、一回の入場人員が五千人以上ともなれば、採算はちゃんと合う」

「しかし、相手がそれで納得しますやろか」

「相手はもう、波打ち際まで来ている、あとはこちらへ引き寄せるだけのことだ、今からすぐ体育館に術《て》を打って貰いたい、東京も会場に困っているそうだから、同じように体育館にするように云ってみる」

流郷は心を決めるように云った。千田はまだ不承知の様子であったが、

「そうまで云いはるのなら、今からすぐ体育館へ術《て》を打ちまっさ」

運ばれて来たコーヒーも飲まず、腰を上げかけた。

「体育館がすんだら、放送権を売りに行って貰いたい」

「え？　放送権の売込みに――」

「うん、向うには商業放送の観念がないから、こちらの一存でやればいい、少なくとも二、三百万には売れるだろう、君の儲《もう》けはその一割五分だ」

「なるほど、これは思いがけん儲けだすな、早速、今日中に売りに行きまっさ」

「それからもう一つ、日割券の裏に広告してくれるスポンサーを取って来てほしいんだ」

「勤音がスポンサーをとる？　そら、無理でっしゃろ、大会社がなんでわざわざ、勤音などのスポンサーになりますねん」

「ところが、そこも話の持って行きようじゃないか、つまり、このごろ外国向けの宣伝を盛んにしている新日本ビールあたりに行って、将来、共産圏へもビールを輸出する時がありますやろという風に持って行くんだ、勤音事務局からじかに行かず、君が間に入って持って行けば、ならぬ話もなるはずだよ」

千田は、ぽんと手を叩《たた》いた。

「さすが、流郷さんや、放送権と日割券の裏の広告料で、サベーリエフ招聘《しょうへい》の資本《もと》があがったようなもんだすな」

そう云うと、千田は、ひょろ高い体を泳がせるように出口に向っていた。

＊

羽田の国際空港のロビーは、サベーリエフを出迎えるために、招聘団体である勤音の事務局員をはじめ、日ソ友好協会や民主団体の会員たちや、新聞、放送関係の記者も混えて百人近い出迎え者が詰めかけていた。

どの顔にもソ連の世界的ヴァイオリニストであるサベーリエフを始めて日本へ迎える昂奮が漲《みなぎ》り、勤音や民主団体の代表者たちはロビーの真ん中に一かたまりになって、何か喋《しゃべ》っている。その中で一番大きな声を出しているのが、東京勤音の鷲見《わしみ》であった。さっき、流郷に出会った時、君のおかげで会員数が激増し、東京の会場設営のことまで世話になって面目ないと、下手《したて》に出たことなど忘れ果てたように、サベーリエフ招聘を手柄顔に喋っている。腕に記者章を巻いた新聞や放送関係の記者たちは、飛行機の発着が見渡せる正面の窓際にかたまり、激しい取材合戦を前にして殺気だっている。

流郷はそうした一団から離れ、独り夜の空港を眺《なが》めた。眼の下に真っ暗な闇《やみ》が広がり、ブルーとオレンジ色の灯《あか》りが漁火《いさりび》のように点々と遠くまで並び、一機の飛行機がその灯りを慕うように光の上を低く飛んで、滑走路へ滑《すべ》り込んだ。その瞬間、ライトが鮮《あざ》やかに機体を映し出したが、すぐ消え、機体の大半が闇に溶け込んでしまった。流郷はその黯々《くろぐろ》とした闇の中に、サベーリエフの顔を思い描いた。写真で見るサベーリエフの顔は、肥《ふと》った顔に髭《ひげ》をたくわえ、一見、快活そうに見えたが、眼は神経質な光を湛《たた》えていた。そのサベーリエフを相手にして、東京、大阪ともに体育館で演奏することを納得させなければならないのだと思うと、あと三十分後の到着時間が、俄《にわ》かに重苦しいものに思えた。もちろん、事前にソ連大使館を通して、演奏会の会期決定が急であったことと、一人でも多くの大衆に聴かせるために体育館を会場にしたことを、アメリカにいるサベーリエフのマネージャーに伝えてあったが、その返事を受け取れぬまま、今夜を迎えたのだった。

「流郷さん――」

振り向くと、高倉五郎であった。

「あと十分程すると、あなたの夢が現実になって、やって来るわけですね」

「ええ、ソ連の音楽家が、世界の名曲をどう解釈して弾《ひ》きこなすか、なまで聴くことが出来るのです、高倉さんのご協力のおかげですよ」

そう云《い》い、あとは感情を抑《おさ》えるように黙って、暗い空港を見詰めた。高倉も同じ思いなのか、黙って外を見た。

俄かに騒《ざわ》めきがたったかと思うと、腕章を巻いた報道関係者が立入りを許されたゲートに向って走り出し、ロビーに近い貴賓室でサベーリエフの到着を待っていたソ連大使館の参事官と書記官も、足早にゲートに向った。流郷と高倉も、同じ方向に足を急がせた。

真っ暗な空に闇を引き裂くようなジェット・エンジンの音がし、機体が見えたかと思うと、パン・アメリカン機は、大きな胴体と翼を燦《きらめ》かせて着陸した。何百燭光《しょっこう》かのライトが機体を照らし出し、タラップがかけられた。報道陣が先を争うようにタラップの下に駈《か》け寄った。

やがて胴体の扉《ドア》が開かれ、スチュアーデスと事務長《パーサー》に続いて、サベーリエフの姿が現われた途端、一斉にフラッシュがたかれた。眼を射るような白い光の中で、ヴァイオリンを右手に抱えたサベーリエフの姿が鮮やかに浮び上がり、髭をたくわえた顔をにこりともさせず、タラップを降りて来た。マネージャーと伴奏者がうしろに続き、タラップを降りる間中、テレビ・カメラのライトが、三人の姿を照らし出した。タラップを降りると、サベーリエフは、まっ先にソ連大使館の参事官と握手を交わし、次いで書記官の通訳で流郷と握手を交わした。

「おお、ガスパジン・流郷か、私はあなたの団体の想像も出来ないほど強い要望によって、日本へたち寄ることになった」

動きのない表情で云った。流郷はサベーリエフの神経質な眼を見返し、

「私たちの団体は、十一年かかって世界最高のヴァイオリニストを日本へ招く夢を今や

っと、かなえることが出来たことを深く感謝します」

と云い、日本流に頭を下げた。流郷に続いて東京勤音の鷲見、その他、民主団体の代表者たちが、次々に握手を交わし、各団体から花束が贈られた。その時も、カメラのフラッシュは続き、通関をすませて、ゲートを出ると、関係者以外の一般人が、サベーリエフを待ちかまえ、わっと取り巻いてサイン攻めした。

流郷は、自分より大きなサベーリエフの体を抱え込むようにし、人波をかき分けて、やっとの思いで出迎えの車に乗せた。車が走り出すと、サベーリエフは額に滲《にじ》んだ汗をハンカチーフで拭《ぬぐ》いながら、窓外の夜景に眼を向けたが、マネージャーは通訳を通して、流郷に話しかけた。

「日本におけるサベーリエフの人気がこんなにも大きなものであったとは知らなかった、報道陣の歓迎も、ニューヨークにおけるそれと同じぐらい盛大です」

満足そうに云うと、流郷は、

「今、来ていたのは東京の新聞と放送関係者だけであるが、日本全国の百十七紙の新聞と、三十局の放送機関によって、サベーリエフの来日が、日本の人民大衆に伝えられます」

と応《こた》えると、窓の外を見ていたサベーリエフが、流郷の方を振り向いた。

「今から自分が演奏する会場を見に行きたい」

「今から？　あなたはニューヨークから長時間、飛行機に乗って着いたばかりで、疲れておられるはずですから、まっすぐ宿舎へ行って今日は、そのまま寝《やす》まれた方がいいでしょう」

「いや、長時間、飛行機に乗って来たからこそ、今晩のうちに自分が演奏する会場を見ておき、明日は午前六時から、練習をしなければならない、それに今夜はまだ九時だ」

太い腕に巻きつけた時計を指して云った。流郷は、運転手に帝国ホテルへ行く前に、東京体育館へ寄るように云った。車は方向を変えて、千駄《せんだ》ヶ谷《や》に向った。うしろの二台の車も、後に続いた。

三台の車を連ねて体育館の前に停《とま》ると、サベーリエフとマネージャーは、演奏会場のイメージとはほど遠いがらんとした大きな建物に、奇異な表情をし、流郷に随《つ》いて中へ入った。鷲見たちもあとに続いた。

長方形の広い会場に、演奏会の準備をする人たちが慌しく働いていた。中央の特設舞台は出来上がり、右寄りにピアノが置かれていたが、八百坪あまりの広い床に絨毯を敷き詰める作業と、補助席を取り付ける作業は、まだ半ばしか捗《はかど》らず、作業員たちが忙しく走り廻っている。サベーリエフは、暫《しばら》く場内の様子を見廻していたが、不意につかつかと、中央の特設舞台に上がって行った。そして真っ先に、マイクの位置を聞いた。流郷は舞台中央のエレベーター・マイクの位置を指し、作業員にマイクの頭を出すように云うと、ちょうど取付けが終ったばかりのエレベーター・マイクがするすると頭を出した。

「では、スピーカーは何処《どこ》にあるのか」

「この緩《ゆる》いカーヴをもった天井に八個の優れたスピーカーが取りつけられている」

天井の中央から照明器具のようにぶら下がっている大きなスピーカーを指すと、サベーリエフはすぐ、伴奏者のブジョンヌイの方を振り返り、ピアノを弾かせた。

「否《ニエート》！」

頭を振った。流郷は慌《あわ》てて、作業員にマイクとスピーカーの調整を命じた。鷲見も狼《ろう》狽《ばい》するように作業員たちの方へかけ寄った。マイクとスピーカーが調整されると、サベーリエフはまたピアノを弾かせた。

「否《ニエート》」

再び頭を振った。

「ここは音楽をやるところか」

「いや、何時《いつ》もは体育をやるところであるが、あなたの日本滞在は僅《わず》か十日間で六回の演奏会しかないから、より多くの大衆に、出来るだけ安く聴かせるためにはここしかない、ここは定員五千三百人の席に、補助席三千六百人分を増設して一度に、八千九百人の聴衆に聴かせることができる、日本の多くの勤労大衆のために是非、ここで演奏して戴《いただ》きたい」

「しかし、ベートーヴェンは、こんな音響効果の悪いところで演奏されるために作曲したのではない、ここで弾くことは、ベートーヴェンを冒瀆《ぼうとく》することになる、私は弾かない」

サベーリエフは、頑として突っ撥《ぱ》ねた。流郷の顔に動揺の色がうかび、一瞬、言葉に詰ったが、

「幸い明日は、あなたの休息日であり、演奏会は明後日の夕方からであるから、明後日の正午までに、日本の優れたスピーカーを六十個、この会場に備えつけることにするから、演奏会は予定通りこの会場で行なって戴きたい」

「いや、それは明後日の正午、六十個のスピーカーの効果を聴き、それで納得出来れば弾くし、出来なければ演奏はしない」

「しかし、それでは多くの大衆に失望を与える――」

流郷が云いかけると、

「日本の多くの勤労大衆は、私の優れた音楽を聴きたがっている、私はスピーカーをテストしてからでなければ、回答しない」

それ以上の流郷の言葉を拒絶するように、大きないかつい背中をくるりとうしろへ向けた。

流郷は、東京体育館の三階の天辺《てっぺん》の回廊にたち、徹夜明けの充血した眼で、天井と壁面に次々とスピーカーが取り付けられて行くのを見詰めていた。

音響調整のために会場の四隅《よすみ》から等間隔の位置にしつらえた特設舞台を取り囲むように、天井や壁からロープを張り、一列に四個乃至《ないし》五個のトランペット・スピーカーを吊《つ》り下げている。一階は天井が高過ぎて上からは吊れず、一本のロープに四個のスピーカーを吊り下げて、側面の壁にとめている。上から俯瞰《ふかん》すると、特設舞台を縦横に取り囲んだトランペット・スピーカーの列は、祭礼の屋台を囲む祭提灯《まつりぢょうちん》のような賑《にぎ》やかさに見えたが、ロープの間を縫い、梯子《はしご》をかけてスピーカーを吊っている作業員たちの顔は、徹夜の濃い疲労の色が滲み出、東京勤音の事務局員たちも作業に協力している。

サベーリエフが羽田へ着いたその足で体育館を検分し、このままの音響状態では演奏出来ないと突っ撥《ば》ねるや、流郷はすぐ大阪へ電話をし、関西の民間放送で第一人者のミキサーといわれる沼田一三にことの次第を話して音響調整を頼むと同時に、協和プロの千田に大阪中の民放と楽器店のスピーカーを借り集めて、トラックで東京へ直送してくれるように頼んだのだった。ミキサーの沼田一三は変人で通っていたが、よっしゃ、世界的ヴァイオリニストの耳を相手の勝負やったら引き受けたると云い、四人の部下を引き連れて、すぐその夜の飛行機で飛んで来、千田も、ここが音楽プロ屋の腕のみせどころだすと引き受け、一晩で六十個のスピーカーを借り集めてトラックに乗って駈けつけて来たのだった。流郷が、サベーリエフに向って、六十個のスピーカーを用意すると云ったのは、これという目算があってのことではなく、ともかく六十個という数をあげれば、サベーリエフを納得させられると考えたからで、東京からわざわざ、大阪へスピーカーの調整と数集めを頼んだのは、大阪の民放が早くから大阪球場や甲子園球場などで野外音楽会を手がけている経験があったからだった。

突然、大きな声が流郷を呼んだ。

「そんなとこで、何をぼんやりしてるのや、ちょっと降りて来てんか！」

ミキサーの沼田一三が、階下《した》から怒鳴った。小柄の沼田を三階の天辺から見下ろすと、よけいに小さく見え、小男が威張り返っている可笑《おか》しみがあった。笑いながら急いで階下へ降りると、

「マイクの前で声を出すよって、あんたは、このトランペット・スピーカーの下にたって、聞いてみぃ」

取り付けられたばかりのトランペット・スピーカーの下にたつと、マイクから流れる音が直接音になって耳に入り、前あった反響音は殆《ほとん》ど消えている。

「どうだす、これで四十五個付け、あともう十五個やけど、欲を云うたら、さらに十個ほど増やしたいから、今、千田君に東京で探し廻って貰《もろ》うてる、それが揃《そろ》うたら、スピーカーの効果は満点になって、あとは床《ゆか》からの反射音が問題やけど、それは吸音材料を入れるよりほかあらへん」

「吸音材料？　そんなもの今から張れるはずがないじゃないか」

流郷は、慌てるように云《い》った。

「当り前や、あとはお客の洋服と着物を吸音材にして残響をとる計算をするから、補助席に立見席まで加えて、一万二、三千人の聴衆を入れることや、それだけ入ったら、本番で残響をとってみせたるわ」

「しかし、それでは今日の正午、サベーリエフがスピーカーのテストに来た時に通らない、彼は正午のテストの結果で、今日の夕方からの演奏をするか、しないかを決めると云っているんだ」

「そら解《わか》ってるけど、お客が入らんことにはどうにもならへんから、サベーリエフが来たら、ともかくあんたが彼を案内して、場内のあっちこっちへたたしてんか、僕は調整室からその位置に応じて、うまいことスピーカーのボリュームを調整して、うんと云わすように持って行くから任しといてんか」

「しかし、そんなことで、うまくテストがくぐりぬけられるかな」

「うまく行くにも、行かんにも正午まであと四時間しかあれへん、この限られた時間内に出来るだけのことをやって、あんたの台詞《せりふ》やないけど、水際《みずぎわ》まで来てる奴《やつ》を、強引にこっちの岸へ引き揚げることや」

それだけ云うと、沼田はせかせかと、作業員たちと一緒になってスピーカーの取付けをしている部下たちの方へ足を向けた。流郷はその小柄な背中を見詰めながら、あの男の技倆《ぎりよう》を信頼し、あと四時間後に現われるサベーリエフを待つしか仕方がないと思った。

サベーリエフが現われたのは、約束の時間より二十分早い十一時四十分であった。通訳を連れたサベーリエフ一行の姿が見えると、作業員たちの手が止り、緊張した空気が流れたが、サベーリエフのマネージャーは、にこやかに流郷の方へ近寄り、

「ガスパジン・流郷、われわれは約束通り、スピーカーのテストに来たが、用意は出来ていますか」

「もちろん、約束の六十個のスピーカーを取り付け、さらに十個のスピーカーを増やしたが、約束の時間まであと二十分あるから、待って貰《もら》いたい」

と応《こた》え、ミキサーの沼田の方へ眼配せすると、沼田は小柄な体を伸び上がらせるようにして、天井と壁面に吊《つ》った七十個のスピーカーの吊り具合をゆっくり点検して廻った。

関係者が見守る中で、こつこつと場内のスピーカーを見廻る沼田の足音は、秒を刻む時計の音のように聞えた。

「よっしゃ！　テスト！」

沼田が足を止めると、サベーリエフは、伴奏者のブジョンヌイにピアノを弾《ひ》くように云った。ブジョンヌイは二日前の夜と同じ表情で舞台に上がり、ピアノの蓋《ふた》を開けた。サベーリエフの大きな体が動き、つかつかと一階の通路のうしろに向った。流郷もその後を追った。サベーリエフは、ブジョンヌイに合図をした。ブジョンヌイがピアノを弾き出した途端、

「否《ニエート》」

サベーリエフは首を振り、流郷に向って何か早口で喋《しゃべ》った。通訳が飛んで来た。

「駄目だ、悪い残響がある、しかも残響時間が長い！」

流郷は思わず、顔色を変えたが、

「そんなはずはない、おそらくあなたのたっている場所が壁際であるからだろう、聴衆は椅子《いす》に坐《すわ》って聴《き》くから、椅子のところで聴いて貰いたい」

そう云い、サベーリエフを椅子席まで引っ張って来ている間に、沼田がスピーカーのボリュームを調節した。サベーリエフは、再び伴奏者にピアノを弾かせた。

「否《ニエート》、まだ残響時間が長い！」

「おかしいですね、じゃあ、今度は二階で聞いてみて下さい」

流郷は、サベーリエフの手を取って階段を上がり、二階中程にたたせた。階下の舞台からまた伴奏者のピアノが鳴った。

「否《ニエート》！」

流郷はあとを云わせず、すぐサベーリエフの手を取り、二階の最上段へ連れて行った。

「否《ニエート》！」

「じゃあ、次は三階の前列！」

流郷は、サベーリエフが否と頭を振る度に、次々と位置を変えてテストさせた。もはや沼田の腕をもってしても、残響に関してはサベーリエフの耳を騙《だま》すことは出来なかった。これ以上は、サベーリエフをあちらこちらに引っ張り廻し、相手を疲れさせ、根負けさせることであった。広さ八百坪余り、固定客席九千個の間を縫い、流郷とサベーリエフは、階段を上がったり、下りたりして、残響のテストを繰り返した。二人の額から汗が流れ、顔が紅《あか》らんで来た。三階上段まで上がると、サベーリエフの口から荒い息が洩《も》れ、肩で息をつきはじめた。通訳もはぁ、はぁ、息をきらせていたが、緊張しきっている流郷は息ぎれ一つしない。階下を見ると、舞台の周《まわ》りにサベーリエフを迎えに行った東京勤音の鷲見をはじめ、事務局員、作業員たちが一かたまりになって固唾《かたず》を呑《の》むように流郷とサベーリエフを見上げている。さっきまで調整室にいたはずの沼田と部下の若いミキサーまで、スピーカーの調整を諦《あきら》めたのか、同じようにたって見上げている。流郷は、眼の暗みそうな動揺を覚え、足を止めかけると、三階の天辺から大きな声がした。

「流郷さん！　山登りはその辺にしなはれ！」

千田であった。天辺の回廊にたってひょろりと下を見下ろしている。

「その調子では何べんやっても、テストはあきまへん、奴《やっこ》さんの代りに私が答えることにしまっさ」

と云うなり、階下に向って、

「ピアノ！」

と怒鳴ると、伴奏者のブジョンヌイが驚いたようにピアノを叩《たた》いた。その途端、千田が躍《おど》り上がるように両手を広げ、

「オーチン・ハラショ！（すばらしい）」

場内に響きわたるような大声で云った。一瞬、あっ気にとられる気配が流れ、サベーリエフも愕《おどろ》くように千田を見上げたが、やがて苦笑した。

「ガスパジン・流郷、残響についてはまだ不満であるが、あなた方同志の鋼鉄のような団結力と実行力に敬意を表し、あなた方が、なお夕方の演奏会開始時間までにあらゆる努力を払われるであろうことを信じ、音響調整については任せることにしよう」

「任せて下さる！　では、承諾して下さったのですね」

流郷が手をさしのべかけると、

「いや、今夜は予定通り演奏するが、もし今夜の音響効果が悪ければ、明日以後の体育館における演奏は、中止するかもしれない」

終りの言葉を厳しく結び、サベーリエフはそのまま、階段を下りて行った。

開演時間が迫った東京体育館は、異様な雰囲気に包まれていた。サベーリエフの演奏を聴く昂奮《こうふん》が、刻々と詰めかけている勤音会員たちの間に広がり、固定席九千人の椅子はもちろん、通路や階段にまで立見の会員が蹲《うずくま》り、汗ばむような人いきれで蒸せかえっている。

ダーク・スーツを着た流郷は、東京勤音の鷲見事務局長と並んで、中央の特設舞台の下にたち、ぎっしりと人に埋まったマンモス・スタンドを見上げていた。ざっと眼で見ただけでも優に一万人を越え、ミキサーの沼田が望んだ一万二、三千人の聴衆が入っている。あとは沼田の計算通り、一万余りの聴衆が着ている服を吸音材にして、残響を取り除き得るか、どうかであった。その結果の如何《いかん》によって、明日以後のサベーリエフの演奏会が中止されるかもしれないのだった。

「流郷君、大丈夫だろうか……」

鷲見が、不安そうに云った。

「そりゃあ、始まってみないことには――」

流郷は、鷲見の傍《そば》を離れ、音響調整をしている控え室へ足を向けた。

何時《いつ》もは選手の控え室に使われている部屋に、一台のミキサー・アンプと九台のメイン・アンプを並べ、小柄な沼田がその前に坐り込み、レシーヴァーを耳にかけ、アンプのアッテネーターを握り、マイクから入って来る音や、スピーカーへ流すボリュームを調整している。その傍に一昨夜から沼田と行動を共にし、二晩徹夜でスピーカーの取付けを続けて来た四人の若いミキサーと、六人の作業員が、真剣な眼《まな》ざしで、最後の音響調整の仕上げを見詰めている。流郷は足音をしのばせて、沼田の傍に寄った。

「君の希望通り、一万人以上の吸音材料が入ったよ」

声をかけると、沼田は頷《うなず》きながら、レシーヴァーをはずして流郷に渡した。流郷はレシーヴァーを受け取り、耳にかけてみると、三十分程前に試聴した時に聞えていたわーんと天井に響くような音がとれている。

「なるほど、見事になくなっている、しかし、肝腎《かんじん》の演奏の時の音響状態は、大丈夫だろうか」

「多分、大丈夫のはずやけど、正直なとこ、実際にヴァイオリンが鳴ってみんことには解らんな」

沼田は、素っ気なく応《こた》えた。

「そうか、じゃあ、あとは運を天に任すというわけか」

流郷は不安を押し殺すようにわざと快活に云い、開演まであと五分に迫った時計を見ると、沼田は再びレシーヴァーをかけ、若いミキサーと作業員たちに、

「君らは各々《おのおの》の受持場所へ戻り、さっき云うたようにサベーリエフが弾き始めたらすぐ、各場所の音響状態を場内連絡電話で報《しら》せてくるのや、すぐにやでぇ」

アンプの横の電話器を指して、念を押すと、四人のミキサーと六人の作業員は緊張した表情で、各自の持ち場へ散って行った。

やがて、定刻の六時半になると、天井以外のすべての空白を人で埋めた場内に、開演を告げるアナウンスが流れ、照明が暗くなった。場内の騒《ざわ》めきが消え、水を打ったように静まりかえり、一万を超《こ》える大聴衆は咳《しわぶき》一つせず、世界的なヴァイオリニスト、サベーリエフの登場を待った。

オレンジ色のスポット・ライトが舞台の袖《そで》を明るく照らしたかと思うと、光の輪の中に黒い燕尾服《えんびふく》に真っ白な蝶《ちょう》ネクタイを結び、琥珀色《こはくいろ》に輝く名器ストラディヴァリュースを小脇《こわき》に抱えたサベーリエフの姿が鮮《あざ》やかにうかび上がった。場内に、どよめくような拍手が起った。

サベーリエフは重々しい足どりで、舞台中央に進み出、万雷の拍手ににこりともせず一礼すると、身構えるように両足を開き、肉付きの厚い顎《あご》の下にストラディヴァリュースを当てた。伴奏者のブジョンヌイもピアノの前に坐って、呼吸を整えた。再び場内は静まりかえった。

流郷は調整室のガラス窓越しに舞台を凝視した。サベーリエフがヴァイオリンを弾き出したその数秒の音響効果によって、サベーリエフに賭《か》けた自分の賭けの成果が決せられるのだった。流郷は息を詰めた。サベーリエフの弓を握った大きな右腕がさっと上がったかと思うと、ベートーヴェンの『ヴァイオリン・ソナタ第一番』が奏《かな》でられた。きれの鋭い明快な旋律が躍動するように弾き出され、漲《みなぎ》るように場内に広がった。その瞬間、流郷はミキサーの沼田を見た。沼田は耳にかけたレシーヴァーで音の返りを聞き分けながら、アンプのアッテネーターを調整し、十箇所の持ち場にいるミキサーと作業員に合図を送った。この合図で十箇所の持ち場の音響状態を連絡することになっている。沼田は緊張した表情でミキサー・アンプのつまみを握り、場内電話の連絡を待ったが、なかなかかかって来ない。舞台の上ではサベーリエフが弓を持った右手をヴァイオリンにのめり込ませるようにして、みずみずしく若い主題を展開し、第一楽章が殆ど終りかけていた。しかし音響効果の場内電話はまだ鳴らない。流郷の眼の縁に汗が滲《にじ》み、沼田の顔にもべっとり汗が吹き出し、アンプのつまみを握った手が硬《こわ》ばっている。

チリリン、チリリン、電話器がかすかに鳴った途端、沼田より先に、流郷が受話器を取った。

「どうなんだ！」

「二階中央、良好、なまの音と殆《ほとん》ど相違なし！」

上ずった若いミキサーの声が応答した。ほっと受話器をおくと、またベルが鳴った。

「どうやねん！　早《はよ》う連絡せんかい！」

今度は、沼田が受話器を取った。

「三階最上段、非常に良好！」

次々と、十箇所の持場から『良好』の返事が入って来た。何時の間に入って来たのか千田が、いきなり、流郷と沼田の肩を叩いて、音響調整の成功を喜んだ。流郷は二日間で七十個のスピーカーを集めてくれた千田の労苦に感謝するように千田の肩を叩き返したが、沼田はいかにも変人の技術屋らしく、にこりともせず、不愛想な顔をミキサー・アンプに向けている。流郷は、沼田の肩をぽんと叩き、黙って椅子をたつと、係員以外は立入禁止になっている階段を上がり、照明室の横の通路にたった。そこからは舞台のサベーリエフの姿が斜めに間近に見えた。

『ソナタ第一番』は、第三楽章に入り、軽快なピアノとテンポの早いヴァイオリンが対話風に進行し、大空に羽を広げて舞い上がるような旋律が華麗な技巧で弾き出され、やがて抒情《じよじよう》的な柔らかい旋律に変り、突然、明るい簡潔な音で結ばれると、場内は瞬時、静まりかえり、怒濤《どとう》のような激しい拍手が湧《わ》いた。サベーリエフの顔にはじめて微笑がうかび、真っ白なハンカチーフで額の汗を拭《ぬぐ》うと、再びヴァイオリンをかまえた。第二曲はショーソンの『詩曲《ポエーム》』であった。ベートーヴェンの『ロマンス』とならんで優《すぐ》れたヴァイオリンの曲で、流郷自身の最も好きな曲だった。

ゆるやかなピアノの序奏に続いて、ヴァイオリンの神秘的な深い旋律が弾き出され、聴衆は最初から美しい感動に惹《ひ》き込まれて行った。第二主題に入ると、一転して迫るような情熱的な旋律が奏でられ、絶叫するような高音から低音へと、サベーリエフの右手に握られた弓がピストンのように動き、弦を抑《おさ》える左指も折れ曲らんばかりに激しく動き、凄《すさま》じいまでに華麗でダイナミックな音が展開されて行った。舞台に仁王だちになったサベーリエフの顔が朱奔《しゆばし》り、場内を埋めた大聴衆は、燦然《さんぜん》たる音の世界に酔い、昂奮の渦《うず》に巻き込まれた。

不意に燃え上がった力をおさめるように最弱奏で音が静止すると、霊感のような静けさが数秒、場内を押し包んだ。見事な音のおさめ方であった。聴衆は酔いから醒《さ》めやらぬように暫《しばら》くしんとしていたが、やがて割れるような拍手が鳴り、サベーリエフの名を呼ぶ歓声が湧き上がった。その途端、サベーリエフは舞台を降りはじめた。流郷は、舞台の下へ駈《か》け寄り、サベーリエフに合図を送った。中休みは第三曲のあとであった。し

かし、サベーリエフは流郷の合図を無視し、そのまま舞台を降りた。そしてつかつかと、流郷の傍《そば》に寄ったかと思うと、

「ガスパジン・流郷、あなたの偉大な組織力に最大の敬意を表する、私の長い音楽生活の中で、キエフの野外音楽会に次ぐ記念すべき大音楽会を催してくれたことを感謝する」

大きな手をさしのべてそう云うなり、再びつかつかと舞台に上がり、何事もなかったように第三曲目のプロコフィエフの『第一ソナタ』を弾きはじめた。流郷は、サベーリエフ招聘《しょうへい》の成功を確かめるように舞台を見た。そしてどんな時でも酔うことのない流郷の胸に、はじめて深い酔いのような喜びが広がった。

十三章

門林は、不機嫌極まる顔で、総務部長の黒金と、東京音連の事務局長である宮本清の話を聞いていた。

「ともかく今は虚勢など張っている時じゃありません、東京における勤音のサベーリエフ演奏会は凄《すさま》じい成功で、東京音連から勤音へ移る会員がこのところ眼に見えて増え、今度という今度はやられましたが、大阪の方はどうでしたか」

宮本は、三日間にわたって東京体育館で開かれたサベーリエフの演奏会の模様を無念そうに話した。門林は葉巻をくわえ、

「サベーリエフ招聘《しょうへい》は、大阪勤音が企画したことやから、むろん、大阪の方が影響甚大《じんだい》や、大阪音連は、正直なところ、えらい揺さぶりをかけられたものや」

苦りきって云《い》うと、門林の横に控えている総務部長の黒金は重い口調で、

「全く今度ばかりはこたえましたね、その上、民放へ放送権まで売り込み、切符の裏に

ビール会社の広告を取るとは、石頭《いしあたま》の勤音とは思えぬやり口ですよ、もっとも、勤音のスポンサーになる新日本ビールの神経も疑いますがね、とにかく最近の勤音のやり方は、これまでと少し変って来ているようですが、宮本さんの観《み》るところは、いかがです？」

「そのことなんですがね、僕がこの間、耳にした情報によれば、ソ連の文化省ではサベーリエフの演奏会の成功に大いに気をよくし、勤音側はその機に乗じて、レニングラード交響楽団、モスクワ合唱団、ボリショイ・バレエなどの招聘を要請し、ほぼ内諾をとりつけたということで、これからの勤音は、東京勤音で代表される組織主義より、例会中心主義がさらに強くなり、勤音の例会はますます大きなスケールを持って来ることが予想されますね、特にサベーリエフ招聘に成功した大阪勤音の流郷は、その中心人物になって、これからの勤音を全国的に牛耳《ぎゅうじ》って行くものと考えられます、といっても、勤音の中に人民党勢力が後退するという意味ではなく、例会中心主義を利用して会員が大衆と結びつき、勤音内に人民党勢力を滲透《しんとう》させて行く基本方針は今までと変りないだろうが、会員大衆にとっては、例会中心主義をはっきり打ち出した勤音は、今まで以上に魅力のある存在になり、われわれ音連側は非常にやりにくくなります」

思案するように云うと、門林はぎょろりと眼を動かした。

「というて、手を拱《こまね》いているわけにはいかんやないか、宮本君は、日経協の弘報《こうほう》委員長の長坂君の推薦で、東京音連の事務局長と全国音連の事務局長を兼務して貰《もら》い、いわば音連を預けているのやから、この辺でそれなりの成果を見せて貰いたいもんやな」

門林の顔に、宮本を値踏みするような露骨さが見えた。

「その点はよく心得ています、しかし、私も門林社長の前ではっきりと云わせて戴《いただ》きますが、こと音連に関する限り、日経協首脳部の認識は依然として甘く、一番理解のあるはずの弘報委員長の長坂さんも、最近の不況ムードで、日経協から音連に対する援助を、樺山《かばやま》さんあたりの長老に遠慮される面があって、私としては非常にやりにくいのです、今日、こちらへ伺いましたのも、勤音に対する巻返し策については、音連の生みの親である門林社長にじきじきご相談した方が、話の運びが早いと考えて参上致したわけです」

「相談というのは、どういうことや」

門林は葉巻をふかしながら、にこりともせず云った。宮本は待ちかまえていたように、

「実は、アメリカにジョン・ギラミンという音楽家で反共のボスがおり、この男は第二次世界大戦中には軍楽隊の指揮を取るだけでなく、占領下のドイツにおける音楽、映画、演劇の占領軍統制機関の首席代表にもなり、五年前からアメリカの有名な財団をはじめ、ヨーロッパの大資本家から資金を集めて、世界文化会議というのを組織して反共運動を行ない、今度アメリカ、ヨーロッパの第一級の演奏家を一堂に集めて世界音楽祭なるものをやろうという企画をたて、目下開催地を物色中だということで、勤音がソ連と結び

ついて派手にやるなら、こっちはアメリカと提携して世界音楽祭を日本へ招《よ》べるものなら、招んでみたいというわけです」

能弁でまくしたてるように云うと、門林の顔にありありと関心の色がうかんだ。

「文句なしに面白《おもろ》い話やけど、問題は経費や、世界音楽祭ともなれば、相当な経費がかかるやろが、業界はどこも、金繰りの苦しい時やから、この辺のところが難しいな」

「その点は、或《あ》る程度、アメリカの国務省の協力を得られますし、それに東京都と共催という風に持って行けば、音連の負担はかなり軽くなると思うんですがね」

「なるほど、東京都と共催とはええ考えや、よっしゃ、その共催方《がた》については、財界から政治家を通してうまいこと持ちかけるようにするから、ジョン・ギラミンとかいうのに早速、当ってみぃ」

性急に云うと、宮本は両手で大きく膝《ひざ》を打った。

「さすがは門林社長、即断即答とは有難いです、こんな話はぐずぐずしていると、呼び屋にかっ攫《さら》われるのがおちですからね」

大げさに感じ入るように云い、

「それからもう一つ、まことに僭越《せんえつ》な申し上げようですが、大阪音連の事務局長の野々宮君は、もう少し何とかならないものでしょうか、音楽が解《わか》るという点では確かにピカ一ですが、音連の西日本の拠点、しかも流郷という強敵がいる大阪勤音に対抗するには、企画力の点でも、政治的手腕の点でも、弱過ぎると思うのですが――」

と云うと、門林はふむと云い、回転椅子《いす》をたって飾り棚の横に置いた熱帯魚の前にたった。T県の県会議員から水槽ごと贈られて来た時は、世話のやける厄介なものをと、すぐ和代の家へ持って行ってしまったが、和代の家で見ているうちに何時《いつ》の間にか、熱帯魚の群《むれ》を見ることが門林の娯《たの》しみの一つになり、半分ずつに分けて社長室へ持ち帰って来たのだった。サーモスタットが付いている大きな水槽の中に、二十尾ほどの熱帯魚が、色鮮《あざ》やかに泳いでいる。めだかのようなグッピーや、気取ったエンゼル・フィッシュ、ネオン・サインのように赤と青の縞肌《しまはだ》をみせたネオン・テトラが、忙しく泳ぎ廻っている中で、体長十五糎《センチ》ほどの黄土色の肌を持った一つがいは、ブルー・ディスカスで、一つがい八万円ほどする珍しい熱帯魚であった。黄土色の肌にブルーの鮮やかな縞が通り、鰭《ひれ》にもブルーの縞が入り、瀟洒《しようしや》な色合《いろあい》を見せている。門林があかごの餌《えさ》を取って、水槽へ投げ入れると、他《ほか》の魚を蹴散《けち》らして、ぱくっと餌に食いつき、あとは悠々と水草の下に入って動かない。小面《こづら》憎いほど瀟洒で、機敏で、実力を持った闘魚であった。

門林はにやりと笑い、宮本と黒金の方を振り向いた。

「雑魚《ざこ》みたいなのはあかん、ブルー・ディスカスみたいなのを探すことや」

「え？　ブルー・ディスカス――」

宮本は何のことか解らず、怪訝《けげん》そうに門林の顔を見た。

「その青い縞柄の大きな顔をして泳いでいる魚のことや、そいつは、悠然と泳いでいるけど、餌を投げたら他の奴《やつ》を蹴散らして、真っ先にぱくっと食いつく、つまり何時もは瀟洒やけど、いざとなったら生存競争に強い魚や」

「なるほど、それがブルー・ディスカスですか、じゃあ、もし大阪でお気に入ったブルー・ディスカスがなければ、東京で探してみましょう」

早速にも探し出すように云うと、

「いや、わしにちょっと心当りがあるさかい、今日のところは世界音楽祭の話だけにしとこう、わしは他に用があるから、黒金とどこかで一杯やってくれ」

そう云い、門林は、秘書に車の用意をさせた。

門林を乗せた車は、上本町《うえほんまち》九丁目の和代の家へ向った。子供が出来てからは今までのように頻繁《ひんぱん》に行かず、週に一、二度になっていたが、それは子供に手を取られる和代の体をいたわってのことで、門林の和代に対する情愛は、むしろ深くなっていた。子供を産んでからの和代は肉付きを増し、ぽってりと小肥《こぶと》りして、以前に見られなかった深い艶《つや》っぽさが滲《にじ》み出て来た。

門のベルを押すと、老婢《ろうひ》が門を開き、玄関の上《あが》り框《かまち》に、和代が両手をついて出迎えた。風呂《ふろ》上りなのか、白いうなじが桜色に上気し、生え際《ぎわ》の髪が湿りを帯びてほつれている。

「お越しやすとは知らず、先に赤子《やや》とお風呂《ぶう》に入ってしもて、申しわけおまへん」

「かまへん、急に来たんやから、それより飯はまだやろ」

門林は廊下を踏み鳴らすようにして奥座敷へ入った。前栽《せんざい》に面した十畳の座敷は、何時ものようにきちんと掃除が行き届き、床には花が活《い》けられ、紫檀《したん》の座敷机も見事に拭《ふ》き磨《みが》かれ、次の間の六畳には真っ白なシーツのかかった蒲団《ふとん》が敷かれ、門林のどんな用にも間に合うようにしつらえられていたが、部屋の隅に子供を寝かせていた。

「すんまへん、ちょっとお風呂上りに子供を寝かせたんだすけど、すぐばあやへ渡しまっさかい――」

門林の気持を汲《く》み、和代はすぐ赤ん坊を抱き上げ、老婢を呼んだ。門林は、まだ赤味のとれない小さな顔ですやすやと寝入っている赤ん坊をちらっと見ただけで、座敷机の前に坐《すわ》った。門林は、子供が産まれた時からさして嬉《うれ》しそうな顔もしない代り、迷惑そうな顔もしなかった。和代が産みたいと云ったから産ませ、産まれたから太郎という名前をつけて、時期を見て認知するというごく普通の態度であった。それが和代にはもの足りなく思えたが、門林との年齢の差と、日陰の立場にあることを考えると、仕方のないことと諦《あきら》めていた。黙って門林のうしろに廻って、着替えを手伝い、お銚子《ちょうし》を運んで来ると、

「太郎は、七カ月目を迎えたんやったかいな」

子供のことを聞いた。何時にない言葉であったから、和代は認知のことかと眼を輝か

せ、

「そうだす、ちょうど七カ月目でおますけど、医者《せんせ》の話では目方も背も、標準より三カ月も大きいそうでおます」

酌をしながら、息づくように云うと、

「俊一君は、太郎が産まれてから一度もやって来んのか」

子供のことより、弟の俊一のことを云った。

「へえ、私が帝王切開の難産で、危《あぶ》のうなった時、姉弟の縁をきったと云いながらも、やっぱり病院へ駈《か》けつけて来てくれましたけど、それっきり、来てくれまへん、この間、一度ぐらい太郎の顔を見に来てほしいという手紙を出したのだすけど……」

涙っぽくなりかけ、

「俊一に、何か――」

突然、俊一のことなど云い出した門林の気持を測りかねた。

「別に用というほどのことやないけど、勤音の流郷というのに、ちょっと会いたいから、その連絡を俊一君につけて貰いたいと思うてな」

前にバーで偶然、出会った流郷の姿を思い浮べながら云うと、

「ああ、流郷さんでおますか、あの方なら、俊一がとりわけ可愛《かわい》がって戴いている方やそうでっさかい、おやすいことでございまっしゃろ、早速、明日にでも俊一の下宿へ行

って参じます」

事情を知らない和代は、気軽に引き受けた。

「うん、そないして欲しい、それでもし、俊一君が断わったら、そこは姉弟の仲や、お前から何としても、うんと云わせるように仕向けることや」

千田から段取りをつけさせる方法もあったが、それより姉弟の繋《つな》がりを利用して、流郷に連絡を取らせる方が、効果のあるやり方だと考えた。

阪神電車の尼崎《あまがさき》駅に降りると、和代は強い夕陽《ゆうひ》を遮《さえぎ》るようにハンカチーフを額にかざして、駅前の賑《にぎ》やかな商店街を通りぬけ、仕舞屋《しもたや》が建ち並んでいるひっそりとした通りまで来ると、ほっとしたようにハンカチーフを帯の間にしまい込み、何時もの癖でつきえりになっている衿《えり》もとをきちんと詰めてから、五軒一棟になっている一番右端の俊一の下宿の戸を開けた。

「どなたはんだすー―」

階下《した》の主婦が顔を出した。前に一度来て、顔見知りになっていたが丁寧に挨拶《あいさつ》すると、

「弟さんはまだお帰りやおまへんけど、まあどうぞお上がりやす」

愛想《あいそ》よく二階へ案内した。和代は狭い階段を上がり、北向きの四畳半の襖《ふすま》を開けた。俊一がここへ移って来てから間もなく訪れて来、姉さんのような生活をしている者は来ないでくれと云《い》われ、それから一度も訪れなかったが、北向きの窓際《まどぎわ》に古びた机が置かれ、タンス代りのトランクが二つ置かれたきりの殺風景な部屋の様子は、その時と変らず、一緒であった。押入れを開けると、若い男の体臭がむうっと鼻をつき、汚れた下着がほうり込まれ、蒲団の衿も垢《あか》じみている。和代は、持って来たエプロンをかけ、押入れの中の汚れものを踊り場へ出し、まず部屋の掃除から取りかかった。ぱたぱたとはたきをかけると、真っ白な埃《ほこり》が舞い上がり、セットしたばかりの髪を白くしたが、帚《ほうき》を取って弟の部屋の隅々を掃《は》いていると、暫《しば》く途絶えていた姉の愛情が、ほのぼのと甦《よみがえ》って来るようであった。

ちょうど一年前、妊娠四カ月の和代に、門林の子供を産む姉さんとは姉弟の縁を切ると云い、たまたま顔を合わせた門林にも食ってかかった弟であったが、和代が帝王切開の難産で瀕死《ひんし》になった時は、何をおいても駈けつけて来てくれたことを思うと、昨夜、門林から云いつかった用件に対しても、最初は撥《は》ねつけても、最後は姉の頼みを聞き入れてくれそうであった。何というても、二人きりの姉弟やもの――、和代はそう呟《つぶや》き、階下からバケツを持って来、拭き掃除にかかった。

まず窓の敷居を拭き、机の上に乱雑に散らかった本を一冊一冊きちんと積み重ねて、机の上を拭きはじめた時、本の間から一枚の写真が畳の上に落ちた。ヴァイオリンを抱えた外国人を真ん中にして、十人ほどの日本人の顔が写っている。その中で一人だけが断髪の女性で、眼尻《めじり》の切れ上がった大きな瞳《ひとみ》が眼についた。あとは勤音の事務局員らしく若い男性たちであったが、右端の俊一のすぐ横にたっているのが、流郷という人のように思えた。皆が記念撮影のようにずらりと並び、一様にカメラに視線を向けている中で、俊一の隣にたっている流郷らしい人だけが、皆と全く無縁な、自分だけの世界に向って眼を見開いているような遠く孤独な眼《まな》ざしを見せている。それは和代が今まで一度も見たことのない人間の顔であった。二十歳で芸者に出、二十二歳で門林に落籍《ひか》されるまでの三年間、お座敷で会ったどの男にも見かけなかった自分の心を冷たく閉ざした顔であった。脂《あぶら》ぎった物欲と肉欲に満ちた顔しか知らない和代にとって、それははじめて知る異様なほど美しい男の面ざしであった。和代は畳の上に膝をついたまま、惹《ひ》かれるようにその顔に見入った。

階段を上がって来る足音がし、がらりと襖が開いた。

「俊ちゃん、早かったのね」

机の前に坐ったまま、白い細面《ほそおもて》を上げると、俊一は突ったったまま、

「のこのこ、何をしにやって来たんだ——」

「ちょっと、急に話したいことがおましたの」

「僕と姉さんとの間には、話など何もないはずだ、この前、病院へ行ったのは見舞じゃないんだ、慌《あわ》て者のばあさんが、危篤《きとく》だなどと云って来たから、死ぬ時ぐらいは誰だっ て と思って、行っただけだから、早呑《はやの》み込みしないで貰《もら》いたいな」

そう云い、和代が洗濯《せんたく》するために押入れの中から取り出したばかりの下着を手荒に押入れへ投げ返し、

「僕のことは一切、かまわないでほしいんだ、姉さんとはもう他人なんだから、用件だけ云って、さっさと帰って貰いたい、用って何だ」

険しい声で云った。和代は口詰りかけ、

「俊ちゃんは、流郷さんとは親しいのでっしゃろ」

さっきの写真へ視線を向けながら云った。

「うん、親しい、僕を勤音へ入れてくれた人で、兄さんのようにも思っている――」

ぶっきら棒に応《こた》えた俊一の顔に、少年のような恥じらいが漂った。

「ほんなら、俊ちゃんのお願いすることなら、何でも聞いてくれはる？」

そう聞いた途端、俊一の顔色が変った。

「何を云いたいんだ、姉さんは一体、何を云いに来たのだ」

「門林が、流郷さんに会いたいからあんたから連絡をとってほしいと、そう云うてはるのだす――」

「その斡旋《あっせん》を僕にしろと云うのか、流郷さんが門林などと会うことが、どんな悪い意味をもつことか、知った上で云ってるのか」

「難しいことは知りまへんけど、門林の言葉通りに、俊ちゃんに頼みに来たんだす、私があの人に出来ることというたら、これぐらいのことだけ、私を助けると思うて聞いておくれやす――」

声を詰らせ、手をついた。頭を垂れ、肩を震わせて懇願する和代の姿は、門林に対する一途《いちず》な思いに包まれている。俊一の眼に激しい怒りが燃えたかと思うと、不意に手を伸ばした。

「子供を産んだらそこまでなり下がるのか！　自分が囲われている男に、弟まで自由にさせようというのか、会わせるどころか、僕は流郷さんに金輪際《こんりんざい》、門林などに会うなと云ってやる、帰れ！」

叫ぶように云うなり、姉の肩を引っ摑《つか》み、部屋の外へ押し出した。

和代は、朝から何度目かの躊躇《ためらい》をもって、電話器の前にたった。勤音の流郷に電話をかけようとしては、最後までダイヤルを廻しきれず、電話器をおいた。

その度にお前がわしに出来ることといったらこれぐらいのことやと云った門林の言葉と、流郷に会いたいという門林のことづてを聞くなり、体中に怒りを漲《みなぎ》らせ、和代に暴力まで振るった弟の姿が重なり合い、和代は電話器の前にたちすくんだ。

しかし、門林からさっき、返事はまだかという催促の電話がかかり、夕方そちらへ行くまでに返事を取りつけておくようにと云われたのだった。和代は、じわりと滲んで来る首筋の汗を拭《ぬぐ》うと、心を決めてダイヤルを廻した。

「もし、もし、勤音さんですか、流郷さんをお願いします」

受話器を持つ手がかすかに震えたが、誰ですかと聞かれることなく、流郷に繋がれた。

「流郷ですが、どなたですか――」

写真で見た冷たく閉ざされたような表情とは正反対の、柔らかい響きをもった声であった。和代は、ほっとした。

「菊村俊一の姉でございます――、突然、お電話をさしあげて大へんご無礼でございますけど、弟のことにつきまして、本人には内緒《ないしょ》で至急、ご相談申し上げたいことが出来まして、まことに不躾《ぶしつけ》でございますが、ちょっとお目にかかりとうございまして――」

憚《はばか》るように云うと、ちょっと思案するような気配がし、

「じゃあ、阪急会館の地下のティー・ルームをご存知ですか、あそこで一時にお目にかかりましょう、僕は紺の服を着ています、あなたは和服で弟さんに似ておられるでしょ

う」

電話は、それだけできれた。

和代は、急いで身仕度にかかった。目だたぬように青磁色の上代紬《じようだいつむぎ》の単衣《ひとえ》に、金茶色の袋帯を締め、いそいそと身仕度しながら、あなたは和服で弟さんに似ているでしょうと云った流郷の言葉が、和代の心を波だたせていた。身仕度が終ると、老婢《ろうひ》に子供にミルクを飲ませる時間と、門林のために整える夕食の用意を云いつけて、家を出た。

阪急会館のティー・ルームの扉《ドア》を押して中へ入って行くと、静かな音楽が流れ、幾組かの若い男女が向い合って楽しげにお茶を飲んでいた。和代は奥まったところに空《あ》いている席を見つけると、人目にたたぬように坐った。喫茶店で若い男性と待ち合わせることなどはじめての経験であった。落ち着かぬ思いで紅茶を注文し、昨日、弟の下宿であったことを思い返した。弟の俊一が顔色を変え、怒気を漲らせて、門林と流郷を会わせまいとするのは、なぜなのだろうか、弟に突き飛ばされ、階段から落ちそうになったことまで考えると、弟に内緒で流郷に会い、門林のことづけを頼むことが、俄《にわ》かにだいそれたことのように思えて来た。第一、流郷に、門林と自分の間柄をどう説明すればいいのか、和代は今さらのように門林の云いつけ通り、流郷に会おうとしている自分が、無謀で無智《むち》であることに気付いた。

「流郷です、お待たせしました」

はっと顔を上げると、写真で見た通り端麗な顔が、和代に向けられている。

「はじめまして、菊村俊一の姉でおます、今日は突然、お電話などさしあげましてご無礼申しあげました」

席を起《た》って、丁重に挨拶をした。

「あなたのことについては菊村君から詳しく伺っています」

流郷が笑いかけるように云うと、

「私のことを詳しく――、ほんなら、門林とのことも……」

和代は言葉を跡切《とぎ》らせ、恥じるように顔を俯《うつむ》けた。菊村俊一がはにかむ時と同じ顔の染め方であった。透き通るほど白い肌に桜色の血がのぼり、うなじのつけ根まで染まり、なだらかな肩が単衣の着物の下で、たゆとうようにかすかに揺れている。日陰の女だけが持っている翳《かげ》りのあるあえかな美しさであった。流郷はその美しさに眼を奪われながら、自分の言葉が、和代の心を傷つけたことに気が付いた。

「いや、僕が云ったのはご姉弟の仲のことを云っているのです、ところで、急なご相談というのは、なんでしょう」

「それが、実は……」

和代は、口ごもった。

「菊村君のことについて、何かご心配なことでも――」

「いいえ――」

和代は首を振り、

「あのう、弟が流郷さんに何か申しませんでしたでしょうか」

「いえ別に――、ただ今朝、冴《さ》えない顔をして出て来たので、どこか悪いのかと聞くと、夕方ちょっと話したいことがと、それだけ云って、すぐ仕事で外へ出かけて行きましたよ」

「では、までございましたんですか――」

和代は、救われたように息をつき、

「実は、流郷さんご自身にお願いがあって、参ったのでおます」

「え？　僕に……」

「はい、実は昨日、弟の下宿へ参り、門林が、流郷さんにお目にかかりたがっているから、その段取りをしてほしいと申しましたのでございます」

「門林さんが、僕に会いたい？」

流郷は、千田と一緒にバーで会ったことのある海坊主《うみぼうず》のように脂ぎった門林の姿を思いうかべた。

「ところが、弟は頭から撥ねつけ、逆にあなたさまに、門林などと会わないように云うと、申しましたのですが、私の立場としては、弟に内緒にしてでも、あなたさまにお願いするより致し方がないのでおます」

人眼もかまわず、流郷に向って深々と頭を下げた。

「で、その僕に会う用件というのは、どういうことなんです？」

「それは存じませんが、ともかく流郷さんにお会い出来る段取りを、俊一につけさせるようにと云いつかったのでおます」

そう云い、再び頭を垂れたが、流郷は瞬《まばた》きもせず、和代の顔を見詰め、

「僕は、門林さんとは初対面じゃありませんよ、前に偶然、バーで会い、一緒に酒を飲んで話もしましたよ、それにわざわざ、菊村君を通して僕に会おうというのは、何かよほどの魂胆があるとみて間違いないでしょう、そんな人物と会うことが、どんなことを意味するか、あなただって、それぐらいのことはお解《わか》りのはずです、正直云って、僕は迷惑ですねぇ」

そう云った途端、和代の姿勢が崩《くず》れ、テーブルの上に手をついた。

「それは、よう承知しております、弟もそのようなことを申しておりましたが、門林から強う云われますと、私は、恥をしのんででも、流郷さんにお縋《すが》りするよりほかにしようがないのでおます……」

取り縋るように流郷を見上げ、わなわなと唇を震わせた。

「俊一君の意志に反し、俊一君の心を傷つけてもと、そうおっしゃるのですか」

和代の言葉が跡絶え、重い沈黙が流れた。肩が小刻みに震え、打ちひしがれるように蒼《あお》ざめた顔に前髪がほつれている。不意に小さくつぼんだ唇が開き、

「私には、門林の子供がおます――」

喘《あえ》ぐように云《い》い、くっと咽喉《のど》を詰らせた。動かない流郷の眼に、怒りとも悲しみともつかぬ光が漂った。門林のために姉と弟が傷つき合わなければならぬ菊村姉弟の皮肉な運命の痛みが、流郷の胸に感じ取られた。

「じゃあ、ともかく門林さんに会うだけ、会ってみましょう、俊一君には、あなたが僕に会ったことは云わない方がいいでしょう、会う場所と時間については、今日のようにあなたが直接、僕に電話して下さい」

そう応えながら、流郷は自分の妾《めかけ》とその弟まで使って、自分を呼び出し、密談しようとしている門林の腹のうちにあるものが、何であるか測りかねた。

＊

大川沿いの船座敷は、ひたひたと舷《ふなばた》を打つ波音が聞え、手の届きそうな近さに緩《ゆる》い流れが動いている。開け放した窓の向うに夕闇《ゆうやみ》に包まれた中之島《なかのしま》の剣先が見え、街中《まちなか》の川べりとは思えぬ静けさであった。

流郷は、思いがけない静けさと大阪の情緒を味わうように、暫《しばら》く窓の外へ眼を向けていた。

「どうです、大阪の街中にこんな船座敷が残っているとは思わんかったですやろ、ここなら誰にも邪魔されんと、ゆっくり話が出来るという按配《あんばい》や」

門林は酒を含んだ上機嫌な声で云い、流郷に盃《さかずき》を勧めた。

「門林さんも随分、手のこんだ呼出し方をされるじゃありませんか」

流郷は、自分の前で、打ちひしがれるように懇願した和代の姿を思いうかべた。

「そら、千田君にでも労を取らそうと思わんでもなかったけど、出来るだけことを隠密《おんみつ》に運びたいと思うて、一番確かな筋を使《つこ》うただけのことや」

「しかし、菊村姉弟を使うなど、財界の大物といわれている門林さんにしては、少し汚なすぎやしませんかねぇ《え》」

「一番ええという方法に汚ないも、きれいもあらへん、要は用が足せたらよろしいのや」

何の痛痒《つうよう》も感じない表情で盃を空け、

「ところで、サベーリエフ招聘《しょうへい》は、大成功でしたな、東京、大阪のたった六回の演奏会で、七万人もの勤音会員に聴《き》かせたそうで、まさに体育館ならではの人数ですな、それにしても世界的な音楽家に、体育館で演奏をやらせるとは、さすがにあんたや、聞くとところによると、サベーリエフは、帰国する時の羽田の記者会見で、今度は何時《いつ》、日本に来るかという質問に対して、自由諸国での演奏会はおそらくこれが最後だろう、しかし、ガスパジン・流郷が再び自分を招《よ》ぶのなら考えを翻《ひるがえ》すかもしれないと云うて、大向うを唸《うな》らせたということですな、あんたもあんたなら、向うもなかなかの役者や、わしも昔、ハイフェッツやクライスラーなどの世界的ヴァイオリニストを招んで、日本ではじめて演奏させたことがあるが、帰り際《ぎわ》に、そんなええ台詞《せりふ》を吐かせることは出来んかった、その点、あんたはたいしたもんや」

門林は酒気にほてった顔でおだてるように云い、

「それに千田君の話では、がらんどうの音響効果の悪い体育館に、二晩で七十個のスピーカーを取り付け、それでもあかんというサベーリエフをあっちこっちへ引っ張り廻したあげく、千田と一芝居して、ともかく本番をやるところまで漕《こ》ぎつけ、本番で一万三千人の聴衆が着込んでる洋服を吸音材代りにして残響を取り、結局はうんと云わせたそうやけど、サベーリエフを相手に一芝居するとは愉快やないか、あっはっはっはっ」

門林はたて続けに喋《しゃべ》り、愉快そうに笑った。流郷が、門林と会ってから四、五十分経《た》っているのに、肝腎《かんじん》な話は一向に切り出さない。門林らしい手馴《てな》れた狡猾《こうかつ》な座の運び方であった。

「まあ、今夜は大いに飲みましょうや」

門林は、さらに流郷の盃に酒を注《つ》いだ。

「褒《ほ》めて戴《いただ》くのはその辺のことにして、そろそろ今夜のご用件というのを伺いましょう」

事務的な語調で流郷が切り出した。門林の顔から笑いが消えた。

「用というのは、音連のことだすわ」

「え、音連？」

「そうや、あんたに、なんで音連がもう一つ振るわんのか、その理由《わけ》を聞かして貰《もら》いたいのや」

流郷は、とっさに、門林の意向を測りかねた。

「よりにもよって勤音をやっている僕に、音連不振の理由を聞くとは、門林さんらしいやり口ですね、しかし、財界人のあなたがどうして、そんなにまで音連をやりたがられるのです、音連づくりで、勤労者の余暇管理が完全に出来るなどと考えておられるのなら見当はずれですよ」

門林の出鼻をくじくように云った。

「いや、音連はわしの道楽や、女より手間と金がかかる、わしの玉に瑕《きず》の道楽や」

脂《あぶら》ぎった顔に笑いをうかべ、ぬけぬけと応《こた》えた。

「なるほど、道楽から始まっているのなら、うまくいくはずがないですよ、大衆というのは、いいものと、悪いものとを見分ける力をちゃんと持っているもので、いくら金をかけても、あなたのような道楽で口を挟《はさ》む船頭がおり、肝腎の芯《しん》になるプランナーがいないような団体のやるものには振り向きませんよ」

「そやから、あんた、来てくれまへんか」

「来てくれって、どこへ？」

「きまってますがな、音連へ来てほしいと云うてるのや」

平然と云ってのけた。流郷は、あっ気に取られた。

「しかし、音連には野々宮君という人がいるじゃありませんか」

「あれはあかん、音楽は解《わか》るけど、音連という団体を牛耳《ぎゅうじ》っていける器やない、あんたに来て欲しいのや」

流郷の眼にはじめて、かすかな笑いがうかんだ。

「門林さん、僕は現在、勤音で仕事をしている人間ですよ、その人間に向っていきなり、対抗団体の音連へ来いと云って、のこのこと行くと、本気で考えているんですか」

門林の考えの甘さを衝《つ》くように云うと、

「勤音の他《ほか》の相手なら考えられへんことや、しかし、あんたなら考えられんこともない、あんたは何時か、わしとバーで出会うた時、勤音というても一つの企業で、働く者の音楽運動という名のもとに、もっともらしい演《だ》しものを、もっともらしい口実を使うて、安いギャラでタレントを集め、それで大衆を組織的に動員するだけのことやと云いましたやろ、そんなことが平気で云える人間には、音連も、勤音もたいして変りないやおまへんか、月二十万で、どないや？」

頭から金で取引にかかった。流郷は表情を動かさず、

「月二十万——、それはどこから出る金なんです？　失礼ながら、現在の音連事務局は、二十万円の給料を出せる台所じゃありませんよ、そうなると、財界のどこかの懐《ふとこ》ろから出るわけでしょうから、二十万などと細かいことをおっしゃらず、一日一万円、月三十万でどうでしょうかねぇ」

飲むほどに青白くなる頰《ほお》に、薄笑いをうかべた。門林はぎょろりと眼を光らせた。

「何を云うのや、内閣官房長官でも、月二十五万円や、簡単に三十万などと云うて貰《もろ》うては困る」

「いいじゃないですか、どうせ他所《よそ》から出る金なら、二十万でも、三十万でもたいして変りがないじゃないですか」

吞《の》んでかかるように云うと、さすがに門林は唸るように口を噤《つぐ》んだが、

「ほんなら、三十万の月給なら、明日からでも音連へ来てもええというわけか」

踏み込むように云った。

「それはちょっと性急過ぎますねぇ、最初から金が欲しいのなら、僕は今まで勤音など

で我慢しておりませんよ、僕が勤音にいるのは、勤音という巨大な聴衆組織の中で、商業劇場や他の団体ではやれないような自分のヴィジョンを実現し、それによってどこまで大衆動員が出来るかという自分の可能性に向って挑戦するその面白さですよ、この面白さは、そうそう金に替えられるものじゃありませんからねぇ」

流郷は、不遜《ふそん》な自信と傲慢《ごうまん》さを漲《みなぎ》らせた。

「なるほど、それも一つの意見やな、けど、最近の人民党の動きを見てたら、あんたの今のやり方が何時まで続けられるかは、問題やろな、サベーリエフに次いで、レニングラード交響楽団、モスクワ合唱団、ボリショイ・バレエを招ぶ企画をたててはるそうやけど、何というても、勤音を一番もとで握っているのは、人民党やからな」

門林は何を思ったのか、冷水を浴びせかけるように云った。流郷は、サベーリエフの日本演奏のあれほどの成功にもかかわらず、全国勤音の評価がそれほどでもないことが、門林の言葉と重なり合い、もしや門林が何か人民党に関する重要な情報を握っているのではないかと思うと、不気味なものを感じた。

「人民党内でどんなことが起ろうと、勤音の企画の仕事を担当している僕とは関係のないことですよ、僕の企画によって会員を増やし、会員大衆を把握している限り、僕の立場は不動のものですよ、せっかくのお話ですが、僕には全然、興味のない話ですね」

弱味を見せず、あしらうように云うと、門林は小鼻に皺《しわ》を寄せ、

「ええ話の返事というものは、そない急《せ》いてするものやない、まあ、ゆっくり考えて貰うことにして、この話は暫く預けておきまっさ、お互いにあっさり諦《あきら》めてしまうには、ちょっと惜しい話やからな」

門林は押しつけるように云い、内ポケットから金包みのような封筒を出して流郷の前に置いた。

流郷は、二日酔いの重い頭で、エレベーターのボタンを押し、四階の勤音事務局へ上がって行った。

昨夜、大川べりの船座敷で門林と会い、唐突に音連入りを誘われた時は、一笑に付して断わり、出された金包みも突き返したのだったが、今になってみると、菊村姉弟の立場に同情して、門林と秘《ひそ》かに料亭で会ったことが失策であるように思われた。

事務局の扉《ドア》を押すと、既に正午をまわっており、何時《いつ》もなら昼休みを利用して日割券の交付や会費の納入に来る会員たちで賑《にぎ》わっている受付のカウンターが、今日に限って妙に閑散としている。怪訝《けげん》に思いながら中へ入ると、電話がひっきりなしに鳴り、事務局員たちが慌《あわただ》しく応対しているのに、事務局長の瀬木、永山、江藤斎子たちの姿は見当

らない。急いで企画部のデスクに足を向けると、

「あっ、流郷さん、さっき、アパートへお電話してもいらっしゃらず、方々をお探ししていたところですよ」

菊村が、待ち受けていたように云った。

「いや、ちょっと遅くなったんだ、それより何かあったのかい、いやに騒々しいじゃないか」

「何かあったかって、それじゃあ、まだ今朝の新聞を読んでいらっしゃらないのですか」

昨夜、流郷が、門林と会ったことを知らない菊村は、机の上に毎朝新聞を広げた。『人民党文化人グループ、党の偏向を批判、表面化した中ソ対立』という社会面トップの大きな見出しが眼に入った。


人民党の党員である山川完治、野元清氏ら同党内の文化人グループは、このほど人民党中央指導部に対し、さる五月の中央委員会総会で、部分核停条約に反対する決議をしたことは、平和運動に分裂をもたらすもので、党指導部の先走った独善的偏向であると強く批判し、党本部の基本的政策の再検討を要請する『文化人声明』を出した。これによって部分核停条約の是非をめぐる党内のソ連派と中共派の対立

が急に表面化して来た。

なおこの文化人グループの声明書は、勤音、勤演、職場歌唱運動など一連の進歩的な文化団体に対する人民党の偏《かたよ》った指導についても言及し、その偏向が勤労者の大衆運動の発展に著しい障害になっていることを指摘し、注目を集めている。

記事はさらに声明書を出した十三名の文化人の氏名と声明書の内容を詳しく報じ、最後に参議院議員であり、全国勤音の顧問である高倉五郎の談話を載せていた。

高倉五郎氏談　今度の文化人グループの声明書は、一言にいって勇気ある声明である。声明書で指摘されているように勤音においても、一部で誤った偏向が見られることは確かで、この間、来日したサベーリエフの演奏会が、あれほど会員大衆の圧倒的な支持を受けながらも、ソ連の演奏家であるということで、一部でその成果を無視する傾向があった。今度の文化人声明書をきっかけに、勤音、勤演などの勤労大衆運動における自主性が確立されることを強く望みたい。

記事を読み終えるなり、流郷は、

「瀬木さんは、どこにいるんだ」

「会議室です、委員長の大野さんも、永山さん、江藤さんも一緒です、近くの職場の運営委員や地域委員、一般会員も駈《か》けつけて来て、大へんな騒ぎです」

「そうか、僕もすぐ行く」

事務局の斜め向いの会議室へ向った。

煙草《たばこ》の煙と、むっとするような人いきれが部屋一杯にたち籠《こ》め、運営委員や地域委員、一般会員など三十人近くが、大野、瀬木、永山、江藤らを取り囲むようにして、口々に昂奮《こうふん》した口調で喋っている。流郷は、会員たちのうしろにたった。

「高倉さんの発言は、全くもって軽率きわまる、あんな云《い》い方をされると、勤労者のための純粋な音楽鑑賞団体であるはずの勤音が、人民党の指導下にあるような印象を世間に与えてしまう、サベーリエフの演奏会以来、急激に会員が増え、せっかく会員数が十三万を越えようとしている時に、何ということだ！」

一番古顔の運営委員が、机を叩《たた》くように云うと、

「ほんまや、たとえ文化人グループが指摘したような動きが、勤音内の一部にあったとしても、全国勤音の顧問としては、否定するのが当り前やないか、それを逆に肯定するような発言をし、これでは職場におけるわれわれ勤音会員の立場はどうなるのや」

参院選の時、高倉に随《つ》いて各職場を廻った運営委員が怒りをぶちまけるように云った。

「それにしても、事務局が、高倉談話を新聞に出るまで、事前に何も知らなかったとい

うことは、どういうことです、そこにも大きな問題がある」

地域委員の一人が詰問するように云うと、事務局長の瀬木は返事に戸惑うような表情で、

「もちろん、事前に関知しておれば、何らかの術《て》を打っていますよ、非公開に人民党中央委員会に送られたらしき声明文を毎朝新聞が、どうしてすっぱ抜いたのかは解《わか》らないけれど、われわれとしては今朝の新聞ではじめて知ったのです」

応えたが、組織担当の永山は、

「僕は、高倉氏のあの談話は、新聞社から文化人声明に関するインタヴューを求められてから、はじめて考え、喋ったものとは考えられませんねぇ、といって、党員でもない高倉さんが、非公開に党中央委員会に送られた声明書の内容を事前に知っていたはずがなく、どうもこの辺が奇々怪々ですな」

もって廻った云い方をした。瀬木の隣にいる江藤斎子《せいこ》は、きっとした視線を永山に向けた。

「永山さん、組織担当のあなたが、これという根拠もない、単なる推測に過ぎないことを口になさるものじゃありませんわ、会員の皆さんの気持を混乱させ、高倉さんに対する誤解を大きくするばかりじゃありませんか」

永山の軽率さを咎《とが》めると、

「いや、永山さんの云ったことは、全く根拠のないことではない」

鋭い応酬の声が上がった。運営委員の中でも最も尖鋭《せんえい》で、勤音ミュージカルの時、アメリカ帝国主義の所産であるミュージカルなどより、民衆の創造力によって創《つく》られた中国の歌舞劇を取り上げるべきだと強硬に主張した野坂であった。頬骨《ほおぼね》の高い険しい顔で一座を見廻し、

「僕はだいたい、最初から高倉などという人間は信用していなかったんだ、だから、去年の参院選の時、勤音が高倉を支援することに反対したが、運営委員会の多数決で高倉支持が決り、彼が当選したのは全国勤音の支援を受ける一方、人民党の支援も受け、事実、大阪では人民党候補の加賀正氏の票を分け取りしたからこそじゃないか、それにもかかわらず、高倉は、人民党から除名された反党グループの会合に秘かに出ていた事実があるから、今度も、新聞社からインタヴューを求められて、はじめて文化人グループの声明書を知ったのではなく、予《あらかじ》め文化人グループと通じ合っていて、反党的修正主義者の彼らの片棒をかつぎ、勤音のことまで批判し、自分たちの修正主義を勤音内へ持ち込もうと考えたのだと思う」

激烈な語調でまくしたてた。委員長の大野は、むうっと顔を赭《あか》らませ、

「そういう云い方はあまりにも一方的過ぎる、高倉さんがあの談話を発表するに当り、事前に勤音に連絡がなかったことは、たしかにいいことではないよ、だからといって、

高倉さんが妙な陰謀を策したように云い、声明書を出した文化人グループをそう簡単に頭から、反党修正主義者と非難するのは、どうかと思うね、こういう声明書が出されたのも、もとはといえば、人民党の大会で決定した指導方針を一方的に転換して、党の内外に反ソ宣伝を強行し、それを批判するものはすべて、反党分子、修正主義者という烙《らく》印《いん》を捺《お》して除名する現在の人民党指導部の官僚的なやり方にも問題がある、いずれにしても、勤音は人民党の文化部でも、出先機関でもないのだから、今後も偏向しない勤労者のための大衆運動を続けて行こうじゃないか」

委員長らしく締めくくりかけると、野坂は、

「電鉄労組の執行委員をやっていた大野さんにしては、いやに文化人グループの肩をもたれるじゃありませんか、だいたい、今度、声明書を出した文化人グループは、人民党員の文化人とは名ばかりで、彼らの思想の根底に、修正主義、自由主義的な考えがあり、われわれ勤労者とは相容《あいい》れない立場にある、そんな連中を支持する談話を発表する高倉は、勤音の分裂、破壊を策しているとしか思えん、この際、高倉など、断乎《だんこ》、排除すべきだ！」

アジるように云うと、

「そうだ！　高倉はわれわれを裏切った！」

「勤音顧問を罷《や》めさせるべきだ！」

野坂の周《まわ》りに見馴《みな》れない顔の会員が集まり、大声を上げた。

「人民党の青年同盟みたいなやり方は、止《や》め給《たま》え！」

鋭い叱声《しっせい》が飛んだ。流郷の声であった。昂奮しきった部屋の空気が冷え、会員たちは黙り込んだが、野坂は袖《そで》をまくり上げ、

「青年同盟とは妙な云い方をするじゃないか、われわれは勤音会員として、勤音に分裂工作を持ち込もうとしつつある高倉五郎を批判しているだけだ、それをそんな風に云う流郷さんは、サベーリエフ招聘《しょうへい》で高倉に随分、世話になった誼《よしみ》で、高倉批判をする僕たちを青年同盟呼ばわりするというわけですか、それじゃあ、あんたは勤音反動分子だ！」

「そうだ、そうだ！　反動だ！」

野坂の周りから呼応する声が上がり、五、六人が流郷の方へ詰め寄った。

「君たちのサークルはどこなんだ」

流郷が押し返すように云うと、一様に狼狽《ろうばい》の色をうかべた。

「やっぱり、君たちは高倉さんをやっつけるために乗り込んで来た青年同盟だろう」

射すくめるように云うと、一番古参の運営委員も顔色を変えてたち上がった。

「ここは勤音の会議室だ、一体、誰に頼まれて、われわれの会議の席へ入り込んで来たんだ！」

そう云うなり、野坂の横にいる男の胸ぐらを引っ摑《つか》み、他の委員たちも見馴れぬ男たちを取り囲み、ただならぬ気配がたった時、会議室の扉《ドア》が開いた。

「会議中に失礼ですが、東京勤音の鷲見《わしみ》事務局長から、瀬木さんに緊急のお電話がかかりましたので、こちらへお廻ししました」

会計係の尾本がぼそぼそとした口調で云った。瀬木は、すぐ目の前の電話器を取った。

「もしもし、瀬木です、ええ、今、運営委員や会員も事務局に集まっているのです、ええ? 高倉さんがどうしたんですって、なに、勤音顧問を辞任! 自ら退かれたというのですか、しかし、どうして突如として——、ええ、解りました、ではまた後程——」

瀬木は蒼白《あおじろ》んだ顔で、受話器をおいた。

人気《ひとけ》のなくなった事務局で、流郷は煙草を喫《す》いながら昼間、東京勤音の鷲見から瀬木にかかって来た電話のことを思い返していた。

瀬木は受話器をおくと、動揺を抑《おさ》えるように瞬時、黙り込んでから、事務局員や会員たちに向って、高倉五郎が自ら全国勤音の顧問を辞任したことを伝えたのであったが、果してそれは事実だろうか、人民党の中でソ連派を制して主導権を握りつつある中共派の勢力が、何時《いつ》の間にか勤音にも及びはじめ、その皮切りに、高倉五郎が全国勤音の顧問を罷めさせられたと見るのが、真相ではないだろうか。そう思うと、流郷の耳もとに昨夜、門林が「あんたも何時までも今のままでやれると思うたら間違いや」と云った言葉が、生ま生ましく甦《よみがえ》って来た。

「流郷さん、お先に帰らせて戴《いただ》いていいでしょうか」

受付のカウンターから若い事務局員の声がし、帰り仕度をして、鍵《かぎ》の束をもっていた。

「ああ、まだいたのかい、鍵は僕がかけておくから、そこへおいといていいよ、遅くまでご苦労さん」

犒《ねぎら》うように云うと、事務局員は、そそくさと帰って行った。

独りになると、流郷は、高倉五郎に電話をかけ、全国勤音の顧問を辞任したいきさつを、高倉五郎自身の口から聞いてみようと思いたった。もう八時近かったが、まだ議員会館にいるかもしれないし、もし不在であっても、議員会館の事務所なら高倉の出先が一番てっとり早く解るはずであった。流郷は、サベーリエフの招聘準備の時、何度もかけたことのある議員会館のダイヤルを廻し、高倉五郎の事務所へ繋《つな》いで貰《もら》うと、聞き覚えのある秘書の声が聞えた。

「もし、もし、流郷ですが、その節は、何かとどうも、高倉さんはおいでになりますか」

「いえ、只今《ただいま》、参議院の文教委員会へ出ておりますが、何かお急ぎのご用でしょうか」

「急ぐというほどじゃありませんが、そうですねぇ——」

迷うように返事を詰らせると、

「例の全国勤音の顧問辞退の問題じゃないでしょうか」

流郷の用件を読み取るように云った。

「そうですよ、今日の一時過ぎ、東京勤音の鷲見事務局長から大阪へ電話があり、高倉さんの辞任を知ったのですが、あまり唐突なので、高倉さんご自身の意志によるものか、どうか、伺ってみたいと思いましてねぇ」

秘書はすぐには応《こた》えず、思案するように口ごもってから、

「実は、二時間程前にも、先生はある新聞記者の方から同じ質問を受けたばかりなんですが、その時、先生は、辞任など云った覚えはないけれど、全国勤音の事務局の方で記者諸君にはっきりそう発表しているのなら、私は辞《や》めたことになるんでしょうねと云って、笑っておられました」

と云い、それ以上はさしひかえるように口を噤《つぐ》んだが、流郷にはそれですべてが解った。

「やっぱり、そうでしたか、では高倉さんにはまた改めてお電話致しますが、よろしくお伝えください」

電話をきると、流郷はやりきれぬ思いにとらわれた。おそらく全国勤音事務局で緊急

常任委員会とでも称して、東京にいる常任委員だけを招集し、その席上で人民党の中共派と繋がっている連中が、高倉五郎の顧問罷免《ひめん》を決議し、表向きには自発的に辞任したという形をとったのに違いなかった。流郷は今さらのように勤音という組織の政治的な背景を思い知った。

流郷は煙草の火を消すと、椅子《いす》から起《た》ち上がった。無性《むしょう》に音楽が聴《き》きたかった。事務局に隣接したレコード室に入り、灯《あか》りを点《つ》けた。

正面の壁面にそってステレオ装置がセットされ、右側の壁面には、作曲者、演奏者、表題別に分類したカードがぎっしり入ったファイル・ボックスが並び、左側の壁面はレコード棚になって、一段に十枚ずつのレコードが収められている。流郷はすぐ目の前の作曲者別のファイル・ボックスの引出しを開けた。

ラフマニノフの「十のプレリュード作品二三」「十三のプレリュード作品三二」「幻想小品集作品三」のカードが眼に入ったが、どれも静かで典雅な宮廷風の音楽であった。もっと叩きつけるような激しい音を聴きたかった。リストのカードを繰った。「ハンガリー狂詩曲第一番ホ短調」「第二番嬰《えい》ハ短調」、流郷は、リストがピアノの最大効果を傾けたと云われている「ハンガリー狂詩曲第二番」を聴きたいと思った。『G〜3〜7』そう記《しる》された記号にそって、レコード棚のG列の三段目の右端から七番目の棚の前に起ち、レコードを取り出そうとした途端、ぱらりと何かが足もとに落ちた。拾い上げると、謄写版《とうしゃばん》用の原紙であった。何気なく眼を通すと、No.3という頁《ページ》数が右肩にうたれ、淀川塗料、太陽プラスチック、日の出ゴム、阪神ドローイング、松田製紙、尼崎化成など、何の変哲もない会社名が十一、二社列記され、中程でぽつんときれている。書きつぶしの原紙らしかった。流郷はぽいと、屑籠《くずかご》へほうり込みかけて、ふと手を止めた。塗料、ゴム、プラスチック会社など、どれもあまりにも勤音と関係のない会社であることが、不審であった。流郷は、昨年の参院選たけなわの深夜、このレコード室で行なわれていた事務局細胞のフラクション会議を、偶然、立ち聴きした時のことを思い出した。そのフラクション会議が行なわれた同じ部屋から出て来た不審なかきつぶしの原紙は、誰かがここで原紙をきり、その時、書きつぶしたのが、何かの間違いでレコードの間に挟《はさ》まっていたのではないだろうか――。

そう思いつくと、流郷はもう一度はじめから、一つ一つの会社名を注意深く見て行った。日の出ゴムのところまで行くと、次の阪神ドローイングとの間に斜線を引いて消されてある箇所がある。よく見ると、会社名に当る上の字は消されていたが、残っている下の二字はどうやら印刷という字であった。流郷は原紙をとって、灯りに透かし見るようにしたが、消された上の字は読みとれない。流郷は原紙を手にして、謄写室へ足を向けた。

レコード室の向い側にある謄写室は、二坪ほどの壁に囲まれた狭い部屋で、インクの臭《にお》いが鼻についた。流郷は上衣を脱ぎ、ワイシャツの袖をまくると、謄写版の上枠《うわわく》を上げた。原紙を枠の裏の金具に止め、台版の上に用紙を置き、上枠をのせてスクリーンの上から、インクをしませたローラーを強く滑《すべ》らせると、鮮明に刷り上がった。消された箇所に眼を当て、流郷は、視線を凝らした。消された斜線の下に塚田という二字が記されている。一昨年、流郷が印刷費のことで疑惑をもって追及しはじめた途端、倒産し、夜逃げ同様に行き先をくらませた塚田印刷の名前であった。その塚田印刷と列《なら》んで書き記されている他《ほか》の会社は、勤音とどんな繋がりがあり、それらの会社名簿の書きつぶしの原紙が勤音のレコード室から出て来たことは、何を意味するのであろうか。流郷は、黯《くろ》い疑惑に包まれた。

翌日、流郷は、例会用パンフレットのゲラ刷をポケットに突っ込み、出光印刷へ出向いた。菊村俊一が校正に出かけようとしていたのを、ついでがあるからと、引き取ったのだった。

昨夜、事務局のレコード室から出て来た書きつぶしの原紙の一箇所に書き消されている塚田印刷という字が、流郷の頭にひっかかっているのだった。書き消された塚田印刷に代って、出光印刷という名前を書き入れるつもりではなかったのだろうか——、そう思うと、流郷は、塚田印刷に代って、現在、勤音の印刷物を一手に引き受けている出光印刷に対して、或《あ》る一つの疑惑を抱いて出向いていた。

堀江中通りの出光印刷の前で車を降りると、流郷は玄関の扉《ドア》を押した。百坪程の二階建ての建物は、階下が印刷場になり、二階が事務所、写真整版室、校正室になり、営業受付は玄関を入ったところにあり、三、四人の事務員が忙しそうに事務をとっていたが、流郷は声をかけず、奥の印刷場へ、つうっと入って行った。

退《ひ》け時《どき》前の印刷場は、七台の活版と二台のオフセットがフルに動き、機械について刷り上りを見る工員や、機械を調整する工員たちが慌《あわただ》しく動き廻っている。流郷はポケットからパンフレットのゲラ刷を取り出したが、二階の校正室へは上がらず、植字台の方へ足を運んだ。仕事に追われている工員たちは印刷場へ入って来た流郷の姿に目もくれず、せっせと原稿の活字を拾っている。

「おーい、早よ拾わんと組まれへんでぇ」

「はあーい！　あと二分であげまっせ」

若い工員が機械のような手早さで文選棚から字を拾い、植字台へすっ飛んで行くと、齢嵩《としかさ》の組版の工員が待ち構えたように組み上げて行き、わき見をする暇もない忙しさであった。

流郷は植字台の間を縫い、自分の持っているゲラの組版を探すような振《ふり》をしながら、そこに組まれている組版の一つ一つに注意深い視線を当てて行った。

各種の案内状、パンフレット、機関誌などの組版が植字台の上に犇《ひし》めくように組まれている。窓際《まどぎわ》の植字台のところまで来ると、勤音のパンフレットの組版が載っているのが見えたが、流郷はわざと気付かぬように通り過し、一番奥の薄暗い壁際にある植字台のところまで来た時、はっと足をとめた。

タブロイド型の組版であった。解版の途中らしく、半ば解版された残りがそのままになっている。『部分核停条約を批判する』という大きな中見出しが眼についた。流郷は、その組版に視線を凝らした。

部分核停条約は、アメリカ帝国主義の主張に基づいて締結され、帝国主義者の核戦争政策を「合法化」する道具に使われ、さらにその「中国封じこめ」政策や「平和戦略」の道具となって、世界の平和勢力に重大な困難をもたらしている条約である。

それにもかかわらず、一般に部分核停条約が「ないよりある方がましだ」と考えるのは、この条約を放射能汚染問題にだけしぼって評価するからであって、大きな誤りである。この条約の全貌《ぜんぼう》、とくに核戦争を阻止するという人民の根本的な願いを実現する立場からいえば、部分核停条約はアメリカ帝国主義の手を縛るものではなく、逆に現在、核武装されていない社会主義諸国の手を縛ろうとしているものである。

用語の激しさと内容からみて明らかに人民党関係のもので、普通の印刷工場では見られない性格のものであった。やっぱりそうだったのか——、さらに次を読みかけた時、

「こちらにいらしたんですか」

背後《うしろ》から声がし、勤音へ出入りしている営業課長の岸田が近寄って来た。

「日頃は大へんご贔屓《ひいき》に——、こんなところより応接室の方で、ご用向きを伺わせて戴きます」

営業マンらしく顔一杯に愛想笑いをうかべて挨拶《あいさつ》した。流郷は手に持ったゲラ刷を広げ、

「いや、今日は無理を云《い》いに来たのですよ、曲目解説のところ、僕自身が相当、直したいので、じかにやって来たんですよ」

そう云いながら、今見た植字台の方へ眼を向け、

「おたくは、人民党関係のものを刷っておられるんですか」

さり気なく聞いた。

「いえ、あれは学生新聞なんですよ、この頃の学生新聞は、何かというとあんな風に人民党まがいの左翼用語をやたらに使って、撥《は》ね上がりたがるんですよ、私の方はお顧客《とくい》さんですから、何でもおっしゃる通りにやらせて戴いておりますがねぇ」

「そうですか、僕はまた、あまり人民党の『戦旗』そっくりの論調だもので、すっかり早合点《はやがてん》してしまいましたよ」

流郷は笑い濁すように云いながら、岸田の顔色がかすかに動くのを見逃さなかった。

「じゃあ、ゲラ直しの方を特急でやらせて戴きましょう、おおい！　勤音さんの係は誰だい」

岸田はすかさず、話を用件へ振り向け、係を呼ぶと、作業ズボンの上にジャンパーを着た中年の工員が寄って来た。流郷が、わざと朱で沢山書き入れたゲラ刷を出すと、工員はすぐ字数を数え、

「二行増行で、横野《よこけい》からはみ出ますけど、組みはどないしはります？」

「行間と天地で何とか加減してほしいな」

工員は、すぐゲラを持って植字台の方へ走って行った。

「字が拾えますまで、応接室でお茶でも飲んで、ご一服下さい、直しが出来ましたらご連絡させますから」

岸田は、流郷を応接室の方へ案内しかけた。

「いや、応接室で待っているより、ここにいる方が退屈しなくていいですよ、随分、多人数のようですが、何人ぐらいでやっているんです」

「営業や倉庫、輸送関係も全部入れ百人程で、印刷の方は四十二人いるのですが、おかげで定期的な仕事が増えまして、何時も忙しくさせて戴いております」

「それじゃあ、毎月、相当数の紙をお使いでしょうが、どこから引いておられるのです？」

「松田製紙からですよ」

流郷のさり気ない聞き方に吊《つ》られ、反射的に応《こた》えた。松田製紙——、それは昨夜見た不審な会社名簿に載っている製紙問屋の名前であった。よもや、流郷がそんな名簿を知っているなどとは思ってもいない岸田は、不用意に松田製紙の名前を口にしたようであった。

「松田製紙？　あまり聞かないところですね、どちらですか」

「私の方の会社と同じぐらいの業態でございますよ」

どこであるかは、ぴたりと口を閉じた。流郷は素知らぬ顔で、

「印刷業も小さなところは、倒産するところが増えているようですが、塚田印刷はその後どうしているかご存知ですか」

「塚田印刷さん？　さあ、存じ上げませんが——」

妙に素っ気なく応えた。

「おたくの前に、うちの印刷物を刷っていたところで、一昨年、急に倒産してどこかへ引っ越したままで、同じ業種なら、少しは消息をご存知かと思いましてねぇ」

「それが、こう申しては何ですが、五、六人ぐらいでやる小さな印刷屋さんでしたら、うちとはあまりおつき合いがございませんので、ですが、何かお調べのようでございましたら、他《ほか》へお問い合わせ致しますが――」

慇懃《いんぎん》に応対しながら、流郷の用向きを探り出すように云った。

「いや、結構ですよ、それよりもうゲラ直しが出来ているでしょうから、失礼――」

踵《きびす》を返して、ゲラ直しをしている植字台の方へ歩いて行った途端、流郷は息を呑《の》んで、窓の外を見た。眼鏡をかけた背の低い塚田印刷の親父《おやじ》に似た男が、窓の外を通って裏口から外へ出ようとしている。急いで窓際《まどぎわ》へ寄り首を覗《のぞ》かせると、男は裏門に待たせた車に乗るなり、さっと行ってしまった。車にふんぞりかえった姿は意外だったが、あの貧相な特徴のある顔は確かに塚田印刷の親父に違いなかった。人民党の印刷物を刷り、不審な名簿に載っている松田製紙から紙を引き、塚田印刷の親父が見違えるような姿で出入りしている出光印刷は、人民党と何らかの特殊な財政的関係があり、勤音とも特殊な繋《つな》がり方をしているのではないかという疑惑が深まった。

＊

勤音の会議室で、財政委員会が開かれていた。

議事は二カ月前のサベーリエフ例会の決算報告から始まり、各委員の手もとに配った決算書を前にして、江藤斎子が会費、会場費、出演者のギャランティ、舞台設備費、出演者の宿泊費、交通費、ポスター、プログラム印刷費などの各項目にわたって収支の報告を行なっていた。きまりきった退屈な決算報告も、江藤斎子《せいこ》の美しい顔と声で報告されると、昼間の仕事で疲れている委員たちは、寛《くつろ》ぎを覚えながら聞くことが出来た。

「以上のような次第で、サベーリエフ例会の収支決算は、百七十八万二千七十八円の収益になり、この収益は、次の例会費用として繰り越すことに致します、以上ご報告致しました諸点につき、特にご質問、ご異議がなければ、次の議題に移りたいと思います」

六人の財政委員の中で会計監査を受け持っている野口が、真っ先に口を開いた。

「異議ありません」

他の委員たちも、東亜商事の経理部に勤め、計理士の資格を持っている野口が見て異議がなければという気持と、昼間の勤務の疲れも加わり、

「異議なし」

「承認します」

ぬるい番茶で咽喉《のど》を潤《うるお》しながら云った。

「では、お手もとのプリントは回収させて戴《いただ》き、次の議題に移ります」

と云うと、会計係の尾本が、各委員の前にある収支決算書を手早く回収しはじめた。

流郷はその手早さを見詰めていた。財政委員が、メモを取る暇もない手早さであった。

「尾本さん、この決算書は貰《もろ》うておきたいけど、ええやろ」

大阪金属の林が云った。以前から流郷の支持者の一人であった。

「ですが、回収することになっていますから――」

尾本が当惑するように口ごもった。

「林さん、どうしてお入り用なんです、何か特にご不審でも？」

江藤斎子が口を挟《はさ》んだ。

「いや、そうやないんです、何というてもサベーリエフ演奏会は勤音の記念すべき大例会やから、財政委員としてその決算書を記念にとっておきたいわけですわ」

「お気持は解《わか》りますけれど、決算書を回収させて戴くのは、万一、これが外部に洩《も》れることがあると、勤音のギャランティは他の団体と違って、勤音の特殊性によってうんと安くなっている場合が多く、極秘条項になっていますので、どなたからも回収させて戴くことにしております」

「しかし、われわれ財政委員がそんなことを洩らすはずがないやないですか」

「ですけれど、この頃、勤音内にもいろいろと、妙な動きがありますので――」

「妙な動きと云いますと？」

林が追っかぶせるように云うと、

「江藤さん、もう八時ですから、議事を進ませて戴きたいのですが――」

尾本が横から遠慮がちに促した。

「じゃあ、ともかく今日のところは回収させて戴いて、議事を進行させることで如何《いかが》でしょう」

「どうしても渡されんというのやったら、それで結構です、これ以上、固執するのも妙な話ですからな」

林がいや味な云い方で応《こた》えると、尾本は林の前にある決算書を回収し、斎子は次の議題を上《のぼ》せた。

「では、最後に来月の例会の特別会費をいくらにするかという件をご検討願いたいのです」

「その前に、緊急動議があります」

佐伯が手を挙げた。財政委員たちは一斉に阪神銀行の貸付係の佐伯の方を振り向いた。

斎子は硬《かた》い表情で、

「来月の特別会費は、早急《さつきゆう》に結論を迫られている問題ですから、緊急動議はこのあとにして下さいませんか」

「いや、私の動議を先に検討して戴かない限り、来月の特別会費徴収には賛成しかねますので、是非、先に取り上げて戴きたいのです」

「へえぇ、そんな重大な動議なら、僕らとしても先に聞いときたいな」

他の財政委員たちが体を乗り出し、佐伯の動議が先行することになった。

「動議というのは、勤音会館設立資金の問題です、事務局財政部がその資金集め、資金管理など一切の事務を運営することを任されていたはずですが、昨年の総会以後、何の報告もありません、その後どうなっているのか、まずそれからお答え下さい」

佐伯は一語、一語、区切るように云った。江藤斎子は表情を動かさず、

「ご指摘の件につきましては、各労組や民主団体にも呼びかけてカンパをお願いし、このほどやっとあと四年後に設立のめどがつき、敷地二百三十坪、四階建てで各階建坪は百八十坪という原案がまとまりつつあります」

淀《よど》みなく応えた。

「なるほど、それで総工費の見積りは？」

「一億三千万円の予定です」

「建設資金は以前から積み立てられ、昨年の総会以後は盛んに資金カンパもして相当積

み立てられているはずですが、現在、集まっている総額はどれくらいです」

「勤音会館の設立資金は、五年前から会員の入会金の一部を積み立てた三千百万円と、カンパによる約三百三十万、総計三千四百三十万円にのぼっており、この資金は財政委員の皆さんもご承知のように架空の個人名義で、五つの市中銀行に均等分して預けておりますが、一体、この会館設立資金と、来月の特別会費の問題と、どのような関係があるのでしょうか、もう八時を過ぎ、時間もございませんから、特別会費徴収の件をご検討願いたいと存じます」

斎子はそう説明し、次の議題を促すと、林が遮《さえぎ》った。

「江藤さん、会員の代表である財政委員の質疑に対して、あんたのような口のきき方で、一方的に押しきるのはおかしい、納得の行くまで質問させるべきやと思いますが、上京中の事務局長に代って出席してはる次長の流郷さんのご意見は？」

巧みに流郷の方へ言葉を向けた。流郷は、

「佐伯君の動議の方を先行しようじゃないですか、先にされたからといって、事務局として困るようなことは何もないはずだから」

斎子の口を封じるように云《い》うと、佐伯はすかさず言葉を継いだ。

「只今《ただいま》、江藤さんから、会館設立資金三千四百三十万円は、五つの市中銀行に均等分して預けられているというご説明がありましたが、それでは私が勤務しております阪神銀行にもお預け戴いているわけですね」

「ええ、そうです、細かい金額までは記憶しておりませんが、先程申し上げました金額の約五等分の一を預けているはずです」

「ほう、そうですか、確かに四カ月前までは江藤さんのおっしゃる通り、約六百八十万円の預金が、宮村芳子名義で当行へお預け戴いておりましたよ、しかし三月二十一日に三百五十万円が引き出され、現在は三百三十万円しか残っておりません、これはどういう使途のために引き出されたのです」

「えっ？　三百五十万円も無断で引き出されてるて、そんなええ加減な！　江藤さん、どうしたんです！」

林が驚愕《きょうがく》の声を上げた。

「それは、実は――」

江藤斎子はきゅっと唇を嚙《か》み、絶句した。それはどんな場合でも平静な態度を失わない江藤斎子に考えられない光景であった。佐伯や林たちの眼に疑惑の色がうかび、いきりたつように言葉を継ぎかけると、会計係の尾本が、

「それは実は、まことに申しかねることですが、そのう……、会館設立資金を少しでも増やすために銀行利子より割のいいところに貸し付けているのでして……、皆さん方に予《あらかじ》めご諒承《りょうしょう》戴かねばと思いながら、会議が何時《いつ》も時間ぎれでありますことと、勤音が

闇《やみ》金融のようなことをしていると思われるのもどうかと思いまして、ついそのままになっておりまして、申しわけございません」

ぼそぼそと低い声で云い、たて続けに頭を下げた。

「流郷さん、あんたも知らんかったんですか！」

委員の一人が、流郷に嚙みついた。

「次長の僕が知らなかったというのは迂闊《うかつ》なことだが、正直なところ今知ったばかりです、それで尾本君、貸付け先は？」

「出光印刷です」

「えっ、出光印刷――」

流郷は思わず、聞き返した。佐伯は事務的な口調で、

「企業に貸し付けたのなら、手形を取っているはずでしょう、それを提示して貰《もら》いたい」

銀行の貸付係らしい指摘をした。

「承知しました、只今、事務局の金庫から出して参ります」

席をたって、暫《しばら》くすると、書類袋を抱えて来た。

「お待たせ致しました、これがその手形です、どうぞ、おあらためを――」

慇懃《いんぎん》な口調で云い、机の上においた。

書式、捺印《なついん》とも整った約束手形であった。

「しかし、なぜ、出光印刷に貸したのか、その理由《わけ》を聞かして貰いたい、この金融難にあっさり、出光印刷に三百五十万も貸し出すなど、普通の常識では考えられない」

佐伯が云うと、尾本に代って、斎子が口を開いた。

「出光印刷は何時も例会のプログラムやポスター、機関誌などで、勤音の無理を聞いてくれ、半年程前に入れた新しいオフセットの印刷機も、いわば勤音のためのようなものですし、それにさっき尾本さんが説明しましたように銀行利子より高い金利で貸せるから、有利な金融として貸し付けただけのことです」

「では、利子はいくら」

「日歩三銭五厘《りん》です」

「なるほど、銀行利子より高いが、五カ月の長期の手形にしては安すぎる、金利の安い分だけ、担保物件をよけいに押えておられるでしょうな、担保物件の証書は？」

「借用証書と違って、約束手形ですから、担保など取っていませんわ」

「ほう、金利が安い上に、五カ月もの長期にわたる手形というのに担保も取っていないんですか」

他の委員たちの顔にも不信の色が流れた。佐伯はその気配を見て取り、

「会員の入会金やカンパによって集められた勤音会館の建設資金が、そんな杜撰《ずさん》なやり

方で管理されていていいのですか、これでは毎月の例会費の管理も不安でならない、会計帳簿の公開を要求する！」

爆弾動議を投げつけるように云った。斎子はきっと、佐伯を見据え、

「財政部の会計帳簿の公開は、運営委員会の議決と事務局長の諒承《りようしよう》を経てからでなければ公開出来ません」

突っ撥《ば》ねるように云うと、流郷が言葉を挟んだ。

「財政に関することだから、財政委員の決議によって公開してもいいじゃないですか、事務局長の諒承は、次長の僕が代行することにすればいい」

「そうだ、帳簿の公開をしないのなら、財政部不信任を突きつける！」

「すぐ公開しろ！」

帳簿の公開を求める委員が、騒然と起《た》ち上がった。

灯《あか》りを消した部屋の中で、流郷と斎子は、ベッドに横たわっていた。情事が終ったあとの気怠《けだる》さと尾を曳《ひ》くような快感が流郷の体を押し包んでいたが、頭の中は妙にしらじらと冴《さ》え、さっきの財政委員会の騒然とした様子が思い返された。

即座に会計帳簿の公開を求める佐伯たちと、来月の財政委員会で公開することを主張

する財政部とが険しく対立し、結局は会計監査を受け持っている野口が時間的余裕を理由にして、帳簿の公開は一カ月先に持ち込まれたのだったが、流郷の頭には、出光印刷の手形のことがひっかかっていた。佐伯が手形の提示を求めると、狼狽《ろうばい》した斎子に代って、尾本がすぐ手形を持ち出し、その書式、捺印もちゃんと整っていたが、もし出光印刷と勤音が組めば偽手形をつくり、ほんとうの金はどこか外へ流すこともあり得るのではないだろうか――。明らかに人民党関係と思われるタブロイド型の新聞を刷っている出光印刷のことであるから、それは十分に考えられることであった。そしてそれらの操作を斎子がやっていたとすれば、斎子の立場は、単なる人民党員というだけではなく、東京勤音の鷲見などと繫《つな》がって、何か特殊な任務を帯びているはずであった。

流郷はごろりと寝返りを打ち、枕《まくら》もとの灯りを点《つ》けた。斎子の露《あら》わな肌が汗ばみ、濡《ぬ》れ光るように湿った髪が首筋に乱れている。

「さっきの手形、どうも腑《ふ》に落ちないな――」

煙草《たばこ》をくわえながら流郷が云うと、

「あら、何が腑に落ちないの」

斎子は天井を見詰めたまま云った。

「だって、考えれば考えるほどおかしいじゃないか、出光印刷が何時《いつ》も勤音の無理を聞いてくれるからと云って、約束手形で融資までしてやることはないじゃないか、それとも出光印刷には、そこまでしてやらなきゃあならない特別な繫がりでもあるというのかい」

「妙な云い方をするのね、一体、何を云いたいの」

露わな肌を剝《む》き出したまま、身じろぎもせずに云った。

「勤音と出光印刷との表面には出ない裏の繫がりだよ」

ぐいと踏み込むように云うと、斎子の肩がかすかに動いたが、すうっと流郷の方へ体を寄せ、

「印刷物の発注側と受注側、それだけのことだわ、それ以上に何があるというの？」

逆に甘えかかる仕種《しぐさ》をした。

「ところがこの間、出光印刷で、前の塚田印刷の親父《おやじ》の姿を見かけたんだ」

「人違いじゃあないこと――」

いらいらをきるように云った。

「僕も最初は、そう思ったよ、だが窓から首を出して覗《のぞ》いてみると、背の低い眼鏡をかけたあの貧相な顔は、間違いなく塚田印刷の親父だ、違っているところは、よれよれのジャンパーとズボンではなく、ちゃんとした背広を着、乗用車になどふんぞり返っているところだ」

「塚田印刷の親父さんが、乗用車になどふんぞり返るはずがないじゃないの」

「いや、塚田印刷の時は何らかの目的で、わざとあんな装《なり》をし、今は何か重要なポストに就いてえらくなり、それでりゅうとしているとも考えられるからね」

斎子の視線が、ぴたりと止った。

「それからもう一つ驚くことがある、出光印刷で明らかに人民党関係の印刷物を刷り、紙を松田製紙から引いている」

「どうして松田製紙だといけないの」

「それは君の方がよく知っているはずだろう、松田製紙と出光印刷の繋がりはどういうことになっているんだ」

「そんなこと、知らないわ――」

強く頭を振ったが、斎子の豊かな胸に動悸《どうき》が打っているのが感じ取られた。

「じゃあ、尾本君なら、知っているというわけかい」

「尾本さん？　会計係の尾本さんが、私の知らないことを知っているはずがないじゃないの」

みくびるように云い、笑い濁しかけると、流郷は斎子の顔を覗き込んだ。

「そうだろうか――、それは表面上のことで、ほんとうは君が知らないこと、出来ないことでも、尾本君ならやれるというのが、真相じゃないか」

固唾《かたず》を呑《の》む気配がし、くるりと背中を向けた。

「どうしたんだ、急に背中を向けたりして、具合の悪いことでもあるというのかい」

手を伸ばし、あやすように斎子の肩を抱き戻しかけると、斎子の手が流郷を払った。

「もう狸《たぬき》と狐《きつね》の化かし合いみたいなことはやめにしましょう、あなたは何もかも知っているはずだわ、そこまで知っていて、これ以上、何を知りたいというの」

「勤音の財政部、出光印刷、松田製紙、この三つを結ぶルートは何を意味しているのか、それを知りたいのだ」

「それは不可能なことだわ」

「不可能じゃない、現にさっきの財政委員会で、一つのことが解《わか》ったじゃないか」

煙草をくわえた流郷の頬《ほお》に、白い笑いがうかんだ。

「でも、これ以上深入りしない方がいいわ、その方があなたの身のためだわ」

そう云うと、斎子はするりとベッドから滑《すべ》り降り、露わな体に下着をつけはじめた。

流郷は、傍観者のような視線で斎子の体を眺《なが》めた。最初は謎《なぞ》のような影を持った女という興味から斎子に近付いたのが、何時の間にか、斎子を通して勤音の実態を知ろうという欲望に変り、斎子もまた何らかの意図を持って自分に接し、体の交わりの一瞬には、その目的を忘れることがあっても、流郷に対する究極の目的を忘れずに貫いていたことをはっきりと、感じ取った。

十四章

うどん屋の二階の赤茶けた畳の上に食べかけのうどんや丼鉢《どんぶりばち》がちらかり、組織担当の永山を中心に運営委員と地域委員七、八人が車座になって一カ月先に迫っている運営委員選挙の工作を練っていた。

永山は、つるつるとうどんをすすりながら、

「今度の運営委員選挙で、財政部の会計帳簿公開を求めた佐伯、林をはじめ、ソ連派の運営委員を一人でも多く、追い出してしまうことだ」

これ以上、帳簿を追及させせまいとしている永山は、最初から強い調子を打ち出した。尖鋭《せんえい》な中共派の運営委員である野坂も、趺坐《あぐら》を組み直し、

「それには、選挙権を持っている六百人のサークル代表を各ブロックごとに取りまとめている地域委員の動きが票の流れを大きく左右するわけだから、地域委員をしっかり抱き込んでおくことだが、今のところ、地域委員の色分けはどんな割合になっているんだ

い」

と聞くと、地域委員の中で精力的な活動家で知られている大正地域の委員が、

「現在、はっきりしている色分けは、五十人の地域委員のうちソ連派十六、勤音が純粋な音楽鑑賞団体であることを主張する中立派が二十、そしてわれわれ中共派が十四という割合で、一カ月前に比べると、こっちの数の方が大分、増えて来ていますよ」

「しかし、われわれのたてた候補者を全員当選させて、運営委員会で中共派が過半数を占めるためには、もう十二、三人の委員をこっちへ引っ張り込むことだが、ソ連派は危ないから中立を守っている連中を洗脳して、もっとこっちへ抱き込むことだな」

野坂が重ねて云《い》うと、大正地域の委員は、

「その中立派といっても、ほんとうに勤音が純粋な音楽鑑賞団体であることを主張する勤音石頭《いしあたま》と、日労系の組合のひもつきとがあるから、その辺のところをよく見極めた上でないと、もし間違って日労系のひもつきなどに話を持って行ったら、待ってましたとばかり悪宣伝されて、えらい目にあう危険性がありますからねぇ」

「そんな危険のありそうな奴《やつ》ははずして、あとの奴を狙《ねら》うことだ」

永山は地域委員の名簿を広げ、くずせそうな相手に○印をつけ、

「この十二人に、実弾射撃をかけて、こっちへ引っ張り込むことだ」

と云うと、車座になっている委員たちの顔に驚きの色がうかんだ。

「もちろん、実弾射撃といっても、勤音の運営委員の選挙だから、現金をばらまくんじゃない、小遣《こづかい》の足《た》しになるアルバイトを世話することだよ、勤音の事務局が、勤音会員にアルバイトを世話する段には、おかしくないからな」

　野坂が、永山の言葉を補うように云うと、都島地域の委員が声を低め、

「どうやらソ連派の方もアルバイトの斡旋《あっせん》をやっているらしい、うちの委員でソ連派とみられる奴が、二週間前から急によその職場のコーラス指導に行き、いいアルバイトになるとか云ってましたよ」

「ほんとうかね、で、そのアルバイト料はいくらなんだ？」

　永山が聞き返した。

「月二回で千三百円とか云ってました」

「じゃあ、こっちはその上を行く口を斡旋することだな、尾本君、こっちで世話できるアルバイトの口、何かいいのがないか」

　部屋の隅の方で短くなった煙草《たばこ》を喫《す》いながら、一座の会計係を勤めている尾本に声をかけた。

「はあ、少々、お待ちを――」

　猫背《ねこぜ》の背を屈《かが》め、くたびれた上衣のポケットから手帳を取り出し、

「東洋計器のコーラス部のコーラス指導が千百円、喫茶店向きの名曲解説が千三百円、

新曲の楽譜写しが千二百円、三星幼稚園の児童合唱団指導が千二百円、まあ、ざっとこんなところですね」

予《あらかじ》め永山と打ち合わせていたように、すぐさま四つのアルバイトの口を云った。

「そうすると、平均千二百円だから、さっきのソ連派の話がほんとうだとすると、百円安いことになる、よし、向うが千三百円なら、こっちは千五、六百円のアルバイトの口を探すことだ」

野坂がそう云った時、階段を上がって来る足音がした。警戒するように口を噤《つぐ》むと、菊村俊一であった。

「なんだ、君だったのかい、びっくりさすじゃないか」

「朗報なんですよ、協和プロへ頼みに行ったら、催し物のプランニングの資料集めのアルバイトの口を三口もくれましたよ」

菊村は眼を輝かせ、自慢そうに云うと、

「千田のところか——、流郷に知れるとまずいな」

永山が苦い顔をした。

「大丈夫ですよ、運営委員の選挙のことなど噯《おくび》にも出さず、困っている勤音会員のためのアルバイト探しと云ってますから」

「そうか、さすがに君は組織部で鍛えて、企画部へ廻しただけある、それで、いくら出す？」

「江藤さんにも電話で口添えして貰《もら》い、催し物のプランニングの資料集めはしんどい仕事だからといって、一回千八百円にして貰いましたよ」

「ほう、それはよくやった、おい、菊村君に熱いうどんを注文してやれよ」

永山は現金《げんきん》に菊村を犒《ねぎら》い、

「あと五口ほど、そういう口があればさっきチェックした中立を守っている地域委員を全部こっちへ引っ張り込み、その地域のサークル票がごっそりとれるのだがな」

一座を見廻したが、誰も心当りがないらしい。

「無理だな、何といっても昼間の仕事をすませたあとのアルバイト仕事だからねぇ」

東淀川地域の委員が云い、他《ほか》の委員たちも頷《うなず》きかけると、会計係の尾本が、ぬるくなった番茶でちゅっと咽喉《のど》を潤《うるお》し、

「ございますよ、出光印刷の社外校正のアルバイトの口が――、たしか社外校正は普通、初校で八ポ二段組一頁《ページ》で二十五円といったところですが、出光印刷なら、こっちの頼み方次第で、一頁三十円ぐらいになりますでしょうから、根《こん》を詰めてやれば、月三千円近くになるはずですが――」

ぼそぼそとした口調で云った。

「そんないいアルバイトが取れれば心強いが、あれは馴《な》れた者でなければ仕事を貰えん

のだろう」

「いえ、大丈夫ですよ、明後日、出光印刷の営業の人が、今月の支払いを取りに来ますから、その時、云ってみましょう、いえ、大事な運営委員選挙に関係することでございますから、とくと頼み込みます」

日頃の尾本に似ず、自信あり気に云った。

＊

運営委員の改選を織り込んだ総会は、緊迫した雰囲気の中で開かれ、会場には各サークルを代表するサークル代表と地域委員ら六百人がぎっしり席を埋めていた。

壇上には、中央に議長団、左手の役員席には大野委員長をはじめ運営委員と事務局長の瀬木、次長の流郷、江藤、永山がずらりと顔を揃《そろ》え、冒頭の大会宣言に続いて、各方面から贈られた祝辞が読み上げられると、委員長の大野が役員席から起《た》ち上がり、演壇の前に進んだ。

「会員代表の皆さん！　皆さん方の活動によって、この一年間に三万五千人という驚異的な会員拡大に成功し、いまや十四万人の会員を獲得して、来年度の目標である十五万人まであと一息というめざましい発展を遂げることが出来ましたが、これは組織、例会、宣伝、財政の各部門の活動が結集してもたらした成果であります、特に例会面においてはソ連の世界的ヴァイオリニストであるサベーリエフ招聘《しょうへい》の画期的な大例会をはじめ、会員の要求に密接した例会を活潑に行なったためでありまして、われわれの〝例会中心主義〟が正しかった証左であります――」

自信に満ちた語調でそう云った途端、

「ブルジョア演奏家を褒《ほ》めるな！」

「例会中心主義は大衆追随だ！」

中共派の委員たちがかたまっている席から激しい弥次《やじ》が上がった。大野が言葉を跡切《とぎ》らせると、

「例会中心主義こそ勤音の推進力だ！」

「既定の運動方針を忘れたのか！」

大野を支持するソ連派の委員が応酬し、総会は冒頭から波乱の様相を帯びた。議長団は慌《あわ》ててたち上がり、静粛を呼びかけたが、双方の弥次が乱れ飛んだ。事務局長の瀬木が、

「皆さん、静粛に！　総会の混乱は勤音の内部分裂として外部に宣伝されかねません、言動を慎んで下さい！」

大声で制すと、弥次は静まったが、高倉五郎が勤音顧問を辞任以後、くすぶり続けて

いる勤音内のソ連派と中共派との抗争が、今日の総会をきっかけに表面化しそうな空気であった。大野はその険しさの中で、言葉を続けた。

「勤音会員の増大とともに、われわれの運動を阻《はば》む動きはこの一年、急速に強まって来ておりますが、それにもかかわらず、困難な情勢を克服して先程ご報告したような目ざましい会員拡大をなし遂げられたのは、各サークルの活潑《かっぱつ》な活動によるもので、その具体的な活動ぶりを、組織、企画、宣伝の各活動分野に分けて考察して行きますと――」

大野はやや警戒気味の硬《かた》い語調で、各分野の活動状況の報告に移った。壇上の役員席に並んでいる流郷は、大野の背中を眺《なが》めながら、総会前の財政委員会で行なわれた決算報告のことを思い返していた。三カ月前の財政委員会で、ソ連派の財政委員である佐伯、林たちが、江藤斎子《せいこ》に会計帳簿の公開を求め、斎子は一カ月後に臨時財政委員会を招集して公開すると、約束しておきながら、総会準備に追われていることを理由にして延ばし延ばしにし、総会の五日前になってようやく公開した帳簿は既に一分の隙《すき》もないほど見事に調《ととの》えられ、佐伯たちに、質問をさし挟《はさ》む余地を残さなかったのだった。

流郷は苦々しい思いで、財政担当の斎子の方を見た。瀬木を挟んで向うに坐《すわ》っている斎子は、ブルーのスーツに銀色のブローチをつけ、大きく見開いた眼の下に薄くくびれた唇が息づいている。流郷のアパートで、これ以上、勤音内部に深入りしない方が身のためよ、と云い捨てて帰って以来、二人の間には、深い溝《みぞ》が出来、事務局で顔を合わせても、仕事上に必要な言葉以外は交わしていない。

大野の一般経過報告が終り、規約改正の審議、新年度活動方針の議題が終ると、いよいよ大詰の運営委員の選挙に移った。組織担当の永山が演壇へ進み出た。

「壇上正面に掲《かか》げた候補者氏名表に記《しる》されている四十四名の中から、二十三名を選出して、演壇の下の投票箱へ投票して下さい、なお今回は、大正地域の石丸君や西淀川《にしよどがわ》地域の赤尾君をはじめ、多くの新人が勤音刷新の意味で立候補しています」

「今のは悪質な選挙運動だ！」

「今の言葉を取り消せ！」

ソ連派の地域委員たちがかたまっているところから、騒《ざわ》めきが上がった。

「只今《ただいま》のは決して選挙運動の意図をもって云ったのではありませんが、もしそう取られるのならば取り消します」

弁解すると、やっと騒めきがおさまり、サークル代表と地域委員たちは、配られて来た投票用紙を受け取り、手早く記名すると、次々に投票箱へたって行った。その間、場内の緊迫した空気を柔らげるように静かな音楽が流れ出した。

流郷は開票の結果を待ちながら、改めて運営委員の立候補者氏名に眼を通した。運営委員の仕事が多忙過ぎるために、例年、運営委員の候補者は、事務局が奔走してやっと定員数を上廻る程度であるのに、今回は定員数の倍近くの候補者が名前を連ね、しかも

七、八名の中立派を除き、ソ連派と中共派の立候補者がはっきりと色分けされており、流郷が予想していた以上に激しい選挙であった。流郷はさっきの弥次の激しさと思い合わせて、今度の選挙の結果は、予断を許さぬものだと思った。

「では、只今より開票を始めます」

永山の声が場内に響くと、会場が静まりかえった。

「石丸光夫、赤尾守、富岡善郎……」

永山は、次々に当選者の氏名を読み上げて行った。その度に、ソ連派と中共派の地域委員たちの間に緊迫した気配がたち、自分たちの推す候補者名が読み上げられると、わっと手を叩《たた》いた。半ば以上を過ぎると、中共派とみられる当選者の方が優勢になり、開票が終ると、中共派十二名、ソ連派六名、中立派五名が当選し、ソ連派の大野は下位で当選し、佐伯と林は落選した。

佐伯と林は蒼白《そうはく》になった。流郷もさすがに、急激な勢力分布の変化にただならぬものを感じ、傍《かたわ》らの瀬木の方を見ると、瀬木は感情を押し殺した妙に無表情な顔で、流郷の視線を逸《そら》した。

「では引き続き、運営委員の互選によって新委員長を選出します」

永山が畳み込むように云い、すぐ別室で委員長の互選が行なわれ、選考が終ると、永山は昂《たかぶ》った声で、

「只今、新委員長が選出されました、野坂新委員長であります」

どっと拍手が湧《わ》き、新委員長に選ばれた野坂が、頰骨《ほおぼね》の高い顔に喜色を漲《みなぎ》らせて、委員長就任の言葉を述べるために演壇の前にたった。

「皆さんの絶大なるご支持によって、新委員長に選ばれましたことを心から感謝します、同時に多年にわたって、委員長の激務を続けられた大野泰造氏に対して敬意を表したいと思います、皆さん、どうか拍手を送って下さい」

野坂は、委員長選に敗《やぶ》れて壇上を降りた大野に向って拍手をした。会場を埋めている会員代表たちも拍手を送ったが、一部によそよそしさが漂っている。

拍手が鳴りやむと、野坂の顔から笑いが消え、演壇に体を乗り出すようにして、新委員長の抱負を喋《しゃべ》りはじめた。

「現在の勤音を取り巻く情勢は、政治的にも文化的にも極めて反動的な状況にあります、政治的には核兵器の持込み、憲法改悪、軍国主義復活などの動きが顕著に見られ、文化的には多くの音楽家、音楽団体に対し、莫大《ばくだい》な税金を課税し、職場の音楽サークル活動への圧迫を強め、特に反動資本家の手になる『音連』は、勤音の破壊を目的にして、あらゆる破壊分裂の手を伸ばしており、今こそ勤音は、サークル活動の自由を守り、音楽運動を通して働く者の平和と民主主義社会を建設するために団結しなければならぬ時でありま す、そうした活動を強力に推し進めるためには、会員の低い要求に迎合せず、従来の目的意識の稀薄《きはく》な例会中心主義はこの際、徹底的に検討し直さなければならないと思います、例《たと》えば一応内定しているレニングラード交響楽団やボリショイ・バレエなどより、中共の民族的自覚と人民的創造に基づいた中国歌舞団や、日本のつくし座のようなものを積極的に取り上げるべきで、今後は勤労者の階級意識を喪失したブルジョア商業主義の音楽は、取り上げない強固な方針を打ち建てるべきであります」

頭からこれまでの例会中心主義を批判した。

「例会中心主義がなぜ悪い!」

佐伯や林たちの席から、囂々《ごうごう》たる非難の声が上がると、反対側の席から、

「委員長! 緊急動議!」

大きな声とともに手が挙がった。

「動議を認めます――」

野坂が応《こた》えると、現場勤務者らしいジャンパーを着た若い地域委員が紅潮した顔で起ち上がった。

「只今、勤音の目的意識について意見が分れている様子でありますが、この際、勤音の目的を従来の〝勤労者のためのよい音楽をより安く〟というような漠然としたものではなく、〝勤労者の創造能力による民族的、民主的な音楽文化の創造〟という明確な目的意識をもった運動方針を掲げることを緊急提案します」

そう発言すると、その周囲の中共派の地域委員たちは、賛成の拍手を送ったが、ソ連派の委員は総だちになり、

「運動方針の問題は、さっきの規約改正ですんでいる！」

真っ向からもみつぶしにかかった。

「静粛に！　緊急動議に対しては挙手をもって採決するのがルールであります」

委員長の野坂が、ソ連派の発言を封じるように云った。

「黙れ！　八百長動議など無効だ！」

「人民党中共派の手先は引っ込め！」

怒号と弥次が渦巻《うずま》き、ソ連派の委員が、動議の採決を阻むように演壇の下に駈《か》け寄りかかると、中共派の委員たちはそれを押し返し、起ち上がって賛成の手が林立するように挙がった。委員長の野坂は素早く場内を見廻し、

「殆《ほとん》ど満場一致の挙手であることを認めます、したがって只今の緊急提案を採決し、提案の線にそった活動方針を運営委員会で打ち建てます！」

強引に採決した。騒然とした対立の中で、流郷は斎子の方を見た。斎子は役員席に坐ったまま、身じろぎもしない様子で騒然とした場内を見詰め、流郷と視線が合うと、冷やかに逸した。ついこの間まで情事のあった女の心の翳《かげ》りはなく、流郷は、自分と斎子との間に、決定的な齟齬《そご》を来たしているのを感じた。

＊

クラブ関西の南向きの明るいダイニング・ルームで、門林雷太を中心にした『八人会』のメンバーが昼食会を開いていた。

八人のうち、三人は出張中で欠席していたが、近畿電力、共和銀行、松田電機、日本鉄鋼の各社長と、門林、それにたまたま来阪していた日経協の弘報《こうほう》委員長である長坂が加わり、勤音のことが話題にのぼっていた。

「この間の大阪勤音の総会は、ソ連派と中共派が真っ正面から対立し、衝突一歩手前で、中共派が制したと新聞に出てましたな」

共和銀行の岡崎頭取が銀髪の温顔で云《い》うと、舌平目《したびらめ》のムニエルに手をつけている門林はフォークをおき、

「両派の対立は解《わか》っていたけど、あれほど激しい対立になるとは思わんかった、あんな騒ぎになるのやったら、中立を守っている運営委員たちを焚《た》きつけて分裂を計るまたとない機会やったのに、全く惜しいことをした」

分厚い唇をナプキンで拭《ぬぐ》い、残念そうに云った。

「相手のお家騒動に乗じて分裂を計ろうなどとは、門林さんらしいおっしゃり方ですな、

しかし、考えようによっては、人民党の権力抗争そこのけの中ソ対立が、勤音の総会で表面化し、中共派路線へ突っ走ることは、大衆団体として自ら墓穴を掘るに等しいことだと思うのだが、日経協の弘報委員長としての長坂さんの考えは、どんなものですかな」

近畿電力の岩井社長が、白葡萄酒《しろぶどうしゅ》のグラスを干しながら、長坂に聞いた。

「たしかに大衆性は失うでしょう、しかし、それだけイデオロギーを明確に押し出して来た背景を考えると、楽観しておれませんよ、現に一週間前の人民党機関紙の『戦旗』に〝文化革命説〟というのを載せており、まず文化革命を行ない、政治革命を強力に推進することである、それには今までの唄《うた》って踊って恋をしての青年同盟式のやり方を根本的に改め、少数でも尖鋭《せんえい》な筋金入りの活動家をつくり、職場合唱団、勤音、勤演をはじめ、あらゆる進歩的文化団体を通して文化革命を行なうことを目標にすべきであると、大号令をかけていますから、今まで以上に厄介な団体になると思いますね」

長坂が応《こた》えると、『八人会』の中で最右翼の日本鉄鋼の大沼社長は、

「そんな馬鹿《ばか》な、われわれが健在である限り、そんなことが現実に、可能であるはずがないよ」

頭から打ち消すように云った。

「しかし、中共帰りの人民党員は、実に強靭《きょうじん》な尖鋭分子ですよ、例えば勤音の女子会員

が増えることについても、彼女らが革命の際の戦力になるとは思ってないが、われわれが銃をとってたつ時、市街戦でわれわれの邪魔にならぬように道をあけてくれるだけの役は果してくれるだろうなどと、云っていますからねぇ」

長坂が云うと、松田電機の松田社長は、

「市街戦やなど、あまり威嚇《おどか》さんでほしおますな、聞いてるだけで、血圧があがるやおまへんか」

真顔で云うと、門林は、

「それだけに、この際、音連の組織固めを全国的に強化するべきで、今まで陰にたっておったわれわれもそろそろ表に出て、正面きってやる時やと思いますのや」

「正面きるといいますと？」

共和銀行の岡崎頭取が、慎重な面持で聞き返した。

「つまり、今の全国音連の役員には、音連の中庸《や》性を強調するために、当りさわりのない文化人をシャッポ代りにおいたけど、それを止めて、会長には日経協の長老格である樺山《かばやま》さん、理事には日本新聞の野村さん、文化日本放送の藤山さん、それに長坂さん、われわれ八人会のメンバーなどがずらりと並ぶのですわ、そうしたら、今まで音連の協力費を出ししぶっている各会社の協力態勢もうんと違《ちご》うてくるし、世界の音楽家を一堂のもとに集めて音連主催でやることになっている『世界音楽祭』の金集めもスムーズに行き、音連の強力な梃入《てこい》れになりますがな」

「さすがは門林さん、打つ術《て》が早い、しかし、われわれが乗り出して、どんなにピラミッドの上を固めても、肝腎《かんじん》の底辺がしっかりしていないことには話にならんのだから、勤音の中共路線に対抗して、こっちは日労の幹部に飴《あめ》をしゃぶらせて、日労系の組合員を音連へごっそり抱き込むことですな」

日本鉄鋼の大沼社長が云うと、門林はぽんと膝《ひざ》を打った。

「それは私に任して貰《もら》いまひょ、日労の委員長の成瀬《なるせ》は、日織の委員長時代以来よく知っている仲で、賃金闘争の時はとりわけ、互いに世話になり合うツーツーカーカーの間柄で、三年前の東洋絹糸の争議の時は解決金として、中労委で正式承認した五千万円とは別口に、一千万円やってあるよって、いやとは云えんはずや」

脂《あぶら》ぎった顔を光らせると、長坂も頷《うなず》き、

「日労系の工作なら、日労づくりをやった東京音連の事務局長の宮本に、東京方面の工作をやらせ、日経協も側面からお手伝いさせて戴《いただ》きますよ」

「そう云うて貰うと、鬼に金棒《かなぼう》や、今日の昼食会は期せずして、音連強化策の懇談会みたいになりましたな」

門林は愉快そうに笑った。他《ほか》の社長たちも笑ったが、松田電機の松田社長だけは、にこりともせず、

「ところで、勤音はちゃんと、税金を払《はろ》うてるのだすか」

ぽつんと云った。

「東京と大阪の勤音は、入場税不払い運動をやってますが、地方の勤音は払っているようですね」

長坂が応えると、松田社長は気難しい顔で、

「聴衆を集めて催し物をやってる限り、入場税を払うのは当り前ですわ、わしの云うてるのは法人税のことですわ」

「ところが、勤音の云いぐさは、勤音は会員が主宰者であるから、入場税をとって催し物をやるいわゆる商業劇場と根本的に異なり、入場税を徴収するのは不当だ、いわんや、営利を目的としている収益団体ではないから法人税など払う必要がないと云うのですよ、現在、全国で五十二万人の会員を持って、収益がないなど、よくも云えたもんだが、ともかく今の税法では、勤音に法人税をかけるきめ手が、ないらしいのですよ」

「ほんなら法人税を改正して、勤音にも課税できるようにしたらええやないですか」

松田社長は何でもないことのように云った。

「そうなると、勤音は組織面、例会面に加えて、金の面から足腰たたずになりよるやろ」

門林が相手の窮地を愉《たの》しむように云うと、近畿電力の岩井社長が角張った顎《あご》を突き出

し、

「聞くところによると、信者三百万という宗教団体で億という金を用意して、勤音より安い、音連よりさらに低会費で、しかも豪華な例会を開く宗教音楽協会をつくるそうだが、宗教団体が音楽鑑賞団体をつくるのは、どういう算盤《そろばん》勘定ですかねぇ」

頭をかしげるように云った。共和銀行の岡崎頭取はデザートの果物を口へ運びながら、

「あの宗教団体も、近頃では信者の数が伸び悩み、頭打ちになっているので、何とか若い人を引っ張り込みたいところから、音楽鑑賞団体を思いついたんでしょう、何といっても音楽は理屈なしに大衆の本能にじかに訴えるものですから、組織と金の力があれば、眼をつけるのが当り前でしょうねぇ」

至極、当然のように云ったが、長坂は、

「宗教音楽協会の場合、信者を集めるための音楽鑑賞団体とみるのはちょっと甘過ぎますね、日経協のわれわれのみるところは、あの宗教団体を地盤にしてたつ立候補者のための選挙運動だとみていますよ」

「なるほど、そうすると、音連も勤音も、新しく出来る宗教音楽協会も、みんな音楽以外の目的のために音楽鑑賞団体をつくって人集めをしているわけで、これからは三つ巴《どもえ》の乱戦というわけやな、こりゃあ、難しいことになって来ましたわ」

門林は、胸に一物《いちもつ》あり気に云いながら、一座を見廻した。

流郷は、深い酔いの中で、千田の言葉を聞いていた。

「一体、勤音はどないなりましてん、急にレニングラード交響楽団やボリショイ・バレエなどのソ連ものの例会企画を全部、交渉中止にしたりして、こんなことをされては、今後、私らがソ連ものを呼ぶ時、日本に信用が無《の》うなって、困るやおまへんか」

めったに昂奮《こうふん》したものの云い方をしない飄々《ひょうひょう》とした千田が、バーの酔客やホステスたちの騒《ざわ》めきの中で開き直るように云った。流郷は酔いの廻った体をソファにもたせかけ、

「解ってる、君の云いたいことは、僕だって同じ気持だ、この間の総会で新しく選出された運営委員の連中が、一応内定していたソ連ものの企画を修正主義的ブルジョア芸術として、多数決によって否決し、つぶしてしまったんだ、無茶だよ、横暴だよ、運営委員会に名をかりた暴力だ――」

流郷は胸につかえている鬱憤《うっぷん》を一挙に吐き出すように云った。

「そうすると、東京勤音の鷲見《わしみ》事務局長らが、中共へ行ったのは、ソ連ものに代って、中国ものをやるためだすか」

千田の云う通りであった。大阪勤音の総会でソ連派を制して、中共派の運営委員が多

数を占めた途端、勤音の執行機関である運営委員会はすべて中共派によって握られ、流郷が企画していたレニングラード交響楽団、ボリショイ・バレエ、モスクワ合唱団の三つの企画が次々とつぶれ、全国勤音通しの企画として中国の歌舞団が取り上げられ、その招聘《しょうへい》のために鷲見を団長とする全国勤音の常任委員七名が中国へ出かけて行っているのだった。

「それにしても、大阪勤音の企画担当であり、次長である流郷さんが、あの一行に加わらんというのは全くおかしいやおまへんか」

そう云い、千田はひょいと体を前へ屈《かが》ませ、

「流郷さん、お膝もとの大阪勤音の企画部は大丈夫だすか」

「大丈夫さ、企画部は、完全に僕が握っているから――」

「それならよろしおますが、この間、企画部のポピュラーのキャップをしている堺君《さかい》がうちへやって来て、今度、ポピュラー部門で歌謡曲を取り上げて、新しい大衆路線をつくるのやと云うてましたけど、ご存知だすか」

「歌謡曲？　そんなの堺君の個人的な意見に過ぎないのだろう」

「ところが、奴《やっこ》さんはこの間の事務局会議の決定によるものだと云ってましたでぇ、まさか、流郷さんの与《あず》り知らん企画はおまへんやろ」

千田は、勤音内における流郷の立場を見定めるように云った。

「ああ、それなら、このところ僕は忙しくて事務局会議へ出ていないからね、僕に報告するのを忘れているのだろう」

流郷は、とっさにそう応《こた》えた。

「ところで、菊村君とかいう、あんたが勤音へ入れた紅顔の美少年は、この頃、なかなかの活動家になっているらしいですな」

「いや、菊村ならたいしたことはないよ、彼は何でも僕に打ち明けて話すから」

そう云い、流郷はウィスキー・グラスを口に運びながら、

「それとも、僕が企画部からも浮かされているとでも云うのかい」

「めっそうもない、流郷さんは大分前、勤音の組織が大きくなればなるほど、組織に密着したやり方で、自分の野心を実現すると云うてはったけど、この頃の勤音内の動きをみてると、ちょっと気懸《きが》りになりましてな」

「気懸りって、今度の人事異動のことかい」

「そうだす、部長制とかいうのが出来て、昨日まで一会計係で、ぺこぺこしていた尾本が、いきなり組織部長におさまり、組織部長の永山が事務局次長になり、各部のキャップも、永山、尾本と繋《つな》がっている連中やということやおまへんか、これは一体、どういうことですねん、何か隠れた理由《わけ》がおますのやろ」

千田らしい読みの深さであった。三日前、突然発表された事務局の人事異動は流郷を

はじめ、まともに勤音の在《あ》り方を考える者にとっては大きな衝撃であった。

会計係の尾本がいきなり、勤音の組織を牛耳《ぎゅうじ》る組織部長という重要なポストに着き、流郷より若い永山が、流郷と同列の次長になったことは、事務局内においても中共派の進出を明確に打ち出した人事であった。それにしても、江藤はともかく、これまでソ連派とみなされていた事務局長の瀬木が、現在のポストに止《とど》まり得たことが不可解であった。千田の云《い》うように隠された何かがあるはずであったが、流郷にはそれを探り出すことが出来なかった。僅《わず》かに解《わか》っていることといえば、今度の人事によって中共派及びその同調者とみなされる連中に、流郷が包囲されたことと、事務局長の瀬木が、自分の保身のために何らかの画策をしたらしいことであった。流郷の胸に昨年の八月、偶然、たち聞いた事務局細胞のフラクション会議のことが、まざまざと思い返されたが、千田にそれを話すべきか、どうかが躊躇《ためら》われた。

「どないしはったんだす？　これぐらいの酒で、ものも云えんほど酔いつぶれる流郷さんではおまへんやろ」

千田が酒臭い息を吐きつけて、流郷の顔を覗《のぞ》き込んだ。流郷は青白んだ顔に、乾いた笑いをうかべると、

「千田君、フラクション活動があるのだよ」

「え？　フラクが……」

流郷は重く頷いた。そしてグラスをテーブルにおき、事務局細胞の存在とそのキャップが尾本であり、瀬木、江藤、永山と五、六人の事務局員が加わり、彼らが運営委員を背後から牛耳っていること、レコード室で見つけた原紙から刷り出された会社名簿が勤音と何の繋がりもない会社名でありながら、その中に流郷が疑惑をもっていた塚田印刷の名前だけが半ば抹殺《まっさつ》された形で見付け出されたことから、塚田印刷に代って勤音の印刷物を刷っている出光印刷を訪《たず》ねて行くと、表見《おもてみ》は塚田印刷と比べものにならぬ従業員百人余りの堂々とした印刷会社であったが、人民党関係の印刷物を刷り、流郷が見付けた不可解な名簿に載っている製紙会社から紙をひき、しかも塚田印刷の親父《おやじ》と思われる男が、そこから出て行くのを見たことを順々に話した。千田は最初、信じられぬ顔をしていたが、聞き終ると、さすがに驚いた様子であった。

「なるほど、巧妙に出来てますな、そうすると、勤音は人民党の文化機関の出先で、塚田印刷や出光印刷は人民党の資金ルートとみて間違いおまへんな、それにしても大阪勤音だけで現在十四万、全国勤音で五十二万の会員を〝音楽鑑賞団体〟という名前のもとによくもまあ、見事に利用したものだすな」

千田は腕を組んで、暫《しばら》く押し黙り、

「それで、流郷さんは、どないしはるつもりだす？」

「僕かい、僕は音楽集団に、音楽以外の目的を持ち込むことが、何を意味し、どういう結果になるかをこの眼で確かめると同時に、いくら組織力があっても、企画力がなければ会員大衆を引っ張って行けないことを僕の力で証明してやる」

何かを心に決めるように云い、

「じゃあ、今夜はこれで失敬、君はもっとゆっくりしておれよ」

流郷は席をたって、バーの扉《ドア》を押した。

外へ出ると、十一月初旬の晩秋の夜気が、肌寒く流郷の体を包んだ。千田にああは云ったものの、この間の総会における運営委員の改選といい、今度の事務局の人事異動といい、すべて流郷を組織の中枢《ちゅうすう》から疎外《そがい》し、追い落して行く方向に向っているようであった。流郷は今まで感じたことのない深い孤独感に襲われた。滅入《めい》りそうになる気持を押し払うために、もう一軒、独りで飲みたかった。通りがかりのおでん屋が眼につくと、すぐそこに入った。

「お銚子《ちょうし》一本――」

酒を注《つ》い、コップ酒でぐいと飲み干し、コップをおくと、斜め横からじっと自分を見詰めている人の視線に気付いた。素知らぬ態《てい》でその方を見ると、さっきのバーで流郷たちのテーブルと背中合わせになっているカウンターに坐《すわ》り、一人で飲みながら、時々、流郷たちの方へ耳をすますようにしていたまる顔のずんぐりした男に違いなかった。くたびれた上衣と髪の伸びた頭がバーの雰囲気にそぐわず、流郷の印象に残っていたのだった。

流郷はもう一本、銚子を注文し、腰を据えるような振《ふり》をすると、その男も銚子を注文した。そうさせておいて、さっと勘定を払って表に出ると、その男も注文したばかりの酒をそのままにし、おでん屋を出、流郷の後に随《つ》いて来る。

阪急の改札口を入って、三輛《りよう》目の前の扉から電車に乗ると、その男も同じ車輛の真ん中の扉から乗り、流郷の斜めうしろの吊《つ》り皮にぶら下がりながら、ガラス窓に映る流郷の姿から眼を離さない。流郷はもう一度、相手を試《ため》すために、次の中津駅で降りることに決めた。

電車が、プラットフォームに着き、扉が開いても降りずにいて、発車まぎわになって、ぱっと飛び降りると、その男も見事に真ん中の扉から降りたった。その見事さは、もう疑う余地のない尾行者であった。流郷はやっと自分が、千田と一緒に飲んださっきのバーからずっと何者かによって尾行が続けられていることに気付いた。そしてそれを知らずに、千田に勤音内部の事務局細胞のことまで話したことが、俄《にわ》かに取返しのつかない失策をしたように思えた。

＊

流郷は時計をみながら、事務局長の瀬木が不在であることにこだわっていた。新運営委員による企画委員会が、六時からはじまるというのに、瀬木は、まだ東京出張から帰って来ない。全国勤音会議に出席するために上京し、今日の四時までに帰って来ることになっているにもかかわらず、五時を過ぎても姿を見せない。鷲見以下、主要メンバーが中国へ出かけている矢先だけに、会議が三日以上にわたるはずがなかった。そう思うと、このところ頻繁《ひんぱん》な瀬木の東京出張が不自然なもののようにも思えた。流郷は煙草《たばこ》をくわえて肘《ひじ》をつくと、事務局長席を隔てた向うに坐っている永山の方を見た。

組織部長から次長専任になった永山は、受付係を机の前に呼びつけて、会員から受付事務について苦情が出ているからもっと敏速に行なうようにと、叱《しか》りつけている。組織部のデスクの方を見ると、会計係から組織部長になった尾本が、貧相《ひんそ》な体のどこから出るのかと思われるような精力で、若い組織部員に次々と仕事を云いつけ、財政部では江藤斎子が、厚い帳簿に眼を通している。人事異動があってからの事務局は、流郷を疎外したところで動脈が動いているような、よそよそしさが感じられる。

「流郷さん、判を捺《お》して下さい」

企画部のポピュラーのキャップである堺が書類を持って来た。表題に『歌謡曲例会の原案』とタイプされている。

「なんだい、これ——」

「ご覧の通りです、既に永山次長からは承認の判を戴《いただ》いていますから——」

永山の名前を楯《たて》に取るように云った。

「永山君がどうあろうと、僕は歌謡曲例会なんて、知らないね」

「それはおかしいですね、この間の事務局会議で議題になり、今夜の企画委員会までに原案をまとめるように云われたので、その通りにしたわけです」

その会議に流郷が欠席していたことを知っていながら、平然と云った。部下の堺までが、態度が変って来ている。

「判は捺さない、その理由は今日の会議の席上で述べる」

流郷はにべもなく、断わった。

六時から始まった新運営委員による企画委員会は、今までにない緊迫した雰囲気の中で始められた。新委員長の野坂を正面に、その両側に流郷と永山が坐り、中共派五名、ソ連派三名、中立派二名の企画委員が向い合い、まず委員長の野坂が口を開いた。

「われわれ新運営委員による企画委員会の当面の課題は〝新しい例会の運営方針〟の検討でありまして、その取組みとして、この一カ月間、徹底的にモニターを行ない、会員の要求を調査した結果、現在、会員が一番望んでいる例会が歌謡曲例会であることが判明しました、歌謡曲例会の要望については以前からも根強くあっただけに、この際、もう一度、検討し直して戴きたい」

議題を提出すると、ソ連派の委員たちは、

「歌謡曲例会は、勤音に応《ふさ》わしくないという結論が、今まで何度も出され、否定されてきているのに、今さらどうするというのです」

頭から反対した。勤音の純正中立を主張している委員も、

「全くだ、月一回の勤音の貴重な例会に、なぜ、歌謡曲など取り上げねばならんのです」

強く反対した。

「しかし、否定されながらも、なおかつ会員が望むというのは、その要求がいかに強いかという証左じゃないか」

中共派の委員が押し返すように云うと、次長の永山も、

「われわれは大衆の声を無条件に取り上げることは慎まねばならないが、最大限に耳を傾ける必要があると思いますが、いかがです、流郷さんのお考えは？」

慇懃《いんぎん》であったが、挑発的な響きがあった。

「もちろん、会員大衆の声には十分、耳を傾けるべきだけど、だからといって、歌謡曲までやることは、あまりに大衆追随だと思いますね」

流郷がそう云った途端、中共派の委員たちの席から、声が上がった。

「大衆追随とはなんだ！　モニターで会員大衆が一番支持し、人気のあるものを低俗だ

と云うのか」

「じゃあ、大衆の人気さえあれば、何でもいい、ミーハー的なものでも妥協すると云うのですかね」

「流郷さん、あんたはミーハーは大衆ではないと云うのですか、そんなブルジョア的な考え方だから、今まで勤音は下駄《げた》ばきやジャンパー姿の大衆を組織出来なかったんだ、それにわれわれの云う歌謡曲とは、従来のままの歌謡曲を云うのではなく、民族的、民主的、大衆的立場にたって、新しく作りかえて行こうというのだ」

「ほう、歌謡曲と民族的、民主的、大衆的音楽の創造と、どう結びつくのか、それを聞かせて貰《もら》いたいものだ」

流郷が云うと、中共派の委員たちは口詰ったが、委員長の野坂は落ち着き払った様子で、徐《おもむ》ろに口を開いた。

「現在、街に流れている歌謡曲は商業ベースによって歪《ゆが》められているが、本来は大衆の生活感情に根ざした歌であり、これをわれわれの意図する民族的な意図から正しく育成して行けば、必ず一つの新しい国民音楽になり得る、こうした大衆と繫《つな》がる国民音楽活動こそ、新しい企画委員の任務であり、未組織の下駄ばきの大衆を組織し、会員拡大を進めて行く道であると同時に、これまでのマンネリ化したブルジョア趣味の例会を打破する方法だと思う」

高飛車に、これまでの流郷の企画を否定するように云った。

「例会のマンネリ化、ブルジョア趣味？　これは初耳だ、僕はいまだかつて、会員からそんな批判を受けたことがありませんがねぇ」

「あんたはまだ今月の機関誌を読んでいないようですな、機関誌に載っている会員の投書は、今やあんたを批判している」

野坂は、いきなり流郷の前に機関誌を広げた。〝ブルジョア音楽はもうたくさん、働く者の音楽を企画せよ〟〝独裁企画者を排撃し、民主的な例会づくりを要望〟大きな見出しが眼についた。どうせ野坂らの作為で編集された誌面に違いなかったが、流郷は中共派で占められている運営委員会が、自分に対して或《あ》る意図をもって迫って来ていることを知った。

「どうです、これが会員大衆の偽らざる声で、勤労者の音楽鑑賞団体の企画者として、いかにあんたの思想的基盤が弱く、たち遅れているかお解りでしょう」

野坂は勢い付くように云ったが、流郷は顔色を動かさず、

「思想的に弱いとはどう弱いのです？　何がたち遅れているというのか、具体的に説明して貰いたいものだねぇ」

「一例をあげると、生産や勤労の場と直接結びついた、民族的な芸術創造を行なっているつくし座を不当に低く評価し、ソ連の人民芸術家とは名のみのブルジョア演奏家のサ

ベーリエフを過大評価するような誤りをいうのだよ」

野坂が呑《の》んでかかるように云《い》うと、

「つくし座などわれわれだって芸術とは認めていない、あんなものは教条主義者のチンドン屋に過ぎん！」

ソ連派の委員たちが、流郷を援護した。野坂はソ連派の委員たちを無視し、言葉を継いだ。

「まだある、この間、中国歌舞団を招聘《しょうへい》する時、あんたは強硬に反対したが、それなど民主的、民族的芸術に対する認識の浅さを明確に物語ることだと思う」

中共派の委員たちの間に、その通り！　という声が上がった。

「じゃあ、どうして中国歌舞団がよくて、ソ連のものがいけないのか、その辺の論旨が納得出来ないが、そう中国歌舞団だけを支持すると、僕ならずとも、人民党との結びつきにひっかからざるを得ない、この間の人民党の機関紙『戦旗』に、人民党は文化革命を支持し、勤音の活動もその一環として展開するという論説が載っていたが、新運営委員は人民党の打ち出している線を受け入れ、それに基づいて勤音活動を行なうつもりか、その点を聞きたい」

流郷は、引金を引くように云った。中共派の委員たちは一瞬、返事に戸惑ったが、

「今、われわれが問題にしているのは、あんたの思想の弱さについてで、人民党のこと

とは無関係の話だ」

野坂が、答えを逸《そら》した。

「問題をはぐらかさず、はっきり答えて貰いたい、どうなんだ、野坂君」

流郷は答えを促した。野坂は頬骨《ほおぼね》の高い顔を突き出し、

「中国へ文化使節を送り、中国歌舞団を招聘するのは会員の要求に基づいたもので、人民党の文化革命論を積極的に支持したことではない、それとこれとは話が別だ」

「しかし、人民党と勤音との繫がりを疑わずにはおれないことは他《ほか》にもある、例《たと》えば、この間の青年平和友好祭はソ連派と中共派が分裂して、別々の集会を行なったが、勤音からの代表団は中共派の集会にのみ出た、また大阪交響楽団の指揮者の話では、ある地方勤音のプログラムにチャイコフスキーの作品を入れたら、中国のヴァイオリン協奏曲に変えろと要求されたという、しかもこの要求を出した一番のもとは人民党の『前進』をテキストにしている勤音の学習会からであるというではないか」

流郷の言葉に鋭さが増し、野坂の方が次第に追い詰められて来た。

「そんな現象面の一部をこまぎれに並べたてて、さも勤音が人民党と結びついているような云い方をされては、われわれにとって非常に迷惑だ、あんたは何か特別の意図を持ってわれわれ新運営委員を誹謗《ひぼう》するのか」

「僕は、何も君たちを誹謗していない、ただ五十二万人の会員を持つ勤音は一党一派に

偏さず、人民党の私有物であってはならないと云っているだけだ」

「人民党の私有物とはなんだ！　失言を取り消せ！」

中共派の委員たちが、いきりたつように起《た》ち上がり、ソ連派と中立を守る委員たちも、ただならぬ気配に腰を浮かせたが、流郷は身じろぎもせず、

「取り消さない、僕は僕なりの確かな論拠を持って云っているのだ」

流郷がそう云いきった途端、

「これ以上、感情的な議論を繰り返すことは好ましくない、今日の企画会議はこれで中止する」

野坂が閉会を宣した。

地下鉄の長居《ながい》駅に降りると、流郷は、瀬木を訪《たず》ねるために、府営アパートが建ち並んでいる方角に向って歩いた。十時を廻った道は人通りが少なく、道の両側の樹《き》が黯《くろ》い大きな影を落していた。歩きながら流郷は、今夜の企画委員会のただならぬ気配を思い返していた。なぜ急にあのように俄《にわ》かに自分を批判する企画委員会になったのであろうか。あまりにも何時《いつ》もの企画委員会と異なり、流郷に対して予《あらかじ》め何かが意図されていたように思われ、それを瀬木に会って確かめたかった。瀬木は、企画委員会が終る頃になって

も姿を見せなかったが、東京からの帰りが遅くなり、まっすぐ帰宅しているのかもしれなかった。

長居公園の横を通り過ぎ、府営アパートが群立しているところまで来ると、ずっと前に二、三度来たことのある瀬木が住んでいる棟の階段を上がって行った。古びた府営アパートの階段は、階段の縁《へり》が磨《す》り毀《こぼ》たれ、壁面も鼠色《ねずみいろ》に薄汚れ、廊下に子供の自転車やリンゴ箱がはみ出している。瀬木の部屋の窓からは灯《あか》りが見えた。扉《ドア》をノックすると、聞き覚えのある瀬木の妻の声がした。

「どなたさんです?」

「流郷ですが、瀬木さんいらっしゃいますか」

「まあ、流郷さん、主人は、あのう……」

口ごもるように応《こた》えたが、流郷は、玄関の三和土《たたき》に脱ぎ捨てられている靴《くつ》に眼を止めた。

「ちょうど帰っておられるんですね」

「え、ええ、ついさっき帰ったところですけれど——」

洗いざらしのブラウスにセーターを重ねた瀬木の妻は、やや当惑するように応えた。入ったところの台所を通り、六畳の間に入ると、中学生と小学生の男の子が、寝床の中から眠そうに顔を上げた。

「ご免なさい、子供たちの寝床を敷いてしまっているものですから」

母親らしく子供の寝具の裾《すそ》を端折《はしょ》って通りやすくし、次の間の襖《ふすま》を開けると、壁面一杯に本を積み上げた本棚の前に、瀬木が丹前姿で坐《すわ》っていた。

「どうしたんだ、突然、やって来て――」

「どうしたって、瀬木さんこそ、どうして今夜の企画委員会に出られなかったのです」

「東京出張の予定が延びて、大阪駅についたのが九時だったから、そのまま帰って来たんだよ」

瀬木はごく自然に応えたが、流郷はこだわりを覚えた。

「そうですか、しかし、僕にはこの間の勤音の総会以後、瀬木さんは意識して僕と同席の会議を避けているように思えますがね」

と云った時、瀬木の妻がお茶を運んで来た。

「流郷さん、ほんとにお久しぶりですこと、ご活躍のお噂《うわさ》は、何時も瀬木から聞いております」

気まずい部屋の空気を柔らげるように云い、お茶を出すと、すぐ襖を閉めて引き退《さが》った。

「瀬木さん、あなたは前に僕に向って、君となら、勤音という大衆団体をやって行けると云ったことがあるけれど、あれはあなたの本音ですか」

瀬木は湯呑《ゆのみ》を口に運び、

「いきなり、君を避けているとか、本音かどうかなど詰問《きつもん》されても、何のことだか解《わか》らないじゃないか」

表情を崩《くず》さず、応えた。

「とぼけないで下さいよ、今夜の企画委員会の動きは、明らかに今までと違う、或る特定のメンバーが、特定の意見を押し出し、それに反対する者は頭から反動ときめつけ、まるで被告扱いだ、あの連中があれほど撥《は》ね上がる背後には、事務局長のあなたや永山、尾本などと事前に、何らかの諒解《りょうかい》事項があるからと見ていますがねぇ」

「それは君の邪推というものだよ」

「邪推じゃない、彼らのやり口は、人民党の連中、そっくりのやり方ですよ、瀬木さん、あなた自身は人民党をどういう風に考えているんです」

「僕？　僕個人は、前にも云ったように人民党の政策に決して反対ではないよ、しかし、勤音という勤労大衆団体の事務局長の立場としては、少し違って来る、勤音はどこまでも勤労者のための大衆団体でなければならないし、その一線は確固として守らなければならないと思っている」

「じゃあ、どうして前委員長の大野さんを、この間の総会で見殺しにしたのです？」

「あれは選挙の結果じゃないか、それに彼は五年間も勤音の委員長という激務を続け、職場の仕事と重なって非常に疲れていて、今度は止《や》めたいと、かねがね僕に洩《も》らしてたんだよ」

「ほう、それはおかしいですね、大野さんは、男泣きに泣いて、俺は斬《き》られたと云ったそうじゃありませんか」

瀬木は、窓の方へ視線を逸《そら》した。何時から降り出したのか、霧のような秋雨《あきさめ》が窓ガラスを濡《ぬ》らしている。

「もう嘘《うそ》で固めるような云い方は、いい加減に止めて、率直に話して下さいよ」

そう云い、流郷はじっと瀬木の顔を見詰め、

「瀬木さん、僕はあなたがれっきとした党員だということを知っていますよ」

瀬木はぴくりと頬《ほお》を動かした。

「そして、かつて主流であったソ連派から、いち早く中共派に寝返りし、そのためにソ連派の委員長であった大野さんを斬って、自分の保身を計ったことも知っていますよ」

「いや、僕は何も、……それは全くの誤解だよ」

打ち消しかけると、

「それだけじゃない、永山、尾本たちと一緒にソ連派の運営委員追出し工作をやったことも解っていますよ」

瀬木はそっぽを向いて押し黙った。流郷の胸に始終、党の動きに神経を遣《つか》い、その

時々の流れに乗じて豹変《ひょうへん》するインテリ党員のひ弱さと日和見《ひよりみ》主義に、怒りよりも、憐《あわれ》みを覚えた。

「瀬木さん、そのことについては、お答え戴《いただ》かなくとも結構ですよ、だが、僕を勤音へ引っ張る時から、あなたは僕を利用するつもりで引っ張ったのか、どうか、それだけは、はっきり伺いたいものですね」

流郷は、静かな声で云った。瀬木の眼鏡がきらりと光った。

「流郷君、それは違う、僕が君に勤音へ入って貰《もら》った時は、会員は四百名足らずで、会員集めのために君とポータブル・レコードを持って各職場を廻ったり、若い連中とポスターを貼《は》り歩いたりして、全く純粋な気持だった、それが君の企画力によって会員が増大するにつれ、何時の間にかこういう形になってしまったんだ、最初から君を利用しようと思って引っ張ったのではない――」

「じゃあ、勤音の組織が大きくなって、或る政治目的を持つようになってからは、利用したとおっしゃるわけですか」

「いや、そういう意味でなく、勤音のような勤労大衆団体においては、時として積極的なスローガンを掲げて推進して行かなければならないことがあり、そのために団体の性格が急激に変ったように見え、流郷君の不信をかう場合もあるわけで――」

弁解するように言葉を継ぎかけると、

「もういいですよ、利用されたのなら、僕自身にも誤算があり、利用される要素があったのかもしれない、僕自身はただの音楽好きのリベラリストに過ぎないのに、自分の音楽的な野心を果したいためだけに勤音へ入り、自分の企画した例会に何万の聴衆を動員し得たとか、何万の会員を増やしたとかいうことしか考えなかった、それをあなた方にうまく利用されたというわけでしょうな」

自嘲《じちよう》するように云った。

「流郷君、そんな云い方は止《よ》し給《たま》えよ、何といっても勤音が今日のように大きくなったのは、君のおかげで、それが今後さらに新しい態勢をもって発展するためには、やはり君の協力が必要なんだ」

「新しい態勢に協力？　まさか僕に、あの撥ね上り共と協調しろと云うのじゃあないでしょうな、僕がやる限り、僕なりのやり方で、勤音を引っ張って行きますよ」

そう云い終ると、流郷は座をたち、台所にいる瀬木の妻に声をかけて、扉を押した。

外へ出ると、秋雨は濃い霧になっていた。流郷が歩き出すと、霧の中をもう一つの影が動き出した。また尾行が、随《つ》いているようであった。

＊

ベッドの横の受話器をおくと、流郷は怪訝《けげん》に思った。四時から緊急事務局会議を開くから出てほしいという瀬木からの電話であったが、三日前、風邪《かぜ》気味の流郷に、無理をせずに休むようにと勧めておきながら、こちらの様子も聞かずに、いきなり四時に出て来るようにと、云ったのだった。

しかも、つい十日前、新運営委員による企画会議があったばかりであるから、緊急事務局会議が開かれねばならぬような急を要することは思い当らなかった。流郷は一方的な瀬木の言葉の中に、何時もと違った雰囲気を感じ取りながら、ともかく四時に事務局へ出ることにし、伸びた髭《ひげ》を急いで剃《そ》り、家を出る用意にとりかかった。

四時前の事務局は、閑散として人影が少なく、八、九人の事務局員の姿が見かけられるだけであった。

時計を見ると、四時にはまだ五、六分ある。流郷は、三日間、休んでいる間にたまっている郵便物に眼を通すために企画部に寄り、机の上の郵便物に眼を通した。音楽プロや芸能プロからの催し物の案内、全国勤音の企画資料などであったが、その中の一通に眼を止めた。東京のプロダクションからの催し物通知で、男性歌手に囲まれた辻《つじ》亜矢子の写真が載っていた。辻亜矢子とは勤音ミュージカルの稽古《けいこ》が始まってから、地方公演が終るまで半年程、情事を続けていたが、もともと気まぐれで子供っぽい小娘との情事であったから、ミュージカルの公演が終ってしまうとともに、どちらからともなく遠ざかってしまい、その後、東京の小さなプロダクションに入ったという噂を聞いていたのだった。流郷は辻亜矢子の写真入りの催し物通知をもう一度眺《なが》め、他のプログラムと一緒に屑籠《くずかご》へ捨てると、会議室へ向った。

会議室へ入るなり、流郷は平常と異なる気配を感じた。コの字型のテーブルの正面に、事務局長の瀬木、次長の永山、組織部長の尾本、財政部長の江藤斎子が並び、両側に各部の若いキャップが顔を揃《そろ》え、ものものしい雰囲気に包まれている。瀬木の隣の席へ着きかけると、

「あなたは、こちらへ坐って下さい」

正面の机の前に、ぽつんと一つ置かれている椅子《いす》を指した。まるで面接試験を受ける時のような椅子の配置であった。流郷は奇異な思いでその椅子に坐り、足を組んだ。その間も硬《かた》い視線が流郷に集まり、斎子の方を見ると、能面のような無表情さで流郷を見ている。永山が椅子から起《た》ち上がり、

「では、全員が揃いましたので、只今《ただいま》より緊急事務局会議を開きます」

と云《い》うと、瀬木が一同を見廻し、

「本日、緊急事務局会議を招集したのは、昨日、運営委員会から、事務局企画部に対する批判書が出されたからであります、その内容は一、現在の企画がブルジョア趣味に堕し、勤音の民族的、民主的、大衆的基本方針から著しくはずれている。一、その原因

は流郷企画部長にある。一、企画部はこれまでの誤りを批判し、早急《さっきゅう》に部内改革を断行すべきである。以上のように非常に厳しい要請を突きつけられたのです、事務局としては、この運営委員会の申入れを重視し、企画責任者である流郷君の偽らざる所信をこの際、明確に聴取しなければならないわけであります」

　日頃の曖昧《あいまい》なものの云い方とは打ってかわり、一語一語をはっきりと区切るように云った。流郷は、あまりに突如とした瀬木の豹変ぶりと、意外な事態に呆然《ぼうぜん》としたが、

「明確に何を聴取したいというのです、妙な云い方は止して貰いたい」

　撥ねつけるように云った。会計係から組織部長になった尾本が貧相《ひんそ》な顔に小皺《こじわ》を寄せ、

「流郷さん、まあ、そう感情的にならず、落ち着いてわれわれの言葉に耳を傾けて下さいよ、われわれは運営委員会に代って、いろいろお聞きしなきゃあならん義務がありますんでねぇ」

　慇懃《いんぎん》な口調で云うと、永山がおっかぶせるように、

「まず、あなたの出勤時間、ならびに、諸会議への出席状態が非常にルーズであると聞きますが、その点についての答えは？」

　尋問するような云い方をした。流郷はむっと不快になり、

「僕の勤務状態や会議出席状態については、例会作りの上で、演出家、作曲家、タレント、プロダクションなど外部の人間と接することが多く、そちら側の時間の制約を受け

て、時には出勤時間が不規則になり、会議に出席できぬこともある、しかし、それについては瀬木事務局長の諒承《りょうしょう》をとりつけている」

瀬木の方を見て云った。瀬木は、ずり落ちそうになる眼鏡をぐいと上げ、

「私が諒承したのは、万やむを得ざる時のみで、運営委員会の欠席までは承知していない、君のそうした利己的な態度は、勤音の民主的運営を無視し、運営委員会の背後にいる会員大衆を無視するものです」

はっきりと責任を回避した。永山が言葉を継いだ。

「その大衆無視は、流郷君の思想的偏向、つまりブルジョア思想に結びつくもので、サベーリエフ招聘《しょうへい》の時、飛行機で東京へ出張し、帝国ホテルに泊ったそうだが、それなどまさに君の本質を如実《にょじつ》に物語るものだ」

「飛行機に乗ったのは、時間を急ぐ必要があったからであり、帝国ホテルに宿泊したのは、サベーリエフとの連絡を緊密にするためで、その点については――」

説明しかけると、永山は、流郷の部下である堺の方を見、

「どうかね、堺君、企画部のキャップとして、今の流郷君の言葉をどう思うかね」

証言を求めるような言葉つきであった。堺はちょっと口ごもり、

「あの当時、それほど時間的に急ぐ事態ではなく、宿舎の点についても、事務局の出張規則からはずれますからと、われわれ部員ははらはらして注意申し上げたんですが、容

れられませんでした」

「堺君、君は——」

呆《あき》れるように流郷が云うと、堺は視線を背《そむ》けた。永山はさらに言葉を継いだ。

「次に、流郷君は、反動修正主義者の高倉五郎と、その後も会っているということだが、何の必要があって、機関決定で勤音顧問を解任された人物などと会っているのですかね」

「僕は、中立の人間だから誰とでも会う、君たちの指図は受けない」

払い退《の》けるように云うと、瀬木が度の強い眼鏡の下から、じろりと流郷を見据えた。

「流郷君は、高倉五郎が第二勤音をつくろうと画策している人物であることを承知の上で云っているんだろうね、それなら君は、分裂主義者で、一部の財政委員と通じて、財政委員会を混乱に陥《おとしい》れようと策謀したのも、問題はここにあると考えられる」

流郷の罪状をあげつらうような険しさで云った。一同の急先鋒《せんぽう》にたって流郷を追及する瀬木の姿は、この間、瀬木のアパートで新しい例会方針に協力してほしいと云った協調的な姿勢はなく、自らの保身のために中共派の傀儡《かいらい》になって、流郷を窮地に追い詰めようとするインテリ党員のひ弱さと卑劣さが剝出《むきだ》しになっている。流郷はようやく、自分が容易ならない立場にたたされていることに気付いた。

「財政帳簿の公開を求めたことが策謀というのですか、僕は、財政部に不審があると見た上で、財政委員に協力を依頼したのだ」

「流郷さん、それに何かの証拠でもございまして？」

叩《たた》きつけるように云うと、それまで黙っていた江藤斎子が、
落ち着き払った声で云った。

「証拠は摑《つか》もうにも、あんた方が寄ってたかって、摑めないようにしてしまったんじゃあないですかね」

「おっしゃる意味が、解《わか》りませんわ」

「この間の運営委員の改選で、君たちが中共派で固めたのは、財政部の不正が発覚するのをもみ消すためだったんだろう」

斎子は瞬《まばた》きもせず、

「理屈というものは、後から何とでもつけられますわ、私のお聞きしているのは、あくまで不正を裏付ける証拠です、その証拠がない限り、不用意な言葉は慎んで戴きたいわ」

「しかし、証拠がないからといって、不正の事実がなかったとは云いきれない」

「不正の事実ですって？　この場合の不正という言葉の意味を、あなたは充分に認識した上でおっしゃっていますの」

薄い唇に酷薄な笑いを滲《にじ》ませ、開き直るように云った。流郷は、斎子を見返した。こ

れが自分と情事を持ったことのある女であろうか、一片の感情の翳《かげ》りも見せず、公開の席で冷然と、自分を追及する女の姿に、流郷は忍び難い怒りと屈辱を感じた。

「もちろん、僕なりに確信をもって云っているのだ、財政部が出光印刷に貸しつけていた三百五十万円の約束手形は、絶対偽造ではないと云えるかね」

斬《き》り返すように云った途端、

「止せ、言葉を慎め！」

永山が叫ぶように云ったが、流郷はさらに言葉を続けた。

「まだある、今年の六月十日、僕はレコード室で、人民党の資金ルートを連想するような会社名簿の原紙を入手した、ここには出光印刷に紙を入れている松田製紙、そして、僕が印刷費の不審を追及し始めた途端、倒産して行方をくらました塚田印刷の名前もあり、そこはご丁寧に消してある」

攻勢に転じると、斎子も、尾本も、そして瀬木たちも一斉に沈黙したが、狼狽《ろうばい》の色は見せず、流郷の言葉をふてぶてしく黙殺した。

「どうなんだ、尾本君、君なら答えられるだろう」

流郷は、射るように尾本の方を見た。

「藪《やぶ》から棒に、原紙とか、会社名簿とか、私には何のことか、さっぱり解りませんな」

「とぼけたって駄目だ、事務局には、ここに並んでいるほとんどの面々で構成されている人民党細胞のフラクション活動があり、君がその細胞キャップであることを、僕はレコード室で深夜に行なわれたフラク会議をたち聞いて知っている」

異様な緊迫感が部屋を埋めた。

「そりゃあ、僕らも、時としては活動家の同志が集まって、深夜まで話し合うことはありますよ、それはあくまで勤音活動の反省であったり、また、こんなことは大きな声では云えないが、趣味の麻雀《マージャン》会であったりでしてね、それを人民党のフラクの何のと、何かの被害妄想《もうそう》じゃありませんかねぇ」

尾本はぬらりと云いぬけ、

「それより流郷さん、あんた門林雷太と会ったんだってねぇ」

口もとに陰険な笑いが漂った。何時《いつ》の間にか、窓外の陽《ひ》がかげり、薄暗くなった部屋の中で、尾本、瀬木、永山、斎子たちの姿が黯《くろ》い影に隈取《くまど》られ、影絵のように無言で流郷を取り囲み、押し迫って来るような不気味さを覚えた。流郷は明らかに、自分が勤音の査問会議に付されていることを知った。

「どうしたんだね、門林と会わなかったとは云えんだろう」

居丈高《いたけだか》に尾本が云った。流郷は、どうして門林と会ったことが知れたのか解らなかった。まさか菊村が、自分の姉が門林の妾《めかけ》をしていることが知れるようなことを口にするはずがなかった。

「何を話したんだね、流郷君」

今度は、瀬木が聞いた。

「云いたくないなら、こちらから云ってやろうか、三十万なら音連へ行くが、二十万ならいやだと、云ったらしいじゃないか」

永山が、声高に云った。

「馬鹿《ばか》なことを云うな、あれは冗談だ」

「冗談を云うために、わざわざ門林が待っている料亭まで、出かけたというのですかね、それとも酒代をせびりにかね」

尾本が、唇に白い唾《つば》をためた。

「失敬なことを云うな、下劣極まる！」

流郷が憤《いきどお》りを投げつけると、尾本の部下の組織部の若いキャップが、

「ほう、下劣ですかね、反動の親玉に酒をせびるだけでなく、プロダクションの連中にまで飲まされるのも下劣だ、この間も、協和プロの千田に、大阪で一番高いバーで飲まされていたじゃないか」

気色《けしき》ばんで云うと、財政部のキャップも、

「なるほど、それで千田プロのタレントが頻繁《ひんぱん》に使われ、ギャラも高いんだな」

「タレントといえば、あんたは、仕事でない時も、しょっちゅう、女のタレントと一緒

で、結構な役得《やくとく》をしているということじゃないか」

若いキャップ連中が次々に、流郷の罪状を洗いたてるように言葉を重ねた。

「いい仕事をして貰《もら》うためには、常日頃の人間的な接触が大切だというのが、僕の信条だ」

「ほう、じゃあ、ミュージカル『ダイヤモンドとパン』の稽古《けいこ》の時、琵琶湖《びわこ》ホテルへ辻亜矢子と泊ったのもその人間的接触のためかい、あの時の部屋番号はたしか、二百九十号室だったですかねぇ」

卑猥《ひわい》な笑いをうかべて、尾本が絡《から》みつくように云った。

「それも僕を、尾行して知ったというわけか」

「尾行？　一体、何のことですかな」

尾本は平然と、しらを切った。

「知らないというのか、僕に尾行がつけられていることは、一カ月ほど前に、ようやく知ったよ、そんな卑劣なことまでして、君らは僕を陥れようとするのか、恥を知りたまえ！」

流郷の青白い額に怒りの色が奔《はし》った。尾本は細い金壺眼《かなつぼまなこ》を見開き、

「流郷君、フラクと同様、尾行もおそらく君の被害妄想だよ、しかし、君に寄せている
われわれの同志的信頼をそれほどまでに疑うとは、全く心外だ、こうなっては君との話

合いはこれ以上、無意味だ」

会議を打ち切るように云った。一瞬、不気味な沈黙が流れ、瀬木が口を開いた。

「今日の会議で、流郷君の思想的基盤の弱さが明確になり、運営委員会の指摘が誤りでないことが証拠付けられた、したがって、そのような人物が企画部の責任者として、また事務局次長として留《とど》まることは不適任であると考えられ、現在の職務を解任し、モニターの集計係に配置転換する」

判決を云い渡すように云った。残忍な冷たさが部屋を埋め、座が静まり返った。モニターの集計係へ配置転換——、それは流郷の企画力を完全に否定する職場であり、流郷の追放を意味するのと同然であった。

「要は追放というわけなんですな」

流郷は一言そう云い、席を起った。


会議室を出ると、流郷は事務局へ寄らず、そのまま外へ出、中之島《なかのしま》公園の方へ足を向けた。歩きながら流郷は、たった今、自分が勤音を罷《や》めたことが、信じられない思いになって突き上げて来た。しかし、現実に査問会議のような事務局会議の決定によって、流郷は勤音を追われたのだった。

つい昨日まで自分の企画力によって、十四万の会員を動員し、リードして来た自分が、突然、組織から去ることの疎外感《そがいかん》が流郷を襲った。あれほど自分の企画力によって組織を拡大し、動かしていたことは単に、自分の過信であり、錯覚であったのだろうか、いやそうではない。単なる錯覚や過信で十四万人もの会員拡大が出来るはずがなかった。それなら、この突如とした破局は何だろうか――。

流郷の胸に、高倉五郎が全国勤音顧問を辞任してからの勤音内における中共派とソ連派の対立、財政上の疑惑、出光印刷と勤音との特殊な繋《つな》がり、運営委員の改選による中共派委員の進出など、一連の流れが思い出された。それは明らかに音楽という場に、政治と思想を持ち込んだ集団の姿であった。そしてその集団が或《あ》る時点まで、流郷正之《まさゆき》という音楽好きな一人の男の力を利用し、表だたせて大きくなり、目的を果してしまうと、集団の背後にある力で、流郷を閉め出してしまったのだった。

「流郷さん――」

不意に呼ぶ声がした。振り返ると、菊村俊一であった。よほど急いで追いかけて来たのか、息をきらせ、顔を紅潮させている。

「どうしたんだ、そんなに急いで――」

惜別の言葉を云《い》いに来たらしい菊村に、優しく頬笑《ほほえ》みかけると、

「流郷さんが罷めたと聞いて、追いかけて来たんですよ、どうして罷めたりするのです、

どうして自己批判をして、留まらなかったんです」

「えっ、自らを批判する——、僕が突如として勤音を罷めるその罷め方をみても、君はまだ勤音の実態が解らないのか」

「それは流郷さん自身に、問題があるのですよ、あなたの思想性の弱さ、勤音に対する甘さが原因であって、勤音の組織自体に何の誤りもありません」

菊村俊一は、他《ほか》の多くの青年がそうであるのと同じように、何時の間にか典型的な勤音活動家に仕立て上げられていた。

「そうか、じゃあ、僕は、何も君に云うことはないよ」

流郷はそのまま行きかけ、ふと菊村の姉の和代のことを思い出した。

「姉さんはどうしている、元気かい」

「姉？　僕には反動の化けもののような男の世話になっている姉などいませんよ」

吐き捨てるように云った。

「そうかい、それもいいだろう、しかし、君にとってたった一人の肉親だから、できたら大事にすることだな」

それだけ云うと、流郷は、菊村から離れた。流郷が、和代に頼まれて門林と会い、話が不調に終ったことによって、和代が追い詰められた立場にたっていないか、少なからず気にかけていたが、今の菊村の言葉で、その後も門林の庇護《ひご》の下にいることが解った。

そんな生き方しか出来ない和代に憐《あわれ》みを覚えたが、江藤斎子のように自分の愛情を党への忠誠のために平然とおきかえ、そうした規制の中でしか自分の人生を持たない女の生き方にも、同じような憐みを覚えた。

何時の間にか、流郷はK会館の前まで来ていた。勤音主催の『中国現代音楽の夕べ』の看板がかかり、開場準備をする若い事務局員の姿が見えたが、声をかけず、流郷は川向うのR会館を眺《なが》めた。八階建ての白いビルの壁面に、音連主催の『ボストン・フィルハーモニー』の豪華な垂幕がかかり、演奏を聴《き》きに行く人影が見える。流郷はくるりと踵《きびす》を返し、大阪駅の方へ足を向けた。

六時過ぎの舗道には、家路を急いで大阪駅へ向う流れと、K会館とR会館へ音楽を聴きに行く流れが行き違い、例会会場へ足を急がせる流れは、どの顔も一日の仕事から解放され、月に一度、音楽を聴きに行く喜びに満ち溢《あふ》れ、むんむんとむせかえるような若いエネルギーが漲《みなぎ》っている。

それは勤音に行く会員か、音連へ行く会員か解《わか》らなかったが、一本の太いベルトのような列になって繋がっている。この若い群衆を組織し、政治的に利用しようとする集団が、現代の仮装集団であるのだ――、流郷は、舗道の上に洪水のようにさらに広がり、列《つら》なって行く群衆の若い巨大なエネルギーにぶつかり、圧倒されながら、その群衆の中を突きぬけて行った。

あとがき

『仮装集団』は、週刊朝日に一年二カ月にわたって連載した小説で、私にとって書きにくい小説だった。

『仮装集団』を書こうと思いたったのは、四年程前、勤労者のための或《あ》る音楽鑑賞団体の例会を聴きに行った時、客席に坐《すわ》っている会員と、その団体を運営している主宰者側との間に、妙な落差を感じたことから始っている。

そこに集っている人たちは、一日の疲れを音楽によっていやそうという思いで集っていたが、舞台の上の演《だ》しものや演奏内容に思想的なこじつけがあり、純粋に音楽を楽しみに来ている会員との間に異和感が感じられ、私の気持にひっかかった。

しかし、その時は、そう感じただけで、小説を書く動機になるとは思わなかったが、何時《いつ》の頃からか、そこから端を発して、特定のイデオロギーを持つ音楽集団を、特定のイデオロギーを持たない人間が牛耳ったら、そこにどのようなドラマが生れるだろうかという創作的興味を持ちはじめ、それが三年程の間、即《つ》かず離れず、私の心の中で大きくなり、小説という形になって生れたのである。

したがって、小説の中の勤労者のための音楽鑑賞団体である『勤音』の発想は、たしかに実在の音楽鑑賞団体から端を発したのには相違ないが、それがモデルではない。しかし、現実に勤労者の手によって組織されている労音という団体が実在しているため、労音を攻撃する意図を持って書いた小説と誤解され、取材を拒否された。決して労音を書くのではなく、小説の中の『勤音』を書くイメージ作りのための取材であることを説明しても、取材拒否の厚い壁に阻《はば》まれ、最初から最後まで泣かされ通しだった。

それなら経営者側が組織している音協の取材はしやすかったかというと、そうではない。最初はよく協力して貰《もら》えたが、小説の内容が、労音を攻撃するものではなく、左右いずれの立場であっても、音楽団体に、音楽以外の目的を持ち込み、政治的に利用しようとする組織的な動きと、そこに介在する人間の権力闘争や欲望を描こうとしていることが明らかになり、小説の中の経営者側の団体である『音連』が、反動的な動きを持ちはじめると、協力が得られにくくなった。

実在の労音からも、音協からも、こうした事実と混同した誤解を受けたが、作者としては、純粋に音楽を鑑賞する団体に、音楽以外の目的とイデオロギーが持ち込まれた場合、どのような複雑怪奇な問題が起り、それが集団の中の人間関係とどう結びつくかを描きたかっただけで、いわば音楽によって象徴される現代の怪談を描きたかったのである。

小説作品としてうまく書ききれなかった欠陥はあるかもしれないが、私にとって始めての素材に、私なりの書く闘いを挑み、試練を得たことを倖《しあわ》せに思っている。

昭和四十二年二月六日

解説

青地晨

山崎豊子氏は第一作の『暖簾《のれん》』で、氏の社会的な地位を動かないものにした。この作品は文壇というせまい枠《わく》の中だけではなく、芝居、映画、テレビなどになって、ひろく世間の話題をあつめた。無名の新人としては、異例のことだったといってよい。

『暖簾』は、大阪商人のど根性をえがいた作品だといわれている。しかし大阪商人を題材にした小説が、これまでなかったわけではないが、山崎さんの作品は、二つの点で従来の作品とは異なっていた。一つは大阪商人を外側からではなく、内側からえがいたということだ。周知のように山崎さんは、船場で生れ、船場で育った人である。この掘割にかこまれた土地は、大阪商人発祥の地で、その伝統と体臭を濃厚にいまものこしている。いや、つい先頃まで残していたと過去形で書かねばならぬのかもしれない。しかしいずれにしろ山崎さんは、大阪商人のあきないの仕方、きびしいルール、風俗、習慣などを、知識としてではなく自分の感性でつかみ、内側から書くことのできる殆《ほとん》ど唯一《ゆいいつ》の作家である。『暖簾』の山崎さんは、このような〝特権〟を十二分に使いこなしたといってよい。

その二つは、大阪商人のど根性を肯定的にえがいたということだ。これまで大阪商人は、金もうけ以外には目のない俗物として取りあげられることがおおかった。しかし金さえもうかればなにをしてもよいというのではない。そこには独得の倫理や伝統による約束事があり、あきないのきびしいルールが存在する。その象徴ともいうべきものが暖簾で、この暖簾の信用をまもりぬくために七転び八起き、なんど挫折《ざせつ》しても自力で立直ってゆくのが、いわゆる大阪商人のど根性なのである。

このど根性は、ストレートには比較できないにせよ、マックス・ウェーバーの『プロテスタンティズムの倫理と資本主義の精神』にも似たエトスが感じられてならない。そして『暖簾』を書いた山崎さんの胸中には、大阪商人へのやみがたい愛着と、世間の誤った認識に挑戦する一種の正義感が波うっていたのではあるまいか。そういう意味で、この作品には大阪商人の、いわば理想的な人間像がえがかれているのである。

『暖簾』にひきつづいて、翌年、山崎さんは同じような系列の『花のれん』を書いた。ところが三番目の長編小説『ぼんち』にはじまる『女の勲章』、『女系家族』などの作品群は、船場に題材をとってはいるが、必ずしもプラス・イメージとしての船場がえがかれているわけではない。そこには冷酷な金銭上の計算や我執や物欲のすさまじさが書きこまれている。そうしたものを取り入れることで、これらの作品群はいっそう複雑な厚みを増している。

以上を第二期の作品群だとすれば、さらに『白い巨塔』、『華麗なる一族』などの第三期の作品群が登場する。第三期の作品群も大阪という舞台を離れてはいないが、作者は自分の体験しない世界へと果敢に足を踏み入れてゆく。と同時に以前からの傾向の一つであった社会悪への告発が、いっそう明確なかたちをとってあらわれる。別の言葉でいえば、社会小説への鋭い傾斜だといってよいだろう。ここに収められた『仮装集団』もまた同じ系列に属する作品である。

山崎さんの作品に共通するものは、調べぬかれた小説ということだ。『暖簾』は作者の身近なところに題材をとってはいるが、やはり丹念に調べられた小説である。さらに『花のれん』は女の腕一本でのしあがってゆく興行師の壮烈な生涯がえがかれているが、綿密な調査がなければ、とうてい書ける題材ではなく、洋裁学院の経営をめぐる醜聞をえがいた『女の勲章』も同様である。ことに『白い巨塔』は、周知のように医学界の醜悪なスキャンダルにするどいメスを入れた作品で、調べぬいた調査がこの作品に肉の厚い裏づけをあたえている。不正や非人道なものにたいする作者のはげしい憤《いきどお》りは、綿密な調査に助けられて濃いリアリティを獲得しているのである。

作者の山崎さんは、寡作《かさく》な作家である。ほぼ年一本の割りで、全力投球の長編小説を書いてゆく。世間の流行作家のように、同時に二本、三本の小説を新聞や雑誌に連載することをしない。そうした山崎さんの姿勢は、今日のようなマスコミの状況下では、ストイックな自己抑制なしには貫くことはできない。綿密な調査ということも、こうした姿勢によって、はじめて可能なことなのである。

＊

『仮装集団』の主人公の流郷正之《まさゆき》は、音楽にとりつかれた人物で、音楽だけに激しいパッションを感じるニヒルな性格の男である。この流郷が企画を担当している大阪勤音（勤労者音楽同盟）は、「よい音楽を安く聴く勤労者のための音楽鑑賞団体」として、四百人の会員から出発した。その勤音がわずか七年間で三万人に会員をふやしたのは、月額五十円から百円の会費でクラシックのよい音楽をきかせたこと、各職場の労働組合が宣伝や切符の売りさばきに力を惜しまなかったせいである。しかしそれにもまして流郷のすぐれた企画力が会員の心をしっかりつかんだからだといってよい。

流郷は三万人の会員を背景にして一流のホールを借り切り、一流の歌手をよんで、オペラ『蝶々《ちょうちょう》夫人』を上演する。それも日本語の歌詞に歌舞伎《かぶき》の演出法をとりいれるという大胆なものであった。この企画は、たいへんな大当りをとった。聴衆も満足し、新聞も勤音の音楽会に新しい領域をきりひらいたものとして大きく書き立てる。

しかし労働組合の活動家たちを中心とした勤音運営委員会の評判は、かならずしもかんばしいものではなかった。『蝶々夫人』のストーリーは、アメリカ帝国主義を肯定的に取り扱っているというふうに、音楽をぬきにした政治的な論議がかわされたことに、流郷はある苦々しさを感じる。また大量動員に成功しながら、意外なほど赤字の幅が大きかったことも、流郷に疑いをいだかせないではいなかった。その経理の責任者は、二カ月まえに東京から移ってきた江藤斎子である。彼女の感情をおき忘れたような非情で冷酷な美しさは、彫像めいたものを感じさせた。

さらに流郷は勤音に参加している各職場の合唱グループ八百余名をあつめ、ショスタコヴィッチの『森の歌』の大合唱会をひらいて成功する。八千名を収容する大阪体育館が割れるばかりの大入りであった。この『森の歌』の成功で、会員は四万人に増加したが、これに刺戟《しげき》された大阪財界の大立者である日東レーヨンの門林社長は、財界首脳部を動かし勤音に対抗する大阪音連(産業音楽連盟)の結成をくわだてる。このへんから小説の構成は、よこ糸に勤音や音連の内部事情をえがきながら、二つの団体の政治的な抗争が太いたて糸となって織り出されてゆく。

音連は金の力と財界をバックにした政治力はあるが、企画の面では勤音の流郷には歯が立たない。流郷は新企画のミュージカルを上演したり、世界の第一人者といわれるソ連のバイオリニストを招いたりして、十万、十五万と会員を大幅にひろげてゆく。門林社長は、とうとう流郷を引きぬくことを考え、莫大《ばくだい》な報酬を約束するが、流郷の気持は動かない。彼は企画の鬼みたいな男で、門林の脂《あぶら》のぎらつくような肉体や金にものいわせるやり口には、どうしてもなじむことができない。

　ところが勤音の内部には、流郷には許容できない政治的な傾斜が日に日に強くなってきた。ひとことでいえば中ソの国際的な対立が人民党内部に影を落し、さらに人民党内部の抗争が文化団体である勤音にも黒い影を落しているのである。音楽に政治を持ちこむことに強い反発を感じる流郷には、とうてい我慢のならないことであった。ことに中国派の強引なやり方は、流郷の企画までまきこんで、性急な政治的効果をあげるようなレパートリーが要求される。それを防ぐために、流郷はなんらかの方策を考えねばならないところへ追いこまれてゆく。

　それだけではない。流郷は以前から二つの疑問をもっていた。その一つは、勤音という文化団体のなかに人民党の秘密フラクションがあるのではないかという疑いである。ある偶然の機会から、彼が信頼している事務局長や経理の江藤斎子も人民党の細胞であることが判明する、これは大きな衝撃であった。

　もう一つは経理上の疑惑である。パンフレットやポスターの印刷代がべらぼうに高い。それは経理の責任者に斎子がなり、印刷所を変えてからのことであった。勤音の金が中共派の資金源にされているのではないのか、流郷の疑惑は、つぎつぎとひろがり、深まってゆく。

その疑惑を解くことも手伝って、流郷は美貌《びぼう》の斎子とひそかな情事をもつようになった。しかし二人が燃えるのは情事の短い時間だけで、一つベッドに寝ていても、互いに腹を探りあう冷えた関係にしかすぎない。

流郷は運営委員会のソ連派をたきつけ、経理上の疑惑を摘発しようとするが、事務局長や斎子らのたくみな捲《ま》き返しにあい、緊急事務局会議で逆に徹底的な吊《つる》しあげをうける。すべての罪は流郷のブルジョア的な思想によるものとされ、企画部長の椅子《いす》からも流郷は追放される。その吊しあげの先頭に立ったのは、創立以来、苦労をともにした事務局長であり、情事の相手だった斎子であった。流郷は敗北し、自分の甘さをあざけりながら勤音を去ってゆく。

作者の山崎さんは「音楽団体に、音楽以外の目的を持ち込み、政治的に利用しようとする組織的な動きと、そこに介在する人間の権力闘争や欲望」をこの作品でえがこうとしたと「あとがき」に書いている。文化団体を政党が操り、そこを資金源とするような政党のエゴイズムや、金の力にものをいわせ、勤労者の団体を圧しつぶそうとする財界の動きに、作者が人間的な怒りを感じたことが、この作品を書く一つのモチーフであろう。そうした怒りをささえているものが、作者のまっとうな正義感であることはいうまでもない。考えてみると処女作の『暖簾』いらい、山崎さんの小説は正義感によって裏打ちされ、それが読者の強い共感をよびおこしてきた。『白い巨塔』、『仮装集団』、『華麗なる一族』などの長編小説はみなそうである。しかし『仮装集団』の場合は、人間のえがき方が、やや類型化したきらいがないわけではない。しかし調べられた材料の重みと、作者の筆力と、正義感の噴出がそれをおぎない、一気に読ませる迫力で私たちに迫ってくるのである。

（昭和五十年八月、評論家）

この作品は昭和四十二年四月、文藝春秋より刊行された。

山崎豊子著

暖簾（のれん）

丁稚からたたき上げた老舗の主人吾平を中心に、親子二代〝のれん〟に全力を傾ける不屈の大阪商人の気骨と徹底した商業モラルを描く。

山崎豊子著

ぼんち

放蕩を重ねても帳尻の合った遊び方をするのが大阪の〝ぼんち〟。老舗の一人息子を主人公に船場商家の独特の風俗を織りまぜて描く。

山崎豊子著

花のれん

直木賞受賞

大阪の街中へわての花のれんを幾つも幾つも仕掛けたいのや――細腕一本でみごとな寄席を作りあげた浪花女のど根性の生涯を描く。

山崎豊子著

女の勲章（上・下）

洋裁学院を拡張し、絢爛たる服飾界に君臨するデザイナー大庭式子を中心に、名声や富を求める虚栄心に翻弄される女の生き方を追究。

山崎豊子著

しぶちん

〝しぶちん〟とさげすまれながらも初志を貫き、財を成した山田万治郎――船場を舞台に大阪商人のど根性を描く表題作ほか4編を収録。

山崎豊子著

花紋

大正歌壇に彗星のごとく登場し、突如消息を断った幻の歌人、御室みやじ――苛酷な因襲に抗い宿命の恋に全てを賭けた半生を描く。

山崎豊子著

女系家族（上・下）

代々養子婿をとる大阪・船場の木綿問屋四代目嘉蔵の遺言をめぐってくりひろげられる遺産相続の醜い争い。欲に絡む女の正体を抉る。

山崎豊子著

白い巨塔（一〜五）

癌の検査・手術、泥沼の教授選、誤診裁判などを綿密にとらえ、尊厳であるべき医学界に渦巻く人間の欲望と打算を迫真の筆に描く。

山崎豊子著

華麗なる一族（上・中・下）

大衆から預金を獲得し、裏では冷酷に産業界を支配する権力機構〈銀行〉――野望に燃える万俵大介とその一族の熾烈な人間ドラマ。

山崎豊子著

ムッシュ・クラタ

フランスかぶれと見られていた新聞人が戦場で示したダンディな強靭さを描いた表題作など、鋭い人間観察に裏打ちされた中・短編集。

山崎豊子著

沈まぬ太陽（一）アフリカ篇・上（二）アフリカ篇・下

人命をあずかる航空会社に巣食う非情。その不条理に、勇気と良心をもって闘いを挑んだ男の運命。人間の真実を問う壮大なドラマ。

山崎豊子著

沈まぬ太陽（三）御巣鷹山篇

ついに「その日」は訪れた――。520名の生命を奪った航空史上最大の墜落事故。遺族係となった恩地は想像を絶する悲劇に直面する。

山崎豊子著
沈まぬ太陽
(四)会長室篇・上
(五)会長室篇・下
恩地は再び立ち上がった。果して企業を蝕む闇の構図を暴くことはできるのか。勇気とは、良心とは何か。すべての日本人に問う完結篇。

林真理子著
着物の悦び
—きもの七転び八起き—
時には恥もかきつつ、着物にのめり込んでいったマリコさん。まだ着物を知らない人にもわかりやすく楽しみ方を語った着物エッセイ。

林真理子著
アッコちゃんの時代
若さと美貌で、金持ちや有名人を次々に虜にし、伝説となった女。日本が最も華やかだった時代を背景に展開する煌びやかな恋愛小説。

井上靖著
猟銃・闘牛
芥川賞受賞
ひとりの男の十三年間にわたる不倫の恋を、妻・愛人・愛人の娘の三通の手紙によって浮彫りにした「猟銃」、芥川賞の「闘牛」等、3編。

井上靖著
氷壁
前穂高に挑んだ小坂乙彦は、切れるはずのないザイルが切れて墜死した——恋愛と男同士の友情がドラマチックにくり広げられる長編。

井上靖著
孔子
野間文芸賞受賞
戦乱の春秋末期に生きた孔子の人間像を描く。現代にも通ずる「乱世を生きる知恵」を提示した著者最後の歴史長編。野間文芸賞受賞作。

松本清張著

わるいやつら（上・下）

厚い病院の壁の中で計画される院長戸谷信一の完全犯罪！　次々と女を騙しては金をまき上げて殺す恐るべき欲望を描く長編推理小説。

松本清張著

けものみち（上・下）

病気の夫を焼き殺して行方を絶った民子。疑惑と欲望に憑かれて彼女を追う久恒刑事。悪と情痴のドラマの中に権力機構の裏面を抉る。

松本清張著

砂の器（上・下）

東京・蒲田駅操車場で発見された扼殺死体！　新進芸術家として栄光の座をねらう青年の過去を執拗に追う老練刑事の艱難辛苦を描く。

松本清張著

黒い福音

現実に起った、外人神父によるスチュワーデス殺人事件の顚末に、強い疑問と怒りをいだいた著者が、推理と解決を提示した問題作。

松本清張著

眼の壁

白昼の銀行を舞台に、巧妙に仕組まれた三千万円の手形サギ。責任を負った会計課長の自殺の背後にうごめく黒い組織を追う男を描く。

松本清張著

霧の旗

兄が殺人犯の汚名のまま獄死した時、桐子は依頼を退けた弁護士に対する復讐を開始した。法と裁判制度の限界を鋭く指摘した野心作。

北村薫著　スキップ

目覚めた時、17歳の一ノ瀬真理子は、25年を飛んで、42歳の桜木真理子になっていた。人生の時間の謎に果敢に挑む、強く輝く心を描く。

北村薫著　ターン

29歳の版画家真希は、夏の日の交通事故の瞬間を境に、同じ日をたった一人で、延々繰り返す。ターン。ターン。私はずっとこのまま？

北村薫著　リセット

昭和二十年、神戸。ひかれあう16歳の真澄と修一は、再会翌日無情な運命に引き裂かれる。巡り合う二つの《時》。想いは時を超えるのか。

水上勉著　雁の寺・越前竹人形　直木賞受賞

少年僧の孤独と凄惨な情念のたぎりを描いて、直木賞に輝く「雁の寺」、哀しみを全身に秘めた独特の女性像をうちたてた「越前竹人形」。

水上勉著　飢餓海峡（上・下）

貧困の底から、功なり名遂げた樽見京一郎は、殺人犯であった暗い過去をもっていた……。洞爺丸事件に想をえて描く雄大な社会小説。

水上勉著　土を喰う日々

京都の禅寺で小僧をしていた頃に習いおぼえた精進料理の数々を、著者自ら包丁を持ち、つくってみせた異色のクッキング・ブック。

仮《か》装《そう》集《しゅう》団《だん》

新潮文庫　や－5－8

昭和五十年九月二十日　発行
平成十八年十一月二十五日　三十九刷改版
令和　六　年十月二十日　五十四刷

著者　山《やま》崎《さき》豊《とよ》子《こ》

発行者　佐藤隆信

発行所　株式会社　新潮社

郵便番号　一六二―八七一一
東京都新宿区矢来町七一
電話　編集部(〇三)三二六六―五四四〇
　　　読者係(〇三)三二六六―五一一一
https://www.shinchosha.co.jp

価格はカバーに表示してあります。

乱丁・落丁本は、ご面倒ですが小社読者係宛ご送付ください。送料小社負担にてお取替えいたします。

印刷・大日本印刷株式会社　製本・株式会社大進堂

ISBN978-4-10-110408-9　C0193